플루토스 장편소설

플루토스 장편소설

초판 1쇄 찍은 날 | 2017년 12월 20일
초판 15쇄 펴낸 날 | 2023년 5월 19일

지은이 | 플루토스
펴낸이 | 권태완 우천제

편집책임 | 박은정
편집 | 김효주 천희진
편집 디자인 | 이즈플러스

펴낸곳 | (주)케이더블유북스
등록번호 | 제25100-2015-43호
등록일자 | 2015. 5. 4
WFN | 제3-025호

주소 | 구로구 디지털로31길 38-9 에이스테크노타워 1차 401호
전화 | 02-867-4626 팩스 | 02-866-4627
E-mail | cl_production@naver.com

ISBN 979-11-293-0713-2
      979-11-293-0710-1 (set)

어느날 공주가 되어버렸다 3

플루토스 장편소설

Contents

제15장
다시 만난 서브남, 만감이 교차하는 사냥 대회

아를란타에서 사절단이 온 것은 얼마간의 시일이 더 지난 후였다.

"공주님, 연회 준비하셔야죠."

클로드와 함께 그들을 맞이하고 온 나는 릴리의 말에 그만 속으로 신음하고 말았다.

저녁에 있을 환영 연회 준비로 지금부터 또 바빠지겠구나. 어차피 사절단을 보는 자리에 간답시고 아침 일찍부터 때 빼고 광내고 했었는데 그냥 여기서 옷만 갈아입고 가면 안 되나?

"그래도 이미 얼추 준비가 된 상태라 시간이 좀 널널하겠네요."

릴리의 생각도 나와 같았던 모양이다. 역시 릴리와 나는 이심전심!

"이번 사절단에 멋진 기사님이 많았나 봐요. 궁인들이 꽤나 들떠 있더라고요."

한나가 하는 말에 나는 고개를 갸웃했다.

그랬던가? 아까 사절단을 맞을 때 보기는 했는데 기사들은 다들 고개를 숙이고 있어서 잘 모르겠다. 응? 그런데 궁인들은 어느 틈에 얼굴을 본 거지? 나는 눈을 가늘게 좁히며 의문에 빠져들었다.

"그럼 쉬고 계세요. 준비할 시간이 되면 다시 모시러 올게요."

모두 물러나자 나는 방에 혼자 남게 되었다.

아를란타와 오벨리아의 사절단이 상대국을 방문하는 것은 거의 2, 3년 꼴로 있어 왔던 일이었다. 지금은 평화의 시대였고, 그래서 이번 방문에도 별다른 이유는 없는 것으로 알고 있었다.

그러고 보니 서브남이었던 카벨 에른스트도 사절단에 껴 있었나? 소설 속의 내용대로라면 슬슬 그가 등장할 타이밍일 텐데. 기사단은 다들 똑같은 제복을 입고 있어서 그런지 멀리서 언뜻 봐서는 누가 누구인지 구분하기가 좀 어려웠다. 어차피 한가한데 지금 살짝 가서 보고 올까? 지금쯤 사파이어궁으로 이동하고 있을 것 같은데.

나는 하릴없이 소파에 앉아 있다 말고 문득 생각했다. 솔직히 지금 와서는 카벨 에른스트가 있든 말든 별로 상관없었지만 그래도 궁금하긴 했으니까.

휘이잉.

그래서 나는 사파이어궁의 천사상 위로 올라갔다.

헤이, 언니! 날개가 몹시 까리한데? 잠시만 실례 좀 하겠습니다. 오, 착석감 좋고! 물론 돌로 만든 조각상인 만큼 푹신한 느낌은 전혀 아니었지만 그래도 이 정도면 어디야. 크흡, 사실 조각상 머리 위가 제일 명당인 것 같기는 한데 차마 이 천사 언니의 예쁜 머리통 위에 걸터앉지는 못하겠다. 장인 정신을 가지고 한 땀 한 땀 공들여 깎은 천사 언니의 머리 위에 엉덩이를 붙이다니, 그건 있을 수 없는 무례야!

그렇게 내가 천사상의 날개에 자리를 잡았을 때, 저 멀리서 긴 행렬이 보였다. 아이고, 워낙 대규모 이동이라 그런가. 인원을 다시 정비하고 거처로 오는 데 생각보다 시간이 오래 걸렸네.

나는 다가오는 행렬을 하릴없이 구경했다. 어차피 투명화 마법을 사용하고 있던 참이라 다른 사람에게 들킬 염려도 없었다.

어디 보자, 서브남이 거기에 있나?

그리고 잠시 후 나는 기사들 사이에 있는 카벨 에른스트를 보게 되었다.

아, 있다. 혹시나 했는데 역시나네. 어디 보자. 서브남이 등장한 이후로 〈사랑스러운 공주님〉에서 중요한 사건 사고 같은 게 있었던가? 아마 없었던 것 같은데. 그냥 이제키엘이랑 제니트가 러브라인을 찍는데 조미료 역할만 좀 하다가 쓸쓸히 퇴장했던 것 같은…….

"엇?"

그런데 갑자기 카벨 에른스트가 돌연 이상하다는 듯이 주위를 두리번거리는 것이었다. 아차 하는 사이 나는 그와 눈을 마주치고 말았다.

바로 그 순간, 카벨 에른스트가 입을 쩌억 벌리며 두 눈을 부릅떴다.

"헉! 요정님……?!"

커헉! 데미지를 입었습니다!

카벨 에른스트의 우렁찬 외침이 사파이어궁 주변에 메아리처럼 울려 퍼졌다. 나는 곧바로 마법을 이용해 천사상의 날개 위를 떠났다.

"아니, 에른스트 군! 자네 갑자기 왜 소리를 지르는 건가?"

"죄송합니다, 단장님! 저 천사상 위에 분명 요정님이……."

"저 위에 있긴 뭐가 있다고?"

"어라?"

하지만 나는 이미 사파이어궁의 첨탑 위로 몸을 옮긴 후였다. 카벨 에른스트는 두 눈을 비비며 주위를 두리번거렸지만 결국은 나를 찾지 못하고 멍한 표정만 지었다.

나는 3년 전에 보았을 때보다 좀 더 어른스러워진 그를 내려다보며 가슴을 쓸어내렸다.

아, 깜짝이야. 저 서브남은 예전에도 그렇고 지금도 그렇고, 예기치 못한 곳에서 사람을 놀라게 한단 말이야? 천사상 위에 있는 나를 대번에 발견하다니, 정말 짐승 같은 육감이었다. 그래도 다년간의 학습이 있었기 때문인지 이번에는 당황하지 않고 곧바로 자리를 떠서 다행이었다. 그나저나 카벨 에른스트가 지금 나를 볼 수 있었다는 건 혹시 그때의 그 세공품을 아직도 가지고 있다는 의미인가?

나는 아를란타의 사절단이 사파이어궁으로 들어가는 모습을 지켜보다가 다시 에메랄드궁으로 이동했다.

❖❖❖

"이렇게 친히 환영회를 열어주셔서 감사합니다."

저녁 연회 자리에 카벨 에른스트는 보이지 않았다. 나는 잠시 주위를 둘러보다 말고 이내 고개를 원상 복귀시켰다. 하기야 이 많은 사람 중에서 서브남을 찾아내는 게 쉬운 일은 아니겠지.

그러고 보면 소설 속에서 제니트와 카벨이 처음 만났던 장소도 연회장이 아니었던 것 같다.

"게다가 올해는 오벨리아의 아름다운 꽃이신 아타나시아 공주님을 이렇게 가까이에서 뵙게 되어 참으로 영광인…….."

나는 클로드에게 감사 인사를 표한 뒤 이번에는 나를 향해 판에 박힌 립 서비스를 하기 시작한 아를란타 사절단의 대표를 웃는 낯으로 바라보았다.

음, 셀로이드 공작이라고 했던가? 이 아저씨도 콧수염 아저씨구먼. 아를란타에서는 아직도 콧수염을 기르는 게 유행인가?

"감사합니다. 오벨리아에 계신 동안 즐거운 시간 보내셨으면 좋겠네요."

소설 속에서도 제니트가 처음 아를란타의 사절단을 만난 건 역시 이

맘때였던 것 같다. 그래서 서브남인 카벨 에른스트가 첫눈에 제니트에게 '폴 인 러브!' 히게 되어 이제기엘과 박빙의 승부 ～～ 찌지는 이니고. 커흠, 아무튼 나름의 승부를 펼쳤었지.

이제키엘은 카벨을 여유롭게 무시했던 것 같지만, 제니트는 쾌활하고 밝은 성격을 가진 서브남과 만나는 것을 나름대로 즐거워했던 것 같다.

물론 그것은 호감을 품은 이성을 만나는 즐거움은 아니었고, 자신을 볼 때마다 반갑게 꼬리를 흔들고 다가오는 옆집 강아지를 보는 느낌의 즐거움이었던 것 같지만……. 크흑, 생각하니 또다시 짠내가 나는구나. 안타까운 서브남이여!

"아, 그러고 보니 저희 다이스 전하와 2살 차이시던가요? 다음 기회에 한번 아타나시아 공주님과 다이스 전하의 만남을 주선해 보는 것도 좋을 것 같은데 어떻게 생각하십니까? 제가 보기에는 두 분이 마치 천생연분처럼 아주 잘 어울리실 것 같은……."

콰득! 파사삭!

바로 그때 옆에서 무언가가 부서지는 소리가 들렸다. 으악, 셀로이드 공작이 불길하게 입을 턴다 싶더니만!

"접시가 종잇장처럼 얇군."

클로드가 가운데서부터 쪼개진 접시를 내려다보며 스산하게 읊조렸다. 아니, 도대체 고기를 어떻게 썰면 접시가 그렇게 여러 조각으로 깨진답니까? 이건 접시가 얇아서가 아니야!

"한데 방금 뭐라고 했나? 아무래도 헛소리를 들은 듯한데."

"그, 그것이……."

궁인들이 급히 다가와 자리를 정리하는 동안 클로드가 셀로이드 공작을 향해 음산하게 물었다. 그러자 뭔가 이건 아니다 싶었는지 곧바로 아무것도 아니었다는 대답이 돌아왔다.

나는 클로드가 싸늘한 눈빛으로 셀로이드 공작을 지그시 응시하는 모습을 보며 속으로 혀를 찼다.

아저씨, 우리 아빠는 딸바보라 그런 말 함부로 하면 안 된다구요! 잠자는 사자의 코털을 막 그렇게 건드리면 안 돼! 다이스 전하라면 아를란타의 황손인데, 나랑 천생연분일 것 같다니! 나한테 다른 남정네를 함부로 갖다 붙였다가는 사달이 나는 수가 있답니다.

"셀로이드 공. 아타나시아 공주님은 명실공히 다음 제위에 오르실 분이 아닙니까. 다이스 전하와 미리 좋은 인연을 다진다면 좋겠으나 셀로이드 공의 말씀은……."

셀로이드 공작의 옆에 있던 다른 사절단의 사람도 식은땀을 흘리며 귀엣말했다. 제 딴에는 소리 죽여 몰래 말한다고 한 것 같은데…… 루카스가 준 세계수 나뭇가지를 흡수한 이후로 청각이 은근히 좋아진 상태라 그런지 내 귀에는 그들의 대화가 똑똑히 들렸다.

"아니, 내가 무슨 말을 했다고 그러나?"

"지금 맞선을 주선하려 하시지 않았습니까?"

그래, 사실 가장 큰 문제는 저것이었다. 내가 클로드의 후계자라는 소문은 이미 타국에까지 공공연히 떠도는 것인데, 그런 나를 자기 나라 황손하고 맺어주고 싶다니? 만약 내가 직접 황위를 물려받지 않는다 해도 나와 결혼할 남자가 부마가 되어 오벨리아의 다음 황제가 될 확률이 컸다.

그리고 아를란타의 황손인 다이스는 노쇠한 현 황제가 서거한 후 아버지인 현 황태자 대신 다음 황제가 될 인물이었다. 그러니 그와 내가 맺어지는 것은 이치상으로도 맞지 않았다.

쯧쯧. 그냥 분위기도 띄울 겸 농담을 할 생각이었다고 해도 그 상대가 클로드여서야 통하지 않지. 게다가 진지한 생각이었다고 한다면 그것도 헛물을 켜고 있는 것이 아닌가?

"연약한 여인의 몸으로 어찌 제위에 오른단 말인가?"

그런데 이이시 속닥거리는 셀로이드 공작의 말에 나는 그만 삐긱 핏대가 서는 느낌을 받고 말았다.

"비록 지금은 국모의 자리가 공석이라고 하나 나중에 적통 왕자가 태어날 수도 있고, 하면 당연히 계승 서열도 바뀔 테지. 저리 꽃처럼 여리고 아름다운 공주님이신데, 잔혹한 왕위 다툼에 끼어드는 것보다 우리 다이스 전하께 시집오시는 편이 누가 봐도 더 낫지 않겠는가? 자고로 여자란 그저 곱게 살다가 남편에게 보호받으며 사는 것이 최고의 행복…….'"

뚜드득! 뚜둑!

연회장에 다시 한번 무언가가 부서지는 소리가 울렸다. 내 맞은편에 앉아 있던 두 사람도 별안간 귓가를 스친 소리에 내게 시선을 움직인 뒤였다. 나는 방긋 웃으며 손에서 힘을 풀었다.

투둑! 툭! 챙그랑!

"어머나, 실례했어요."

"허억!"

그러자 내 손 안에서 완전히 반으로 쪼개진 포크와 나이프가 테이블 위로 떨어져 내렸다. 그냥 구부러진 정도도 아니고 완전히 부러진 식기를 보고 셀로이드 공작과 다른 사절단의 사람들이 경악해 입을 벌렸다.

"시, 식기를 맨손으로 두 동강…….'"

"몸에 마력이 넘치다 보니 가끔 이렇답니다. 아, 하지만 아직 사람을 상대로 실수한 적은 없으니까요."

"그, 그렇군요…….'"

나는 사색이 된 그들을 향해 해맑은 얼굴로 호호호 웃었다.

참나, 고작 이 정도로 쪼는 주제에 연약한 여자가 어쩌구, 남편한테

보호받는 게 여자의 행복 어쩌구 했단 말이야? 에튀튓! 다 집어치우라
고 그래.

클로드에 이어 나까지 괴력을 발산하자 셀로이드 공작은 약간 기가
죽은 눈치였다.

"식기가 죄다 약해 빠져서 영 못 써먹겠구나."

게다가 그의 말에 짜증이 났던 건 나뿐만이 아닌지, 옆에 있던 클로
드의 식기는 이미 가루가 된 상태였다.

"역시 좀 더 튼튼한 걸로 바꾸는 게 낫겠죠?"

나는 클로드와 함께 천연덕스러운 모습으로 저런 대화를 나누며 궁
인들에게 새로운 식기를 받았다.

그 후의 만찬은 아주 쾌적한 환경에서 이루어졌기 때문에 나는 만족
스러웠다.

"허억!"

저 숨을 들이켜는 소리, 뭔가 낯설지 않은걸. 나는 손에 양산을 든
채로 소리가 난 곳을 향해 고개를 돌렸다. 화원을 산책 중이던 내 앞에
나타난 것은 서브남인 카벨 에른스트였다. 바람에 흔들리고 있는 곱슬
거리는 갈색 머리카락과 동그랗게 떠진 푸른 눈동자. 그는 아를란타의
기사복을 입은 채 나를 향해 멍한 표정을 짓고 있었다. 이제키엘과 마
찬가지로 카벨도 3년 전에 비해 확연히 소년티를 벗은 뒤였지만, 곧이
어 그가 외친 말은 지극히 순진한 것이었다.

"요, 요정님!"

그래, 난 다이아나 엄마를 닮아서 좀 요정 같단다. 반쯤 체념한 채
속으로 중얼거렸다. 크윽, 하지만 태연하게 이런 생각을 하다니 나도

3년 전에 비해 많이 뻔뻔해졌구나.

"그흠."

앗, 필릭스! 설마 지금 웃은 거야?

옆에 있던 필릭스에게서 헛기침 소리가 흘러나오자 나는 약간 민망해졌다. 물론 필릭스는 릴리와 함께 팔불출 베스트에 드는 사람이었기 때문에 아마도 내가 요정 소리를 들은 것이 웃겨서 웃은 건 아닐 터였다. 그냥 저렇게 다 큰 청년이 날 보고 어린애 같은 소리를 하니까 재미있어서 웃은 거겠지. 그, 그렇겠지……?

"실망시켜서 미안하지만 요정은 아니라서요."

나는 아직까지도 멍한 얼굴을 하고 있는 카벨 에른스트를 향해 말했다. 그러자 잠시 내가 한 말이 무슨 의미인지 생각하는 것 같던 카벨이 곧 무언가를 깨달은 듯 화들짝 놀라는 것이었다.

앗, 저 얼굴을 보니 아무래도 내 정체를 깨달은 눈치네. 하긴 이 보석안을 보고도 알아차린 게 없으면 그것도 큰일이지. 3년이라는 세월이 과연 짧은 건 아니었는지, 그는 곧바로 정신을 차리고 내게 예를 갖추어 사과했다.

"결례를 용서해 주십시오, 아타나시아 공주님!"

"인사를 허락해요."

"아를란타 제2기사단 소속, 카벨 에른스트라고 합니다. 부족한 몸이지만 이번 사절단에 동행하게 되었습니다. 오벨리아의 작은 태양께 축복을."

호오? 이렇게 보니 제법 정상적이잖아? 아, 아니, 물론 그렇다고 해서 카벨 에른스트가 원래 정상이 아니었단 소리는 아니지만……. 그래도 확실히 3년 전 아를란타의 학교에서 봤을 때와 비교해 보자면 철이 든 것 같다고 해야 할까, 어른스러워진 것 같다고 해야 할까.

이번에도 날 보고 요정님 소리를 한 걸 보면 아직 순진한 면은 남아 있는 것 같은데 그래도 행동거지가 좀 더 무게감 있어졌다. 으음, 3년 전의 첫 만남 때 내가 그의 앞에서 허둥대던 것을 생각하면 우리 둘 다 그동안 발전이 있었다고 봐도 되려나.

"혼자 산책 중이셨나 봐요?"

"예! 잠시 답답하여 바람을 쐰다는 게 아무래도 길을 잘못 든 모양입니다."

카벨 에른스트는 어쩔 줄 몰라 하며 말했다. 허둥지둥하는 모습을 보아하니 예기치 못한 만남에 동요한 것이 분명해 보였다.

"바, 방금 전에는 죄송했습니다. 제가 아는 요정님, 아니…… 제가 아는 사람…… 아, 아니, 안다고 하긴 좀 그렇고 전에 우연히 만났던 누군가와 몹시 닮으셔서 착각을…….'"

뺨을 약간 붉히며 더듬거리는 모습을 보자 기분이 약간 미묘해졌다. 얼마 전 디저트 카페에서 이제키엘을 만났을 때 들었던 말과 내용은 비슷한데 느낌이 참 다르네?

"그랬군요."

으음, 그런데 전에 봤던 요정님이라 하면 내가 맞잖아. 쓰읍, 왠지 좀 양심이 찔리네. 아무래도 그만 가야겠다.

"이 화원은 제가 무척 아끼는 곳이에요."

"앗, 허락도 없이 들어와서 죄송합니다. 고의는 아니었…….'"

"꽃들이 이렇게 아름다우니, 어쩌면 정말 요정이 살고 있을지도 모르지요."

몇 년 전의 일이기는 하지만 느닷없이 나타나서 요정이라고 착각하게 만든 건 미안하구나. 그러니 이번에도 나만큼은 당신을 비웃지 않으마!

"오벨리아는 사시사철이 따뜻해서 늘 꽃이 만개해 있답니다. 그러니 어쩌면 이곳에 있는 꽃의 요정이 에른스트 경을 이끈 것일지도 모르겠네요."

"……."

"전 먼저 자리를 비킬 테니 경은 화원을 천천히 둘러보아도 좋아요. 그럼 이만."

내가 웃으며 말하자 어째서인지 카벨 에른스트의 표정이 또 조금 바보 같아졌다. 으음, 저 표정 뭔가 찜찜한데. 아무래도 얼른 가야겠다. 멍한 얼굴을 하고 있는 카벨을 등진 채 먼저 뒤돌아섰다. 그렇게 내가 걷고 있을 때, 필릭스가 옆에서 나한테 슬쩍 속삭였다.

"아무래도 공주님의 추종자가 또 한 명 늘어난 것 같군요."

"으음."

여, 역시 그렇지? 저 얼굴은 어디로 보나 '첫눈에 뿅 간' 것 같은 얼굴이었는데. 서, 설마 원래 여기서 제니트를 만났어야 했는데 대신 나를 만나 버려서 그런가? 그래서 제니트 대신 나한테 반한 거야, 설마? 에이, 아니겠지…….

슬쩍 뒤돌아봤지만 여전히 나를 쳐다보고 있는 카벨 에른스트가 눈에 들어와서 오히려 찜찜함만 더욱 커졌다. 나는 발걸음을 서둘러 화원을 벗어났다.

─❈─

이틀 뒤 나는 또다시 카벨 에른스트를 만났다.

"안녕하십니까!"

군기가 잔뜩 든 목소리가 울리는 순간 나는 흠칫해서 고개를 돌렸다. 그리고 시야에 들어온 얼굴에 나도 모르게 끄응─ 소리 내고 말았다.

"아를란타 제2기사단 소속 카벨 에른스트입니다!"

그는 내가 자신을 기억하지 못할 수도 있다고 생각하는지, 우렁찬 목소리로 또 한 번 자기소개를 했다. 아니, 그런데 여긴 지난번에 만났던 화원도 아니잖아. 두 번씩이나 우연히 만나다니, 뭔가 좀 이상한데.

"오늘도 혼자 산책을 나오신 모양이네요⋯⋯."

"아니요, 오늘은 동료와 함께 대련을 하다가 멀리 지나가시는 것을 보고⋯⋯."

뭐?

나는 그의 말을 듣고 멈칫했다. 그러니까, 지금 여기서 우연히 만난 것도 아니고 멀리서 날 보고 쫓아왔다 이 말이니? 아니, 왜 굳이 나를⋯⋯.

카벨도 무심코 한 말인지 자기가 말해놓고 자기가 당황하는 모습이었다.

"그, 그게, 오늘 우연히 공주님께 어울리는 꽃을 찾아서⋯⋯."

하지만 변명조로 횡설수설 읊은 말이 분위기를 더 이상하게 만들고 있었다. 나는 등 뒤로 식은땀이 흐르는 것을 느꼈다.

도, 도대체 왜 그러는 겁니까, 서브남이여! 당신이 그러면 진짜로 나한테 반해서 이러는 것 같잖아?

"그러니까, 저는 그저⋯⋯ 이걸 드리고 싶었습니다!"

그리고 마침내 카벨 에른스트가 내게 내민 것을 보고 나는 또 한 번 미묘한 기분이 들고 말았다.

잠깐! 그거 내 화원에 있는 꽃 아니야? 지금 내 꽃을 따서 나한테 선물하는 거야? 그, 그건 또 무슨 이상한 선물법이랍니까? 이건 오히려 왜 내 꽃을 마음대로 꺾었냐고 화내도 될 상황 아닌가?

하지만 꽃에서 시선을 떼고 고개를 들었을 때, 나는 차마 그에게 뭐라고 할 수 없는 마음이 되어버렸다. 대련 중에 나를 쫓아왔다는 말이 진실인지 카벨 에른스트는 기사단의 정복이 아닌 가벼운 셔츠 차림을 하고 있었다. 헝클어진 머리 하며, 바짓단에 묻은 흙 하며⋯⋯. 그런 행색이라 그런지 그의 손에 들린 분홍색 꽃이 더욱 두드러져 보였다.

게다가 여기까지 뛰어 와서 그런지, 아니면 쑥스러워서 그런지 약간 붉게 물들이 있는 얼굴이 은근히⋯⋯.

"고마워요."

귀엽잖아?

나는 과연 제니트를 웃게 만들었던 서브남답다고 그를 후하게 평가하며 꽃을 받아 들었다.

내가 꽃을 받아 들자 카벨 에른스트는 기쁜 눈치였다. 꼭 덩치 큰 강아지 같네. 화악 밝아지는 얼굴을 보니 감정이 참 그대로 드러나는 사람 같구나 싶기도 하고.

"어울리나요?"

"잘 어울리십니다!"

갑자기 장난기가 샘솟아서 꽃을 들고 묻자 카벨이 대번에 고개를 끄덕이며 긍정해 왔다.

"정말 꽃의 요정 같으십니다, 공주님."

덩달아 옆에 있던 필릭스까지 나한테 금칠을 해줬다.

쿠, 쿨럭. 하지만 꽃의 요정이라니. 역시 민망하다. 창피하다. 서브남과는 이쯤에서 헤어지는 게 좋겠다!

"방에 있는 화병에 꽂아 놔야겠네요. 선물 고마워요, 에른스트 경."

나는 웃는 얼굴로 카벨에게서 뒤돌아섰다. 이번에도 그가 나를 쳐다보고 있는지 등 뒤가 계속 간지러웠다. 결국 산책을 하는 둥 마는 둥 한 나는 에메랄드궁으로 돌아와 내 방에 있던 루카스를 만났다. 그가 내 방에 찾아온 것은 꽤 오랜만이었다.

"언제 와 있었어?"

루카스는 소파 등받이에 걸터앉아 권태로운 몸짓으로 책장을 넘기다가 나를 향해 고개를 돌렸다. 그리고 곧 내 손에 들린 것을 보고 물었다.

"웬 꽃이야?"

"선물 받았어."

바로 그 순간 루카스의 눈썹이 꿈틀거렸다.

"누구한테?"

"있어, 멍멍이과 서브남."

"흐응."

루카스가 책을 든 손을 밑으로 내리며 다른 한 손을 나한테 자연스럽게 내밀었다. 그래서 나는 무심코 들고 있던 꽃을 루카스에게 건네주고 말았다.

"이거 네 화원에 있던 꽃 아냐? 그런데 그게 무슨 선물이야?"

커흑, 이 자식. 아픈 데를 찌르는군.

"준 사람 마음이 담겨 있으니까 선물 맞아."

그래, 카벨 에른스트가 준 선물을 무시하지 말라구! 물론 나도 너와 같은 생각이기는 했지만 그래도 생긴 것과 하는 행동에 갭이 있어서 그런지 제법 귀여웠단 말이야. 으음, 하지만 확실히 찜찜하긴 하다. 원래대로라면 제니트한테 반해야 할 서브남을 본의 아니게 내가 낚아버린 느낌인데……. 소설과 달리 제니트가 황궁에 없어서 그런가? 원래도 두 사람이 처음 만난 곳이 화원이었던가? 으윽, 당최 기억이 나야 말이지.

찌르릉.

나는 잠시 고민하다가 문득 새가 푸드득거리며 우는 소리가 들려서 고개를 돌렸다.

"너 지금 뭐 해?!"

그리고 곧바로 기함하여 소리 질렀다.

"멍멍이인지 뭔지가 좋은 선물해 줬네? 네 애완 새 마음에 들었나 봐."

내 눈에 띈 것은 루카스가 새장 속에 꽃을 집어넣고 있는 광경이었다! 게다가 새장 속에 있는 파랑이가 그 꽃을 난자해 놓는 광경을 나는 보고야 말았다!

"그 멍멍이가 네 새 취향을 알고 이런 걸 줬나 본데 앞으로 별식 삼아 가끔 주는 것도 괜찮겠네."

삐삐! 삐이!

루카스는 그래 놓고 천연덕스럽게도 해맑게 웃으며 말했다. 내가 급히 다가갔지만 이미 꽃은 꽃받침과 줄기만 남아 있었다.

나는 새장 바닥에 흩어진 꽃잎을 부리로 물고 뜯고 씹고 맛보고 하면서 파랑이가 신이 나서 푸드덕거리는 모습을 멍하니 바라보았다.

"네가 초딩이야? 왜 내가 받은 멀쩡한 꽃을 파랑이 밥으로 만들어?"

"마음에 안 드니까."

"뭐가?"

"이 꽃이 구리게 생겨서 그런가?"

뭐얏?! 그건 내 꽃에 대한 모욕이야!

"이게 얼마나 예쁜 꽃인데! 황궁 정원사 아저씨가 얼마나 공들여 가꾼 꽃인지 알아?"

"그딴 거 모르고 알고 싶지도 않지만 그럼 다시 줄게."

화아악.

바로 그 순간, 코끝에 웬 달짝지근한 향기가 흘러들었다. 정신을 차렸을 때, 이미 나는 분홍색 꽃 더미 사이에 파묻힌 뒤였다. 황당하게 루카스를 쳐다보았지만 그는 자신이 불러낸 꽃들 사이에 파묻힌 나를 보고 만족스러운 표정을 지을 뿐이었다.

"아까 그 꽃보다 훨씬 예쁘네."

"그거랑 이거랑 똑같은 꽃이잖아?"

"안 똑같은데?"

이, 이놈이 지금 나랑 말장난하나? 어디로 보나 똑같은 꽃인 게 분명한데 뭐가 아니란 거야!

그런데 순간 이상한 기시감이 들었다. 그러고 보니까 지난번 야유회 때 마차 안에서도 이랬지? 내 장갑을 마음대로 홀랑 없애 버려 놓고는 다시 똑같은 걸 만들어주지를 않나. 그때는 이제키엘이 만진 내 장갑을 더러운 거라고 했었고, 이번에는 카벨 에른스트가 나한테 선물해 준 꽃이 마음에 안 든다고…….

그 순간 갑자기 '어라?' 싶었다.

"루카스, 너……."

"아, 뭐. 고맙다는 말은 안 해도 돼. 어차피 별거 아니니까."

"그게 아니라……."

"그러니까 또 갖고 싶은 거 있으면 나한테 말하고. 괜히 딴 놈한테 이딴 거 받아 오지 말고."

그 말을 듣고 '어라?' 싶은 마음이 또 무럭무럭 자라났다.

"그리고 딴 놈한테 아무거나 함부로 주지도 마. 찾아가서 처리하려면 귀찮으니까."

그 말을 하며 무엇을 생각하는지 루카스는 잠시 미간을 좁혔다. 나는 벙 쪄 있다가 문득 질문했다.

"내가 누구한테 뭘 줬는데?"

"줬잖아. 탑의 늙은이한테, 실험 재료."

아, 머리카락 말인가? 탑의 수장 할아버지가 요즘 계속 그거 가지고 실험 중이라더니, 루카스도 소식을 들은 모양이다. 그런데 처리라니? 도, 도대체 뭘요?

"처음 그 얘기를 들었을 때 생각보다 기분이 더 나쁘더라고."

루카스가 꽃 무더기 속에서 꽃을 한 송이 빼 들며 말했다. 그는 여전히 웃는 낯이었지만 나는 마주한 눈빛에서 서늘한 기운을 발견하고 흠칫하고 말았다. 비로소 나는 오늘 그가 여기에 왔던 이유가 지금 이 말을 하기 위해서였단 사실을 깨달았다.

"그, 그냥 머리카락 한 올인데."

"그래, 고작 머리카락 한 올인데."

나도 모르게 변명했다. 솔직히 내가 누구한테 뭘 주든 그건 내 마음인데! 어흑, 하지만 지금 루카스의 분위기가 왜인지 심상치 않아서 솔직히 약간 쫄았다.

"그래서 그냥 다 죽여 버릴까 하다가."

주, 죽이다니? 누구를? 수장 할아버지를?!

"그냥 실험실만 뒤엎고 말았지."

그 말을 듣고 나는 안심했다. 물론 루카스가 진짜로 수장 할아버지를 죽일 리는 없었다고 생각하지만, 왜지 지금 한 말은 좀 진심 같아서 나도 모르게 긴장하고 있었나 보다.

"내가 다 죽여 버리면 왜지 네가 싫어할 것 같다는 생각이 들었거든."

"그래! 사람은 자기 안의 분노를 조절할 줄 알아야 참된 어른인 것……."

"그런데 그런 생각을 하니까 또 기분이 나빠지더란 말이지."

"뭐?!"

이 종잡을 수 없는 놈이? 잘 나가다가 또 왜 기분이 나쁘대?! 그리고 이어지는 루카스의 말에 나는 이상한 기분이 되어버렸다.

"나도 모르는 사이에 나한테 너라는 '제약'이 생겨 버렸단 말이잖아."

"루카스……."

"꼭 약점 잡힌 것 같아서 이만저만 기분이 불쾌한 게 아니야."

나는 말문이 막혀서 마주한 얼굴을 그저 가만히 바라보기만 했다.

"그러니까 아무 놈한테 아무거나 받고 아무거나 주고 하지 말라고."

화아악.

루카스의 손에 들려 있던 꽃이 순식간에 하얀 재가 되어 허공에 흩날렸다.

"다음엔 내가 어떻게 할지 나도 모르겠으니까."

그 말을 끝으로 루카스는 내 얼굴을 물끄러미 쳐다보다가 곧 내 눈앞에서 사라졌다. 그가 떠난 빈자리에 재가 된 꽃잎들이 소리 없이 내려앉았다.

나는 꽃 더미 사이에 파묻힌 채로 멍하니 생각했다.

루카스……. 저기 너, 설마 지금 그거 나한테 고백한 거니……?

⋇⋇⋇

허 참. 루카스 걔, 참 알다가도 모르겠단 말이야?

나는 어제 봤던 루카스의 기행에 대해 고심하고 있었다. 분명 말하는 뉘앙스는 고백 비스무리 했는데 정작 '이건 고백! 판결! 땅땅!' 하자니 뭔가 고개를 갸웃하게 되었다. 아무래도 대상이 깜또라는 위명을 얻었던 루카스라서 그런가 보다. 평소에도 내가 자기 거니 어쩌니 했던 놈이니만큼 그냥 맛 간 소유욕 때문에 저러는 게 아닌가 싶기도 하고.

하지만 나는 '소유욕'이란 단어를 머릿속에 떠올린 순간 흠칫하고 말았다. 기, 기분 탓인가. 이 단어 뭔가 좀 낯간지럽게 들리지 않아? 괜한 기분이겠지? 게다가 내가 자기의 약점 같은 거라니, 이런 오묘한 말이…….

"공주님, 그간 잘 지내셨습니까. 오벨리아의 번영이 함께하시기를."

그렇게 내가 혼자 심심한 고민에 빠져 걷고 있을 때, 내 맞은편에서 누군가가 인사를 해왔다.

"오랜만이네요. 알피어스 공도 그간 잘 지냈나요?"

나는 오랜만에 황궁 안에서 만난 알피어스 공작을 향해 웃어 보였다. 그러자 그도 나를 보며 웃는 낯으로 입에 발린 말을 시작했다.

"염려해 주신 덕분이지요. 그나저나 날이 갈수록 빛이 나는 공주님의 미모에 탄복을 금치 못하겠습니다."

"알피어스 공이야말로 나날이 젊어지시는 것 같아요."

하하 호호. 우리는 겉보기에는 제법 화기애애해 보이는 모습으로 잠깐 서로의 얼굴에 금칠을 해주었다.

"아바마마를 뵈러 가시는 길인가요?"

"예, 그렇습니다."

그때, 흰둥이 아저씨가 크흠 헛기침을 하며 은근한 목소리로 말했다.

"실은 마침 제 아들이 지금 황궁에 있습니다."

"그런가요?"

"예, 사절단의 인원 중에 아를란타 유학 시절 함께 수학했던 동문이 있다더군요."

"그렇군요."

하지만 지금 로저 알피어스가 왜 저런 말을 하는지 눈에 뻔히 보였기 때문에 원하는 반응을 보여 주기 싫었다. 내가 시큰둥하게 대답하자 알피어스 공작이 눈썹을 한차례 꿈틀거렸다. 척 보아하니 '우리 이제키엘을 상대로 그런 심드렁한 반응을 보이다니! 믿을 수 없어!'라는 표정이었다. 하긴 다른 사람도 아니고 그 이제키엘이 근처에 있다는데 이런 심심한 반응을 보이는 사람이 나 말고 또 있을 리는 없지. 다른 영애들이라면 당장에 치맛자락을 휘날리며 달려가고도 남을 테니.

하지만 나는 흰둥이 아저씨를 놀려 주는 게 더 재미있었다. 그런데 이제키엘의 방문 소식이 나한테 통하지 않는다는 사실을 눈치챈 로저 알피어스가 이번에는 다른 카드를 내밀었다.

"크흠. 제니트, 그 아이도 함께 있으니 언제든 궁에 불러 주시면 기쁘게 달려갈 겁니다."

"마그리타 양이 지금 황궁에 있나요?"

"예, 그렇습니다."

이건 좀 먹혔다. 사실 지난번 다과 시간 이후 제니트는 내가 불러도 이런저런 이유를 대며 황궁에 오지 않았다. 그래서 한 번은 내가 직접 찾아가 볼까 싶기도 했으나, 마침 클로드가 내준 '마법 수식을 활용해 최대한 효율적으로 씨앗을 성장하게 해보아요!' 퀘스트 때문에 바빠져서 그러지 못했다.

"황궁이 넓어 찾기 어려우실 테니 사람을 보내시면……."

"그럴 필요 없어요. 마력을 쓰면 어디에 있는지 곧바로 알 수 있으니까요."

나는 황궁 안에서 마력 사용에 전혀 제약을 받지 않았기 때문에 마음만 먹으면 사람 하나 찾는 것 정도는 식은 죽 먹기였다. 사실 평소에는 안 쓰는 마법이었지만…….

우윽, 솔직히 이런 식으로 드러내 놓고 잘난 척하듯 말하는 건 내 스타일이 아니긴 했다. 하지만 흰둥이 아저씨한테는 달랐다. 어쩌면 무의식중에 그에게 경고하고 싶은 건지도 모르지. 나는 아무 힘도 능력도 없던 소설 속의 아타나시아와 다르니까 섣불리 행동하지 말라고.

"기사단이 사용하는 연무장에 있네요."

그래서 지금도 이렇게 퍼포먼스 하듯이 화려하게 마법을 쓰고 말이야! 내가 따악 손가락을 튕기자 오색 찬연한 빛이 불꽃처럼 화악 일어난 뒤 알피어스 공작의 앞을 쏜살같이 지나쳐 갔다. 나는 빛의 잔상을 얼떨떨하게 바라보고 있는 그를 향해 방긋 웃으며 말했다. 그러자 곧 그가 잠시 티 나지 않게 내 얼굴을 살피다가 허허 너털웃음을 지었다.

"본래도 특출하셨던 공주님의 능력이 나날이 일취월장하시니 신하 된 몸으로 기쁘기 그지없습니다."

흐음. 나도 가늘게 뜬 눈으로 잠깐 그를 마주 보다가 곧 웃는 얼굴로 먼저 발길을 돌렸다.

"산책 삼이 연무장에 들러 보는 것도 괜찮을 것 같네요. 알피어스 공도 늦기 전에 가 보셔야죠. 그럼 오벨리아의 축복이 함께하기를."

"오벨리아의 평안이 함께하시기를."

나는 흰둥이 아저씨와 헤어진 뒤 걷기 시작했다.

"공주님, 연무장에 가실 겁니까?"

"글쎄."

나를 뒤 따라오던 필릭스가 묻는 말에 나는 떨떠름하게 대답했다. 제니트는 한번 만나 보고 싶기도 한데 흰둥이 아저씨 때문에 영 찜찜하단 말이야. 왠지 몇 년 전부터 하는 걸 보면 나한테 무척 우호적인 것 같기는 하지만, 그래도. 게다가 제니트만 있는 게 아니라 이제키엘도 같이 있다고 하니…….

원래 나는 지금 탑에 가는 길이었는데, 어차피 목적지에 도착하려면 황실 기사단이 사용하는 연무장 쪽을 지나야 하기는 했다. 그때까지 좀 더 생각해 보기로 하고 일단 계속 걸음을 옮겼다.

어라? 그런데 제니트가 지금 이제키엘하고 같이 있다면, 둘이서 카벨 에른스트를 만나고 있다는 얘기잖아? 헉, 드디어 여주인공과 서브남의 첫 만남인 건가? 그럼 이번에야말로 카벨 에른스트가 제니트에게 '폴 인 러브!' 하는 걸까? 왠지 궁금하잖아!

"필릭스, 연무장에 살짝만 들르자."

"예, 공주님."

살짝만 들르자는 뜻은 내 뒤에 줄줄이 달린 수행원들을 두고 단둘이 조용히 다녀오자는 의미였다. 호기심을 해소하고 싶기는 해도 별로 그들의 눈에 띄고 싶은 건 아니었으니까.

"하앗! 얍!"

연무장에서는 오늘도 기사들이 한창 열심히 단련하고 있었다. 나는 우렁차게 울리는 기합을 들으며 조용히 발걸음을 옮겼다.

음? 그런데 기분 탓인가? 왠지 오늘따라 기사님들 기합에 더 힘이 들어간 것 같은데?

그리고 좀 더 가까이 갔을 때, 나는 그 이유를 깨달았다.

아하, 예쁜 아가씨가 자기들을 구경하고 있으니 기합이 잔뜩 들어간 거구먼?

나는 레이스 양산 아래로 긴 갈색 머리카락을 나부끼고 있는 제니트를 보고 참 속 보이는 기사 오빠들이라고 생각했다. 하긴, 궁인들이 오다가다 연무장을 구경해도 바짝 각을 잡는 게 눈에 보일 정도인데 하물며 그 대상이 레이디 중의 레이디인 제니트라면야.

왜, 로맨스 소설을 봐도 그런 게 있잖은가. 고귀한 레이디에게 서약을 바치는 기사들의 판타지라거나. 나는 바로 어제도 심심풀이로 읽었던 로맨스 소설을 떠올리며 생각했다.

"구령 맞춰서! 하나, 둘!"

"하나, 둘!"

"가로 베기! 으랴압!"

"으랴압!"

그런데 구령을 맞춰서 훈련하는 황실 기사단과 달리 한쪽 구석에서 자유 대련을 하는 것 같은 사람들이 있었다.

앗, 카벨 에른스트랑 이제키엘이잖아? 이제 보니 제니트가 보고 있는 것도 그들이었다. 그럼 저 기사 오빠들은 지금 헛물켜고 있는 건가? 으앙, 짠내가!

"알피어스 공자와 지난번 공주님께 꽃을 선물했던 기사로군요. 방금 알피어스 공이 말했던 아를란타의 동문인가 봅니다. 신기한 우연이네요."

필릭스가 약간 놀란 듯이 말했다.

나는 이제키엘이 저런 식으로 대련하는 모습을 처음 봐서 흥미진진한 마음이 되었다. 키벨과 이제키엘은 둘 다 목검을 들고 있었다. 그런데 왠지 이제키엘이 느슨히 상대하는 것 같은데?

"무승부네요. 알피어스 공자는 문무 모두에 능하군요."

결과는 필릭스가 말한 대로 무승부였다. 보아하니 둘 다 전력을 다하지는 않은 듯했지만 아무래도 이제키엘이 봐준 느낌이었다. 역시 오벨리아 부동의 최고 신랑감!

나는 두 사람이 제니트에게 다가가는 모습을 보다가 자리에서 발길을 뗐다.

"가자, 필릭스."

"이렇게 그냥 가셔도 괜찮으시겠습니까?"

그런데 필릭스가 다 안다는 듯이 아빠 미소를 지으며 말하는 것이었다.

"친구분께 계속 신경 쓰고 계셨잖아요."

앗, 내가 제니트에게 은근히 신경 쓰고 있는 걸 들켰단 말인가! 우리 필릭스가 달라졌어요! 정말 눈치가 이렇게 빨라지다니! 감동적이긴 하지만 지금은 안 반갑다, 으아앙!

"음, 하지만……."

그래도 왠지 지금 그녀를 만나러 가기는 좀 그랬다. 나는 됐으니 그냥 가자는 말을 하려고 하며 무심코 연무장 쪽으로 고개를 돌렸다. 그리고 오후의 햇빛을 담은 진한 금색의 눈동자를 보고 말았다.

아, 이제키엘하고 눈 마주쳤다. 나 지금 되게 존재감 없이 조용히 서 있었는데 어떻게 알고 내가 있는 쪽으로 고개를 돌린 거지? 으헉, 알다가도 모르겠네.

나는 그들을 몰래 훔쳐보다가 들킨 사람처럼 약간 난처해졌다. 아, 아닌가. 몰래 훔쳐봤던 거 맞나? 크흑.

"세 분 다 이쪽을 보고 있네요."

"필릭스 때문이야."

나는 볼멘소리로 투덜거렸다. 곧바로 그들이 나를 향해 다가왔기 때문에 다시 웃는 얼굴을 하기는 했지만.

"아타나시아 공주님. 오벨리아의 축복이 함께하시기를."

"알피어스 공자, 마그리타 양, 그리고 에른스트 경. 반가워요."

세 사람의 표정은 제각기 달랐다. 이제키엘은 나를 향해 대외용 미소를 짓고 있었고, 제니트는 마찬가지로 웃는 얼굴이었으나 어딘가 이 자리가 불편하게 느껴지는 기색이었다. 그리고 카벨 에른스트는 긴장한 모습으로 있다가 내가 마주 인사하자 금세 얼굴을 활짝 폈다.

"그를 먼저 만나 보신 적이 있으신 모양입니다."

아무래도 친구의 낌새가 이상했는지 이제키엘이 내게 물었다.

"네, 아를란타 사절단의 환영 연회 때 만났지요."

"예! 이렇게 다시 뵙게 되어 영광입니다!"

나는 일부러 얼마 전 화원에서 만난 그에게 꽃을 받은 일은 말하지 않았다.

그, 그런데 서브남이여. 왜 날 보면서 그렇게 뺨을 붉히는 거야? 당신이 사랑에 빠져야 할 레이디는 바로 옆에 있잖아! 엎어지면 코 닿을 거리에 제니트가 이렇게 꽃처럼 아리따운 모습을 하고 서 있는데!

"그때는 감사했습니다!"

그런데 별안간 그가 나를 향해 대뜸 감사 인사를 하는 것이었다.

"공주님께서 꽃을 받아주셔서 기뻤습니다!"

앗, 꽃 얘기를 냉큼 해버리다니!

"꽃이라고?"

"꽃이요?"

이제키엘과 제니트의 반문이 두 귀를 파고들었다.

"또 공주님과 어울리는 꽃을 찾았는데 다음에 드리고 싶습니다!"

내 화원에 땜빵이라도 만들 셈이냐!

"고맙지만 마음만 받을게요."

"헉, 제 마음을……?!"

으악, 그 반응은 또 뭐야! 수줍게 몸을 비비 꼬지 마!

나는 이제키엘이 제 친구의 이상한 모습을 보며 한순간 눈매를 움찔하는 것을 보고야 말았다.

"마그리타 양도 오랜만이에요."

나는 카벨 에른스트를 애써 외면하며 제니트를 향해 고개를 돌렸다. 그러자 그녀도 호기심 어린 눈빛을 거두고 나를 쳐다보았다. 제니트는 여전히 지금의 상황이 조금 불편한 눈치였지만 그래도 그것을 드러내지는 않으며 말했다.

"네. 저도 오늘 공주님을 뵙게 될 줄은 몰랐는데, 기뻐요."

"흐음, 그 말은 오늘 제 얼굴도 보지 않고 그냥 갈 생각이었단 거군요?"

"아, 그게 아니라……."

미안합니다, 잠깐 장난기가 발동해서. 내 짓궂은 말에 제니트가 당황해서 입술을 달싹였다. 그 모습은 초특급으로 귀여웠지만 너무 당황하게 만드는 것도 미안하니 이쯤에서 말을 돌려야겠다고 생각했다. 하지만 내가 그러기 전에 이제키엘이 먼저 곤경에 빠진 제니트를 구해 주었다.

"그와는 구면이라 하시니 따로 소개하지 않아도 되겠군요. 카벨 에른스트는 아를란타에서 저와 함께 수학했던 친우이기도 합니다. 오늘은 그를 만나러 온 참인데, 뜻하지 않게 이런 격의 없는 모습을 보여드리게 되어 부끄럽습니다."

윽, 내가 대련 구경한 걸 알고 그런 말을 하는 거구나! 나는 약간 민망해졌지만 오히려 당당하게 말했다.

"천만에요. 두 분의 멋진 모습에 연무장을 지나던 제 발길이 멈춰질 정도였는걸요."

"앗, 설마 대련하는 모습을 보셨습니까?!"

내 말에 카벨 에른스트가 격하게 반응했다.

"이제키엘! 한 번 더 붙자!"

"대련은 딱 한 번만 하기로 했을 텐데."

"무승부였으니까, 무효지! 자, 가자!"

"흐음."

상큼하게 웃는 얼굴로 거절하던 이제키엘이었으나 어째서인지 그는 마음을 바꾼 듯 나를 향해 말했다.

"공주님, 허락해 주신다면 잠시만 자리를 비우겠습니다."

"그러세요. 저는 마그리타 양과 함께 있을게요."

내 말에 제니트가 '앗!' 하는 표정을 지었다. 하지만 이미 두 사람은 자리를 뜬 뒤였다. 나는 생글생글 웃으며 그들을 떠나 보냈다.

"제니트, 여기 앉아요."

나는 어깨에 두르고 있던 숄을 잔디 위에 깐 뒤 제니트를 불렀다. 그러자 그녀가 화들짝 놀라 고개를 저어 보였다.

"풀물이 들 거예요. 차라리 제가······."

"괜찮아요. 자, 어서 이리 와서 앉아요."

나는 거절하는 제니트를 홀랑 내 옆에 앉혔다. 그녀는 내 숄 위에 앉은 게 영 마음에 걸리는 듯 불편하게 꼼지락거렸다.

나는 제니트의 옆얼굴을 보며 슬쩍 물었다.

"얼굴이 좀 안 좋아 보이네요. 무슨 일 있었어요?"

"아니에요."

아닌 게 아닌 것 같은데······.

하지만 대답이 너무 칼같이 돌아와서 더 묻기도 좀 그랬다. 보통 저렇게까지 부정하는 건 긍정의 의미인 경우가 많은데 말이지. 아무래도 지닌빈 다과회 닐이 엉 마음에 걸렸나. 그때 세년실에 간다고 나갔다가 생각보다 늦게 돌아온 것도 그렇고, 다시 화원에 들어선 제니트가 어째서인지 먼발치에서 다른 영애들과 함께 있는 나를 물끄러미 쳐다보고 있던 것도 그렇고…… 그리고 또 그러고 나서 클로드가…….

"……."

나는 말없이 제니트의 얼굴을 바라보며 얼마 전 클로드와 나누었던 대화를 회상했다.

"얼마 후 있을 사냥 대회에 참석하고 싶다고?"

클로드가 말하는 사냥 대회는 아를란타의 사절단도 참석하는 친선 도모용 행사였다. 그러니 나도 공주로서 얼굴을 비쳐 주는 게 좋았다.

"네, 어차피 제가 직접 사냥을 할 건 아니지만요."

"그래, 원한다면 그러려무나."

클로드도 단박에 오케이 했다. 그런데 잇따라 그가 한 말에 나는 멈칫하고 말았다.

"아타나시아."

"네."

"네 다과회에 초대되어 온 손님 중에 마그리타라고 했었던가."

그의 입에서 흘러나온 마그리타라는 이름은 한순간 내 가슴을 크게 뛰게 할 만했다.

"전에도 말했었지만 너무 정 주지 말아라."

그렇게 말하는 클로드는 방금 전 무슨 말을 했냐는 듯 무심한 표정을 짓고 있었다. 사실 그는 예전에도 내게 저런 말을 했던 적이 있었다. 그때 나는 괜히 흠칫해서 클로드에게 왜냐고 물었고, 그는 그런 내게 '정을 줘 봤자 어차피 나중에는 만나지 못하게 될 테니까'라고 말했다. 그 말을 듣고 나는 표면적으로 제니트가 마그리타의 성을 달고 잠시 알피어스에 머물고 있는 것이라는 사실을 떠올렸다. 하지만 지금은 클로드가 사실 다른 이유 때문에 이러는 것이 아닐까, 하는 생각이 들었다.

나는 마주한 그의 얼굴을 물끄러미 바라보다가 이내 장난스럽게 웃었다.

"흐응. 아빠, 질투하시는구나?"

그 순간 클로드의 눈매가 꿈틀거렸다.

"질투라니 그런 쪼잔한 걸 내가 할 것 같나?"

"에이, 걱정 마세요. 전 아빠가 세상에서 제일 좋으니까요. 아무리 친한 친구가 생겨도 아빠한테는 못 이겨요!"

"그건 당연한 거고."

나는 가소롭다는 듯 흥, 콧방귀를 뀌는 클로드를 보며 한동안 그를 더 놀려 댔다.

음. 오늘의 회상은 여기까지!

나는 제니트에게서 시선을 떼고 연무장을 바라보았다.

"헉, 공주님!"

"뭣?!"

"공주님이시라고?!"

그런데 나를 발견한 기사들이 화들짝 놀라며 곧장 기사의 예를 갖추어 인사하는 것이 아닌가? 나는 급히 달려온 기사단장을 향해 나를 신경 쓰지 말고 훈련을 계속하라는 의사를 전한 뒤 다시 자리에 착석했다.

"정렬! 찌르기 시작! 이얍!"

"이야아압!"

앗, 그런데 구령 소리가 아까보다 더 커졌잖아? 이래서 처음에 조용히 다녀가려고 했던 건데. 나는 남몰래 쯧 혀를 찼다. 제니트는 무슨 생각을 하는지, 그런 나를 물끄러미 쳐다보고 있었다. 그런데 제니트 표정이 왠지 좀 어두워 보이는 것 같기도 하고.

"실은 여기 오는 길에 알피어스 공을 만났어요."

"아, 그러셨어요?"

"네, 알피어스 공자와 제니트가 함께 황궁에 왔다고 하더라고요."

"이제키엘의 학창시절 친구라고 들어서, 어떤 분인지 저도 궁금해서요. 그래서 따라와 버렸어요."

그런가. 좋아하는 사람의 친구라고 하면 확실히 좀 궁금할 것도 같고. 오벨리아에서도 이제키엘은 뭔가 혼자서 고고한 느낌이라 친구라고 할 만한 사람은 딱히 없는 것 같은데. 물론 친분을 쌓은 귀족 자제야 수두룩하겠지만.

"저랑 비슷하네요. 전 제니트가 여기 있다는 말에 와 버렸거든요. 원래는 탑에 가려고 했는데."

내 말에 연무장을 응시하고 있던 제니트의 고개가 움직였다. 나는 그녀의 푸른 눈동자를 보며 덧붙였다.

"제니트가 요즘 만나 주지 않아서 적적했어요."

마주한 눈동자에 얕은 파문이 이는 것이 보였다. 제니트에게 무슨 일이 있었다는 것은 확실해 보였고, 그게 무엇인지는 몰라도 오늘까지도 이렇게 침체되어 있을 정도면 작은 일은 아니었을 것이다.

"아마 오늘도 제니트가 있다는 말을 듣지 않았으면 여기 오지 않았을걸요."

사실 나는 상대가 다른 사람이었다면 '무슨 일인지는 모르겠지만 힘들 때는 언제든 말해달라. 내가 힘이 되어주겠다'고 말할 수도 있었을 것이다. 하지만 나는 그러지 않았다. 왜냐하면 클로드의 말이 없었다고 해도, 나는 내가 그녀를 위해 해줄 수 있는 것은 이 정도 선이라는 걸 스스로에게 언제나 주지시키고 있었기 때문이다.

"공주님, 전 공주님이 정말 좋아요."

"나도 제니트가 좋아요."

아마도 우리가 서로에게 말하는 '좋아요'는 같은 마음이 아니겠지. 그렇기 때문에 나는 그녀에게 미안했고, 또 그렇기 때문에 그녀를 완전히 받아주지도 끊어 내지도 못하는지도 몰랐다.

"공주님은 항상 제가 듣고 싶은 말을 해주세요. 그게 너무 신기해요."

그것은 몇 년 전 이모인 로자리아 백작 부인을 잃고 제니트가 울고 있을 때 느꼈던 마음과 비슷했다.

"으악, 말도 안 돼!"

그때, 연무장 쪽에서 절규하는 소리가 들려서 고개를 돌려 보니 카벨 에른스트였다. 왜인지 이제키엘한테 카벨이 당하는 느낌이더니 이제야 확실히 결판이 난 모양이다.

"이제키엘이 이겼나 봐요."

제니트가 방금 전에 비해 확연히 가벼워진 얼굴로 말했다.

"그러게요. 제니트랑 얘기하느라 대련은 잘 보지도 못했네요."

"저도요."

다가오는 두 사람을 보다가 우리는 얼굴을 마주하고 호호 웃었다.

"두 분 다 멋있었어요."

"헉, 정말요?"

"맞아요, 정말 멋졌어요."

카벨 에른스트는 풀 죽은 대형견처럼 축 처져 있다가 나와 제니트의 칭찬을 받고 다시 소생했다. 제니트보다 밝은 색의 벽안이 유리구슬처럼 반짝반짝 빛났다. 호오, 이렇게 보니 카벨 에른스트도 꽤나 미남이잖아? 그동안 하도 미형의 사람들만 봐 와서 그런지 나도 눈이 높아져 있었나 보다. 하긴, 괜히 서브남이겠어?

"사실은 학술원 시절, 무술 과목만큼은 제가 이제키엘보다 성적이 좋았습니다!"

"어머나, 학술원 시절 이야기라니. 궁금하네요."

"다음에 또 뵙게 되면 자세히 이야기해 드리겠습니다."

물론 제니트의 말의 완성형은 '이제키엘의 학술원 시절 이야기라니, 궁금해요!'겠지만 아무렴 어떠랴. 나는 즐거워 보이는 제니트와 카벨 에른스트를 보며 이제야 사랑의 화살표가 제대로 작동하는 건가 싶어서 혼자서 고개를 주억거렸다.

"이제키엘, 대련 한 번 더 하자!"

"두 번이면 충분한 것 같은데?"

"사나이라면 삼세번은 채워야지! 한 번 더 해! 한 번 더!"

서브남은 승부욕이 강했다. 쿠, 쿨럭. 그런데 너무 조르신다. 제니트도 약간 애매한 표정으로 그를 보고 있었다. 오직 이제키엘만이 그런 그가 익숙한 듯 반응하고 있을 뿐이었다.

"아타나시아 공주님!"

오잉, 누가 또 날 부르는 거야? 이번에는 뒤쪽이었다. 나는 발랄한 목소리를 따라 고개를 돌렸다. 그리고 그 직후 나도 모르게 흠칫하고 말았다.

"여기 계셨군요!"

루카스와 탑의 마법사 중 한 명이었다. 나를 부른 것은 루카스 말고 다른 마법사였는데, 그는 내가 탑에 왕래하면서 친해진 마법사였다.

"공주님께서 안 오셔서 마중 나왔어요!"

"탑에 오시는 중에 길이라도 잃으셨나 했습니다."

뒤에 말한 것은 루카스였다. 으윽, 오늘도 어김없이 얄밉게도 말하는구나! 건실한 마법사인 척 웃고 있지만 그 내용이 참으로 불손하기도 했다.

"도중에 반가운 분들을 만나서 잠시 걸음을 늦추게 되었네요. 기다렸다면 미안해요."

아니, 그런데 평소에는 내가 일찍 가든 늦게 가든 다들 신경도 안 쓰고 자기 할 일만 하기 바쁘면서! 왜 오늘따라 마중까지 오고 그러십니까? 게, 게다가 이제키엘과 루카스 사이에 왜인지 날카로운 전류가 튀는 것 같아서 더 신경 쓰인다!

"헉, 설마 검은 탑의 마법사들!"

하지만 카벨의 외침으로 분위기가 중화되었다. 지금만큼은 잘했다, 서브남이여!

"앗, 아를란타에서 온 분이시군요?"

카벨의 옷에 새겨진 아를란타의 황실 문양을 보았는지 탑의 마법사도 덩달아 외쳤다.

"괜찮으시다면 대련을 청해도 되겠습니까?"

으앗, 이제키엘과의 대련으로는 만족하지 못한 느낌이더니 이번에는 마법사를 상대하겠다는 거야?

띠링!

[카벨 에른스트(아를란타 제2기사단 소속의 기사)의 대련 요청이 들어왔습니다. 수락하시겠습니까?]

검은 탑의 마법사에게 돌발 퀘스트가 날아갔다. 하지만 그는 난처한 기색을 보이며 거절했다.

"저는 지금 연구 중인 마법 때문에 마력을 함부로 사용할 수 없어서요."

[대련 요청을 거절하셨습니다.]

카벨 에른스트의 기대 어린 시선이 이번에는 루카스를 향했다. 하지만 아마 루카스도 거절하겠지. 왜냐하면 성실한 마법사 흉내를 내고 있는 지금도 저렇게 노골적으로 귀찮은 표정을 짓고 있으니까!

"대련합시다, 마법사님!"

"연무장에 있는 다른 기사분들과 대련하시는 편이 좋을 것 같습니다만."

"오벨리아의 검은 탑 이야기를 처음 들었을 때부터 탑 소속 마법사분과 꼭 한 번 겨뤄 보고 싶었습니다! 오벨리아의 황실은 마력 사용을 제약하고 있다지요? 힘에 부치시면 그냥 간간이 방어 마법만 펼쳐 주셔도 괜찮습니다! 그것도 어려우시면 도중에 그만해 달라고 언제든 편히 말씀해 주세요! 절대 마법사님을 무리시키지 않겠습니다!"

"쿠, 쿨럭!"

헛기침 소리는 루카스의 옆에 있던 마법사에게서 터져 나왔다. 그리고 나도 그와 마찬가지로 동공을 흔들며 카벨을 보고 있었다.

그, 그만해! 당신 지금 잠자는 사자의 코털을 건드리고 있다고! 지금 무시할 사람이 없어서 루카스를! 그것도 면전에서 그렇게 자기보다 약한 사람 대하듯 하고 있는 거야? 당신 목숨은 고양이처럼 아홉 개라도 되는 거야?

"헤에."

그리고 나는 루카스가 입꼬리를 올리며 낮게 울린 소리에 오싹 소름이 돋는 것을 느껴야만 했다.

"사, 살인은 반대입니다."

그것은 옆에 있던 탑의 마법사도 마찬가지인지, 곧 그가 떨리는 목소리로 웅얼거렸다.

"에이, 걱정하실 것 없다니까요. 아무리 그래도 대련인데 그런 무시

무시한 일이 일어날 리 있겠습니까? 마법사분들이 원래 체력이 약하신 것도 알고 있으니 최대한 살살 하겠습니다."

"그, 그게 아니라……."

지금 우리가 걱정하는 건 너의 목숨이란다!

"그럼 이번에는 마법사님과 대련하시는 건가요?"

옆에서 제니트가 호기심 어린 목소리로 물었다. 이제키엘은 무언가를 가늠하듯 루카스와 카벨을 번갈아 훑어보고 있었다. 둘 중 누구에게 승산이 더 있을지 살펴보기라도 하는 걸까? 카벨은 여전히 자신에게 다가올 암울한 미래도 모른 채 두 눈을 반짝반짝 빛내고 있었다. 마침내 루카스가 섬뜩하게 웃으며 말했다.

"그럼 부족한 몸이지만 잠시 시간을 내드리지요."

띠링!

[대련 요청을 승낙합니다!]

퀘스트가 성사되었다는 알림창이 한순간 내 눈앞에 번쩍인 것 같았다.

아아, 그는 좋은 서브남이었습니다…….

나와 탑의 마법사는 아련한 눈빛으로 루카스의 뒤를 신이 나서 쫄래쫄래 따라가는 카벨 에른스트를 바라보았다.

"흥미로운 대련이 되겠네요."

"어떤 의미로는 확실히 흥미로울지도 모르겠군요."

"공주님은 누가 이길 것 같으세요?"

필릭스, 이제키엘, 제니트 순으로 멀어지는 두 사람을 보며 말했다. 그리고 아까부터 카벨 에른스트를 짠하게 보던 마법사는…….

"오, 신이시여……."

으앙, 신을 찾고 있었다!

"부디 저 가련한 중생을 구원하소서. 최대한 고통스럽지 않게……어흑, 최대한 순식간에 절명하도록……."

그, 그런데 기도하는 내용이 너무 섬뜩하잖아요! 아니, 일단 한 명은 죽는 게 확정이냐고! 하지만 곧바로 귓가에 울리는 굉음에 나는 조용히 묵념하고 말았다.

쿠콰쾅! 쾅!

"으아악!"

콰쾅쾅쾅! 푸쾅쾅!

"사, 살려……! 으억, 흐어헉……!"

굉음과 함께 처참한 비명이 연무장에 울렸다.

오랫동안 사귀었던 정든 내 친구여~ 작별이란 웬 말인가 가야만 하는가~

"마, 말려야 하는 게 아닐까요?"

오죽했으면 제니트가 두 눈을 흔들며 말했다.

연무장은 평소 마력 사용이 허가된 장소 중 하나였고, 마법사가 낀 대련 중에는 주위에 결계를 치는 게 규칙이었다. 그래서 지금 우리의 눈에는 결계 안으로 흙먼지가 자욱해진 것만 보일 뿐이었다. 하지만 간간이 들려오는 폭발음이나 회오리바람 소리, 또 찰진 비명으로 생각해 보았을 때 저 안에서 얻어터지고 있는 건 카벨 에른스트라는 답이 나왔다.

"하지만 신성한 대련에 끼어드는 것은 있을 수 없는 일입니다."

"괜찮을 겁니다. 맷집은 강한 녀석이니까요."

"아마 죽이지는 않을 거예요. 아마도……."

필릭스가 대련에 끼어들 수 없다고 하는 건 이해가 되었지만 이, 이제키엘? 맷집이 강하다는 말로 그냥 넘어가도 되는 거야? 엄청 산뜻하게 웃으면서 그런 냉정한 말을! 게다가 마법사님, 그 불확실한 '아마도'는 도대체 뭡니까?

쿠콰쾅쾅쾅!

"꾸엑!"

물론 처음 대련을 신청한 것도, 멋모르고 루카스를 자극한 것도 카벨 에른스트였지만 말이지! 그런데 진짜 대련에 제삼자가 끼어들어도 되는 건지 모르겠어서 제니트와 나는 나란히 동공만 흔들고 있었다. 연무장에 있던 기사들도 어느 새 훈련을 멈추고 멍하니 결계 부근을 쳐다보고 있는 중이었다.

그때, 별안간 연무장에 울리던 타격음이 쥐 죽은 듯 사라졌다.

"아, 개운하다."

흙먼지가 가라앉았을 때, 우리가 보게 된 것은 두 손을 탁탁 털고 있는 루카스였다. 아니, 그런데 얘가?! 도대체 사람을 얼마나 곤죽이 되게 패 놨으면 저렇게 속이 시원하다는 표정을 짓고 있는 거야? 앗, 그런데 카벨은?! 다행히 그는 살아 있었다. 온몸 구석구석까지 잘 다져진 채 흙바닥에 반 시체처럼 드러누워 있긴 했지만.

곧 그가 부들거리며 팔을 들어 올리더니 루카스를 향해 엄지손가락을 처억 추켜올렸다.

"최, 최고의 대련이었다…… 깰꼬닥."

곧바로 그는 기절했다. 우리는 연무장의 다른 기사들이 그를 둘러업고 가는 것을 멀리서 지켜보았다.

"아무래도 상태가 썩 좋지 않아 보이는데 괜찮을까요?"

"걱정하실 필요 없습니다. 이 정도로 쓰러질 만큼 약한 친구가 아니니까요."

"아마도 치유 마법을 번갈아 쓰면서 공격했을 거예요. 그래야 더 오래 괴롭힐 수 있으니까…… 크흑!"

이번에도 필릭스, 이제키엘, 마법사 순의 대화였다. 이제키엘은 여전히 채사하게 웃는 얼굴로 묘하게 냉정했고, 마법사는…… 으앙, 설마 그거 경험담입니까? 잠깐, 울지 말아요!

"그럼 귀찮은 일도 일단락되었겠다, 이만 가실까요?"

루카스는 발걸음도 가볍게 다가와서 방금 전 무슨 일이 있었냐는 듯 상큼하게도 웃었다.

"마법사님은…… 음, 참 강하시네요."

그걸 보고 제니트가 내 귀에만 들리게 작게 중얼거렸다. 하지만 나는 그녀의 안에 있던 루카스의 이미지가 살짝 변했다는 사실을 알 수 있었다.

"그럼 전 이만 가 볼게요……."

나는 반쯤 체념한 기분으로 허허 웃었다. 헤어지기 전 잠깐 이제키엘과 눈이 마주쳤지만 나는 아무 말 없이 발길을 돌렸다.

"아까 그놈 꽤 쓸 만하던데."

탑으로 가는 길에 불현듯 루카스가 말했다. 그는 무척이나 개운한 얼굴을 하고 있어서 나는 다시 한번 서브남을 향해 애도하는 마음을 갖고 말았다. 루카스와 함께 온 마법사는 방금 전의 일로 질려 버렸는지 먼저 탑으로 가겠다며 후다닥 달아난 뒤였다. 게다가 필릭스에게도 카벨 에른스트의 상태를 확인해 달라고 보냈기 때문에 지금 내 옆에는 루카스뿐이었다. 뭐, 어차피 루카스가 상대방이 크게 다치지 않게 알아서 잘 조절했을 거라고 생각하지만. 나는 그가 누군가를 이렇게 좋게 평가하는 건 거의 처음 봐서 조금 신기한 기분이 되었다.

"그래? 생각보다 강했어?"

"나한테는 그래 봤자긴 한데, 죽어도 항복 소리를 안 하더라고."

요컨대, '처음에는 적당히 패 주려고 했으나 항복 소리를 안 해서 반쯤 죽을 때까지 패 줬다' 이거였다. 아, 아닛! 그런데 그거 좋은 거 맞습니까? 뭔가 카벨 에른스트가 더 불쌍해지는데! 하지만 그렇게 먼지 나게 맞으면서도 끝까지 항복을 안 했다니 어떤 의미로 대단하기는 하다. 그러나 곧바로 이어지는 루카스의 말에 그냥 카벨을 동정하기로 했다.

"고놈 참 때릴 맛이 나더란 말이지."

마음에 든 거냐! 저건 먹잇감을 앞에 둔 것 같은 눈빛인데! 으앙, 도망쳐요, 서브남!

그리고 나는 지난번 루카스와의 일로 어색할까 봐 약간 걱정하던 것이 무색하게도 평소와 다를 것 없는 대화에 안심하며 탑을 향해 걸었다.

"공주님, 덥지 않으세요?"

"날이 좀 후덥지근하기는 한가?"

"그러실 줄 알고 제가 시원한 레모네이드를 가져왔어요."

"오, 세스. 고마워."

내 칭찬에 세스가 웃었다. 사실 마법을 쓰면 단번에 해결될 일이었지만 그렇지 않아도 내가 마력을 자유자재로 사용할 수 있게 된 후부터 할 일이 줄었다고 슬퍼하는 그들이었으니까.

"이 정도는 기본이죠. 전 공주님의 시녀니까요."

"과연 지당하신 말씀입니다."

세스의 자부심 넘치는 말에 옆에서 필릭스가 멋지다는 듯 고개를 주억거렸다.

오늘 사냥 대회에는 나와 가까운 사람 중에 필릭스와 세스만 동행했다. 원래는 릴리도 같이 오려고 했으나 어젯밤부터 몸이 안 좋은 것 같아 그냥 궁에서 쉬라고 했다. 릴리만 혼자 두기 걱정되던 참에 한나도 남겠다고 했고.

"오늘 꽤 북적일 줄 알았는데 의외로 한적하네요."

"아를란타에서 온 사질던은 진부 님자니까 거의 숲에 들이가시 그대."

물론 사냥을 하러 들어가지 않고 그냥 여기 남은 사람들도 있었지만 그건 소수였다. 오히려 오벨리아의 귀족들이 반절만 사냥을 하러 간 걸 생각하자면, 아를란타인들이 사냥을 더 즐기는 것 같기도 하고.

"공주님, 에른스트 경이 오고 있습니다."

으잉? 인사는 아까 다 했는데 무슨 볼일이지? 이미 다른 사람들하고 같이 숲에 들어간 줄 알았더니?

"아타나시아 공주님."

"에른스트 경."

"혹시 실례가 아니라면 소, 손수건을 주실 수 있겠습니까?"

"손수건이요?"

나는 의아하게 마주한 사람을 쳐다보았다. 카벨은 얼굴을 약간 붉힌 채 나와 눈을 제대로 마주치지 못하고 있었다. 이상하네. 손수건 하나 빌리러 온 걸 가지고 왜 저렇게 부끄러워하는 거지? 그리고 보니까 다른 사람들도 많은데 군이 왜 내 천막에 와서 손수건을 찾는 거야? 호, 혹시 나밖에 아는 사람이 없나? 아닌데, 밖에 이제키엘도 있을 텐데?

"필릭스, 혹시 손수건 있어?"

세스에게 묻고 싶었지만 때마침 그녀는 잠시 바깥의 상황을 보고 오겠다고 나간 참이라 대신 필릭스에게 물었다.

"예?!"

"제 손수건 말입니까?!"

그런데 내 말에 갑자기 두 남정네가 나란히 경기하듯 외치는 것이었다. 나는 괜히 그 모습에 흠칫했다. 아, 아니. 내가 못 할 말이라도 했나? 반응들이 왜 저래? 그리고 잠시 마음을 진정시키듯 가벼운 헛기침을 한 필릭스가 내 귀에 속삭였다.

"공주님, 아마 진짜로 손수건이 필요해서 공주님께 청한 게 아닐 겁니다."

"그럼?"

"승리의 기원이라고 해야 할지."

앗! 그 말을 듣자 불현듯 떠오른 것이 있었다. 그러고 보니 아를란타에는 사냥 대회나 무투 대회가 있을 때 우승을 바치고 싶은 레이디의 손수건을 받아서 손목이나 무기 등에 묶는 관습이 있었다. 하지만 그것도 예전 일이라, 요즘 젊은 세대들은 고리타분하다고 안 한다고 하던데?

"아, 미안해요. 오벨리아에는 그런 관습이 없어서. 제가 실례했네요."

"아닙니다. 아를란타에서도 보편적인 일은 아니니까요."

카벨은 필릭스에게 손수건을 받지 않아 천만다행이라는 얼굴을 하고 있었다. 나는 그제야 왜 두 사람이 방금 전 기겁했는지 알 것 같았다. 쿨럭, 방금 전에 내가 사랑의 큐피드처럼 두 사람을 엮으려고 했던 거구나. 세스가 챙긴 짐 중에 내 손수건이 있긴 할 것 같은데…….

"딴 놈한테 아무거나 함부로 주지도 마. 찾아가서 처리하려면 귀찮으니까."

하지만 그 순간 머릿속에 루카스가 떠오른 것은 어째서인지 몰랐다. 나는 잠시 동안 고민하다가 그에게 미안한 얼굴로 말했다.

"그런데 지금은 손수건을 갖고 있지 않아서요."

"아, 그러셨군요…….."

카벨 에른스트는 금세 시무룩해졌다. 하지만 그는 곧 내 격려에 또다시 금세 기운을 차리고 투지를 불태웠다.

"에른스트 경은 평소에도 사냥이 취미라고 들었어요. 오늘 멋진 모습 기대할게요."

"예, 기대해 주십시오!"

나는 목적을 이루지 못했음에도 신이 나서 달려가는 그의 뒷모습을 바라보았다. 쓰읍, 참 멍멍이 같은 사람이란 말이지. 그나저나 루카스한테 얻어터졌던 게 바로 얼마 전 일인데 엄청 생생하잖아? 그런 생각을 하고 있던 중 세스가 돌아왔다. 나는 슬슬 다른 사람들이 있는 곳으로 가 봐야겠다고 생각하고 자리에서 일어났다.

"공주님, 이쪽으로 오세요!"

오늘 사냥 대회에 참석한 귀족 중에서도 중장년층과 젊은 층은 따로 모여 이야기꽃을 피우고 있었다. 나는 영애들과 영식들이 있는 곳으로 다가갔다. 어디 보자, 이제키엘하고 제니트는 없네. 알피어스 공작이 있는 곳에도 없는 것 같은데, 무슨 일인지는 몰라도 잠시 자리를 비운 모양이다. 내가 다가가자 그들은 나를 반갑게 맞아주었다. 이미 아까전에 인사를 나눈 상태여서 다시 번거로운 시간을 보낼 필요는 없었다.

"멀리까지 웃음소리가 들리던데, 재미있는 일이라도 있나요?"

"공주님, 혹시 검은 탑의 마법사님을 직접 만나 보신 적이 있으신가요?"

앗, 화제가 검은 탑의 마법사였나!

"네, 만난 적이 있어요."

"앗, 정말 소문대로 미남이신가요?"

이것 참, 나는 뭐라고 대답해야 할지 난감해졌다.

"소문에는 녹색 머리카락과 검은 눈동자를 가진 미남이셨다고 하던데요?"

"녹색 머리카락과 검은 눈동자를 가진 젊은 남성인 건 맞아요."

"지금 사절단분들이 검은 탑의 마법사가 재림했다는 소문이 사실이냐고 물으셔서 얘기 중이었어요."

으앗, 이건 더 난감했다! 내가 지금 곧이곧대로 '검은 탑의 마법사라고 주장하는 사람이 나타나기는 했지만 가짜일 확률이 크답니다, 호호'라고 말할 수는 없지 않은가? 하지만 속마음이야 어떻든 간에 나는 웃는 낯으로 입을 열었다.

"저도 딱 한 번 봤을 뿐이에요. 워낙 두문불출하는 분이기도 하고."

"아, 그렇긴 하죠? 이번에도 몇 년 만에 다시 나타나시고. 그런데 며칠 전에 황궁의 검은 탑을 싹 다 새 건물처럼 만들어주고 가셨다면서요?"

끄응, 역시 소문이 퍼졌구먼.

나는 드디어 오랜 소원이 성취되었다며 단체로 울먹이던 황궁 마법사들을 생각하며 잠시 아련해졌다. 무슨 바람이 불었는지 자신을 카락스라고 소개했던 자칭 검은 탑의 마법사가 며칠 전 황궁에 있는 탑에 방문한 것이다. 당연히 황궁 마법사들은 난리가 났다. 애초에 귀찮아서 미루고 미루던 탑의 보수를 이제야 다시 시작한 것도 검은 탑의 마법사를 영접하겠다는 열렬한 소망 때문이 아니던가?

"저는 이제 죽어도 여한이 없습니다. 으허헝!"

"검은 탑의 마법사님이 저희 검은 탑에! 오오, 죽기 전에 이런 감격의 순간을 목격할 수 있을 줄이야!"

"앞으로 오늘을 저희 탑의 기념일로 삼는 게 어떻습니까!"

"앗, 이것은 설마 검은 탑의 마법사님의 발자국! 영구 보존을!"

"혹시 이것은 검은 탑의 마법사님의 머리카락! 저희 탑의 가보로!"

게다가 그는 탑의 외관이 영 비루해 보인다며 마법으로 한 방에 복구를 시켜 줬다고 했다. 그 소식을 듣고 클로드는 말했다.

"굼벵이도 구르는 재주가 있다더니 가짜 주제에 제법이군."

그는 가짜 탑의 마법사가 생각보다 강력한 마법을 사용하는 것이 약간 의외인 것 같았다. 그리고 루카스는 나중에 자신이 탑을 비웠을 때의 일을 듣고 굉장히 어이없어했다.

"미친 새끼, 나 잡아 잡수쇼 하고 아예 대가리를 들이밀고 가네."

"역시 검은 탑의 마법사님이에요! 강력한 마법사에 거의 영생을 사는 미남이라니, 너무 멋져!"
"전 그래도 루카스 님이⋯⋯."
다른 영애의 말에 헬레나 이레인이 뺨을 붉히며 속닥거렸다. 크흑, 백합 소녀의 변함없는 순정!
"앗!"
"왜 그러세요?"
"방금 모자 위에 뭔가가⋯⋯."
바로 그때, 잔디 위로 무언가가 폴짝 뛰어내렸다.
"청설모?"
"다람쥐 아닌가요?"
"귀여워라. 숲과 인접해서 그런지 천막 안으로도 들어왔네요."
"앗, 만져도 공격하지 않아요!"
"어멋, 저도 만져 볼래요."
영애들은 언제 검은 마법사의 일로 흥분했냐는 듯이 야생의 다람쥐에게 관심을 집중했다.
"공주님도 한번 만져 보실래요? 털이 보들보들해요."
하지만 지난 야유회 때 출몰했던 토끼와 마찬가지로 나는 그녀들 곁으로 다가가지 않았다.

"전 동물은 별로 좋아하지 않아서요."

"예? 아, 하지만 예전에 공주님께서도 애완동물을 기르셨던 적이……."

전에 내 다과회에서 까망이를 본 적이 있는 영애가 갑자기 무언가가 생각난 듯 입을 다물었다.

"그랬었죠."

나는 그녀를 향해 옅게 웃어 보였다.

"지금은 청조를 한 마리 기르고 있어요."

"그러셨군요."

바스락.

"아, 알피어스 공자님!"

"마그리타 양도 어서 와요."

그때, 등 뒤로 인기척이 느껴졌다. 고개를 돌린 순간, 막 천막 안으로 들어서던 이제키엘과 눈이 마주쳤다. 곧 그가 나를 향해 입을 열었다.

"공주님도 계셨군요."

나는 이제키엘의 옆에 있는 제니트에게 시선을 옮겼다. 그녀의 어깨에는 남성용으로 보이는 겉옷이 걸쳐져 있었다. 그리고 이제키엘은 아까 보았을 때와 달리 셔츠와 베스트 차림이었다. 나와 같은 것을 본 영애들이 '어머' 하고 소리 내며 서로 귀엣말하는 것이 느껴졌다.

"밖에 비가 오나요?"

나는 그들의 머리와 옷이 약간 물기에 젖어 있는 것을 보고 물었다.

"네, 오는 길에 조금씩 내리기 시작하더군요."

"숲에 가신 분들이 걱정이네요."

"부슬비 수준이니 괜찮을 겁니다."

자리에 앉아 있던 영애들은 이제키엘과 제니트를 번갈아 보다가 제니트에게 물었다.

"찾던 물건은 발견하셨나요?"

"네, 디힝히 미치에 있었이요."

"그냥 하녀를 시키면 될걸."

"아, 하지만 제가 직접 찾고 싶어서요."

대화를 들어 보니 두 사람은 아마 제니트가 잃어버린 물건을 찾으러 갔었던 모양이다. 예전부터 이제키엘을 흠모했던 영애라서 그런지 말투가 약간 퉁명스러웠다. 제니트도 그것을 느꼈는지 설핏 곤혹스러운 눈빛을 보였다.

"전 이해해요. 귀금속은 하녀들에게 맡기기에 염려스러운 부분이 있죠."

"전 하녀들을 의심해서 그런 게 아니에요."

다른 영애가 제니트를 두둔하듯 말했으나 이어진 대답에 오히려 분위기가 싸늘해졌다. 아, 지금 건 그냥 둘이 핀트가 안 맞아서 서로 기분이 상한 것 같은데.

"마그리타 양, 잃어버린 물건을 찾아서 다행이에요."

아무래도 딱딱해진 분위기를 환기해야 할 것 같았다.

"몸이 좀 젖은 것 같은데 이리 와서 닦으세요. 세스, 마그리타 양에게 수건을."

"네, 공주님."

"시간이 이렇게 되었으니 간단한 다과라도 드는 게 좋겠네요."

내가 말하자 또 다른 영애들이 눈을 반짝이며 홀랑 이제키엘에게 자리를 권해 왔다.

"알퍼어스 공자님도 이쪽으로 오세요. 어차피 지금 숲으로 가시기에는 늦었잖아요? 비도 오고."

"맞아요! 마침 여성분들만 있어서 적적하던 참이에요."

"저희도 있습니다……."

흠칫!

바로 그 순간 영애들이 모두 잊었던 것을 깨달은 듯 어깨를 움찔했다. 헉, 나도 잊고 있었다! 다른 영식들도 있었지! 조, 존재감이 너무나 희끄무레했던 것…….

순식간에 존재감을 말살당한 영식들이 오늘따라 가련해 보였다. 이제키엘은 원래 사냥 대회에 참석할 생각이었으나 제니트 때문에 시기를 놓친 모양이었다. 하긴 지금 가 봤자 이미 좋은 사냥감은 다른 사람들의 차지가 되었을 확률이 컸다. 게다가 밖에는 비도 오고 있고. 결국 이제키엘은 천막 안에 남기로 한 듯 자리에서 발길을 뗐다. 그리고 문득 제니트의 어깨 위에 걸쳐져 있는 자신의 옷을 시야에 담았다.

"제니트, 겉옷은 시종에게 넘겨주는 게 낫겠어."

"제가 가지고 있을게요."

제니트의 말에 또 한 번 영애들의 눈초리가 미묘해졌다. 나는 그녀의 손이 어깨 위에 걸쳐진 옷자락을 살며시 그러쥐는 것을 보았다. 곧 제니트가 살짝 눈을 내리깔며 덧붙여 말했다.

"조금 추워지는 것 같아서요."

"비를 맞아서 그런가. 담요라도 덮고 있는 게 나을지도."

"그 정도는 아니니까 괜찮아요."

음, 뭐랄까. 두 사람의 분위기가 참으로 훈훈하구나. 마치 여기에 있는 다른 사람들이 그들의 배경 내지는 들러리가 된 느낌이기도 하고. 연극 무대로 치자면 길목에 자라난 나무나 지나가던 행인 1 같은……. 나만 그런 것을 느낀 게 아닌지 영애들이 속닥거렸다.

"알피어스 공자님과 마그리타 양은 예전부터 참 사이가 좋단 말이죠."

"아무래도 친척이니까요. 질투하면 지는 거예요."

"으으, 그래도 부러워요. 나한테도 저렇게 다정히 대해 주셨으면."

우여곡절 끝에 두 사람은 자리에 착석했다. 하 참, 주인공들은 비를 맞아도 빛이 나는구나. 아마 나나 다른 사람들이 저렇게 비에 젖어 있으면 물에 젖은 해초 같을 텐데. 이, 이닌기. 물에 젖은 해초기 붙은 들덩이 같으려나. 크흑.

"그러고 보니 공주님께서 청조를 기르신다고요?"

갑자기 생각났다는 듯 다른 영애가 물어 오는 말에 나는 약간 마음이 불편해졌다. 이제키엘과 제니트가 천막에 막 들어왔을 때 나누던 대화의 연장선이었다. 두 사람의 시선이 나를 향해 미끄러졌다. 나는 은연중에 그들을 의식하며 대답했다.

"네, 맞아요."

"청조는 기르기 까다롭다고 하던데, 실제로는 어떤가요?"

"글쎄요. 크게 까다롭다고 느끼는 부분은 없어요. 아, 어쩌면 파랑이가 얌전해서 유달리 손이 덜 가는 건지도 모르겠네요."

"어머, 이름이 파랑이군요."

커헉, 그 순간 나는 혀를 깨물 뻔했다.

으앗! 나도 모르게 파랑이 이름을 말해버렸다!

"참 귀여운 이름이에요."

"맞아요, 이름만 들어도 청아한 푸른 깃털이 생각나네요."

"정말 절묘한 이름인 것 같아요. 역시 공주님이세요."

기회를 포착한 영애들과 영식들이 너도 나도 앞서서 립 서비스를 발동하기 시작했다. 으앙, 그만해! 내 작명 센스가 어떤지는 나 스스로도 잘 알고 있으니까, 어흐흑.

"공주님의 새에게 무척 잘 어울리는 이름이군요."

아니, 그런데 심지어 이제키엘까지 다른 사람들에 이어 한마디를 더보태는 것이 아닌가? 그는 언제나처럼 그린 듯이 미소 짓고 있었지만 나는 저 안에 담긴 장난기를 포착하고야 말았다.

그도 그럴 게, 저건 날 놀릴 때 주로 짓던 표정이잖아! 지금 내 곤경을 재미있어하는 게 분명해! 그리고 방금 한 말 뭐지요? 뉘앙스가 미묘했는데? 꼭 우리 파랑이를 알고 있는 것 같은 말투잖아. 아니, 물론 파랑이를 선물한 게 이제키엘이니까 알고 있는 게 당연하지만……. 그래도 내가 일부러 그 사실을 다른 사람들에게 말 안 하는 걸 눈치챘으면서, 지금 고의로 저런 묘한 어투의 말을 날린 거 아니야? 역시 내 생각처럼 이제키엘의 말에 귀를 쫑긋하던 영애가 냉큼 떡밥을 물었다.

"알피어스 공자님은 공주님의 새를 본 적이 있으세요?"

이제키엘과 다시 한번 눈이 마주쳤다. 나는 그에게 눈빛으로 신호를 보냈지만 이제키엘은 내가 바라던 것과 반대되는 대답을 꺼냈다.

"예전에 우연한 기회로."

"어머."

으악, 당신 진짜 그럴 거야? 내가 키우는 새를 당신이 무슨 수로 봤다는 건지, 영애들이 열심히 머리를 굴리며 상상의 나래를 펼치는 게 여기까지 느껴지잖아!

"그때는 손을 쪼는 버릇이 있었는데 지금은 그렇지 않습니까?"

나는 이제키엘의 미소 띤 얼굴을 못마땅하게 쳐다보다가 말했다.

"저희 파랑이는 마음에 안 드는 사람만 쪼아서요."

"그럼 제가 마음에 안 들었었나 보군요."

"그런 거죠."

앗, 마지막에 너무 강세가 들어갔나? 지금 댁이 정말 마음에 들지 않아서 나도 모르게 그만. 으흑. 그런데 그때 옅은 웃음소리가 들려서 시선을 움직여 보니 이제키엘이 웃고 있는 것이 보였다. 나를 향한 눈동자가 몹시 부드러운 빛을 띠고 있어서 한순간 말문이 막혔다. 다른 영애들도 웃고 있는 이제키엘을 멍하니 쳐다보고 있었다.

"저도."

가느다란 목소리가 귓가를 파고든 것은 바로 그 순간이었다. 나는 소리가 들려온 곳을 향해 고개를 돌렸다. 그러자 방금 전 자신이 낸 목소리에 놀랐는지 깜짝 멈칫하고 있는 제니트가 눈에 들어왔다. 하지만 그녀는 곧 침착하게 말을 이었다.

"저도 공주님의 새를 본 적이 있어요."

"어머, 그래요?"

"네, 무척 예쁜 푸른 새였어요. 날개의 끝 부분이 좀 더 짙은 군청색인데……."

제니트의 말에 이번에는 사람들의 시선이 그녀에게 향했다.

아, 혹시 내가 난처해하는 것 같으니까 도와준 건가? 그런데 난 제니트에게 파랑이를 보여 준 적이 없는데 저렇게 자세히 알다니? 아마 파랑이를 선물 받기 전에 그녀도 알피어스 공작저에서 본 적이 있는 모양이다. 퀵서비스도 아니고 설마 새 시장에서 황궁 주소를 곧바로 쏴 줬을 리는 없으니, 아마 황궁에 보내기 전에는 잠시 동안 알피어스 공작저에 청조를 두지 않았을까?

"그렇게 예쁜 새라니 궁금하네요. 공주님, 저희에게도 보여 주세요."

"네, 다음에요."

나는 웃는 얼굴로 화답했다.

"저희 아를란타에서는 주로 매를 기르는데……."

부슬거리는 빗소리를 배경으로 대화는 계속되었다. 제니트는 아직까지도 이제키엘의 겉옷을 어깨에 걸치고 있었다. 나는 의식적으로 그들이 있는 방향으로 눈길을 움직이지 않았다.

❧

빗줄기가 좀 잦아들었을 때, 나는 다른 사람들을 두고 천막을 벗어났다. 지금까지 내가 있던 곳은 젊은 층이 모여 있던 곳이었으니, 이번에는 다른 천막에 있는 사람들을 둘러보고 올 참이었다. 나이가 좀 있는 귀족들이 모인 곳이니까 여기에 흰둥이 아저씨도 있는 건가?

나는 천막 안으로 들어섰다. 하지만 그들은 아직 내가 온 것을 모르는 눈치였다. 왜인지 다들 집중해서 이야기하는 중인 것 같은데……. 혹시 정무에 관한 대화 중인 걸까? 오, 역시 각국의 노익장들은 다르군.

"아니, 지금 그걸 말이라고 하시는 겁니까?"

"제가 뭘 잘못 말했습니까?"

어라? 그런데 분위기가 영 좋지 않았다. 설마 싸우는 거야? 하지만 슬쩍 시선을 옮겨 보니 무슨 일이 있을 때 보고하라고 지시했던 궁인은 다만 미묘한 표정으로 자리를 지키고 있을 뿐이었다. 나는 이어서 귓가에 흘러드는 말을 듣고 그 이유를 깨달았다.

"당연히 저희 다이스 전하가 최고의 신랑감이지요."

"아를란타에서는 그럴지 몰라도 오벨리아에서는 아닙니다."

"공주님께서도 다이스 전하를 한번 만나 보시면 마음이 바뀌실 겁니다."

"저희 아타나시아 공주님께서는 그리 쉬운 분이 아니라서요. 기대가 크면 실망도 큰 법이니 그런 얼토당토않은 계획은 일찌감치 접으시지요."

헐, 지금 둘이 날 두고 싸우고 있는 거야? 셀로판지 공작과 흰둥이 아저씨의 사이에 파직 불꽃이 튀는 것 같았다. 나는 그들의 대화를 들을수록 짜게 식었다.

"저희 공주님께서 아를란타에 시집가시는 일은 결단코 없을 겁니다. 아타나시아 공주님은 오벨리아에서 좋은 부군을 맞으실 테니 그때에나 축하하러 와 주시면 되겠습니다."

"아니, 앞으로의 일을 어찌 장담한단 말입니까? 자고로 남녀 사이의 일은 한치 앞도 모르는 것……."

나는 조용히 이 자리를 벗어나기로 하고 백스텝을 밟았다.

"정화 폐하와 공주님께서는 아직 성혼에 미흡한 입장이시니 지금 두 분이 이렇게 언성을 높이셔 봤자……."

천막에서 벗어나기 직전 다른 사람이 셀로판지 공작과 흰둥이 아저씨를 향해 짜게 식은 듯이 말하는 목소리가 들렸다. 나는 그 소리를 뒤로한 채로 걸음을 옮겼다.

"나 참, 떡 줄 사람은 생각도 안 하는데."

"폐하께서 들으시면 진노하시겠네요."

"헉, 말할 거야?"

"어떻게 할까요?"

필릭스는 방금 전의 상황이 퍽 재미있었던 듯 웃고 있었다. 나는 그 모습을 보고 투덜거렸다.

"필릭스, 지금 자기 일 아니라고 재미있어하는…… 앗!"

그런데 그때, 갑자기 한쪽 발이 잔디 밑으로 푹 빠지는 느낌이 들었다. 아차 하는 사이 신발이 훌렁 벗겨졌다. 다음 순간 나는 질척이는 바닥을 양말만 신은 맨발로 짚고 서 있었다.

"으앗."

"이런, 비 때문에 흙이 묽어져서 신이 박힌 모양입니다."

필릭스의 말처럼 내 구두 한 짝은 물렁물렁해진 땅바닥에 박힌 상태였다. 오늘은 오랫동안 밖에 있어야 해서 일부러 옷도 활동하기 좋은 가벼운 걸로 입고 신발도 굽이 낮은 걸로 신었는데! 할 수 없다. 그래도 신발이 망가진 건 아니니까 다시 신어야지. 만약을 대비해서 세스가 여벌 옷을 준비해 놓은 것 같았는데, 아마 신발도 있지 않을까? 지금은 비가 와서 다들 천막 안으로 들어간 상태였기 때문에 어쨌든 나도 거기까지 가야 할 것 같았다.

"제가 신겨드리겠습니다."

"아니야, 내가……."

"괜찮으십니까?"

그때, 내 귓가에 울린 것은 필릭스의 목소리가 아니었다. 아닛, 당신이 여기 웬일이야?

"알피어스 공자…… 비도 오는데 여긴 어쩐 일이신가요?"

"공주님께서 오래 돌아오지 않으시기에 잠시 바람이라도 쐴 겸 나왔는데……."

곧 그의 시선이 아래로 떨어졌다. 나는 괜히 민망해서 흙이 묻은 발을 다른 쪽 발 뒤로 숨겼다.

"별일 아니에요."

"괜찮으시다면, 제가 도와드리겠습니다."

그런 뒤 이제키엘이 가까이 다가와서 나는 황급히 입을 열었다.

"아니에요. 필릭스가 도와줄 거예요."

"저는 지금 우산을 들고 있어서 움직이기 힘들 것 같습니다. 공주님."

"뭐……."

"알피어스 공자가 때마침 잘 와 주었네요. 그렇죠?"

그게 무슨 소리야?! 방금 전이랑 말이 다르잖아! 필릭스는 시치미를 뚝 떼고 해맑게 웃고 있었다. 아, 아니, 이 사람이?

"잠시 실례하겠습니다."

내가 당황하고 있는 사이 다가온 이제키엘이 몸을 낮추어 내 뒤에 있는 신발을 주워 들었다. 애초에 땅이 물렁해서 그런지 구두는 쉽게 빠졌다.

"아무래도 천막까지는 신고 가시는 편이 좋겠습니다."

"원래 그럴 생각이었어요."

필릭스가 팔로 내 지지대가 되어주고 있는 상태라 한 발로 균형을 잡는 데 문제는 없었다. 애초에 이미 버린 발이니까 그냥 땅에 닿아도 되고.

이제키엘이 내 앞으로 와 한쪽 무릎을 굽혔다.

"잠깐, 흙이 묻잖아요."

"괜찮습니다."

그냥 구두만 내려놓고 가기를 바랐는데 이제키엘은 내 앞에 몸을 숙인 채 직접 신을 신겨 주기까지 했다. 지금은 필릭스가 들고 있는 우산속으로 들어왔지만 이제키엘의 머리카락은 촉촉이 젖어 있었다. 나는 그런 그를 말없이 내려다보았다. 지난번 밖에서 보았던 이제키엘과 제니트의 모습이 머릿속을 스쳐 지나갔다. 그래…… 그때 제니트의 기분이 어땠는지 조금은 알 것 같았다. 그러다 문득 밑에서 얕은 목소리가 번졌다.

"이런 작은 신에 발이 들어가다니 신기합니다."

잔잔한 빗소리에 이제키엘의 나지막한 음성이 섞여 들었다. 앗, 이분위기 뭐지. 왠지 좀 근질근질하면서 쑥스러워지는데……. 나는 그에게 내밀어져 있던 발을 뒤로 물리며 말했다.

"여자 구두를 처음 본 것도 아니면서 놀라시다니."

지난번 밖에서 보았던 제니트와 이제키엘의 모습이 떠올라서 무심코 말해놓고 나는 또 괜한 말을 했나 싶어졌다. 이제키엘이 여전히 내앞에 몸을 낮춘 채로 고개를 들었다. 그러자 곧장 허공에서 눈이 마주쳤다.

"물론 처음 본 것은 아니지요."

잠시 후 그가 자리에서 천천히 몸을 일으킨 뒤 내게 손을 내밀었다.

"안까지 모셔다드리겠습니다. 바닥이 단단하지 않아 혼자 걷기 불편하실 겁니다."

나는 그 손을 가만히 내려다보다가 이내 맞잡았다.

"고마워요."

그 후 우리는 가장 가까이에 비어 있는 천막으로 들어갔다. 필릭스가 세스를 데리러 간 직후, 이제키엘과 단둘만 남게 되었다.

"알피어스 공자."

나는 입구 쪽에 서 있는 그의 옆모습을 보다가 조용히 입을 열었다. 몇 년 전 알피어스 공작저에서의 만남 이후 줄곧 모른 척해 왔던 일이었다. 하지만 언제까지나 이럴 수는 없다는 생각이 들었다.

"나는 그대를 싫어하지 않아요."

내 말에 이제키엘의 눈동자가 나를 향했다.

"하지만."

"듣고 싶지 않습니다."

고요한 음성이 내 말을 가로막았다. 나는 여느 때처럼 단정한 그의 얼굴을 보면서 침묵했다. 그의 입가에 걸리는 어둑한 미소를 보았기 때문이다.

"불충한 말씀인 줄 압니다만."

투두둑, 작은 빗방울이 튀기는 소리가 귓가에 울렸다.

"가끔은 공주님께서 차라리 새장 속에 계셨으면 좋겠다는 생각을 합니다."

3년 전과 마찬가지로, 이런 이제키엘을 대하는 것은 내게 있어 쉽지 않은 일이었다.

"그럼 조금은 저를 봐주셨겠지요."

미지근한 공기 속에 약간은 서늘한 음성이 스몄다. 지금의 이제키엘은 예전에 흰 꽃밭에서 만났을 때처럼 격한 모습을 보이고 있지 않았다. 그러나 속삭이는 음성에는 여전히 미처 숨기지 못한 감정이 배어 있었다. 나는 비 오는 날의 흐린 햇빛이 어려 있는 그의 얼굴을 아무 말 없이 바라보았다. 그리고 이내 잠시 후, 그에게서 시선을 비끼며 말했다.

"방금은 도와줘서 고마웠어요. 부끄러우니 지금 일은 다른 이에게 말하지 않았으면 좋겠어요."

"원하신다면."

"그리고⋯⋯."

나는 잠깐 말을 멈추었다가 곧 덧붙였다.

"몸이 젖어 감기에 걸릴 수도 있으니 알피어스 공자도 돌아가서 물기를 제대로 닦아 내도록 하세요."

이제키엘의 시선이 내 얼굴에 닿는 것이 느껴졌다. 하지만 나는 다시 그를 향해 고개를 돌리지 않았다. 곧 낮은 목소리가 귓가에 울렸다.

"그러겠습니다."

투둑, 투둑.

그 후로는 빗방울이 연주하는 화음만이 침묵 속에 가득 들어찼다.

그 후 나는 진흙투성이의 신발을 벗고 세스가 새로 가져다준 무릎까지 오는 양말로 갈아 신었다. 그녀가 준 여벌의 구두는 내가 원래 신고 있던 것보다 굽이 조금 높았지만 그런대로 괜찮았다. 이럴 줄 알았으면 처음부터 부츠를 신고 오는 건데, 궁인들이 절대 안 된다고 펄쩍 뛰는 바람에⋯⋯.

나는 아까 전 이제키엘이 서 있던 곳에 잠시 시선을 두었다. 그리고 그러던 어느 순간 퍼뜩 깨달았다. 아, 맞다! 마법을 쓰면 되었잖아. 손짓 한 번이면 진흙도 없애고 신발도 가져올 수 있었는데. 그럼 아까 밖에서 이제키엘의 도움을 받을 필요도 없었을 테고.

나는 끄응― 신음한 뒤 자리에서 몸을 일으켰다. 그리고 영애들과 영식들이 있는 곳에 잠시 들렀다가 컨디션 난조를 이유로 내 개인 천막에 들어왔다. 내가 갔을 때, 이제키엘과 제니트는 또 자리에 없었다. 들기로는 제니트의 몸 상태가 안 좋아져서 둘이 함께 자리를 비켰다고 했다.

투둑, 투둑.

천막 위에 떨어지는 빗소리가 아까보다 굵직해졌다. 내가 혼자 있고 싶다고 했기 때문에 다른 사람들은 물러난 뒤였다. 천막 안이라고 해 봤자 안에서 또 공간이 나누어져 있었으니 아마 여기서 얼마 떨어지지 않은 곳에서 대기하고 있을 것이었다. 나는 쿠션을 여러 개 깔아 놓은 긴 의자에 앉아 발치에 놓인 신발을 내려다보았다. 아까 전 이제키엘이 내게 신겨 주었던 구두는 아직 진흙이 묻은 채였다.

"돈이라도 떨어져 있어? 바닥에 코 박고 뭐 해?"

내 등에 무게가 실린 것은 얼마간의 시간이 지난 후였다. 툭 던지듯 내뱉은 말이 빗소리를 뚫고 귓가에 울렸다. 내 사적인 공간에 이렇게 불쑥불쑥 나타날 수 있는 건 루카스밖에 없었다.

"돈이 아니라 똥인가? 신발이 왜 이렇게 더러워."

"내 눈앞에서 퇴장 좀. 나 오늘은 좀 감상에 젖어 있고 싶은 기분이 거든."

"왜, 똥 밟아서 기분 더러워?"

아, 좀! 기껏 분위기 잡고 있었는데 너 때문에 식어버렸잖아!

"네가 똥 얘기해서 기분이 더러워!"

"내가 오기 전부터 기분이 땅바닥을 뚫고 들어가시던데, 뭘."

보, 보고 있었냐? 나는 약간 머쓱해졌다. 하지만 루카스가 나타나서 조금씩 침체되던 기분이 나아진 것도 사실이었다. 고개를 들자 천막 틈으로 새어 들어오는 흐린 빛이 시야에 번졌다.

끼익.

나는 등 뒤의 온기에 조금 더 편하게 몸을 기댔다.

"어떤 사람한테 좀 미안해."

"왜?"

아까 전 내 말을 막으며 아린 얼굴을 하던 사람이 떠올랐다.

"알피어스 공자. 나는 그대를 싫어하지 않아요. 하지만."
"듣고 싶지 않습니다."

어쩌면 나는 이제키엘을 좀 좋아했는지도 모르겠다. 아니, 사실 모르겠다는 건 거짓말이다. 3년 전 흰 꽃 속에서 그를 만났을 때, 아마 루카스가 나를 황궁으로 순간 이동시키지 않았다면 나는 그를 거부하지 못했을 것이다. 그 시절, 나는 너무나 명백하게 그에게 끌리고 있었다.
"전에 내가 거짓말을 했거든."
하지만 이제키엘과 어떻게 되고자 하는 생각은 없었다. 책 속의 남자 주인공. 제니트가 좋아하는 사람. 알피어스 공작과의 관계. 그러기에는 마음에 걸리는 것이 많았고, 나는 여러 가지를 따져 본 뒤 꽤 이기적인 결정을 내린 것이다.
"무슨 거짓말?"
"그냥, 어쩌면 더 좋은 관계로 발전할 수 있는 사람이 있었는데 내가 없던 걸로 만들어버렸어."
아, 이거 아무래도 안 되겠는걸. 이 이상 가면 나중에 후회할 일이 생길 것 같아. 늦기 전에 일찌감치 접어버리자. 그렇게 내가 가지고 있는 마음이 깊어지기 전에 나는 이제키엘에게 거짓말을 하고 내 첫사랑에 작별을 고했다.
"그래? 그럼 지금은 거짓말이 아니네."
나를 좋아하는 이제키엘의 마음이 진심이란 건 알고 있었다. 그래서 3년 전 그 역시도 나를 완전히 잘라 내 버리기를 바랐다. 하지만 정작 완전히 지워 내지 못한 건 나도 마찬가지였다.
"응, 그래서 또 미안해."

그러나 이 감정은 3년 전과 같은 감정이 아니다. 지금 저 구두에 묻은 진흙처럼, 미처 떨어지지 못한 옛 감정의 잔상이 아직까지도 혼자서 흐리게 빛나며 남아 있을 뿐이다.

"미안할 게 뭐 있어? 감정 저당 잡힌 적도 없는데. 혼자 설레발친 놈이 웃긴 거야."

등 뒤에서 또 지나가듯 툭 던지는 말이 들렸다. 나는 문득 이상해져서 물었다.

"근데 너 지금 뭘 알고 말하는 거야?"

"그놈이 배포가 작다는 건 알아."

루카스가 흥, 소리를 내더니 말했다.

"난 널 새장 속에 가두고 싶다거나 그런 생각 따위 안 하는데."

아앗!

"너 훔쳐 들은 거야?!"

나는 루카스에게서 등을 떼고 홱 뒤돌아보았다. 그러자 루카스도 내 뒤에 앉은 상태 그대로 나를 돌아보았다. 붉은 눈동자가 언뜻 건방진 느낌을 풍기는 웃음을 담으며 휘어졌다. 다음 순간 그가 내뱉은 말은 내 입을 떡 벌어지게 만들기에 충분했다.

"어차피 이 세상 전체가 내 손바닥 위에 있는 새장인데 뭐 하러 그런 쪼잔한 생각을 하지?"

그래, 이놈아. 너 스케일 쩔어서 좋겠다.

"게다가 누구 마음대로 널 새장 속에 가두고 싶다느니 헛소리야?"

"윽, 창피하니까 그만해."

"넌 내 건데."

고요한 음성이 습기 찬 공기를 가로질렀다. 어라? 그 순간 심장 어귀가 약간 이상했다. 거기에 의문을 품을 새도 없이 나는 마주한 사람에게 시선을 붙들렸다. 문득 깨닫고 보니 분위기가 조금 요상했다.

"처음 봤을 때부터, 머리끝부터 발끝까지."

투두둑, 빗방울이 굴러떨어지는 소리 틈으로 나직한 속삭임이 새어 들었다.

"넌 내 거였어."

나른히 움직인 손가락 사이로 내 머리카락이 휘감겼다. 나는 숨을 죽인 채 루카스가 그대로 손을 움직여 내 머리카락에 입술을 묻는 것을 바라보았다.

"그러니까 아무한테도 안 줘."

붉은 눈동자와 정면에서 시선이 마주하는 순간, 덜컹 심장이 내려앉았다. 루카스의 얼굴이 좀 더 가까워졌을 때, 나도 모르게 손이 움직였다.

짜악!

"헉."

찰진 소리가 울리는 순간 나는 방금 전 내가 한 짓에 화들짝 놀랐다. 내, 내 손아! 왜 거기 붙어 있어?! 지금 내가 루카스 이마를 때린 거야? 그런 거야? 어, 얼굴이 너무 가까워서 밀어내려다 보니 나도 모르게!

"지금 나 때렸어?"

이, 이건! 내 오른손에 잠들어 있던 흑염룡이 오랜만에 깨어나서!

"네, 네가⋯⋯!"

"내가?"

왠지 분위기가 이상야릇해서 그랬다고는 말 못 하겠다. 지금은 또 언제 그랬냐는 듯 평소 같아져서 그냥 나 혼자 착각했나 싶기도 하고.

"네가 헛소리를 하니까 그렇지!"

"내가 뭘?"

"내가 왜 네 거야? 난 내 거야!"

"네 것도 맞고 내 것도 맞⋯⋯."

"안 들려! 갑자기 나타나서는 느닷없이 뭐야? 빨리 나가! 필릭스랑 세스 오라고 할 거야!"

역시 우리 사이에 진지한 분위기는 오래갈 수가 없었다. 나는 쿠션을 들어 루카스에게 마구 휘둘러 댔다. 내 공격을 요리조리 피하며 얄밉게 빙글빙글 웃어 대던 루카스가 뿅 하고 사라질 때까지.

"헉, 공주님?"

"앗, 쿠션에 들어 있던 백조 깃털이!"

이제야 들어온 걸 보니 역시 루카스가 방음 마법을 걸고 있었던 게 분명했다. 필릭스와 세스는 주위에 날아다니는 깃털과 혼자서 헉헉거리는 나를 보고 놀란 표정을 지었다.

"우, 운동 좀 했어."

"오늘 같은 날 무슨 운동이에요? 세상에, 땀 좀 보세요. 시원한 물을 가져다드릴게요!"

"공주님, 부채질을 해드리겠습니다."

나는 기진맥진한 채 사냥 대회가 빨리 끝났으면 좋겠다고 생각했다.

⚜

한 시간 뒤쯤, 사냥을 갔던 사람들이 비에 흠뻑 젖은 채 돌아왔다.

"갑자기 비가 쏟아지네요."

"하하, 그래도 제가 사냥한 융은 안 젖었습니다. 이것 보세요, 검은 털이 참 윤기 나지 않습니까?"

나는 비에 젖은 생쥐 꼴이 되어 돌아온 사람들을 보다가 손을 휘둘렀다.

화아악.

"헉?"

"갑자기 몸이 뽀송뽀송해졌어!"

"이게 무슨 일이죠?!"

"앗, 공주님께서　　!"

크으, 아까도 진작 이럴걸. 가끔 내가 마법을 쓸 수 있다는 걸 잊는단 말이야?

"감사합니다, 공주님!"

"별로 대단한 일도 아닌데요."

나는 뿌듯하게 뽀송해진 사람들을 둘러보았다. 앗, 그런데 뭐지? 저쪽에 딱 한 사람만 아직도 생쥐 꼴이잖아!

"고, 공주님……."

모두가 뽀송해진 상태라 그런지 아직까지도 푹 젖어 있는 카벨 에른스트가 유독 눈에 띄었다. 물론 워낙 구석에 서 있어서 다른 사람들은 그런 그를 눈치채지 못한 것 같았지만.

"어흑!"

"자, 잠깐!"

앗, 그런데 저 반응은! 내가 일부러 자기만 쏙 빼놓고 마법을 써 준 걸로 오해하는 것 같잖아? 나는 충격받은 얼굴로 자리를 박차고 달려가는 카벨의 뒤를 쫓았다.

"에른스트 경."

"죄, 죄송합니다, 공주님. 전 그렇게 저를 싫어하시는 줄도 모르고……."

"그, 그게 아니라."

나는 그대로 두면 땅을 파고 들어갈 것 같은 카벨에게 얼른 마법이 통하지 않았던 이유를 말했다.

"혹시 마법 용품을 가지고 있지 않은가요?"

"예? 마법 용품이요?"

"음, 그러니까 지금 몸에 지니고 있는 물건 중에요. 장식 용도의 작은 물건이라든가……."

"그런 건 거추장스러워서 안 가지고 있는데요."

윽, 돌려 말하니까 못 알아듣는구나. 그럼 그냥 직구다.

"예를 들어 검 장식품이라거나!"

"아! 예전에 여동생이 준 걸 가지고 있긴 한데."

카벨 에른스트가 허리춤에 차고 있던 검에 손을 가져갔다.

"앗, 이게 왜 이렇게 덜렁거리지?"

검끝에 달려 있는 장식품은 줄이 반쯤 끊어져 있었다. 손을 대자마자 기다렸다는 듯이 떨어져 내리는 세공품을 보고 카벨이 요란법석을 떨었다. 나는 그에게서 장식을 건네받아 잠깐 살펴보았다. 예전에 내가 봤던 그 물건이 맞았다.

"마법의 영향을 무효화하는 마법 용품이에요."

"앗, 그럼 혹시 방금 전에도 그래서?"

"그런 거죠."

"다행입니다!"

카벨 에른스트는 내가 일부러 자신만 물에 빠진 생쥐 꼴에서 구해 주지 않았다는 오해에서 벗어나 기쁘게 외쳤다. 나는 카벨 에른스트의 검 장식을 돌려주기 전, 그에게 다시 건조 마법을 써 주었다.

"그나저나 몸에 가지고 있으면 좋을 거라는 게, 그런 의미였다니."

"여동생이 오빠에게 좋은 걸 선물했네요."

"여동생이 절 좀 많이 좋아하긴 합니다."

"그, 그래요?"

음, 미처 몰랐는데 그는 여동생 바보인 것 같았다. 저 흐뭇하고 자랑스러운 표정을 보니. 음? 그나저나 이제 보니까 이 검 장식, 그냥 망가진 게 아니라 강력한 마력 때문에 이음새가 약간 부서진 것 같은데? 서, 설마 지난번에 연무장에서 루카스한테 마법을 연타로 맞아서 그런가?

"혹시 오벨리아에 와서 이 장식을 검에서 떼어 놓은 적은 없나요?"

"네, 여동생이 어찌나 제 걱정을 하면서 간곡히 부탁하던지. 번거롭기는 하지만 제기 이럴 수 없이……."

헐, 맞나 보다. 그럼 루카스 마법은 여기에 통한다는 말이네? 나는 괜히 오기가 생겨서 세공품에 마력을 불어넣어 보았지만 헐렁해진 이음새 부분은 고쳐지지 않았다. 에잇, 나 안 해!

"끊어진 게 줄이 아니라 세공품의 이음새 부분이라 마법으로 고칠 수는 없을 거 같네요."

"예, 대충 손으로 이렇게 눌러 둔 다음 돌아가서 고치면 됩니다."

띠용! 카벨 에른스트는 괴력의 소유자였다. 맨손으로 헐거워진 부분을 다시 오므리다니!

"참, 제가 예쁜 공작새를 잡았습니다. 오색 찬연한 털이 꼭 공주님의 영롱한 눈동자 같습니다. 공주님께 선물해 드리고 싶은데 받아주시겠습니까?"

"아, 감사해요."

앗, 얼결에 대답하고 말았다. 카벨은 내가 공작새를 받아준다고 하자 기쁜지 나는 듯이 자리를 떠났다. 나도 찜찜한 마음으로 뒤이어 걸음을 옮겼다. 이제 사냥해 온 동물들을 두고 순위만 매기면 사냥 대회도 끝나겠구나. 아, 잘됐다. 빨리 내 방 가고 싶어. 한시라도 빨리 침대와 혼연일체가 되고 싶습니다, 흑흑.

"마그리타 양, 제가 잡은 흰 사슴을 받아주십시오!"

오잉? 그런데 어디선가 익숙한 목소리가 울리는 것이었다. 고개를 돌려 보니 카벨이 제니트에게 가서 두 눈을 빛내며 열렬히 외치고 있었다.

"흰 사슴의 우수에 젖은 촉촉한 눈망울과 가련한 분위기가 꼭 마그리타 양을 닮았습니다! 오, 제가 그 아름다움을 어디에서 봤나 했더니……."

아, 잡아 온 동물을 나한테만 주는 건 아니었구나. 아까 손수건이랑 비슷한 의미는 아니었나 봐. 다행이다. 그나저나 소설 속에서 제니트에게 단번에 반해 열렬히 구애했던 서브남치고 별다른 행동이 없어서 당황했는데, 알고 보니 속으로는 아니었던 건가?

"저라도 괜찮으시다면……."

"헉, 감사합니다! 제 사슴도 기뻐할 겁니다!"

제니트는 약간 당황한 눈치였지만 그래도 웃으며 답해 주었다. 다소 뜬금없기는 해도 카벨 에른스트를 재미있는 사람으로 생각하는 눈치였다. 그나저나 몸이 안 좋다고 하더니 지금은 좀 괜찮아졌나 보네. 나는 슬슬 사냥 대회를 마칠 준비를 해야겠다고 생각하며 걸음을 옮겼다.

"응? 지금 뭔가 밟았는데, 이게 뭐지?"

"브로치나 펜던트 같은데 누가 떨어뜨린 거 아니야? 하녀들에게 물어봐."

뒤에서 다른 귀족 영식들이 의아해하는 소리가 들렸지만 목소리가 작아 내용은 잘 들리지 않았다. 드디어 집으로 돌아간다! 나는 신이 나서 천막을 향해 룰루랄라 걸어갔다.

제15.5장
제니트와 검은 탑의 마법사들

"그럼 다녀올게. 금방 올 테니까 조금만 기다려 줘."

"천천히 다녀오세요."

아타나시아 공주가 마법사들과 함께 자리를 떠난 직후, 제니트와 이 제키엘도 연무장을 떠났다. 그러나 역시 기사들에게 업혀 간 카벨이 걱 정되었기 때문에 제니트는 이제키엘에게 그의 상태를 보고 와 달라고 부탁했다. 이제키엘도 내심 그가 신경 쓰이긴 했는지 흔쾌히 승낙했 고, 그래서 제니트는 정원에 혼자 남게 되었다.

"아, 공주님의 화원에 있는 꽃과 비슷하다."

하얗고 고운 손가락이 붉은 꽃송이 위에 내려앉았다. 요 근래 들어 먹구름이 낀 듯 계속 어두침침하기만 하던 마음에 햇빛이 든 것 같았 다. 지난 다과회 때 황제궁의 정원에서 클로드를 만난 이후부터 제니 트는 줄곧 울고 싶은 기분이었다. 그러고 싶지 않은데 은연중에 자꾸 만, 클로드의 옆에 당당히 서 있던 아타나시아 공주가 머릿속에 떠올 랐다. 그리고 정신을 차려 보면 어느덧 제니트는 그녀와 자신을 비교하고 있었다. 그럴수록 스스로가 초라해져서 어찌할 줄을 모른 채로 그녀는 끝없는 우울감 속에 빠져들었다.

아타나시아 공주와의 만남을 피했던 이유도 그래서였다. 제니트는 이런 부끄러운 마음으로는 차마 그녀를 만날 수 없다고 생각했다. 그러나 아를란타의 사절단으로 오벨리아에 방문했던 이제키엘의 친우가 누구인지 궁금했다. 이제키엘이 제 입으로 친구라고 말한 사람은 처음이라 그런 것일 수도 있었다. 그래서 제니트는 그와 함께 황성에 걸음 하게 되었다. 그리고 놀랍게도, 아타나시아 공주를 만나자마자 그녀의 울적했던 기분은 씻은 듯이 사라졌다.

제니트는 탐스럽게 피어난 꽃을 만지작거리다가 이내 입술을 달싹였다.

"난 공주님이 좋아."

자그마한 목소리가 허공을 맴돌다가 꽃 사이로 내려앉았다.

"그래, 난 공주님을 좋아해."

재차 읊조리는 속삭임은 스스로를 향한 것이었다. 그것은 다시금 제 마음을 확인하는 것이기도 했고, 또는 다시금 제 마음을 다잡는 것이기도 했다. 그녀의 의지와 상관없이 자꾸만 꿈틀거리며 고개를 드는 못난 생각을 잘라 버리고 싶었다. 제니트의 손이 꽃에서 떨어졌다.

그런데 바로 그때, 등 뒤에서 낯선 남자의 목소리가 들려왔다.

"조만간 찾아갈까 싶었는데 마침 여기에 있었네."

푸드득!

멀리서 새들이 날아가는 소리가 들렸다. 흠칫해서 몸을 돌리자마자 제니트의 머리 위로 짙은 그림자가 드리워졌다. 새까만 눈동자가 가까이에서 그녀를 내려다보고 있었다.

"누구시죠?"

제니트는 저도 모르게 주춤 뒷걸음질 치며 물었다. 그러나 등 뒤는 꽃 덤불이었기 때문에 고작 두어 걸음 물러나는 것이 전부였다. 그녀가 경계하는 것을 알았는지 남자가 한 발짝 뒤로 물러나며 웃었다.

"아가씨의 소원을 이루어드릴 착한 마법사라고 해야 할지."

"제 소원?"

어두운 녹색 머리카락과 검은 눈동자를 가진 이상한 남자였다. 행색은 멀쩡했으나 어째서인지 풍기는 분위기가 다소 기묘했다.

"오랜만에 보는 옛 친구와의 만남에 선물 하나 정도는 있는 게 좋을 테니까."

무슨 말을 하는 건지 알 수가 없었다. 그러고 보면 처음부터 그는 그녀와 대화를 하는 것이 아니라 혼잣말을 하는 것 같기도 했다.

"게다가 오랜만에 그 검은 마력을 보니 좀 반갑기도 하고."

그렇게 속삭이며 남자는 웃었다.

"그러니 아가씨에게도 선물이야."

제니트가 그 찢어지는 입꼬리를 보았을 때, 머리 위로 밤하늘이 떨어졌다. 아니, 그것은 새까만 낮이었다. 한순간 시야에 검은빛이 가득 들어찼다. 그 공허한 공간 속에서 제니트는 입을 벌렸다.

짹짹.

하지만 다시 눈을 깜빡였을 때에는, 여느 때와 같은 평화로운 풍경만이 눈에 비칠 뿐이었다.

"뭐였지?"

한낮의 꿈을 꾼 것만 같은 기분이 되어 제니트는 주위를 둘러보았다. 그러나 이미 방금 전 만났던 남자에 대한 기억은 그녀의 머릿속에서 깨끗이 지워진 뒤였다.

"제니트."

그때, 지금까지 그녀가 기다리고 있던 사람이 마침내 모습을 드러냈다.

"이제키엘."

제니트는 그를 향해 웃는 얼굴로 걸음을 옮겼다.

"생각보다 빨리 왔네요?"

"그래? 오히려 너무 오래 기다리게 했다고 생각했는데."

"아니에요. 눈 깜짝할 사이였던 것 같은걸요."

그때, 이제키엘의 시선이 가까워진 제니트의 머리 위로 닿았다. 그 직후 그가 그녀에게 손을 뻗었다. 제니트가 일순간 움찔하자 이제키엘이 말했다.

"잠시만."

제니트는 저도 모르게 숨을 죽인 채 마주한 얼굴을 바라보았다. 햇살이 고인 황금색 눈동자에 그녀의 얼굴이 비치고 있었다. 머리 위에 닿는 손길은 깃털처럼 가벼웠지만 제니트의 심장은 콩닥콩닥 방금 전보다 강하게 뛰고 있었다.

"나뭇잎이 엉켜 있었어. 이제 가자."

귓가에 스미는 목소리가 무심한 듯 다정했다. 제니트는 익숙하게 자신을 에스코트하는 이제키엘을 잠시 올려다보다가 다시 시선을 내렸다. 알고 있었다. 그가 그녀에게 보이는 다정함도 배려도, 단지 오랜 습관 같은 것이란걸.

"……에른스트 경은 어때요?"

"멀쩡하니까 걱정할 필요 없어."

하지만 알면서도 포기하기가 쉽지 않았다. 지금도 이렇게 그녀에게 미소 지어주는 얼굴이 따스했으니까.

"다행이에요."

제니트는 이제키엘을 향해 입술 끝을 당겨 살며시 미소 지었다. 그런 그녀의 등 뒤로 한순간 검은 기운이 도사렸다가 사라졌다.

"왔어?"

쏟아지는 빗줄기 사이에서 언뜻 그는 초목에 녹아든 것처럼 보였다. 짙은 녹색의 머리카락이 비에 젖은 채 까만 눈을 반쯤 가리고 있었다. 나무 위에 걸터앉아 있는 남자를 보고 루카스가 비리게 웃었다.

"돌았냐? 뭘 기다렸다는 듯이 지껄이고 앉았어?"

"기다린 게 맞으니까."

하지만 루카스의 기분이 어떻든 상관없이 남자는 지금의 상황이 퍽 기꺼운 것처럼 보였다.

"어쩐지 나 잡아 잡수쇼 하고 내 근처만 기웃거리면서 싸돌아다니더라니. 그래, 내 흉내는 재미있었냐?"

루카스는 남자와 약간 떨어진 가지 위에 가볍게 내려앉으며 실소했다.

"가짜 검은 탑의 마법사."

후두둑.

가느다란 빗줄기가 다시금 나뭇잎을 때렸다. 그때 문득 멀리서 작은 소음이 들려왔다. 사냥터에 모여 있던 사람들이 슬슬 자리를 정리하고 황궁으로 돌아갈 모양이다. 지금 루카스와 남자가 있는 곳은 사람들이 머무는 곳과 다소의 거리가 있는 숲속이었다.

"슬슬 괴사가 오나 봐?"

루카스는 소리가 들리는 방향으로 잠시 고개를 돌렸다가 다시금 시선을 앞으로 향했다. 그 직후 그의 눈동자가 소매 밖으로 드러난 남자의 손에 닿았다.

"첫인사치고는 너무 정이 없는 것 아니야?"

"지랄."

루카스는 개소리 말라는 표정을 지었다.

"내 탑에 허락도 없이 기어들어 온 쥐새끼, 너지?"

"맞아. 아직 자고 있을 줄 알았는데 탑이 비어 있어서 깜짝 놀랐지 뭐야."

남자는 쉽게 인정했다.

"그래서 내가 만든 마법 용품들을 죄다 훔쳐 가셨나?"

"마력이 너무 부족해서 어쩔 수 없었어. 그런데 너도 너무하네. 내 손 보여? 새까매진 거."

"그러게 누가 허락도 없이 쳐 쓰랬나."

남자는 까맣게 변한 오른손을 보여 주며 너무하다는 듯이 말했지만 루카스는 눈 하나 깜짝하지 않았다.

"내 세계수 열매 처먹은 것도 너고."

"엄밀히 따지면 네 걸 먹은 건 아니지. 물론 네 탑에서 세계수에 대한 정보를 얻은 건 맞지만."

"닥쳐. 내가 먹으려고 한 거였으니까 내 거 맞아."

요 몇 년 사이 오벨리아를 떠들썩하게 만들었던 가짜 탑의 마법사와 그동안 정체를 숨기고 있던 진짜 탑의 마법사의 만남이었다. 두 사람은 분명 오늘 처음 만나는 것임에도 오랫동안 알아 온 친구라도 되는 것처럼 대화했다.

문득 루카스가 물었다.

"그런데 너 이름이 뭐냐?"

"그런 걸 왜 물어?"

"그럼 아에테르니타스라고 불러 주랴?"

바로 그 순간, 남자가 소리 내 웃었다.

"하하. 그 이름 200년 만에 들어 봐."

까만 눈동자에 이채가 떠올랐다. 가장 위대한 마법사 황제 아에테르니타스. 그런데 200여 년 전 죽은 그의 이름을 지금 입 밖에 낸 사람도, 또 그 이름을 귀에 담은 사람도 지극히 태연한 모습이었다.

"카락스. 지금은 그렇게 불러."

"이름 꼬라지하고는."

과거 위대한 마법사 황제였던 카락스는 그 말에 그저 어깨를 한번 으쓱하고 말았다.

"사실은 좀 더 빨리 찾으러 올 줄 알았는데. 내가 여기저기 흔적을 많이 남겨 놨잖아?"

"그래, 나도 곧바로 찾아서 족치려고 했는데."

하지만 심드렁하게 이어지는 루카스의 말에 곧 카락스의 표정이 약간 변했다.

"관심 달라고 징징거리는 애새끼 장단에 맞춰 주기가 영 귀찮더라고."

새까만 눈동자에 어둑한 날카로움이 감돌았다. 하지만 루카스는 동요 한 점 없는 얼굴로 그저 냉정하게 마주한 사람을 응시할 뿐이었다. 곧 카락스가 방금 전까지의 감정을 완전히 거두어 낸 얼굴로 웃었다.

"괜찮아. 그래서 내가 널 만나러 왔으니까."

"약 처먹었냐? 뭘 징그럽게 굴어?"

"좀 외로웠거든."

질겁하던 루카스가 그 말에 입을 다물었다.

"이 몸으로 다시 태어났을 때 말이야, 정말 화가 났어."

카락스는 자신의 새까맣게 변한 손을 내려다보며 혼잣말처럼 작게 읊조렸다.

"기껏 금지된 마법을 써서 거의 영원히 살 수 있는 방법을 알았는데, 정작 다시 태어나 보니 비루하기까지 한 하찮은 몸뚱이인 거야."

하지만 루카스는 그런 그를 향해 동정 한 톨 담기지 않은 목소리로 가차 없이 말했다.

"자기 혼자 잘 살자고 후손들까지 잡아먹은 주제에 욕심 한번 더럽게 많네."

"하지만 난 가장 위대한 황제라 예찬받을 정도로 젊고 아름답고 강했잖아. 그럼 누구나 욕심이 생기지 않겠어?"

"젊고 아름답고 강해?"

루카스는 잠시 헛웃음 짓다가 이내 싸늘하게 읊조렸다.

"그것도 네가 원래 갖고 있던 게 아니잖아."

벌써 수백 년 전의 이야기이다. 검은 탑의 마법사로 세상 곳곳을 떠돌아다니던 루카스가 오벨리아에 머물고 있을 시절. 그때에는 황제 카일룸이 오벨리아를 다스리고 있었다. 그는 강대한 마력을 가진 현명하고 강인한 황제로, 아마 제위 기간이 좀 더 길었다면 역사에 길이 기억되고도 남았을 것이다.

그리고 그에게는 못 미더운 후계자인 아에테르니타스가 있었다. 아에테르니타스는 제 아버지와는 너무나도 다른 못난 외모와 자격지심 강한 성격, 그리고 스스로 제어하지 못하는 불안정한 마력을 가지고 있었다. 카일룸은 루카스에게 제 아들을 부탁했으나 그는 귀찮음에 거절했다.

얼마 후, 루카스는 카일룸의 호의로 한동안 머물고 있던 황궁을 떠나 탑으로 돌아갔다. 그리고 다시 눈을 떴을 때는 꽤 긴 시간이 흘러 있었다. 카일룸도, 아에테르니타스도 이미 죽은 지 오래였다.

그 후 역사서 등에 남아 있는 아에테르니타스의 기록을 볼 때마다 루카스가 얼마나 황당한 기분이었는지는 아무도 모를 것이다. 그는 수백 년 사이 멸종되다시피 한 신수의 존재와 오벨리아에 급격히 줄어든 마법사의 수, 그리고 아에테르니타스 이후 급격히 불안정해진 황족들의 마력에 의아함을 느꼈다.

그리고 마침내 답에 이르렀다. 아에테르니타스는 금지된 마법을 이용해 앞으로 수십, 혹은 수백 대에 이르는 후손들을 희생시켜 제 욕심을 채웠다. 이름다운 외모, 강력한 마력, 현자라 불릴 정도의 명석한 두뇌. 그리고 거의 영원에 이르는 삶을.

"난 사실 너처럼 되고 싶었거든."

그리하여 지난 삶의 기억을 안은 채 또 한 번의 생을 얻은 카락스는 유일무이하게 자신의 과거를 기억하는 이를 향해 해사하게 웃어 보였다.

"지금은 좀 비슷하지 않아?"

"지랄하지 마. 감히 누구랑 같잖은 비교질이야?"

물론 루카스에게는 씨알도 먹히지 않을 이야기였다. 눈앞에 있는 사람이 자신을 동경해 금기를 저질렀든 말든, 그가 상관할 바는 아니었다. 게다가 눈앞에 있는 사람이 금기를 범한 죗값으로 앞으로 어떤 대가를 치러야 할지도 그가 알 바가 아니었다.

"아타나시아라고 했었지?"

하지만 카락스가 혼잣말처럼 읊조린 말에 루카스는 표정을 차게 식혔다.

"네가 모처럼 흥미를 가진 것 같기에 나도 관심을 뒀었는데 말이야."

"이 새끼가 누구 마음대로……."

"그 아이, 내 마법에 영향을 받은 걸까? 설마 후손 중에 나처럼 두 번째 삶을 사는 애가 있을 줄은 몰랐어."

투둑, 투둑.

빗방울이 나뭇잎 위에 떨어져 사방으로 부서져 나갔다. 비를 맞은 탓에 체온이 내려갔는지, 카락스가 몇 번인가 잔기침을 했다. 잠시 후, 그는 딱딱한 얼굴을 한 채 서늘한 눈빛을 보내고 있는 루카스를 향해 천천히 입꼬리를 끌어 올렸다.

"아무튼 3년 전에 네가 그 애를 버려두고 그냥 떠나길래 '아, 어차피 죽어도 되는 애였구나' 했지."

"닥쳐."

"하하, 왜 그래? 사실은 너도 알고 있었잖아? 그때 그 아이 마력 상태가 영 불안정해서 네가 없으면 죽을 수도 있다는 거."

루카스는 부정도 긍정도 하지 않았다. 하지만 카락스는 루카스의 싸늘해진 얼굴을 보고 만족한 듯했다.

"아무튼 그래서 여흥 삼아 아주 살짝 저주를 걸었는데 생각보다 재미있는 결과가 나와서."

그는 다시 생각해도 재미있다는 듯 키득거리며 웃었다.

"네가 세계수 열매 때문에 자리를 비운 동안 있었던 일, 사실 내 작품이야."

"어쩐지 저주 한번 같잖더라니."

"난 정말 아주 사소한 저주를 걸었는데 설마 그렇게 눈덩이처럼 불어날 줄이야. 아, 제니트라고 했나? 알고 보니 내 후손이 한 명 더 있더라고?"

카락스가 제니트를 본 것은 실로 우연한 일이었다. 비어 있는 검은 탑을 보고 루카스의 자취를 쫓던 카락스는 황궁에서 그의 족적이 끊긴 것을 알게 되었다. 그 후 검은 탑의 마법사를 자처한 것은 루카스가 먼저 자신을 찾아와 주기를 바라서였다. 하지만 계산 착오였다. 위대한 검은 마법사는 자신의 흉내를 내는 피라미 따위에는 관심 한 톨 없었던 것이다.

그럼 어떻게 해야 그를 만나러 와 주려나. 자신이 루카스를 먼저 만나러 가는 것은 선택지에 없었다. 루카스는 그를 관심받고 싶어 안달이 난 어린애라고 했지만 사실 그런 것은 아니었다. 단지 카락스는 오래전 그의 마법에 감동받던 이후로, 늘 루카스에게 인정받고 싶었다. 그의 옆에서 눈부시게 빛나는 사람이 아버지가 아니라 자신이었으면 했다. 하지만 그럴 수 없다면 차라리 죽을 때까지 그를 잠들어버리게 만드는 것도 괜찮을 것 같았다.

그 후 카락스는 금기된 마법을 사용해 새로운 삶을 얻어 다시 태어났다. 그리고 루카스 역시 기나긴 잠에서 깨어났다는 사실을 알게 되었다. 그러자 자신이 한 대단한 일을 그에게 알려 주고 싶어 견딜 수가 없었다. 지금의 그를 보면 루카스가 얼마나 놀랄까? 그러려면 일단 루카스를 그의 앞으로 데려와야 했다. 역시 아타나시아 공주를 건드려야 할까? 하지만 그러다가 루카스가 정말 화를 내면 무서운데.

그러던 어느 날 그는 아타나시아 공주의 다과회에 참석하기 위해 황궁에 온 제니트를 보게 되었다. 그리고 황족의 마력을 가진 존재가 한 명 더 있다는 사실을 그제야 알게 되었다. 그 검은 마력으로 보아하니, 아마도 아타나시아보다는 제니트 쪽이 그의 직계에 가까운 것 같았다.

"루카스, 너도 우리 대의 알피어스 공작 기억나지? 아버지의 오른팔이나 마찬가지였던 그 무뚝뚝하고 심지 곧은 인사 말이야. 그치는 아마 아버지의 명령이었다면 구둣발이라도 핥았을 거야."

자신이 기억하는 사람과 지독히도 닮은 얼굴을 한 채 전혀 다른 속내를 품고 있는 현 알피어스 공작을 떠올리자 이렇게 우스울 수가 없었다.

"뭐, 그래서 내가 황제가 된 뒤에 죽여 버렸지만."

그래서 카락스는 흥미 삼아 제니트의 방에 있는 상자 속 물건에 저주를 걸었다. 그리고 그 직후 루카스보다 강력한 마력을 손에 넣기 위해 세계수의 둥지로 향했다.

"콜록. 어쨌든 그 애가 아타나시아에게 선물을 주려고 하기에 그 리본에 살짝 장난을 쳤지."

하지만 설마 루카스가 열매 대신 세계수의 가지를 손에 넣을 줄은 꿈에도 몰랐다. 아무리 루카스라 해도 망가진 열매를 보면 어쩔 수 없이 포기할 것이라 생각했는데. 기껏 세계수의 분노를 얻으면서까지 열매를 모조리 부수고 왔더니 참 부질없기도 하다. 게다가 이 비루한 몸뚱이는 고작 열매를 한 개 먹은 걸 가지고도 부작용을 호소하고 있었다. 아, 이럴 줄 알았으면 그냥 황궁에 남아서 재미있는 구경이나 할 걸 그랬어.

"읍, 쿨럭……."

아까부터 창백해 보이던 카락스가 기침을 시작하다가 급기야 울컥 피를 토한 것은 바로 그때였다. 루카스는 그 모습을 차가운 눈동자로 말없이 내려다보기만 했다.

"콜록……."

잠시 후 카락스가 입에서 흐르는 피를 손으로 닦아 내며 허리를 폈다. 붉은 핏줄기가 흐르는 그의 손은 하얀 피부와 대비되는 새까만 색으로 물들어 있었다. 곧 그는 어깨를 떨며 어이가 없다는 듯이 웃었다.

"아, 이 몸뚱이 정말 쓸모가 없어. 기껏 아등바등 애써서 세계수 열매까지 먹었는데 그릇이 너무 약해서 오히려 수명만 줄어들었지 뭐야."

애초에 세계수까지 갈 수 있을 정도로 쓸 만한 육체가 아닌 듯했으니 아마 거기까지 도달할 수 있었던 것도 루카스의 마법 용품 덕분일 터였다. 게다가 루카스 이전에 온 불청객을 날려 버렸다고 세계수가 말했었지. 하면 그 여파로 가뜩이나 약해져 있던 육체에 더욱 큰 손상이 갔을 것이 분명했다. 카락스의 경우에는 세계수 열매가 오히려 독이 된 듯했으니. 그러나 역시 동정해 줄 가치가 없었다. 루카스의 입술이 천천히 벌어지더니, 곧 그 안에서 섬뜩할 정도로 한기 어린 목소리가 흘러나왔다.

"그래서, 너 지금 내 손에 죽고 싶어서 환장한 거야?"

그러나 카락스는 그저 웃을 뿐이었다.

"네가 그러지 않아도 어차피 곧 죽긴 할 것 같은데, 그럴래?"

루카스는 그를 비웃어주고 싶었다.

"미친놈. 최종 흑막인 척 갑자기 뛰어나오더니 끌딩 그딴 개소리만 지껄이고 있어."

하지만 사실 잠들어 있던 동안 아에테르니타스가 한 짓을 처음 알았을 때 그가 느낀 것은 단순한 조롱의 감정이나 한심함이 아니었다.

"어쩔 수 없잖아. 난 행복해 보이는 사람들을 보면 괴롭혀 주고 싶어지는걸."

지금도 입가에 핏방울을 매단 채로 키득거리는 카락스의 모습에 루카스는 눈매를 찌푸렸다.

"하지만 장난은 그때 한 번으로 끝내려고. 이제 내가 직접적으로 그 애를 건드는 일은 없을 거야. 난 너한테 미움받기 싫거든."

지랄한다.

루카스는 오늘만 해도 벌써 몇 번이나 생각하는 줄 모를 말을 또 한 번 작게 읊조렸다. 제 부모한테 관심받고 싶어서 온갖 말썽을 다 일으키고 다니는 어린애도 아니고. 탑이고 황궁이고 흰둥이 소굴이고 간에, 루카스의 눈이 닿는 곳마다 제 흔적을 범벅해 놓는 어이없게. 그리고 카락스가 어렴풋이 희미하게 미소 지으며 하는 말에 루카스의 눈동자에 날카로움이 어렸다.

"내가 죽어서 다시 태어나면 그때도 지금처럼 날 만나 주고 기억해 줄 사람은 너밖에 없잖아."

"지랄하지 마."

"어라, 난 네가 아타나시아를 선택한 데 그런 이유도 있다고 생각했는데?"

"참아줄 때 닥쳐."

하지만 카락스는 루카스의 경고에도 다 안다는 듯한 얼굴로 말을 이었다.

"너도 나랑 같은 마음이기 때문에 지금 이 순간까지 날 죽이지 못하고 있는 거지?"

콰쾅!

숲속에 굉음이 울려 퍼졌다. 비를 피하고 있던 새들이 푸드덕 젖은 날개를 움직여 하늘 높이 날아올랐다.

"내가 선물을 하나 준비했어. 허락 없이 네 걸 건드렸던 것에 대한 사과의 의미야."

하지만 폐허가 된 자리에는 아무도 없었다. 옆에 있는 나무 위로 사뿐히 내려앉은 카락스가 그 어느 때보다 살벌한 얼굴을 한 루카스를 향해 웃으며 인사했다.

"선물이 마음에 들면 다음에 또 날 찾아와 줘. 그럼 안녕."

그리고 그는 사라졌다.

제16장
이야기의 클라이맥스가 다가오면

어느 날 찾아온 루카스가 나한테 새까만 무언가를 내밀었다.

"그게 뭐야?"

"오다 주웠어."

나는 엉겁결에 그것을 받아 들고 곧 흠칫했다.

"까망이……?"

하지만 자세히 보니 아니었다. 언뜻 보고 까망이인 줄 알았는데 이제 보니 외양이 좀 닮은 다른 동물이네. 그런데 느닷없이 이걸 나한테 왜 줘?

"레피랑 바움 혼혈 같던데."

루카스는 내가 앉아 있는 소파 말고 옆쪽에 놓인 의자를 뒤로 돌려 거기에 털썩 앉았다. 나는 팔 안에서 느껴지는 따끈한 온기에 어정쩡하게 굳었다. 레피와 바움의 혼혈 같다는 루카스의 말처럼 새까만 털을 가진 동물은 귀가 둥그스름했다.

"그런데 이걸 왜?"

"오다 주웠다니까."

"그럼 다시 데려가."

"난 필요 없으니까 너나 가져."

한마디로 선물이다, 이 말이었다. 그런데 그 소리를 왜 이렇게 빙빙 돌려서 하냐? 나는 얼떨결에 안게 된 동물을 다시 루카스에게 주려고 했다. 그런데 그때, 밑에서 '꾸웅' 하는 울음소리가 들렸다. 시선을 내리자마자 나는 윽 신음하고 말았다. 동그란 파란 눈동자가 촉촉이 젖은 채 나를 올려다보고 있었다. 그 눈빛이 마치 '나를 쟤한테 보낼 거야? 진짜 그럴 거야?'라고 묻는 듯했다.

나는 이러지도 저러지도 못한 채 머뭇거렸다. 사실 나는 까망이가 사라진 이후 의식적으로 동물들과 가까이하는 것을 멀리하고 있었다. 그들을 보면 어쩔 수 없이 까망이가 생각났기 때문이다. 나는 내가 생각하던 것보다도 까망이에게 정을 많이 줬던 것 같다. 그 당시 이 책 속의 세상에서, 왜인지 까망이만 유일하게 진짜 내 것 같아서 그랬다. 책 속의 아타나시아도, 제니트도 가지고 있지 않던 유일한 내 것. 물론 유치한 생각이란 걸 지금은 알고 있다. 그래서 그런 말을 다른 사람에게 한 적은 한 번도 없었다.

"귀엽네."

나는 손에 감기는 보드라운 털을 만지작거리며 나도 모르게 중얼거렸다. 내가 만져 주는 게 좋은지 팔 안의 생물도 그릉거리는 소리를 내며 내 손에 머리를 비볐다. 오랜만에 품에 가득 차는 온기를 안고 있으려니 기분이 다소 말랑말랑해졌다. 나는 소파의 등받이에 몸을 편하게 기대며 까만 털을 쓰다듬었다.

루카스는 의자의 등받이에 팔을 올린 채 그런 내 모습을 하릴없이 멀뚱히 보다가 문득 내가 읽던 책에 눈길을 돌렸다.

"넌 온 세상의 책이란 책은 다 읽어 볼 속셈이야? 지겹지도 않아?"

"쯧쯧. 어리석은 중생 같으니. 학문에는 끝이 없는 거라네."

지금 내가 읽고 있던 것은 역대 위인들의 업적을 기록한 책이었다. 루카스는 질린 얼굴로 책장을 훌훌 넘기다가 갑자기 무언가를 발견하고는 짜증을 냈다.

"아, 진짜 이 새끼는 얼굴을 안 들이미는 데가 없어."

"누구?"

"누구긴 누구야. 아에테르니타스, 이 미친놈이지."

쿨럭. 가만 보면 루카스 얘는 아에테르니타스 황제를 되게 싫어하더라.

"검은 탑의 마법사랑도 친했다고 하던데."

"친하긴 개뿔."

내 말에 루카스는 진심으로 끔찍하다는 표정을 지었다. 하 참, 저런 걸 보니 좀 놀려 주고 싶네.

"검은 탑의 마법사가 아에테르니타스 황제를 엄청 좋아했다잖아. 그래서 아에테르니타스 황제가 죽고 나서 실의에 빠져 사라진 거라던데?"

"그래, 이걸 쓴 새끼를 찾아다가 족쳐야지 안 되겠네."

흠칫! 나의 시도는 불발로 돌아갔다! 내가 운을 떼자마자 루카스가 너무나도 스산하게 중얼거렸기 때문이다.

"이딴 걸 책이랍시고 세상 빛을 보게 만들다니, 겁대가리가 없어서 용감한가?"

루카스의 웃는 얼굴을 보니 아무래도 이대로 두면 사고를 칠 것 같았다.

"그, 그래도 정확하게 쓴 것도 있어!"

이놈이 기분 좋을 말을 해줘서 분위기를 쇄신하자!

"검은 탑의 마법사가 얼마나 위대한지 엄청 샅샅이 적어 놨단 말이야! 너도 한번 볼래?"

나는 급히 책을 뒤적여 루카스에게 검은 탑의 마법사의 이야기가 적힌 부분을 펼쳐 주었다. 그는 관심 없는 척 그걸 보더니 곧 콧방귀를 뀌었다.

"다른 골빈 인간들보다 개미핥기 똥만큼 낫네."

그래도 아까보다는 기분이 나아진 게 눈에 보였다. 짜식, 단순하기는. 전에도 검은 탑의 마법사의 업적이 적힌 책을 볼 때마다 사실보다 덜 멋지고 덜 대단하게 나왔다면서 까칠하게 굴더니. 그래서 이 녀석도 나처럼 어지간히 검은 탑의 마법사를 좋아하는구나 하고 생각했었는데.

"맞아, 너 지금 동화책 속에 나오는 검은 탑의 마법사는 2대째인 거알아?"

"헐, 진짜?"

그때, 아까보다 기분이 풀려 너그러워진 루카스가 특별히 나한테만 알려 주겠다는 듯 말했다. 나는 처음 듣는 소리에 깜짝 놀라서 반문했다. 그런데 그거 동화책 아닌데! 역사책인데! 어쨌든, 그건 중요한 문제가 아니었다.

"1대는 1,200년쯤 살다가 죽었어."

"헉, 엄청 오래 살았다."

1,200년이라니? 평범한 인간인 나로서는 쉽게 상상이 안 되는 햇수였다. 그럼 도대체 보유한 마력이 얼마나 많았다는 얘기지?

루카스도 내 말에 동조했다.

"사는 것도 지겨워질 만한 나이지."

"그렇게 오래 살면 나중에는 달관해서 만사가 다 재미없고 다 무뎌지고 그러려나?"

그러다 나는 문득 어릴 때 릴리와 함께 읽었던 책의 내용을 떠올렸다.

"탑의 마법사가 마음먹기에 따라 제국 하나쯤 지도에서 지우는 것은 일도 아니라고 해요."

"그렇기 때문에 그들은 스스로 심장을 얼리고 있다고 하죠."

"이성이 아닌 감성이, 냉정이 아닌 열정이 마음을 잠식하게 되면 그 힘은 대의가 아닌 사사로운 일을 위해 쓰일 수 있으니까요."

"아, 그래서 검은 탑의 마법사가 심장을 얼리고 있다고 한 건가 봐. 되게 문학적으로 표현했네."

나는 깨달음을 얻고 중얼거렸다. 크으, 문과와 이과의 차이인가. 그냥 '살 만큼 살아서 달관했다!'라고 쓰면 될걸. 그런데 내 중얼거림을 듣고 루카스가 지나가듯이 말했다.

"관념적인 표현이지만 그거 아주 틀린 말은 아닌데."

앗, 그냥 표현을 좀 시적으로 한 건 줄 알았는데? 틀린 말은 아니라고? 그게 무슨 뜻이지? 그리고 이어지는 루카스의 말에 나는 미묘한 기분이 되어버렸다.

"고대 마법 중에는 금지된 게 몇 개 있는데, 그중에서 감정을 완전히 지워 버리는 마법이 있거든."

"어, 하지만 금지된 마법이라면 흑마법 아니야?"

"흑마법은 아닌데 비슷해."

남들보다 조금 더한 내 학구적인 열의가 호기심을 불러일으키고 있었다. 그런데 왠지 내가 가벼운 마음으로 캐물어도 될 내용이 아닌 것 같았다. 하지만 루카스는 딱히 말해줘도 상관없다는 듯 아무렇지도 않게 설명했다.

"잊고 사는 게 좋을 것 같은 일이 있으면 그와 관련된 사람, 혹은 일에 대한 감정을 삭제해 버리는 거야. 애초에 없던 것처럼."

'기억을 통째로 도려내는 건 비효율적이고 위험하니까, 그 대신'이라며 루카스는 덧붙였다.

"예를 들자면, 선대 검은 탑의 마법사는 유일한 가족이던 아들이 자기보다 먼저 늙어 죽었을 때 그 마법을 사용했어. 그 결과 아들에 대한 기억은 머릿속에 그대로 남고 감정만 깨끗이 사라져 버렸지."

"그럼 어떻게 되는데?"

"말 그대로."

그리고 뒤이어 귓가를 파고든 말은 약간 섬뜩한 것이었다.

"머릿속에 남아 있는 기억에 얽힌 자기감정은 전부 잊게 되는 거야. 떠올려 봤자 남의 인생을 보는 기분이겠지. 슬프고 기뻤던 감정도 이미 다 잊어서 아무 의미도 찾을 수 없을 테니까. 좀 더 시간이 지나면 완전히 남의 일처럼 느껴질 테고."

감정을 지운다는 건 그런 걸까? 한 번도 상상해 보지 못한 일이기 때문에 루카스의 말은 비현실적으로 느껴졌다.

"그래서 대개 그런 식으로 감정을 없앤 기억은 나중에 자연적으로 소거돼. 길을 가다가 발에 돌멩이가 채인 정도의 일이나, 옆을 지나가던 사람에게 있었던 의미 없는 일을 보통 오래 기억하지는 않잖아."

루카스의 말대로 흑마법을 이용해 기억을 지우는 것보다 시간이 오래 걸리지만 안전한 방법이었다. 하지만 더 좋은 방법이라는 소리는 빈말로도 나오지 않았다.

"그런 거…… 좀 별로다."

"맞아, 별로지."

내 말에 호응하며 루카스가 미미하게 입꼬리를 들어 올렸다. 하지만 그것은 결코 유쾌한 미소가 아니었다. 그는 나로서는 알지 못할 무언가를 비웃고 있는 것 같았다.

"그러니까 선대 검은 탑의 마법사도 미쳐 버린 거겠지."

나는 언젠가부터 말없이 루카스를 보고 있었다. 내가 쓰다듬는 것을 멈추자 품에 안긴 동물이 보채듯 꾸물거렸다.

"그 사람, 자살하기 전까지 그 마법을 엄청 많이 썼더라고."

루카스는 남의 이야기를 하듯 무덤덤한 어투로 선대 검은 탑의 마법사의 이야기를 했다. 하지만 나는 그의 이야기를 허투루 들을 수가 없었다.

"너는?"

나는 마주한 얼굴에서 시선을 떼지 않은 채 조용히 입을 열었다.

"너는 지금까지 몇 번이나 썼는데?"

루카스는 잠시 내 얼굴을 비스듬히 쳐다보다가 대답했다.

"난 그 인간처럼 약해 빠지지는 않았으니까 그렇게 많이 쓰지는 않았지."

그래, 루카스라면 그럴 것 같기는 하다. 하지만 그 말은 살아오는 동안 많이는 아니더라도 금지된 마법을 몇 번인가 쓴 적은 있다는 의미였다. 지난 3년간 나는 루카스에게 마법 특강을 받았다. 그때마다 그가 한 말은 '금지된 마법은 괜히 금지된 게 아니니까 진짜 숨넘어가기 직전이 아니면 쓰지 말라'는 것이었다. 그런 루카스가 감정을 지우는 마법을 썼다면, 아마도 그만큼 죽을 것 같은 기분이 들었기 때문이 아닐까?

"이 손 뭐야?"

갑자기 마음이 좀 그래져서 나는 루카스의 머리에 손을 올렸다. 그리고 슥슥 쓰다듬자 마주한 얼굴에 의문이 어리는 것이 보였다.

"상처받은 네 영혼을 위로하는 거랄까."

"됐으니까 치워."

"에이, 좋으면서 튕기지 마."

"야, 내가 지금 너한테 위로받을 나이는 아니거든?"

"언제는 너랑 나랑 동갑이라며?"

나는 엄청나게 오래전에 루카스가 나한테 약을 팔며 했던 말을 들먹였다. 그의 표정이 또 어처구니없다는 듯 변했지만 나는 그냥 예전에 까망이에게 했듯이 루카스를 쓰다듬어주었다. 루카스는 그런 나를 향해 눈매를 찌푸리면서도 먼저 내 손에서 벗어나지 않았다.

"그 강아지를 키우고 싶다고?"

내가 안고 있는 까만 털 뭉치를 보고 클로드가 눈썹을 비대칭으로 추켜올렸다.

"강아지는 아니고 레피랑 바움의 혼혈인 것 같대요."

"어차피 개과이니 강아지나 마찬가지지."

다, 다른데. 하지만 여기서 그런 걸 꼬집어 봤자 괜히 긁어 부스럼인 것 같으니 그냥 가만히 있자.

"루카스가 확인했는데 위험하지 않다고 했어요. 일단 마법 생물도 아니고."

바로 그 순간 클로드의 눈매가 작게 꿈틀거렸다. 앗, 저건 못마땅한 표정인데? 그럼 역시 반대하려나. 나는 아쉬운 마음으로 내 손을 핥고 있는 동물을 내려다보았다. 하지만 클로드는 잠시 후 얼굴을 펴며 무심히 툭 말했다.

"그놈이 그렇게 말했다면 괜찮겠지."

잠깐…… 지금 촉이 뭔가 이상했는데? 저 까닭 모를 믿음은 도대체 뭐라지요? 그동안 몰랐는데 루카스, 우리 아빠한테 엄청 신뢰받고 있었던 거야? 아니면 혹시 뭔가를 알고 있는 건가. 나는 잠시 고민하다가 입을 열었다.

"아빠."

"왜 그러지?"

그리고 전부터 속에 담고 있던 말을 드디어 밖으로 꺼냈다.

"아무래도 루카스가 검은 탑의 마법사인 것 같아요."

사실 루카스가 검은 탑의 마법사가 아닐까 하는 생각은 예전부터 은연중에 하고 있었다. 다만 루카스가 그런 얘기를 나한테 하지 않는 데다가, 또 나도 어쩌면 검은 탑의 마법사에 대한 내 팬심이 부른 망상이 아닐까 하는 생각이 들어서……. 그러나 어제의 일로 내 기나긴 의심은 끝내 확신이 되어버렸다.

"그놈이 네게 그런 말을 하던가?"

"그건 아니지만요. 느낌이라고 해야 할지."

클로드는 내 말을 듣고 한참이나 나를 물끄러미 바라보았다. 그리고 마침내 무덤덤한 음성으로 말했다.

"그래, 그렇군."

엥? 그, 그게 끝입니까?

나는 클로드의 시크한 반응에 내심 당황했다.

"아빠도 그렇게 생각하고 계셨어요?"

"수상하다는 생각은 했었다."

그, 그러시군요. 나만 그렇게 생각한 게 아니었다니 공감해 주는 사람이 있어서 기쁘기도 하고, 이미 다 짐작하고 있던 사실을 나만 늦게 안 것 같아서 뻘쭘하기도 하고.

"그럼 이만 나가 봐라. 개털 날린다."

"개 아니에요!"

"개나 바움이나."

으악, 까망이 때도 그러더니! 아무래도 우리 아빠는 애완동물을 별로 안 좋아하시나 보다. 이렇게 귀여운데, 왜지?

"그 개, 앞으로 내가 갈 때는 방 안에 들이지 마라."

그래도 안 온다는 말은 안 하는구나.

"그러지 마시고 한번 안아 보실래요?"

"치워라."

클로드가 너무 질겁하는 표정을 지어서 금방 포기했다. 나는 루카스가 준 이 털 뭉치의 이름을 뭐로 지을까 고민하면서 가넷궁을 떠났다.

지난 사냥 대회 이후 아를란타와 오벨리아의 젊은 귀족 자제들 간에 제법 돈독한 친분이 생긴 눈치였다. 그 후로 종종 다 함께 모여 다과 시간을 갖는 자리가 마련되고 있었으니까. 어차피 사절단이 온 목적도 친선 도모였으니 위의 사람들도 젊은 세대의 교류가 나쁘지 않다고 생각한 모양이었다.

"에른스트 경, 여기 가운데 앉으세요. 오늘을 얼마나 기대했는지 몰라요."

"저도요!"

그중에서도 카벨 에른스트는 오벨리아의 영애들 사이에서 엄청난 인기를 자랑했다! 그 이유는 바로 이것이었다.

"오늘도 알피어스 공자님의 이야기를 해주실 거죠?"

"공자님의 학생 시절 이야기라니 어찌나 두근두근하던지요."

이제키엘 학창 시절 이야기! 이 드문 기회를 영애들이 놓칠 리가 있는가?

"마그리타 양께서 원하신다면 이야기해 드리겠습니다."

지난번 이후 카벨은 제니트에게 적극적인 공세를 펼치고 있었다. 그의 태도는 단순히 친구의 사촌 누이에게 보이는 친근감이라기에는 지나친 구석이 있었기 때문에 대부분의 사람은 지금도 은근한 눈빛을 두 사람에게 보내고 있었다.

"에른스트 경은 정말 친절하시네요. 그럼 여기 계신 분들을 위해서 이야기해 주시겠어요?"

"마그리타 양의 부탁이라면 백 번 천 번이라도 기꺼이!"

처음에는 부담스러워하던 제니트도 이제는 적응이 되었는지 제법 편안한 모습으로 대화하고 있었다. 게다가 카벨뿐만이 아니라 다른 사람들하고도 이제는 곧잘 이야기하고 있지 않은가? 난 그것이 아무래도 카벨 에른스트의 영향인 것 같았다. 저돌적인 우리의 서브남 때문에 다른 사람들까지 분위기가 풀어진다고 해야 할지. 또 카벨이 하도 '마그리타 양' 타령을 해서 그런지 사람들은 제니트에게도 덩달아 친근감을 느끼는 것 같았다. 사냥 대회 이후에는 주로 이런 패턴이었다.

첫째 날.

"마그리타 양! 뵙지 못하는 며칠간 마그리타 양의 얼굴이 얼마나 눈앞에 어른거렸는지 모릅니다! 오늘도 눈이 멀어버릴 정도로 아름다우시군요!"

둘째 날.

"마그리타 양, 혹시 저를 카벨이라고 불러 주시지 않겠습니까. 그, 그리고 괜찮으시다면 저도 마그리타 양의 이름을……."

셋째 날.

"마그리타 양의 옆에 앉을 수 있다니 얼마나 영광스러운지 모릅니다. 이제 마그리타 양이 저를 카벨이라고만 불러 주신다면 더 이상 여한이 없는……."

저런 식이니 카벨이 제니트를 좋아한다는 사실을 누구나 다 알 수밖에. 뜻밖에도 제니트는 그런 카벨이 싫지 않은 것 같았다. 물론 그를 이성적인 의미로 좋아하는 것은 아니었지만, 적어도 같이 있으면 즐겁고 재미있는 사람으로는 생각하는 눈치였다.

"그래서 제가 이제키엘의 곤경을 못 본 척하지 않고 결판을 다음으로 미루었기 때문에 처음으로 부동의 1위 자리를 넘겨주어야 했던 것이죠."

"그러니까 결론은 알피어스 공자님이 이기시기는 했다는 거네요?"

"중요한 건 승패가 아닙니다! 제가 존경하는 분 중 하나인 트왈롯 경은 이렇게 말씀하셨죠. 자고로 기사들이 가져야 할 가장 기본적인 덕목은 약자를 우선시하고 동료의 곤경을 모른 척하지 않으며 결과에 깨끗이 승복하는…….."

으, 으음. 다만 카벨이 이야기하는 이제키엘의 학창 시절 이야기는 이렇게 도중에 다른 길로 샐 때가 많았다. 대부분 이제키엘 얘기를 하다가 자신의 자랑으로 넘어가는 수순이었다. 나는 아마도 제니트에게 잘 보이고 싶은 무의식의 작용이 아닐까 생각했다.

"그리고 제 여동생이 말하기를, 그런 상황에서의 패배는 오히려 승리한 것과 같다고 했습니다. 그러니 이제키엘과 저는 무승부였던 셈이죠."

"전부터 느낀 건데, 에른스트 경은 여동생과 친하신 것 같아요."

"부디 카벨이라고 불러 주십시오, 마그리타 양. 그리고 여동생이 절 좀 많이 좋아합니다."

또 시작이었다. 누가 봐도 자기가 여동생을 좋아하는 건데 꼭 반대로 말한단 말이야? 게다가 동생이 자기를 좋아한다는 것도 되게 자부심 넘치는 얼굴로 말하네? 다른 사람들도 나와 똑같이 생각했는지 애매한 표정을 지었다.

"그나저나 잃어버리신 건 찾으셨나요? 여동생이 준 선물이었다면서요."

"아니요, 아직……."

방금 전까지만 해도 신이 나서 있던 카벨이 대번에 시무룩해졌다. 아직 못 찾았구나, 그 검 장식. 하긴 어디에서 떨어뜨린 건지도 모른다고 하니, 만약 사냥 대회에서 돌아오는 길에 잃어버렸다면 찾기 어려울지도 몰랐다. 쯧, 그때도 이음새기 헐거워져 있더니만.

"기운 내세요. 저도 얼마 전에 소중한 물건을 잃어버릴 뻔해서 그 마음이 어떤지 알아요. 저도 금방 찾았으니 아마 에른스트 경도 조만간 좋은 소식이 있을 거예요."

"마그리타 양……!"

제니트의 위로에 카벨의 눈동자에 하트가 뿅뿅 차오르기 시작했다. 거참, 역시 서브남은 서브남이구먼…….

"뭐 재미있는 거 있어?"

갑자기 옆에서 들려온 목소리는 당연히 루카스의 것이었다. 이미 익숙해질 대로 익숙해졌지만 그래도 갑자기 기별 없이 나타나서 조금 놀랄 뻔했다. 게다가 지금 내가 있는 곳은 천사상의 날개 위였기 때문에 더욱 그랬다.

"재미있기는 뭘……."

얘도 심심해서 나한테 온 모양이다. 나는 심드렁하게 중얼거리며 고개를 돌렸다. 그리고 곧 루카스를 보고는 흠칫해서 나도 모르게 외치고 말았다.

"루카스, 너 어떻게 그럴 수 있어?!"

느닷없는 내 원망조의 음성에 루카스가 움찔했다.

"내가 뭘?"

나는 믿을 수 없다는 듯이 그에게 소리쳤다.

"천사 언니의 머리 위에 앉다니!"

"그게 뭐?"

"이건 천사 언니에 대한 모욕이야!"

루카스는 내 말에 어처구니가 없는 듯했다. 하지만 그렇잖아! 나도 차마 천사 언니의 머리통에 엉덩이를 붙일 수는 없어서 날개만 살짝 빌려서 앉아 있는데!

"빨리 내려와! 이리로 와, 이리로."

나는 루카스의 똥 매너에 분기탱천해서 그를 막 잡아당겼다. 천사 언니는 외모도 초특급, 날개 크기도 초특급이라 두 명이 충분히 앉을 만했다. 루카스는 황당하다는 표정을 지으며 내 손에 끌려왔다. 그런데 옆으로 엉덩이를 옮기다 말고 나는 균형을 잃고 말았다.

"으억!"

꺄악, 같은 귀여운 비명은 나오지 않았다. 그런 건 소설 속 여주인공에게나 장착될 법한 비명 버프지요, 어흑. 하지만 휘청거리는 나를 루카스가 잡아줬다.

"조심해."

던지듯 내뱉어진 짤막한 목소리가 귀 바로 옆에서 속삭여졌다. 나는 흠칫해서 고개를 돌렸다. 하지만 괜히 그랬다. 가까이에서 나를 응시하고 있는 붉은 눈동자와 눈이 마주치자마자 더욱 좌불안석이 되고 말았으니까.

나는 슬쩍 루카스가 잡고 있는 팔을 빼내며 우물거렸다.

"어, 어차피 떨어져도 안 다칠 텐데."

"하긴, 땅바닥이 다치겠지."

이놈이?! 어쩐 일로 어울리지 않게 순순히 도와주나 했더니 그럼 그렇지.

"그게 아니라 땅에 박기 전에 마법을 쓰면 된다는 의미였거든?"

"그래, 그러니까 네 마력 때문에 땅바닥이 다친다고."

"그런 의미 아니었잖아!"

"그럼 무슨 의미인데?"

악, 나는 루카스와 더 입씨름하는 걸 포기했다. 내가 흘겨보는데도 그는 어디 한번 말해보라는 듯 얄미운 표정을 짓고 있을 뿐이었다. 나는 잠시 입가를 실룩거리다가 곧 입을 삐죽이 내민 채로 앞을 향해 고개를 돌렸다.

"너 삐진 거야?"

그러자 루카스가 재미있다는 듯 방글거리며 나를 쳐다보았다.

"아니거든."

"아닌 게 아닌데, 뭘. 이쪽 좀 봐."

하지만 난 진짜 삐진 게 아니었다. 영애들과 영식들은 아직까지도 담소를 나누며 하하 호호 단란한 광경을 연출해 내고 있었다. 나는 크흠 헛기침을 하며 말했다.

"네가 준 애 이름 지었어."

"뭔데?"

"녹스."

"헐."

그 순간 루카스가 나를 쳐다보며 얼굴을 굳혔다.

"너 누구야? 아타나시아 아니지? 정체가 뭔지 순순히 불어."

"그게 무슨 소리야?"

"내가 아는 넌 그렇게 수준 높은 작명 센스를 갖고 있지 못하거든."

"야잇, 내 작명 센스 무시하지 마!"

아오, 내가 뭔 말을 못 한다, 진짜!

"그럼 그 이름을 진짜 네가 지었다고? 까망이, 파랑이에서 이름 짓는 솜씨가 갑자기 훅 진화했잖아?"

"왜, 좀 멋지냐? 놀랐지? 막 감탄했지?"

엣헴, 내가 심혈을 기울여 지은 이름이시다! 루카스가 준 레피와 바움 혼혈의 동물은 밤하늘 같은 까만 털과 새벽빛 같은 푸른 눈동자를 가지고 있었다. 그래서 몇 날 며칠을 고심하다가 '밤'이라는 의미를 가진 '녹스'라고 이름을 붙여 준 것이다. 훗, 날 더 찬양해라! 난 달라졌어! 더 이상은 과거의 내가 아니라고!

"꽤 마음에 들었나 봐?"

"내가 붙인 이름인데 당연한 거 아냐?"

"이름도 그렇고 그 강아지도."

"강아지 아니야."

"개처럼 생겼으니까 맞지, 뭘."

으앙, 클로드도 그렇고 루카스도 그렇고 왜 다들 내 애완동물의 정체성을 강아지로 규정짓지 못해 안달이랍니까?

"앞으로는 무슨 일 있을 때 혼자 청승 떨지 말고 개 끌어안고 놀아."

엇, 그 말에 나는 멈칫하며 루카스를 쳐다보았다. 저 말은 무슨 의미지? 설마 내가 까망이를 생각할 때마다 울적해 보이니까 일부러 선물해 준 건가? 루카스에게 이런 섬세한 면이 있었다니? 아니, 그것보다도…….

"너……."

아무래도 날 좋아하는 게 맞는 것 같은데……?

"나 뭐?"

"아냐, 아무것도."

루카스가 말을 하다가 만 나를 눈동자를 좁힌 채 수상하다는 듯 쳐다봤지만 나는 그만 입을 다물어버렸다. 머리 위에서 내리쪼이는 초여름의 햇볕이 따사로웠다. 그래서인지 약간 얼굴이 뜨끈뜨끈했다.

"제니트, 오늘 오후에 에메랄드궁에서 같이 다과라도 들지 않을래요?"

"아…… 죄송해요, 공주님. 오늘은 선약이 있어서요."

앗, 퇴짜 맞았다. 제니트는 미안한 표정을 지으며 내 다과 초대를 거절했다. 하지만 다른 약속이 있다니 할 수 없지, 뭐. 그녀는 요즘 들이 다른 영애들과 영식들 사이에서 인기가 만발이었다. 여기저기서 제니트를 초대하고 싶어 하거나 또는 제니트에게 초대받고 싶어 야단이었으니.

"그럼 아쉽지만 할 수 없네요."

크으, 이게 바로 다 자란 애를 보는 엄마…… 까지는 아니고 이모 같은 마음인가. 그래도 요즘은 많은 사람하고 어울려서 그런지 전보다 제니트 성격이 밝아진 것 같기도 하고, 자신감이 생긴 것 같기도 하고. 그런 면에서는 그녀에게 좋은 일인 것 같다. 그러나 한편으로는 혹시 이렇게 된 게 제니트의 마력 때문은 아닐까 하는 생각도 들었다. 그래서 그녀에게 나름대로 주의를 기울이고 있었다.

"공주님."

"네."

"아니…… 아무것도 아니에요."

응? 싱겁게 왜 그러십니까.

제니트는 무슨 말인가를 할 듯하다가 곧 말끝을 흐리며 빙긋이 미소를 지었다. 그 모습이 다른 때와 다를 것이 하나 없어 보였지만 나는 속지 않았다.

"그럼 다음에 봐요, 마그리타 양."

하지만 나는 그녀에게 이유를 묻지 않은 채 마지막 인사말을 건넸다. 그리고 꽃이 핀 길을 가로질러 멀어져 가는 제니트의 뒷모습을 잠시 동안 바라보다가 뒤돌아섰다. 흐음, 아무래도 제니트는 오늘도 사파이어 궁에 놀러가나 보다. 나한테도 같이 다과 시간을 갖자는 초대가 들어왔는데 추수제 준비도 그렇고 바빠서 거절한 참이었다.

"마그리타 양이 요즘 바쁜 것 같네요. 아쉽습니다."

나는 옆에서 들리는 필릭스의 말에 문득 눈을 가늘게 뜨고 말았다.

"필릭스는 전부터 마그리타 양에게 우호적이더라."

"공주님의 친구분이니까요."

그러니까 하는 말이랍니다. 예전에 흰둥이 아저씨가 나한테 이제키엘하고 제니트를 붙여 주려고 했을 때는 내 친구 자리에 어울리는 사람이 되겠다고 혼자서 나름대로의 라이벌 의식을 불태우더니. 어울리지도 않게 공부하겠다고 허구한 날 책이나 들여다보고 말이야! 그런데 요즘은 왜 이렇게 제니트랑 나를 붙여 주려고 하냐, 이 말입니다.

"음? 공주님, 왜 그러십니까?"

나는 잠깐 필릭스의 얼굴을 쳐다보다가 그에게 손을 뻗었다. 내 손바닥이 가슴팍에 닿자 필릭스는 의아한 눈치였다. 나는 가타부타 설명 없이 그에게 정화 마법을 썼다.

"앗, 방금 뭐지요? 기분 탓인지 굉장히 몸이 가벼워진 느낌인데요?"

필릭스가 자신의 몸을 여기저기 더듬거리며 신기한 듯이 말했다.

"몸이 가벼워진 거 말고 다른 느낌은 없어?"

"다른 느낌이라 하시면…… 잘 모르겠습니다."

필릭스는 어리둥절한 얼굴이었다. 음, 이 평소 같은 아방한 표정을 보니 다른 문제는 없는 것 같기도 하고. 내가 괜히 예민했나. 하지만 정화 마법은 어느 화장품 광고 문구처럼 몸을 맑고 깨끗하고 자신 있게! 만드니까 해둬서 나쁠 건 없지, 뭐.

"혹시 가만히 있는데 갑자기 기분이 별로거나 몸이 찌뿌둥하거나 하면 말해."

"앗, 혹시 심신의 순환을 돕는 마법인가요? 그렇지 않아도 요즘 몸이 무겁고 피로했는데."

"음, 비슷한 거야."

"공주님이 저를 이렇게 걱정해 주시다니! 이 필릭스, 감동했습니다."

쿠, 쿨럭. 별것 아닌데 너무 눈을 반짝반짝 빛내니까 살짝 머쓱해진다.

"그만 가자."

"예, 공주님!"

한번 몸을 정화한 탓인지 필릭스는 다른 때보다 생생해져서 씩씩하게 걸었다. 그 모습을 보고 나는 진작 그에게 정화 마법을 걸어줄 걸 그랬나 하는 생각이 들었다. 그래, 앞으로 필릭스는 1일 1정화! 그렇게 혼자 결심하고 고개를 주억거리며 나는 에메랄드궁으로 향했다.

◈◈◈◈◈

"릴리안 님, 무겁지 않으십니까? 저한테 맡겨 주세요."

"오늘은 간만에 기사단과 대련을 하고 왔습니다. 이것 참 개운하군요."

"공주님, 앞으로 뭐든 이 필릭스에게 시켜 주십시오."

1일 1정화 탓인지 요즘 들어 필릭스는 한 마리의 비상하는 새처럼 날아다녔다. 혹시 몰라 루카스에게 확인차 물었지만 정화 마법은 몸의 자정작용을 돕는 데다가 누적 횟수가 쌓여도 내성이 생기지 않으니 매일 써도 무방하다고 했다.

나도 나한테 정화 마법을 써 봐서 아는데 사용 직후 느낌이 굉장히 시원하기는 하다. 예를 들자면 목캔디를 먹었을 때 화악! 하는 느낌이라고나 할까. 혹은 파스를 붙였을 때 파앗! 하는 느낌이라고나 할까. 크, 크흠. 뭔가 설명이 좀 저렴한 느낌이지만 하여튼!

"공주님, 제가 오랜만에 다시 공부를 시작했습니다."

나는 회춘이라도 한 것처럼 며칠 새 파릇파릇해진 필릭스를 보며 약간 애매한 기분이 되어버렸다.

"나이가 들수록 머리도 굳는 느낌이고 전보다 쉽게 피로해져서 자기 계발을 위한 시간을 갖기 힘들었는데 요즘은 몸도 가볍고 정신도 맑아서……."

이, 이상하다. 정화 마법이 이렇게까지 효과가 좋지는 않을 텐데? 무슨 만병통치약도 아니고. 잠깐의 피로 회복이나 기분 전환 정도는 될지 몰라도 말이지.

"그래서 요즘은 취미 삼아 사이칸시아 신성 제국의 성서를 읽기 시작했습니다."

하지만 필릭스는 정말 며칠 전에 비해 확연히 기운이 넘치는 모습으로 자신이 요즘 하는 일에 대해 신이 나서 떠들어 대고 있었다. 미, 미처 몰랐는데 이렇게 보니 예전과의 차이가 뚜렷하게 느껴지는구나. 매일 얼굴을 보고 지내서 그런가? 난 그냥 필릭스가 늘 똑같은 상태라고 생각했는데 이제 보니 아니었어! 사람이 이렇게까지 생생해지다니! 꼭 시들시들하던 풀이 비 온 뒤에 파릇해지는 것처럼!

"공주님, 그 정화 마법이요. 저한테도 한번 써 주실 수 있을까요? 어떤 느낌인지 궁금해요."

필릭스가 저러자 한나도 정화 마법의 효력이 궁금해진 것 같았다. 별로 어려운 일도 아니었기 때문에 나는 한나에게 마력을 불어넣었다.

"어머, 이상하네요."

그 직후 한나가 두 눈을 동그랗게 뜨며 말했다. 한나도 필릭스처럼 호랑이 기운이 솟아나고 그러나?

"효과가 있어?"

"아니요. 놀라울 정도로 별다른 느낌이 없어요!"

쿨럭! 한나는 신기하다는 듯이 제 몸을 살피며 말했다.

"앗, 그래?"

"네. 잠깐 시원한 느낌은 드는데 말이죠. 그런데 로베인 경처럼 갓

뜀박질을 배운 망아지라도 된 양 당장에라도 펄펄 날아다닐 거 같은 느낌이 들지는 않네요?"

하, 한나! 필릭스를 그렇게 생각하고 있었구나! 하긴 요즘 들어 필릭스가 좀 넘치는 활력을 주체 못 해서 동에 번쩍 서에 번쩍하고 다니긴 했지.

"세스! 이리 잠깐 와 봐."

"뭔데 그래?"

"공주님, 세스한테도 같은 마법을 걸어주실 수 있나요?"

물론 어렵지 않았다. 나는 막 방으로 들어선 세스에게도 정화 마법을 걸어주었다.

"기분이 좀 산뜻해진 것 말고는 잘 모르겠는걸요?"

하지만 그녀 역시도 고개를 갸웃할 뿐이었다.

"이상하다. 한나랑 세스는 아직 젊어서 그런가."

"그럴 수도 있겠네요."

달그락, 쿵!

그런데 그 순간, 옆에서 묵직한 무언가가 바닥을 찧는 소리가 들렸다. 고개를 돌려 보니 티 테이블 앞에서 어깨를 추욱 늘어뜨리고 있는 필릭스가 눈에 들어왔다. 오늘도 자꾸만 자기에게 뭐든 시켜 달라고 귀찮게 굴기에 대충 티 테이블이나 조금 옆으로 옮겨 달라고 한 참이었는데.

"네, 나이…… 역시 나이는 속일 수 없죠. 저도 어느덧 거의 마흔이니……."

헉, 그제야 우리는 방금 전 나눈 대화를 상기하고 흠칫했다. 팩, 팩트 폭력이었나! 우린 그냥 별생각 없이 얘기한 건데! 평소 클로드한테 나이 얘기를 해도 콧방귀만 뀌고 말아서 필릭스가 이렇게 충격받을 줄은 몰랐다.

"아, 아니야! 필릭스가 나이를 먹으면 얼마나 먹었다고 그래? 필릭스도 아직 젊어! 그냥 한나랑 세스가 좀 더 어리다는 거야."

"맞아요! 로베인 경도 아직 전성기신데 뭘요."

"그래요, 로베인 경."

"그렇게 위로해 주시지 않아도 됩니다."

하지만 필릭스는 이미 실의에 잠겨 우리의 말이 위로로 와닿지 않는 눈치였다. 척 봐도 우울 모드에 돌입한 그의 어깨가 아까와 달리 아래로 푹 꺼져 있었다. 조, 조금은 삐진 것 같기도 하고?

"공주님, 저는 잠시 쉬러 가도 되겠습니까? 조금 전까지는 멀쩡했는데 나이가 들어 그런지 갑자기 삭신이 쑤시는 느낌이네요."

"그, 그래."

"아무래도 몸보신을 위한 보약이나 용봉탕 같은 것을 알아봐야겠습니다."

"요, 용봉탕?"

"주변에 민폐를 끼치면 안 되니, 나이가 들면 몸 관리 정도는 혼자서 잘해야지요."

필릭스는 그렇게 말한 뒤 터덜터덜 기운 없이 문 쪽으로 걸어가기 시작했다.

"로베인 경이 저렇게 풀 죽어 하는 건 처음 보네요."

"마, 말실수한 걸까요?"

"그러게."

우리는 나란히 식은땀을 흘리며 그런 그의 뒷모습을 바라보았다.

"아빠, 너무 좌절하지 말고 기운 내세요!"

뜬금없이 집무실에 들이닥쳐 하는 말에 클로드의 눈썹이 비대칭을 그리며 슬그머니 치켜 올라갔다. 나는 필릭스와의 일 이후로 급격히 반성한 참이었다. 그래서 클로드에게 말했다.

"아무래도 제가 그동안 너무 아빠 마음을 몰랐던 것 같아요. 전 나쁜 딸이에요."

"그게 무슨 말이지?"

아무래도 내가 클로드를 걱정한답시고 운동해라, 잠 좀 잘 자라, 잔소리를 해댔던 게 마음에 걸린단 말이지! 게다가 아빠도 이제 나이가 있지 않냐느니, 아빠가 아직도 청춘인 줄 아냐느니, 그런 소리도 곧잘 했었는데! 그때는 클로드가 너무 자기 관리를 안 한다는 생각에 심통이 나서 그랬는데 필릭스 일을 겪고 생각해 보니 아무래도 내가 심했던 것 같다. 필릭스도 그 정도로 그렇게 충격을 먹고 시름에 젖었는데 클로드는 오죽하랴 싶었던 것이다. 게다가 클로드는 필릭스보다 나이도 많은데!

"나이를 먹어 가는 건 어쩔 수 없는 자연현상인데 제가 그동안 너무 모진 소리를 했죠?"

그런 생각을 하자 갑자기 마음이 짠해졌다. 나는 다가가서 그의 손을 꼭 붙잡고 말했다.

"아빠도 그렇게 눈 밑이 시꺼멓게 돼서 병든 닭처럼 허구한 날 골골거리고 싶지는 않으셨을 텐데. 작년, 재작년이 다르고, 올해랑 작년이 또 다른 건 당연한 건데 제가 너무 아빠 입장을 생각 안 했어요."

"뭐……."

"하지만 걱정 마세요! 아빠한테는 제가 있잖아요."

내가 말을 이어 갈수록 클로드의 눈매가 꿈틀거렸다.

"나중에 거동이 불편할 나이가 되셔도 전 항상 아빠 옆에 있을 거예요! 그러니까 노후 걱정일랑 마시고 벽에 똥칠할 때까지 천년만년 저랑 같이…….”

“너한테 쓸데없는 바람을 불어넣은 게 누구냐? 필릭스인가?”

뜨끔!

클로드의 몸에서 풍겨져 나오는 기운이 급속도로 흉흉해졌다.

“아, 아니. 꼭 필릭스 때문은 아니고…….”

“필릭스!”

하지만 이미 클로드는 밖에 서 있던 필릭스를 부른 뒤였다. 여느 때처럼 그의 부름에 곧바로 문이 열렸다.

“예, 폐하.”

“내가 왜 부른 건지 이유는 알고 있겠지.”

‘네 죄를 네가 알렸다?’라고 말하는 듯한 클로드의 싸늘한 눈빛에 필릭스가 굳었다. 당황한 건 나도 마찬가지였다. 아니, 그렇지 않아도 우울한 필릭스한테 왜 그러시나요!

“아빠, 필릭스는 잘못한 거 없어요! 그냥 제가 혼자…….”

“죄송합니다, 폐하! 제가 죽을죄를 지었습니다!”

그런데 갑자기 필릭스가 클로드의 앞에 부복한 채 사죄하기 시작했다.

“제 위치를 잊고 개인의 사리사욕을 채운 죄, 백번 죽어 사죄해도 모자랍니다!”

에, 엥? 나는 필릭스가 도대체 뭘 사과하는 것인지 영문을 알 수가 없어졌다. 처음에는 그냥 클로드의 심기가 사나워 보이니까 뭔지 몰라도 일단 사과해서 지금 상황을 모면하자! 이런 생각에 조건반사적으로 사과하는 건 줄 알았는데 왠지 그게 아닌 것 같았다. 아, 아무래도 지금 상황이 소 뒷걸음질 치다가 얼결에 쥐를 잡은 격인 것 같은데? 개인의 사리사욕을 채운 죄라니? 도대체 뭘 했기에 그러지? 헉! 혹시 필릭스, 몰래 뇌물을 먹었다든가, 황실 돈을 빼돌렸다거나, 그런 건 아니겠지? 설마 필릭스가 그럴 리가 없잖아!

하지만 필릭스의 기세가 워낙 심상찮아서 나도 덩달아 심각해지기 시작했다. 저래간에 절철된 그이 얼굴을 보니 보통 일이 아니구나 싶었던 것이다. 클로드도 설마 필릭스가 이렇게 나올 줄은 몰랐던 눈치였다. 미간을 잔뜩 구긴 채 의혹이 담긴 눈길로 필릭스를 내려다보고 있는 걸 보니까 말이다.

"그래, 네 죄를 네가 안다면 그 입으로 한번 말해봐라."

클로드도 필릭스가 왜 이러는지 모르는 눈치였지만 티 내지 않고 노련하게 대답을 종용했다. 하지만 집무실 안에 도사리고 있던 팽팽한 긴장감은 다음 순간 맥없이 끊어져 버리고 말았다.

"용봉탕을, 그 귀한 용봉탕을 혼자만 먹다니……! 제 입에 넣기 전에 폐하께 먼저 진상했어야 하는데 제 생각이 짧았습니다!"

요, 용봉탕? 필릭스의 입에서 나온 뜻밖의 단어에 나는 그만 커헙 사레가 들리고 말았다. 어억, 지난번에 몸보신 한다고 용봉탕을 구해 본다더니, 진짜로 찾아다 먹었나 보네!

클로드도 황당한 눈치였다.

"용봉탕이라고?"

"요즘 심신이 허해 몸보신을 할 생각으로 동방의 보약을 구해 먹었습니다. 폐하께서 이리 진노하실 줄 모르고……. 아니, 아닙니다. 모두가 제 어리석음 탓입니다! 세월의 흐름 앞에 장사 없다고, 당연히 저보다 연식이 많으신 폐하께서 더 힘드실 터인데!"

바로 그 순간 클로드의 눈썹이 꿈틀거렸다.

"폐하에 비하면 제 고단함은 새 발의 피 수준일 것이 당연하거늘, 어찌 이리 아둔한 생각을 하였는지. 제 불찰입니다! 벌해 주십시오!"

피, 필릭스! 위험해! 나는 클로드의 몸에서 새어 나오는 시꺼먼 아우라에 입을 뻐끔거렸다. 하지만 필릭스는 자책감에 시달리느라 그것을 느끼지 못하는 모양이었다.

곧 클로드의 입에서 음산한 목소리가 흘러나왔다.

"그래, 몰래 먹은 용봉탕의 맛은 좋던가?"

"아닙니다! 동방에서 들여와 오벨리아인의 입맛에는 맞지 않을 거라고 하더니 정말 그렇더군요. 한 입 먹자마자 어찌나 비리고 역하던지…… 보약이라는 생각에 꾸역꾸역 먹었지만 그 후 삼 일간이나 속이 느글거렸습니다."

"그래, 그리 역하단 말이지."

그러나 그렇게 말한 뒤 필릭스는 곧 아차 싶었는지 덧붙였다. 그리고 하는 말을 들어 보니, 아무래도 클로드가 용봉탕에 관심이 있다고 생각하는 모양이었다.

"아, 하지만 본래 좋은 약이란 입에 쓴 법이니 폐하께서도 참고 드시면 드실 만할……."

"필릭스 로베인. 앞으로 한 달간 매일 그 용봉탕을 먹도록 해라. 명령이다."

"예?"

"하루라도 명을 지키지 않으면 더 끔찍한 벌을 내릴 테니 그리 알아라."

그리고 우리는 급격히 기분이 저조해진 클로드에게 쫓겨났다. 하참, 난 분명 클로드를 위로해 주러 왔던 건데 괜히 더 속만 긁고 떠나는 것 같잖아? 그리고 옆을 보았을 때, 나는 필릭스의 얼굴이 감동에 점철되어 있어 그만 깜짝 놀라고 말았다.

"폐하께서 제 건강을 염려하시는 마음에 이렇게 친히 용봉탕을 하사해 주시다니……!"

으, 으잉? 그, 그거 아닌 것 같은데? 방금 전에 클로드가 '하루라도 명을 지키지 않으면 더 끔찍한 벌을 내릴 거'라고 했잖아? 그냥 '끔찍한 벌'이 아니라 '더 끔찍한 벌'이라구요? 그럼 이미 지금 댁이 용봉탕을 먹는 것 자체가 벌이라는 의미잖아! 으앙.

"이 필릭스, 앞으로도 온몸을 바쳐 폐하께 충성할 것입니다!"

하지만 필릭스가 너무 감동받은 모습이라 나는 차마 그런 그에게 찬물을 끼얹지 못했다. 아니, 사실 내가 말한다 해도 지금 상태로는 귓등으로도 안 들을 거야……. 그, 그나저나 이걸로 일단 모두가 해피엔딩인 건가. 결국 클로드는 원하는 대로 필릭스에게 벌을 내렸고, 필릭스는 그걸 상으로 여겨 행복해하고 있으니까…… 쿨럭. 나는 두 눈을 그렁거리는 필릭스를 데리고 그 자리를 벗어났다.

"어머, 그런 일이 있었군요?"

그날 밤, 내 말을 들은 릴리가 손으로 입을 가리고 웃었다. 그녀는 오늘 있던 일을 재미있게 생각하는 눈치였다. 생각해 보니 나도 좀 웃긴 것 같아서 릴리를 따라 키득거렸다.

"그래서 필릭스는 내일부터 저녁마다 용봉탕을 먹을 거래."

"그럼 에메랄드궁에서의 식사는 이제부터 1인분을 적게 준비해야겠네요."

나는 부드럽게 웃는 릴리의 얼굴을 보다가 슬쩍 물었다.

"릴리는 결혼하고 싶지 않아?"

내 물음이 뜻밖이었는지 릴리가 이불 정리를 해주다 말고 나를 쳐다보았다.

"난 괜찮으니까 좋은 사람 생기면 결혼해."

필릭스도 그리고, 릴리도 그렇고, 다들 나 때문에 아직까지 혼자인 건가 싶어서 전부터 계속 신경이 쓰였다. 물론 이렇게 말하면 다들 그런 게 아니니까 신경 쓰지 말라고 말하곤 했지만……. 사실 어렸을 때는 필릭스랑 릴리가 결혼하는 건 아닐까 하는 생각도 들었는데 그런 일은 생기지 않았다. 필릭스도 오벨리아에서 적혈의 기사…… 으음. 아무튼 그런 별명을 가지고 있을 정도로 알아주는 기사인 데다, 릴리도 백작 가문의 딸에 내 직속 시녀라는 위치가 있으니 마음만 먹으면 언제든 좋은 사람을 만나 결혼할 수 있을 텐데. 혹시 내가 그들의 자유를 빼앗고 있는 건 아닐까 하는 생각이 들었다.

하지만 릴리는 언제나 그렇듯 다정하게 웃는 얼굴로 말할 뿐이었다.

"제가 가장 하고 싶은 일은 공주님을 보살펴드리는 것이니까요. 그래서 결혼은 생각해 본 적이 없어요."

그래, 필릭스도 지금의 릴리처럼 말하더라. 그래도 괜히 마음이 쓰여. 사실은 이렇게 말하는 순간에도 지금처럼 아무 데도 가지 말고 계속 내 옆에 있어줬으면 하는 생각을 하고 있지만.

"릴리 닮은 아이가 있으면 예쁠 텐데."

아마 릴리는 진짜 아이가 생겼다면 지금 나에게 그렇듯, 아주 좋은 엄마가 되었을 것이다.

"제 아이는 공주님만으로도 충분하답니다."

릴리가 항상 해주는 말에 어쩔 수 없이 기분이 좋아지는 것은 내가 나쁜 애라서 그런 걸까.

"실은 나도 릴리가 진짜 내 엄마 같아."

"다이아나 님이 서운해하실 거예요."

"응, 그러니까 나는 엄마가 두 사람인 거야. 엄청 복 받았다. 그렇지?"

내가 그렇게 말하며 웃자 릴리가 잠시 움직임을 멈추고 있다가 이윽고 부드러운 손길로 내 머리를 쓰다듬었다. 그런 릴리의 눈동자는 약간 젖어 있어서, 나는 그녀를 향해 더욱 활짝 미소 지어주었다.

"저거 아무리 봐도 이상하지 않아?"

나는 꽃나무 가지 위에 앉아 밑에 있는 사람들을 지켜보다가 옆에 있는 루카스를 향해 물었다.

"확실히 정상들은 아니네."

루카스도 내 의문에 가볍게 동의했다. 나는 사람들의 중심에 있는 제니트를 약간 착잡한 눈길로 바라보았다.

"마그리타 양을 생각하며 열심히 고른 선물입니다!"

황궁 밖에서는 청춘 남녀의 친목 도모가 한창이었다. 나는 이틀 전 사파이어궁에서 있던 만찬 시간에 참여한 후, 오늘의 야유회에는 불참한 상태였다. 하지만 아무리 봐도 저건 청춘 남녀의 친목 도모가 아니라, 제니트와의 친목 도모 같았다. 지금은 또 어떤 영식이 제니트에게 무언가를 선물하고 있었다. 물론 저 장면 자체에 문제 될 만한 건 없었지만 요는 얼마 전부터 급격히 사람들의 행동이 변했다는 것이었다. 그저 단순히 그들이 제니트의 매력을 알기 시작하면서 생긴 일일 수도 있지만…… 그래도 마음 한편이 계속 찜찜했다.

나와 함께 꽃나무 가지에 앉아 있던 루카스의 시선도 내가 보고 있는 곳을 향해 미끄러졌다. 그 직후 그가 약간 어이없다는 듯 썩은 미소를 흘렸다.

"기껏 선물을 준비했다고 하기에 뭔가 했더니만 조잡하기 짝이 없네."

응? 방금 전에 제니트한테 뭔가를 선물한 영식을 보고 한 말인가?

"뭘 선물했는데?"

"있어, 찌질한 놈이 준비한 찌질한 거."

초, 초면인 사람한테 찌질하다니 너무한 거 아니니? 저 사람이 제니트한테 뭘 줬기에 저러지? 궁금했지만 이미 내 위치에서는 보이지 않는 곳으로 치워 놔서 볼 수가 없었다.

"넌 저 키메라를 어쩌고 싶은 거야?"

문득 루카스가 나한테 물었다. 그, 그런데 기분 탓인가? 왜 날 보는 눈빛이 '지금 당장 치워 버릴까?'라고 말하는 것 같지?

"오늘 날씨가 정말 좋네요. 보세요, 꽃도 활짝 피었어요."

"꽃이 아무리 예쁘다 한들 마그리타 양의 아름다움에 비할 것은 못 됩니다."

나는 밑에서 야유회를 즐기고 있는 사람들을 내려다보았다.

"언제까지나 지금처럼 지내는 건 역시 불가능하겠지."

하지만 그렇게 말하는 지금 이 순간에도 사실 그런 건 나 혼자만의 욕심임을 알고 있었다. 명확한 결론을 낼 필요 없이 지금처럼 평화로운 나날을 계속 이어 갈 수 있다면 좋겠지만……. 그건 다른 의미로 이도 저도 아닌 지금의 현상 유지밖에 안 된다는 뜻이었으니까. 일단 그런 걸 제니트가 납득할 리도 없었다.

"뭐, 어차피 곧 정리될 테니까 너무 골 아프게 고민하지 마."

"뭐? 그게 무슨 소리……."

"우리도 놀러 가자."

그때, 루카스가 알지 못할 소리를 해서 반문했다. 하지만 내가 말을 끝맺는 것보다 루카스가 내 손을 잡는 게 더 빨랐다.

"앗, 잠깐만!"

하지만 언제나 그렇듯, 내 잠깐만은 효력이 없었다. 다음 순간, 나는 루카스의 손을 잡고 허공을 밟고 있었다. 우리가 앉아 있던 꽃나무에서 꽃잎이 우수수 떨어졌다.

"어머, 새가 앉아 있었나 봐요."

하늘하늘 흩날리는 꽃을 보고 밑에서 속삭이는 소리가 들렸다.

"예고 좀 하고 움직이란 말이야!"

"왜 이래? 아마추어같이."

물론 전에도 루카스의 이런 식으로 공중 부상…… 이 아니라, 공중 도보라고 해야 하나. 어쨌든, 지금처럼 허공을 걸어 본 적이 있어서 그리 놀라지는 않았다. 루카스도 그걸 알아서 그런지 내 핀잔에 코웃음만 치고 말았다.

"그런데 어디 가?"

그런데 왜인지 이놈이 가는 방향이 수상쩍었다.

"너 아까 저 호수 가까이에서 보고 싶다며?"

"아니, 그렇긴 해도…… 으악!"

루카스가 나를 붙잡고 호수 한가운데로 내려가기 시작했다! 햇빛에 은쟁반처럼 반짝이는 호수가 예뻐 보이긴 했지만 이렇게 코앞에서 보고 싶다는 의미는 아니었다고!

"설마 너 지금 무서워서 쪼는 거야?"

그때 루카스가 나를 보고 재미있다는 듯이 말했다. 그 말처럼 나는 쪼아 있었다. 으앙, 지금까지는 허공을 걸어 다니더니, 이제는 물이냐!

"이, 이건 별로 좋지 않아."

물론 나는 수영을 할 줄 알지만 그건 그거고, 물에 빠지기 싫은 건 싫은 거였다. 멀리서 볼 때는 그리 커 보이지도 않았던 호수였는데, 막상 그 한가운데에 내려서자니 망망대해에 표류하는 것처럼 느껴졌다. 그래서 루카스의 손을 붙든 채로 허공에 떠 있자 먼저 아래로 내려가 있던 그가 나를 보고 웃었다. 당연하게도 그건 비웃음이었다.

"자세가 아주 참신하신데? 웃겨 주려고 그러는 거면 성공이고. 투명 마법 풀어서 저 사람들한테도 보여 주고 싶네."

"풀면 죽어!"

나는 루카스가 서 있는 모습을 슬쩍 내려다보았다. 새, 생각보다 안전한 것 같기는 한데…….

"너 갑자기 장난쳐서 빠뜨린다거나 하는 거 아니지?"

"빠뜨리긴 왜 빠뜨려."

별 걱정을 다 한다는 듯 루카스가 콧방귀를 뀌었다.

"방금 전까지 하늘 위도 걸어 다녔으면서 새삼스럽게. 발아래 아무 것도 없는 것보다 물이라도 있는 게 낫지 않아?"

그, 그건 그런가? 귀가 얇은 나는 금세 솔깃했다. 하기야 방금 전까지 하늘에서도 걸어 다녔는데 물 위를 못 걸어 다닐 건 없었다. 나는 루카스의 재촉에 못 이겨 수면 위로 발을 내디뎠다.

"오오, 된다, 된다!"

그 직후 내가 호들갑을 떨자 루카스가 옆에서 그것 보라는 표정을 지었다.

"물이 젤리 같아!"

그런데 공중 도보를 하던 것과는 느낌이 달랐다! 꼭 고무를 밟는 것 같기도 하고, 젤리를 밟는 것 같기도 하고. 걸을 때마다 발밑이 울렁울렁거리는 게 느껴져서 기분이 이상했다.

"지금 꼭 푸딩 밟고 서 있는 것 같지 않아?"

"하여간 먹을 거 되게 좋아해."

이 자식이?! 그런데 내가 찌릿 째려보기 무섭게, 루카스가 씨익 웃으며 허공에 손을 휘저었다.

"먹보 공주님을 위해서, 특별히."

그리고 나는 눈앞에 벌어지는 일을 얼빠진 얼굴로 바라볼 수밖에 없었다. 처음에는 동그란 티 테이블이 나타나더니, 곧 그 위로 새하얀 식탁보가 덮였다. 허공에서 튀어나온 동그란 접시와 포크, 그리고 유리잔 등의 식기들이 눈앞에서 춤을 추듯 움직였다.

차라락.

이번에는 3단 디저트 트레이가 식탁보 위에 나타났다. 나는 색색의 예쁜 디저트들이 그 안을 채우기 시작하는 모습을 넋을 놓고 바라보았다. 그뿐만이 아니라 테이블 위에는 디딤에 이올리는 온갖 종류의 케이크와 푸딩, 과자와 잼 같은 것이 가득 채워지고 있었다. 어디선가 나타난 티포트가 저절로 움직여 찻잔 안에 그윽한 향기가 감도는 액체를 쪼르륵 부었다. 그 옆에는 어느새 설탕통과 티스푼이 뿅 하고 생겨나 있었다.

그다음, 테이블 한가운데에 있던 크리스털 화병에서 분홍색 꽃이 저절로 피어나기 시작했다. 하얀 식탁보 위에도 연노란색 꽃잎이 흩뿌려졌다. 정신을 차렸을 때, 나는 어느덧 테이블 앞에 앉아 있었다.

"이, 이게 다 뭐야?"

완전히 놀랄 노 자였다. 아, 아니! 의자는 언제 또 생긴 거야? 게다가 나는 앉은 기억도 없는데 그냥 멍하니 있다가 보니까 어느새! 그, 그건 그렇고. 이 상황에 이렇게 화려한 다과상이라니, 너무나 비현실적이다. 내가 충격에서 벗어나지 못해 어버버거리는데도 루카스는 혼자만 태연했다.

"다과회 처음 해봐? 네가 맨날 다른 사람들하고 하던 거잖아."

"그거랑 완전 다르잖아!"

내가 맨날 다른 사람들하고 하던 거라니! 이게 어딜 봐서 그거랑 똑같단 말이야! 일단 지금 우리는 완전히 물 위에 떠 있었다. 일명 수면 위의 다과회라고 해야 할까. 호수 한가운데에서 티 테이블을 사이에 놓고 루카스와 마주 보고 있으려니 다시금 말문이 막히는 기분이었다.

"이거 좀 미친 것 같아."

나는 주위를 둘러보며 멍하니 중얼거렸다. 엄마, 이런 획기적인 또라이는 처음 봤어요! 살면서 물 위를 걸어 본 것도 머리털 나고 처음이었는데, 한술 더 떠서 이번에는 이렇게 물 위에서 다과상을 받고 있기까지 하다니?

"수업의 일종이라고 생각해. 넌 네가 범인의 수준에서 벗어났다는 걸 깨달을 필요가 있어."

요즘도 가끔씩 나한테 마법을 가르쳐 주곤 하는 루카스가 말했다. 몇 대째 이어져 내려오는 재벌과 로또에 맞아 갑자기 벼락부자가 된 졸부 사이에도 차이가 있는 것처럼, 이게 바로 대마법사와의 어쩔 수 없는 격차인가 싶었다. 두 번째 생을 살고 있는 데다 마법까지 쓸 수 있게 되었지만 아무래도 아직까지 내 머리는 보통 사람의 범주에서 벗어나지 못했다. 하지만 그런 나와 달리 루카스는 예전부터 내가 생각도 못 한 일을 아무렇지도 않게 벌이곤 했다.

허허, 참. 나는 아직도 얼떨떨한 기분으로 눈앞에 있는 테이블을 내려다보았다. 그야말로 휘황찬란한 디저트의 성지였다. 루카스는 이미 찻잔을 들어 차를 마시고 있었다.

"근데 옆에 이건 좀 깬다."

"얘 성격 세심해서 상처받는다니까."

나는 떨떠름하게 옆에 있는 종이 인형을 올려다보았다. 아무래도 다과 시간에 시중을 들어줄 시종이나 하녀 대신인 것 같은데 그냥 마법을 쓰면 될 걸 뭐 하러 이런 것까지 구색을 맞췄담? 얼씨구, 게다가 목에는 나비넥타이까지? 척 보아하니 예전에 내 춤 연습 상대를 한 적이 있던 바로 그 종이 인형인 같은데. 음, 아닐 수도 있지만 아무튼 외양은 그때 그 인형하고 똑같았으니까. 아무튼, 내가 두 번 속을 줄 알아?

"웃기시네. 사람 말 못 알아듣는다고 지난번에 네가 그랬잖아."

"얜 업그레이드 버전이야. 봐, 지금 네가 한 말 듣고 울려고 하잖아."

"앗, 진짜?"

"믿냐?"

나는 두 번 속은 멍청이가 되었다. 내가 발끈한 얼굴로 쏘아보자 루카스가 키득거리며 옆에 있던 종이 인형을 없애 버렸다. 그래도 이런 일로 루카스에게 삐져 있기에는 주위의 풍경이 너무 예뻤다. 하여간 좋은 의미로든 나쁜 의미로든 루카스, 얘랑 있으면 심심할 겨를이 없는 것 같다니까.

"헐, 밑에서 물고기 헤엄치는 거 보여."

"호수니까 당연하지."

"갑자기 튀어 오르거나 하진 않겠지?"

"없애 줄까?"

"없애긴 뭘 없애? 생태계를 존중하란 말이야!"

나를 루카스를 구박하며 주위의 풍경을 감상했다. 얕게 이는 물살을 따라 수면이 보석처럼 빛나고 있었다. 물가에는 온통 하얀 꽃나무 천지였다. 그래서 그런지 꼭 지금 우리가 있는 곳이 극락이라도 되는 듯한 느낌이었다.

"호수가 반짝반짝거려. 예쁘다."

그런데 루카스랑 단둘이 이러고 있으려니 왜인지 기분이 점점 묘해졌다. 그, 그러고 보니 이거 좀 데이트 같지 않아? 아냐, 아냐. 평소에 얘랑 나랑 단둘이 뭘 한 게 이번이 처음도 아니고. 그, 그냥 장소가 장소이다 보니 괜한 기분이 들어서 그런 것뿐이야.

"그러게."

하지만 그런 생각을 할 수 있는 것도 루카스의 눈동자를 마주하기 전까지였다.

"꼭 네 눈처럼 반짝거리네."

손에 턱을 괴고 있던 루카스가 나를 향해 느른히 웃으며 속삭였다. 그 순간 덜컥 말문이 막히고 만 것은 어째서인지 몰랐다. 루카스가 어울리지도 않게 부드럽고 다정한 표정을 짓고 있어서 그런가? 아니면 방금 전 그가 한 말이 상상도 못 했던 것이라 그런가? 나는 왜 이렇게 당황스러운 건지 이유도 모른 채 눈을 깜빡이다가 곧 허둥지둥 입을 열었다.

"이, 이상한 말 하지 말고 이거나 먹어!"

"난 네가 먹는 것만 봐도 좋은데."

그러나 루카스는 내 반응이 재미있다는 듯 일부러 더 장난스럽게 굴었다. 결국 참다못한 내가 그의 입에 강제로 케이크를 밀어 넣으려 할 때까지 말이다.

❦

그로부터 얼마 후, 사절단이 아를란타로 돌아가기 전 마지막 환송회 겸 파티가 열렸다.

"아타나시아 데이 앨제어 오벨리아 공주마마께서 드십니다!"

나는 우렁찬 외침을 배경음 삼아 연회장에 들어섰다.

"필릭스 로베인 경께서 드십니다!"

클로드는 연회 중간에 올 예정이었기 때문에 오늘의 에스코트는 필릭스가 맡고 있었다.

"오늘 정말 눈이 부시도록 아름다우십니다, 공주님."

그는 회장에 들어서자마자 다시 한번 나한테 금칠을 해줬다. 좀 쑥스럽긴 하지만 그건 나도 알고 있다네. 크흑, 자화자찬이긴 하지만 나이를 먹을수록 물이 오른 내 미모는 내가 봐도 장난이 아니었다. 나한테 뛰어난 유전자를 물려준 엄마와 아빠에게 다시 한번 리스펙트를!

게다가 오늘은 아를란타 사절단이 떠나기 전의 마지막 파티라고 시녀 언니들이 얼마나 신이 나서 나를 꾸며 줬는지 모른다. 무엇보다 세스랑 한나가 열일했지. 주인공은 늦게 등장한다는 지론에 따라…… 서는 아니고. 그냥 준비를 하다 보니 좀 늦었기 때문에 홀에는 이미 대부분의 사람이 도착해 있었다.

"공주님, 오늘 너무 아름다우세요."

"실례가 아니라면 혹시 두 번째 춤을 저와 함께   ."

으앗, 또 몰려들기 시작하는구나.

나는 이제는 제법 익숙하게 웃는 얼굴로 사람들의 인사를 받아주었다. 지금은 삼삼오오 모여 한담을 나누고 있었지만 어느 정도 시간이 지난 뒤에는 댄스홀에 나가서 춤을 춰야 했다. 그리고 나는 오늘도 댄스홀에 오래 있을 생각이 없었으므로, 필릭스와 잽싸게 한 번만 춤을 춘 뒤 자리를 비울 계획이었다.

"필릭스, 미리 미안하다고 사과할게."

"아닙니다……."

하지만 말과는 달리 그의 얼굴은 벌써부터 핼쑥했다. 왜냐하면 내 춤 실력은 나날이 일취월장하지는 못할망정, 데뷔탕트 무렵과 여전히 비슷했으니까! 참 이상하게도 나는 춤만 췄다 하면 파트너의 발을 열심히 밟아 대기 일쑤였다. 그나마 겉보기에는 티가 안 난다고 하니 다행인가? 어흑. 아무튼 그래서 필릭스는 오늘 내 제물이 될 예정이었다. 서, 설마 나랑 춤추기 싫어서 클로드가 파티에 늦게 온다는 건 아니겠지? 만약 그렇다면 배신이야!

"그래도 오늘은 발을 좀 밟혀도 괜찮을 겁니다. 매일 몸에 좋은 것도 먹고, 열심히 몸보신을 했으니까요."

그, 그건 용봉탕 말씀이십니까? 하지만 아무리 용봉탕의 덕을 봤다 해도 당신의 발등이 두꺼워지지 않고서야…….

"그러니 오늘은 마음 편히 밟아주십시오!"

"그, 그래."

뭐, 본인이 괜찮다면야 내가 딱히 뭐라고 말하기도 그렇기는 했다.

"아타나시아 공주님, 오벨리아의 번영이 함께하시기를."

"오벨리아의 작은 태양께 영광과 축복을."

그때, 백합 소녀가 자신의 파트너와 함께 내게 다가와 인사했다. 앗, 왜인지 오랜만에 보는 것 같네. 그녀의 옆에 있는 건 백합 소녀와 남매인, 그 이름도 유명한 꽃 공자였다.

"헬레나, 그리고 이레인 공자. 오랜만이에요."

"한동안 못 봬어서 얼마나 서운했는지 몰라요."

백합 소녀는 감기에 단단히 걸려서 한동안 집 밖을 나오지 못했다고 했다.

"오늘도 아름다우십니다, 공주님."

"하하…… 고마워요. 이레인 공자도 오늘 멋져요."

으윽, 눈부셔. 꽃 공자의 등 뒤로 오늘도 후광이 비쳐 보였다. 그는 과연 별명에 어울리게 무척이나 아름다운 외모를 가진 영식이었다. 그래서 그에게 지금처럼 외모 칭찬을 들을 때면 다소 겸연쩍어지곤 했다.

"적혈의 기사님도 안녕하세요?"

"하하……."

백합 소녀에게 흑역사스러운 별명을 면전에서 들은 필릭스는 어색한 웃음만 흘렸다.

"그런데 저쪽에 뭔가 재미있는 일이라도 있는 걸까요?"

그녀의 시선이 향한 곳을 따라가자 바글거리는 한 무리의 사람들이 보였다. 그리고 그 중심에는 제니트가 있었다. 그 모습을 보고 꽃 공자가 입을 열었다.

"마그리타 양인데."

"어머, 신기해라. 마그리타 양이 중심에 있다니. 공주님, 제가 저택에만 있는 사이에 많은 일이 있었나 봐요."

한동안 이런 자리에 참석하지 않았던 백합 소녀와 꽃 공자는 퍽 신기한 눈치였다. 하기야 그럴 만도 했다. 지난 사냥 대회 때까지만 해도 이런 광경은 상상도 하지 못했으니까.

"같이 가 보실래요?"

"그래요."

어차피 클로드가 올 때까지는 할 일도 없었기 때문에 나는 필릭스를 달고 그들과 함께 걸음을 옮겼다. 그러는 와중에도 나한테 말을 거는 사람이 많아 여러 번 붙잡혀야만 했다.

"모두 즐거운 시간 보내고 있나요?"

나를 보자마자 모두 반겨 주었다. 영식들과 영애들의 가운데에 있던 예쁜 소녀가 나를 향해 미안한 표정을 지었다.

"공주님, 오벨리아의 축복이 함께하시기를. 먼저 인사드리러 갔어야 하는데 죄송해요."

이거야, 완전히 제니트가 대표로구먼.

"재미난 이야기를 나누는 중이었나 봐요."

"네, 다른 분들이 이런저런 이야기를 해주셔서."

나는 제니트를 향해 웃으며 사람들에게 슬쩍 정화 마법을 걸었다. 이번에는 한 사람이 아니라 여러 명에게 동시다발적으로 마법을 써야 했기 때문에 다른 때보다 마력을 불어넣어야 할 반경도 넓었다.

"응? 방금 뭔가 시원한 느낌이 들었는데."

"갑자기 머리가 맑아진 것 같아."

"이상하다, 그냥 기분 탓인가?"

마력의 파도가 한차례 주위를 휘감은 뒤, 근처에 모여 있던 사람들이 여기저기서 혼잣말을 중얼거렸다. 제니트는 내가 한 짓을 모르는지 사람들의 반응에 고개를 갸웃하고 있었다. 아, 역시 알고 쓴 건 아닌가 보네. 나는 무의식중에 약간 안심했다.

"클로드 데이 앨제어 오벨리아 황제 폐하 드십니다!"

그 순간 나는 제니트의 푸른 눈동자가 입구 쪽으로 움직이는 것을 보았다. 그녀의 얼굴을 잠시 바라보다가 이윽고 나는 걸음을 옮겼다. 그 직후 모두가 클로드를 향해 고개를 숙였기 때문에, 나는 움직임을 멈춘 사람들을 지나 곧장 그에게 갈 수 있었다.

"오셨어요?"

"그래."

클로드가 손을 들어 올리자 본격적으로 연회의 막이 올랐다. 멈추었던 음악도 다시 연주되기 시작했다.

"공주님."

으아우, 이제 내가 댄스홀에 설 차례구나.

"난 상석에 가 있을 테니 실컷 추고 와라."

에잉, 실컷은 무슨 놈의 실컷. 내가 춤추는 거 별로 안 좋아하는 것도 다 알면서 말이야. 나는 클로드를 향해 슬쩍 말했다.

"혹시 서운하시면 필릭스 말고 아빠랑 같이 출 수도 있는데요."

"사양하겠다."

하지만 그는 썩은 미소를 지으며 대번에 내 말을 반사시켰다. 크윽, 이 칼 같은 남자! 나는 필릭스의 해방에 장렬히 실패하고 입술을 삐죽이며 뒤돌아섰다. 하지만 필릭스는 애초에 기대조차 하지 않았다는 듯 애잔한 눈빛을 하고 있었다. 그러고는 글쎄, 사생결단을 내리듯 의지를 다지며 말하는 것이었다.

"괜찮습니다. 이참에 폐하께서 친히 하사해 주신 용봉탕 값을 해야지요."

저, 저기. 그런데 너무 결의하듯 말하지 말아주시겠어요? 나랑 춤추는 일이 전쟁터에 나가 십만 대군을 상대하는 일이라도 되는 것처럼 그렇게 긴장하면 내가 뭐가 되나요? 으흐헝.

"으윽!"

그리고 나는 오늘도 필릭스의 발을 실컷 밟아 댔다.

"괘, 괜찮습니다. 이 정도는 견딜 만합니다. 역시 용봉탕의 효능이…… 윽!"

게다가 몇 년 전까지만 해도 미안해서 조심했던 것과는 달리 이제는 나도 그냥 내 마음대로 움직이고 있었다. 어차피 이래도 저래도 발을 밟을 수밖에 없다면 겉보기에라도 그럴싸해 보이는 것이 낫지 않겠는가? 다년간 내 능력은 약간 이상한 방향으로 발전하기 시작했다. 그건 바로 상대방의 발을 밟아도 삐끗하거나 휘청이는 일 없이 물 흐르듯 자연스럽게 다음 동작으로 움직일 수 있게 된 것이었다! 그, 그렇다고 해서 절대 마음까지 편한 건 아니랍니다. 정말이야! 지금도 난 필릭스에게 아주 큰 죄책감을 가지고 있다고. 으엉.

짝짝짝!

아무튼, 그렇게 해서 나는 춤 선생님에게 그동안 입에 침이 마르도록 칭찬받았듯이 실로 아름다운 자태로 움직임을 마무리하는 데 성공했다.

"필릭스, 고생 많았어."

"아닙니다…….'

음악이 끝나고 나는 필릭스의 팔을 토닥여 주었다. 춤을 추기 전의 심지 곧은 모습은 어디로 갔는지, 그는 확연히 파리해진 얼굴로 엉거주춤 걷고 있었다. 역시 용봉탕은 별 효과가 없었구먼. 크흑.

"벌써 끝났나?"

아닛, 그게 무슨 말씀이십니까? 필릭스에게는 5시간 같은 5분이었을 텐데. 왕좌에 앉아 턱을 괸 채 다가오는 나를 나른히 쳐다보는 것으로 보아할 때, 그는 지금 꽤 졸린 상태인 것 같았다. 이봐요, 형씨. 나랑 한 곡 땡기지 않으시겠나? 아마 잠이 번쩍 깰 텐데!

"아빠도 저랑 한 곡 추실래요?"

"네가 비무장 상태로 권한다면 생각해 보겠다."

으앗, 내 구두를 무기 취급하다니! 옆에 있던 필릭스는 방금 전을 떠올리는 것만으로도 혼미한지 고개를 절레절레 젓고 있었다. 크흑, 내 생각에는 클로드가 나한테 발을 밟히기 싫어서 필릭스에게 자기 역할을 떠넘긴 게 맞는 것 같다.

"클로드 황제 폐하, 그리고 아타나시아 공주 전하."

그때, 셀로판지 공작이 다가왔다.

"저희 사절단을 위해 이렇게 성대한 환송회를 열어주셔서 감사합니다."

그는 사절단의 대표로 인사를 하러 온 것 같았다. 그 말을 서두로 셀로판지 공작은 오늘의 파티가 얼마나 멋지고, 또 그동안 오벨리아에 있는 동안 얼마나 편안하고 좋은 시간을 보냈는지, 그리고 이번 양국의 만남에 얼마나 유익한 외교적인 의미가 있는지에 대해 한참이나 더 떠들어 댔다. 그 말을 어딘가 영혼 없는 얼굴로 듣고 있던 클로드는 마침내 입을 열어 딱 한마디만을 내뱉었다.

"마지막까지 즐거운 시간 보내도록."

아니, 그래도 명색이 사절단 환송회인데 셀로판지 공작처럼 좀 더 구구절절이 이런저런 얘기를 해줘야 하는 것 아니야? 하지만 사절단이 온 것이 이번이 처음도 아니고, 그들은 클로드의 반응에 이미 익숙한 것 같았다. 셀로판지 공작도 클로드가 워낙에 마이페이스라는 걸 알아서 그런지 그냥 허허 웃으며 감사를 표한 뒤 물러났다. 그런데 자리를 떠나기 전, 어째서인지 그가 나를 보더니 입맛을 다셨다.

"아쉽군, 아쉬워. 아무리 봐도 우리 다이스 전하와 천생배필이시거늘……."

혼잣말처럼 중얼거리는 말에 나는 남몰래 쯧 혀를 찼다. 아직도 그쪽 황손이랑 나를 연결시키는 걸 포기하지 않고 있었구먼. 하지만 모두 다 부질없는 일인 것을. 쯧쯧.

"셀로이드 공, 기운 내시지요. 원래 세상만사가 다 내 뜻대로 되지는 않는 법 아니겠습니까?"

때마침 클로드에게 인사를 하기 위해 다가왔던 힌두이 아저씨가 그런 셀로판지 공작을 향해 승자의 미소를 지었다. 셀로판지 공작은 그것이 퍽 분한 눈치였다. 나는 그런 그들을 보고 참 나란히 헛다리들을 짚는구나 싶어서 애잔해졌다.

"난 여기에 있을 테니 알아서 놀다 와라."

"아빠 혼자 계시면 심심하실 텐데요?"

하지만 클로드는 정말 귀찮은지 손을 휘휘 저어 나를 돌려보냈다. 이건 분명 나랑 같이 있으면 더 많은 사람이 몰려드니까 그러는 거다. 크흑, 어쩔 수 없지. 오늘은 아빠가 진짜 피곤한 것 같으니까 내가 총대를 메고 사람들을 상대해야지. 아빠는 지금처럼 그렇게 무게 잡고 가만히 앉아 계시지요.

그런데 그렇게 사람들 사이에 섞여 있다 보니 문득 아까와 또 다른 구심점을 형성하고 있는 제니트가 눈에 띄었다. 정화 마법의 효력이 벌써 다한 건가? 내가 심상치 않음을 느끼고 있을 때 옆에서 필릭스가 내게 귀엣말했다.

"폐하께서는 잠시 자리 비우신다고 합니다."

"왜?"

"회장 안이 답답하시다네요. 어차피 연회가 어느 정도 무르익어 폐하께서 없으셔도 괜찮을 테지만 공주님이 여기 계시니 잠시 후 다시 돌아오겠다고 하셨습니다."

아이고, 정 그렇게 피곤하면 그냥 다시 안 와도 되는데. 벌써 내 나이가 몇인데 아직도 물가에 내놓은 애 보듯이 나를 이렇게 신경 쓰고. 하여간 어쩔 수 없는 사람이다. 아빠들은 원래 다 그런가? 그래도 클로드에게 보살핌받는 기분이 나쁘지 않았다. 앗, 그런데 필릭스와 이야기하는 사이에 제니트가 사라졌다. 아니, 그새 어디로 갔다지요? 아무래도 마력 방출이 심한 것 같아서 한번 봐야겠다 싶었는데.

그때, 제니트 대신 이제키엘이 내 눈앞에 나타났다.

"알피어스 공자."

내가 그에게 다가가 먼저 말을 걸자 이제키엘이 나를 돌아보았다. 그 직후, 그의 눈동자가 의외라는 듯 약간 크게 떠졌다.

"아타나시아 공주님. 오벨리아의 축복이 함께하시기를."

오늘도 얼굴에서 빛이 나는구나. 그래, 네가 이 구역의 잘생김을 다 해먹어라.

"혹시 마그리타 양이 어디에 있는지 못 보셨어요?"

"연회 도중 몸이 안 좋아져 테라스에 나가 쉬고 있습니다."

"아, 몸이 많이 안 좋나요?"

"그저 미열이 있는 정도이니 걱정하실 필요는 없습니다."

저런, 혹시 마력의 과다한 방출 때문은 아니겠지? 그나저나 역시 이제키엘은 제니트가 어디에 있는지 알고 있었구나. 지금까지 계속 같이 있었던 걸까? 요즘 들어 그 역시도 전보다 제니트에게 신경을 많이 쓰는 눈치여서 혹시나 했는데 물어보길 잘했다.

"혹시 지금 마그리타 양에게 가는 중이었는지요?"

"예."

그 직후 그는 고개를 돌려 테라스쪽을 바라보았다. 그리고 그 안에 막 들어서는 한 무리의 사람들을 보고 말했다.

"하지만 제가 없어도 괜찮을 것 같군요."

아, 지금 사람들이 들어선 곳에 제니트가 있나 보다. 어쩐지, 커튼을 보니 안에 사람이 있다는 표시가 되어 있는데 굳이 왜 거기로 들어가나 했네.

"공주님께서 제게 먼저 말을 건네 주시기에 기대했는데."

이제키엘은 지나가던 시종에게 들고 있던 물 잔을 주며 말했다. 나는 이제키엘에게도 정화 마법을 걸어야 할까 어쩔까 고민하고 있었다.

"제니드 때문이었군요."

앗. 그 순간 나는 약간 당황했다. 보, 본의 아니게 이제키엘을 농락한 느낌이랄까. 기대했다가 실망했다는 듯한 그의 뉘앙스에 잠깐 할 말이 생각나지 않았다.

"이런 말은 바보 같다는 것을 알지만."

나는 이제키엘이 약간 씁쓸하게 웃는 것을 바라보았다.

"제니트가 조금 부럽습니다."

남부러울 것 하나 없이 완벽해 보이는 남자가 다른 사람이 부럽다고 말하는 광경은 어딘가 이상하게 보였다.

"아니, 제니트뿐만이 아니라 공주님의 울타리 안에 들어간 모든 이가 부럽습니다."

그 순간 내가 느낀 기분이 어땠는지 말로는 자세히 설명하지 못하겠다.

〈사랑스러운 공주님〉. 그 안에서는 남자 주인공인 이제키엘도, 여자 주인공인 제니트도 티 한 점 없이 완전무결한 사람들로 보였었는데. 하여 그 책 속의 세상에서 그들은 정말 동화 속의 주인공들처럼 완벽하게 행복해 보였었는데.

"저 또한 공주님의 사람으로 받아들여 주시기를 바라는 것은 과한 욕심입니까."

어쩌면 그것은 오래전, 책 속의 냉혹한 황제였던 클로드에게서 처음으로 인간적인 면모를 발견했을 때와도 비슷한 느낌이었다. 지금 내가 딛고 선 곳이 현실임을 이미 충분히 인식하고 있다고 생각했는데, 사실 나는 아직도 마음 한편으로는 이제키엘과 제니트를 책 속의 남녀 주인공으로만 여기고 있었나 보다.

"그런 표정을 보고 싶은 것이 아니었습니다."

이제키엘이 나를 향해 웃었다. 하지만 그것은 가시를 삼킨 듯한 미소였다.

"공주님을 웃게 해드리고 싶은데 제게는 쉬운 일이 아니군요."

그렇게 말한 뒤, 그가 내게 손을 내밀었다.

"실례가 아니라면 제게 공주님의 두 번째 상대가 될 수 있는 영광을 주시겠습니까?"

필릭스에 이은 두 번째 춤 신청이었다. 사실 나는 이런 자리에서 이제키엘과 연관되는 것을 되도록 피해 왔지만 지금은 그를 거절하기 망설여졌다.

그때, 주위에서 웅성거리는 소리가 들렸다.

음? 무슨 일이지? 내가 의문을 느끼고 있을 무렵, 문득 앞에 있던 이제키엘의 시선이 내 등 뒤로 미끄러졌다.

"안됐지만 공주님은 이미 선약이 있어서."

귓가에 간지러운 저음의 목소리가 파고들었다. 곧장 내 손을 파고드는 온기에 나는 반사적으로 고개를 돌렸다. 그리고 시야에 들어온 얼굴에 경악해 입을 벌렸다.

"루······!"

하지만 나도 모르게 그의 이름을 외칠 뻔한 걸 가까스로 참았다. 루카스! 네가 여기에 왜 있는 거야! 게다가 지금 이 모습은 도대체 뭐야?!

"당신은······."

이제키엘도 내 손을 붙잡고 있는 사람을 보며 미간을 좁혔다. 그의 눈동자에 의혹이 떠올랐다. 그럴 만도 했다. 지금 내 옆에 있는 건 어른 버전의 루카스였으니까.

"그럼 공주님. 제게 두 번째 춤의 영광을."

그렇게 말한 뒤 루카스가 내 손등에 입을 맞추었다. 나는 어른 루카스에게 이끌려 연회장의 중앙을 향해 얼결에 걸어갔다. 정신을 차렸을 때에는 어느덧 음악이 시작된 뒤였다.

"너 갑자기 미아?"

연회장에 있던 사람들이 저마다 수군거리며 우리 두 사람을 보고 있었다. 나도 깜짝 놀랄 정도로 익숙하게 내 손을 붙잡고 에스코트하는 루카스를 보며 속닥거렸다.

"왜 갑자기 어른 버전으로 나타나서 사람을 놀라게 하고 그래?"

"오늘 재미있는 일이 있을 것 같아서 큰맘 먹고 와 봤지."

그 가운데에서 루카스는 참으로 태연자약, 유유자적하기도 했다. 누가 보면 만인의 시선을 받는 데 익숙한 이 시대의 아이돌인 줄 알겠네!

"그런데 어린 모습으로 오면 또 저 자식이 짜증 나게 날 내려다볼 것 아니야."

쿨럭. 그러고 보니 청소년 버전의 루카스가 이제키엘보다 키가 좀 작기는 했다. 그러니까 이제키엘이 널 위에서 내려다보는 게 싫어서 원래 모습을 하고 나타났다, 이 말이냐? 그건 그렇고……. 루카스가 지금처럼 격식 있게 차려입고 온 건 처음 본다. 그런데 그게 꽤 봐줄 만해서 아까부터 넋을 빼놓고 루카스를 보는 사람들이 속출하고 있었다. 더군다나 그런 루카스와 손을 붙잡고 춤까지 추고 있는 나는 얼떨떨한 기분이었다.

"앗, 그러고 보니까 내가 왜 지금까지 네 발을 한 번도 안 밟았지?"

내가 문득 놀라운 깨달음을 얻어 외치자 루카스가 얄쌍한 미소를 드리우며 말했다.

"다른 어중이떠중이들하고 난 다르거든."

루카스의 그 말 한마디로 이제껏 내게 발등을 희생당해야 했던 파트너들은 순식간에 어중이떠중이로 전락되었다. 크으, 변함없이 얄미운 걸 보니 미니미 버전이든 청소년 버전이든 어른 버전이든 루카스는 루카스가 맞구나. 아, 그런데 이상하네…… 난 왜 지금 애 눈을 제대로 못 쳐다보겠는 걸까?

"맞아……. 아까 제니트가 좀 이상하더라. 왠지 마력이 과다하게 방출되는 것 같았는데……."

나는 괜히 밀착해 있는 루카스가 의식되어서 제니트의 얘기를 꺼냈다.

"그래?"

"그냥 둬도 문제없나?"

그리고 다음 순간 귓가를 스친 음성에 말문이 막혀 버렸다.

"그 키메라 말고 나한테 좀 관심을 주지?"

시선이 마주치자, 붉은 눈동자가 짓궂게 빛났다.

"기껏 네가 좋아하는 모습을 하고 왔는데."

"조, 좋아하긴 누가!"

으악, 요즘 애 대사나 행동이 왜 이런 건지 모르겠다. 날 들었다 놨다 하는 게 재미있냐? 재미있어?

"난 미니미 버전일 때의 네가 제일 좋거든? 어른 버전은 제일 별로거든!"

어른 버전일 때는 쓸데없이 사람을 긴장시키기나 하고 말이야. 지금도 붙잡고 있는 손에서 땀이 나지는 않을까, 내 표정이 바보같이 보이지는 않을까 신경 쓰이고…….

"뭐, 그렇다고 쳐."

"그렇다고 치는 게 아니라 그런 거야!"

하지만 루카스는 내 말을 귓등으로도 듣지 않는 눈치였다. 결국 루카스와 나는 춤을 연속으로 세 번이나 췄다. 으윽, 난 그동안 한 사람하고만 이렇게 춤을 많이 춘 적 없었는데!

"그런데 너 춤추는 거 싫어하지 않았어?"

"싫어하지."

그런데 왜 날 놔주지를 않는 거냐! 루카스도 그제야 자신의 행동이 이상하다는 것을 깨달았는지 잠시 생각하는 눈치였다. 그리고 곧 그가 날 향해 하는 말에 나는 순순히 입을 다물 수밖에 없었다.

"그런데 너랑 이러고 있는 건 꽤 재미있네."

오래전 첫 만남 때도 느꼈지만 루카스는 성인 남자이면서도 웃을 때의 얼굴이 참으로 화사하게 예뻤다. 이, 이럴 수가. 난 그동안 이제키엘의 미모가 내 안의 약한 부분을 제일 사정없이 찌른다고 생각했는데 어른 버전의 루카스가 갖고 있는 미모도 나를 무력화하기에 충분했다. 그, 그래. 네가 재미있다면 됐어. 네 재미를 위해 기꺼이 내 발을 희생할게! 뭐 이런 말이라도 해야 할 것 같은 느낌이었다.

"헉, 세상에. 저 멋진 분은 도대체 누구지요?"

"공주님과 함께 있는 모습을 보니 선남선녀가 따로 없네요. 처음 보는 얼굴인데 어느 가문의 영식일까요?"

"어떻게 저런 존재감 있는 분이 한 번도 눈에 안 띄었는지……."

주위에서는 루카스의 정체를 두고 수군거리는 목소리가 커지고 있었다.

그때, 루카스가 눈살을 움찔 찌푸리며 중얼거렸다.

"주위가 영 시끄럽네."

너 때문이잖아!

나는 루카스의 무딘 성격에 약간 학을 떼고 말았다. 하지만 루카스가 말한 것은 연회장 내부의 일이 아니었다.

쿠쿵!

"어?"

그때, 거친 마력의 흐름이 내 오감을 건드렸다.

"뭐지?"

이 익숙한 듯 아닌 듯한 마력의 파장은……. 주위를 둘러봤으나 다른 사람들은 아무것도 느끼지 못한 듯 여전히 루카스와 나를 바라보고 있었다. 그들은 우리 두 사람이 갑자기 움직임을 멈추자 의아한 기색이었다.

"뭐야, 기껏 연회장까지 왔는데 안이 아니라 밖이네."

루카스가 귀찮다는 듯이 중얼거렸다. 그런데 기분 탓인가? 왠지 말투가 좀 이런 일이 있을 줄 알고 있었다는 듯한 뉘앙스인데?

"할 수 없지. 그럼 갈까?"

어디를? 하지만 내가 물을 새도 없이 루카스가 내 손을 깍지 껴서 잡았다.

화악.

그리고 곧 시야가 뒤바뀌었다.

"거짓말…… 거짓말이야!"

다음 순간, 나는 절규하는 제니트와 그 앞에 있는 클로드의 모습을 볼 수 있었다.

제16.5장
무대 위의 마리오네트

"마그리타 양, 내일 티 파티에 초대하고 싶은데 와 주실 수 있나요?"

"그동안 몰랐는데 마그리타 양은 이야기를 무척 재미있게 하시네요."

"마그리타 양, 결례가 아니라면 연회 때 에스코트를 청해도 될지⋯⋯."

"마그리타 양⋯⋯."

자신을 찾아 부르는 목소리가 이렇게 달콤할 줄은 몰랐다. 제니트는 요 근래 들어 이상하게 사람들이 자신에게 다정해졌다는 생각이 들었다. 모두가 자신을 향해 웃어주고 호의적으로 대해 주는 것이 이렇게 즐거운 일이었던가?

"마그리타 양도 드뷔닉의 홍차를 좋아한다고 했죠?"

"네, 맞아요."

"차 취향이 저와 맞네요. 다음에 저희 저택에 방문하시면 제가 아끼는 홍차를 내올게요."

얼마 전 사냥 대회 때 '귀금속을 하녀에게 맡기기에는 불안하지 않냐'는 말로 제니트와 약간 껄끄러운 분위기를 형성한 적 있던 로잘리

헤르만도 지금은 아주 친근한 태도를 취하고 있었다.

"감사해요. 정말 기뻐요."

제니트는 그 호의가 순전히 기뻐 눈매를 휘며 미소 지었다. 그러자 '어머' 소리를 내며 손으로 입을 가리던 로잘리가 약간 미안한 듯이 말했다.

"그동안은 마그리타 양이 이렇게 사랑스러운 아가씨인 줄 왜 몰랐는지 모르겠어요."

그러자 자리에 있던 다른 사람들이 모두 동조해 왔다.

제니트는 그 속에서 쑥스러움에 뺨을 붉혔다. 갑작스럽게 모두의 중심에서 관심을 받게 된 상황이 어색하면서도 부끄러웠다. 하지만 기분은 나쁘지 않았다. 아니…… 어쩌면 지금 이게 정상인 건 아닐까? 원래 그녀가 있어야 했던 자리는 이곳이 아니었을까? 스스로 이상하다는 것을 알면서도 그런 생각이 자꾸만 머릿속을 맴돌았다. 이제야 어긋나 있던 모든 것이 서서히 제자리로 돌아가기 시작한 것 같다고.

"공주님도 오늘 계셨으면 좋았을 텐데요."

그때 문득 자리에 있던 다른 영애가 아쉽다는 듯이 중얼거렸다. 제니트는 자기도 모르게 한순간 손가락을 움찔했다.

"정말 그렇네요. 하지만 마법 수식 건으로 바쁘시다니 하는 수 없죠."

"마력을 다루는 것만도 엄청난 일이라고 들었는데 직접 탑의 마법사들과 교류하면서 마법 수식까지 연구하시고. 정말 대단하세요."

"그리고 보면 아타나시아 공주님은 어릴 때부터 학자들에 버금가는 지식을 가진 천재라고 소문이 자자했잖아요?"

"작년에 실라토렌에서 열린 '지혜의 전당'에서 오벨리아의 내로라하는 학자들과 대등하게 토론하셨다는 이야기도 들었어요."

"하아, 아타나시아 공주님은 정말 부족한 부분이 하나도 없는 분이네요. 그러니 폐하께서도 그토록 공주님을 아끼시고, 또 공주님을 흠모하는 영식들도 그렇게 많은 거겠죠."

이느딧 대회의 주제는 이디니시이 공주모 옮기 깄디. 이, 왜인지 쪼금 싫은 기분이야……. 하지만 무의식중에 그렇게 생각하자마자 제니트는 화들짝 놀라 두 눈을 깜빡였다. 그 순간, 그녀의 몸에 아주 잠깐 다른 사람의 눈에는 보이지 않는 새까만 빛이 일렁이다가 사라졌다.

"아, 참. 그리고 보니 요즘 알피어스 공자님이 마그리타 양에게 전보다 다정한 것 같던데요."

아타나시아 공주에 대한 이야기를 하던 영애가 그때 제니트를 향해 고개를 돌리며 부드럽게 웃었다.

"그런가요? 평소와 비슷한 것 같은데요."

"물론 평소에도 알피어스 공자님이 마그리타 양에게 다정하기는 하죠. 아무래도 양을 특별하게 생각하는 것 같아요."

너도 나도 '맞아요'라며 공감해 오는 사람들 속에서 제니트는 수줍게 미소 지었다.

그런 나날이 얼마간 계속되자 제니트의 얼굴은 이전보다 확연히 밝아졌다. 웬만해서는 혼자 움직이는 일이 없던 그녀가 카벨 에른스트를 만나러 간 이제키엘을 보러 직접 사파이어궁을 찾을 정도로. 평소 아타나시아 공주와의 친분으로 황성의 출입이 잦던 제니트였기 때문에 허가는 금방 떨어졌다.

그리고 사파이어궁을 향해 걷던 중에 제니트는 낯익은 누군가를 보게 되었다. 탑의 마법사 복장을 한, 검은 머리카락과 붉은 눈동자를 지닌 소년. 영애들과 만날 때마다 이제키엘과 함께 언제나 거론되곤 하던 사람이었다. 제니트도 그를 볼 때마다 확실히 멋진 마법사님이긴 하다고 생각했다. 그러다 문득 영애들이 그에게 붙인 '고독한 검은 늑대'라는 별명이 생각나 제니트는 풋 웃고 말았다. 맞은편에서 오던 사람은 그녀를 발견하지 못했는지 옆을 그냥 스쳐 지나가려고 했다. 그래서 제니트가 먼저 인사를 건넸다.

"안녕하세요, 루카스 님. 탑에 가시는 길인가요?"

얼마 전 같으면 면식도 별로 없는 타인에게 이런 식으로 먼저 친근히 인사를 건넬 리 없었다. 하지만 근래 들어 많은 사람을 만나며 그럴 때마다 집중된 관심을 받은 탓인지 어쩌면 무시당할지도 모른다는 걱정조차 들지 않았다. 게다가 아타나시아 공주의 궁을 드나들며 이따금씩 눈앞에 있는 사람을 만난 적이 있어서 괜히 그가 반갑게 느껴지기도 했다.

지금 그녀를 아는 척하지 않고 그냥 지나가려 한 것도 단순히 다른 생각에 잠겨 그녀를 보지 못했기 때문이 아닐까? 요즘 그녀를 볼 때마다 앞다투어 친근감을 드러내고 호의를 비치던 사람들을 상기하자 그런 생각이 들었다. 역시 생각했던 것이 맞는 듯, 루카스는 그녀의 인사에 시선을 돌렸다. 하지만 그에게서 흘러나온 말은 제니트의 상상과 달랐다.

"마음대로 내 이름을 불러도 된다고 허락한 적 없을 텐데."

지극히도 무미건조한 음성에 제니트의 눈이 조금 크게 떠졌다. 한동안 자신에게 친절하던 사람만 보아 온 탓인지 마주한 반응이 낯설었다. 게다가 이 사람이 원래 이런 얼굴을 하던 사람이었던가? 공주님의 앞에서는 좀 더 대하기 쉬운 모습이었던 것 같은데…….

"아, 죄송해요. 공주님은 그렇게 부르시기에."

"당신은 공주가 아니잖아."

그 순간 제니트는 할 말을 잃었다. 붉은 눈동자와 시선을 맞대는 순간, 그녀는 저도 모르게 흠칫하고 말았다. 지독히도 무감정한 그 눈이 자신을 향하는 순간 마치 그녀가 길가에 차이는 돌멩이보다도 못한 존재기 된 것 같은 느낌미지 들었다. 그에게는 이제껏 다른 시람들 앞에서 보이던 공손한 말투보다 지금의 하대가 지독히도 잘 어울렸다. 그렇기 때문인지 지금의 무례에 대해 감히 따질 생각조차 들지 않았다. 그런데 불현듯 마주한 얼굴이 찌푸려졌다.

"여전히 불쾌하게 질척거리네."

"네?"

"아무것도."

그는 제 몸 주위에 날아다니는 벌레나 먼지를 털어버리듯 귀찮음이 담긴 손길로 주변을 휘휘 젓더니 홀연히 멈추었던 걸음을 다시 옮기기 시작했다.

제니트는 그 뒷모습을 잠시 바라보다가 이내 발길을 뗐다. 이상해. 왜 저 마법사님은 나를 저렇게 대하는 걸까? 모두 내게 친절해졌는데. 이제는 모두들 나를 좋아하는데. 왜 저 사람은 여전히 아타나시아 공주님만…… 그런 생각을 하자 머리가 혼란스러워졌다.

잠시 후 제니트는 사파이어궁에 들어섰다. 바깥에 나와 있던 사절단의 인원들이 그녀를 보고 반갑게 맞아주었다. 그들이 카벨과 이제키엘이 있는 곳을 알려 주었기 때문에 잠시 후 제니트는 어렵지 않게 두 사람을 찾을 수 있었다. 그녀는 약간 우울한 기분으로 정원의 한쪽 구석에서 대화 중인 두 사람을 향해 다가갔다.

"그러고 보니 네가 지켜 줘야 한다는 사람이 바로 마그리타 양이었구나."

카벨의 목소리가 귓가를 스치는 순간, 제니트의 걸음이 멈칫했다.

"하지만 분명 지켜 주고 싶은 사람은……."

바스락.

무언가 말을 더 이으려던 카벨이 귓가를 간질이는 작은 소리에 입을 다물었다.

"마그리타 양!"

곧 그가 잔디 위에 서 있는 제니트를 보고 반갑게 외쳤다. 제니트는 뜻하지 않게 두 사람이 하는 대화를 듣게 되어 조금 당황하고 있었다. 물론 들은 소리라고 해봤자 극히 일부였지만.

"제니트, 여긴 어쩐 일이야?"

이제키엘은 제니트가 이곳에 있는 것을 의외라고 생각하는 듯했다. 두 사람 모두 제니트가 방금 전 그들이 나누는 대화를 들었다고는 생각하지 않는 것 같았다.

"이제키엘이 여기에 있다고 해서요. 마침 아저씨께서 외출을 허락해 주시기도 했고."

"아버지가 요즘 들어 네 부탁을 쉽게 거절하지 못하시긴 하지."

그렇게 읊조리며 이제키엘이 가볍게 웃었다. 제니트에게 상냥해진 것은 비단 다른 사람들뿐만이 아니어서, 알피어스 공작 부부를 포함한 저택 내의 사용인들도 어지간해서는 그녀의 청을 거절하지 못했다.

"마그리타 양, 이제키엘이 아니라 저도 있습니다."

"네, 겸사겸사 에른스트 경도 만나 뵈었으면 하고 왔는걸요."

"앗, 정말이십니까?"

카벨 에른스트는 기쁨을 감추지 못한 채 슬쩍 귓불을 붉혔다.

"카벨!"

하지만 멀리서 부르는 소리에 카벨은 눈물을 머금고 자리를 떠날 수밖에 없었다. 그를 부른 이는 함께 사절단의 호위로 온 기사단의 단장이었기 때문에 제아무리 자유분방한 카벨이라 한들 무시할 수가 없었던 것이다.

"마그리타 양, 다음에 꼭 다시 와 주셔야 합니다!"

그는 안타까운 듯 제니트를 향해 신신당부한 뒤 울상을 하며 뛰어갔다. 그런 카벨의 뒷모습을 보며 제니트는 웃고 말았다.

"재미있는 분이에요."

"우리도 이만 가자."

"그러고 보니 저 황궁의 공용 도서관에 한번 가 보고 싶었어요."

문득 생각난 듯 제니트가 한 말에 이제키엘이 그녀를 돌아보았다.

"이전까지 한 번도 가 본 적이 없었던가?"

"네, 한 번도요."

그것은 제니트가 초대받은 에메랄드궁과 사파이어궁만을 오갔기 때문이었다. 전부터 알피어스 공작은 제니트에게 황궁에서는 특히나 몸가짐을 조심하라고 각별히 당부하며 궁 안을 함부로 돌아다니지 말라고 주의를 주고는 했다. 그 이유는 아마도 황제 클로드 때문이리라. 그렇게 말하며 제니트가 흐린 얼굴로 설핏 웃자 이제키엘의 눈길이 잠시 그녀에게 머물렀다.

"그럼 잠시 들렀다 가자."

그 직후 손에 온기가 닿았다. 제니트는 그녀의 손을 잡고 이끄는 이제키엘의 뒷모습을 바라보았다. 아, 역시…… 기분 탓인지 이제키엘도 그녀에게 전보다 한결 더 상냥해진 것 같았다. 물론 이전에도 언제나 그녀에게 친절히 대해 주었던 이제키엘이지만 은연중에 내비치는 행동이나 말이 조금 더 다정해진 것 같다고 하면 착각일까?

잠시 후 그녀는 창가 앞에 선 이제키엘을 보며 생각했다. 시선을 반쯤 내리고 있는 그의 얼굴 위로 햇빛이 머물고 있었다. 창가로 스민 노란 햇볕이 그의 머리카락과 속눈썹을 희게 물들이다가 높은 콧대를 타고 내려가 일자를 그리며 다물린 입술 위로 떨어졌다.

두근, 두근.

언젠가부터 그를 볼 때면 늘 그랬듯 지금도 가슴이 뛰었다. 책을 펼쳐 들고 있던 제니트의 손이 약간 느슨해졌다. 도서관의 고요한 풍경

속에서 오직 이제키엘만이 선명했다. 그런데 아까부터 어디를 보고 있는 걸까?

제니트는 아래로 내리깔린 이제키엘의 시선을 따라 창밖으로 고개를 돌렸다. 그리고 무심코 시선 끝에 닿은 것에 곧 눈매를 얕게 떨고 말았다. 햇빛에 찬연히 반짝이는 금발, 생기를 가득 머금고 빛나는 보석 안. 싱그러운 초목과 화사한 꽃들 사이에서도 단연코 두드러진 존재감을 지닌 아타나시아 공주였다. 제니트의 눈길이 다시금 앞에 있는 사람을 향해 움직였다. 이제키엘의 시선은 여전히 창밖을 향하고 있었다. 그를 바라보는 눈동자에 서서히 파문이 일기 시작했다.

제니트는 저도 모르게 입을 열어 그를 부르고 말았다.

"이제키엘."

보지 말아요.

하지만 자신을 부르는 목소리에 곧 시선을 돌리는 이제키엘을 보자 아무 말도 나오지 않았다.

"왜?"

그저 말없이 자신을 바라보고만 있는 그녀를 향해 그가 나직이 물었다. 그 음성은 여느 때와 같이 부드러웠다. 하지만…….

"아…….''

달라. 방금 전 창밖을 보던 눈빛과 달라.

"아니에요. 그냥 지루하지 않나 해서요."

"그렇지 않아."

그것은 분명 제니트를 배려한 대답이었을 것이다. 그녀 때문에 황실 도서관에서 시간을 허비하게 되었지만 괜찮다고. 하지만 방금 전까지 창밖의 아타나시아 공주를 바라보고 있던 그를 알기 때문이었을까. 제니트에게는 이제키엘의 말이 다르게 들렸다. 마치 가슴에 작은 돌멩이가 굴러와 박힌 것 같았다.

"공주님과 루카스라는 마법사님이요."

그런 말을 끼내고 만 것은 충동적인 마음에서였다.

"사이가 참 돈독한 것 같아요. 두 분은 아주 어릴 때부터 함께였다고 했죠?"

제멋대로 움직이는 입을 멈출 수가 없었다.

"영애들이 말하기를, 공주님과 마법사님이 그저 단순한 친구 관계는 아닐 것 같다고 하더라고요. 그 말이 맞는 것 같아요. 저도 황궁에 올 때마다 간혹 두 분이 같이 계시는 모습을 볼 때가 있는데, 그때마다 공주님과 마법사님의 분위기가…….."

하지만 제니트는 더 이상 말을 잇지 못한 채 입을 다물고 말았다. 불안감과 초조함에 등 떠밀려 한 마디, 한 마디를 내뱉을 때마다 헛구역질을 할 것처럼 조금씩 속이 울렁거렸다. 아니야, 나는 이런 말을 하고 싶었던 게 아니야. 지금 내가 무슨 짓을 하려고 한 거지?

"아니, 아니에요…….. 지금 제가 한 말은 듣지 못한 걸로 해주세요."

제니트는 차마 이제키엘의 얼굴을 보지 못한 채 달아나듯 황급히 걸음을 옮겼다. 방금 전, 이제키엘을 상처 입히고 공주님을 모욕하려 했다. 그런 건 이전까지 단 한 번도 상상하지 못한 일이었다. 아, 도대체 언제부터 이렇게 추한 마음을 가지게 된 걸까?

"제니트."

책장 옆을 지나쳐 가는 제니트를 이제키엘이 붙잡았다.

"무슨 일 있었지?"

"아무 일도요."

그는 그녀의 속마음을 읽어 내려는 듯 마주한 얼굴을 들여다보았다. 제니트는 그에게 얼굴을 보이기 싫어서 고개를 떨구었다.

"그냥, 저는…….."

잠시 입술을 달싹이며 머뭇거렸지만 역시 무슨 말을 해야 할지 알 수가 없었다. 그래서 그녀는 결국 애써 미소 지으며 이제키엘을 올려다 보았다.

"역시 아무것도 아니에요."

"제니트."

"그만 가요. 오늘 저 때문에 시간 내줘서 고마워요."

이제키엘이 납득하지 못한 얼굴을 했지만 제니트는 그에게 잡힌 팔을 빼낸 뒤 먼저 걸음을 옮겼다. 그런 그녀의 손목에서 색색의 줄을 꼬아 만든 팔찌가 짤랑 소리를 내며 흔들렸다.

헬레나 이레인은 원래 고독한 회색 늑대인 자르비에 공자의 추종자였다. 자르비에 공자는 회색 머리카락과 검은 눈동자를 가진 오벨리아의 대표 미남 중 하나로, 헬레나를 포함한 여성 팬을 다수 보유하고 있었다. 언제나 먼 허공을 바라보는 것 같은 우수에 잠긴 검은 눈동자! 뒷모습에서부터 뿜어져 나오는 쓸쓸한 분위기!

요컨대 자르비에 공자에게는 여자들의 모성애를 자극하는 부분이 있었다. 그래서 그를 볼 때마다 함께 이유 모를 안타까움을 느끼며 한숨을 내쉬는 영애가 많았다. 헬레나도 그중 하나였다. 그러나 그녀의 마음은 3년 전에 완전히 변심했다. 자르비에 공자보다 '고독한 늑대'란 칭호에 훨씬 걸맞은, 아니, 완전히 딱 들어맞는 사람을 발견했기 때문이다. 그것이 바로 검은 탑 소속의 마법사 루카스였다.

"하아, 성함조차 멋지세요."

"맞아요. 그분께 너무나도 잘 어울리는 이름이지요."

"아아, 어둠 속에 숨은 한 줄기의 빛 같은 루카스 님께 딱 맞는 그 이름!"

역시 보는 눈은 비슷한 것인지, 루카스를 흠모하는 영애는 많았다.

평소 루카스는 황궁 내에서도 모습을 잘 드러내는 편이 아니었기 때문에, 도대체 이 많은 영애기 어디에서 그를 보고 이리 애다는 마음을 품게 된 것인지 모를 노릇이었다. 하지만 헬레나는 그들을 너무나도 잘 이해할 수 있었다. 그녀 역시도 아타나시아 공주의 다과회에서 우연히 그를 만난 첫 순간, 강렬한 운명의 끌림을 느끼지 않았던가.

"루카스 님이 계신 줄 모르고 자르비에 공자 같은 사람이나 쫓아다녔다니……. 저의 어리석음이 너무나 뼈저리네요."

"실라 영애, 너무 자책하지 마세요. 그건 저도 마찬가지예요."

"그래요. 이제라도 루카스 님을 알게 된 것에 감사해요."

이따금씩 비밀 모임에서 만나 루카스의 이야기를 나누곤 하는 영애들은 저마다 자신의 흑역사를 떠올리며 한숨을 포옥 내쉬었다. 이제 와서 생각해 보면 루카스에 비해 자르비에 공자는 무언가 결정적인 것이 부족했다. 그것이 뭔지 말로 잘 설명할 수는 없어도 어쨌든 2%가 부족한 느낌이었다.

예전에는 왜 몰랐을까? 하긴, 그때는 그녀들도 어리고 철이 없었으니까. 루카스의 매끄러운 검은 머리카락에 비하면 자르비에 공자의 회색 머리카락은 물 빠진 지푸라기 같았고, 루카스의 강렬한 붉은 눈동자에 비하면 자르비에 공자의 검은 눈동자는 동태눈이나 마찬가지였다. 게다가 무엇보다도 그 치명적인 분위기! 루카스의 금욕적이면서도 나른하고 어딘가 퇴폐적이면서도 고독해 보이는 그 분위기에 자르비에 공자의 초라한 뒷모습 따위는 감히 댈 것도 아니었다.

"헉, 설마 저분은……!"

"고, 고독한 검은 늑대님의 성장판?"

"혹시 제 망상이 지나쳐서 지금 꿈을 꾸고 있는 건가요?"

그러니 사절단의 환송회를 위해 열린 파티에서 아타나시아 공주와 함께 춤을 추고 있는 남자를 보았을 때, 그녀들은 저마다 과부하에 걸린 심장을 부여잡고 헐떡일 수밖에 없었다.

"설마 루카스 님의 형? 형인 걸까요?"

"어쨌든 혈연이 아니고서야 저렇게 똑같이 닮은 모습일 리가!"

"헉, 허억…… 루카스 님의 황실마법사 복장도 볼 때마다 가슴이 두근거렸는데 이, 이건……."

루카스와 너무나도 닮은 남자는 대략 20대 초반으로 보였는데, 황실 연회에 어울리는 예장 차림을 하고 있었다. 루카스 님이 좀 더 자라 어른이 되면 이런 느낌일까? 평소에도 참 멋지다고 생각했지만 지금은 성인 남자의 어른스러움과 왠지 모를 위험한 매력까지 가미되어, 가만히 보고 있으려니 심장에 무리가 오는 것이……. 아타나시아 공주와 춤을 추던 그가 살인적인 미모를 뽐내며 웃기까지 하자, 영애들은 거의 기절하기 직전의 상태까지 되었다.

"아아, 참으로 좋은 생이었어요……."

"더 이상은 여한이 없다……."

"아아아……."

옆에서 흐물흐물하게 녹아 가는 그녀들을 이상하다는 듯이 쳐다보는 사람들도 있었지만 그런 것은 하나도 눈에 들어오지 않았다. 그렇게 파티가 무르익어 가고 있었다.

"아하하. 저도 마그리타 양과 같은 생각이에요."

제니트는 사람들 틈에서 화사하게 웃었다. 무슨 이야기를 해도 자신에게 호의를 내비치는 이들과 함께 있는 것은 즐거웠다. 하지만 아까 전 보았던 클로드와 아타나시아 공주의 모습을 문득 떠올리는 순간, 제니트의 얼굴이 약간 어두워졌다. 두 사람의 정겨운 모습을 보는 것이 이번이 처음도 아닌데, 여지없이 가슴에 돌덩이가 굴러와 박힌 것 같았다.

사실 어제도 제니트는 알피어스 공작과 작은 마찰이 있었다. 그 이유는 역시 그녀의 아버지 때문이었다. 알피어스 공작은 제니트의 다른 바람은 대부분 다 들어주면서도 클로드의 앞에서 그녀의 정체를 밝히는 일에서만큼은 미온적이었다. 근래 들어 다른 사람들과 마찬가지로 그녀에게 물러지게 된 알피어스 공작인지라 그래도 이번에는 기대를 했었다. 그런 만큼 제니트의 실망도 컸다.

그러고 난 후 그는 퍽 불안했는지 오늘 제니트의 파티 참석을 막으려고 했다. 하지만 그녀가 애원하자 마음이 약해진 듯 결국 허락해 주었다. 그 일로 제니트가 우울해했기 때문에, 황성에 오는 길에는 이제키엘이 그녀를 위로해 주기도 했다. 사람들이 부자연스러울 정도로 갑작스럽게 자신에게 상냥해졌다는 자각은 있었지만 마음 한편으로는 '그래서, 그게 뭐?'라는 생각이 들었다.

"왜 그래?"

제니트가 문득 옆에 있던 그를 올려다보자, 이제키엘이 부드러운 목소리로 물었다. 연회장에 오자마자 바로 아타나시아 공주를 만나러 가지는 않을까 싶었는데, 그는 아직까지도 그녀의 옆에 남아 있었다. 그래, 괜찮아. 아버지의 일도 좀 더 참을 수 있어. 이제키엘만 지금처럼 내 옆에 있어주면.

그 순간, 제니트의 몸에서 까만 기운이 피어올랐다가 자취를 감추었다.

"마그리타 양, 방금 전보다 낯빛이 조금 어두워진 것 같습니다."

"정말 그러네요. 혹시 몸이 안 좋아진 것 아니에요?"

그녀의 기분을 민감하게 포착한 사람들이 저마다 걱정 어린 말을 건네 왔다.

"잠시 쉬었다 오시는 게 어떨지요?"

"마그리타 양은 몸이 약하니까요."

주위에서 하는 말을 듣고 제니트는 흐리게 웃었다.

"아무래도 그러는 게 낫겠네요."

그 모습이 꼭 한 떨기의 물망초처럼 가련해서 사람들의 눈에 안타까움이 어렸다.

"그럼 전 잠시 바람을 쐬고 올게요."

"마그리타 양, 그렇다면 저와 함께!"

"아니에요, 제가!"

다들 제니트를 따라가겠다고 입을 모아 외쳤다. 그 속에서 모두의 집중된 관심을 받고 있던 제니트가 옆에 있는 사람을 올려다보았다.

"이제키엘, 같이 가 줄래요?"

그러면서 그의 팔을 살며시 붙잡는 손길이 연약했다. 마치 이 세상에 의지할 것이라고는 이제키엘 하나밖에 없다는 듯한 몸짓이었다. 그런 제니트를 잠시 가만히 내려다보던 이제키엘이 이내 대답했다.

"그래, 나가자."

곧 두 사람은 나란히 자리를 떠났다. 예전이라면 곁에 있던 영애들이라도 질시 어린 눈빛을 보냈을 테지만 지금은 모두가 한 마음이 되어 제니트를 걱정하는 분위기였다. 이 또한 얼마 전부터 갑작스럽게 형성된 모습이었으나 정작 그 당사자들은 이상함을 느끼지 못했다.

"아, 시원하네요."

테라스에 나오자마자 선선한 공기가 뺨을 스쳤다. 제니트는 휴식을 취하러 나온 이들을 위해 미리 준비되어 있던 푹신한 의자에 앉았다.

"이제키엘도 앉아요."

이제키엘도 그런 그녀의 곁으로 다가왔다. 하지만 그는 제니트의 옆에 앉는 대신 그녀에게 손을 뻗었다.

"미열이 있어."

이마에 닿아 오는 손이 밤공기처럼 서늘했다. 제니트는 눈앞에 있는 사람을 조용히 바라보았다. 이렇게 원하는데 왜 가질 수 없는 걸까……? 어릴 때는 늘 이제키엘과 함께였다. 그녀가 악몽을 꾸거나 지금처럼 열에 들떠 밤새 뒤척이다 잠에서 깨면, 언제나 눈앞에는 이제키엘이 있었다. 그 외에도 그녀의 모든 하루는 이제키엘에게 귀결되어 있었다. 그래서 그가 아를란타로 떠났을 때는 말 그대로 세상이 무너지는 것만 같았다.

어찌 보면 그때 처음 알았던 것 같다. 아무리 떼를 써도 안 되는 일이 있다는걸. 하지만 하루가 멀다 하고 보내는 그녀의 편지에 귀찮은 내색 한 번 없이 그는 답장을 해주었고, 또 가끔씩 오벨리아에 돌아와 저택에 있을 때에도 그는 늘 자신의 시간을 기꺼이 그녀에게 내주었다. 그런 그가 변하기 시작한 것은…… 아마도 아타나시아 공주를 만난 직후부터.

"다시 안으로 들어가는 게 좋을 것 같아."

"아직은 돌아가고 싶지 않아요."

당연하게 생각하던 것이 더 이상 당연하게 되지 않았기 때문에, 어쩌면 그녀도 전보다 더한 간절함을 가지게 된 것일지도 몰랐다. 하지만 그러지 않았어도 분명 그녀는 지금처럼 이제키엘을 가슴 깊은 곳에 품게 되었을 것이다. 이미 이 감정의 시작이 언제인지조차 기억이 나지 않았으니.

"마그리타 양! 괜찮으십니까?"

그때, 누군가가 테라스의 문을 벌컥 열고 들어왔다.

"카벨, 노크 정도는 하고 들어와야지."

"마그리타 양이 아프시다고 들었는데 내가 어떻게 침착할 수 있겠어!"

제니트는 호들갑을 떠는 소리를 들으며 옅게 미소 지었다.

"전 괜찮아요. 그냥 조금 쉬면 금방 나아질 거예요."

"정말입니까?"

"그런데 그 물건은 받으셨나요?"

"아, 받지 못했습니다. 분명 연회장 밖의 촛대 앞이라고 했는데 아무리 기다려도 나타나지 않더군요."

카벨 에른스트는 지난번 사냥 대회 때 잃어버린 여동생의 선물을 찾았다는 말을 듣고 연회가 시작되자마자 자리를 비웠던 참이었다. 하지만 물건을 전달받을 장소를 잘못 안 것인지, 아니면 단순히 길이 엇갈린 것인지 그는 빈손으로 돌아올 수밖에 없어 실망한 눈치였다.

"기운 내세요. 어차피 그분도 연회장 안에 계실 테니 오늘 중에 만날 수 있을 거예요."

"마그리타 양! 어쩜 마음씨도 이렇게 천사 같으신지."

카벨은 제니트의 위로에 감동한 듯 두 눈을 글썽거렸다.

"제니트, 지금 들으니 목소리도 좀 잠긴 것 같은데."

"그래요?"

"마실 걸 가져다줄게."

그렇게 말한 뒤 이제키엘이 뒤돌아섰다. 제니트는 저도 모르게 그런 그의 옷자락을 붙잡고 말았다. 그러자 이제키엘이 그녀를 뒤돌아보았다. 그는 잠시 자신을 붙잡고 있는 그녀의 손을 보다가 옅은 한숨을 내쉬었다. 그 소리에 제니트가 움찔했을 때, 이제키엘이 겉옷을 벗어 그녀의 어깨에 걸쳐 주었다.

"금방 올게."

두 사람의 모습을 보던 카벨도 옆에서 맞장구쳤다.

"그래요, 마그리타 양. 이제키엘이 다녀오는 동안 제가 말벗을 해드리겠습니다."

제니트는 테라스를 나서는 이제키엘의 뒷모습을 말없이 바라보았다. 어깨 위에 내려앉는 온기와 어드믹하게 느껴지는 향기 때문인지 곁에 없어도 꼭 이제키엘과 함께 있는 것 같았다.

그런데 이상하죠. 그렇게 뒤돌아서는 모습을 볼 때마다 어째서인지 저는 이대로 영영 당신을 붙잡을 수 없을 것만 같은 기분이 들어요.

"그 팔찌, 꽤 자주 하고 다니시는군요."

그때, 어깨에 걸쳐진 옷을 붙잡는 제니트의 손을 보고 카벨이 말했다. 귀족 영애가 똑같은 장신구를 이렇게 볼 때마다 착용하고 있는 것은 드문 일이었기 때문에 기억하고 있는 것 같았다. 더군다나 지금 제니트의 손목에 있는 팔찌는 이런 연회에 어울리지 않는 소박한 것이었다.

"소중한 사람이 선물해 준 거예요."

제니트는 손목에 걸린 팔찌를 만지작거리며 작게 읊조렸다.

"앗, 혹시 이제키엘입니까?"

"아니요."

그 말에 카벨은 더 궁금한 눈치였지만 제니트는 그저 말없이 웃기만 했다.

"간절히 바라면 정말 소원이 이루어질까요?"

문득 제니트는 어둑한 하늘을 보며 중얼거렸다. 몇 년간이나 상자 속에 고이 넣어 두고 보관만 하던 팔찌를 꺼낸 이유는 그 당시 이것을 준 사람이 했던 말을 떠올렸기 때문이다.

"전 그렇다고 믿습니다."

"정말 그랬으면 좋겠네요……."

미소 짓는 제니트의 등 뒤로 다시 한번 까만 기운이 일렁였지만 두 사람 다 그것을 알지 못했다.

잠시 후 테라스에 다른 사람들이 찾아왔다. 제니트를 걱정해서 걸음한 이들이었다. 제니트는 그들에게 고마움을 표한 뒤 이제키엘을 찾으러 연회장에 돌아왔다. 요즘 들어 감정 기복이 심해 그에게 어리광만 부리는 것 같아 미안한 마음이 들었다. 그러니 이제키엘을 만나면 이제는 괜찮다고 말해줘야겠다 생각했다. 그리고 제니트는 아타나시아 공주와 같이 있는 이제키엘을 보게 되었다.

아. 아타나시아 공주를 바라보는 이제키엘의 저 얼굴. 발끝에서부터 조금씩 물에 잠겨 가는 것처럼 서서히 숨이 막히기 시작했다. 서로를 바라보며 서 있는 두 사람의 모습이 너무나도 잘 어울려서 누구도 그들의 사이에 끼어들 수 없을 것만 같은 느낌이었다. 아무리 손을 뻗어도 닿을 수 없을 것 같았다. 두 사람 모두.

"마그리타 양, 이제 몸은 괜찮으십니까?"

우두커니 서 있는 제니트를 향해 다른 영식들이 말을 걸어왔다.

"마그리타 양?"

"아니에요……."

제니트의 입에서 누구에게인지 모를 말이 흘러나왔다.

"마그리타가 아니에요."

즐겁게 웃고 떠드는 사람들 속에서 그녀는 홀로 불행했다. 자신을 이토록 비참하게 만드는 사람이 바로 그녀가 가장 사랑하는 이들이라는 사실을 받아들일 수가 없었다.

"에른스트 경! 여기에 계셨군요."

제니트가 이제키엘을 찾아 테라스를 떠나고 난 후 카벨은 다소 시무룩해져서 연회장의 구석에 서 있었다.

그때, 누군가가 그를 반갑게 부르며 달려왔다.

"여기, 이 세공품이 에른스트 경의 것이 맞습니까? 사냥 대회 때 주운 이후 제가 보관하고 있었습니다만."

"잇! 그럼 오늘 만나기로 했던!"

이야기를 해보니 아까 만나기로 한 장소를 전달할 때 혼동이 있었던 듯했다. 잃어버렸던 물건이 드디어 카벨의 손에 돌아왔다. 그는 감격 어린 마음으로 검 장식을 건네받았다.

화앗!

응? 그런데 기분 탓인지 금 세공품을 손에 쥐는 순간 약간 이상한 기분이 들었다. 어라? 방금 전까지 내가 왜 마그리타 양을 그렇게 꽁지 빠진 강아지처럼 따라다녔더라?

"왜 그러십니까?"

"아, 아무것도 아닙니다."

카벨은 잃어버린 물건을 찾아줘서 진심으로 고맙다는 말을 거듭 한 뒤 남자와 헤어졌다. 하지만 알쏭달쏭한 기분만큼은 여전했다. 한동안 이제키엘의 친척 누이인 제니트 마그리타에게 홀딱 반하기라도 한 것처럼 졸졸 따라다니며 꼴같잖은 모습을 보인 스스로가 도무지 이해되지 않았던 것이다.

"헉! 오늘이 마지막 날인데 요정님께 인사도 드리지 않았다니! 이제 아를란타로 돌아가면 언제 또 만날 수 있을지 모르는데!"

그러다 퍼뜩 든 생각에 카벨은 좌절하여 아타나시아 공주를 찾아 달리기 시작했다.

"이제키엘은 아타나시아 공주님을 좋아하는 거죠?"

연회장 밖의 복도는 조용했다. 그래서 이제키엘을 향한 제니트의 목소리도 선명하게 들렸다. 아타나시아 공주는 홀 안에서 마법사 루카스를 닮은 남자와 춤을 추는 중이었다.

"하지만 공주님은 이제키엘을 돌아봐 주지 않을 거예요."

제니트의 말에 이제키엘의 눈동자가 그녀를 향했다.

"공주님은 아주 상냥하고 다정하시니까요."

그는 무슨 일이 있어도 그녀에게 화내지 않았지만 이번만큼은 다를지도 몰랐다. 이제 제니트는 혼자 상처받는 것에 질려 누구든 상처 주고 싶어졌다. 그리고 그 누구보다도, 자신의 마음을 알면서 모른 척하고 있는 이제키엘도 자신처럼 괴롭게 만들어주고 싶었다.

"내가 당신을 사랑하고 있다는 사실을 알고 있는데, 공주님이 그런 당신을 받아줄 리가 없잖아."

처음으로 소리 내 말한 진심이 그녀를 아프게 찔렀다. 이런 끔찍한 기분으로 말하고 싶었던 게 아니었다. 이런 끔찍한 모습으로 제 마음을 전하고 싶었던 게 아니었다. 씨앗을 틔우듯, 하루하루 물을 주고 햇빛을 쬐어주며 그 무엇보다 소중히 키우다…… 마침내 예쁘게 꽃을 피우고 열매를 맺게 되면 그때 이제키엘에게 고백하고 싶었다.

"아마 내가 죽기 전까지 이제키엘은 공주님을 가질 수 없을 거예요."

그리고 그때에는 이제키엘의 대답이 어떻든 웃으며 말해주고 싶었다.

"당신이 내 마음에 대답해 주지 않는 것처럼, 공주님도 당신의 마음에 절대 대답해 주지 않아."

설령 당신이 나와 같은 마음이 아니라 해도, 나는 당신을 만나 아주 많이 행복했으니 그것으로 되었다고.

"그러니 이걸로 공평해졌네요."

그리고 당신이 가슴에 품고 있는 그 사람과 꼭 행복해졌으면 좋겠다고.

"우리는 둘 다, 정말 원하는 건 결코 갖지 못할 테니까."

그런데 어째서 이렇게 되었을까……. 이제 이제키엘은 그녀에게 질렸다고 말하며 뒤돌아설지도 몰랐다. 아니면 싸늘한 경멸과 혐오를 얼굴에 드리운 채 분노를 표출할지도 몰랐다. 그런 생각을 하자 얕은 물 산처럼 두려움이 밀려들었다. 그리고 놀랍게도 이제키엘은 이번 역시 그녀에게 화를 내지 않았다. 하지만 마주하고 있는 차가운 눈동자가 제니트의 가슴에는 비수보다 더욱 아프게 꽂혔다.

"제니트."

자신을 부르는 고요한 음성에 제니트는 움찔했다.

"내가 언제까지나 네 옆에서 투정을 받아줄 거라고 생각하지 마."

그는 그녀를 향해 화도 짜증도 내지 않은 채 말했다. 하지만 그녀의 귀에는 어째서 그것이 더 냉정하게 느껴졌는지 모를 일이었다.

"내가 네 마음을 모른 척하고 있었듯, 너 역시도 내 마음을 모른 척 하고 있었던 걸 알아."

그렇게 말한 뒤, 이제키엘은 길게 눈을 감았다. 그리고 잠시 후 다시 금 제니트를 마주하며 입을 열었다.

"그래, 사실 나는 조금 더 빨리 지금 같은 상황이 오기를 바랐는지도 몰라."

그 순간 가슴이 철렁 내려앉았다. 이제키엘의 옆에 평생을 함께 있 어 온 그녀는 알 수 있었다. 지금 그는 결정한 것이다. 그녀를 내버려 둔 채, 혼자서 끝을 내기로.

"왜?"

속삭이듯 작은 음성이 제니트의 떨리는 입술에서 새어 나왔다.

"왜 그런 말을 해요?"

제니트는 방금 전 이제키엘에게 잔인하게 굴었던 것이 거짓말인 것 처럼 더없이 연약한 모습을 하고 있었다. 하지만 거기에 조금도 흔들 리지 않은 듯, 이어지는 목소리는 단호했다.

"내 마음이 이루어지든 그렇지 않든, 내가 너를 사랑하게 되는 일은 없어."

그토록 잔인한 말을, 이제키엘은 제니트에게 속삭였다.

그 순간, 제니트의 뺨을 타고 눈물이 한 방울 툭 떨어져 내렸다.

"너와 함께 있는 동안 내가 조금씩 지쳐 가고 있었던 것처럼, 아마 너도 그렇겠지."

그를 조금 덜 사랑했다면, 지금 그녀가 받는 통증의 크기도 이보다 작았을까.

"그러니 이제 그만하자."

하지만 모두가 의미 없는 생각이었다. 제니트는 차마 흐느끼지도 못한 채 하염없이 눈물만 뚝뚝 떨어뜨렸다.

"나는 나고, 너는 너야."

이제키엘은 그 눈물을 닦아주지 않았다. 그리고 자신을 필요로 하는 이로부터 처음으로 먼저 뒤돌아섰다.

"내 모든 걸 네 뜻대로 할 수는 없어."

흰 장미가 흐드러지게 피어 있던 10년 전의 온실에서는 미처 하지 못했던 바로 그 말이었다.

⊹⊱◈⊰⊹

그 후 제니트는 다른 사람의 시선을 피해 정처 없이 걸음을 옮겼다. 건물을 완전히 빠져나와 걷는 동안 차가운 밤공기가 그녀의 얼굴을 할퀴고 지나갔다.

"내 모든 걸 네 뜻대로 할 수는 없어."

그 어느 때보다 냉정하던 이제키엘의 목소리가 귓가에 울렸다. '네 뜻대로'라니? 언제 그녀의 뜻대로 되는 일이 있기는 했던가? 그녀는 그 무엇 하나 마음껏 가져 본 적이 없는데, 그것은 이제키엘도 마찬가지인데. 그런데 그는 이제껏 그녀 때문에 숨이 막혔다는 것처럼 말했다.

제니트는 그림자 진 구석에 숨어 혼자 울다가 이내 눈물을 닦고 발길을 돌렸다. 하지만 어디로 가야 할지 알 수가 없었다. 나한테 돌아갈 곳이 있기는 했던가? 그런 생각을 하자 다시 눈물이 났다. 정처 없이 걷는 동안 어두컴컴한 하늘에 하나둘씩 별이 떠오르기 시작했다.

그러던 중, 제니트는 달빛을 받고 서 있는 클로드를 발견했다. 그의 모습을 눈에 담는 순간 가슴이 꽉 죄어들었다. 일전에 후원에서 만나 들었던 경고는 이미 그녀의 머릿속에 남아 있지 않았다.

바스락.

제니트는 자신이 지금 무엇을 하고 있는지도 모른 채 무언가에 홀린 듯이 그를 향해 다가갔다. 풀이 밟히는 소리가 고요한 밤공기 속에 파고들었다. 클로드의 고개가 옆으로 움직여지는 순간, 제니트는 자신을 족쇄처럼 옭아매고 있던 반지를 빼고 보석안을 드러냈다. 그리고 지금껏 가슴에 묻고 있던 말을 처음으로 소리 내 속삭였다.

"아버지."

그 순간 섬뜩할 정도로 냉혹한 눈빛이 날카롭게 제니트를 꿰뚫었다.

제17장
세상 모든 이야기에는 끝이 있는 거죠

지금 이게 무슨 상황이지?

"아빠?!"

"가까이 오지 마라."

당황한 내가 앞으로 한 발짝 내딛기 무섭게 클로드가 싸늘히 읊조렸다. 나는 제자리에 다시 우뚝 멈추어 선 채 두 사람을 멀거니 바라보았다. 클로드의 주위로 마력의 회오리가 부상하고 있었다. 바닥에 깔려 있던 풀잎과 나무에서 떨어진 꽃들이 주위에 비처럼 흩날렸다. 앞에서부터 몰아치는 바람에 내 머리카락도 물살처럼 나부끼고 있었다.

"그럴 리가 없어……."

그 속에서 제니트는 절망 어린 얼굴을 한 채 멍하니 읊조리고 있었다.

"그럴 리가 없어요!"

나는 악을 쓰며 소리 지르는 제니트를 약간 황망한 얼굴로 바라보았다. 손에 끼고 있던 반지는 어디로 갔는지, 그녀는 클로드와 똑같은 보석안을 드러내 보이고 있었다.

"아둔한 계집."

지독히도 싸늘한 음성이 귓가를 때렸다. 그와 동시에 뺨을 스치는 바람도 서릿발처럼 한결 더 차가워졌다.

"하면 정말 네가 내 딸이라도 된다고 생각했단 말인가?"

그 순간 나는 후욱 숨을 들이켰다. 너무도 날카로워 베일 것 같은 눈빛과 목소리가 눈앞에 있는 사람에게 잔인하게 쏟아져 내렸다. 그것을 정면에서 마주하고 있던 제니트는 거기에 온몸을 찔리기라도 한 듯 이미 숨을 헐떡이고 있었다. 지금의 상황을 대략적으로 파악하고 나자 머릿속이 새하얗게 변하는 듯했다. 물론 지금처럼 제니트가 독단적으로 클로드의 앞에 서는 상황을 상상해 본 적은 있었다.

하지만 막상 그것이 현실로 닥치자 두 사람 사이에 섣불리 끼어들 수가 없었다. 다음 순간 클로드가 손을 들었을 때, 나는 그가 제니트를 죽이려는 줄로만 알았다. 하지만 다행히도 그가 사용한 마법은 살상용 공격 마법이 아니었다.

"어이쿠, 이게 갑자기 뭔……!"

클로드의 팔이 허공을 한 번 휘젓자 웬 사람이 갑자기 하늘에서 뚝 떨어졌다.

"헉, 폐하! 깜짝 놀랐잖습니까? 이 오밤중에 갑자기 소환 마법을……."

누구인가 했더니 수장 할아버지였다. 그런데 저 병아리가 그려진 잠옷은 뭡니까? 심지어 그는 하얀 양 인형까지 안고 있었다. 아무래도 잠자리에 들었다가 클로드에게 불려 온 모양이었다. 그나저나 인간 소환 마법이라니. 지난번부터 연구실에 계속 틀어박혀서 저 술식을 연구하나 싶더니 결국 성공했나 보네. 나는 수장 할아버지의 손등에 새겨진 작은 마법진이 번쩍이는 걸 보고 생각했다.

"아, 아니, 급한 일이면 당연히 오밤중에라도 소신을 부르셔야지요…….”

상황에 어울리지 않는 차림으로 등장한 수장 할아버지는 클로드를 발견한 직후 투덜거리다가 곧 분위기를 파악한 듯 말을 바꾸었다.

“에반에셀.”

“예, 폐하.”

앗, 수장 할아버지 이름인가? 처음 알았네. 탑에서도 다들 맨날 수장님, 수장님 그래서.

“와, 안 어울리게 멀쩡한 이름이네.”

루카스도 수장 할아버지의 이름을 처음 들어 보는 듯 옆에서 중얼거렸다. 아니, 그런데 잠깐? 나는 그제야 깨달음을 얻고 옆으로 고개를 돌렸다. 맞아, 같이 순간 이동을 했었지? 자리를 옮기자마자 눈앞에 닥친 상황이 너무 긴장감 넘쳐서 루카스의 존재를 잊고 있었다.

“저 계집의 마력이 어떤지 말해보라.”

“아니, 갑자기 마력을 보라고 하셔도…….”

그래도 수장 할아버지는 클로드의 시선을 따라 고개를 돌렸다. 그리고 곧이어 화들짝 놀라 입을 쩌억 벌렸다.

“보, 보석안?! 폐하, 언제부터 이런 장성한 딸을 숨겨 두고…….”

“죽고 싶나?”

“어이쿠, 실언을 했습니다.”

날카로운 마력장이 쇄도하자 수장 할아버지는 눈치 빠르게 다시금 태세를 전환시켰다. 그리고 공포에 질려 있는 제니트를 보며 잠시 속으로 무언가를 정리하는 듯했다.

“그러니까, 저 소녀가 폐하의 딸이 아니라는 사실을 저보고 증언하라는 것이군요.”

그리고 보니 수장 할아버지는 개개인이 지닌 고유의 마력을 육안으로 볼 수 있었다. 하지만 항상 보이는 건 아니라고 했는데…….

"그게 제 마음대로 되는 것이 아니긴 한데."

수장 할아버지가 그때까지도 품에 안고 있던 양 인형을 산니 위에 내려놓았다. 그리고 그제야 사안의 중차대함을 안 것처럼 진지한 얼굴로 제니트를 바라보았다.

"다행히도 지금은 아주 잘 보이는군요. 아니, 솔직히 따로 들여다볼 필요도 없겠습니다."

그의 날카로운 눈동자는 마주한 사람의 속까지 고스란히 꿰뚫어 보는 듯했다.

"한 치 속도 들여다보이지 않는 검은 마력이 저 소녀 주위에만 자욱하니 말이지요."

그 순간 제니트가 훅 숨을 들이마셨다.

"본래 고유 마력은 직속 혈연관계라면 일정한 연관성을 보이게 마련인데, 어디를 봐도 클로드 황제 폐하와 연관된 구석이 보이지 않는군요."

나는 그녀의 눈동자에 점차 얕은 파문이 번져 나가는 것을 지켜보았다.

"아니, 오히려 이건……."

그러다 문득 수장 할아버지가 눈매를 움찔하며 표정을 변화시켰다. 그리고 곧 경악한 듯 외쳤다.

"맙소사! 선황 폐하나 아나스타시우스 황태자와 이렇게까지 흡사한 마력이라니? 그럼 설마……!"

그는 이제야 제니트의 정체를 깨달은 듯 두 눈을 부릅떴다.

"거짓말, 거짓말이에요……!"

처절한 목소리가 다시금 귓전을 울렸다. 제니트는 방금 전 들은 말을 받아들일 수 없다는 듯, 계속해서 현실을 부정하는 말을 반복하고 있었다.

"네 어미인 페넬로페가 왜 다른 사람들의 눈을 피해 숨은 채 그렇게 혼자 비참하게 죽었는지 아나?"

제니트의 어머니인 페넬로페 유디트. 제니트는 자신의 어머니가 과거에 클로드의 약혼녀였다는 사실을 전해 듣고 스스로를 클로드의 딸이라 생각했을 터였다.

"어리석게도 권력에 눈이 멀어 자신이 흑마법의 제물이 된 줄도 모르고 너를 뱄기 때문이다."

그러나 지금 그녀의 눈앞에 닥친 현실은 사실상 그동안 꿈꿔 왔던 아름다운 동화와는 너무나도 달랐다.

"그래, 계집. 감히 스스로를 공주라 여겨 겁도 없이 내 눈앞에 나타난 바로 너 말이다."

절망에 사로잡힌 제니트의 눈빛이 내 가슴에 박혀 들었다. 그녀는 이제 제대로 된 목소리조차 내지 못한 채 망연한 얼굴로 눈물만 흘리고 있었다.

"이건, 뭐. 완전 막장이네"

아, 좀.

심각한 상황인데도 옆에서 추임새를 넣는 루카스의 목소리는 태연하기 그지없었다. 나는 옆에서 혀를 차는 루카스를 잠시 째려보다가 다시금 앞으로 시선을 움직였다.

"짐의 딸은 오직 아타나시아뿐이거늘."

이런 상황에서 그의 입으로 직접 듣는 그 말은 내 기분을 복잡하게 만들기에 충분했다.

"두 번 다시 짐의 눈에 띄지 말라 친히 경고까지 해주었는데."

그리고 클로드의 목소리가 잇따라 두 귀에 흘러드는 순간, 나는 두 눈을 조금 크게 뜨고 말았다. 제니트에게 그런 경고를 했었단 말이야? 도대체 언제 만나서 그런 얘기를 했지? 아니, 그보다도…….

"짐의 눈과 귀가 멀어 이제껏 널 가만히 내버려 두었는 줄 아나?"

클로드는 제니트의 존재에 대해 이미 알고 있었던 것처럼 말하고 있었다.

"천만에. 네 이야기를 들을 때마다 얼마나 죽이고 싶었는지 모른다."

그 순간 제니트의 입에서 흐느끼는 소리가 터져 나왔다.

아…… 그동안 아버지라고 생각했던 사람에게 사실은 자신을 죽이고 싶었다는 말을 들었으니 충격을 받을 만도 했다. 일전에 클로드가 기억을 잃었을 때의 일이 문득 떠오른 것은 어째서인지 몰랐다.

"그럼에도 지금껏 너를 살려 두었던 이유는 오직 아타나시아 때문이다. 한데 주제도 모르고 감히 내 앞에서 그따위 말을 지껄이다니."

싸늘히 일갈하는 음성은 온기 한 점 없이 냉혹하기만 했다. 제니트를 보는 그의 눈빛은 더러운 벌레를 내려다보는 것처럼 경멸마저 어려 있었다.

"도대체 누가 네 아버지라는 것이냐?"

제니트의 손에서 떨어진 듯 풀잎 위에 덩그러니 놓여 있던 반지가 클로드의 마력을 못 이겨 파사삭 부서졌다.

"네 아비는 이미 예전에 죽어 유해조차 삭아 없어진 지 오래이니, 정히 핏줄이 그립거든 무덤부터 뒤져 보아라."

아연실색한 제니트의 눈에서는 이미 초점이 사라진 지 오래였다. 넋이 나간 채 눈물로 얼굴을 흥건히 적신 그녀를 눈에 담자 나도 더 이상은 그들을 가만히 지켜보기 힘들어졌다.

"아니, 그럴 것도 없겠군."

바로 그 순간 클로드가 냉소적인 미소를 입가에 그렸다. 그리고 덧붙인 말에 나는 마음이 급해지고 말았다.

"직접 저승에 가서 인사하면 될 일이 아닌가."

그의 손이 앞으로 뻗어진 것과 내가 그를 부른 것은 거의 동시였다.

"아빠!"

콰앙!

하지만 굉음을 내며 클로드의 마력을 정면에서 받아친 것은 내 마력이 아니었다. 건물 안쪽에서도 마력의 충동을 느낀 듯 잠시 시끌벅적한 소리가 들렸다.

"공주님!"

언제 다가왔는지 모를 필릭스가 내 앞을 막아섰다. 하지만 이미 루카스와 내가 앞에 보이지 않는 방어막을 형성한 뒤였기 때문에 그럴 필요는 없었다. 나는 눈앞에 흩날리는 마력의 잔해를 바라보았다. 황금색과 까만색이 뒤섞인 마력의 조각은 마치 허공에서 산산조각 난 투명한 유리 같았다.

"맙소사, 마력 폭주의 전조 현상입니다!"

알아서 보호막을 두르고 있던 수장 할아버지가 바람을 맞고 선 채 외쳤다. 과연 그 말처럼 제니트의 주위에는 육안으로 보일 정도의 까만 마력 폭풍이 일어나고 있었다. 하지만 마력 폭발이라니? 제니트에게는 그 정도의 마력이 없었는데, 어째서 이렇게 갑자기?

"가지가지 하는군."

클로드가 혀를 차더니 다시금 앞으로 손을 뻗었다.

"폭주가 일어나기 전에 죽이겠다."

그 말에 나는 입을 벌렸다. 지금 제니트를 죽인다고? 갑자기 일이 너무 극단적으로 돌아가는 것 같았다.

"폭주 전에 마력을 일시적으로 묶어 두는 방법도 있잖아요."

마력 폭주에 대한 건 혹시 모를 때를 대비해 그동안 루카스에게 지겹도록 배웠다. 일단 마력 폭주가 일어나면 답이 없지만 그 직전이라면 미봉책이 있었다.

"뭐 하러 그래야 하지? 지금 죽이는 게 가장 깔끔하다."

그러나 역시 타인의 마력에 간섭하는 일이었기 때문에 시전자의 몸에 다소의 무리가 가는 방법이기도 했다. 그 때문인지 클로드는 내 말에 냉소적이었다. 하지만 지금 이 자리에 있는 사람 중 그 정도는 식은 죽 먹는 것보다 쉽게 할 수 있는 사람이 있었다.

"루카스!"

아무래도 루카스 찬스를 써야겠다. 자기도 이 정도 수고는 할 마음이 있으니까 여기까지 날 데리고 쫄래쫄래 온 거겠지!

"제니트 마력 좀 묶어줘!"

가라, 루카스! 오늘은 너로 정했다! 내 말에 옆에서 강 건너 불구경하듯 상황을 관전하고 있던 루카스가 입꼬리를 들썩였다.

"와, 이제는 아무렇지도 않게 나한테 마력 셔틀을 시키네."

"넌 쉽게 할 수 있잖아!"

왜냐하면 우주 제일 초천재 미소년 대마법사 루카스 님이니까! 시각을 다투는 일이었기에 오래 생각할 시간은 없었다. 다행히 루카스는 흔쾌히 앞으로 나섰다.

"할 수 없지. 공주님 부탁이신데."

다음 순간 그의 손이 앞으로 뻗어졌다.

콰앙! 화아악!

루카스에게서 흘러나온 새하얀 빛이 격동하던 검은 마력을 감싸 안기 시작했다. 꽃과 풀잎이 다시금 주위에 나부꼈다.

화아아.

난동을 부리듯 거칠게 휘몰아치던 마력의 파동이 잠잠해진 것은 순식간이었다. 그 직후, 바닥에 쓰러져 있는 제니트가 모습을 드러냈다. 그 자리에 있던 모두가 폭주 직전의 마력을 일시에 잠재운 루카스를 경악한 얼굴로 바라보았다.

"자, 이제 키메라 데려가시든가."

반짝이는 마력의 잔해 속에서 루카스는 홀로 압도적인 존재감을 자랑하고 있었다. 정작 그에게 마력 셔틀을 시킨 나도 그런 그를 멍하니 쳐다보았다. 예전이라면 이렇게 피부로 직접 느끼지 못했을 것이었다. 하지만 마법을 공부하고 있는 입장인 탓인지 지금 그가 보인 것이 얼마나 놀라운 경지인지 새삼스럽게 와닿았다.

클로드는 두 눈을 가늘게 뜬 채 루카스를 응시하고 있었다. 일전의 대화를 통해 이미 그는 지금 눈앞에 있는 사람이 진짜 검은 탑의 마법사라는 사실을 알고 있을 터였다.

"실례지만 누구신지……?"

하지만 필릭스는 어른 모습이 된 루카스를 알아보지 못했다. 방금 전에 내가 그를 루카스라고 불렀는데도 연결을 못 시키는 걸 보니 아무래도 방금 전 그가 보인 강대한 마력에 적잖은 충격을 받은 눈치였다.

"이럴 수가, 저 마력은……."

수장 할아버지는 입을 쩌억 벌리고 있다가 마침내 무언가를 깨달은 듯 더듬거렸다. 그리고 루카스에게 삿대질하며 외쳤다.

"서, 설마 넌 루카스……?!"

설마가 사람 잡는다지요……. 마력을 눈으로 볼 수 있는 수장 할아버지인 만큼 루카스의 정체도 비교적 쉽게 깨달은 것 같았다.

"말도 안 돼, 이건 꿈이야! 이런, 이런 괴물 같은!"

하지만 그는 자신의 깨달음을 받아들이지 못해 믿을 수 없다는 듯 계속해서 현실을 부정했다.

"예? 마법사 루카스 님이시라고요? 세상에, 어떻게 하루아침에 이리 성장할 수가 있는 겁니까!"

그제야 루카스의 정체를 안 필릭스도 두 눈을 부릅뜨며 놀라워했다.

루카스는 그들의 반응이 어떻든 상관없다는 듯 나를 향해 성큼 다가왔다. 나는 코앞까지 가까이 온 그를 보고 나도 모르게 주춤했다.

"나 잘했지?"

그런데 글쎄 이놈이 생글거리면서 나한테 머리를 들이미는 것이었다.

"그, 그래."

"연회장에 있던 사람들이 나와서 구경하는 것도 네가 싫어할 것 같아서 건물도 봉쇄했어."

헉, 웬일로 셀프 서비스까지? 나는 멍하니 루카스가 바라는 대로 말해주었다.

"잘했어."

"그럼 좀 더 칭찬해 줘 봐."

아이구, 우리 루카스 잘했어요! 어쩜 우리 루카스는 마력 봉인도 잘해요! 이, 이런 거라도 해달라는 거냐? 나는 멍청히 루카스의 웃는 얼굴을 쳐다보다가 나도 모르게 손을 들어 그의 머리를 쓰담쓰담 했다. 그러고 나서 혹시나 또 멍멍이 취급을 당했다고 성깔을 부리는 게 아닐까 싶어 잠깐 멈칫했으나 루카스는 그냥 기분이 좋은 것처럼 여전히 생글거리고 있었다.

"필릭스. 가서 알피어스 공작을 알현실로 데려와라."

"예, 폐하."

우리의 모습을 보고 못마땅한 듯 얼굴을 구기던 클로드가 이내 필릭스에게 명령했다. 그러나 다음 순간 고개를 돌린 그는 곧 다시금 입을 열어 말했다.

"아니, 그럴 필요 없겠군."

나는 클로드를 따라 고개를 돌렸다. 그리고 얼굴이 백짓장처럼 하얗게 질린 알피어스 공작을 볼 수 있었다.

"저 계집은 지하 감옥에 가두겠다. 알피어스 공은 지금 당장 짐을 따라오라."

설마 루카스가 딱 필요한 사람만 밖으로 나올 수 있게 조치를 취해
둔 걸까? 어쨌든 직접 알피어스 공작을 찾으러 갈 필요가 없어졌기 때
문에 필릭스에게는 다른 명령이 떨어졌다. 하지만 그 역시도 다른 사
람이 역할을 대신했다.

"제가 들겠습니다."

어느덧 다가온 이제키엘이 바닥에 쓰러져 있던 제니트를 안아 들었
기 때문이다. 한순간 그의 군은 눈동자와 시선이 마주쳤다. 하지만 이
제키엘이 먼저 내게서 눈길을 돌렸다. 연회장에서 새어 나오는 불빛이
시야에 번져 들었다. 한바탕 거센 폭풍이 휘몰아친 뒤의 밤공기에는 옅
은 꽃향기와 풀 내음이 가득했다. 꿈처럼 비현실적으로 느껴지는 밤이
었다. 그리고 모두가 잠들지 못할 밤의 시작이기도 했다.

제17.5화
사랑스러운 공주님은 어디에

영원히 오지 않을 것만 같던 아침이 밝았다.

오늘은 사절단이 아틀란타로 돌아가는 날이었다. 그래서 그런지 황궁 안은 전체적으로 부산스러운 느낌이었다. 어제 연회장 밖에서 있던 소란은 검은 탑에서 마법을 연구하던 중 마력 파장이 밖으로 새어 나와 벌어진 것으로 알려졌다. 한차례의 묘한 파동 후 무슨 일이 있었냐는 듯 금세 주위가 잠잠해졌기 때문에 사람들은 연회가 파할 때까지 즐거운 시간을 보낼 수 있었다.

똑똑.

문밖에서 들리는 노크 소리에 어두운 방 안에 웅크리고 있던 소녀가 움찔했다. 몇 번인가 더 문을 두드리는 소리가 들렸지만 그녀는 대답을 하지도, 자리에서 움직이지도 않았다.

달칵.

그러자 이번에는 조용히 문이 열렸다. 밖에서부터 새어 들어온 빛이 침대 위에 앉아 얼굴을 무릎에 파묻고 있는 사람을 비췄다.

"제니트."

자그마하게 속삭이는 목소리는 분명 아타나시아 공주의 것이었다. 어제 그녀는 클로드의 명대로 제니트를 차마 지하 감옥에 가둘 수 없어 에메랄드궁으로 데려왔다. 그 호의에 감동해 고마움을 표해야 마땅한 일이었으나, 제니트는 아타나시아 공주의 얼굴을 보고 싶지 않았다.

"저를 비웃으러 오셨나요……?"

어둠 속에 파묻힌 제니트의 입에서 잔뜩 가라앉은 목소리가 흘러 나왔다. 어제 한참을 흐느끼며 울었던 탓인지, 아니면 황제 클로드의 앞에서 악을 쓰며 소리를 지른 탓인지 꽉 막힌 목에서 새어 나오는 목소리는 형편없이 갈라져 있었다.

아타나시아는 무슨 생각을 하는지 모를 얼굴로 제니트를 내려다보다가 이윽고 입을 열었다.

"아바마마께서 제니트의 처우를 다시 생각해 보시기로 하셨어요."

그 순간 제니트의 어깨가 움찔 흔들렸다.

"하지만 이대로 계속 에메랄드궁에 머물 수는 없으니, 곧 다른 곳으로 이동해야 할 거예요."

어젯밤을 뜬눈으로 지새운 아타나시아는 오늘 아침 동이 트자마자 클로드를 찾아갔다. 제니트를 에메랄드궁에 둔 것을 안 그는 당연히 진노했다.

"그래도 지하 감옥 같은 곳은 아니니 걱정은……."

고요하게 이어지던 음성이 점차 잦아들었다. 아타나시아의 눈동자가 얕게 가라앉았다. 이런 말이 지금 눈앞에 있는 사람에게 조금의 위로도 되지 못할 것을 알기 때문이었다.

"공주님께서 부탁하셨기 때문이겠죠."

마침내 제니트가 고개를 들었다. 오늘 처음으로 마주한 얼굴에서 비치는 냉소에 아타나시아는 잠시 침묵했다.

"그래요, 내가 부탁했어요."

"어째서요?"

어젯밤 있었던 일련의 충격적인 일들을 알려 주듯 제니트의 얼굴은 엉망이었다.

"공주님은 다 알고 계셨던 거죠?"

두 쌍의 보석안이 허공에서 시선을 마주했다. 어젯밤 잠을 이루지 못한 것은 제니트도 마찬가지였다. 혼자 고립된 방 안에서 그녀는 몇 번이나 끔찍한 지옥 속에 빠진 것 같은 기분을 맛봐야만 했다. 그리고 고개 들어 아타나시아를 마주한 그녀는 지난밤 가슴속에 자리 잡기 시작한 의혹이 사실이었음을 비로소 깨달았다.

"다 알면서도, 당신은……."

그러자 뜨거운 용암이 뱃속을 헤집으며 부푸는 것 같은 느낌이 들어 견딜 수가 없었다.

"저를 기만한 거군요."

사실 자신의 비난이 타당하지 않다는 사실을 알고 있었다. 아타나시아가 설령 진실을 알면서도 입을 다물었다고 해도, 그것은 그녀를 기만하려는 의도가 아니었을 것이다. 아니, 오히려 지금껏 그 사실을 모른 척해 준 것만으로도 그녀는 충분히 자비를 베푼 것이었다.

사실 사는 동안 의문을 품은 적은 있었다. 그녀가 클로드의 친딸이 맞다면, 왜 이제까지 정체를 숨기고 있어야만 하는 걸까? 그녀의 어머니가 살아생전 클로드의 분노를 샀기 때문에? 그래서 파혼당한 채 두 번 다시 황궁에 발조차 들이지 못하게 되었기 때문에? 그것이 어떤 죄인지는 모르나 딸인 그녀조차 외면하게 할 만큼 중차대한 잘못인 걸까?

죽은 제니트의 이모, 로자리아 백작 부인은 그녀를 알피어스 공작저에 맡겨 두고 일 년에 한 번씩만 그녀를 보러 왔다. 하지만 어느 순간 부터 그녀는 제니트를 볼 때마다 찜찜하다는 표정을 숨기지 못했다. 사실 그녀는 로자리아 백작 부인과 알피어스 공작이 나누는 대화를 엿들은 적이 있었다.

"이제 와서 선황과 아나스타시우스라니? 지금 그걸 말이라고 하는 거요?"

"하지만 페넬로페의 일기장과 편지 외에 명확한 증거는 없으니, 일단 폐하의 환심만 사면……."

"반대로 말하면 폐하의 환심 없이는 득 하나 될 것 없는 위험분자라는 의미가……."

무언가 이상하다고 생각했다. 하지만 깊이 생각하면 돌이킬 수 없는 결말을 맞을 것만 같았다.

"저더러 어쩌란 말이에요……?"

그리고 어젯밤 제니트는 이제껏 그녀의 눈앞에서 가려져 있던 진실을 알게 되었다.

"아버지인 줄 알았는데 사실은 제 아버지를 죽인 사람이었다잖아요."

오벨리아의 아이들이라면 누구나 현 황제인 클로드의 평화로운 치세 아래 그 이전까지의 제국이 얼마나 끔찍한 폭정에 물들어 있었는지에 대해 배운다. 전 황제였던 아에붐에 이어 황태자 아나스타시우스는 그 속에서 언제나 악귀처럼 묘사되곤 했다.

"제 자매인 줄 알았는데……."

그리고 제니트는 그들의 흑마법에 의해 태어난 것이었고, 지금 그녀의 눈앞에 있는 이 고아한 소녀는 그녀의 자매가 아니었다.

"사실은 제 아버지를 죽인 사람의 딸이었다잖아요."

감히 바라보아서는 안 될 것을 바라보았다. 감히 꿈꿔서는 안 될 것을 꿈꾸었다.

"그 무엇 하니 제기 기길 수 있는 게 이니였디않이요   ."

소망의 깊이만큼 끝도 없이 거대한 절망감에서 헤어 나올 수가 없었다.

"왜 아무도 말해주지 않았어요?"

누구를 원망해야 하는지 알지도 못하면서 무작정 아무에게라도 떼를 쓰고 바락바락 소리를 지르고 싶었다. 정작 움직이지 않고 있던 것은 그녀 역시 마찬가지였으면서.

"왜 아무도 끝을 내주지 않은 거예요?"

지금만큼은 어제 이제키엘이 한 말을 이해할 수 있었다. 어쩌면 그녀 역시 너무 힘들어서 이 모든 걸 어떤 식으로도 끝맺고 싶었는지도 모른다. 하지만 적어도 그녀가 상상하던 건 이런 게 아니었다.

"나는…… 매일매일이 지옥같이 느껴질 정도로 이렇게 지쳐 있었는데……."

눈을 뜨면 이 지옥이 끝나 있으리라 믿었는데, 결국 또 다른 지옥의 시작일 뿐이었다.

제니트는 두 손에 얼굴을 묻고 흐느껴 울었다. 자신이 뭘 잘못했는지 알 수가 없었다. 태어난 죄? 헛된 꿈을 꾼 죄? 무지했던 죄? 그것이 이렇게 큰 절망감을 맛봐야 할 만큼 커다란 죄인 걸까? 이제 나는 어디로 가야만 하나. 설령 목숨을 구한다 하더라도 이대로 유폐되어, 살아도 사는 것 같지 않은 삶을 살아야 하는 걸까?

"소원을 이루어준다고 했잖아요……."

눈물 섞인 목소리가 어두운 방 안에 번져 들었다.

"이거 선물이에요."

"팔에 차고 있으면 소원이 이루어진대요."

어쩌면 아타나시아는 기억조차 하지 못할 수도 있지만, 제니트는 그녀와 함께 보았던 불꽃놀이도 아직도 어제 일처럼 선명히 기억하고 있었다. 축제날 아타나시아가 선물해 주었던 저잣거리의 팔찌를 몇 년간이나 보물처럼 간직했다.

지금 그녀의 손목에 감긴 팔찌에 실제로 그런 마법이 걸려 있을 리 없는데도 바보처럼 믿고 싶었다. 아타나시아는 흐느끼는 제니트에게 무언가를 말하고 싶은 듯했다. 하지만 울음을 그치지 않는 그녀를 어두운 얼굴로 바라보며 이윽고 조용히 입을 다문 채 자리를 지키다가, 잠시 후 소리 없이 방을 빠져나갔다.

에메랄드궁 밖으로 나오자 눈부신 햇살이 얼굴 위로 내리비쳤다. 해가 뜬 위치를 보니 어느덧 정오가 넘은 것 같았다.

제니트는 지난밤 죄인이 아닌 아타나시아 공주의 손님으로서 에메랄드궁에 머물렀다. 지금도 그녀의 옆은 아타나시아 공주의 호위 기사인 필릭스 로베인만이 지키고 있을 뿐, 그녀를 감시하거나 포박하는 이는 아무도 없었다. 지금 그녀의 얼굴을 가리고 있는 베일도 그렇고, 아마도 이 또한 아타나시아 공주의 배려일 터다. 어젯밤 진노했던 황제 클로드라면 날이 밝자마자 당장에라도 사형 집행 선고를 내리고도 남을 것만 같았는데.

제니트는 에메랄드궁을 나섰다. 이제부터 갈 곳이 어디인지 옆에 있던 적혈의 기사가 말해주었으나 그녀는 그것을 흘려들었다. 앞으로 가게 될 곳이 어디든 상관없다는 반 체념적인 마음 때문이었다. 그런데 얼마간의 시간이 지난 후 눈에 들어온 사람에 제니트의 발길이 멈추었다. 아타나시아와 함께 서 있는 것은 이제키엘이었다. 무슨 이야기를 나누는지는 모르나, 두 사람 다 밝은 얼굴은 아니었다. 혹시 자신의 상대를 살피러 온 걸까? 제니트는 멀찍이서 두 사람의 모습을 바라보다가 문득 생각했다.

전부 다 없어져 버렸으면 좋겠어. 어차피 내 것이 될 수 없는 것들은 차라리 다 없어져 버렸으면 좋겠어. 실은 예전에 이제키엘이 팔을 다쳤을 때도 비슷한 생각을 했었다. 이대로 무도회에 참석해 공주님과 이제키엘이 만나는 모습 같은 건 보고 싶지 않다고.

하지만 사실 제니트는 그런 생각을 하고 만 스스로가 너무나도 싫었다. 스스로도 주체하지 못하는 못난 마음 때문에 사랑하는 사람들을 원망하게 되고, 그들의 불행을 바라게 되는 자신이 끔찍했다. 애초에 그녀가 빌었던 소원은 지금보다 좀 더 당당하게 그들의 옆에 설 수 있는 사람이 되는 것뿐이었는데……. 그래……. 그러니 차라리 내가 이 세상에서 없어져 버리는 게 좋겠어.

투욱.

그 순간 제니트의 손목에 걸려 있던 팔찌가 끊어져 바닥에 떨어져 내렸다.

화악!

어젯밤 루카스가 묶어 두었던 마력이 속박을 풀고 그녀의 밖으로 홍수처럼 넘쳐흐르기 시작했다.

제니트는 곧 자신을 발견한 이제키엘이 다급히 뛰기 시작하는 모습을 베일 너머로 시야에 담았다.

"제니트!"

아, 처음 보네요. 당신이 나를 향해 그렇게 간절히 달려오는 모습. 이제 이걸로 됐어요, 나는. 아…… 이런 못난 얼굴을 당신에게 보이지 않아서 다행이에요.

눈앞에 있는 베일이 바람에 나부꼈다. 그녀의 눈에 맺혀 있던 눈물도 방울방울 허공에 흩날렸다. 제니트의 마력이 이번에 파괴하고자 하는 것은 그녀 자신이었기 때문에 어제처럼 폭발적인 힘은 발생하지 않았다. 이제키엘이 달려갔으나 손이 닿기에는 그들의 거리가 너무 멀었다. 제니트는 눈물 번진 시야에 마지막으로 사랑하는 사람을 담았다.

파아앗!

하지만 그녀가 눈을 감은 순간, 따스한 온기가 온몸을 감싸 안았다. 그 느낌이 봄바람처럼 따스하고 부드러워서 꼭 그녀가 알지 못하는 어머니의 품 같았다. 믿을 수 없는 평온함 속에서 제니트는 서서히 의식의 끈을 놓아버렸다.

제18장
아름다운 동화 속의 주인공은 아니지만

파아앗!

제니트에게 위험 기류를 느끼자마자 나는 내 안에 있는 마력을 최대치로 뽑아냈다. 어젯밤 루카스가 그랬던 것처럼, 내 손에서 뻗어져 나간 마력이 검은 폭풍을 감싸 안았다. 물론 효과는 동일하지 않아서 나는 루카스보다 약간 더 시간을 지체해야만 했다. 하지만 결과적으로는 그리 어렵지 않게 해낼 수 있었다. 나는 이윽고 완전히 사그라지는 제니트의 마력을 느끼며 안도했다. 아, 성공이다. 혹시 몰라서 어제 밤새워 루카스한테 보충 수업 듣기를 잘했네.

루카스는 만약 자기가 잠시 자리를 비운 동안 제니트의 마력이 다시 폭주하려고 하면 봉인하라고 나한테 꼼꼼히 지침을 내리고 갔다. 폭주 직전에 마력을 묶어 두는 것은 어디까지나 임시적인 방법이라 조금만 틈이 생겨도 쉽게 위험해질 수 있다고 한다. 나는 훌륭한 학생이었기 때문에 루카스의 가르침을 스펀지처럼 쭉쭉 빨아들였다. 그래서인지 단기 속성치고 결과는 매우 괜찮았다.

"제니트!"

쓰러진 제니트에게 달려간 이제키엘이 그녀의 상태를 확인했다. 나는 그의 얼굴에 깔리는 안도 어린 표정을 보고 덩달아 마음을 놓을 수 있었다. 이제키엘은 클로드의 허락을 받고 제니트의 상태를 살피러 온 것이었는데 갑자기 마력 폭주 비슷한 현상을 목격하게 되었으니 놀랄 만도 했다. 클로드는 지금 이 일을 알면 눈에 쌍심지를 켜겠지만 나는 제니트를 죽게 하고 싶지 않았다.

크흠, 일단 마력을 묶어 두는 일도 클로드의 걱정처럼 그렇게 어렵지 않았고……. 루카스도 내가 이 정도는 거뜬히 할 수 있을 거라고 했는데 정말 그랬다. 나도 몇 년 전에 비하면 제법 강해졌나 보다.

"이게 무슨 일입니까?!"

앗! 그런데 처리 과정이 좀 요란했던 걸까? 굉음을 듣고 사람들이 달려오기 시작했다. 그중에는 아직 황성을 벗어나지 않은 아를란타의 사절단도, 느닷없는 마력의 파동을 느끼고 혼비백산한 검은 탑의 마법사들도 있었다.

나는 쯧 혀를 찬 뒤 손을 휘둘러서 이제키엘과 제니트를 다른 곳으로 이동시켰다. 일단 지금 저 둘을 다른 사람들이 보게 되면 곤란하니까 말이지. 그다음 나는 자리에 남아 있던 제니트의 검은 마력을 정화했다. 수장 할아버지 같은 특이 케이스가 아니더라도 강력한 마력의 잔해는 보통 사람들도 육안으로 볼 수 있었다. 그래서 헐레벌떡 달려온 사람들은 내 주위에서 반짝거리며 내려앉는 마력의 조각들을 저마다 멍하니 쳐다보았다.

"아, 아름답다……."

"세상에, 지금 이곳이 천국인 걸까요?"

"요정님……."

쿨럭…….

반짝이는 마력이 보기에는 예쁘겠지만 상황은 그다지 아름답지 않답니다. 그리고 마지막 요정님 그리는 분명 기벨 에른스드일 기야!

"헉. 공주님, 도대체 이게 어찌 된 일입니까?"

먼저 정신을 차린 것은 탑의 마법사들이었다.

"놀라게 해드려 죄송해요. 잠시 소동이 있었는데 지금은 해결……."

콰앙!

바로 그때 하늘에서 운석이 떨어졌다. 아니, 처음에는 운석인 줄 알았는데 사실은 아니었다. 한차례 흙먼지가 주위에 자욱하게 일어나더니, 곧 그 사이로 웬 걸레짝 같은 형체가 모습을 드러냈다.

"거, 검은 탑의 마법사님?!"

헉! 나는 넝마가 되어 바닥을 나뒹구는 사람을 보고 처음에 시체인 줄 알았다. 하지만 그건 언젠가 만난 적이 있던 가짜 탑의 마법사 카락스였다. 드디어 루카스가 왔구나! 그런데 뭐 이리 과격하게 끌고 왔어?

"뭐?"

"뭐?!"

"검은 탑의 마법사?!"

아를란타 사절단이 검은 탑의 마법사라는 소리에 동요했다. 처음 오벨리아에 왔을 때도 검은 탑의 마법사가 재림했다는 소식에 관심을 표하던 그들이었으니 지금 눈앞에 나타난 사람을 보고 호들갑을 떠는 것도 당연했다.

"아, 아니, 그런데 왜 이리 초주검이 되어 나타나셔서……."

"귀찮게 왜 토끼고 지랄이야."

"토끼고 지랄을…… 응?"

문득 머리 위에서 들려온 목소리에 모두 의아하게 고개를 들었다. 하지만 그럴 필요도 없이 곧 누군가가 바닥에 가볍게 착지했다. 그리고 그 직후 바닥을 나뒹굴던 반 시체를 그대로 인정사정없이 걷어찼다.

퍼억!

"으윽!"

"사람이 좋게 말할 때 단번에 쳐 들으면 좋잖아, 응?"

퍽!

"내가 요즘 성깔을 많이 죽이고 있는 건 맞는데, 아무나 다 봐주는 건 아니거든?"

"윽, 잠깐, 루카……."

퍼억!

"더군다나 네놈은 괘씸죄까지 누적이야."

가짜 탑의 마법사씨는 루카스에게 완전히 탈탈 털렸다. 나는 다 죽어 가는 녹색 머리카락의 남자를 애잔한 눈빛으로 쳐다보았다. 저렇게 맞는 걸 보니 조금 불쌍하지만……. 그래도 제니트의 마력을 이렇게 위험하게 만든 게 저 사람이라는 걸 알고 나니 동정심은 안 생기는구나.

"루카스, 일단 적당히 해."

그래도 아직 쓸 데가 있으니 이쯤에서 말려야겠다. 루카스가 내 말에 카락스 씨를 때리던 것을 멈추었다.

"루카스?"

"루카스?!"

"루카스라고?!"

앗, 그런데 탑의 마법사들은 루카스인지 몰랐던 모양이다. 하기야 하루아침에 갑자기 어른이 되어 있으니 그럴 만도 한가.

"루카스, 이 자식! 검은 탑의 마법사님께 이 무슨 불손한!"

맑은 날의 매타작을 멍하니 지켜보고 있던 마법사들이 이윽고 안절부절못하며 소리쳤다. 그들의 우상인 검은 탑의 마법사가 루카스 따위 (?)에게 먼지 나게 밟히는 것을 보았으니 당연했다.

"대가리가 장식인가?"

"뭐, 뭐?!"

"애기 검은 탑의 마법사면 니한데 이렇게 민지 니게 치밀고 있겠이?"

루카스의 심드렁한 말에 탑의 마법사들이 두 눈을 동그랗게 뜨고 루카스와 그의 발밑에 있는 반 시체를 번갈아 쳐다보았다.

"그만 진정하시지요."

"수장님?!"

그때, 수장 할아버지가 나타났다. 아, 클로드랑 흰둥이 아저씨하고 얼추 얘기가 다 끝났나 보구나. 나는 아침까지만 해도 거의 다 죽어 가던 흰둥이 아저씨의 얼굴을 떠올리고 내심 혀를 찼다.

"저자는 저희가 데려가 처리하겠습니다."

그나저나 이제까지와는 다른 공손한 존댓말을 쓰고 있는 걸 보니 수장 할아버지도 루카스의 정체를 이제 아는 모양이었다.

"검은 탑의 마법사님께 수고를 끼쳐 송구합니다."

허억……!

바로 그 순간 주위에 있던 사람들이 일시에 숨을 들이켰다.

"거, 거, 검은 탑의 마법사라뇨?"

"누, 누, 누구에게 하시는 말씀인……?"

"서, 설마?"

특히 그동안 루카스와 함께 동고동락했던 마법사들은 버퍼링에 걸린 것처럼 심하게 더듬거리며 믿을 수 없어 했다.

"수, 수장님, 노망이라도 나셨습니까? 무슨 귀신이 곡할 노릇인지 갑자기 저놈이 나이를 먹은 건 알겠는데 아무리 그래도 그렇지 루카스를……."

"저, 저놈이라니! 이 머저리들이! 말조심하지 못해?"

수장 할아버지가 식은땀을 흘리며 소리쳤지만 공황 상태에 빠진 몇몇 마법사에게는 닿지 않았다.

"맞아! 말도 안 돼!"

"어떻게 루카스가 검은 탑의 마법사님일 수가⋯⋯!"

루카스는 지금의 상황이 재미있는 듯 썩은 미소를 짓고 있었다.

"그래? 안 믿으면 어쩔 건데?"

앗, 그런데 잠깐! 저 얼굴을 보니 꼭 지금 무슨 일을 저지를 것 같아!

"뭐 이런 거라도 보여 줘야 하려나?"

내 예상이 맞았다.

우르릉!

별안간 밝은 햇볕이 내리쪼이던 하늘에 먹구름이 몰려들었다. 순식간에 사위가 어둑해지고, 번쩍이는 천둥 번개가 곳곳에서 작렬했다.

"메테오⋯⋯?"

그 모습을 모두가 넋을 잃고 지켜보았다. 메테오는 까마득한 오래전, 고대의 오벨리아를 폐허로 만든 원인으로 알려진 마법이었다. 그런데 메테오라고 하기에는 좀 이상했다. 운석은 보이지도 않고, 벼락을 동반한 검은 하늘이 불길한 형상을 그리며 회오리치기 시작하고 있었으니까. 마찬가지로 불길함을 감지한 새들이 떼 지어 하늘을 휘돌았다.

고오오오!

곧 천지가 개벽하듯 하늘이 열리기 시작하자 탑의 마법사들이 경악해 외치기 시작했다.

"아니야, 이건 설마⋯⋯!"

"오, 신이여⋯⋯!"

털썩!

다리에 힘이 풀린 사람들이 하나둘씩 자리에 주저앉았다. 그들은 압도적인 광경에 아연실색해 있었다. 사절단도 사절단이었지만, 그보다는 마법사들의 충격이 더욱 커 보였다. 그중에서도 지금 눈앞에 펼쳐지고 있는 현상이 무엇인지 깨달은 이들은 공포와 경외심에 짓눌려 온

몸을 파들거리며 떨고 있기까지 했다.

"맙소사, '신의 징벌'이리니……!"

신의 징벌! 나도 고서에서나 본 적이 있던 궁극의 마법이었다. 그게 얼마나 말도 안 되는 마법이냐 하면, 저 마법 한 방이면 천지를 새로 창조한다 해도 무리가 아닐 정도였다. 메테오가 오벨리아를 날려 버린 마법이라 한다면, 신의 징벌은 이 대륙 전체를 폐허로 만들 수도 있는 재앙 같은 마법이었다. 물론 나도 공포를 자극하는 눈앞의 광경에 압도당하지 않은 건 아니었다. 그런데 혼자서 위풍당당하게 서 있는 루카스의 모습을 보자 무서움이 싹 가셨다.

이놈아, 지금이 '나 멋있지?'라는 듯이 날 쳐다보고 있을 때냐!

"루카스, 이제 그만해!"

검은 탑의 마법사의 위용은 이제 충분히 보여 준 것 같으니까 고만 좀 해! 역시 내가 말하자 루카스는 쉽게 신의 징벌을 거두어 냈다. 저런 거대한 마법을 발현시키는 것도 순식간이었는데 심지어 이미 진행 중이던 마법을 파훼시키는 것도 이렇게 금방이라니. 역시 괴물 같은 놈이었다.

"맙소사, 말도 안 돼……. 이건 꿈이야……."

"오오, 신이시여, 어째서……."

그래도 여전히 사람들은 넋이 나가 있었다.

루카스는 그들을 향해 콧방귀를 뀌었다.

"별것도 아닌 걸로 쫄기는."

벼, 별거 아니라니! 신의 징벌이 왜 별게 아니야? 대륙을 통째로 날려 버릴 수도 있는 마법인데!

"야야, 기절한 척하지 마."

루카스가 다시 한번 툭 걷어차자 그때까지 그의 발밑에 축 늘어져 있던 사람이 움찔거렸다.

"할아범, 이 새끼는 내가 데려갈 테니까 영감은 천천히 오셔."

루카스는 다른 사람과 마찬가지로 넋이 나가 있는 수장 할아버지한테 말한 뒤, 내 손을 붙잡고 순간 이동을 했다.

"야, 너 저 키메라 마력 지금 당장 처먹어."

순간 이동을 해서 실내로 들어서자마자 루카스가 다짜고짜 말했다. 갑작스러운 순간 이동의 여파인지 카락스는 소금에 전 시금치 같은 꼴이 되어 꿈틀거리고 있었다. 아, 아무리 이번 일의 원흉이라고 해도 그렇지 가짜 탑의 마법사 씨 취급이 너무나 하찮은 것 아니니…….

"해결책을 들고 온다더니 시체를 가지고 왔군."

왕좌에 앉아 있던 클로드가 우리를 향해 싸늘히 말했다. 예상한 대로 그는 기분이 매우 저조해 보였다. 그리고 나는 그의 기분이 나쁜 이유가 내 부탁 때문임을 알고 있었다.

"카락스 씨가 마그리타 양의 마력을 안정시킬 거예요."

루카스가 말해준 바에 의하면, 제니트에게 과다한 마력을 불어넣어 폭주에 이르게 한 것은 카락스 씨라고 한다. 그래서 그가 다시 마력을 가져가면 지금처럼 일시적인 방법이 아니라 폭주의 위험을 완전히 없앨 수 있다고 했다.

클로드가 계속 제니트를 죽이려고 해서 솔직히 지금까지 그를 말리느라 얼마나 힘들었는지 모른다. 흰둥이 아저씨도 몇 번씩이나 생사의 기로에 선 탓인지 하룻밤 사이 얼굴이 완전히 사색이 되어 다 죽어 가고 있었다. 제니트는 여전히 이제키엘의 품에 안겨 기절한 상태였다.

그때, 바닥에서 다 죽어 가고 있던 카락스가 입을 열었다.

"쿨럭…… 지금 나보고 죽으라고?"

"너 어차피 금방 죽잖아."

루카스는 힘으로 몰인정하게도 밀했다.

"그럼 죽기 전에 네가 싼 똥은 치우고 가야 할 거 아니야."

어, 그런데 제니트의 마력을 다시 회수해 가면 진짜 저 사람이 죽는 건가? 아니면 그냥 그 정도로 위험한 일이라는 의미인가? 후, 후자겠지? 카락스 씨가 뭐라고 더 웅얼거렸지만 방금 전까지 루카스에게 워낙에 많이 얻어맞은 탓인지 무슨 말을 하는지 잘 알 수가 없었다.

루카스는 그를 치료해 줄 마음이 없는 것 같아서 나는 슬쩍 눈치를 보다가 말하기 편해질 정도로만 그에게 치유 마법을 사용해 주었다.

"난……."

그제야 그가 하는 말이 또렷이 귀에 들렸다.

"루카스 네가 좋아할 거라고 생각했는데."

"이건 또 어디서 기어 나온 자신감이야?"

"공주 옆에 붙어 있던 벌레들을 내가 치워 줬잖아."

뭐, 뭐? 느닷없이 내 얘기가 왜 나오는 거야? 게다가 벌레라니? 누구? 설마 제니트? 그런데 왜 복수형이지요? 곰곰이 생각해 보니 원래대로라면 이번 일로 끝장이 나야 할 사람에는 흰둥이 아저씨와 이제키엘도 포함되어 있었다. 아니, 그래서 루카스가 평소에 흰둥이 소굴이다 뭐다 하면서 거슬려 하니까 눈앞에서 대신 치워 주려고 한 거라고? 뭐 이런 미친놈이 다 있어? 얀데레? 얀데레인가?

나는 질색한 얼굴로 헛소리를 늘어놓는 카락스를 바라보았다.

"답 없는 새끼네, 이거."

루카스도 더 상대할 가치가 없다는 듯 쯧 혀를 찼다.

"루카스, 친구 좀 가려 사귀어."

"친구는 누가 친구야?"

내 말에 루카스는 진심으로 짜증 난 얼굴을 했다.

"야, 우리 공주님이 그런 걸 원하지 않으신다잖아."

루카스가 다시금 카락스를 발로 툭툭 치며 말했다.

"솔직히 난 그 키메라나 쟤들이나, 이대로 죽든 말든 알 바 아니지만 말이야."

으앙, 잠깐만. 지금 그 사람들이 바로 저쪽에 있는데 너무 무시하고 말하는 거 아니야?

"우리 공주님이 평화로운 방법을 원하신단다. 평화라는 단어가 무슨 의미인지 알아? 응?"

그 말에 카락스가 헛웃음을 흘리며 입가로 흘러내린 피를 소매로 닦았다. 그런데 손이 왜 저렇게 새까맣지?

"너 루카스 맞아?"

"나처럼 위대한 인간이 세상에 또 있을 것 같냐?"

"꽤나 재미없어졌네, 너도. 실망이야."

"실망이고 나발이고. 네 마력이나 후딱 처먹고 꺼져."

루카스의 쌀쌀맞은 말에 카락스가 입을 꾹 다물었다. 표정을 보아하니 아무래도 쉽게 말을 들어줄 눈치가 아닌데…….

"더 버텨도 상관없다. 저 계집이야 그냥 죽이면 그만이니."

클로드도 제니트를 죽이고 싶은 마음은 그대로인 듯 냉소적으로 말했다. 나는 그 말을 듣고 그를 원망스럽게 쳐다보았다. 그러자 내 눈빛을 받은 클로드가 일순간 움찔거렸다. 곧 그가 잠시 갈등 어린 얼굴을 보이더니 다시금 입을 열었다.

"하나 아타나시아가 그것을 바라지 않는다고 하니 지금 당장 저 계집의 문제를 해결하도록 해라."

방금 전과 말을 바꾸어 카락스를 재촉하는 것을 보니 그래도 나한테 원망받고 싶지는 않은 모양이었다. 사실 아무리 내 부탁이라고 하지만 마음을 바꾸어 제니트를 살려 주기로 한 것도 놀라운 일이었다.

그때, 루카스가 한차례 낮게 혀를 차더니 큰맘 먹었다는 듯 입을 열었다.

"아, 난 진짜 너무 마음이 약하고 착해서 문제야."

방금 뭔 헛소리가 내 귀를 지나갔니……?

"그 인생도 참 갑갑하고 불쌍하니까 특별히 네 일생일대의 소원을 내가 들어주마."

앗, 뭔지는 모르겠지만 루카스가 비장의 무기를 꺼내 든 것 같다. 일명 등가교환이라는 걸까?

"다음에 만나면 아는 척해 줄게."

푸읍! 뭐, 뭐야? 그게 카락스의 일생일대의 소원씩이나 된다는 거야? 아니, 아무리 저 사람이 널 좋아해서 이런 일을 벌였다고 해도 그렇지, 그게 말이 되냐? 루카스 쟤도 참 무슨 근거 없는 자신감…….

"……다음에 만나도 날 아는 척해 줄 거라고?"

헉, 하지만 근거 없는 자신감이 아니었나 보다. 나는 카락스의 검은 눈동자가 잘게 흔들리는 모습을 당황스러운 마음으로 지켜보았다. 으, 으음. 저 사람은 아마 루카스를 굉장히 좋아하는가 보다……. 루카스는 카락스를 그냥 아는 사람이라고만 했는데 아무래도 그런 단순한 관계도 아닌 것 같고. 혹시 카락스 씨도 생긴 것만 젊지 나이는 엄청 많은 걸까?

"짐이 언제까지 이 촌극을 봐줘야 하지?"

클로드는 그들의 아련한 모습에 다시금 심기가 불편해진 기색이었다.

"결론이 났으면 서둘러 저 계집의 일을 처리하도록. 알피어스 공은 금일 짐과 나눈 대화를 평생 가슴에 새겨 두고 잊지 말아야 할 것이다."

싸늘히 읊조린 클로드가 더는 시간이 아깝다는 듯 자리에서 일어났다. 그 말에 곧장 알피어스 공작과 이제키엘이 그에게 머리를 숙였다.

일단 클로드는 제니트를 숨겨 두고 있던 알피어스 공작가에게 관용을 베풀기로 한 것 같았다. 솔직히 이제까지 알피어스 공작이 그녀를 데리고 있던 것만으로도 반역죄를 물어도 할 말이 없었다.

하지만 그동안 흰둥이 아저씨가 간만 보듯이 깔짝거리기만 할 뿐 제니트를 데리고 본격적인 꿍꿍이속을 드러내거나 나한테 위협을 가하거나 한 적이 없었기 때문에 그나마 다행이라 할 수 있었다. 게다가 흰둥이 아저씨는 제니트가 아에붐과 아나스타시우스의 흑마법으로 만들어진 아이인 줄 꿈에도 몰랐으며, 만약 그 사실을 알았다면 곧바로 클로드에게 사실을 고했을 거라고 열변을 토했다.

공주라 생각해 제니트를 데리고 있던 것도 모두 클로드를 향한 충심 때문이었다고 어찌나 말을 청산유수로 잘하던지……. 그래도 만약 어젯밤 연회장에 있던 사람들이 보석안을 드러낸 제니트를 보았다면 상황은 또 달라졌을 것이었다. 하지만 다행히 제니트의 정체를 아는 사람은 지금 이곳에 있는 사람이 전부였기 때문에 진실을 묻기도 쉬웠다.

뜻밖에도 알피어스 공작은 제니트를 살려 달라고 클로드에게 엎드려 부탁했다. 그동안 기른 정이 있는 것인지, 제니트에 대해 만약 지금까지처럼 눈감아준다면 이대로 두 번 다시는 그의 눈에 띄는 일 없이 살게 하겠노라고 몇 번이나 간곡히 애원했다.

나는 사실 그것이 퍽 의외였다. 알피어스 공작이라면 언제든 제 살 길을 마련하기 위해 제니트를 버릴 수 있을지도 모른다고 생각했는데.

어찌 되었든, 그래서 내가 클로드에게 부탁하기도 한결 쉬워졌다. 간밤에 오갔던 그들의 대화를 물론 내가 다 듣지는 못했지만, 내 생각에는 흰둥이 아저씨와 클로드 사이에 모종의 거래가 오간 것 같았다.

"폐하의 자비에 깊이 감사드립니다."

"짐이 아니라 아타나시아에게 고마워해야 할 것이다."

클로드는 그렇게 말한 뒤 자리를 떠났다.

"아빠, 고마워요."

나도 곧장 그의 뒤를 따라나갔다. 설령 알피어스 공작과 오간 것이 있었다 해도 내 부탁이 없었다면 클로드가 이런 번거로운 수고를 했을 리 없다는 걸 알았다.

"이번 일은 내 실책이기도 하다."

그런데 클로드는 이해할 수 없게도 내가 아닌 스스로를 책하는 말을 했다. 그리고 이어지는 말에 나는 멈칫하고 말았다.

"나나 에메랄드궁의 사람들만으로는 네 안의 빈 부분을 완전히 채워 줄 수 없다는 사실을 알았을 때."

그는 자신의 뒤를 따르는 나를 쳐다보지 않은 채 나지막한 목소리로 말을 이었다.

"너의 적적함을 달래 줄 만한 사람이 필요하다고 생각했다."

나는 내 생각보다도 클로드가 훨씬 더 딸인 나를 세심히 신경 쓰고 있었다는 사실을 새삼스럽게 깨달았다. 종종걸음으로 그를 향해 가까이 다가가자 그제야 클로드의 얼굴이 보였다.

"그래서 처음에 네가 마음에 들어 하던 어린 마법사를 옆에 붙여 두었고, 그 후 네 또래의 친구들을 사귀는 것이 좋겠다고 생각했지."

그래서 지금까지 내 옆에 있게 된 것이 결국 루카스와 제니트라니. 한 명은 알고 보니 수백 년의 세월을 살아온 검은 탑의 마법사고, 한 명은 클로드와 악연이 있던 사람들의 딸이었다. 그 조합이 참으로 얄궂기도 했다. 클로드도 그렇게 생각하는 듯 얼굴을 구겼다.

"데뷔탕트 이후부터 너는 그 계집의 이야기를 내 앞에서 곧잘 하더군."

내가 그랬던가? 딱히 그런 기억은 없는데 클로드가 이렇게 말할 정도라면……. 아마도 데뷔탕트 이후 제니트의 등장에 불안감을 느껴 클로드를 떠보려 이따금씩 그녀의 이야기를 꺼냈을 가능성이 있었다.

"마음에 들지 않았지만 네가 처음으로 관심을 보인 아이라서 내버려두었다."

아, 하지만 설마 그걸 보고 내가 제니트를 마음에 들어 한다고 생각했을 줄이야. 그는 자신이 제니트를 그대로 내버려 둬 일을 이 지경으로 키웠다는 생각에 약간 후회하는 것 같았다.

"그러니 결과적으로 내 어리석음이 지금 네게 그런 표정을 짓게 한 셈이다."

"그렇지 않아요."

나는 그의 말을 망설임 없이 부정했다.

"아빠가 저를 얼마나 위해 주시는지 저보다 잘 아는 사람은 없을 거예요."

내가 그의 손을 붙잡으며 말하자 클로드가 내 얼굴을 말없이 내려다보았다.

"아빠가 저한테 주신 것 중에 나쁜 건 하나도 없었어요. 그러니 그렇게 생각하지 마세요. 방금 말씀하신 것도 마찬가지예요. 전 지금까지 넘치도록 즐겁고 행복했는걸요."

나는 마주한 눈을 직시하며 그의 단단한 손을 더욱 꽉 힘주어 잡았다.

"이렇게 된 건 절대 아빠 탓이 아니에요. 그렇게 생각할 사람은 아무도 없어요."

클로드는 내가 말하는 동안 가만히 서서 귓가로 흘러드는 말을 그저 묵묵히 듣기만 했다. 나는 내 마음을 들여다보듯 나를 응시하는 그에게서 시선을 피하지 않았다.

잠시 후, 클로드가 눈을 길게 감았다 뜬 뒤 다시 입을 열었다.

"저 계집을 살려 두는 것으로 네 마음을 지킬 수 있다면 그것으로 족하다."

그 말에서 클로드의 진심이 너무나도 또렷이 전해져 왔기 때문에 나
는 그대로 그를 끌어안았다.

"정말 감사해요, 아빠."

제니트는 그 후 한동안이나 깨어나지 않았다. 카락스는 루카스가 다
음에 만날 때에도 자신을 아는 척해 주겠다는 말이 어지간히 만족스러
웠는지, 제니트의 보석안까지 없애 주겠다고 말했다. 으음, 이렇게 말
하면 갑자기 장르가 고어로 변하는 것 같아서 무섭게 들리는데……. 그
말인즉, 보석안을 만들어 내는 마력의 파장을 끊어서 보통의 눈으로 만
들어줄 수 있다는 의미였다. 애초에 보석안은 황족 고유의 마력 때문
에 발생하는 현상이기 때문이었다.

잘은 모르지만 카락스는 제니트의 마력에 직접 관여하기 쉬워서 그
런 일도 할 수 있다고 했다. 하지만 그건 일단 제니트가 깨어난 뒤, 그
녀가 원한다면 그렇게 해달라고 했다. 마력을 안정시키는 것이야 그녀
의 생사와 연관된 사항이니 어쩔 수 없다 쳐도, 보석안의 유무는 다른
사람이 결정할 일이 아니었다. 이미 모든 진실을 알아버린 제니트이지
만, 그래도 자신의 부모와 이어진 유일한 연결 고리를 없애고 싶지는
않을지도 모르니까.

"공주님께 면목이 없습니다."

제니트가 깨어날 때까지 황궁에 두기로 했기 때문에, 나는 어렵지 않
게 이제키엘을 만날 수 있었다. 그는 제니트가 두 번째 마력 폭주를 일
으키려 했던 날 만났을 때처럼 굳은 얼굴로 내게 말했다.

나는 그의 얼굴을 잠시 바라보다가 이내 고개를 저었다.

"그대의 탓이 아니에요."

"공주님께 진실을 숨기고 감히 기만한 죄를 어찌 헤아리겠습니까."

그러나 이제키엘은 내게 자신을 벌해 달라고 말하며 스스로를 죄인이라고 말했다.

"저를 거짓말쟁이라 욕하셔도 이해합니다."

"이제키엘."

하지만 내가 어떻게 그를 비난할 수 있단 말인가.

"당신이 내게 했던 말과 내게 보인 모습들이 언제나 진실 되어 있었음을 알아요."

내게는 그럴 자격도, 권리도 없었다.

"세상에는 그저 그렇게 될 수밖에 없는 일들이 있는 거죠. 이 또한 그런 일 중에 하나라고 생각해요."

게다가 거짓말을 한 것은 그 혼자만이 아니었다.

"그리고 당신을 거짓말쟁이라고 한다면, 나도 같은 비난을 들어야 마땅하니까."

어찌 보면 제니트를 이 지경까지 몰고 온 데에는 나 또한 작지 않은 역할을 했을 것이었다. 나는 그들이 생각하는 것처럼 선한 사람도, 이타적인 사람도 아니었기 때문에 내가 앞장서 이 이야기의 끝을 보는 것은 원하지 않았다. 솔직한 심정으로, 지금의 위태로운 평화를 계속 유지할 수 있다면 나는 조금씩 망가져 가던 제니트의 마음을 앞으로도 모른 척했을 것이었다.

"어렸을 때 당신이 말했죠."

나는 그녀가 원하는 것을 내줄 수도 없었고, 내 손으로 그녀를 더욱 불행하게 만들고 싶지도 않았다. 그러니 한편으로 나는 제니트의 불행을 가늠하고 있었던 셈이다. 그녀가 불행에 먹혀 가는 걸 알면서도 아무것도 하지 않은 건 결국 내 행복이 더 중했기 때문이니까. 그런 나를 제니트가 원망하는 것도 당연했다.

"제니트는 당신이 지켜 줘야 할 아이라고."

어쩌면 내가 3년 전 이제기엘을 밀어낸 것은, 그런 내 일량한 죄책감 때문이었을지도 모른다. 그리고 나는 이제키엘 역시 나와 비슷한 마음이라는 것을 은연중에 느끼고 있었다.

"당신이 있어야 할 곳으로 가세요."

이것이 아이들의 동화라면 모두가 아름다운 결말을 맞을 수 있을 텐데. 누구 한 사람 불행하지 않고, 누구 한 사람 결핍된 부분 없이, 그렇게 완벽하게 아름다운 모습으로 이야기의 끝을 맞이할 수 있을 텐데.

"그때도 지금도, 위로가 필요한 사람은 내가 아니에요."

더 이상 책 속의 주인공이 아니게 된 이제키엘은 내 말에 어렴풋이 미소 지었다.

"예. 공주님은 강한 분이시니까요."

그런 그의 눈동자에는 씁쓸함이 담겨 있었지만 그래도 그는 지난번에 만났을 때보다 어딘가 후련해 보이는 얼굴로 미소 지어주었다.

그날 저녁, 제니트가 길었던 잠에서 깨어났다. 그리고 다음 날, 그녀는 어머니를 닮은 녹색 눈동자를 햇살 아래에서 빛내며 황성을 떠났다. 그렇게 길었던 이야기의 막이 내려갔다.

⚜

추수제가 무사히 끝나고 날씨는 약간 선선해졌다. 그래 봤자 어차피 오벨리아의 기후는 봄 아니면 여름이었지만 말이다. 평소와 같은 나날을 보내면서도 나는 가끔씩 제니트와 이제키엘이 생각났다. 알피어스는 지난날의 사건 이후로 극히 잠잠해졌다. 알피어스 공작이 이따금씩 클로드를 만나러 황궁에 걸음하곤 했지만 예전처럼 내게 치근대거나 하지는 않았다.

나도 그에게 굳이 두 사람의 안부를 묻지 않았기 때문에 우리는 우연히 마주쳐도 그냥 간략한 인사만 나눈 뒤 헤어지고는 했다.

"그러고 보면 참 이상했어요."

여전히 가끔 만나곤 하는 영애들이 어느 날 고개를 갸웃거리며 말했다.

"그때에는 마그리타 양만 보면, 어떻게든 말을 걸고 싶어서 참을 수가 없더라고요."

"피오나 양도 그랬어요? 저도요. 전 마그리타 양과 친해지고 싶어서 별장에 같이 놀러 가자고 조르기도 하고 그랬다니까요."

"자르비에 공자도 얼마나 웃겼는데요. 고독한 회색 늑대는 무슨, 마그리타 양한테 어찌나 절절매던지."

그들은 제니트에게 급격한 호감을 느꼈던 일을 뒤늦게 의아하게 여기는 듯했다. 카락스가 제니트의 마력을 안정시키면서 다른 사람들에게 끼치던 영향도 사라졌기 때문이다.

"그래도 알고 보니 착한 영애이기는 했어요."

"그건 그래요. 솔직히 처음에는 그냥 내숭인 줄 알았는데."

"어디로 요양 갔는지 알면 병문안이라도 갈 수 있을 텐데 말이에요."

제니트는 대외적으로 건강이 나빠져 요양을 간 것으로 되어 있었다. 원래도 병약해서 데뷔탕트 후에도 외출을 삼갔던 것으로 알려져 있었기 때문에 그 사실을 이상하게 여기는 사람은 아무도 없었다.

"가끔 보고 싶을 것 같네요."

잠시 후 한 영애가 중얼거리자 다른 이들도 거기에 동조했다. 나도 속으로 같은 생각을 했다.

그로부터 한 달 정도가 지났을 때, 내 앞으로 편지가 왔다. 그것은 이제키엘이 보낸 것으로, 그들의 간단한 안부가 적혀 있었다. 그래도 그들이 나름대로 괜찮게 지내고 있는 것 같아서 다행이었다. 나는 이제키엘도 제니트도 행복해졌으면 좋겠다고 생각했다.

"녹스 님, 맘마 드실 시간이에요."

"왈!"

'맘마'라는 소리를 알아들었는지, 녹스가 까만 꼬리를 흔들며 한나에게 달려갔다. 쓰읍, 이럴 때 보면 클로드나 루카스가 말하는 것처럼 진짜 강아지 같단 말이야? 한나는 녹스를 거의 전담해서 돌보고 있었는데, 말은 안 해도 그녀 역시 까망이의 빈 자리에 많이 쓸쓸했던 것 같다.

"그런데 한나, 밥을 너무 많이 주는 거 아니야?"

"무슨 소리야, 세스! 녹스 님은 성장기라 많이 먹어야 한다고!"

으, 으음. 그런데 내가 봐도 요즘 녹스 뱃살이 늘어난 것 같기는 하다. 너무 과식해도 건강에 안 좋으니 앞으로는 신경 좀 쓰는 게 좋을지도.

"난 탑에 좀 다녀올게."

"앗, 다녀오세요!"

"다녀오세요, 공주님."

여느 때처럼 투닥거리는 한나와 세스의 모습이 평화로웠다. 나는 그들을 뒤로한 채로 에메랄드궁을 빠져나왔다.

❈❈❈

"루, 루, 루카스 님. 혹시 자리가 불편하지 않으십니까? 아시다시피 탑이 많이 누추해서……."

"그러니까 내가 이딴 허접한 의자 진작 갈아 치우라고 했잖아."

"죄, 죄송……. 아둔한 제가 위대하신 검은 탑의 마법사님의 깊은 뜻을 미처 모르고!"

"어떻게 그걸 모를 수 있지? 딱 보면 척 느낌이 와야 정상인데?"

"루, 루카스 님! 그보다 오늘 날씨가 좀 덥지 않으신지요? 저는 이상하게 계속 식은땀이 나서…….”

"늙어서 그래.”

울컥!

"나, 나이로 치면 검은 탑의 마법사님이 훨씬…….”

"난 동안이라 괜찮아.”

또 울컥!

방금 전의 평화가 그립구나……. 나는 눈앞의 광경을 애잔하게 보면서 생각했다. 쯧쯧, 얼마나 루카스에게 오감을 다 집중하고 있으면 내가 온 줄도 모르는 걸까?

"마법사님들은 왜 또 괴롭히고 있어?”

"헉, 공주님!”

내가 입을 열자 그제야 그들은 나를 발견하고 반색했다. 앗, 그런데 너무 격하게 기뻐해 준다. 눈물까지 그렁그렁하잖아? 으앙, 루카스한테 얼마나 시달렸으면! 나는 안절부절못하고 있는 마법사들과 대조되게도 혼자만 여유로운 모습으로 시건방지게 앉아 있는 루카스를 향해 눈을 흘겼다.

"내가 얘네들을 언제 괴롭혔다고 그래?”

"요즘 매일 출근해서 그러고 있잖아?”

네가 언제부터 그렇게 따박따박 탑에 눈도장을 찍고 다녔다고! 다 마법사님들 반응이 재미있으니까 그러는 거 아니야? 그런데 루카스는 내 말에 반성하는 기미도 없이 주위에 있는 사람들을 향해 스윽 고개를 돌렸다.

"너희들이 얘한테 그렇게 말했어? 내가 괴롭힌다고?”

"아, 아닙니다!”

"서얼마요!”

그런데 그를 마주한 마법사들의 얼굴이 대번에 사색이 되는 것이었다. 그들은 약속이라도 한 듯 하나같이 고개를 미구 내저으며 부정했다. 아, 아니, 루카스가 도대체 어떤 표정을 짓고 있기에 저래? 내 쪽에서는 그의 얼굴이 보이지 않았는데, 머리를 격렬하게 도리도리 하고 있는 마법사들을 보자 왠지 안 봐도 알 것 같은 기분이 들었다.

곧이어 루카스가 그것 보라는 듯이 나를 향해 고개를 돌렸다.

"다 친목 도모야. 우리가 얼마나 친한데."

그렇게 해맑게 웃어도 안 속아!

하지만 루카스가 다시금 옆으로 스윽 시선을 움직이자 곧 마법사들이 열화와 같은 반응으로 그의 말에 동조했다.

"맞습니다!"

"저희는 루카스 님의 발닦개…… 가 아니라 소중한 동료!"

"그렇습니다! 저희는 루카스 님과 동고동락하며 피땀 눈물을 바친 동료입니다!"

도, 동료인데 왜 피땀 눈물을 바친다지요? 게다가 지금 그 말하면서 단체로 울먹이고 있잖아!

"공주님이 우리 사이를 계속 오해하네. 사이좋게 마법 공부하는 모습이라도 보여 줘야 믿으려나."

그런데 루카스가 지나가듯 던진 말에 마법사들이 떡밥을 문 물고기들처럼 기다렸다는 듯이 앞다투어 손을 번쩍 쳐들었다.

"헉! 마법 공부 말씀이십니까? 그럼 제가 제일 먼저!"

"아니야, 저야말로 검은 탑의 마법사님께 여쭈어보고 싶은 마법이 999,999개 있습니다!"

"그동안 피땀 눈물을 쥐어짜며 루카스 님께 제일 많이 헌신한 건 바로 이 몸! 저를 뽑아주신다면 후회하지 않으실 겁니다!"

와, 꼭 선거 유세 장면 같네. 루카스가 마법 얘기를 꺼내자마자 단체로 달려들어서 저렇게 열렬히 반응하는 걸 보니 역시 뼛속까지 마법사는 마법사구나 싶었다.

하기야 저럴 만도 한가. 진짜 검은 탑의 마법사에게 마법을 직접 사사할 수 있는 경험이란 억만금을 주고서도 얻을 수 없는 엄청나게 귀중한 기회였으니까 말이야. 으음, 그래도 그런 거 평소에는 되게 귀찮아하면서 루카스도 요즘은 가끔 마법사들이 물어보는 것에도 곧잘 대답해 주는 것 같고……. 게다가 탑에 올 때마다 항상 청소년 버전의 모습을 하고 있는 걸 보니 나름대로 아직 그에게 적응하지 못한 마법사들을 배려해 주는 것 같기도…….

"루카스 님은 세계 최강의 미소년 천재 마법사'라고 제일 빨리 10번 외치는 사람한테 선착순 한 자리 줄까?"

……는 무슨! 네가 무슨 사이비 종교 교주냐?!

"우오오! 루카스 님은 세계 최강의 미소년 천재 마법사!"

하지만 마법사들은 이미 이성을 상실한 듯 너도나도 앞다투어 루카스를 찬양하기 시작했다. 나는 그 기막힌 광경에 잠시 어이없어하다가 곧 혀를 쯧쯧 차며 탑을 빠져나왔다.

❦

"그놈하고 너무 친하게 지내지 마라."

그날 저녁 클로드가 심기가 매우 불편해 보이는 얼굴로 내게 말했다. 그가 말하는 그놈이란, 두말할 필요도 없이 루카스였다.

"그렇게 속이 시꺼먼 놈하고는 거리를 두는 게 좋다."

"그 속이 시꺼먼 놈을 공주님께 붙여 주신 건 바로 폐하가 아니신지요?"

"필릭스, 내가 언제 네놈더러 안으로 들어와도 좋다고 했지?"

끄잉. 필릭스는 스산한 클로드의 눈빛에 떠밀려 방에서 퇴장당했다. 으이! 필릭스, 그리게 왜 이삐 앞에서 쓸데없이 그런 진실을 말하고 그래!

"걱정 안 하셔도 돼요. 음, 그래도 생각보다 차, 착하니까요."

커험, 나도 모르게 말을 더듬었다.

나, 난 거짓말을 한 게 아닌데. 그런데 루카스를 착하다고 말하려니 왜 이렇게 양심이 찔리는 거죠? 루카스에게 시달려서 오늘도 핼쑥해져 있던 수장 할아버지와 마법사들이 입에 거품을 물고 나한테 달려올 것만 같은 이 기분이란⋯⋯.

"그놈이 착하다면 세상에는 나쁜 놈이 하나 없겠군."

클로드가 별 소리를 다 들어 보겠다는 듯 대번에 코웃음 쳤다. 으악, 루카스의 성격이 그새 다 까발려져서 통하지 않는구나! 그래도 진짜 다들 생각하는 것보다는 착한데.

"아, 아니. 루카스가 안 그런 것 같아도 나름 정도 많고 제 말도 잘 듣고 그런데⋯⋯."

그런데 내가 왜 그놈을 두둔하고 있는 거지⋯⋯? 나는 루카스의 변호를 하다 말고 뭔가 이상해져서 말을 멈추었다. 그러다 문득 클로드가 무섭게 얼굴을 굳힌 채 나를 쳐다보고 있는 것이 눈에 띄어서 흠칫하고 말았다.

"그놈이 네게 사술을 건 것이 분명하다."

네? 사술이요?

"어쩐지 네가 내 말에 그렇게 앞장서 놈의 편을 들기 시작할 때부터 이상하다고 생각했거늘."

나는 클로드의 말에 잠깐 얼이 빠져 있다가 곧 그가 스산한 얼굴로 자리에서 일어나는 순간 정신을 차렸다.

"내 이 간교한 놈을 당장⋯⋯!"

"으억, 아빠!"

그 후 당장에라도 루카스를 박살 내러 갈 것만 같은 클로드를 막으려고 내가 얼마나 힘들었는지 모른다. 그, 그런데 둘이 붙으면 누가 이기는 거지? 아무리 클로드가 강하다 해도 애초에 루카스는 인간 범주에서 벗어난 놈인데, 당연히 클로드가 밀리는 거 아닌가? 무, 물론 내가 지금 이런 말을 하면 그는 더 분노하겠지만. 그런 생각을 하자 나는 클로드를 더욱 열성적으로 막을 수밖에 없었다. 어헝, 내 인생.

"공주님, 오늘도 즐거운 하루 보내셨나요?"

크흑, 오늘도 아주 스펙타클한 하루를 보냈어요.

나는 내 머리를 빗어주는 부드러운 손길을 느끼며 잠시 눈물을 삼켰다. 그래도 릴리가 있어서 나는 외로워도 슬퍼도 울지 않아!

"릴리는 내 천사님이야."

"공주님을 수호하는 천사라니 영광이네요."

거울에 비친 릴리의 웃는 얼굴에 내 마음도 노곤노곤 말랑말랑해졌다. 크으, 치유된다.

"내일은 더 즐거운 하루가 될 거예요."

그녀의 말에 나는 아까 전 클로드와 헤어질 때 그가 했던 말을 떠올렸다. 내일 하고 싶은 일이 있다면 전부 말해도 되니까 오늘 밤 미리 생각해 두라고 했었지. 기억을 되짚자 픽 웃음이 나왔다.

"공주님께서 벌써 18살이시라니."

머리를 스치는 릴리의 손길이 조금 느려졌다. 그녀는 감회가 새로운 얼굴을 하고 있었다.

나는 그런 그녀를 향해 장난스럽게 인사하며 말했다.

"18살에도 잘 부탁해요."

"지야말코요."

릴리도 내 인사를 받아줘서 우리는 서로를 향해 나란히 꾸벅 고개를 숙였다. 그리고 이내 눈을 마주한 뒤 키득거리며 웃었다.

잠시 후, 릴리는 내 잠자리를 봐준 뒤 방에서 나갔다. 하지만 나는 잠이 오지 않아서 뒤척거리다가 이내 달빛이 환히 비치고 있는 발코니로 나왔다.

"아, 밝다."

오늘은 하늘에 보름달이 떠 있었다. 어쩐지 불을 껐는데도 다른 때보다 방이 밝다 했더니만.

와, 그나저나 제가 이제 18살이라는 게 진짜입니까? 아까 릴리도 감회가 새로운 얼굴이었지만 그건 나도 마찬가지였다. 원래 〈사랑스러운 공주님〉에서의 아타나시아는 18살 생일날 클로드에게 슥삭! 당해서 요단강을 건넜었잖아. 그래서 처음에 내 꿈은 어떻게든 그 최후의 날을 무사히 넘겨 가늘고 길고 사는 거였는데. 그런데 내가 진짜 이렇게 멀쩡히 18살이 되다니, 왠지 믿기지가 않는다. 갑자기 이제껏 살았던 날들이 주마등처럼 머릿속을 스쳐 지나갔다. 이렇게 보니 새삼 내 인생…… 참 별의별 일이 많았구나. 그래도 모두가 있어서 행복한 17년이었어.

"여어, 공주님."

그렇게 한참 감상에 젖어 있을 때 머리 위에서 시건방진 목소리가 울려왔다. 아, 또 너냐? 하여간 내가 진지해질 틈을 안 주는 녀석 같으니라고.

"나이 먹는 게 억울해서 잠이 안 오나 보지?"

"나이 한 살 더 먹어도 난 파릇파릇해서 안 억울하거든."

물론 넌 그런 거 모르겠지. 수백 년이나 묵은 퀴퀴한 마법사니까! 흥.

"벌써 너랑 만난 지 10년이 지났네."

그런데 오늘은 루카스도 내 기분에 동참해 줄 모양인지 내 옆으로 다가와 웬일로 저런 평범한 말을 하는 것이었다.

"그러게. 벌써 10년이네."

그러고 보니 루카스하고도 참 징 하게 붙어 있었구나.

"처음 봤을 때만 해도 너 완전 비호감이었는데."

"뭐? 내가 뭘 어쨌다고? 난 그때에도 완전 친절하고 착한 마법사였는데?"

넌 찔리지도 않니……? 그런 무구한 표정 지어도 안 속는다니까!

"세월 참 빨리 간다."

나는 양심 없게도 억울한 표정을 짓는 루카스를 무시한 채 달을 올려다보았다.

"고작 17년 살아 놓고 세상 다 산 할망구처럼 말하기는."

"네가 몰라서 그러는데, 내 정신연령은 그것보다 훨씬 많거든."

"그래 봤자 어려."

루카스가 그렇게 말하자 정말 그런 것처럼 느껴졌다. 음, 하긴. 너랑 비교하면 아무리 내가 인생 2회 차라고 해도 어리긴 어리지.

"그래도 너랑 있어서 재미있었어."

오늘이 17살의 마지막 밤이라 그런지 루카스에게 다른 때라면 쉽게 하지 못했을 말도 해줄 수 있었다. 이 녀석 때문에 심통이 나고 속이 터질 것 같았던 날들도 분명 있었지만, 그래도 함께 있는 동안 줄곧 지루할 새조차 없이 나는 즐거웠던 것 같다. 그래서 나는 루카스를 향해 그렇게 말하며 웃어주었다. 그의 검은 머리카락이 허공에서 옅게 흩날렸다. 루카스는 내 웃는 얼굴을 아무 말 없이 바라보고 있었다. 그런데 잠시 후 내 입술에 봄바람보다 더 따스한 온기가 닿았다.

나는 지금 막 일어난 일을 미처 인식하지 못해 여전히 가까워진 그를 바라보고 있었다. 어느덧 지척까지 가까워진 붉은 눈동자 속에 내 얼굴이 담겼다.

잠시 후, 나는 방금 전 루카스의 입술과 내 입술이 맞닿았다는 사실을 깨달았다.

"너 지금 나한테 뭐……."

놀란 내 입에서 작은 목소리가 흘러나왔다. 하지만 미처 말을 끝맺기도 전에 다시 한번 방금 전과 동일한 감촉이 입술 위에 내려앉았다.

나는 설마 그가 또 이럴 거라고 생각하지 못했기 때문에 그대로 굳어 숨을 멈추었다. 루카스는 체감상 영원처럼 느껴지는 시간이 지난 후 나한테서 떨어져 나갔다. 그런 그의 얼굴이 방금 전 무슨 일이 있었냐는 듯 고요하기 짝이 없어서, 나는 처음에 무슨 반응을 보여야 할지 알 수가 없었다. 하지만 이내 퍼뜩 정신이 들자마자 머릿속이 공황 상태가 되어버렸다.

"너, 너 이게……."

이건 어디를 봐도 우연이나 실수가 아니었다. 처음 한 번이야 어쩌다 그럴 수 있다고 쳐도…… 아니, 물론 그것도 그냥 그렇게 치고 넘어갈 수 있는 문제는 아니지만! 하여간, 한 번도 아니고 두 번이나!

"이제 무슨 짓이야?!"

나는 한껏 당황해서 따져 물었다. 지금, 지금 얘가 나한테 뭘 한 거야? 지금 내가 얘한테 뭘 당한 거야?! 그런데 루카스는 내가 당황하든 말든 여전히 태연한 얼굴로 나한테 말했다.

"아, 미안. 네가 너무 예뻐 보여서."

어버버. 나는 그만 말문이 막힐 수밖에 없었다.

"너, 넌 예쁘면 아무한테나 이래?"

그리하여 마침내 내가 겨우 내뱉은 말이란 이런 바보 같은 것이었다.

"뭐? 당연히 아니지."

내가 속으로 마구 발광하고 있는 사이 루카스가 무슨 말도 안 되는 소리냐는 듯이 눈매를 좁히며 웃었다.

"그냥 너라서 하고 싶었던 건데?"

헉, 또 말문이 막혔다. 지금 이 상황이 그냥 다 말도 안 되는 것 같았다. 방금 전 있었던 일이, 지금 우리가 나누고 있는 대화가 그냥 전부 다 너무 이상하고 당황스러웠다. 머리가 새하얗게 변해서 자꾸만 횡설수설하게 되었다.

"너…… 이, 이런 식으로 나한테 허락도 없이……."

"아, 허락받으면 괜찮아?"

야이, 그런 말이 아니잖아!

루카스는 변함없이 뻔뻔했고 나는 지금까지의 우리가 대개 그랬듯 그런 그에게 나도 모르게 휩쓸리고 있었다.

"한 번 더 하고 싶은데, 해도 돼?"

그런데 내가 이상했다. 달빛에 비친 루카스의 얼굴을 보자 이상하게 아무 말도 입 밖으로 나오지 않았다. 나는 입술만 달싹이며 그를 올려다보았다. 그러자 대답할 새도 없이 다시금 마주한 눈동자가 가까워졌다. 아니, 어쩌면 그냥 대답할 새조차 없이 벌어진 일이라고 내가 그렇게 생각하고 싶은 건지도 몰랐다.

입술이 닿는 순간, 나도 모르게 눈을 감았다. 따뜻한 온기가 아까보다 조금 더 깊숙이 포개졌다. 이게 뭐지? 이게 뭐야? 지금 내가 얘랑 뭘 하고 있는 거야? 머릿속이 시끄럽다가, 루카스의 손이 머리카락을 파고들어 뒷덜미에 닿는 순간 비로소 완전히 새하얘졌다.

잠시 후, 밤에 피어난 장미 같은 눈동자가 내 앞에서 미소를 머금고 휘어졌다.

"아, 빨개졌다."

귓가에 속삭여진 음성에도 봄바람 같은 웃음이 담겨 있었다. 과연 그 말처럼 양쪽 뺨이 홧홧했다. 나는 이대로 달아나 커튼 뒤에 숨고 싶은 기분과 눈앞의 미소를 조금 더 보고 싶은 기분 사이에서 방황하다가, 이러지도 저러지도 못한 채 마주한 얼굴을 바라보았다.

문득 저 멀리서 자정을 알리는 종소리가 들려왔다. 과거에는 이야기의 끝처럼 느껴지던 내 18살의 생일. 그러나 지금의 나에게는 또 다른 시작을 알리는 종소리였다.

〈완결〉

외전 1
18살에도 변함없이 왁자지껄 정신없는 하루

"네?! 방금 뭐라고 하셨습니까?"

검은 탑의 마법사들은 저마다 귀를 의심하며 입을 벌렸다. 조금 전 자신들이 들은 말이 무엇이었는지 도무지 이해가 되지 않았다. 하지만 그들을 충격 속에 몰아넣은 장본인은 여전히 팔자 좋게 소파에 늘어져 과자를 주워 먹고 있는 중이었다.

"뭐야, 단체로 귀먹었어? 그 나이에 벌써 그러면 나중에 어쩌려고 그래?"

울컥!

여느 때와 같은 얄미운 소리에 마법사들은 속에서부터 솟아오르는 뜨거운 열기를 느꼈다. 하지만 상대는 루카스였다. 그러니, 참자. 참아야 한다!

"그런 것이 아니라…… 아무래도 저희가 무언가를 잘못 들은 것 같아서요. 그러니 다시 한번 말씀을……."

마법사들이 굽실거리며 다시 묻자 루카스가 쯧 혀를 찼다. 그러더니 그는 특별히 자비를 베풀어 다시 말해주겠다는 듯이 입을 열었다.

"여자들이 뭘 좋아하냐고 물었잖아."

그 순간 마법사들의 동공이 급격히 흔들리기 시작했다. 잘못 들은 줄 알았는데 아니었잖아! 방금 들었어? 무슨 말 했는지 들었어?

"여, 여자들이 뭘 좋아하냐니, 혹시 루카스 님……."

옹기종기 모여 루카스에게 고대 마법에 대해 이것저것을 물어보던 마법사들은 단체로 쥐약이라도 잘못 먹은 것처럼 어버버거렸다. 차마 그 뒤로 말을 잇지는 못했지만, 그들이 하고 싶은 질문이란 너무나 명백했다.

'너 설마 연애하냐?'

연애? 연애?! 연애……! 누가? 저 루카스가?! 몇백 년 묵은 검은 탑의 마법사 루카스가 연애를?! 우리도 못 하고 있는걸!

"그, 그, 그런, 그런 것을 왜 저희에게……."

"왜, 너희한테 물어보면 안 돼?"

마법사 중 한 명이 더듬거리며 묻자 루카스가 어리둥절한 얼굴로 반문했다. 하지만 곧 그는 무언가를 깨달았다는 듯이 '아아' 하고 소리 내며 표정을 변화시켰다.

"아, 하긴. 여기 있는 사람들이 그런 걸 알 리가 없나? 내 실수."

그러면서 지어 보이는 측은한 눈빛이 참으로 밉살맞기도 했다. 루카스가 말했다시피 검은 탑의 마법사들은 극소수의 사람을 제외하고는 거의 미혼이었다. 게다가 미혼인 사람 중에서도 연애를 하고 있는 사람들은 또 한 손에 꼽을 만했다.

그도 그럴 것이, 그들은 황실에 소속되어 밤낮없이 마법에만 열중하고 있지 않던가? 어쩌다 여유 시간이 생겨도 탑에 남는 것을 자처해서 마법서에 코를 박고 있거나 수식 연구를 하거나 하는 것이 그들의 일상이었다. 마법사의 특성상 대부분 개인주의적이고 독선적인 성격이기까지 했다. 그러니 그런 그들이 이성에게 좋은 연애 상대가 될 수 있을 리 만무했다.

하지만! 그런 것을 다른 누구도 아닌 루카스에게 지적당하고 싶지는 않았다!

"저, 저희가 어디가 어때서요!"

"맞아, 우린 연애를 못 하는 게 아니라 안 하는 겁니다!"

"왜냐하면! 우린! 마법과 결혼한 몸이니까요!"

"그렇습니다아아!"

"옳소, 옳소!"

성격이 나쁘기로 치면 루카스만 한 사람이 탑에 또 있던가! 게다가 나이는 어떻고! 이미 몇 살인지 세는 것조차 포기한 세 자릿수가 넘어가는 나이 아니던가! 억울하다! 서럽다! 도대체 우리가 이 사람보다 부족한 게 뭐라서!

"아, 귀 따갑게 왜 단체로 소리는 지르고 난리야?"

하지만 미간을 찌푸리며 말하는 루카스의 얼굴을 보는 순간 마법사들은 이유 모를 패배감에 몸서리치고 말았다.

……역시 얼굴? 얼굴인가?!

"아무튼 아무도 모른다 이거지? 쯧쯧, 다들 인생 헛살았네, 헛살았어. 나 참, 어떻게 영양가 있는 놈이 이렇게 한 놈도 없어?"

아무래도 루카스는 그들을 약 올리기 위해 이런 복장 터지는 소리를 꺼낸 것 같았다. 그리고 그는 다른 마법사들이 굴욕감에 부들거리든 말든 '참으로 답 없는 인생들이기도 하지'라고 말하듯이 고개를 절레절레 젓고 있었다.

"그, 그러는 루카스 님은 왜 그런 걸 저희에게 물으십니까?"

"맞아! 천하의 루카스 님도 모르시는 게 있네요!"

"설마 그 나이가 되시도록 연애 한 번 안 해보신 건 아니겠죠?"

아무래도 루카스와 같이 있는 동안 늘어난 것이라고는 마법 실력과 긴 그 기쁜인 모양이었다. 처음에는 '그 위대하신 검은 탑의 마법사님의 재림!'이라는 사실에 루카스의 앞에서 벌벌 떨던 그들이었지만 인간이란 적응의 동물이 아니던가.

이제는 어느 정도 시간이 지나면서 혼이 빠져나갈 듯 공포스러웠던 '신의 징벌' 마법에 대한 기억도 서서히 옅어져 가고 있었다. 게다가 그 후로 루카스가 그들에게 특별히 해를 끼치는 짓을 한 적이 없기도 했다. 오히려 조심스럽게 마법에 대해 물어보면 '쯧쯧, 무식한 중생들, 그런 것 하나 모르냐?'라는 듯이 한껏 무시하면서도 대답을 해주기는 했고, 허구한 날 그들을 핍박하고 갈구면서도 진짜로 생명의 위협을 느낄 정도로 괴롭힌 적은 없었다. ……물론 훈련을 빙자해서 죽기 직전까지 굴려진 적은 있었다. 어흑.

어쨌든, 그래서 그들은 제법 대범하게 루카스를 향해 저따위 용감한 말을 지껄일 수 있었던 것이었다.

"흐응, 너희들."

그런데 루카스가 느른히 두 눈을 깜빡이며 입을 여는 순간, 그들의 머릿속에 위험 신호가 울렸다.

"요새 내가 막 엄청 친근감 있게 느껴지고, 엄청 편안하고 그런가 봐?"

루카스는 별로 그들을 협박하는 어투로 말을 하지는 않았다. 하지만 그게 더 무서웠다! 마법사들은 평온하고 나긋하게까지 느껴지는 루카스의 목소리에 소스라치며 몸을 긴장시켰다.

"조금 더 시간이 지나면 아예 내 연애사에 훈수도 두고 그러겠어?"

"아, 아닙니다!"

"왜, 친구끼리는 다 그렇게 하는 거지. 앞으로도 계속 그런 식으로 해."

그렇게 말하며 루카스는 방긋 웃었다. 하지만 그의 웃음을 순수한 의미로 받아들이는 사람은 이 중에 단 한 명도 없었다.

"아, 참. 너희들 시네리아 화산에 연구 재료 채취하러 가야 한다고 하지 않았냐?"

루카스가 갑자기 생각났다는 듯 꺼낸 말에 마법사들은 까닭 모를 불길함을 느꼈다.

"지난번에 그 먼 데까지 어떻게 가야 할지 고민했었지?"

곧이어 환한 미소가 루카스의 얼굴에 떠올랐다.

"내가 지금 보내 줄게."

"네?!"

"너희들끼리 번갈아 가면서 단거리 순간 이동 쓰는 것도 중노동이잖아. 내가 특별히 지금 다 같이 거기로 보내 줄게. 좌표는 시네리아 화산 정상이면 되나?"

"가, 갑자기 그게 무슨······!"

"너무 고마워할 필요는 없어. 우린 친구잖아."

"잠깐, 루카······!"

슈욱!

마법사들의 애처로운 부름은 루카스의 손짓 한 번에 사그라졌다.

우르릉!

어디에선가 불어온 뜨거운 바람이 마법사들의 전신을 덮쳤다. 그들은 눈앞에 펼쳐진 광경에 넋이 나가 버렸다.

여긴 어디? 나는 누구?

우르릉, 쿠쾅!

하지만 아무리 눈을 비벼도 보이는 것은 새까만 연기뿐이었다. 퍼뜩 정신을 차리기 무섭게 뜨거운 열기가 온몸을 파고들었다.

"으아아악!"

"으악, 분화한다!"

"방어 마법! 방어 마법!"

"아니야, 냉가 마법!"

"그냥 산 아래로 순간 이동을 해!"

"루카스 니이이임……!"

졸지에 아무런 준비도 없이 막 분화하기 시작한 화산 위로 떨어지게 된 마법사들은 자신들을 이곳에 보낸 사람의 이름을 부르짖었다. 하지만 주위에는 '쿠쾅쾅! 우르릉!' 화산이 용솟음치기 시작하는 소리만이 들릴 뿐이었다.

"오늘은 이 정도만 할까요?"

"아구구, 그렇지 않아도 이 늙은이는 체력이 달려서 더 이상은 힘들 것 같습니다."

밝은 햇빛이 가득 들어찬 방 안에서 나는 탑의 수장 할아버지인 에반에셀과 함께 고대 술식의 변형을 연구하는 중이었다. 그런데 너무 몰두해 버렸나 보다. 문득 시계를 보니 술식을 파헤치기 시작한 지 어느덧 3시간이 훌쩍 지나가 있었다. 그래서 침묵을 깨뜨리고 권하자 수장 할아버지도 고개를 끄덕여 왔다.

"눈도 침침하고 어깨도 영 쑤시는 게…… 이럴 때 손녀딸이나 손녀딸 같은 사람이 조물조물 안마라도 해주면 기운이 펄펄 날 것 같습니다만."

그러더니 글쎄, 이런 얼토당토않은 엄살을 부리는 것이 아닌가? 하지만 아무리 그렇게 말해봤자 수장 할아버지는 30대의 동안 외모를 가지고 있어서 별로 가슴에 와 닿지 않았다. 물론 그 속에 든 알맹이는 노인이 맞았지만 말이지.

나는 그의 너스레에 두 눈을 갸름하게 뜨며 콧방귀를 뀌었다.

"아쉽게도 제 안마는 아바마마 전용이라서요."

"허허, 이래 봬도 제가 지난 수십 년간 폐하를 아버지의 마음으로 지켜봐 왔으니 공주님께서는 제 손녀딸이나 마찬가지이신……."

"아바마마 앞에서도 지금과 똑같은 말씀을 하실 수 있으면 인정해드릴게요."

"허허허, 그럼 내일 뵙겠습니다, 공주님."

수장 할아버지는 동안 외모에 어울리지 않는 중후한 웃음소리를 사방에 흩뿌리며 빛의 속도로 방을 빠져나갔다. 나는 그런 그의 뒷모습을 보며 혀를 쯧쯧 찼다. 해가 지나도 여전히 클로드의 위력은 대단하구먼. 하긴, 우리 아빠가 좀 강력하긴 하지?

나는 남몰래 혼자 뿌듯해하다가 의자에서 몸을 일으켰다. 나도 슬슬 방으로 돌아가야겠다. 지금 내가 있는 곳은 에메랄드궁에 따로 마련된 마법 연구용 방이었다. 원래는 내가 직접 검은 탑에 가서 다른 마법사들과 함께 이런저런 연구를 했었지만, 매일 그러기도 번거로워서 내 궁에 방을 따로 만든 참이었다. 그리고 사실 나는 요즘 들어 검은 탑에 방문하는 것을 피하고 있었다. 그래서 수장 할아버지가 가끔 나를 도와주거나 함께 술식에 대한 논의를 하기 위해 이곳으로 찾아오곤 했다.

"공주님, 지금 나오시나요?"

"릴리!"

연구용 방을 나와 내 방으로 향하는 길에 나는 릴리와 마주쳤다. 마법 연구를 할 때면 내가 집중해서 꼼짝도 하지 않는다는 사실을 알기 때문에 이 방에 있을 때 나를 방해하는 사람은 없었다.

"응, 이제 좀 쉬려고."

"그럼 방으로 차를 내갈게요. 잠시만 기다려 주세요."

"고마워, 릴리."

크으, 역시 릴리가 최고시다.

나는 릴리의 세심함에 여느 때처럼 감탄하다가, 곧 그녀가 웃으며 내게 하는 말에 방으로의 걸음을 서둘렀다.

"그리고 기다리시던 편지가 도착했어요. 탁자 위에 올려 두었답니다."

나한테 편지가 왔다는 말에 바보같이 마음이 들떴다. 이런 설렘이 얼마 만인지 모르겠다. 그리고 마침내 방에 도착한 나는 릴리의 말대로 탁자 위에 고이 올려진 편지를 보고 숨을 골랐다.

[아타나시아 공주님께, 제니트 마그리타가.]

봄을 나타내듯 산뜻한 연노랑 편지 봉투 위에 곱게 적힌 글씨가 보였다. 나는 잠시 제자리에 서서 숨을 가다듬다가 이내 소파에 자리를 잡았다. 그리고 탁자 위의 편지 봉투를 집어 들었다. 얼마 전부터 나는 제니트와 다시 편지를 주고받고 있었다. 그것은 내게 있어 아주 엄청난 일이었기 때문에 지금도 가슴이 두근두근 콩닥콩닥 뛰었다.

"앗."

마침내 편지를 개봉해 접혀 있던 종이를 펼치자 그 사이에 껴 있던 무언가가 내 무릎 위로 떨어졌다.

"꽃?"

의아함을 느끼며 그중 하나를 집어 들어보니 잘 말린 보라색의 꽃이었다.

[안녕하세요, 공주님. 오늘도 무척 화창한 날씨예요.]

나는 제니트의 편지를 읽어 내리기 시작했다. 그러자 여느 때와 같은 여상한 인사말이 가장 처음 나를 반겼다.

[올 초부터 제가 돌보던 온실에 드디어 꽃이 피었어요. 은은한 보랏빛이 예쁜 이페이온꽃이에요.]

아, 혹시 그게 이 꽃인가? 보라색이라는 걸 보니까 맞는 것 같은데?

[책갈피로 사용하면 제법 운치가 날 것 같아서 한번 말려 보았는데 모양이 꽤 그럴듯해요. 문득 공주님 생각이 나서 몇 송이를 동봉합니다. 꽃잎이 꼭 별처럼 생겼죠?]

나는 피식 웃으며 편지 봉투에 들어 있던 꽃을 만지작거렸다. 제니트가 이곳을 떠나고 나서 한동안은 이제키엘을 통해 소식을 간접적으로 전해 들었다. 처음에는 나도 걱정과 근심이 많았으나 다행히도 이제 그녀는 어느 정도 많이 안정된 상태 같았다.

얼마 전 처음으로 이제키엘 대신 제니트에게 편지가 왔을 때, 나는 믿을 수가 없어서 한동안이나 가만히 서서 그녀가 보낸 편지를 내려다보기만 했다. 그리고 제니트의 편지를 천천히 읽어 내리는 동안 나는 코끝이 시큰해지는 것을 느낄 수밖에 없었다.

[그때는 공주님을 원망하듯 말했지만 사실은 그렇게 생각하지 않아요. 위로가 필요한 사람을 위로해 주고, 그 사람이 원할 때마다 손을 내밀어주고 먼저 말을 건네주는 일이 쉬운 건 아니잖아요. 만약 우리의 입장이 반대였다면 저는 공주님처럼 할 수 있었을 것 같지 않아요.]

하지만 나는 만약 제니트라면 나보다 더 잘할 수 있었을 거라고 생각했다. 지금도 그랬다. 만약 내가 그녀였다면 이런 식으로 먼저 내게 연락하는 것을 더욱 망설였을 게 분명했으니까. 나는 제니트에게 고맙

214 어느 날 공주가 되어버렸다 3

고 미안했다. 그 후로 우리는 가끔 자신의 일상을 담은 편지를 주고받게 되었다. 물론 우리의 관계는 원진히 예전 같지는 않았지만, 이런 식으로 서서히 서로와의 거리를 좁힐 수 있게 되면 좋겠다고 생각했다. 그리하여 언젠가 서로의 얼굴을 보고 웃을 수 있게 된다면. 제니트가 행복해졌으면 좋겠다. 그녀는 그럴 자격이 충분하니까. 그리고 제니트가 그래야 나도 마음 편히 행복해질 수 있을 것 같아.

"헤에, 너 요즘 키메라랑 자주 편지 주고받네."

"으악!"

그런데 갑자기 등 뒤에서 누군가의 목소리가 들려와서 나는 없던 애가 떨어질 정도로 깜짝 놀라고 말았다. 나는 새된 비명을 내지르며 제자리에서 펄쩍 뛰었다.

"루, 루카스!"

"내가 그렇게 반가워?"

고개를 돌리자 빙글거리며 웃고 있는 루카스의 얼굴이 눈에 들어왔다.

으으윽!

나는 잠깐 그의 얼굴을 보며 두 눈을 흔들다가 결국은 버티지 못하고 순간 이동을 썼다.

슈욱!

"으아, 으아, 으아!"

눈앞의 풍경이 뒤바뀌고 나서야 나는 심호흡을 하며 괴성을 내질렀다. 일단 루카스를 피해 아무 곳으로나 순간 이동을 사용한 것이기 때문에 지금 내가 있는 곳이 어디인지 순간적으로 헷갈렸다. 하지만 시야에 흔들리는 이 익숙한 하얀빛과 코끝에 감도는 그윽한 향기는 장미 화원의 것이 분명했다.

"뭐야, 갑자기 순간 이동은 왜 써?"

악! 또 한 번 들려오는 루카스의 목소리에 나는 속으로 비명을 내질 렀다. 사실 나는 지금 루카스의 얼굴을 보기가 굉장히 꺼려져서 그를 피해 순간 이동을 쓴 것이었다. 그런데 이렇게 순식간에 쫓아오다니!

슈욱!

나는 또 한 번 마법을 사용했다. 이번에 도착한 곳은 사파이어궁의 연회장이었다. 지금은 손님을 맞이할 시기가 아니기 때문에 연회장은 아주 적막했다. 지금 사용하지 않는 테이블과 의자들, 또 벽면에는 새 하얀 천이 덮여 있었다. 이번에도 루카스는 너무 쉽게 나를 찾았다. 허공에서 나타난 루카스가 장난스럽게 내 머리카락을 잡아당기며 말 했다.

"흐음, 이거 지금 나랑 장난하자는 거야?"

"그만 따라와!"

가까이에서 루카스의 눈을 마주하자 얼굴이 급속도로 뜨끈해지기 시작했다. 그 후로도 나는 몇 번이나 더 마법을 이용해 루카스에게서 벗어나려 애썼다. 하지만 결국은 헛된 발버둥일 뿐이었다. 열다섯 번 째로 도착한 루비궁에서 나는 자포자기한 채 분수대 앞에 털썩 주저앉 았다.

"이제 할 만큼 다 했어?"

루카스는 분수대 위에 걸터앉아 그런 나를 흥미 가득한 얼굴로 바라 보고 있었다.

"지금까지 몰랐네. 이런 게 네 취향이야? 하긴, 네가 보는 책에도 꽤 자주 나오긴 하더라."

그리고 이어진 그의 말에 그만 나는 버럭 소리 지르고 말았다.

"이런 걸 두고 일명 '나 잡아 봐라' 놀이라고 하던가?"

"아니야!"

나 잡아 봐라 놀이? 나 잡아 봐라 놀이라고?! 전혀 아니야! 난 지금 너랑 그따위 장난질을 하고 있던 게 아니란 말이야! 으앙!

"네가 이런 걸 좋아하는지 알았으면 진작 같이 놀아줬을 텐데."

"그게 아니라 난……!"

하지만 분통이 터져서 말을 하려다 말고 나는 입을 다물어버렸다. 그러고는 두 손으로 얼굴을 감싼 채 잠시 몸부림쳤다. 네 얼굴을 보기가 왠지 부끄러워서 도망친 거라고 어떻게 말해! 으아앙! 지난번의 내 생일날부터 루카스를 볼 때면 아주 죽을 맛이었다. 무엇보다 내 심장이 너무 나대서 문제였다. 하지만 이건 다 루카스 때문이다! 이놈이 나한테 그런 짓을 해서!

"너 요즘 얼굴 보기가 왜 이렇게 어려워?"

그런데 의외로 루카스는 아무렇지 않게 나를 대했다. 내가 자기를 피해서 일부러 스케줄을 빡빡하게 잡고, 또 검은 탑에도 출입하지 않는 걸 모르는 건가? 지금도 그는 지금 우리가 벌인 순간 이동 레이스를 일종의 놀이 같은 것으로 생각하는 것 같았다.

나는 괜히 뜨끔하여 변명했다.

"나 요즘 제왕학 배우고 있잖아."

"너 여왕 되려고?"

"나중 일은 모르는 거니까 일단 배워 두는 거야."

끄응, 이 상황 뭐지? 루카스가 나를 너무 태연하게 대하니까 나도 방금 전까지 혼자서 호들갑을 떨었던 게 왠지 좀 머쓱해지고 있었다. 나도 모르게 긴장하고 있던 것이 풀어지면서 알지 못할 허탈감이 밀려드는 것 같기도 했다.

에이, 나도 안 해! 루카스, 얘도 이렇게 멀쩡한데 왜 나 혼자만 동요해야 돼! 그, 그래. 그까짓 뽀뽀쯤, 아무것도 아니야. 그 정도는 까망이랑 녹스랑도 했던 거잖아? 이건 그냥 강아지랑 쪽 하는 거랑 별다를 것도 없는 거라고. 그래도 어째서인지 루카스의 태연자약한 모습을 보니 속이 조금 부글부글하기는 했다. 하지만 그걸 티 내기는 또 싫었다.

"그딴 재미없는 걸 잘도 공부하네."

루카스는 내가 무언가를 공부할 때마다 그랬듯, 이번에도 질린 표정을 지으며 혀를 쯧쯧 찼다. 하지만 이번만큼은 루카스가 그러는 걸 이해할 수 있었다. 왜냐하면 제왕학은 정말로 별로 재미가 없었기 때문이다. 무엇보다 요즘 내가 듣고 있는 수업은 내 상상과 거리가 있었다. 나는 방금 전까지 루카스에게서 도망쳤던 것도 잊고 분수대에 팔을 올려 거기에 턱을 괴었다. 그러고는 한숨을 내쉬며 말했다.

"처음에 내가 생각했던 거랑은 진짜 조금 다르더라."

'군주는 거짓말쟁이여도 된다.'

'군주는 위선자여도 된다.'

'그러나 군주로서 죽는 마지막 순간까지 그것을 들켜서는 안 된다.'

"그런 걸 가르친단 말이지."

나는 좀 더 멋지고 근사한 걸 배울 줄 알았는데. 역대 위인이라 불리는 사람 중에는 왕도 많은데, 그런 사람들은 책에서 보면 다 멋있었단 말이야? 하지만 제왕학에서 가장 처음에 배우는 게 저런 내용이라니. 그래서 요즘 들어 내 마음속에는 루카스에 대한 것 말고도 또 하나의 고민이 생겼다.

"좋은 왕이란 뭘까?"

"네 아빠한테 물어보지그래?"

"음, 왠지 이건 내가 직접 해답을 찾아야 할 것 같아서."

물론 루카스의 말처럼 클로드에게 물어보려면 물어볼 수도 있었지만 그냥 그러지 않기로 했다. 내 말을 들은 루카스는 시큰둥하게 반응하며 태평히 말했다.

"뭐, 앞으로 천천히 해나가면 되겠지. 어차피 시간도 많잖아."

크흑, 그런데 이놈, 지금 남의 일이라고 이러나? 시간이 많긴 뭐가 많아!

"난 네가 너무 늦게 시작한 것 같은데. 지금 내 나이가 18살이잖아."

"너나 네 아빠나 앞으로 남은 수명이 몇백 년은 될 텐데, 그걸로 치면 지금 엄청 조기 교육 시작한 거 아니야?"

"뭐……? 몇백 년?!"

루카스가 지나가듯 던진 말에 그만 화들짝 놀라고 말았다. 남은 수명이 몇백 년이라니?! 이게 웬 말이오?!

"아니, 원래 마법사들의 수명이 긴 건 아는데! 아빠랑 내 마력이 그 정도야?"

우리가 역대 최강의 마법사 왕이었던 아에테르니타스급이라고?!

"내가 전에 네 생일 선물로 줬던 게 뭔지 잊었어? 너랑 네 아빠랑 나란히 세계수 가지 먹었잖아."

그 말에 나는 입을 벌릴 수밖에 없었다. 전에 클로드가 내 마력 폭발에 휩쓸려 기억상실증에 걸렸을 때 루카스가 치료 약이라며 냅다 머리에 꽂았던 그 나뭇가지! 마력 안정을 시켜야 한다면서 그걸 내 머리에도 꽂았었지. 그 후로 마력량이 늘어나긴 했는데…….

"헐, 그것 때문이야?"

하지만 앞으로 몇백 년 동안 더 산다고 해봤자 영 실감이 나지 않아 얼떨떨했다.

"그러니까 너도 앞으로의 인생 계획은 좀 장기적으로 보고 짜도록 해. 제왕학인지 뭔지 그것도 백 년쯤 뒤에 공부하기 시작해도 이를 텐데. 그런 거 할 시간에 나랑 놀면 좋잖아."

루카스가 투덜거리면서 어깨 아래로 늘어뜨려져 있던 내 머리카락에 손을 뻗었다. 내가 여전히 얼떨떨하게 있는 사이, 그는 내 머리카락을 손에 휘감아 만지작거리며 놀기 시작했다.

"참, 그러고 보니까 여자들은 뭘 선물해 주면 좋아해?"

그러다 문득 생각났다는 듯 물어 오는 루카스의 말에 나는 순간 귀를 의심했다. 뭐지……? 애가 지금 나한테 여자들이 뭘 좋아하냐고 물은 거야? 혹시 나한테 주려는 거…… 라면 나한테 물었을 리가 없겠지? 뭐야, 애 다른 여자가 있어? 그것도 천하의 루카스가 이렇게 고심해서 선물씩이나 준비할 만한 여자가?

그 순간 기분이 아주 이상해졌다. 정확히 말로는 표현을 못 하겠는데 아까보다 더 속이 부글부글 끓는 것 같은 기묘한 느낌이 들었다.

"선물은 선물이니까 아무거나 주면 그냥 다 좋아하겠지."

나도 모르게 퉁명스러운 말투가 튀어나왔다.

"그렇게 말하면 뭐가 좋은지 어떻게 알아?"

루카스가 머리카락을 잡아당기면서 제대로 대답하라는 듯이 말했다. 하지만 내가 알 게 뭐야! 네가 다른 여자한테 줄 선물 따위 어떻게 되든지!

"너라면 뭐가 갖고 싶을 것 같은데?"

은근한 어투로 물어 오는 루카스의 머리를 마구 잡아당겨 주고 싶었다. 애는 무슨 다른 여자한테 줄 선물을 얼마 전에 뽀뽀했던 여자애한테 물어보고 있어? 이 무신경한 놈 같으니라고.

"흥. 글쎄, 난 이미 다 가지고 있어서 더 갖고 싶은 게 없는데. 용이라도 잡아 오면 또 몰라."

나는 기분이 나빠져서 빈정거렸다. 참나, 나도 뭐, 너한테 선물 같은 걸 받고 싶어서 이러는 건 아니거든? 내가 이래 봬도 공주인데 난 남자한테 그런 거 안 받아도 이미 좋은 건 다 가지고 있다 이거야. 내가 제일 짱 세! 크아아! 그렇게 속으로 까닭 모를 분노를 느끼고 있을 때, 루카스가 뜻밖이라는 듯이 나를 쳐다보았다.

"뭐, 용? 너 그런 게 좋아? 원래 여자들은 그런 거 좋아해?"

"내가 그런 걸 어떻게 알아! 할 말 다 했으면 빨리 가 버려!"

"그래, 그럼 이따 봐."

내가 심통이 나서 성질을 부리는데도 루카스는 저런 말을 남긴 뒤 홀연히 분수대에서 사라졌다. 나도 방금 전보다 두 배로 심술이 나서 클로드가 있는 가넷궁으로 순간 이동을 했다.

"아빠아아!"

내가 갑작스럽게 난입했는데도 클로드는 눈 하나 꿈쩍하지 않았다. 그는 후원에 있었다. 나는 보라색 꽃 덤불 옆에 서 있는 클로드를 향해 달려갔다.

"뛰지 마라."

난 이제 다 컸는데도 그는 아직 내가 어린애로 보이는 모양이다. 넘어질 걸 걱정해서 저런 말을 하는 걸 보니. 그런 생각을 하자 가슴이 마구 찡해졌다. 그래서 나는 클로드에게 찰싹 안기며 외쳤다.

"역시 전 세상에서 아빠가 제일 좋아요!"

남자 따위 필요 없어! 루카스 같은 건 이제 나도 몰라, 흥! 왠지 방금 전의 일로 나 혼자 삐져서 이러는 것이 창피하기도 했지만 그래도 기분이 나쁜 걸 어찌하겠는가!

"오늘도 두 분의 사이가 참으로 돈독하고 보기 좋습니다."

바로 그때, 누군가의 흐뭇한 목소리가 귓가에 울렸다. 앗, 필릭스도 있었네! 그러고 보니까 아까 클로드를 보러 간다고 에메랄드궁을 나섰던 것 같기도 하고. 응? 그런데 기분 탓인가?

"필릭스, 요즘 뭐 좋은 일 있어?"

"예? 좋은 일이요?"

나는 필릭스의 얼굴을 보며 의아함을 느꼈다.

"왜인지 오늘따라 얼굴이 좋아 보여서."

그러고 보면 요즘 들어 필릭스의 낯이 밝아지긴 한 것 같다. 혈색이 좋아졌다고 해야 할지, 전보다 생기 있어졌다고 해야 할지. 어쨌든 그래서 그런지…….

"전보다 조금 더 잘생기고 젊어 보이는 것 같기도 하고?"

"헉, 그렇습니까?"

그리고 다음 순간 필릭스가 무언가를 깨달았다는 듯 외치는 소리에 나는 그만 할 말을 잃어버렸다.

"아무래도 폐하께서 하사하신 용봉탕의 은혜인가 봅니다!"

그, 그런 건가? 지난번에 클로드의 명령이 있었던 후로 필릭스는 한 달 동안의 용봉탕 먹기 미션을 정말 꿋꿋이 클리어해 냈다. 그래서 지금 그 효능이 이렇게 눈에 띄게 드러나는 건가? 정말?

"폐하, 폐하께서도 이참에 용봉탕을 드시는 게 어떻겠습니까?"

필릭스는 밝은 얼굴로 클로드를 향해 말했다.

"그렇지 않아도 최근의 폐하의 용태가 전과 같지 않다고 느껴져 신하 된 도리로 어떻게 해야 좋을지 고민하던 참이었습니다. 그런데 용봉탕의 효능을 이렇게 몸소 경험하게 되니, 폐하께도 이만한 영약이 없다 사료됩니다."

나는 그 순간 클로드의 눈썹이 꿈틀거리는 것을 목격하고야 말았다. 이, 이거 왠지 위험 신호 같은데요? 필릭스, 이제 그만 말하는 걸 멈춰야 할 것 같은데요?

"그래? 그 정도로 나를 걱정하고 있을 줄은 몰랐군."

"이 필릭스, 충정 어린 마음으로 항상 폐하의 안위만 염려하고 있습니다."

하지만 필릭스의 환한 얼굴은 오래가지 못했다. 클로드가 뒤이어 내뱉은 말 때문이었다.

"그렇게 용봉탕이 마음에 들었다니 더 하사해야겠구나."

"폐, 폐하?"

나는 필릭스의 눈동자가 마구 동공지진을 일으키는 것을 보고야 말았다.

"저는, 저는 이미 충분한 것 같으니 그러지 마시고 폐하께서⋯⋯."

"내 용태야 한동안 충분한 휴식만 취하면 금세 원래대로 돌아올 일이나 너는 아니지 않나? 그나마 영약의 효과라도 보고 있다니 다행인 일이군."

나는 등 뒤로 삐질 식은땀이 나는 것을 느꼈다. 그러니 아마도 지금쯤 필릭스는 그보다 더하겠지? 으앙, 그러니까 필릭스! 왜 우리 아빠 앞에서 용태가 전과 다르니 어쩌니 하는 바보 같은 소리를 한 거야? 으흑, 그 긴 시간 동안 클로드를 지켜봐 놓고 아직도 그 성격을 모르나? 보람 없어라.

"가신의 안위를 두루 챙기는 것도 군주의 도리니 사양치 마라. 원한다면 일 년 치의 용봉탕이라도 하사해 주겠다."

"그, 그, 그것이⋯⋯."

필릭스는 차마 클로드의 말을 거절하지도 못하고 삘삘 식은땀을 흘리며 말을 더듬어 댔다. 끔찍한 맛을 가진 용봉탕과 클로드의 호의(물론 진실은 호의가 아니었지만) 사이에서 이도 저도 못 하고 갈팡질팡 안절부절못하는 것이 눈에 훤했다.

쿠웅⋯⋯! 우수수!

그런데 바로 그때, 갑자기 어디에선가 엄청난 굉음이 울리며 머리 위로 강력한 바람이 밀어닥쳤다.

"갑자기 웬 바람이 이렇게⋯⋯! 방금 전의 그 소리는 도대체 뭘까요?"

필릭스가 한껏 당황해서 외쳤다. 나와 클로드는 소리가 들려온 방향을 향해 함께 고개를 돌렸다.

"황성 안이다."

클로드의 말처럼 방금 전 이상 현상이 벌어진 곳은 황성 내부였다.

이게 도대체 무슨 일이지? 황성은 전체적으로 방어 마법이 둘러져 있는데?

"위험할지도 모르니 너는 여기에 있어라."

"그런 게 어디 있어요, 그냥 같이 가요."

"폐하, 공주님, 저도……."

필릭스가 뒤에서 뭐라고 했지만 상황이 상황인지라 클로드와 나는 그를 버려 두고 마법을 이용해 굉음이 들린 장소로 이동했다. 그리고 마침내 눈앞에 보이는 광경에 나는 쩌억 입을 벌리고 말았다.

"아, 왔어?"

이 소란 속에서 루카스가 팔자 좋게 나를 향해 손을 흔들었다. 누가 봤으면 소풍이라도 나온 줄 알 정도의 여유였다. 하지만 지금 루카스가 깔고 앉은 것이 무엇인지를 보았다면, 누구나 다 경악해 얼어붙고 말았을 것이다.

"이, 이, 이게 지금……!"

나는 몹시 당황해서 버벅거렸다.

"용?"

클로드도 지금의 상황이 의심스러운 듯 두 눈을 가늘게 접으며 읊조렸다. 주위는 어느덧 소란을 듣고 몰려온 사람으로 가득했다. 물론 그들 역시 두 눈을 휘둥그렇게 뜨며 찢어져라 입을 벌리고 있었다.

그렇다, 루카스가 황궁 한가운데에 떡하니 가져다 놓은 것은 다름 아닌 용이었다! 저, 저거 진짜인가? 설마 진짜 용이야? 생김새를 보면 맞는 것 같은데? 아니, 그래도 설마!

푸릉!

내가 의심과 충격에 범벅되어 멘붕에 빠져 있을 때, 바닥에 납작 엎드려 있던 거대한 생명체가 콧김을 내뿜었다. 그 콧김이 오죽 강한지, 태풍이라도 온 것처럼 머리카락이 사방팔방 휘날릴 지경이었다.

"루카스, 그게 뭐야?! 너 도대체 황궁에 뭘 데리고 온 거야!"

나는 기가 막혀서 루카스에게 따져 물었다. 그런데 글쎄, 이놈이 얼마나 황당한 소리를 했느냐면…….

"네 새로운 펫. 용 갖고 싶다며? 역시 내 여자 친구야. 하긴, 이 정도는 되어야 애완동물로 길들이는 보람이 있지. 안장은 네가 직접 채울래?"

루카스는 황금색 비늘을 가진 용의 머리 위에서 펄쩍 뛰어내리며 내게 저따위 기가 막힌 말을 했다.

뭐, 뭐라고? 펫? 저 용이 내 펫? 이게 무슨 자다가 봉창 두드리는 소리…….

"참, 그러고 보니까 여자들은 뭘 선물해 주면 좋아해?"

"흥. 글쎄. 난 이미 다 가지고 있어서 더 갖고 싶은 게 없는데. 용이라도 잡아 오면 또 몰라."

그 순간 아까 헤어지기 전에 루카스와 나누었던 대화가 뇌리를 스쳐 지나갔다. 나는 방금 전보다 더욱 기가 막혀 왔다. 아니, 그러니까 지금…… 내 말 때문에 용을 잡아 왔다, 이 말이야? 나한테 주려고? 아, 아니, 일단 그것보다도!

"내, 내가 왜 네 여자 친구야?!"

"그래, 그 말은 쉬이 넘길 수 없군. 내 딸이 왜 네놈의 여자 친구라는 말이냐?"

고오오!

내가 황망함에 소리치자마자 바로 옆에서 음산한 목소리가 흘러들었다. 클로드에게서 몽글몽글 새어 나오는 기운이 어찌나 흉흉하던지, 나는 내 옆에 용이 한 마리 더 있는 줄 알았다. 하지만 역시 루카스는 뻔뻔했다. 나와 클로드의 말에 그가 고개를 갸웃하며 입을 열었다.

"그럼 아니야? 지난번에 너랑 나랑 뽀……."

바로 그 순간, 나는 총알같이 루카스를 향해 뛰어 나가 그의 입을 틀어막았다. 야, 이놈아! 너 미쳤어? 너랑 나랑 그, 그걸 한 걸 지금 공개적으로 말하려고?! 루카스가 발갛게 달아올랐을 것이 분명한 내 얼굴을 쳐다보았다. 그가 손을 들어 자신의 입을 막은 내 손을 떼어 냈다. 그리고 이번에는 나한테만 들릴 정도의 목소리로 작게 속삭였다.

"뽀뽀도 했는데 왜 아니야? 너도 좋아했잖아."

그 청천벽력 같은 소리에 나는 말을 더듬거릴 수밖에 없었다.

"내가, 내가 언제 좋아했어?!"

엄마야, 이놈이 사람 잡네! 내, 내가 언제 좋아했다고! 내, 내가 그때 거절하지 않고 어쩌다 눈을 감은 건 그냥 분위기에 휩쓸려서 그런 거지 네가 좋아서 그런 건 절대 아니거든!

그런데 바로 그때, 루카스가 무언가를 깨달았다는 듯이 표정을 변화시켰다. 그 직후 그가 내뱉은 말에 나는 '헉!' 하고 소리 내고 말았다.

"너 설마 지금 날 먹고 튀려는 거야?"

지, 지금 내가 무슨 소리를 들은 거죠……? 먹고 튀어? 내가? 내가 루카스를?!

"난 설마 네가 그런 파렴치한 인간일 거라고는 생각 안 했는데……."

"아, 아니…… 그게 무슨 말도 안 되는……."

"단물만 쏙 빼먹고 지금 날 버리겠다는 거야?"

너무 황당하고 당황해서 입 밖으로 말이 잘 나오지 않았다. 내가 그러는 와중에도 루카스는 가증스럽게 상처받은 표정을 지으며 어떻게 자신에게 그럴 수 있느냐는 듯이 나를 바라보았다.

"뭘 그렇게 둘이 속닥거리는 거지?"

바로 그때, 클로드가 우리를 향해 다가오며 못마땅하다는 듯이 물었다.

"왜 내 딸이 네놈과 그렇고 그런 사이라는 헛소리를 한 건지 물었을 텐데."

나는 클로드와 루카스의 사이에 껴서 식은땀을 뻘뻘 흘릴 수밖에 없었다. 그나저나 다들 루카스가 진짜 검은 탑의 마법사인 걸 알고 벌벌거리는데, 클로드만큼은 참으로 한결같기도 했다. 크흑, 하긴 그래야 우리 아빠지!

"아타나시아. 네가 한번 말해보아라. 저놈이 왜 이런 얼토당토않은 소리를 지껄인 것인지."

어흑, 하지만 이런 상황은 반갑지 않다구요!

"그, 그게……."

푸르릉!

하지만 용이 나를 도와주었다. 루카스의 뒤에서 얌전히 있던 용이 갑자기 날개를 펼치고 도주를 감행한 것이었다.

"으아악!"

거대 용의 존재감에 압도되어 자리에 얼어붙어 있던 사람들이 용의 날갯짓에 비명을 내질렀다. 또 한 번 엄청난 바람이 사방에 휘몰아쳤다.

"어? 쟤 토끼려고 하네."

역시 이 와중에도 태평한 사람은 루카스밖에 없었다.

"야, 까불지 말고 앉아."

쿠쿵!

루카스가 혀를 차며 말한 순간, 용의 육중한 몸이 다시금 지면 위에 내려앉았다.

"내가 여기에 버젓이 있는데 네가 튀려고 해? 하긴 그 정도 깡은 있어야 선물용 용이 될 자격이 있긴 한데."

끼잉.

기분 탓인지 용이 강아지처럼 끙끙거리는 것 같았다.

바로 그때, 옆에서 눈을 가늘게 뜨고 용을 보던 클로드가 지나가듯이 툭 말했다.

"용이라, 내 딸의 애완동물로 나쁘지는 않군."

어억, 우리 아빠는 의외로 용이 마음에 든 것 같았다. 나, 나도 자꾸 보니까 귀여운 것 같기는 한데…… 루카스가 나한테 준 거기도 하고……. 참나, 그런데 결국 뭐야. 루카스가 무언가를 선물해 주고 싶었던 사람이 결국 나란 말이야? 그럼 그냥 나한테 그렇게 말하면 되지 뭘 돌려 묻고 그런대?

"얘 이름은 노랑이 어때? 딱 네 취향이지?"

바로 그때 루카스가 용의 교육(?)을 마치고 나를 돌아보았다. 나는 재빨리 표정 관리를 하며 새침하게 말했다.

"내 취향은 뭐가 내 취향이야?"

"왜, 마음에 안 들어? 다른 용 잡아줄까?"

루카스가 고개를 갸웃거리며 나를 향해 재차 물었다. 나는 계속해서 마음에 안 드는 척 흥흥거리며 자꾸만 위로 올라가려고 하는 입꼬리를 옷소매로 가렸다. ……난 지금 루카스 때문에 기분이 좋은 게 아니다, 진짜다! 나는 누구에게인지 모를 변명을 속으로 중얼거렸다. 물론 듣는 사람은 나밖에 없었다.

"그럼 오늘은 여기까지 하겠습니다."

"오늘도 감사합니다, 스승님."

드디어 오늘치 수업이 끝났다! 나는 속으로 환호성을 내지르며 오늘도 열심히 제왕학을 강의해 준 선생님을 향해 공손히 인사했다.

"으어, 이제 좀 살겠다."

방에서 혼자가 되지마자 나는 소파 위에 널브러졌다. 지금까지 다른 공부는 제법 즐기며 하는 편이었는데 제왕학은 어째 들으면 들을수록 영 머릿속만 복잡해지는 것이…… 아무래도 이 공부는 내 적성이 아닌 것 같은데, 으흑. 하긴, 그냥 혼자 잘 먹고 잘 사는 게 인생 최대 목표였던 내가 한 나라를 다스리는 군주가 될 수업을 받고 있다니. 일개 소시민인 저에게는 너무 난이도가 높은 미션이잖아요?

요즘은 왕의 역량이 어쩌구, 올바른 인재 등용이 어쩌구 하는 내용을 배우고 있는데 솔직히 아직은 그런 부분이 가슴으로 잘 와 닿지 않아서 겉핥기만 하는 느낌이었다. 흐음, 만약 내가 황제가 되었을 때 등용하고 싶은 인재라고 한다면 역시 1순위는 이제키엘이 아닐까 싶은데 말이야…….

나는 마지막으로 만난 지 시일이 꽤 오래 지난 이제키엘을 잠시 떠올렸다. 제니트와 가끔 따로 편지를 주고받기 시작하면서 이제키엘과 연락하는 빈도수는 자연스럽게 줄어들게 되었다. 그들은 현재 알피어스 공작저가 아닌 킬로디스 지역의 별장에 머물고 있었다. 그들이 제도를 떠난 지 그리 오랜 시일이 지난 것도 아니고, 또 알피어스 공작이 낙향의 의사를 표한 것도 아니라 이번 일은 자숙의 의미라고 생각되었다. 물론 그 기한이 어느 정도 이어질지 모른다는 것이 문제이기는 했다.

지금은 적절한 시기가 아닌 것 같아 나도 아직은 조용히 있었지만 역시 나는 그들을 다시 만나 보고 싶었다. 그래서 클로드가 탐탁지 않게 여겨도 언젠가 한 번은 그들을 직접 찾아가야겠다고 생각했다.

"앗, 공주님. 수업은 끝나셨나요?"

잠깐 조용한 방에서 평화를 만끽하다가 밖으로 나오자 세스가 나를 반겼다. 그녀는 막 내 공부방의 문 앞을 지나던 중에 나를 발견한 것 같았다. 세스의 손에 들린 수건에서 갓 세탁한 뽀송한 천의 냄새가 났다.

"응, 수업은 조금 전에 끝났어. 한나랑 릴리는?"

"릴리안 님은 시녀장님을 만나러 가셨고, 한나는 지금 부엌에 있을 거예요. 필요한 것이 있으시면 제게 말씀해 주세요."

"아냐, 그냥 궁금해서 물어본 거야. 바쁜 것 같은데 가서 볼일 봐. 난 잠깐 나갔다 올게."

한창 해가 하늘 꼭대기에 걸린 낮 시간이라 그런지 모두 바쁜 것 같았다. 필릭스도 요즘 몸이 굳은 것 같다면서 일찌감치 연무장에 갔고…… 아무래도 오늘은 나 혼자서 시간을 보내야 할 것 같았다. 원래 내가 한가할 때는 루카스가 뿅! 하고 갑자기 나타나서 심장을 철렁이게 만들곤 했지만 오늘은 어째서인지 그 역시도 모습을 보이지 않았다.

참, 지난번에 루카스가 황궁에 데려왔던 용은 원래 살던 곳으로 고이 돌려보냈다. 알고 봤더니 글쎄, 루카스 이놈이 데려온 용이 새끼 용이라지 않은가? 성장한 용은 길들이기 어려워서 일부러 제일 어린 용을 보쌈해 왔다고 한다. 크흑, 어쩐지 상상 속의 용과 달리 영 어리바리하고 순둥순둥해서 루카스한테 막 쫄고 울먹이기도 하고 그러더니만! 그 사실을 알고 나는 오랜만에 루카스를 달달 볶았다. 아무리 그래도 그렇지 아기 용을 함부로 막 데려오면 어떻게 해!

큽, 애초에 내가 괜히 용 이야기를 꺼낸 게 잘못이었다. 아, 아니, 그렇지만 나는 설마 루카스가 진짜 용을 눈앞에 대령할 줄은 꿈에도 모르고…… 판사님! 저는 루카스와 공범이 아닙니다, 정말입니다! 저는 아기 용 납치에 손가락도 얹은 적이 없습니다!

나는 듣는 이 없는 변명을 속으로 주절거리며 궁을 나섰다. 그나저나 간만에 한가한데 뭘 한다지? 탑에나 갈까? 아니면 녹스랑 파랑이랑 놀까? 요즘 할 일이 없어서 하도 책만 파고 살았더니 도서관은 가기 싫고. 아니면……. 나는 내 얼굴을 보고 인사하는 궁인들을 지나치며 고민하다가 손가락을 튕겼다.

"아빠!"

"아버니시이."

시야가 뒤바뀌자마자 오늘도 집무에 파묻혀 있는 클로드의 모습이 눈에 들어왔다. 클로드는 지난번 루카스의 헛소리 때문에 한동안 심기가 불편하다가 요즘 들어 원래의 기분을 되찾은 상태였다. 물론 그렇게 되는 데에는 내 각고의 노력이 있어야 했다는 사실을 밝히겠다.

"이 시간에 어쩐 일이지? 한동안 공부에 집중한다며 코빼기도 비치지 않더니."

그는 집무실에 나타난 나를 보고 눈을 가늘게 뜨면서 말했다. 그의 말을 듣고 나는 뜨끔할 수밖에 없었다. 으억, 사실은 지난 용 사건 이후로 루카스와의 사이를 의심하는 클로드를 피하느라 그냥 공부 핑계를 댄 건데!

"당연히 아빠가 보고 싶어서 왔죠, 헤헤."

나는 곰살궂게 웃으며 클로드를 향해 다가갔다.

"오늘 하실 일 많으세요?"

"할 일이야 늘 많다."

내 물음에 단호박 같은 대답이 돌아왔다. 그, 그렇지. 할 일이야 늘 많지. 네, 제가 바보 같은 질문을 했습니다……. 나는 칼 같은 클로드의 말에 잠깐 말문이 막혀서 버벅거렸다. 그러자 그런 내 얼굴을 보며 클로드가 고개를 비스듬히 기울였다.

"하지만 하루쯤 쉰다고 해서 문제 될 것은 없지."

그의 말을 듣고 나는 방긋 웃었다. 사실은 클로드가 이렇게 말해줄 줄 알고 있었다. 바쁜 와중에도 늘 시간을 쪼개 나와 함께 시간을 보내곤 하던 우리 아빠니까. 그래서 오늘만큼은 나도 그냥 철없는 딸이 되기로 했다.

"그럼 저랑 같이 궁 밖으로 놀러 나가요!"

하지만 내가 설마 이런 요청을 할 줄은 몰랐는지, 다음 순간 클로드의 표정이 미묘해졌다. 나는 그런 그의 얼굴을 보며 장난스럽게 웃었다.

⚜

"번잡하고 더럽고 시끄럽군."

궁 밖으로 나온 클로드의 첫 감상은 이러했다. 나는 귓가에 흘러든 그의 무감동한 목소리에 할 말이 없어서 그저 '허허허' 웃었다. 아무리 그래도 그렇지 딸이랑 같이 밖으로 놀러 나온 감상이 '번잡하고 더럽고 시끄럽군'이라니! 으앙, 좀 너무하지 않아? 하지만 클로드는 아랑곳하지 않고 오늘따라 시끌벅적한 주변을 한차례 훑어보며 읊조렸다.

"전에 나왔을 때보다 유독 어수선한 것 같더니만, 원인은 백일장인가."

사실 클로드와 이런 식으로 밖으로 나온 것은 이번이 처음이 아니었다. 예전에 약속했던 대로 같이 불꽃놀이를 보러 나온 적도 있었고, 또 내가 우겨서 축제를 구경하러 나온 적도 있었다.

"우리 저쪽으로 가요."

나는 클로드의 손을 붙잡고 사람들의 한가운데로 들어섰다. 클로드는 이렇게 사람이 복잡한 곳은 질색인 것 같았지만 그래도 군말 없이 내가 이끄는 대로 따라왔다. 우리는 일반 사람들처럼 수수한 옷을 입고, 또 성형 마법으로 얼굴도 바꾼 뒤 사람들 사이에 섞여 들었다.

"골라요, 골라! 오늘만 초특가!"

"미녀 마술사의 공연을 보러 오세요! 오늘 저녁 6시!"

"몸에 좋고 맛도 좋은 팜킨 주스를 사시면 추첨권을 드립니다! 대박 경품을 노려 보세요!"

역시 이렇게 시끄러운 곳에서는 사람 사는 냄새가 났다. 나는 클로드의 손을 붙잡고 길을 걷다가 목표했던 것을 발견했다. 그리고 그것을 향해 손가락질하며 클로드에게 반짝이는 눈빛을 보냈다.

"아빠, 아이스크림!"

나는 '아빠, 저거 사 줘!'를 시전했다. 클로드에게 이런 식으로 밖에서 무언가를 사 달라고 졸라 본 것은 처음이 아니었지만 나는 여전히 두근두근했다. 다 컸으면서 이러는 게 부끄럽지 않으냐고? 흥, 무슨 소리야? 솔직히 18살이면 대한민국 나이로 아직 고등학생일 때인데 이런 식으로 떼 좀 써도 되는 거지!

"어서 오세요! 아이스크림 두 개 드릴까요?"

"두 개 말고 하나. 바닐라 맛으로."

"위에 초코 시럽도 뿌려드릴까요?"

"어떻게 먹을 거지?"

"초코 시럽이랑 딸기 시럽도 추가요!"

우리 아빠가 달라졌어요!

나는 갑판 앞에서 자연스럽게 주문하는 클로드를 보고 감동했다. 솔직히 처음에 그와 함께 밖으로 놀러 나왔을 때는 얼마나 웃겼는지 모른다. 동화 하나로 값을 치르면 되는 솜사탕을 사 달라고 했더니 척하니 금화를 내놔서 갑판 아주머니를 눈 빠지게 만들지를 않나, 지나가다가 본 사자 인형을 가지고 싶다고 했더니 가게에 있던 인형들을 하나도 남김없이 사들이려고 하지를 않나.

"그런 게 맛있나?"

내가 행복한 기분으로 클로드가 사 준 아이스크림을 먹자 그가 궁금하다는 듯이 물었다. 그래서 나는 그에게도 권유했다.

"아빠도 드셔 보세요."

"단건 질색이다."

하지만 초코 시럽에 딸기 시럽까지 듬뿍 추가한 내 아이스크림을 보고 그는 질린 얼굴로 거절했다. 으엥, 맛만 좋은데 왜 그러지? 아이스크림의 참맛을 모르는 우리 아빠가 불쌍해요!

"앗, 아빠! 이번엔 저거 먹어 봐요!"

"이럴 수가, 지난번에는 없던 건데 캐러멜 맛이 새로 생겼잖아!"

"아빠, 닭 꼬치!"

"짠단 법칙이니까 이번에는 솜사탕을!"

나는 클로드의 손을 붙잡은 채 쉬지 않고 먹방을 찍어 댔다.

"볼 때마다 느끼는 것이지만 그 작은 몸으로 잘도 먹어 대는구나."

앗, 이제는 우리 아빠도 충분히 익숙해졌을 거라고 생각했는데 새삼스럽게 놀란 모양이었다. 그래도 딸내미가 복스럽게 잘 먹으니까 좋지요? 막 보기만 해도 배가 부르다거나…….

"그러고 보니 살이 좀 찐 것 같기도 하군. 전보다 볼이 통통해진 것 같은 건 역시 기분 탓이 아니었나."

크아악!

나는 혼잣말처럼 중얼거리는 그의 말에 손에 들고 있던 솜사탕을 집어 던질 뻔했다. 으악, 내가 살이 찌다니? 내 어디가? 어디가?!

"으아악! 말도 안 돼! 이건 속임수야! 인정 못 해!"

"아, 이 양반이 노름 처음 해보나? 판돈 다 날려서 없으면 이제 빠지라고."

그때, 옆쪽에서 갑자기 고성이 들려서 깜짝 놀랐다. 시끌벅적한 시장통에서도 사람들의 함성과 무언가를 들고 엎는 것 같은 큰 소리가 또렷하게 고막을 파고들었다.

"투전판인가."

미간을 찌푸리며 읊조리는 클로드의 말에 나는 귀를 쫑긋거렸다. 먹을 것에 관심이 쏠려서 미처 몰랐는데 우리가 서 있는 곳의 바로 옆에서 투전판이 벌어진 모양이었다. 내가 호기심을 느끼고 기웃거리자 이번에는 클로드가 먼저 나를 잡아끌었다.

"네가 구경할 만한 게 아니니 괜심 두지 마라."

잉, 궁금한데. 하지만 어쩐 일로 아빠가 제법 엄한 얼굴을 하고 있어서 투전판 구경은 그냥 포기하기로 했다.

"거기 아가씨도 한번 참가해 보지 않을라우?"

그런데 바로 그때, 누군가의 목소리가 귓가에 울렸다. 앗, 아무래도 나한테 하는 소리 같았다. 내가 자기들한테 호기심 어린 눈빛을 보내는 걸 본 모양이다.

"행색을 보니 판돈도 넉넉할 것 같은데. 아가씨 또래의 친구들도 많이 참가하는 건전한 내기판이랍니다!"

응? 저 아저씨가 약을 팔려고 하네. 아무리 봐도 전혀 건전해 보이지 않는데. 흠흠. 이런 말은 좀 그렇지만 아무래도 내가 세상 물정이라고는 하나도 모를 것처럼 순진하고 곱게 생겼다 보니 저렇게 벗겨 먹으려고 하는 사람이 생기는 것 같았다.

게다가 아무리 수수한 옷을 입었다고 해도 타고난 귀티는 가려지는 것이 아니었기 때문에, 클로드와 나를 부유한 부녀로 보고 이런 식으로 등쳐 먹으려고 하는 사람이 지금까지도 종종 있었다.

"그러고 보니 둘이 부녀 사이신가? 같이 참가하지 않으시려오? 판돈은 각자 걸고 싶은 만큼 걸면 되는데 말이야."

옆에 있던 사람들까지 우리를 살살 꼬드겼다. 소, 솔직히 한번 해보고 싶지만 아빠가 허락 안 해주겠지. 하긴, 딸이 노름하는 걸 옳다구나 하고 반기는 아빠가 세상에 어디 있겠어?

"투전이 건전하다니 지나가던 참새가 웃겠군."

당연히 예상했던 대로 클로드는 콧방귀를 뀌었다. 그런데 바로 그때, 어느 간 큰 아저씨가 잠자는 클로드의 코털을 건드렸다.

"에잉, 뭐야. 형씨, 돈 없구나? 겉모양은 번지르르해서 혹시나 했더니만 실속은 없는 쭉정이였네. 에잇, 퉤!"

헉! 아무래도 저 아저씨는 미친 게 분명했다. 할 짓이 없어서 우리 아빠한테 저런 망발을! 아마 클로드가 마법으로 얼굴을 바꾸지 않고 원래의 모습을 하고 있었다면 감히 저런 간이 부은 짓을 할 수는 없었을 것이다.

하지만 지금의 클로드의 외양은 소, 솔직히 조금 만만해 보였다. 왜냐하면 아까 내가 클로드의 얼굴에 조금 장난을 쳤기 때문이다! 가뜩이나 성형 마법으로 얼굴의 이목구비 자체가 흐리멍덩해졌는데, 거기에다가 얼굴도 더 못생기게 만들고 코 옆에는 큰 왕 점까지 박혀서 지금의 클로드는 빈말로도 카리스마가 있다고 말하기 어려웠다.

으, 으악! 죄송해요, 아빠! 앞으로는 이런 장난 안 칠게요! 으흐흥! 물론 타고난 기백 같은 것은 숨길 수 없어서 클로드가 스산한 눈빛을 보내자 그들도 한순간 움찔거리며 주춤하긴 했다. 하지만 투전판의 과열된 분위기 때문인지, 아니면 다수 대 소수라는 자신감 때문인지 그들은 곧 다시 함부로 입을 털기 시작했다.

"알거지면 알거지답게 집구석에나 처박혀 있으라고! 땡전 한 푼 없는 놈이 왜 밖으로 기어 나와서 어슬렁거리고 있어?"

"그래, 그 상판으로 돈까지 없으면 얌전히 집에나 가서 마누라 발이나 핥으란 말이야! 대장간 집 둘째처럼 집 비운 사이에 부인이 딴 놈이랑 눈 맞아서 도망가면 어쩔 거야?"

"우하하하!"

더군다나 그들은 대낮부터 술까지 마신 것 같았다. 세, 세상에. 천하의 클로드한테 상판이 어쩌구 돈이 어쩌구 마누라가 도망가니 어쩌구 하는 놈들이 있다니! 하지만 어디를 봐도 그냥 우리를 투전판에 끌어들이려고 일부러 하는 소리라는 게 티가 났다. 서, 설마 우리 아빠가 저런 뻔한 도발에 걸릴 리는⋯⋯.

"목숨이 아까운 줄 모르는 놈이로군."

있었다!

나는 클로드의 입가에 떠오르는 썩은 미소를 보고 후덜덜 떨 수밖에 없었다.

"아티."

"네, 넹."

곧 그가 내 이름을 불러서 나는 바싹 긴장한 채 대답했다. 밖에서 내가 사용하는 이름은 내 애칭인 '아티'였기 때문에 클로드도 나를 그렇게 부르고 있었다.

"생각해 보니 이 잡놈들에게도 네 교육에 도움이 될 만한 부분이 있을 것 같구나."

어, 어디가요? 내가 불안감에 떨고 있는 사이 클로드가 투전판 한가운데로 걸음을 옮겼다. 그리고 조금 전까지 신나게 그를 도발해 댔던 사람을 향해 품에 넣어 두었던 주머니를 던졌다.

찰그랑!

나무를 깎아 만든 테이블 위에 떨어진 주머니에서 반짝이는 금화가 쏟아져 나왔다. 이런 시장통에서 유통되는 돈은 전부 동화였기 때문에 아마 그들은 은화조차 자주 본 적이 없을 것이었다. 그 증거로 지금 투전판에서 사용되고 있는 돈도 모두 동화였다. 그런 와중에 찬란한 황금색 동전이 주머니에서 쏟아지는 장면은 몹시도 극적이었다.

"판돈이다. 아마도 네놈들로서는 죽었다 다시 깨어나도 만져 볼 수 없는 돈일 터."

두 눈을 휘둥그렇게 뜨며 경악한 사람들을 뒤로한 채 클로드는 유유하게 투전판에 자리를 잡았다.

"네놈도 판돈을 걸어라."

그들은 설마 클로드에게 이런 어마어마한 돈이 있을 줄은 몰랐다는 듯이 어버버거렸다. 투전판에 끼게 해서 돈을 긁어먹으려던 속셈인 것은 맞았으나 판돈으로 걸린 것이 상상 이상이라 당황한 눈치였다. 하지만 곧 클로드의 맞은편에 앉은 남자의 눈동자에 떠오른 것은 강렬한 탐욕이었다. 그뿐만이 아니라 주위에서 요란하게 웅성거리는 사람들의 얼굴에도 비슷한 감정이 떠올라 있었다.

"그, 그럼 나도 오늘 번 돈을 전부 다……."

"그깟 푼돈을? 수지가 맞는다고 생각하나?"

테이블 위에 있는 동화를 곁눈으로 훑어본 클로드가 같잖다는 듯이 비웃었다. 으악, 저 얼굴을 하고도 저 하찮아하는 눈빛만큼은 그대로라니! 역시 우리 아빠의 '같잖은 눈빛' 내공이란, 크흑. 그리고 이어서 클로드가 시린 미소를 지으며 하는 말에 장내는 방금 이제까지와 비할 수 없이 시끄러워졌다.

"그래, 네놈의 손이라도 건다면 재미있어질 것 같군."

"뭐?"

뜻밖의 전개에 클로드를 상대하고 있던 남자는 퍽 놀란 눈치였다. 하지만 그는 언제 당황해서 동공을 흔들었냐는 듯이 이를 드러내며 외쳤다.

"미치려면 곱게 미칠 것이지, 무슨 말 같지도 않은 소리를 지껄이고 있어? 내가 왜 판돈으로 내 손모가지를 걸어야 하는데?"

"겁 없이 건방을 떨며 떠들어 댈 때는 언제고 이제 와서 두렵나? 막상 큰소리쳐 놓고 이길 자신이 없나 보군."

하지만 클로드는 무덤덤하게 말할 뿐이었다. 앗, 이번에는 클로드가 저 아저씨를 도발하고 있잖아?

"네놈의 그 비루하기 짝이 없는 손 한 짝으로 거금을 쥘 수 있는 기회인데 말이지."

그러나 클로드는 아까 그들이 했던 것과는 조금 다른 방향으로 상대방을 자극하는 말을 했다.

"용기가 안 나거든 지금이라도 꽁지를 말고 달아나도 좋다. 대신 그때는 네놈 말고 용기 있는 다른 사람이 저 금화를 모조리 가져가겠지."

클로드의 말에 다시금 모두의 시선이 테이블 위에 흩어진 금화에 내리꽂혔다. 이, 이것은 하이에나들 한가운데에 떨어진 고깃덩어리 같은 느낌이라고 해야 할지. 그리고 클로드는 하이에나들 머리 꼭대기에서 그들을 내려다보고 있는 한 마리의 사자라고나 할까.

"조, 좋아! 나중에 돈 다 잃고 땡전 한 푼 안 남았다고 울지나 말라고!"

결국 남자는 클로드를 상대로 한 내기를 수락했다. 자신이 참여하지 않으면 옆에서 눈을 번뜩이고 있는 다른 사람에게 돈을 빼앗길지도 모른다고 생각한 것 같았다. 하지만 아무리 그래도 그렇지 손을 걸다니. 저러다가 지면 어쩌려고? 크으, 우리 아빠는 저런 어른이 되면 안 된다는 걸 나한테 가르쳐 주려는 건가.

"그나저나 규칙은 알고 겁 없이 투전판에 끼어든 건가? 대충 설명해 줄 테니까 잘 들으라고. 종이 울리면 이 패를 열 번 뒤집어서……."

"성가시군. 그 정도는 다 알고 있으니 입 다물고 시작이나 해."

방법이 꽤 복잡해 보였는데 클로드는 정말 익숙하게 손을 움직였다. 호, 혹시 우리 아빠, 내가 모르는 새 밖에 나와서 산과 들이 아닌 도박장으로 쏘다닌 건 아니겠지? 나는 그런 약간의 의심을 품고 클로드를 바라보았다.

"오오, 맞췄다!"

"형씨, 제법 하잖아!"

나는 도박을 볼 줄 모르지만 주위의 반응을 보니 의외로 클로드가 이기고 있는 모양이었다. 하긴, 클로드가 질 것 같은 도박판에 끼어들 리 없다는 생각은 애초부터 하고 있었지만.

"이러다가 집 날리고 마누라 도망가는 건 그쪽이 되는 거 아니야? 크하하!"

"닥쳐! 지긴 누가 진다는 거야?!"

아까 클로드를 조롱하던 사람들이 이번에는 클로드의 맞은편에 앉은 사람을 향해 왁자지껄 떠들기 시작했다. 패를 쥔 남자의 얼굴에 아까의 여유로움은 온데간데없었다. 처음에는 실실 웃기까지 하던 그는 패가 뒤집힐수록 믿을 수 없다는 눈빛을 보이며 식은땀을 흘려 댔다. 애초에 단판으로 승부를 보기로 한 도박이었기 때문에 결판은 금방 났다.

"이, 이럴 리가 없어!"

"뭐가 이럴 리가 없다는 거냐?"

우리 아빠에게 도박의 재능이 있었다니! 클로드의 상대였던 사람은 우리가 오기 직전까지 투전판의 돈을 휩쓸었던 사람이라, 모두 클로드의 승리에 환호하는 분위기였다. 그 속에서 오직 이번 내기에서 진 남자만이 얼굴을 시뻘겋게 물들이며 분개하고 있었다.

"이건 말도 안 돼!"

곧 그가 탁자를 손으로 내려치며 자리에서 벌떡 일어났다. 그러더니 글쎄, 클로드에게 삿대질하며 입에서 침이 튀기게 소리치는 것이었다.

"그래, 속임수! 이건 속임수야! 이 비열한 새끼! 내 패에 치사한 술수를 부렸지?!"

"속임수를 쓴 건 그쪽이겠지."

하지만 클로드는 한쪽 입꼬리를 슬그머니 끌어 올리며 자신의 앞에 있던 패를 테이블 위로 내던졌다.

"패에 해괴한 짓거리를 해둔 걸 내가 모를 줄 알았나? 이전까지도 이런 식으로 판돈을 싹쓸이했던 것 같은데 어지간히 뻔뻔한 놈이군."

그의 말에 주위에 있던 사람들이 또 한 번 시끄럽게 웅성거렸다.

"패에 무슨 짓을 했다고?"

"어쩐지 계속 이기기만 하는 게 이상하더라니!"

"그게 진짜야? 그럼 내 돈 다시 내놔!"

클로드의 말이 끼친 파급력은 엄청나서 주변은 순식간에 소란스러워졌다. 으음, 내 눈에는 저 아저씨가 사기를 친 게 사실이든 아니든 다들 별로 상관없는 것처럼 보였다. 그냥 건수를 잡았으니 물고 늘어지는 느낌이라고 해야 할지. 물론 우리 아빠가 거짓말을 했다고는 생각 안 하지만!

"우, 웃기지 마! 증거 있어?!"

자신의 속임수가 드러날 위기에 처하자 남자는 발악했다. 하지만 클로드는 태연한 얼굴로 자리에서 일어나 그를 향해 다가갔다.

"그런 것 따위 아무래도 나와 상관없다. 어쨌든 넌 도박에서 졌고, 나는 그 대가만 받아 가면 그만이니."

다음 순간 클로드가 남자의 손목을 낚아채 탁자 위에 고정했다. 그제야 남자와 주위 사람들은 이번 도박의 판돈이 무엇이었는지 다시금 깨달은 눈치였다. 그들이 당황해서 입을 뻐끔거리든 말든, 클로드는 허리춤에서 단도를 꺼내 들었다. 잘 갈린 번쩍이는 날이 허공에서 날카로운 빛을 발했다.

"사기나 일삼는 더러운 손은 차라리 없는 게 낫겠지."

"자, 잠깐! 으아아악……!"

남자가 발버둥 쳤으나 클로드는 꼼짝도 하지 않았다. 남자의 비명이 장내에 울려 퍼지는 것과 동시에 클로드의 손이 움직였다.

콰직!

하지만 단도가 내리꽂힌 곳은 남자의 손이 아니었다.

"으, 으으……?"

잠시 후 눈을 질끈 감고 있던 남자가 파들파들 몸을 떨며 눈꺼풀을 들어 올렸다. 그리고 자신의 손가락 사이로 박힌 단도를 보고 '헉!' 숨을 들이켰다.

"내 딸의 눈에 흉측한 꼴을 보일 수는 없으니 그 비루한 손은 받은 것으로 치겠다. 앞으로는 사람을 봐 가며 까불어라. 그럴 수 없다면 집 구석에 처박혀 두 번 다시는 밖으로 기어 나오지 말도록. 알았나?"

그 후 클로드는 더러운 것을 치워 버리듯 남자를 떨쳐 낸 뒤 내가 있는 곳으로 유유히 걸음을 옮겼다. 기세에 눌려 있던 사람들이 쥐 죽은 듯이 조용하다가, 다음 순간 크게 함성을 내질렀다. 나는 시끄럽다는 듯이 눈살을 찌푸리며 내게 다가오는 클로드를 향해 엄지손가락을 올려 보였다.

"아빠, 멋있었어요!"

아무래도 클로드는 나한테 도박의 해로움을 몸소 보여 주려고 투전판에 끼어들었던 것 같았다. 크으, 역시 도박은 할 게 아니죠? 저런 것에 한순간이나마 호기심을 느꼈다니, 반성하겠습니다! 하지만 뒤이어 클로드가 흥, 하고 코웃음 치며 하는 말에 나는 그만 말문이 막히고 말았다.

"보았느냐? 저렇게 멋모르고 겁 없이 기어오르는 놈들은 한 번씩 밟아줘야 하는 거란다."

네, 네에? 사람의 탐욕이 얼마나 위험한지, 또 저런 도박으로 어떻게 인생을 망칠 수 있는지, 뭐 그런 걸 보여 주려고 한 게 아니었어요?

"그리고 한번 밟아주기로 마음먹은 상대가 있다면 수단과 방법을 가리지 말도록 하려무나. 기왕 도박을 할 생각이거든 속임수를 쓰든 뭘 하든 상관없다. 어차피 이겨서 목숨을 취하면 그만이니."

아, 아니, 그 말은 무슨 의미시죠? 설마 속임수를 쓴 게 맞아……?! 게다가 이겨서 목숨을 취하다니! 아, 아빠 무서워!

"우, 우리 그만 다른 데로 가요!"

아무래도 오늘의 중요한 교훈은 클로드에게 까불지 말라는 것 같았다. 왠지 이 이상 도박 얘기를 하면 이것보다 더 무서운 소리가 클로드의 입에서 나올 것 같았다. 그래서 나는 그의 손을 붙잡고 서둘러 도박판에서 벗어났다.

그 후 우리는 다시 백일장의 곳곳을 돌아다녔다. 그러다 보니 어느덧 해가 져서 장터 곳곳에는 주황색 등이 달리기 시작했다.

"그게 무슨 말씀이세요! 야시장이야말로 백일장의 꽃! 빠뜨려서는 안 될 묘미!"

나는 슬슬 궁으로의 귀가를 권하는 클로드에게 야시장 구경을 강력히 주장하고 있었다. 그러자 그가 눈을 가늘게 좁히고 나를 쳐다보며 말했다.

"몇 시간 동안 내내 그렇게 먹어 대고도 아직 못 먹은 게 더 남은 건가?"

"그야 당연히 야시장에서 파는 닭튀김과 볶음국수가…… 아니라! 전 먹을 것 때문이 아니라 그냥, 그냥 야시장 구경을 하고 싶은 것뿐이고……."

아차, 나도 모르게 본심을 말해버렸다. 급히 말을 돌렸지만 내가 생각하기에도 별로 설득력이 없었다. 으윽, 그렇지만 맛있는걸. 물론 황궁에서 온갖 산해진미를 모두 맛봐 온 나지만 길거리 음식에는 그 특유의 맛이 있었다. 일명 조미료의 맛! 불량 식품의 맛! 크흑, 아마도 나는 역대 황족 중에 제일 입맛이 싼 공주가 아닐까…….

결국 나는 다시 클로드를 끌고 다니며 야시장의 먹거리를 평정하기 시작했다. 그는 질린 얼굴을 하면서도 그냥 내가 마음껏 움직이게 내버려 두었다.

"거기 예쁜 아가씨, 장신구 좀 보고 가요."

그러다가 나는 옆에 있는 갑판을 보고 문득 걸음을 멈추었다. 내 눈에 들어온 것은 예전에 제니트와 나왔을 때 그녀에게 선물했던 것과 같은 팔찌였다. 실을 여러 가닥 꼬아서 만든 수수한 팔찌는 전생에 있던 소원 팔찌와 비슷한 것이었는데⋯⋯ 이렇게 야시장에서 팔고 있는 팔찌를 보자 문득 제니트의 생각이 났다.

"갖고 싶은 게 있나?"

내 시선이 갑판 위에 고정된 것을 보고 클로드가 물었다.

"아니요, 그런 건 아니고⋯⋯."

"저기 있다!"

그런데 갑자기 어디에선가 우렁찬 소리가 들렸다. 나는 클로드의 물음에 대답하다 말고 소리가 들려온 방향으로 고개를 돌렸다.

"저 왕 점 있는 새끼! 빨리 잡아!"

그리고 아까 클로드와의 도박에서 진 남자가 패거리를 끌고 저 앞에서 달려오고 있는 것을 발견했다. 앗, 혹시 아까 일의 보복인가? 이럴 줄 알았으면 중간에 한번 얼굴을 바꿀걸 그랬다!

"쯧. 그냥 아까 죽여 버릴걸 그랬군."

하지만 역시 우리 아빠는 남다르셔서 이런 무시무시한 소리를 꺼냈다. 아까 내가 지켜보고 있어서 도박판에서의 일을 끝까지 마무리 짓지 않고 그냥 나온 것이 다소 후회되는 모양이었다. 물론 여기에서의 마무리란, 저 남자의 모가지나 손모가지를 '숙삭' 하는 것을 의미했다. 클로드는 아까의 연장선으로 내게 또 하나의 교훈을 알려 주기까지 했다.

"아타나시아. 만약 네 앞에서 겁 없이 까부는 놈이 있거든, 두 번 다시 재기가 불가능할 정도로 짓밟아주는 게 좋다. 어중간하게 굴면 저렇게 끝 모르고 덤벼드는 버러지 같은 놈들이 있으니 유념하도록 해라."

으악, 아무래도 우리 아빠는 저 아저씨를 살려 둔 게 많이 유감스러운 것 같은데! 이러다가 피 보는 상황이 오는 거 아니야? 일단 지금도 저쪽에서 먼저 시비를 걸려고 오는 것 같고! 무엇보다 클로드도 다가오는 패거리를 피할 생각이 전혀 없는 것 같았다.

"아빠, 뛰어요!"

에잇! 아빠가 저 아저씨들을 모조리 요단강 건너편으로 보내 버리기 전에 튀자!

"야, 이 왕 반점 새끼야! 거기 서!"

클로드는 우리가 도망가는 모양새가 되는 것이 불쾌한 듯 얼굴을 구겼지만 그래도 잠자코 내가 잡아끄는 대로 뛰기 시작했다. 상황에 어울리지 않게 나는 조금 신이 났다! 사실 소설책에서 이런 장면을 볼 때마다 나도 한 번쯤 해보고 싶었어!

"뭐야, 어디 갔어?"

"헉헉, 이 썩을 것들이 발만 빨라서는! 야, 넌 저쪽으로 가 봐!"

"찾으면 바로 불러! 너 혼자 돈 꿀꺽하지 말고!"

사실 마법을 사용하면 몇 사람쯤 따돌리는 것은 식은 죽 먹기보다 쉬웠다. 그래서 우리는 조금 뛰다가 투명 마법을 펼쳐서 모습을 감추었다. 그리고 우리를 뒤쫓던 사람들이 사라진 후 다시 마법을 풀었다.

"아, 재미있었다."

"이런 게 뭐가 재미있다는 거지?"

하지만 방실거리며 웃는 나와는 달리 클로드는 이 나이를 먹고 딸 때문에 무슨 고생인지 모르겠다는 얼굴을 하고 있었다. 우리는 얼굴을 바꾸고 다시 사람들 사이에 섞여 들었다.

"짠! 아빠를 위한 선물!"

그리고 나는 클로드를 위해 준비한 선물을 그의 눈앞에 대령했다! 그것은 바로 깜찍하고 사랑스러운 동물의 귀가 달린 머리띠였다! 왜, 놀이공원 같은 데에 가면 다들 이런 걸 쓰고 돌아다니잖아? 이 야시장에서는 비슷한 맥락으로 이 동물 머리띠가 인기인 것 같았다.

"그 흉측한 걸 당장 내 눈앞에서 치워라."

물론 클로드는 대번에 정색하며 내 선물을 거부했다.

"왜요, 귀엽기만 한데. 그리고 주위를 보세요. 다들 쓰고 있잖아요. 여기서는 오히려 이런 걸 안 하면 촌스러운 거라니까요?"

하지만 나는 클로드의 표정이 썩어 들어가는 걸 보면서도 꿋꿋이 그의 머리에 동물 머리띠를 씌웠다. 그는 이 상황이 매우 불만스러운 눈치였지만 그래도 지금껏 그랬듯 내가 떼를 쓰자 어쩔 수 없다는 듯 그냥 넘어가 주었다. 판다 귀를 머리에 장착한 클로드는 마치 그 자체로 훌륭한 한 마리의 야생 판다 같았다! 물론 좀 기분이 나쁜 야생 판다였다. 나는 아주 흡족한 기분으로 여우 귀가 달린 머리띠를 쓰고 클로드와 함께 야시장을 쏘아 다녔다.

"받아라. 오다가 주웠다."

그러다 어느 순간 문득 클로드가 잠시 잊고 있다가 생각났다는 듯이 나한테 무언가를 건네주었다. 나는 말 그대로 툭 던져지듯 내 손에 안착하는 물건을 보고 다음 순간 멈칫했다. 클로드가 나한테 준 것은 아까 내가 보고 있던 팔찌였다. 실을 여러 가닥 꼬아 만든 수수한 장신구가 야시장의 불빛 아래에서 주황색으로 빛났다.

"갖고 싶은 게 아니었나?"

아까 내가 갑판에 있는 것을 보고 있던 이유가 저 팔찌를 가지고 싶었기 때문이라고 생각한 듯했다. 나는 클로드를 보며 웃었다.

"저 주시려고 일부러 사셨구나?"

"오다가 주웠다고 하지 않았느냐."

클로드가 틱틱거렸지만 나는 아랑곳하지 않고 웃으며 그가 준 팔찌를 그 자리에서 착용해 보았다.

"짠! 어울려요?"

"그럭저럭 봐줄 만은 하군."

클로드는 나를 힐끔 쳐다보며 지나가듯 말했다. 흥, 하지만 그게 칭찬이란 걸 알고 있어! 나는 그의 손을 다시 붙잡고 등불이 걸린 야시장의 거리를 걸었다.

"아빠, 그거 아세요? 이 팔찌를 하고 있으면 소원이 이루어진대요."

"그런 미신을 믿는 건가?"

"미신이든 뭐든 아무려면 어때요. 아빠는 소원 같은 거 없으세요?"

주변이 시끄러워 미처 내 말을 듣지 못한 건지, 아니면 무언가를 생각하느라 그런 건지, 클로드는 대답이 없었다. 우리는 그 후로 한동안 조용히 화려한 야시장의 등불 아래를 걷다가 황궁으로 돌아왔다.

"릴리! 선물이야!"

"어머, 그게 뭔가요?"

나는 릴리에게 야시장에서 파는 동물 머리띠를 선물했다. 물론 평소에 이런 걸 하고 다닐 수는 없겠지만 그래도 원래 선물이란 건 마음이니까!

"한나랑 세스한테도 줄게. 필릭스 것도 있어!"

릴리 것만 사오면 다른 사람들이 섭섭할 수도 있을 것 같아서 선물은 공평하게 준비했다.

"앗, 귀여워요!"

"전 양인가요?"

릴리는 토끼, 한나는 고양이, 세스는 양, 필릭스는 사슴이었다.

"녹용이군요. 마음에 듭니다."

으, 으음? 필릭스 건 사슴뿔이니까 녹용이라면 녹용이지만…… 그래도 왜 그렇게 보약 얘기를 하듯이 말하는 거야? 쿨럭. 용봉탕도 그렇고, 아무래도 필릭스는 요즘 건강식품에 관심이 많아진 모양이다.

"밖에서 즐거운 시간을 보내셨나 보네요."

릴리가 엄마 미소를 지으며 하는 말에 나도 그녀를 따라 웃었다.

"파랑아, 밥 잘 먹고 있었어?"

찌르릉.

잘 준비를 하기 위해 씻고 나온 뒤, 나는 새장 속의 파란 새를 들여 다보았다. 앗, 그런데 졸린가 보다. 고개를 꾸벅꾸벅 떨어뜨리면서 조는 걸 보니. 녹스도 아까 가 보니까 자고 있던데. 하긴, 오늘은 야시장 까지 구경하고 와서 그런지 잘 준비를 하고 보니 시간이 평소보다 늦 긴 했다. 반쯤은 충동적으로 결정한 외출이었지만 재미있었어!

나는 침대에 벌렁 드러누워 팔을 들어 올렸다. 그리고 내 손목에 감 긴 팔찌를 응시했다. 클로드는 미신이라고 했지만 나는 이런 것도 나 쁘지 않다고 생각했다. 꿈은 이루어진다는 말이 왜 있겠어? 무언가를 간절히 바라면 온 우주가 도와준다고도 하잖아? 크든 작든 소원 하나 가지고 있지 않은 사람은 아마 세상에 없을 테니까. 그리고 나도 언젠 가부터 욕심이 많은 사람이 되었기 때문에 꼭 이루어졌으면 하고 바라는 소원이 여러 개 있었다.

"공주님! 머리를 말리고 누우셔야죠."

으앗! 그때 문을 열고 안으로 들어온 릴리에게 꾸중을 들었다. 나는 찔끔해서 침대 위에서 몸을 일으켰다. 릴리는 꼭 엄마처럼 잔소리를 하 면서 내 머리카락을 수건으로 말려 주었다. 물론 건조 마법을 쓰면 1초 만에 해결할 수 있었지만 난 릴리가 지금처럼 내 머리를 만져 주는 게 좋았다. 그리고 솔직히 릴리가 나한테 잔소리를 하는 것 역시 조금도 싫지 않았다.

"공주님, 듣고 계세요?"

"응."

그래서 릴리를 향해 실없이 웃어 보이자, 그녀도 이내 어쩔 수 없다 는 듯이 나를 보고 미소를 지었다.

그리고 잠시 후 나는 침대에 누워 문득 '그런데 루카스, 얘는 왜 오 늘 하루 종일 코빼기도 안 비친 거지?' 하는 의문을 느꼈다. 혹시 이 늦 은 밤중에 갑자기 내 방에 나타나는 건 아니겠지? 하지만 오늘은 오랫동안 밖에서 돌아다녀 피곤했던 탓에 나는 금방 잠이 들어버리고 말았다. 그렇게 또 하루의 다정한 밤이 지나가고 있었다.

외전 2
이상한 나라의 공주님이 되었습니다

내가 그 성을 탐방하기로 결정한 것은 한가로운 일상을 보내던 어느 날이었다.

"황성의 금지 구역에 숨겨진 보물이 있다고요?"

탑의 수장 할아버지가 조금 전에 한 말에 나는 두 눈을 동그랗게 뜨고 반문했다. 그러자 그가 손녀딸에게 옛이야기를 해주는 할아버지 같은 얼굴로 허허 웃으며 내게 설명해 주었다.

"예전부터 풍문으로 돌던 이야기입니다. 초대 황제 폐하께서 차기 후계자를 정하기 위해 만든 마법 용품이라고 하더군요."

"차기 후계자를 정하다니, 어떻게요?"

"글쎄요. 고서에도 자세히 적혀 있지 않아 잘은 모르지만 그 마법 용품이 무척 신묘하여 황제가 될 자격이 있는 자를 스스로 가려냈다고 합니다."

오, 마법 용품에게 그런 재주가 있다니? 갑자기 마법사가 등장하는 모 영화 속의 말하는 모자가 생각났다. 거기에서는 마법 학교의 각 기숙사에 어울리는 사람을 뽑는 데 그 마법 모자가 사용되었지. 잘은 몰라도 초대 황제가 만들었다는 마법 용품도 그거랑 비슷한 건가?

"하지만 초대 황제 폐하의 바로 다음 대 후계자를 가리는 자리에서만 단 한 번 사용되었을 뿐이라고 하더군요. 마법 용품으로 후계자를 정하는 것에 당시 황족들의 반발이 컸다고 합니다. 그 후 몇 세대 후의 황족이 황궁의 금지 구역에서 그 마법 용품을 발견했다는 기록이 남아 있습니다."

"그런데 왜 국보로 취급되지 않고 아직도 황성의 금지 구역에 있다는 거죠?"

"그런 이유는 적혀 있지 않아서, 아마도 위치를 쉽게 이동시킬 수 없는 종류의 마법 용품이 아니었을까 하는 설이 현재로서는 가장 유력합니다."

탑의 수장 할아버지가 해준 이야기는 무척 흥미로웠다. 하지만 한 가지 의문점이 있었다.

"그런데 황성의 금지 구역이 어디예요?"

내가 알기로 황성에는 딱히 금지 구역이라 할 만한 곳이 없는데. 머리를 좀 굴려 봤지만 이렇다 하고 떠오르는 장소가 없었다. 그나마 생각나는 곳이 한 군데 있긴 한데……. 혹시 거기인가? 예전부터 궁인들에게 가끔 관리만 받을 뿐, 다른 목적으로는 이용되지 않던 북서쪽의 토파즈궁. 하지만 예전에 클로드랑 릴리에게 물으니 그냥 별다른 이유 없이 놀고 있는 궁이라고 하던데.

"이 늙은이도 거기까지는 잘 모르겠습니다. 어쩌면 선조 때만 금지 구역으로 취급받았을 수도 있지요."

수장 할아버지도 모르는구나. 하긴, 그냥 고서에 나오는 기록이라고 하니까 진짜 그런 게 지금도 남아 있을지 아닐지는 모르는 거지. 그리고 다음 순간 수장 할아버지가 지나가듯 꺼낸 말에 나는 급격히 동요하고 말았다.

"그곳보다 공주님. 늙은이의 주책없는 소리일지 모르겠습니다만, 혹시 공주님의 부마로 루카스 님을 고려 중이신 건지요?"

"부, 부, 부마라니요?"

나는 더듬거리면서 반문했다.

"지난번에 띨띨이들에게 얼핏 들으니 루카스 님이 느닷없이 용을 포획해 온 것도 공주님께 구혼하기 위해서라고…….."

으악, 구혼은 무슨 구혼! 이 할아버지가 지금 무슨 소리를 하는 거야?!

"그런 거 아니에요!"

"정말 아닙니까? 이 늙은이에게만 솔직하게 말씀을…….."

"아니라니까요!"

나는 필사적으로 부정했다. 갑작스러운 소리에 당황해서 그런지 얼굴이 뜨끈뜨끈했다. 당연하지! 구혼이라니? 부마라니? 누가? 루카스가?! 말도 안 되는 소리였다!

"허허, 아니라면 다행입니다. 루카스 님이 안 계시니 하는 말이지만, 부맛감으로는 참하고 조신한 남자가 최고 아니겠습니까?"

본인이 없는 틈을 타서 수장 할아버지가 은근슬쩍 루카스의 흉을 보았다. 나는 약간 횡설수설하며 루카스와 나의 결백(?)을 끝까지 주장한 뒤 수장 할아버지를 피해 도망치듯 검은 탑에서 빠져나왔다. 구혼이니 부마니, 그게 다 무슨 소리야! 지금 내 나이가 몇인데! 그, 그리고 상대가 루카스라니, 잘못 짚어도 한참 잘못 짚은 거 아니야? 하여간 루카스 애는 눈에 안 보여도 날 들었다 났다 하고 있었다.

"진짜, 요즘 어디서 뭘 하고 있는 거야?"

나는 막 빠져나온 검은 탑을 돌아보며 작게 투덜거렸다. 어째서인지 루카스는 지난 용 사건 이후로 근 일주일 동안 감감무소식이었다. 하도 모습이 안 보이길래 오늘은 내가 직접 탑에 오기까지 했는데! 수장 할아버지와 다른 마법사들에게 듣기로, 루카스는 그동안 탑에도 방문하지 않았다고 한다. 그리고 보니까 황궁에 있지 않을 때 어디로 가야 루카스를 만날 수 있는지, 또 이놈이 평소에 뭘 하고 시간을 보내는지 나는 아는 게 하나도 없잖아?

루카스는 원하기만 하면 내 몸에 GPS라도 달려 있는 것처럼 언제든 날 찾을 수 있는데 나는 그러지 못한다는 게 조금 불만스러웠다. 앗, 그런데 이러니까 꼭 내가 루카스에게 관심이 엄청 많은 것 같지 않아? 나는 퍼뜩 정신을 차리고 루카스에 대해 생각하는 걸 그만두기로 했다. 일주일 동안 나타나지도 않는 놈이 뭐가 예쁘다고, 흥.

"토파즈궁에나 가 볼까."

나는 순간 이동을 써서 토파즈궁으로 이동했다. 아까 수장 할아버지가 말해준 황궁의 금지 구역으로 추정되는 유일한 장소였다. 인기척이 하나도 느껴지지 않는 성안은 소름이 끼치도록 적막했다. 클로드의 궁역시 평소에 사람이 없어 조용한 건 마찬가지였지만…… 단순한 기분탓일까? 지금 이곳은 그보다 조금 더 농도 짙은 묵직한 침묵으로 들어차 있는 것 같았다. 마치 아주 작은 물살 한 점 없는 깊은 수중에 들어와 있는 것 같은 느낌이었다.

사실 내가 이곳을 고서 속의 금지 구역으로 추정한 이유로는 이 묘한 분위기가 가장 큰 영향을 발휘했다. 음, 평소에 이용하지 않는 궁이라는 건 알고 있었지만 정말 조용하네. 겉만 멀쩡한 폐허 같기도 하고.

또각또각.

사방이 너무 고요해서 나도 모르게 발소리를 줄이게 되었다. 그래도 대리석 바닥에 구두 굽이 부딪쳐 내는 소리를 완전히 감출 수는 없었다.

또각또각.

그 소리가 꼭 나를 뒤쫓아 오는 것 같아서 나도 모르게 뒤돌아보고 말 정도의 적막감이었다. 나는 귀신 같은 건 안 믿는데…… 그, 그래도 여기 분위기가 생각보다 묘해서 왠지 모르게 심장이 쪼그라드는 느낌이긴 하다.

이 궁전을 사용하지 않은 지는 적어도 몇 대 이상이 지났다고 한다. 이전에 어떤 황족이 이 궁에 살았는지도 기록이 남아 있지 않아서 알 수가 없었다. 다만 몇 개의 방문을 열어 보니 내가 사용하는 에메랄드궁 못지않게 내부가 화려해서 이대로 그냥 묵히기에는 조금 아깝다는 생각이 들었다.

쓰읍, 아마 어릴 때 이곳을 발견했다면 내 노다지가 되고도 남았을 텐데……. 나는 아련한 눈빛으로 사방에서 휘황찬란하게 반짝이는 것들을 바라보았다. 그나저나 여기에 마법 용품으로 보이는 건 아무것도 없는데. 역시 수장 할아버지가 해준 말은 거품이었나. 하기야 고서에 나온 내용이라니까 그럴 것 같기는 했지만. 또 이 토파즈궁이 고서 속의 금지 구역이라는 보장도 없고.

나는 그런 생각을 하며 처음보다 관심이 한풀 꺾인 채로 궁전의 내부를 둘러보았다. 지금 내가 들어와 있는 곳은 누군가 침실로 사용했던 것 같은 토파즈궁의 어느 방이었다. 궁인들이 평소에 관리를 열심히 하기 때문인지, 지금도 이곳을 사용하는 사람이 있기라도 한 것처럼 방은 무척 깨끗했다. 꼭 누군가가 금방 읽던 것처럼 탁자 위에 책까지 엄청 자연스럽게 펼쳐져 있고 말이지…….

"응?"

그리고 바로 그 순간, 나는 갑자기 느껴지는 위화감에 멈칫했다. 적어도 몇백 년은 이 궁을 사용한 사람이 없는 것으로 알고 있는데 뜬금없이 웬 책이지? 혹시 이곳을 청소하던 궁인이 휴식 시간에 보던 건가?

나는 그런 의문을 느끼며 테이블 위에 펼쳐진 책을 들어 올렸다. 당연한 소리겠지만 이 책에서도 마법적인 기운은 느껴지지 않았다. 다만 한 가지 특이하게도, 책의 표지에는 제목이 없었다. 나는 아무것도 쓰여 있지 않은 새까만 표지를 확인한 뒤, 펼쳐져 있던 페이지를 보았다.

"어라, 고어잖아?"

많고 많은 문자 중에 지금은 연구하는 사람도 그리 많지 않다는 고어라니, 특이하네. 궁인 중에 이걸 읽을 수 있는 사람이 있는 건가? 만약 그렇다면 황실에 고용해야 하는 것 아니야? 나는 그런 생각을 하며 눈앞의 고어를 해석했다. 어릴 때부터 손을 안 댄 공부가 없다 보니 이 정도는 그리 어렵지 않게 읽을 수 있었다. 펼쳐진 책에는 단 한 문장만이 적혀 있었다.

"'진실에 도달한 자만이 돌아와 성운(聖運)을 차지할 수 있을 것이다'?"

이게 웬 뜬구름 잡는 소리…….

화아악!

책에서 눈부신 빛이 터져 나오기 시작한 것은 바로 그때였다. 조금 전까지만 해도 평범한 물건에 불과했던 책에서 갑작스럽게 요란한 마력의 파동이 느껴졌다. 책에서 급히 손을 뗐지만 별다른 보람도 없이 나는 그 빛에 순식간에 집어삼켜졌다. 강렬하던 빛이 사그라진 것은 잠깐의 시간이 지난 후였다. 하지만 아직까지도 눈이 아려서 제대로 앞을 볼 수가 없었다.

으앗, 내 눈! 갑자기 이게 무슨 일이지? 느닷없이 책에서 빛이 뿜어져 나오다니? 분명히 아무런 마력도 느껴지지 않는 평범한 책이었는데 갑자기 어떻게 된 일일까. 아무래도 이 책을 검은 탑에 가지고 가서 조사해 봐야 할 것 같았다.

"누, 누구……."

그런데 그 순간, 갑자기 앞에서 누군가의 목소리가 들려왔다. 혹시 토파즈궁에서 터져 나오는 빛을 보고 온 궁인인가?

"누구세요?"

그런데 '누구세요?'라니? 내 얼굴을 모르는 궁인은 없을 텐데? 나는 아직도 앞이 잘 보이지 않는 눈을 비볐다. 눈부신 빛의 여파에서 벗어난 눈이 서서히 시력을 되찾고 있었다. 그리고 마침내 내 앞에 있는 사람을 확인한 뒤, 나는 두 눈을 의심하며 굳어버리고 말았다.

놀란 것은 내 맞은편에 있는 사람도 마찬가지였다. 소녀 역시 나처럼 지금의 상황을 믿을 수 없다는 듯이 놀라움과 경악에 찬 얼굴을 하고 있었다. 조금 전까지 자고 있었던 건지, 아니면 잘 준비를 하고 있었던 것인지는 모르지만 그녀는 하얀 잠옷을 입고 있었다. 그 위로 풀어 헤쳐진 머리카락은 구불거리는 백금발. 당장에라도 굴러떨어질 듯 크게 떠진 눈동자는 놀랍게도 신비롭게 반짝이는 보석안이었다. 하지만 무엇보다 가장 놀라운 것은······.

"나랑 똑같이 생겼어······?"

마치 거울을 앞에 둔 것처럼, 지금 내 앞에 서 있는 소녀와 내가 똑같은 외모를 가지고 있다는 점이었다. 멍하니 중얼거리는 소녀를 보며 나는 얼어붙었다. 재빨리 주위를 둘러보자 낯선 풍경이 눈에 들어왔다. 아니, 하지만 그곳은 내게 있어 낯선 곳이 아니었다. 왜냐하면 지금 이곳은 내가 어릴 때 살던 루비궁의 방과 지독히도 닮아 있었으니까.

"당신은 누구예요?"

나는 동요를 감추지 못하며 묻는 사람에게 다시금 눈길을 돌렸다. 그리고 나와 똑같은 얼굴을 한 채 가련하게 떨고 있는 소녀를 보고 나도 모르게 헛웃음을 흘리고 말았다.

설마······. 설마······?

"당신, 아타나시아 공주?"

내 충동적인 물음에 소녀가 반응을 보였다. 그제야 설마 하던 내 생각이 단순한 착각이 아님을 확신할 수 있었다. 그녀는 바로 책 속의 비운의 공주님. 제니트가 여주인공이던 〈사랑스러운 공주님〉의 아타나시아였다.

⚜

루카스는 조금 짜증이 나 있는 상태였다. 어디에 있는 귀찮은 사람 때문에 일주일이나 쓸데없이 시간을 허비해 버렸기 때문이다.

"다음에 또 귀찮게 굴 것 같은데 그냥 평생 잠들어 있게 만들어주고 올 걸 그랬나?"

그는 쯧 혀를 차며 혼잣말을 했다. 지금까지 루카스를 붙잡고 있던 사람은 다름 아닌 카락스였다. 당장에라도 죽을 것처럼 골골거리던 카락스는 아주 질기게도 살아서 루카스를 성가시게 만들고 있었다. 물론 평소 같으면 한 번 뺑 걷어차 주고 그냥 무시했겠지만 오늘내일 숨이 넘어갈 것처럼 굴면서 죽기 전의 마지막 소원이니 뭐니 해대는 놈을 완전히 외면하기도 좀 그랬다.

하지만 일주일이나 이렇게 찰거머리처럼 굴 줄 알았다면 그도 생각을 달리했을 것이다. 지금도 루카스는 카락스의 간당간당한 목숨줄을 아예 끊어주고 올 걸 그랬다는 아쉬움에 입맛을 다시고 있었다. 그래 봤자 어차피 때가 되면 다시 환생할 게 아닌가.

게다가 이 간 큰 놈은 그의 일에 건방지게 훈수를 두기까지 했다. '너무 해달라는 대로 다 해주면 여자가 금방 질린다'느니, '너는 밀고 당기기라는 것도 모르냐'느니 하며 아는 척을 해대지를 않나. 사실은 그 말에 솔깃했던 주제에 루카스는 그런 적이 없는 것처럼 속으로 구시렁거렸다. 그는 마법을 이용해 장소를 이동했다. 루카스가 이렇게 먼저 만나러 갈 사람은 한 명뿐이었다.

"여긴 또 어디야?"

하지만 다음 순간 시야에 들어온 낯선 방의 풍경에 루카스는 미간을 좁혔다. 평소 아타나시아의 행동반경쯤은 모조리 꿰고 있는 루카스였기 때문에 눈앞에 나타난 낯선 풍경에 의아해졌다. 에메랄드궁에 있는 다른 방인가? 하지만 그렇다 치기에는 지금 이곳에 고인 공기가 어쩐지 묘했다. 그렇게 눈살을 찌푸리고 주변을 살피던 루카스의 시선이 마침내 카펫 위에 떨어진 책에 못 박혔다. 그런데 이상했다. 왜 이 책에서 그가 찾고 있는 사람의 마력이 느껴지는 거지? 루카스는 허리를 굽혀 바닥에 있는 책을 주워 들었다. 그리고 그 안에 적혀 있는 고어를 그리 어렵지 않게 읽어 냈다.

[진실에 도달한 자만이 돌아와 성운(聖運)을 차지할 수 있을 것이다.]

"이게 뭔 개 풀 뜯어 먹는 소리야?"

책 속의 글귀를 읽은 루카스가 짜증스럽게 읊조렸다. 그가 찾고 있는 사람은 어디에도 보이지 않고 대신에 웬 수상쩍은 책에서 익숙한 마력이 느껴지는 것이 영 거슬렸다. 루카스는 책을 좀 더 조사해 볼 생각으로 손끝에 마력을 불어넣었다.

화악!

바로 그다음 순간, 눈부신 빛이 눈앞을 온통 희게 물들였다. 눈을 몇 번 감았다 뜰 정도의 짧은 시간이 지났다. 아니, 어쩌면 단순히 그가 감각을 잃었을 뿐, 아주 긴 시간이 지난 것일 수도 있었다. 어쨌거나 루카스는 아까보다 더욱 심기가 불편해진 것을 느끼며 본능적으로 감았던 눈을 가늘게 떴다. 새하얀 빛이 흔적도 없이 사라진 주위는 온통 깜깜한 암흑으로 가득 차 있었다.

분명히 마력이라고는 병아리 눈곱만큼도 느껴지지 않는 평범한 책이었는데? 그런데 이 빌어먹을 종이 쪼가리가 갑자기 무슨 조화를 부린 것인지 도통 알 수가 없었다. 그 사실에 자존심이 상해서 그런지 기분이 몹시 더러워졌다. 그 망할 종이 쪼가리, 돌아가면 재조차 안 남게 불살라 버려야지. 루카스는 바드득 이를 갈며 생각했다. 그러는 사이 마치 안개가 걷히는 것처럼 시야가 서서히 밝아지기 시작했다. 그리고 마침내 눈앞에 드러난 광경에 루카스의 눈매가 한순간 움찔거렸다.

"불쌍한 아이로구나."

고요한 남자의 목소리가 귓가에 울렸다. 그 음성은 작은 속삭임에 불과했지만 수천 년 동안 고여 있던 거대한 대양처럼 묘하게 웅장하고 깊은 울림을 냈다.

"너는 내가 한심할지 모르지만 나는 네가 가엾다."

루카스는 어느덧 짙은 어둠에서 벗어나 저물어 가는 석양을 마주하고 있었다. 그가 서 있는 곳은 탑의 꼭대기였다. 조금 전까지 밀폐된 황궁의 방 안에 있던 것이 꿈이었던 것처럼, 그는 날카로운 바람이 밀려드는 첨탑 위에서 누군가를 바라보고 있었다.

"너는 네가 온 세상을 다 가졌다고 생각하겠지만 기실 너는 가진 것이 하나도 없구나."

핏빛 노을로 붉게 물든 시야, 바람 소리를 뚫고 귓가에 흘러드는 건조한 속삭임, 또 지는 해를 배경으로 한 채 그를 등지고 서 있는 남자의 뒷모습. 그 모든 광경이 지독히도 익숙했다. 다음 순간, 하얀 머리카락을 흩날리며 그를 돌아보는 남자의 얼굴까지도.

"이토록 아름다운 것이 많은 세상에 너 혼자만 빈손으로 태어나 빈손으로 살아가다가, 결국은 빈손으로 죽을 테니 이 얼마나 가여운지."

그 말을 듣는 순간, 루카스의 머릿속에 그동안 잊고 있던 기억이 되살아났다.

"웃기지 마."

사방에서 몰아치는 싸늘한 바람 사이로 차게 벼려진 미소가 피어올랐다.

"당신은 이미 오래전에 죽었잖아."

지금 그의 눈앞에 있는 사람은 벌써 오래전에 죽어 없어진 사람이었다. 그것도 가장 최악의 방법으로 자신의 존재를 이 세상에서 지워 버린 끔찍한 인간이었다. 그런데 갑자기 이런 식으로 나타나는 것은 반칙이 아닌가?

"하긴, 상관없나."

루카스는 마주한 남자를 잠시 말없이 바라보다가 이내 눈을 접으며 시리게 웃었다.

"꿈이든 환상이든 살아 있다면 다시 죽이면 그만이니까."

그때까지도 남자는 모든 것을 초월한 얼굴로 미동 없이 그의 눈앞에 서 있었다. 곧 루카스의 손이 그런 남자에게로 거침없이 뻗어졌다.

"헉, 도대체 이게 무슨 일이야."

나는 조금 전 빠져나온 루비궁을 바라보며 아직도 거세게 벌렁거리는 가슴을 애써 진정시켰다. 꼭 판에 찍은 것처럼 나와 똑같이 생긴 사람을 마주하고 있던 기분은 무어라 설명할 수 없을 정도로 이상했다. 도플갱어를 본 기분이 이러할까? 하지만 이건 그런 수준이 아니었다.

"당신, 아타나시아 공주?"

왜냐하면 그녀는 단순히 나와 닮은 사람이 아니라, 자기 자신을 아타나시아라고 했으니까.

"맞아요. 당신은 도대체 누구예요? 어떻게 갑자기 내 방에 나타난 거죠? 게다가 왜 나랑 그렇게 닮은 얼굴을 하고 있는 거예요?"

처음에는 당혹과 놀라움, 또 불안과 공포 등으로 쉽사리 말을 꺼내지 못하던 그녀였으나 한 번 입을 열고 나자 내게 이런저런 질문 폭탄을 날리기 시작했다. 하하. 그래서 어떻게 했느냐고? 그녀에게 수면 마법을 걸고 도망쳤다! 으, 으앙! 처음부터 그럴 생각은 아니었는데 위급 상황이라는 생각이 들어서 나, 나도 모르게 그만……. 하지만 도대체 이게 무슨 상황인 건지 나한테도 생각을 정리할 시간이 필요한 거잖아? 아까는 그녀를 보고 무심코 〈사랑스러운 공주님〉 속의 아타나시아를 떠올렸지만 말이 돼, 그게? 그럼 지금 내가 있는 곳이 그 책 속의 세계라는 거야, 뭐야?

아, 아니…… 그걸로 치면 이미 나는 이미 그 책 속에 들어와서 아타나시아 공주가 되어 있는 거니까 꼭 말이 안 되는 소리라고도 할 수 없지만.

나는 다시금 루비궁에 두고 온 소녀를 떠올리며 동공을 흔들었다. 수면 마법을 걸어 잠이 든 그녀의 얼굴은 아무리 이리저리 몇 번을 뜯어보아도 내 얼굴과 너무 똑같았다. 심지어 팔에 있는 점 위치까지 똑같았다고! 그런 생각을 하자 다시 한번 오싹 소름이 돋았다.

나는 혼란스러운 와중에 다시 한번 손가락을 튕겨 순간 이동을 사용했다. 이 상황에서 내가 가장 먼저 할 수 있는 일은 바로 에메랄드궁에 가 보는 것이었다. 정말 말도 안 되는 일이라고 생각했지만 내 본능적인 감이 이번 일을 가벼이 넘기지 말라고 말해주고 있었다.

에메랄드궁의 내 침실은 불이 꺼져 깜깜했다. 내가 토파즈궁에 처음

갔을 때가 한낮이었으니 만약 그때부터 내 모습이 보이지 않았다면 지금쯤 궁 안은 발칵 뒤집혔어야 마땅했다. 하지만 아까부터 느낀 것이지만 황궁 안은 아주 조용했다.

잠시 후, 나는 내 침대 위에 잠들어 있는 사람을 발견하고 나도 모르게 실소를 흘리고 말았다. 창밖에서 들어오는 달빛을 받으며 새근새근 잠이 들어 있는 사람은 다름 아닌 제니트였다. 그녀는 원래부터 이 방의 주인이었던 것처럼 아주 자연스럽고 편안한 모습으로 잠이 들어 있었다.

뭐야? 진짜야, 이거? 꿈 아니고, 정말 현실이야? 나는 손을 들어 찰싹 내 뺨을 때려 보았다. 그런데 아팠다. 그럼 이게 정말 실화라는 거잖아?! 너무 황당하고 당황스러워서 아무 말도 입 밖으로 나오지 않았다. 루비궁에 있는 나와 똑같이 생긴 소녀와 에메랄드궁에 있는 제니트라니.

나는 어둠 속에서 제니트의 얼굴을 망연히 내려다보다가 방 안의 모습을 천천히 둘러보았다. 그리고 익숙한 듯 낯선 방 안의 풍경에 이내 침묵했다. 방의 주인이 내가 아님을 알려 주듯 구조 외에는 내 기억 속의 방과 동일한 점이 하나도 없었기 때문이다. 하지만 웃기는 일이었다. 분명 이곳은 내가 사용하던 에메랄드궁의 내 침소인데, 방의 주인이 내가 아니면 누구라는 거지? 나는 다시 한번 침대 위에서 잠들어 있는 제니트의 얼굴을 내려다보다가 손가락을 튕겼다.

쏴아아.

곧 장소가 바뀌고 시야에 은은한 달빛이 번졌다. 하얀 달빛을 받아 한결 더 신비로운 느낌을 풍기는 보라색 꽃이 사방에 흐드러지게 피어 있었다. 내가 도착한 곳은 가넷궁의 후원이었다. 그리고 내 눈앞에는 내가 아주 잘 알고 있는 사람이 익숙한 뒷모습을 보이며 서 있었다. 시야에 비친 그 풍경이 몹시 낯익었기 때문에 나는 용기를 내 그를 향해 걸음을 옮겼다.

비스듬.

그러다 풀잎을 밟으며 낸 소리에 클로드가 나를 돌아보았다. 나는 혹시 하는 마음에 입을 벌려 그를 부르려고 했다.

"지겨운 계집이로군."

하지만 다음 순간 날아와 꽂히는 차디찬 목소리에 결국은 아무 말도 입 밖으로 꺼내지 못했다.

"낮에 꺼냈던 허튼소리를 다시 지껄일 생각이거든 당장 내 눈앞에서 꺼져라. 앞으로 수십, 수백 번을 그렇게 구차하게 매달려도 아무것도 달라지지 않는다."

나를 바라보는 그의 눈동자 역시 얼음을 깎아 만든 것처럼 싸늘하기 그지없었다.

"아무래도 말귀를 못 알아들은 것 같으니 다시 한번 말해주지."

클로드는 내 눈을 정면으로 쳐다보며 그 어느 때보다 섬뜩한 냉정함을 담아 말했다.

"나는 이제껏 너를 단 한 번도 내 딸이라 여긴 적이 없다. 그것은 앞으로도 마찬가지일 테니 더는 이런 식으로 질리게 굴지 마라. 네 얼굴을 보는 것만으로도 짜증이 치밀어 오르니."

그리고 그는 자신의 말에 내가 어떻게 반응하든 알 바 아니라는 듯이 곧바로 내게서 뒤돌아섰다. 나는 멀어지는 클로드의 뒷모습을 바라보았다. 분명 내가 너무나도 잘 아는 사람이지만, 사실상 전혀 다른 사람이라고 할 수 있는 내 아빠의 뒷모습을.

"허, 참."

그러는 동안 나도 모르게 입으로 헛웃음을 내뱉고 말았다. 어쩌면 나는 루비궁에 있는 또 하나의 아타나시아와 에메랄드궁에 잠들어 있던 제니트를 보고 지금의 상황을 어느 정도 예상했던 것 같았다. 그래서인지 다행스럽게도 저런 클로드의 모습에 크게 충격을 받지는 않았다.

"나한테 저렇게 막말을 하는 걸 보면 진짜 우리 아빠가 아니란 거 잖아."

지금 내 머리 위에 있는 밤하늘은 늘 보아 오던 것이었는데도 이 순간만큼은 무척이나 낯선 것처럼 느껴졌다. 나는 다시 장소를 이동해 황궁의 곳곳을 살펴보았다. 역시 예상했던 대로 클로드가 나를 위해 지어주었던 내 개인 도서관도, 언제나 색색의 장미가 만개해 있던 화원들도 그 흔적조차 찾아볼 수 없었다. 에메랄드궁의 정원에 핀 꽃도 하루아침에 장미가 아닌 다른 꽃으로 탈바꿈되어 있었다. 그리고 에메랄드궁에 나와 함께 살고 있던 녹스와 파랑이도 없었다. 릴리 역시 에메랄드궁이 아닌 루비궁에 있는 것으로 확인되었다.

한나와 세스는 어디에 머물고 있는지 알 수조차 없었고, 필릭스는 아까 후원에서 클로드의 옆에 그림자처럼 조용히 서 있다가 클로드가 떠날 때 내게 한차례 고개 숙여 보인 뒤 조용히 그 뒤를 쫓았다. 무엇보다도 루비궁과 에메랄드궁에서 각기 잠들어 있는 아타나시아와 제니트. 그리고 나를 향해 온기 한 점 없는 싸늘한 목소리로 '너를 단 한 순간도 내 딸이라 여긴 적이 없다'고 말했던 클로드까지. 그렇게 이상한 점을 하나씩 되짚어 확인할수록 혼란했던 머릿속이 서서히 정리되기 시작했다.

게다가 내가 이곳으로 이동하기 전에 보았던 수상한 책. 그 안에 있는 이상한 글귀를 읽자마자 책에서 퍼져 나가던 하얀 빛은 분명 마력에 의한 작용이었다. 이쯤 되면 어지간히 눈치가 없지 않은 이상 의심할 수밖에 없었다. 어쩌면 지금 이곳이 내가 살고 있던 세계가 아닐지도 모른다는 사실을.

다음 날 아침, 나는 투명화 마법을 몸에 걸고 루비궁을 관찰했다. 당연한 일이었지만 간밤에는 잠을 한숨도 자지 못했다. 루비궁으로 이동되기 직전에 들고 있던 책을 찾으려고 토파즈궁을 뒤져 봤지만 내가 원하는 것은 어디에도 보이지 않았다. 혹시 자칭 아타나시아라고 하는 소녀의 방에 책을 떨어뜨리고 나온 건 아닐까 싶은 생각에 다시 루비궁으로도 가 보았다. 하지만 그곳에는 내 수면 마법으로 강제 취침 중인 소녀만 있을 뿐, 역시 내가 찾고 있는 책은 없었다.

"공주님, 어쩐지 안색이 안 좋아 보이세요."

"아…… 그래?"

그리고 지금 이 순간, 나는 잠에서 깨어나 움직이는 소녀를 보고 남몰래 몸서리쳤다.

"어젯밤에 이상한 꿈을 꾸어서 그런가."

으악, 이렇게 대낮에 보니까 더 소름이! 예전에 루카스가 마법으로 나랑 똑같이 생긴 인형을 만들었을 때도 이런 기분은 아니었는데. 그건 스스로의 의지가 없는 인형이었지만 지금 내 눈앞에 있는 건 진짜 생동감이 넘치는 사람이라 그런가?

"이상한 꿈이요?"

"응, 나랑 똑같이 생긴 사람이 나오는 꿈이었어."

아무래도 그녀는 어젯밤의 일을 꿈이라고 생각하는 모양이었다. 아마 어제의 만남이 있었던 직후 내 수면 마법 때문에 곧바로 잠이 들어 그런 것 같았다.

"그런데 지금도 너무 현실처럼 생생해서……."

"요즘 피곤하셔서 그런가 봐요. 오늘은 푹 쉬시는 게 좋겠어요."

나와 똑같이 생긴 소녀가 무언가를 생각하듯 말꼬리를 흐리자, 그 앞에 있던 사람이 그런 그녀를 위로하듯 웃으며 말했다. 그러자 소녀도 곧 여트막하게 미소 지어 보였다.

"응, 그래야겠어. 고마워, 릴리."

그녀의 옆에 있는 사람은 바로 릴리였다. 나는 오순도순한 두 사람의 모습을 보고 기분이 몹시 이상해졌다. 아니, 그러니까 저 여자애 말이야! 진짜 '또 다른 나'인 거냐고? 이것저것 따져 보면 저 여자애는 왜인지 〈사랑스러운 공주님〉 속의 아타나시아가 맞는 것 같은데…….

그럼 제니트가 에메랄드궁에 있는 대신 나랑 똑같이 생긴 애가 루비궁에 살고 있고, 또 릴리가 나를 대하듯이 저 애한테 다정하게 굴고, 게다가 클로드가 어젯밤 나를 그렇게 쌀쌀맞게 대한 것도 아귀가 딱 맞아떨어지긴 하는데 말이지. 아니면 혹시 지금 꿈을 꾸고 있는 건 나인 것 아니야? 그런 의심을 품고 어젯밤에 그랬듯 다시 한번 양손을 들어 뺨도 때려 보고 또 허벅지도 꼬집어 봤지만 역시 아팠다.

"그럼 공주님, 이제 아침 식사를 준비할게요. 요즘 식사량이 준 것 같아서 공주님께서 좋아하시는 것들로만 준비했으니 오늘은 많이 드셔 주세요."

내가 그러는 동안에 스스로를 아타나시아라 칭했던 소녀는 방에서 혼자 아침 식사를 하기 시작했다. 나는 그 모습을 지켜보다가 이번에는 에메랄드궁으로 이동했다.

"어머, 공주님. 그 꽃은 뭔가요?"

에메랄드궁은 루비궁과 분위기 자체가 달랐다. 조금 전에 내가 다녀온 루비궁이 어딘가 정적이고 조용한 분위기였다면, 에메랄드궁은 아주 밝고 활기찬 느낌이었다.

"아바마마께 드릴 선물이에요."

나는 태양처럼 샛노란 꽃을 품에 안고 웃는 제니트의 얼굴을 보고 한순간 말문이 막히는 것을 느껴야만 했다. 내가 사용하던 궁전에 있는 제니트의 모습이 그렇게 낯설 수가 없었다.

"오늘 아침 식사 자리에 기져다 놓으려고 하는데　 이비미미께서 좋아하실까요?"

제니트가 약간 걱정스럽게 묻는 말에 궁인 중 한 사람이 웃으며 대답했다.

"그럼요. 공주님의 선물이라면 그게 무엇이든 전부 좋아하실 거예요."

그 말을 듣고 나는 아까보다 기분이 더 이상해졌다.

"그보다 공주님, 말씀을 편하게 해주세요. 저희 같은 것들에게 말씀을 높이시면 안 됩니다."

"아, 알피어스에 있을 때부터 이런 말투가 입에 배서 저도 모르게……. 하지만 벌써 3년째 제 생활을 돌봐 주고 계시잖아요. 그러니 제가 존중해야 마땅하다고 생각해요."

제니트의 말에 주위에 있던 궁인들의 얼굴에 감동이 떠올랐다. 일국의 공주이면서도 궁에서 일하는 사람들을 무시하지 않고 존중해 주는 그녀에게 감격한 눈치였다. 3년째 생활을 돌봐 주고 있다면, 지금 제니트의 나이가 17살인 건가? 책의 내용대로라면 그녀는 14살에 데뷔탕트를 치른 뒤 궁에 들어오게 되었으니까. 물론 그 후에 한동안은 손님용 별궁인 사파이어궁에 머물다가 클로드의 총애를 받아 이 에메랄드궁을 하사받은 것이지만 말이지. 게다가 이런 말은 하고 싶지 않았지만 루비궁의 아타나시아가 살아 있는 것으로 보았을 때, 그들의 나이는 아직 18살이 되지 않았을 것이었다.

나는 꽃을 품에 안고 어딘가로 이동하는 제니트의 뒤를 쫓았다. 그녀가 향한 곳은 이미 그들의 대화에서 짐작했듯이 클로드가 있는 가넷궁이었다.

"아바마마!"

커헉. 복도의 한쪽에 서 있는 클로드에게 밝은 얼굴로 달려가는 제니트를 보고 나는 그만 혀를 깨물 뻔했다.

"왔느냐?"

그리고 그런 제니트를 무심히 반겨 주는 클로드를 보고 나는 두 눈을 부릅떴다.

"오늘도 좋은 아침이죠? 이건 선물이에요."

머리로 생각만 하고 있던 광경을 직접 내 두 눈으로 목격한 놀라움은 예상보다 컸다. 이미 어제 클로드를 만나 확인한 것이 있었지만, 그래도 그가 제니트를 대하는 것을 보니 감회가 또 어제와 달라졌다.

"어제저녁에 화원에 갔더니 꽃이 예쁘게 피었더라고요. 아바마마께도 보여드리고 싶어서 오늘 아침 일찍 화원에 들러 제가 직접 따 왔어요."

제니트가 한 마리의 종달새처럼 재잘거리며 클로드에게 꽃을 내밀었다. 그러자 클로드의 시선이 제니트의 손에 들린 노란 꽃에 닿았다.

"꽃이라. 별 선물을 다 받아 보는군."

곧 그가 꽃다발을 받아 들며 여전히 무표정한 얼굴로 말했다. 하지만 제니트를 향한 클로드의 눈빛은 어젯밤 나를 보던 것과는 비교도 할 수 없을 정도로 따뜻했다.

"꼭 제니트 공주님처럼 화사하고 예쁜 꽃이군요. 기쁘시겠습니다, 폐하."

클로드의 옆에 서 있던 필릭스가 그런 두 사람을 보고 미소를 지었다. 지금 내가 목도한 모습이 평범한 일상인 것처럼 세 사람은 아주 자연스러워 보였다.

곧 이어진 식당에서의 광경 역시 마찬가지였다. 나는 밝은 얼굴로 재잘거리는 제니트와 그런 그녀의 말을 묵묵히 들어주는 클로드를 보며 복잡한 기분을 느꼈다. 그런 와중에 제니트가 무척 행복해 보여서 기분이 더욱 묘해졌다.

내가 마지막으로 보았던 것은 가짜 탑의 마법사인 카락스에게 부탁해 보석안을 없애고 황궁을 떠나던 제니트의 모습이었다. 게다가 지금 내 시야에 들어온 클로드 역시 무심한 듯 온기 어린 눈빛으로 제니트를 보고 있어서 마음이 무척 싱숭생숭해졌다. 지금 루비궁에서 홀로 아침 식사를 하고 있을 아타나시아를 생각하니 더욱 그랬다.

"아, 왜 이렇게 속이 답답하지?"

결국 나는 아무것도 먹지 않고도 괜히 체한 것 같은 기분으로 가넷궁을 빠져나왔다. 아까까지만 해도 배가 조금 고팠는데 지금은 뭘 잘못 먹고 속이 얹히기라도 한 것처럼 갑갑했다. 그리고 어쩐지…… 막 뭔가를 쥐어뜯고 싶기도 하고 발로 걷어차고 싶기도 한, 그런 기분인데……!

"그래, 그 책을 찾아야 해!"

나는 이 모든 일의 원흉이나 마찬가지인 수상한 책을 찾는 데 총력을 기울이기로 했다.

[진실에 도달한 자만이 돌아와 성운(聖運)을 차지할 수 있을 것이다.]

"아오, 그러니까 그게 도대체 무슨 소리냐고."

아무래도 내가 이런 꼴에 처해 있게 된 것과 그 책에 적혀 있던 내용이 연관이 있을 것 같았다. 진실에 도달해라? 성운을 차지한다? 어젯밤부터 저 문장을 곰곰이 생각해 본 결과 떠오르는 것은 수장 할아버지가 내게 해준 말이었다.

"예전부터 풍문으로 돌던 이야기입니다. 초대 황제 폐하께서 차기 후계자를 정하기 위해 만든 마법 용품이라고 하더군요."

"고서에도 자세히 적혀 있지 않아 잘은 모르지만 그 마법 용품이 무척 신묘하여 황제가 될 자격이 있는 자를 스스로 가려냈다고 합니다."

"그 후 몇 세대 후의 황족이 황궁의 금지 구역에서 그 마법 용품을 발견했다는 기록이 남아 있습니다."

저 말을 듣고 내가 호기심에 황궁의 금지 구역으로 추정되는 토파즈궁에 갔던 것이기도 하고. 그리고 하필이면 그곳에서 수상한 책을 발견해 이런 상황에 처하게 된 것이다, 이거지. 그럼 혹시 저 책이 수장할아버지가 말해준 고서 속의 마법 용품일 수도 있는 걸까? 지금이라도 탑에 들어가서 수장 할아버지를 한번 닦달해 볼까? 하지만 만약 내가 짐작한 대로 지금 이곳이 〈사랑스러운 공주님〉의 세계가 맞다면, 아마 이곳의 아타나시아와 수장 할아버지 사이에는 아무런 연고도 없을 것이었다.

왜냐하면 소설 속의 아타나시아 공주는 마법을 사용하지 못했으니까. 물론 이게 진짜 그 소설 속의 세계인지, 아니면 단순히 실제처럼 정교하게 잘 만들어진 환영이나 꿈일 뿐인지는 아직 모르겠지만 말이지. 그래서 일단 나는 토파즈궁에 가서 다시 그 책을 찾아보기로 했다.

"도대체 어디에 있는 거야."

하지만 몇 시간 동안 눈에 불을 켜고 궁 안을 들고 엎어도 책 같은 건 나오지 않았다.

해가 저물 무렵, 결국 나는 지쳐서 나가떨어졌다. 슬슬 배도 고프고 또 어제 꼴딱 밤을 새워서 그런지 꽤 피곤하기도 했다. 나는 마법으로 소환한 사과를 우물거리며 깊은 회의감을 느꼈다. 이런 상황에서도 식욕은 남아 있다니, 삶이란 무엇일까요?

만약 내가 이러고 있는 동안 내 원래 세계의 시간도 똑같이 흐르고 있다면 다들 엄청 걱정하고 있을 텐데. 그러니까 초대 황제가 만든 마법 용품 따위에는 쓸데없이 왜 관심을 가져서. 앞으로는 절대 아무 책이나 함부로 만지지 않을 테다!

처음에는 분명히 수상함이라고는 눈곱만큼도 안 느껴지는 평범한 책이있는데, 그게 다 낚시길이었더니. 히지만 지괴감을 느끼며 땅을 파 봤자 상황은 변하지 않았다. 그렇다면 할 수 있는 일을 해야지. 역시 그 책에 적혀 있던 문구를 해석하는 게 관건인 것 같은데. 그나저나 처음부터 느낀 거지만…….

"확실히 여기, 공기가 묘해."

나는 쥐 죽은 듯이 조용한 궁전의 복도에서 작게 중얼거렸다. 슬쩍 뒤돌아보자 노을에 붉게 물든 복도가 시야에 들어왔다. 어쩐지 귀신이 나오기에 딱 좋아 보이는 을씨년스러운 분위기였다. 내가 어릴 때 살던 루비궁만 으스스하고 음침한 줄 알았더니, 이렇게 해질 때 보니 토파즈궁도 꽤…….

"응?"

그러다 문득 어디에선가 들려오는 음악 소리에 나는 고개를 돌렸다. 이 소리는 밖에서 들리는 것 같은데. 게다가 곡 선정이 묘하게 익숙한 것이……. 혹시 오늘 황궁에서 연회가 열리나? 그러고 보니 다른 데 정신이 팔려서 깊이 생각하지 않았지만 바깥공기가 다소 산만한 것 같기도 했다. 나는 상황을 잠깐만 보고 오기로 결정하고 손가락을 튕겼다.

"폐하의 탄신연회가 갈수록 성대해지네요. 몇 해 전까지만 해도 좀 형식적인 느낌이었던 것 같은데."

"제니트 공주님이 오신 뒤로 더 화려해진 것 같죠?"

"듣기로는 작년부터 제니트 공주님께서 폐하의 탄신연회에 각별히 신경 쓰고 계신다고 해요."

연회장 안은 역시나 화려하게 꾸민 사람들로 북적거렸다. 앗, 그런데 오늘이 클로드의 생일이었단 말이야? 그래서 이렇게 연회가 크게 열렸구나. 그나저나 역시 다들 클로드랑 제니트 얘기뿐이네. 하긴 이쪽에서는 제니트가 총애받는 공주이니 당연한가. 윽, 그렇게 생각한 순간 왜인지 조금 속이 쓰렸다.

아무래도 여기에 계속 있다가는 내 기분이 더 싱숭생숭해질 것 같다. 아, 그런데 혹시 내가 찾던 책이 토파즈궁 말고 다른 곳에 있을 가능성도 있지 않을까? 그럼 연회로 궁 안이 산만한 틈을 타서 다른 궁전을 한번 뒤져 볼까? 그런 생각에 나는 연회장을 나섰다.

"탄신일을 진심으로 축하드려요, 아바마마."

그리고 연회장 안쪽에 비해 비교적 조용한 복도에서 그와 그녀의 모습을 발견했다. 한 명은 클로드였고, 한 명은 나랑 얼굴이 똑같은 여자애…… 에잇, 그냥 편의상 아타나시아라고 하자. 어쨌든 저 여자애가 자기 스스로를 소개할 때 그렇게 말했으니까. 그러니까 이 세계의 아타나시아는 클로드와 함께 있었다. 보아하니 클로드가 연회장에 들어서기 전에 그를 만난 것 같았다.

물론 미리 오순도순 사이좋게 약속을 해서 만난 것 같지는 않고, 아마도 아타나시아가 먼저 생일 축하 인사를 하고 싶어서 그를 기다리고 있었던 듯했다.

그런데 그녀는 상당히 긴장한 얼굴을 하고 있었다. 끙, 나랑 똑같은 얼굴로 저러고 있는 걸 보니 참 기분이 이상하구먼. 그런 그녀를 잠깐 가만히 내려다보고 있던 클로드가 다음 순간 지나가듯 말했다.

"생각보다 낯이 두껍군."

엇, 그러고 보니 어젯밤에 클로드와 만난 건 나였는데. 분명 그는 나를 저 아타나시아라고 생각하는 것 같았지? 아마도 나랑 만나기 전에 둘 사이에 무슨 일이 있었던 것 같은 느낌이었던 걸로 기억했다. 그럼 지금 저 말은 어제 두 번이나 자신이 매몰차게 대했는데도 다시금 눈앞에 모습을 드러낸 것에 대한 반응인 듯했다. 클로드의 서늘한 속삭임에 소녀가 눈에 띄게 움찔했다. 하지만 그녀는 곧 애써 미소를 지으며 다시 입을 열었다.

"저, 부족하지만 탄신일 선물을 준비했는데…….'

하지만 클로드는 그녀를 향해 냉랭히 말했다.

"지금 이 자리에서 네가 사라지는 것이 내게 줄 수 있는 유일한 선물이다."

그 순간 나는 흠칫해서 입을 벌렸다.

"그런…….'

하지만 가냘프게 떨리는 음성은 내가 아닌 다른 아타나시아에게서 흘러나왔다. 그녀는 클로드의 말에 적지 않은 상처를 받은 기색이었다. 그럴 만도 했다. 내가 봤을 때도 저 아타나시아는 애써 용기 내 클로드에게 다가가는 듯한 느낌이었는데, 그런 그녀에게 저런 말은…….

"폐하."

뒤에 그림자처럼 서서 상황을 관망하고 있던 필릭스가 말리듯 클로드를 불렀다. 필릭스는 아무리 그래도 그런 말은 다소 심하지 않느냐는 듯한 표정을 짓고 있었다. 하지만 역시 이쪽의 필릭스는 아타나시아와 그다지 친하지 않은지 그녀를 위해 적극적으로 나서지는 않았다.

"아바마마!"

바로 그때, 누군가의 가벼운 발걸음 소리와 함께 밝은 목소리가 귓가에 번졌다. 그 소리에 반응해 클로드가 가장 먼저 고개를 돌렸다.

"제니트."

나는 어느덧 조금이나마 부드럽게 풀린 클로드의 얼굴을 보고 착잡함을 느낄 수밖에 없었다. 필릭스의 얼굴에도 한순간 안도감이 스쳐 지나갔다. 그는 제니트의 등장으로 더 이상 클로드와 아타나시아가 단둘이 있게 되지 않았다는 사실에 안심한 것 같았다. 하지만 만약 그가 아타나시아의 표정을 보았다면 그런 생각을 할 수는 없었을 것이다.

"이미 아침에 말씀드렸지만 다시 한번 탄신일을 축하드려요. 제가 아바마마를 위해 선물을 준비했는데 받아주시겠어요?"

"아침의 꽃으로 충분하다 했는데도."

"오늘 같은 특별한 날에 어떻게 그래요?"

클로드를 향해 종달새처럼 지저귀던 제니트가 잠시 후 그의 뒤에 서 있던 소녀를 발견했다.

"어머, 아타나시아. 거기에 있었군요. 미안해요, 마음이 들떠서 미처 보지 못했어요. 잘됐네요. 우리, 연회장까지 같이 가요."

제니트의 권유를 받은 순간 아타나시아가 어깨를 흠칫 떨었다. 그녀의 시선이 반사적으로 클로드에게 향했다. 아마 조금 전 그에게 들은 말을 떠올린 것 같았다.

클로드는 여전히 싸늘한 시선으로 그녀를 내려다보고 있었다. 그것을 보고 아타나시아가 가까스로 목이 졸린 것 같은 음성을 내뱉었다.

"아니, 아니에요. 저는 갑자기 몸이 좋지 않아서……. 그래서 인사만 드리러 잠시 왔던 거예요."

"어머, 그래요? 그러고 보니 안색이 별로 좋지 않네요. 루비궁으로 궁의를 불러야겠어요."

"괜찮아요. 그저 돌아가서 조금 쉬면 돼요."

제니트는 끝내 아쉬운 듯했지만 아타나시아의 창백한 얼굴 때문인지 더 권하지는 못했다.

"그럼 아바마마…… 부디 즐거운 시간을 보내시기를. 다시 한번 탄신일을 축하드립니다."

그녀는 작은 목소리로 마지막 인사를 남긴 뒤 조금 비틀거리는 걸음으로 자리를 떠났다.

"폐하, 제가 아타나시아 공주님을 배웅해 드리고 와도 되겠습니까?"

그 모습이 영 눈에 밟혔는지 펠릭스가 클로드를 향해 조심스럽게 물었다.

"쓸데없는 짓 하지 마라."

하지만 클로드는 그렇게 일갈한 뒤 뒤돌아섰다. 결국은 필릭스도 클로드의 뒤를 따라 걸음을 옮겼다. 그래도 혼자 연회장을 떠난 아타나시아가 계속 신경 쓰이는지 그의 시선은 종종 뒤를 향했다.

"필릭스, 너무 걱정 마세요. 연회가 끝나면 제가 그녀에게 가 볼 테니까요."

"아, 공주님께서 그렇게 해주신다면 저도 마음이 놓일 것 같습니다. 감사합니다, 공주님."

"아니에요, 저도 아타나시아가 걱정되는걸요."

제니트의 말에 필릭스의 얼굴이 확연히 밝아졌다. 제니트는 그런 필릭스를 향해 한 번 웃어 보인 뒤, 종종걸음으로 앞서 걷는 클로드에게 다가갔다.

"아바마마, 걸음이 너무 빨라요."

"네가 느린 것이겠지."

"그럼 저를 위해서 조금만 천천히 걸어주세요. 전 아바마마 옆에서 걷고 싶단 말이에요."

제니트가 살며시 팔짱을 끼면서 하는 말에 클로드의 걸음이 서서히 느려졌다. 그런 그를 향해 제니트가 방긋 웃었다. 그들은 아까보다 확연히 부드러워진 분위기 속에서 연회장에 입장했다.

"어머, 공주님? 왜 이렇게 일찍 돌아오신 거예요?"

한편 루비궁에 돌아온 아타나시아의 분위기는 그들과 천차만별로 달랐다. 연회가 막 시작될 시간임에도 불구하고 궁에 돌아온 소녀를 향해 릴리가 물었다. 그러자 아타나시아가 얼굴에 미소를 그려 보이며 대답했다.

"갑자기 몸이 안 좋아졌는데 아바마마께서 그만 쉬는 게 좋겠다고 걱정해 주셔서…… 그래서 아쉽지만 다시 돌아왔어."

당연히 거짓말이었다. 릴리도 그녀의 말을 듣고 무언가를 느꼈는지 잠시 동안 말없이 눈앞의 웃는 얼굴을 바라보았다. 나는 릴리의 눈동자가 잘게 흔들리는 것을 보고 말았다. 하지만 그녀는 곧 자연스럽게 자신의 동요를 감추며 아타나시아를 향해 다가갔다.

"그러셨군요. 몸이 안 좋으시다니 걱정이네요. 어젯밤에 잠을 설치셔서 그런 걸까요? 오늘은 일찍 쉬시는 게 좋겠어요."

그 후 릴리는 직접 아타나시아의 목욕 시중과 옷 시중을 들고, 또 방으로 돌아간 그녀에게 따뜻한 차를 내준 뒤, 심신의 안정에 좋다는 향기로운 초에 불을 붙인 채 방을 나섰다. 그녀가 떠난 후로도 방은 한동안 조용했다.

"흐윽……."

침묵으로만 가득 차 있던 방 안에 작은 흐느낌이 퍼지기 시작한 것은 그로부터 얼마간의 시간이 더 지난 후였다. 귓가에 번지는 서러운 울음소리에 어쩐지 움직일 수가 없었다. 나는 잠시 갈팡질팡하다가 결국 참지 못하고 그 자리를 떠났다.

"으앙, 나 좀 집으로 보내 줘어어!"

잠시 후, 사람 한 명 보이지 않는 적막한 갈대숲에 내 목소리가 쩌렁쩌렁하게 울렸다.

클로드, 이 나쁜! 나쁜……! 자기 딸한테 진짜 너무한 것 아니야? 저렇게 막 싸늘하게 쳐다보고! 냉담하게 말하고! 자기 생일 파티에 온 딸의 면전에서 네가 사라지는 게 선물이라는 소리나 하고! 그래 놓고는 제니트랑 희희낙락하는 모습을 보이지를 않나! 으악, 진짜 속 터져서 못 살겠다! 도대체 난 언제까지 여기에 있어야 하는 거야? 누가 대답 좀 해주세요, 네?

나는 지금 이 순간의 마음을 잔뜩 담아 별이 총총히 떠 있는 밤하늘을 향해 양팔을 벌리며 강렬히 소리쳤다.

"나 돌아갈래애애에!"

머리 위에서 나른한 목소리가 들려온 것은 바로 그때였다.

"어디로?"

그 순간 나는 소스라치게 놀라 소리가 들려온 곳을 향해 반사적으로 고개를 들었다. 그러자 다음 순간, 기다렸다는 듯이 어둠 속에서도 선명한 빛을 발하는 붉은 눈동자가 내 눈길을 옭아맸다.

"어디로 돌아가고 싶은데?"

언뜻 장난스러운 느낌을 풍기는 목소리가 다시 한번 귓가에 맴돌았다. 달빛 아래에서 그의 검은 머리카락이 별을 품은 밤하늘처럼 흩날렸다.

"루카스?"

나는 무심코 입술을 벌려 그의 이름을 소리 내 불렀다.

"불쌍한 아이로구나."

벌써 몇 번째 반복되는 상황이었다. 루카스는 슬슬 짜증이 나는 것을 느끼며 얼굴을 구겼다.

"상황 참 지랄 맞네, 진짜."

누군가 공들여 만든 환영이라 하기에는 눈앞에 펼쳐진 광경이 현실처럼 지독히도 생생했다. 그러니 아마도 루카스 자신에게서 파생된 기억의 잔해가 아닐까 싶은데…….

"너는 내가 한심할지 모르지만 나는 네가 가엾다."

설령 그렇다 한들 이렇게까지 구체적일 이유는 무엇이란 말인가? 저

같잖은 소리를 하도 많이 들었더니 이제는 토씨 하나 틀리지 않고 달달 외울 지경이 되었다. 하지만 이곳에서 그가 해야 할 일이 저 말 같지도 않은 소리를 듣는 것뿐이라면 그나마 지금보다는 나았을 것이었다. 벌써 몇 번이나 똑같은 사람, 똑같은 장면을 봐야 하는 것이 지겹기 짝이 없었으니까.

"너는 네가 온 세상을 다 가졌다고 생각하겠지만 기실 너는 가진 것이 하나도 없구나."

루카스는 귓가에 울리는 잡소리를 흘려들으며 자리에 벌렁 드러누웠다. 몇 번인가 마법을 이용해 봤지만 그는 눈앞에 있는 남자를 죽일 수 없었다.

"이토록 아름다운 것이 많은 세상에 너 혼자만 빈손으로 태어나 빈손으로 살아가다가, 결국은 빈손으로 죽을 테니 이 얼마나 가여운지."

"시끄러워, 이 잡귀야."

루카스는 귓가에 메아리치는 음성에 심기가 불편해져서 중얼거렸다. 마치 귀신을 상대하듯 남자의 몸을 그대로 통과해 지나갔던 감촉이 아직도 생생했다. 마치 뿌연 안개 속에 손을 넣어 휘젓는 것 같은 느낌이었다. 루카스가 내보내는 마력도 그대로 남자를 관통한 뒤 사라졌다. 비단 남자한테만 그의 마법이 통하지 않는 것은 아니었다.

루카스는 이 현상을 깨뜨리려고 여러 방법을 사용해 봤지만 결국은 어김없이 몇 번이나 같은 자리에서 같은 광경을 봐야만 했다. 심지어 순간 이동을 이동해 장소를 바꾸려 해봐도 정신을 차리고 나면 다시 이 자리로 돌아와 있었다. 그러니 정말 귀신이 곡할 노릇이 아닐 수 없었다. 벌써 여러 차례 난동을 피웠지만 그런 노력이 무색하게도 상황은 아무것도 변하지 않았다. 그래서 루카스는 다른 방법을 궁리하기로 하고 자리에 털썩 앉아 남자를 노려보고 있던 참이었다.

그리고 잠시 후, 마침내 눈앞에 있던 남자가 그를 돌아보았다. 이제

곧 장면이 바뀔 차례였다. 루카스의 앞에 반복되는 이 빌어먹을 장면은 지금 그가 보고 있는 것 한 개가 아니었다.

휘이잉.

바람결에 흩날리는 하얀 머리칼이 꼭 비상하는 새의 깃털 같았다. 루카스는 그 모습을 바라보다가 몸을 돌렸다. 여전히 자리에 누운 채로 남자를 등진 순간, 붉은 해가 지던 하늘이 시린 새벽빛으로 물든 하늘로 바뀌었다.

"언젠가 너도 나를 이해하리라 믿는다."

루카스는 등 뒤에서 벌어지는 상황 따위는 자신과 아무런 상관도 없다는 듯이 눈을 감았다. 하지만 시야가 차단되었을 뿐, 귓가에 흘러드는 목소리는 여전히 사라지지 않았다.

"하지만 다른 한편으로는, 죽을 때까지 네가 이해하지 못했으면 싶기도 하구나."

사방에서 몰아치는 바람 사이로 모래알이 흩어지는 것 같은 자그마한 소리가 번졌다.

"그런 눈으로 보지 마라."

벌써 몇 번이나 반복된 일이었지만 그 뒤의 말은 아무래도 듣고 싶지가 않았다. 그래서 루카스는 손을 들어 귀를 막았다.

"부모가 자식보다 먼저 죽는 것은 당연한 일이 아니냐."

하지만 그 말은 다른 그 어떤 말보다도 또렷이 그의 귀를 파고들었다. 그 순간 루카스는 참지 못해 실소하고 말았다. 이제는 더 이상 생에 아쉬운 것도 미련도 없다는 듯, 혼자서만 홀가분하게 지껄이는 그 말을 용서할 수 없었다. 그래서 눈앞에서 죽어 가는 남자를 제 손으로 다시금 죽이고 싶어 견딜 수가 없던 그런 때가 있었다.

"진짜 웃기지 말라고……."

작게 읊조리는 소리가 바람에 쓸려 사그라졌다. 루카스는 마음을 바꾸어 자리에서 몸을 일으켰다. 남자의 비참한 최후를 그의 두 눈으로 똑똑히 지켜보기 위해서였다.

그렇게 바닥에 앉아 고개를 돌리자 허공에 눈보라처럼 흩날리고 있는 새하얀 가루가 시야에 비쳤다. 남자의 모습은 이미 온데간데없었다. 다만 바람에 날리는 먼지 같은 하얀 재가 눈부신 새벽빛에 부서진 햇살 조각처럼 반짝거리고 있을 뿐이었다. 루카스는 어느덧 어린아이의 몸으로 변해 있었다. 오래전, 남자가 그의 눈앞에서 죽을 때 그랬던 것처럼. 그는 새하얀 재가 흩날리는 하늘 아래에서 다시금 몸을 눕혔다. 이 빌어먹을 경험을 앞으로 몇 번이나 더 해야 벗어날 수 있을지 알 수가 없었다.

아, 어쩐지 모두 다 귀찮았다. 루카스는 지독한 권태감을 느끼며 눈을 감았다. 그러는 동안에도 시야는 또다시 붉게 물들고 있었다.

"불쌍한 아이로구나."

잠시 후, 그의 두 귀에 조금 전 재가 되어 사라진 남자의 목소리가 흘러들었다. 끝이 있는지조차 알 수 없는 또 한 번의 시작. 그 사실이 그렇게 지긋지긋할 수가 없었다.

"루카스?"

나는 무심코 눈앞에 있는 사람의 이름을 소리 내 읊조렸다. 전혀 예상치 못한 사람을 만나게 되어 놀란 탓에 나도 모르게 반사적으로 튀어나온 이름이었다. 그리고 바로 그 순간, 달빛 아래에서 한결 더 요사스러운 빛을 내는 붉은 눈동자에 이채가 떠올랐다.

"흐응, 너 내 이름을 알고 있어?"

그 말을 듣는 순간, 지금 눈앞에 있는 사람이 내가 알던 사람이 아니라는 사실을 깨달았다.

이, 이 사람은 '그 루카스'기 이니구나. 이찌 보면 딩연힌 일이타 힐
수 있는데도 나는 마음속에 실망감이 번지는 것을 느꼈다. 그래, 아무
리 똑같은 얼굴을 하고 있어도 그는 내가 알고 있는 루카스가 아니었
다. 지금 황궁에 있는 클로드가 내 아빠가 아닌 것과 마찬가지로.

"난 널 처음 보는데, 넌 날 알고 있네?"

게다가 아마도 이 세계에서 루카스와 아타나시아는 아직 만난 적이
없는 모양이었다. 하기야, 소설 속에서도 루카스는 등장조차 하지 않
았으니 이 또한 당연하다면 당연한 이야기일지도 몰랐다. 만약 루카스
가 책 속의 주요 인물들과 접점이 있었다면 어떤 방식으로든 이야기에
등장하지 않았을까?

"신기하네. 난 최소한 10년은 탑 밖으로 나온 적이 없었는데, 날 어
떻게 아는 거지?"

어쨌든, 나는 뜻하지 않게 이 세계의 루카스의 흥미를 끌어버린 모
양이었다. 하, 하지만 난 그냥 혼자 갈대밭에 와서 속에 쌓인 것을 풀
어놓고 있었을 뿐인데 갑자기 나타난 건 이 녀석이잖아? 아니, 여기서
아타나시아랑 아는 사이도 아니라면서 왜 불쑥 나타나서 아는 척을 하
고 그런대요?

그나저나 여기서 뭐라고 말해야 하는 거지? 그냥 '무슨 말씀이시죠?
전 그쪽의 이름을 모르는데요. 아마 잘못 들으셨나 봐요, 호호호'라고
말하고 튈까? 아니면 사실대로 '난 다른 세계의 너를 알고 있어!'라고
말해버려? 악, 그런데 왠지 저거 좀 '도를 믿습니까?'의 새로운 버전 같
지 않아?

"그리고 이 마력."

그렇게 내가 고민하고 있을 때, 루카스가 허공에서 내려와 소리 없이
지면을 밟았다. 바람에 흔들리는 갈대 사이에 서 있는 그는 당장에라도

허공에 흩어질 것 같은 흐릿한 분위기를 풍기고 있었다. 하지만 그와는 완전히 모순되는 이 강렬한 존재감은 여전히 설명할 길이 없었다.

"내 마력이랑 파장이 굉장히 비슷한데."

이건 또 무슨 소리인지 알 수가 없었다. 나랑 자기랑 혈연관계도 아닌데 마력이 비슷하긴 왜 비슷해?

"저기, 일단 좀 떨어져 줄래…… 요?"

어쨌거나 루카스가 나한테 다가와 내 몸을 요리조리 훑어보기 시작하는 바람에 나는 마음이 불편해졌다. 그래서 더듬거리며 그에게 말하자니 곧 루카스가 무언가를 깨달은 표정을 지으며 입을 열었다.

"어라, 이상하다."

그리고 마침내 그가 내뱉은 말에 나는 자리에서 굳어버리고 말았다.

"예전에 내가 훔쳐 먹은 신수랑 마력이 똑같잖아? 이게 어떻게 된 거지?"

……너 지금 뭐라고 했니? 예전에 뭘 훔쳐 먹었다고? 신수……? 신수라고? 그러고 보니까 너와 나의 첫 만남은 네가 우리 까망이를 납치해 가려고 황궁에 와서……. 바로 그 순간 나는 엄청난 정신적 충격을 받아서 입을 벌렸다.

서, 설마 이 자식! 머, 먹었냐? 진짜 먹은 거냐……?! 우리 까망이를?!

"너 우리 까망이 먹었어?!"

"까망이?"

믿을 수 없다는 듯이 외친 내 소리에 루카스가 고개를 갸웃거리며 반문했다.

"그러니까, 설마 네가 먹었다는 게 귀엽고 깜찍하고 사랑스러운 까만 신수냐고?"

그러자 잠깐 무언가를 생각하는 듯하던 루카스가 이내 생각났다는 듯이 입을 열었다.

"아, 그러고 보니 그런 생김새였던 것 같기도 하고. 벌써 10년은 지 난 일이라 기물기물하지만 이미 맞는 것 같은데. 이놈의 신수 씨가 밀 랐는지 도통 보이지를 않아서 찾느라 꽤 애먹었단 말이지."

쿠콰콰쾅!

루카스의 말을 듣는 순간 나는 참지 못해 버럭 소리 지르고 말았다.

"야, 이 나쁜 자식아! 네가 뭔데 우리 까망이를 먹어!"

으엉, 으어엉! 으어허엉! 저놈이, 저놈이 우리 까망이를 잡아먹었어!

물론 원작의 아타나시아는 마법을 사용하지 못하는데 나한테 마력 의 결정체인 신수가 있다는 사실을 알았을 때부터 이상하다고 생각하 긴 했다. 그리고 루카스가 틈만 나면 까망이를 먹는다 만다 하면서 협 박했던 것도 그렇고.

또 애초에 저놈이 까망이를 훔치러 황궁에 왔다는 사실까지 내심 찜 찜하게 생각하고 있긴 했지만! 그래서 사실은 '혹시 원작에서는 저놈이 까망이를 먹어서 아타나시아가 마법을 못 썼던 것 아니야?' 하는 의심 을 품은 적도 있지만 말이야! 그래도 진짜라니! 진짜라니! 이렇게 직 접 저 잔인무도한 사실을 루카스의 입으로 확인하게 되니 이만저만 정 신적인 타격이 큰 게 아니었다.

으아앙, 까망아! 지켜 주지 못해서 미안해! 으앙!

"뭐야, 너 그 신수 알아? 게다가 이름이 까망이라고? 어차피 시간이 지나면 없어질 텐데 신수에 쓸데없이 이름을 왜 붙여?"

그렇게 내가 멘붕에 빠져 있을 때, 루카스가 이해하지 못하겠다는 듯 이 썩은 미소를 지으며 말했다. 다른 세계의 루카스라고 해도 역시 루 카스는 루카스인 모양이었다. 저렇게 냉정하게 말하는 것을 보니. 내 가 아는 루카스도 예전에 까망이를 대하는 내 태도를 지적한 적이 있 었는데.

"까망이는 까망이니까 까망이지!"

나는 또다시 그런 루카스에게 발끈해서 소리쳤다. 하지만 이 루카스 놈은 내가 그러거나 말거나 상관없다는 듯이 계속해서 내 마력의 출처를 추측하느라 바빴다.

"그 보석안이나 마력의 파장을 보면 오벨리아의 황족인 건 확실하고. 그럼 내가 먹은 신수가 네 거야? 아닌데, 그럴 리는 없는데. 그럼 지금 너한테 그런 마력이 있을 리가 없는데."

그렇겠지, 네가 먹었으니까!

나는 다시금 화르륵 열이 오르는 것을 느꼈다. 루카스는 여전히 알 쏭달쏭한 듯이 나를 보며 혼잣말을 주절거렸다. 내 정체를 알 듯 말 듯 해서 약간의 흥미와 짜증이 동시에 생기는 모양이었다.

"날 알고 있는 것도 그렇고, 이상한 점이 한두 가지가 아니야."

그렇게 혼자 중얼거린 루카스가 나한테 물었다.

"너, 도대체 정체가 뭐야?"

"내가 말해주면 네가 알아?"

하지만 흥 칫 핏이다, 이놈아! 나는 눈앞에 있는 제2의 루카스를 비 웃으며 코웃음을 쳐 주었다. 까망이를 잡아먹은 놈과 도모할 친분 따위는 없다! 그런데 내 말을 들은 루카스가 다음 순간 눈을 가늘게 떴다. 그리고 곧이어 그가 입가에 그려 보이는 얄쌍한 미소에 나는 흠칫하고 말았다. 앗, 잠깐! 저건 이놈이 사고 칠 때 짓는 미소인데? 나는 본능 적인 위기감을 느끼고 뒷걸음질 쳤다.

사악!

바로 그 순간, 날카로운 무언가가 내 앞을 스쳐 지나갔다. 보이지 않 는 무언가에 잘려 나간 갈대가 바람을 타고 시야 가득히 흩날리기 시 작했다.

"어, 피했어? 너 감이 좋은데?"

의외라는 듯이 읊조리는 소리를 듣고 나는 헛웃음을 내뱉고 말았다.

뭐야, 지금 이놈이 날 공격했어?

"너…… 설마 지금 날 죽이려고 한 거야?"

"무슨 소리야? 설마 그럴 리가 없잖아."

나와 비슷한 나이 대의 외양을 한 루카스가 그게 무슨 말도 안 되는 소리냐는 듯이 웃었다. 하지만 이어진 그의 말을 듣고 나는 그만 기가 차서 입을 벌릴 수밖에 없었다.

"얼마 만에 찾은 재미있을 것 같은 인간인데 이렇게 간단히 죽일 리가 있겠어? 그리고 내가 진짜 널 죽이려고 마음먹었으면 네가 지금 그렇게 멀쩡히 서 있을 수 있을 것 같아?"

이, 이 자식이? 너랑 나랑 지금 처음 만난 거라고 하지 않았니? 그런데 첫 만남부터 지금 너무 막 나가는 것 아니에요?

"그럼 느닷없이 왜 공격하는데?"

"내가 살던 데에서는 이게 인사야."

그게 무슨 헛소리냐?! 하지만 루카스는 내가 황당해하거나 말거나 상관하지 않고 계속해서 말을 이었다.

"흥미로운 마력 파장이 느껴져서 그냥 한번 보러 왔던 건데, 생각보다 더 재미있을 것 같네."

눈앞에 있던 사람이 갑자기 사라졌다고 느낀 것은 바로 다음 순간이었다. 하지만 그는 사라진 것이 아니었다. 눈 깜짝할 새 내 옆으로 다가온 루카스가 내 머리카락을 손가락 사이에 휘어 감아 잡아당기며 속삭였다.

"너, 나랑 같이 갈래?"

어느새 지척으로 다가온 붉은 눈동자가 유혹하는 듯한 달콤한 미소를 그 안에 담고 나를 응시했다.

"너에 대해 궁금한 게 아주 많아."

루카스의 말과 행동에서 어쩐지 이질감이 느껴졌다. 하지만 느른히 웃는 그 얼굴만큼은 내가 알고 있는 루카스의 것과 똑같았다. 조금 전에 그가 나를 공격한 사실을 알면서도 마음이 흔들리고 만 것은 아마 그 이유 때문일 것이다. 나는 그의 눈을 마주 보다가 입을 열었다.

"같이 가다니, 어디로?"

"내가 살고 있는 곳."

다른 한편으로는 루카스의 사적인 영역에 들어가 볼 수 있다는 점이 매력적으로 느껴지기도 했다. 평소 자신에 대해 좀처럼 말해주는 법이 없던 루카스의 거처라니. 앞으로도 이런 기회가 있을지 없을지 알 수 없는 만큼 조금은 갈등 어린 마음이 드는 것도 사실이었다. 하지만 나는 그의 권유를 거절했다.

"안 돼. 거긴 내가 마음대로 갈 수 있는 데가 아니야."

그러자 마주한 사람이 의아하게 고개를 기울였다.

"내가 허락한다는데 뭐가 문제야?"

"내가 허락받아야 할 사람은 네가 아니니까."

당연하게도 그는 이해하지 못한 눈치였다. 하지만 내가 이런 말을 처음으로 듣고 싶은 상대는 이 루카스가 아니었다. 사실 우리의 대화는 조금 이상한 구석이 있었다. 하지만 루카스와 나 둘 다 거기에 연연하지 않고 있다는 점이 무엇보다 가장 이상했다. 내가 자신의 뜻대로 되지 않는 것이 마음에 들지 않는지, 루카스의 얼굴에 짜증이 일었다.

콰쾅!

나는 문득 수상함을 감지하고 놈에게서 멀어졌다. 그러자 기다렸다는 듯이 원래 내가 있던 곳에 깊은 구덩이가 파였다. 잘린 갈대들이 다시금 시야에 어지럽게 나부꼈다.

"야, 너 진짜 너무한 거 아니야?"

나는 아까보다 더한 황당함을 느끼고 놈에게 따졌다. 이렇게 다짜고짜 이 연타 공격이라니! 더군다나 저건 위력도 꽤 강하잖아?!

"내 탑에 초대한 사람은 네가 처음이었는데 거절당해서 상처받았어. 그러니까 책임져 줘야겠어."

하지만 루카스 놈은 싸늘한 목소리로 이따위 소리를 지껄일 뿐이었다. 곧 그의 손에서 강력한 마력의 흐름이 느껴졌다. 나는 그가 진심이라는 사실을 깨닫고 당황해서 입을 벌렸다.

"걱정 마. 팔다리 하나쯤 떨어져 나가도 다시 곱게 붙여 줄게."

"자, 잠깐, 루카스……!"

솔직히 그때까지만 해도 설마 하는 마음이 있었다. 그런데 믿는 도끼에 발등 찍힌다는 말이 괜히 있겠는가? 루카스 놈은 진짜 나를 향해 살인적인 위력이 담긴 마력을 날려 보냈다.

쿠콰콰콰아앙! 쾅콰앙!

아까까지는 장난이었다는 사실을 입증이라도 하듯, 마치 폭탄이 터지는 것 같은 굉음이 내 고막을 꿰뚫었다. 당연히 나는 마력을 끌어올려 방어했지만 루카스 놈이 워낙 괴물이어서 내 방어막은 도중에 깨져 버렸다.

잠시 후 나를 집어삼킨 마력이 완전히 사그라졌을 때, 나는 퍼뜩 정신을 차리며 다급히 내 몸을 살폈다. 으악, 으아악! 내 팔다리 멀쩡한 거야? 머리는?! 제대로 붙어 있는 게 맞는 거야?! 하지만 놀랍게도 딱히 다친 곳은 없는 것 같았다. 나는 얼떨떨해져서 내 앞에 있는 놈을 향해 고개를 들었다.

"크윽……."

그리고 주위에 자욱하게 깔려 있던 흙먼지가 가라앉았을 때, 처참하게 뜯긴 갈대의 잔해 속에서 가슴을 움켜잡고 신음하는 루카스를 발견했다.

으, 으응? 넌 또 왜 그러고 있냐?

"너…… 도대체 나한테 무슨 짓을 한 거야?"

그런데 놈은 황당하게도 나를 노려보며 저런 말인지 방귀인지 모를 소리를 지껄였다. 마치 내가 자신에게 해코지라도 한 것 같은 반응이어서 나는 기가 막혔다.

"아니, 내가 너한테 뭘 어쨌다고…… 무슨 짓을 한 건 내가 아니라 너잖아?"

"너, 이…… 정말 죽여 버리겠어."

헉, 이 자식. 이유는 모르겠지만 진짜 좀 빡친 것 같은데. 저 일그러진 얼굴을 보니 아마 손으로 움켜잡고 있는 곳이 많이 아픈 모양이다. 허허, 놈이 좀 진정되면 같이 이야기나 나누어 볼까 했는데, 저렇게 날 죽일 듯이 째려보는 걸 보니 아무래도 말이 안 통하겠는데?

"으, 으음. 그럼 루카스야, 나는 통금 시간이 있어서 이만 가 볼게."

"야, 가긴 어딜 가? 죽을래? 당장 이리 안 와?"

"부, 부정맥은 위험한 것. 네 나이도 있는데 각별히 조심하렴?"

루카스가 바드득 이를 갈았으나, 정말 많이 아프긴 한지 나를 잡기 위해 자리에서 움직이지는 못했다. 그래도 혹시 몰라서 나는 재빨리 손가락을 튕겨 그 자리를 벗어났다. 설마 이놈이 또 나를 쫓아오는 것이 아닌가 싶었으나 다행히 그런 일은 벌어지지 않았다. 나는 역시 까만또라이의 명성은 어느 세계에서나 통용되는 것이란 생각을 하며 몸을 부르르 떨었다.

"여기 있었네?"

하지만 나는 이 세계의 루카스를 너무 얕잡아 봤던 것이 분명했다. 다음 날 천사상 위에 앉아 있던 내 앞에 돌연 나타난 놈을 보고 나는 그만 소스라치고 말았다.

"마력 냄새를 왜 이렇게 황궁 안에 사방팔방 다 흘리고 다녔어? 찾는 네 애믹 있잖아, 귀찮게."

뭐, 마력 냄새? 네가 무슨 멍멍이냐? 앗, 그런데 이놈. 어쩐지 원래 세계에서도 내가 있는 곳을 잘도 찾는다 했더니만 마력을 쫓아서 온 거였나. 나도 레벨 업 하면 루카스처럼 할 수 있을까?

"어제 아팠던 데는 괜찮아?"

"웃기네. 지금 병 주고 약 줘? 어제 내장 터질 뻔한 것도 다 너 때문이잖아."

"그게 왜 나 때문이야?!"

이놈이 생사람 잡네! 에잇, 역시 이런 놈을 걱정해 주는 게 아니었어! 기껏 신경 써 줬더니 저딴 소리나 하고! 크흑, 역시 까망이의 원수! 타도하라, 타도하라!

"그래서 내가 오늘 널 찾으러 황궁에 왔다가 재미있는 걸 봤는데 말이야."

그리고 다음 순간 루카스가 썩은 미소를 지으며 내뱉은 말에 나는 흠칫하고 말았다.

"여기에 너랑 똑같이 생긴 여자애가 있더라? 아무래도 그 공주가 내가 먹은 신수의 원래 주인 같은데."

뜨, 뜨끔! 아타나시아를 봤구나.

"그런데 내가 알기로 이 나라에 쌍둥이 공주는 없단 말이지."

천사상 위에 있는 루카스와 나 사이로 한차례 더운 바람이 불었다. 루카스가 자신의 눈앞까지 날아간 내 머리카락을 휘어잡으며 물었다.

"너 진짜 정체가 뭐야?"

나는 고민했다. 어쩌지? 사실 이놈을 처음 만났을 때는 사정을 솔직히 털어놓고 혹시 지금의 내 상황에 대해 아는 것이 있는지 물어볼 생각이었다. 끄응, 그런데 어제는 도무지 진지한 이야기를 나눌 분위기가 아니어서 말이지.

"말을 안 하시겠다? 그럼 내가 혼자 알아내지, 뭐."

앗, 그런데 내가 고민하는 사이 놈이 또다시 입가에 삐뚤어진 미소를 그리고 손에 잡고 있던 내 머리카락을 놓았다. 아니, 잠깐만! 아직 1분도 안 지났잖아! 아니, 1분이 뭐야. 아직 한 10초 정도밖에 안 지난 것 같은데?!

슈욱!

그리고 내가 입을 열어 무어라 말하기도 전에 루카스가 눈앞에서 사라졌다. 이, 이 쓸데없이 성질만 급한 녀석 같으니라고! 그런데, 잠깐. 혼자 알아내겠다고? 도대체 뭘? 아니, 난 여기에 있는데 무슨 수로 자기가 나에 대해 알아내겠다고……. 그 순간 불현듯 뇌리를 스치고 지나간 생각에 나는 기겁했다.

슈욱.

그리고 내 불길한 예감은 적중했다. 순간 이동으로 자리를 이동하고 나서 내가 목격한 것은 루카스 놈이 아타나시아 공주를 납치하고 있는 광경이었다!

"야! 루카스, 이 또라이야!"

그녀는 기절했는지 루카스의 품 안에 축 늘어져 있었다. 내 얼굴을 본 그가 배부른 고양이처럼 웃었다.

"그 표정 아주 좋은데. 이제야 좀 마음에 드네."

"너 지금 도대체 뭘 하는 거야? 당장 안 내려놔?"

"뺏을 수 있으면 뺏어 보든지."

그런 환장할 말을 남긴 뒤 루카스 놈이 테라스에서 뛰어내렸다. 당연히 나도 그의 뒤를 따라 난간을 밟고 날아올랐다.

"루카스!"

마침내 붉은 꽃이 흐드러지게 핀 화원에서 나는 그를 따라잡았다. 하지만 놈은 내가 자신을 붙잡기를 기다렸다는 듯이 다시금 얼굴에 얄미운 미소를 그려 보이며 뒤돌아 나를 마주 보았다. 잇, 저 사식 지금 순간 이동 쓰려는 거구나! 나는 루카스를 막기 위해 손에 마력을 불러들였다.

쿠웅!

하지만 내 마력이 루카스에게 부딪히는 순간, 가슴이 쿵 떨어지는 느낌과 함께 엄청난 통증이 밀려들었다.

"윽!"

나는 신음을 흘리며 가슴을 부여잡았다. 강제로 파훼된 마력이 싸늘한 얼음 조각이 되어 심장에 박혀 든 것 같았다. 힘을 잃은 내 손이 루카스에게서 떨어져 나갔다.

"아무래도 오늘의 놀이는 여기까지인 것 같네. 그럼 다음에 또 보자고."

바닥에 털썩 쓰러져 고통을 호소하는 나를 보고 루카스가 숨 막히도록 예쁘게 미소 지었다. 나는 아타나시아 공주를 데리고 사라지는 그의 모습을 속절없이 지켜볼 수밖에 없었다. 마력의 파동이 사라진 후에도 나는 곧바로 자리에서 일어나지 못했다.

"아타나시아 공주님?"

잠시 후, 가슴을 부여잡고 신음하는 내 귓가에 누군가의 나지막한 음성이 파고들었다. 처음에는 내게 다가오는 사람이 누구인지 깨닫지 못했다. 하지만 곧 그가 내 앞에 한쪽 무릎을 굽히고 앉았기 때문에 나는 그의 얼굴을 볼 수 있었다.

"괜찮으십니까?"

조금 놀란 얼굴로 나를 향해 묻는 사람은 바로 이제키엘이었다. 붉은 꽃송이 사이에서 그의 흰 얼굴과 반짝이는 은발이 유독 두드러져 보였다. 햇살 같은 금색 눈동자가 그 안에 나를 담아냈다.

"혹 존체에 편찮은 곳이 있으신지요?"

그는 화원의 한가운데에 덩그러니 주저앉아 식은땀을 흘리고 있는 나를 보고 적잖이 놀란 눈치였다. 나 역시 예기치 못하게 맞닥뜨린 이제키엘을 보고 내심 당황했다.

"이제키엘……."

나도 모르게 이제키엘의 이름을 소리 내 읊조린 순간, 그가 움찔 눈매를 떨었다. 외모가 똑같아서인지 그는 나를 이곳의 아타나시아 공주라고 생각한 듯했다. 누가 오기 전에 진작 투명화 마법을 쓰든 순간 이동을 쓰든 해야 했는데, 아직도 식은땀이 뻘뻘 날 정도로 가슴과 명치 부근이 아파서 숨을 헐떡이며 가까스로 의식만 붙들고 있는 것이 한계였다.

"무슨 일이지? 이쪽에서 수상한 마력의 움직임이 느껴졌는데."

하지만 내 당혹감은 다음 순간 더욱 커지고 말았다. 왜냐하면 이제키엘의 등 뒤로 지금 내가 이곳에서 만나서는 안 될 사람이 모습을 드러냈기 때문이다. 그것은 바로 클로드였다. 다가온 그가 서늘한 푸른색으로 빛나는 눈동자로 나를 내려다보았다. 눈이 마주치는 순간, 착각인지 클로드가 잠깐 멈칫한 것 같았다.

"이제키엘! 아바마마!"

하지만 바로 뒤이어 들려온 목소리에 그가 고개를 돌렸기 때문에 우리의 눈이 마주친 것은 지극히 짧은 순간이었다.

"제니트, 위험할지도 모르니 오지 말라고 하지 않았느냐."

아이고, 서러워서 못 살겠다! 가뜩이나 속도 아파 죽겠는데 우리 아빠가 내 눈앞에서 다른 애를 챙기는 모습이나 봐야 한다니. 나는 바닥에 엎어져 있든 말든 신경도 안 쓰고 말이야.

"어떻게 그래요? 갑자기 이상한 마력의 기운이 느껴진다면서 아바마마와 이제키엘이 저만 두고 가 버렸는데 당연히 걱정을…… 앗? 아타나시아?"

제니트가 나를 발견하고 두 눈을 휘둥그렇게 떴다. 추측하건대, 아마도 세 사람이 함께 있다가 루카스와 나에게서 터져 나오는 마력의 흐름을 느낀 것 같았다. 그 직후 이제키엘과 클로드가 혹시 모를 위험에 대비해 제니트를 두고 이곳에 와 본 듯하고. 그리고 제니트는 그 뒤를 따라왔다는 건가.

"폐하, 아타나시아 공주님께서 고통을 호소하며 쓰러져 계셨습니다."

이제키엘의 말에 클로드가 다시 내게로 시선을 돌렸다.

"설마 조금 전 그 마력 파동의 원인이 너였나?"

싸늘한 시선이 내 몸을 한차례 훑고 지나갔다. 나는 아직도 뻐근한 가슴의 통증을 느끼며 신음했다.

"아타나시아, 괜찮아요? 어디가 아픈 거예요?"

이렇게 세 사람을 한꺼번에 만나는 상황은 예상하지 못했는데! 게다가 조금 전에 이곳의 진짜 아타나시아 공주는 루카스 놈에게 납치되어 버렸고……. 그리고 이곳에서 루카스와 내가 한바탕 소란을 피웠던 건 또 뭐라고 변명하지? 어형, 그나저나 아빠보다 제니트와 이제키엘이 날 더 걱정해 주다니. 진짜 너무하다, 이곳의 클로드.

"그게……."

나는 일단 발뺌하기 위해 입을 열었다. 날카로운 갈고리 같은 것으로 속을 온통 헤집어 놓은 것처럼 끔찍하게 아파서 그런지 목에서 잔뜩 갈라진 음성이 흘러나왔다. 하지만 나는 그들에게 변명할 말을 지금 당장 생각해 내지 않아도 되었다. 왜냐하면 무어라 말을 하기 위해 입을 열자마자 목구멍에서 피가 왈칵 토해져 나왔기 때문이다.

"아타나시아!"

손으로 입을 막아도 그 사이로 검붉은 피가 후두둑 쏟아져 내렸다.

그런 나를 보고 제니트가 비명처럼 내 이름을 소리쳐 불렀다. 여전히 내 앞에 한쪽 무릎을 굽히고 앉은 이제키엘 역시 당혹과 놀라움으로 얼굴을 굳히는 것이 보였다. 다만 자리에 우두커니 서 있는 클로드의 반응만큼은 확인할 수 없었는데, 사실은 굳이 보지 않아도 그가 눈 하나 깜짝하고 있지 않다는 사실을 알 것 같았다. 잇따라 고막을 파고드는 그의 목소리가 아주 냉정했기 때문에 나는 내 짐작이 맞다는 것을 확신할 수 있었다.

"시종과 궁의를 불러라."

"폐하, 긴급한 상황이니 제가 모시겠습니다."

나로 말할 것 같으면, 진짜 딱 죽기 직전으로 아파서 이 사람들이 옆에서 뭐라고 떠들든 아무 상관 없는 상태였다. 게다가 왠지 내 상태가 지금 바로 기절해도 이상하지 않을 것 같은…… 게 기분 탓이 아니라 진짜였나! 나는 급속도로 의식이 흐려지는 것을 느끼며 휘청거렸다.

"공주님!"

옆으로 기울어지는 내 몸을 이제키엘이 늦지 않게 받아줘서 나는 맨땅에 헤딩하는 상황만큼은 면할 수 있었다. 루카스 놈이랑 달리 이제키엘은 역시 어느 버전이든 참으로 신사답기도 하구나……. 나는 멍하니 그런 생각을 하며 마침내 완전히 의식을 놓아버렸다.

"공주님, 무사하셔서 정말 다행이에요. 공주님이 잘못되실까 봐 얼마나 걱정했는지 몰라요."

미, 미쳤다, 이 상황. 나는 촉촉한 눈을 하고 속삭이는 릴리를 향해 당황스럽게 동공을 흔들고 말았다. 처음에는 눈을 뜨자마자 한달음에 달려와 나를 걱정하는 릴리를 보고 원래 내가 살던 곳으로 돌아온 줄 알았다. 하지만 아니었다. 나는 지금 루비궁의 방 안에서 꼼짝없이 누워 이곳의 아타나시아 공주로 오해받는 중이었다.

"공주님의 마력도 이제는 완전히 안정되었다고 하니 다행이에요. 혹시 모를 상황에 대비해서 탑의 마법사들이 정기적으로 루비궁에 들러 공주님의 상태를 살피기로 했어요. 그러니 마음 푹 놓으세요."

내가 피를 토한 이유는 역시 마력 때문에 내상을 입어서였다. 나를 진찰하러 왔던 궁의가 이번 일은 자신의 영역이 아니라고 말하며 탑의 마법사들을 부를 것을 권했다고 한다. 잘은 모르겠지만 아까 루카스를 붙잡으려고 마법을 사용했을 때 뭔가 문제가 생긴 것 같았다.

어쨌든, 그래서 나는 처음으로 이 세계의 수장 할아버지를 만날 수 있었다. 그는 나한테 갑작스럽게 마력이 생긴 사실을 믿을 수 없어 했다. 물론 실제로는 갑자기 나한테 없던 마력이 생긴 게 아니라 사람이 뒤바뀐 거였지만…… 그 사실을 아무도 눈치채지 못했다.

내가 깨어나자마자 수장 할아버지가 호들갑을 떨며 이런저런 것을 물으려 하는 통에 얼마나 정신이 혼미했는지 모른다. 그래도 릴리가 내 휴식을 주장하며 단호하게 그를 돌려보내서 다행이었다.

"아까 찾아왔던 사람들도 모두 돌려보냈으니 염려 마시고요. 공주님은 아무 걱정 없이 푹 쉬면 되세요."

이번 일에 대한 조사를 맡은 것 같은 사람들이 아까 나를 찾아와 화원에서 있었던 일에 대해 물었으나 나는 기억이 잘 나지 않는다고 얼버무렸다. 그들은 몹시 마뜩잖은 얼굴로 나를 보았는데, 그럼 뭐 어쩔 거야! 내가 생각이 안 난다는데! 릴리도 내 몸에 갑자기 마력이 생긴 일로 불안한 것 같았는데, 그것을 티 내지 않고 나를 다독이려 노력했다. 그 모습을 보니 마음이 찡해지는 것과 동시에 약간의 죄책감이 들었다.

"으응. 난 괜찮으니까 릴리도 가서 쉬어."

나는 최대한 이곳의 아타나시아 흉내를 내며 릴리에게 말했다. 그런데 노력이 좀 과해서 너무 시들시들 기운 없게 말했나 보다. 나를 조금 걱정스럽게 쳐다보던 릴리가 이윽고 위로 섞인 미소를 지어 보였다.

"공주님께서 의식을 잃으신 동안에 폐하께서 다녀가셨답니다. 공주님을 많이 걱정하셨어요. 그러니 하루라도 빨리 쾌차하세요."

으흑, 그런데 거짓말인 게 너무 티 났다. 여기에 있는 클로드가 아타나시아를 걱정해서 찾아올 리가 없잖아. 아까도 바닥에 쓰러진 나를 보고도 눈 하나 꿈쩍하지 않던 사람인데. 하지만 나는 그런 생각을 숨기고 릴리를 향해 작게 웃어 보였다. 그리고 릴리가 푹 쉬라는 말을 남기며 방을 나서자마자 머리를 싸매고 몸부림쳤다.

으아, 도대체 이게 무슨 황당한 상황이야? 왜 내가 루비궁에서 아타나시아 공주인 척을 해야 하는 건데? 게다가 진짜 아타나시아 공주는 루카스 놈이 납치해 가 버렸고! 아타나시아 공주를 안고 사라지기 직전에, 나를 향해 얄밉게 지어 보였던 그의 미소가 머릿속에 떠올랐다. 그 순간 또다시 화르륵 열이 올랐다.

이 세계의 루카스 진짜 너무한 거 아니에요? 처음 만나자마자 느닷없이 나를 공격하지를 않나, 가만히 있는 사람을 멋대로 납치해 가지를 않나. 적어도 내가 아는 루카스는 이 정도로 막무가내이지는 않았어!

하지만 그렇게 생각하며 씩씩거린 것도 잠시뿐이었다. 나는 서서히 양심이 찔리는 것을 느끼며 쿨럭 헛기침을 했다. 으, 으음. 그래, 솔직히 말해서 루카스가 원래도 좀 막 나가는 성격이긴 했지. 나한테는 그나마 그런 게 좀 덜해서 그렇지.

"아, 어떡하지?"

갑자기 골머리가 아파서 나는 이마를 짚으며 신음했다. 루카스가 데려간 아타나시아 공주를 다시 제자리에 돌려놔야 하는데. 이럴 줄 알았으면 그냥 어제 루카스가 검은 탑으로 날 초대했을 때 못 이긴 척 가

줄 걸 그랬나? 그럼 그놈이 이렇게 눈이 돌아서 미친 짓을 저지를 일도 없었을 텐데. 그리고 지금 그놈이 어디에 있는지 몰라서 이렇게 머리를 싸맬 일도 없었을 테고.

하나 더. 루카스에게 내 마법이 통하지 않았던 이유가 도대체 뭘까? 아까의 일을 떠올리자 갑자기 또 괜히 속이 아린 느낌이라서 나는 손을 들어 가슴과 배를 쓸어내렸다. 마치 내 마력이 산산이 조각나서 온몸에 꽂힌 것 같은 느낌이었다. 오죽하면 피까지 토하고 말이지.

그래도 예전에 마력 폭주로 요단강을 건널 뻔했던 때보다는 덜 아파서 다행이긴 한데. 그러고 보니 어제 루카스도 나한테 공격 마법을 사용하고 난 후에 통증을 호소했었잖아? 아무래도 어제의 일과 오늘의 일에 연관성이 있는 것 같은데 그게 뭔지 알 수가 없었다.

그나저나 내가 이 세계에 온 지 오늘이 삼 일째라는 게 실화입니까? 갑자기 허탈해져서 나는 허허 웃었다. 엄청나게 많은 일이 있었던 것 같은데 이제 고작 삼 일째라니. 하지만 만약 내 세계에서도 지금과 동일하게 시간이 흐르고 있다면, 삼 일은 결코 짧은 시간이 아니었다. 나는 착잡하게 루비궁의 방을 둘러보며 앞으로의 일을 걱정했다.

"폐하, 아타나시아 공주님께서 깨어나셨다고 합니다."

"그런가?"

필릭스의 말에 클로드가 무덤덤하게 반응했다.

"루비궁에 다시 들르실 의향은 없으신지요? 아까는 공주님께서 의식을 차리시기 전이라 미처 이야기를 나누지 못하셨잖습니까."

"깨어났다고 하니 괜찮은 것이겠지. 나는 그리 한가하지 않다."

여전히 무정한 그의 목소리를 듣고 필릭스는 '역시' 하는 생각을 했다. 아까는 어쩐 일로 먼저 루비궁을 찾은 클로드를 보고 놀랐었는데……. 그의 주군은 여전히 아타나시아 공주에 한해서만큼은 유독 냉정한 태도를 취하고 있었다.

"더 할 말이 없으면 나가라."

클로드의 축객령에 필릭스가 한 번 고개를 숙여 보인 뒤 집무실을 나섰다. 그 후 클로드는 침묵이 감도는 방 안에서 묵묵히 책상 위에 놓인 종이를 읽어 내려갔다. 하지만 그의 눈길은 잠시 후 덧없이 멈추고 말았다. 아까 화원에서 고통스럽게 피를 토하며 쓰러진 아타나시아의 모습이 이상하게도 계속 머릿속을 맴돌았다.

다음 순간 클로드의 미간이 설핏 찌푸려졌다. 그는 손을 들어 바늘에 찔리는 것처럼 쿡쿡 쑤시는 이마를 짚었다. 예전부터 아타나시아를 생각하거나 그 얼굴을 마주할 때면 기이하게도 머리가 지끈거리며 아팠다.

똑똑.

그때, 불현듯 문밖에서 노크 소리가 들려왔다.

"아바마마."

귓가에 흘러든 목소리는 제니트의 것이었다.

"들어와라."

클로드의 허락이 떨어지자마자 문이 열렸다. 집무실 안으로 들어선 제니트가 클로드의 얼굴을 살피며 말했다.

"루비궁에서 소식이 왔는데 들으셨어요?"

"그래."

클로드는 제니트의 말을 듣고 미간을 찌푸렸다. 조금 전 다녀갔던 필릭스에 이어 제니트의 입에서도 아타나시아의 이야기가 나오자 듣기가 싫었다.

"아까 아바마마께서 루비궁에 다녀오셨다는 이야기를 들었어요. 아바마마도 아타나시아가 걱정되시죠?"

"내가 그 아이를 왜 걱정해야 하지?"

싸늘한 음성이 허공을 갈랐다. 다른 사람이라면 그 한기에 저도 모르게 흠칫하며 움츠러들고 말 정도로 차디찬 시선이 뒤따랐다. 하지만 제니트는 클로드를 두려워하지 않고 오히려 그에게 가까이 다가갔다.

"아바마마는 다정한 분이시잖아요. 전 알아요."

뒤이어 그녀의 손이 클로드의 팔에 닿았다. 제니트의 몸에서 육안으로는 보이지 않는 까만 마력이 희미하게 피어올랐다. 클로드는 아까부터 머리를 쪼개는 듯하던 두통이 서서히 가라앉는 것을 느꼈다. 왜인지 모르게 갑갑하던 가슴도 곧 편안해졌다.

"아타나시아에게는 제가 다녀올게요. 그러니 걱정하지 마세요."

"걱정 같은 건 하지 않는다."

클로드가 끝내 부정했지만 제니트는 말하지 않아도 다 안다는 듯이 그저 빙그레 웃어 보이기만 했다.

"겁나 피곤하다, 진짜."

내가 루비궁에서 아타나시아 공주 노릇을 한 지도 어느덧 사흘이 지났다. 나는 조금 전에 빠져나온 황궁의 검은 탑을 돌아보며 잠시 내 신세를 한탄했다. 갑자기 내 몸에 마력이 생긴 일로 이런저런 검사를 해야 한다며 수장 할아버지와 마법사들이 귀찮게 구는 통에 얼마나 진을 뺐는지 모른다.

아무래도 그들은 나를 매우 흥미로운 실험체로 생각하는 것 같았다. 원래 세상의 클로드 같으면 그들이 나를 건드리지 못하게 막아줄 테지만 여기에서는 어림도 없었다. 그는 황궁 마법사들이 나를 찜 쪄 먹든

회 쳐 먹든 아무런 관심도 없는 것 같았다. 나를 걱정한 릴리가 탑까지 따라오려고 했지만 갑자기 시녀장이 그녀를 불러서 그럴 수 없었다.

참, 지금 이 세계의 시녀장은 어릴 때 예산 부족을 핑계로 내 딸랑이도 안 사줬던 그 시녀장이라고 하더라! 크흑, 이 세계에서는 클로드가 아타나시아에게 관심이 없으니까 시녀장이 바뀔 일도 없는 거구나.

지난 사흘간 릴리 때문에 나는 행동을 자유롭게 하지 못하고 있었다. 나를 이곳으로 데려온 수상한 책을 찾으러 다른 궁전을 뒤지는 일도 잠시 멈춘 상태였다. 원래 세계에서는 내가 워낙 여기저기 잘 돌아다녀서 동에 번쩍 서에 번쩍 나타나도 그러려니 하는 분위기였는데.

그러나 여기에서는 아타나시아 공주가 워낙 판에 박힌 일상만 보내서 그런지 내가 잠깐이라도 말도 없이 사라지거나 하면 릴리가 엄청나게 걱정하곤 했다. 수면 마법 같은 걸 릴리에게 걸고 내 볼일을 보러 가도 되지만…… 우리 릴리한테 어떻게 그래, 으앙. 물론 이곳의 릴리는 내가 알고 있는 릴리가 아니었지만 그래도 역시 그녀만 보면 마음이 약해지는 것은 어쩔 수 없었다.

나는 그런 생각을 하다가 또 한 번 치밀어 오르는 루카스에 대한 분노에 이를 갈았다. 내가 아타나시아 공주 대신 루비궁에 짱박혀 있게 된 것도 전부 그놈 때문이 아니던가?

"아, 이 미친놈, 진짜."

"미친놈이라니, 누구 말하는 거야?"

앗, 이 목소리는! 갑자기 등 위에서 들린 목소리에 홱 몸을 돌리자 밉살맞게 웃고 있는 루카스의 얼굴이 눈에 들어왔다.

"루카스!"

이 자식, 이렇게 제 발로 굴러 들어오다니!

"뭘 또 그 정도로 격하게 반겨 주고 그래? 사람 설레게."

사흘 만에 만나서는 이런 헛소리나 하고 말이야!

"내가 엄청 많이 보고 싶었나 봐?"

짐짓 주위를 돌아봤으니 지나다니는 사람은 아무도 없었다. 나는 마음 놓고 루카스 놈을 향해 입을 열었다.

"네가 데려간 사람 지금 어디에 있어!"

"어디긴 어디야, 네가 가기 싫다고 했던 데지."

"빨리 궁으로 다시 데려와."

"싫은데? 내가 왜 네 말을 들어줘야 하는데."

루카스가 삐뚜름하게 웃으며 내 머리카락을 잡아당겼다. 아니, 그런데 이 자식. 지난번부터 왜 이렇게 자꾸 내 머리를 가만히 놔두지 못해서 안달이야? 뒤이어 놈이 눈꼬리 휘며 속삭이는 말에 나는 얼굴을 구기고 말았다.

"정 원한다면 네가 직접 와서 데려가든가."

결국 목적은 그거였던 건가? 쓸데없이 일관성이 있는 녀석 같으니라고. 이번에는 나도 더 우기고 있을 수가 없어서 루카스가 던진 떡밥인 것을 알면서도 그냥 그것을 물어주었다.

"그래, 가자. 너 살고 있는 데로 가."

지금 당장, 롸잇 나우! 그러자 루카스의 얼굴에 비로소 만족감이 떠올랐다. 하지만 이어진 놈의 말은 황당했다.

"'루카스 님, 제발 부탁이니 저를 탑에 데리고 가 주세요'라고 간곡히 애원하면 생각해 봐 줄게."

"뭐?"

"싫어? 싫으면 말고. 그 공주가 집으로 빨리 돌아가고 싶어 하는 것 같던데 말이야."

이, 이 치사한 자식…… 처음에 내가 초대를 거절했던 게 엄청 마음에 안 들었던 모양이다.

"루카스 님, 제발 부탁이니 저를 탑에 데리고 가 주세요."

나는 이를 악물고 루카스 놈이 원하는 대로 말해주었다. 그러자 그가 재미있다는 듯이 큭큭거리고 웃었다. 어쩜 그 모습까지 참으로 얄밉기도 했다.

"너 동반 순간 이동 쓸 줄 알아?"

"그런데?"

"그럼 지금 나 데리고 순간 이동 써 봐."

"어디인지 알아야 이동을 하지?"

"아, 일단 아무 데나 좌표로 잡고 해봐."

그런데 잇따른 놈의 말이 어딘가 이상했다. 뭐지? 지금 나한테 마력 셔틀을 시키려는 건가? 나는 의심의 눈초리로 루카스를 바라보았다. 그는 왜 이렇게 굼뜨냐며 나를 재촉하고 있었다. 왜인지 뭔가 좀 수상하다. 그런데 놈이 원하는 대로 해주지 않을 수도 없어서 나는 찜찜함을 안은 채로 루카스의 팔을 잡았다. 그리고 이동할 장소를 가까운 곳으로 생각하고 마력을 조금만 끄집어냈다.

쿠웅!

"윽……!"

다음 순간, 나는 익숙한 가슴의 통증을 느끼며 몸을 접었다.

"흐응, 역시 그런 거였나."

고통을 호소하는 내 머리 위에서 무덤덤한 루카스의 목소리가 울렸다.

"아무래도 너랑 내 마력의 구심점이 같아서 서로한테 마법을 쓰면 반작용을 일으키나 보네. 무슨 조화인지는 모르지만 너랑 나랑 진짜 똑같은 신수를 먹은 게 맞는 모양이야. 처음 만난 날에 너한테 공격 마법을 썼다가 내장이 다 터질 뻔했던 것도 그래서인가. 지난번에 너도 날 막으려다가 똑같이 아파하는 걸 보고 혹시 했는데 말이지."

나는 그 말을 듣고 어이가 없어졌다. 그럼 이번에 마법을 쓰면 또 내상을 입을 걸 다 알면서 일부러 나한테 마법을 쓰게 했단 말이야? 사실을 확인하고는 싶은데 자기가 다치기는 싫으시? 설마 하긴 했지만 이 자식 진짜…….

"야, 너…… 이 나쁜…… 우욱."

투둑!

아, 제기랄! 또 피 봤잖아! 그래도 이번에는 마력을 조금만 사용해서 그런지 통증도 지난번보다는 약했다. 그래도 더럽게 아프다! 나는 피가 흘러나오는 입을 막으며 루카스를 노려보았다. 그는 매우 유감이라는 듯이 나를 보며 말했다.

"치료해 주고 싶은데 너한테 마법을 쓰면 나도 똑같은 꼴이 될 테니까 어쩔 수 없네. 늦기 전에 궁의 불러서 치료받아. 아, 마침 누가 이쪽으로 오고 있는 것 같은데."

루카스 놈이 너무 얄미워서 때려 주고 싶었다. 원래의 루카스도 내 속을 긁을 때가 왕왕 있었지만 이 정도는 아니었던 것 같은데.

"그럼 아쉽지만 초대는 다음번에. 내가 보고 싶어도 조금만 참아."

내가 자신을 매섭게 노려보거나 말거나, 루카스는 나를 향해 장난스러운 미소를 남긴 뒤 내 눈앞에서 사라졌다.

"아타나시아 공주님."

그 직후 내 앞에 나타난 것은 이제키엘이었다. 그는 내 옆에 있는 황궁의 건물 뒤에서 모습을 드러냈다. 하지만 이번에는 지난번처럼 마력의 흐름을 느끼고 와 본 것은 아닌 듯했다.

사실 평소에 내가 살짝 마법을 쓰는 정도로는 잘 티가 나지 않는데, 며칠 전에는 루카스 놈이 워낙 요란하게 소란을 피우고 가는 바람에 들킨 것 같았다. 어쨌든 지금의 이제키엘은 길을 걷다가 우연히 나와 마주친 눈치였다. 혹시 제니트를 만나러 온 것일까?

"존체 미령하신 분께서 왜 혼자 궁 밖에…… 설마 또 각혈하셨습니까?"

그는 내게 말을 건네다 말고 내 손과 입가에 묻은 피를 보고 멈칫했다. 그, 그런데 존체 미령이라니. 이곳의 아타나시아는 그렇게 연약한 이미지인 건가.

"난 괜찮으니 신경 쓰지 마세요."

나는 이제키엘의 굳은 얼굴을 보고 말했다. 내상을 치료받으려면 황궁 마법사들에게 찾아가야 했지만 거리도 가까운 데다 지난번보다 상태가 괜찮아서 직접 걸어가도 될 것 같았다. 게다가 이곳의 이제키엘은 왠지 좀 상대하기가 껄끄러운 것이…….

"잠시만 실례를 범하겠습니다."

그런데 별안간 이제키엘이 내게 가까이 다가왔다. 그러더니 글쎄, 나를 번쩍 안아 드는 것이 아닌가? 내가 당황해서 입을 벌리자 그가 말했다.

"각혈하실 정도로 몸이 상하신 분을 그냥 두고 갈 수는 없습니다. 제가 모시는 것을 허락해 주십시오."

이곳의 이제키엘은 나를 좀 더 사무적으로 대하는 느낌이었다. 내게 건네는 그의 말은 무척 예의 발랐지만 그 이상의 감정은 섞여 있지 않았다. 하긴, 이곳의 이제키엘은 제니트와 해피 엔딩을 맞는 소설 속의 남자 주인공 이제키엘이니 당연하다면 당연한가. 나는 잠깐 고민하다가 이제키엘의 호의를 거절하지 않고 그냥 받아들이기로 했다.

"고마워요, 공자."

그 순간, 기분 탓인지 나를 안고 있는 이제키엘이 잠깐 멈칫한 것 같았다. 어쩐지 오묘한 빛을 띤 그의 황금색 눈동자가 나를 내려다보았다. 하지만 눈이 마주친 것은 짧은 순간이었다. 이제키엘은 다시 고개를 들고 묵묵히 나를 안은 채 걸음을 옮겼다. 나는 그 침묵이 조금 불편했지만 그래도 먼저 입을 열지는 않았다. 그래서 우리는 황궁 마법사들이 있는 탑까지 조용히 이동하게 되었다.

"또 피를 토했다더니 멀쩡해 보이는군."

그날 저녁, 놀랍게도 클로드가 나를 찾아왔다. 나는 어쩐 일인지 직접 루비궁에 행차한 그를 보고 소스라치게 놀랐다. 놀란 것은 나뿐만이 아니라 루비궁의 궁인들 역시 마찬가지인 모양이었다. 게다가 기별도 없는 방문이었기 때문에 루비궁은 순식간에 소란스러워졌다.

"아, 아바마마. 제 궁에는 어쩐 일로……."

나는 당황해서 잠옷 차림으로 뛰쳐나온 상태였다. 오늘도 내가 한차례 각혈했다는 사실을 안 릴리가 이른 시간부터 나를 침대에 밀어 넣었기 때문이다. 혹시 아타나시아가 걱정되어서 온 것일까? 평소에 피도 눈물도 없이 자기 딸을 나 몰라라 하는 사람이었지만 정작 그 딸이 피를 토할 정도로 아프다고 하니까 나름대로 신경이 쓰였던 게…….

"제니트의 부탁으로 잠시 들른 것이다. 곧 돌아갈 것이니 수선 피울 필요 없다."

아니었구먼.

클로드가 주변 사람들을 향해 싸늘한 어투로 읊조리는 말을 듣고 나는 그만 짜게 식은 기분이 되어버렸다. 아마 제니트는 천사표 공주님답게 착한 일을 한 모양이다. 내가 피를 토하건 말건 관심 한 자락 없는 클로드의 등을 떠밀어 이렇게 루비궁에 보낸 것을 보니.

얼마 전에 나를 만나러 왔던 제니트가 문득 떠올랐다. 솔직히 릴리를 제외하고는 이 세계에서 아타나시아를 제일 걱정해 주는 건 제니트인 것 같았다. 한 번도 아니고 틈날 때마다 나를 찾아와서 걱정 어린 얼굴로 상태를 살피곤 했으니까. 크윽, 그런데 클로드는 하나뿐인 아빠라는 사람이…….

"그러셨군요."

제니트에게 떠밀려 잠깐 얼굴이나 비치러 온 자리에서도 저딴 말이나 하고 말이야. 만약 이 자리에 있는 게 내가 아니라 진짜 아타나시아였다면 얼마나 상처를 받았겠어!

"잠시 들르러 오신 것이라니…… 그럼 굳이 자리를 권해 아바마마를 번거롭게 만들지 않겠어요. 부디 조심히 살펴 가세요, 아바마마."

하지만 아무리 속이 터진다 한들 내가 여기서 깽판을 칠 수도 없는 노릇이었다. 일단 나는 이곳의 아타나시아 공주도 아니었으니까, 그 후폭풍을 책임질 수도 없고. 그래도 클로드가 얄미운 것은 어쩔 수 없어서 나는 그를 자리에 앉히지도 않고 그냥 곧바로 작별 인사를 해버렸다.

"헉!"

"고, 공주님?"

그러자 주위에 있던 궁인들이 급히 숨을 들이켜는 소리가 들렸다. 그들은 내가 클로드를 문전 박대하는 모양이 되어버리자 몹시 당황한 눈치였다. 클로드도 내 반응이 뜻밖인 듯 눈썹을 꿈틀거렸다. 하기야 진짜 아타나시아라면 아마 이마저도 감지덕지해서 조금이라도 더 오래 클로드와 함께 있으려고 애썼을 테니 모두가 놀랄 만도 했다.

물론 진짜 아타나시아가 돌아오게 되었을 때 감당하기 어려울 정도의 깽판은 자중해야 했지만…… 이 정도는 괜찮을 것이라고 생각했다. 어차피 클로드는 아타나시아에게 관심이 없으니까 그냥 '애가 뭘 잘못 먹었나'라거나 '다치고 나더니 머리가 좀 이상해졌군' 정도로 넘어가지 않을까?

그리고 클로드는 평소에 아타나시아가 자신에게 사랑을 애걸하는 것을 꼴 보기 싫어했던 인간이었다. 그러니 지금도 내가 자신을 귀찮게 하지 않는 것을 만족스러워해야 마땅했다. 어차피 지금 이곳에 온 것도 제이트의 부탁 때문이라고 하니까.

그러나 역시 잠자는 클로드의 코털을 건드리는 정도는 괜찮아도 그의 코털을 뽑고 싶은 것까지는 아니었다. 그래서 나는 최대한 병든 닭 흉내를 내며 시름시름, 시들시들하는 모습을 보였다.

'조금 전에 내가 한 말에는 결코 다른 의미가 없다! 난 댁이 꼴 보기 싫어서 눈앞에서 치우려고 한 게 아니야! 진짜다!'라고 말하는 듯이. 물론 약을 파는 소리였다.

그런데 별안간 나를 응시하는 클로드의 눈빛이 변했다. 나는 그의 얼굴에 지금까지와는 약간 다른 종류의 한기가 어리는 것을 지켜보았다.

"건방진 구석이 있는 계집이로군."

굳게 닫혀 있던 클로드의 입이 열린 것은 다음 순간이었다.

"도대체 넌 누구지?"

냉랭한 음성이 귓전에 울리는 순간, 나는 진심으로 심장이 떨어질 정도로 놀라고 말았다.

뭐, 뭐, 뭐라고? 내가 누구냐고? 설마 지금 내가 진짜 아타나시아 공주가 아니라는 사실을 눈치챈 거야?!

"내가 알던 아타나시아가 아니로군. 계집, 넌 누구냐?"

그래, 난 당신이 알던 예전의 내가 아니야! ……라고 소리치고 싶었지만 그럴 수는 없었다. 나는 당황해서 쿵쾅쿵쾅 뛰는 심장을 애써 가라앉히려 노력했다. 하지만 어느 때보다 날카롭게 빛나는 클로드의 눈동자를 마주한 순간, 마치 맹수를 눈앞에 둔 토끼가 된 것처럼 나는 급격히 쭈그러들었다.

"아바마마께서는…… 원래도 그렇게 말씀하실 정도로 저를 잘 알고 계시지는 않았잖아요."

그 쭈글거림이 표출되었는지 잇따른 목소리는 조금 전과 달리 매가리 없이 흘러나왔다. 이번에야말로 그런 척이 아니라 진짜로 시름시름, 시들시들한 내 음성을 듣고 클로드는 한동안 말이 없었다.

잠시 후, 나를 꿰뚫을 듯이 응시하고 있던 그의 눈동자에서 날카로움이 한풀 꺾였다.

"그것도 그렇군."

다행히 클로드는 의심을 거둔 눈치였다. 하기야 설마 그도 진심으로 내 정체를 의심해 저런 말을 한 것은 아닐 것이다. 크, 크흑! 그렇지만 무섭다, 클로드! 무섭다, 클로드의 촉!

클로드는 다시금 나한테 관심이 식었다는 듯이 옷자락을 휘날리며 뒤돌아섰다.

"더 볼일이 없으니 이만 가 보도록 하지. 제니트의 앞에서 쓸데없이 입을 놀리지 말도록."

응? 뭐야, 내가 제니트한테 뭐라고 속닥거려서 제니트가 자기한테 루비궁에 가 보라고 한 건 줄 아는 건가? 어, 억울하다. 난 지금 이 황궁에서 제일 보기 싫은 게 댁이라고!

"공주님, 그만 방으로 들어가서 쉬세요."

클로드와 나를 조마조마한 눈으로 지켜보고 있던 릴리가 내게 다가왔다. 그녀는 클로드가 내게 경을 치는 일 없이 조용히 사라지자 안심한 기색이었다.

"으응, 난 오늘 일찍 잘게."

나는 클로드를 만난 뒤부터 급격히 피로해져서 기운 없이 내 방으로 돌아갔다. 릴리는 나를 안쓰러운 눈으로 보다가 곧 푹 쉬라는 말을 남기고 방을 나섰다. 하지만 나는 잠깐 침대에 누워 자는 척하다가 이불을 뻥 걷어차며 다시 자리에서 일어났다.

으윽, 졸리지만 지금 잘 수는 없었다. 릴리의 앞에서 피곤한 티를 팍팍 내면서 침대에 기어들어 왔으니까 이제 내 방에 오는 일은 없겠지?

그래도 혹시 모르니까 이불 속에 솜 인형을 넣어 놓고 나는 순간 이동을 시용했다.

쏴아아.

다음 순간 내가 도착한 곳은 지난번에 루카스를 만났던 갈대숲이었다.

"야, 루카스!"

나는 고요한 밤하늘에 내 목소리가 쩌렁쩌렁 울리도록 루카스를 불러 댔다.

"루카스, 이 또라이야아아!"

솔직히 근거 없는 생각이었지만 루카스가 내 부름에 응답할 것이라는 확신이 있었다.

"오밤중에 왜 이렇게 불러 대?"

역시 그는 달빛 아래에서 유유히 모습을 드러냈다.

"내가 그렇게 보고 싶었나? 우리 만난 지 며칠 되지도 않았는데 너무 적극적인 거 아니야?"

크아, 이 자식이 뭐라는 거야!

"이 나쁜 자식아! 넌 진짜 답 없는 미친놈이야! 개 또라이! 인간 말종! 이 악독한 사이코패스야!"

나는 루카스 놈을 향해 욕을 퍼부어주었다. 이곳에 온 후로 이놈에게 당한 일들이 주마등처럼 뇌리를 스쳐 지나갔다. 아이고, 억울하고 분통하다!

루카스는 웃는 듯 마는 듯한 얼굴로 내가 자신을 욕하는 걸 가만히 듣고 있었다. 그러더니 고개를 갸웃거리며 말했다.

"이상하네. 왜 너한테 욕을 처먹는데 화가 안 나지?"

"이 변태!"

나는 놈의 말을 듣고 대번에 외쳤다.

"나 참. 탑에 안 데려가 준 게 그렇게 서운했어? 그렇게 죽자 살자 매달리니 어쩔 수 없네. 특별히 데려가 줄 테니까 그만 좀 진정해 봐."

"매달리긴 누가! 그딴 데 하나도 안 궁금하고 안 가 보고 싶거든!"

"진짜?"

루카스가 붉은 눈동자로 나를 보고는 눈매를 휘며 짙게 미소 지었다. 나는 놈의 얼굴을 보고 흠칫했다. 이, 이 자식. 또 무언의 협박을 하고 있잖아? 무시무시하게도 웃네.

"앞장서. 네 뒤로 따라갈 테니까."

나는 루카스를 노려보며 이를 갈다가 말했다. 그러자 놈이 비로소 만족스럽게 웃어 보였다. 으악, 얄미워. 네 뜻대로 되니까 좋냐? 응? 좋아?

"잡아."

뒤이어 그가 내게 손을 내밀었다.

"마법 쓰면 너나 나나 속이 뒤집힐 텐데?"

"머리 없어? 서로한테만 안 쓰면 되는 거 아니야."

빠직!

나는 루카스의 비웃음에 발끈했지만 마음속으로 참을 인을 새기며 눈앞에 내민 놈의 손을 잡았다.

"으앗!"

그런데 루카스가 나를 가까이 끌어당기더니 공주님 안기로 덥석 들어 올리는 것이 아닌가?

"너 고소 공포증은 없지? 있어도 참아."

그는 무성의하게 말한 뒤 나를 안은 채로 지면을 딛고 날아올랐다. 아니, 그런데 이 자식! 진작 이 방법을 썼으면 아까 내가 피를 토할 필요도 없었던 거잖아?! 문득 떠오른 생각에 나는 또 한 번 루카스를 찌릿 노려보았다. 달빛에 비친 그의 얼굴은…… 당연한 말이지만 내가 알고 있는 루카스의 얼굴과 똑같았다.

나는 약간 기분이 착잡해지는 것을 느끼며 녀석의 얼굴에서 시선을 돌렸다. 서늘한 밤바람이 뺨을 스쳤다. 검은 비단 위에 뿌려진 보석처럼 화려한 은하수가 하늘을 수놓고 있었다. 발아래에서는 건물에서 새어 나오는 은은한 불빛이 반짝거렸다.

응? 그런데 엄청 멀리까지 가는 것 같은데. 나는 루카스가 어디로 가는지 확인하려고 했지만 지형을 확인할 만큼 시야가 밝지 않아서 그럴 수 없었다. 호, 혹시 이러다가 날이 샐 때까지 황궁으로 돌아가지 못하는 건 아니겠지? 갑자기 위기감이 엄습해서 루카스에게 슬쩍 말을 걸었다.

"저기, 아직 멀었어? 지난번에도 말했지만 난 통금 시간이 있단다."

"기다려 봐, 이제 다 왔어."

루카스는 성질도 급하다는 듯이 그렇게 말했지만 그래도 나는 의심이 들었다. 그러나 잠시 후 내 눈앞에 드러난 광경에 나는 그만 깜짝 놀라 입을 벌리고 말았다.

"헐, 대박."

처음에는 그냥 별이 반짝이는 밤하늘인 줄 알았다. 그런데 아니었다. 구름이 걷히고 달빛 아래 모습을 드러낸 탑은 그 외벽에 밤하늘의 별을 전부 투영하고 있었다. 아니, 투영이 아니라 반사인가? 아무튼, 나는 기가 죽을 정도로 장엄하게 솟은 검은 탑이 황홀하게 반짝이는 은하수를 그대로 품고 있는 모습을 멍하니 바라보았다. 한순간 말문이 막히고 말 정도로 비현실적인 아름다움이었다.

루카스는 내가 탑의 위용에 넋을 놓고 있는 것이 퍽 만족스러운 눈치였다.

"위대한 검은 마법사의 탑에 온 걸 환영해."

탑의 꼭대기에 나를 내려놓은 루카스가 마음껏 거들먹거리며 말했다.

"네가 첫 손님이니까 마음껏 영광스러워 해도 좋아."

앗, 내가 첫 손님이라니 그거 뭔가 설레는…… 이 아니라. 나는 별이 한 무더기는 쏟아질 것 같은 주위의 경관에 감탄하고 있다가 한순간 멈칫했다. 첫 손님? 내가 첫 손님이라고요?

"네가 데려온 여자는 어디에 있어?"

나는 퍼뜩 정신을 차리고 내가 이곳에 왔던 목적을 다시금 상기했다. 우, 우와. 하마터면 내가 여기에 왜 왔는지 깜빡 잊을 뻔했네. 생각보다 검은 탑이 너무 멋있어서 나도 모르게 혼을 빼놓고 있었다. 솔직히 오래된 고성답게 귀신이 나올 것처럼 음산하고 어두침침한 느낌일 줄 알았는데 말이야.

"그 여자 여기에 없는데?"

그런데 루카스가 황당한 소리를 했다.

"뭐? 네가 사는 데 있다며? 여기 너네 집 아니야?"

"여기가 탑이 맞긴 한데, 그 여자가 여기에 있다는 건 당연히 거짓말이지."

뭐? 이 자식이? 그럼 지금 나한테 거짓말을 했다는 거야? 그리고 그게 왜 당연해?!

"바보 아니야? 내가 그 여자를 탑에 데리고 올 리가 없잖아."

루카스가 나를 보며 입꼬리를 끌어 올렸다. 달빛에 번진 그 미소가 한순간 숨이 막히도록 아름다웠다.

"난 이 탑에 널 데리고 오고 싶었던 거지 너랑 똑같이 생긴 대용품을 데리고 오고 싶었던 게 아니거든."

나는 어느덧 가까이 다가온 루카스가 농밀하게 웃으며 속삭이는 말에 잠시 멍해졌다.

"너 말고 다른 사람이 내 탑에 있는 건 상상만 해도 불쾌해."

저기, 너 지금 나 꼬시려고 하는 거니……? 나는 요망한 짓을 하는 루카스 때문에 당황할 수밖에 없었다. 얘 좀 봐. 지금 작정하고 날 유혹하는 것 같은데? 우, 우리 만난 지 며칠 지나지도 않았는데 너야말로 너무 적극적인 것 아니에요? 이, 그런데 김찐. 지금 중요한 긴 이게 아니지 않았어……?

나는 루카스의 미인계에 홀려 넋을 놓고 있다가 또다시 불현듯 정신을 차렸다. 아, 맞아! 지금 내가 이놈한테 한눈팔 때가 아니지!

"이 사기꾼아! 헛소리 말고 빨리 아타나시아가 있는 데로 데려가!"

퍽!

"윽!"

나는 가차 없이 놈의 정강이를 발로 깠다. 불시의 기습에 루카스가 단말마를 내뱉으며 몸을 숙였다. 그는 설마 내가 이럴 줄은 몰랐던 듯, 자신에게 날아온 발길질을 피하지 못했다.

"너 지금 날 발로 찼어?"

루카스가 구겨진 얼굴로 정강이를 감싸며 황당하게 물었다. 그래, 찼다! 내가 널 발로 찼어! 이제 어쩔 것이냐! 나는 내친김에 손을 들어 놈의 등짝도 후려쳤다.

"지금까지 네가 한 짓을 생각하면 넌 몇 대 맞아도 싸!"

"악, 너 미쳤어? 네가 지금 나를 쳐?"

"그래! 이 나쁜 놈아! 억울하면 너도 때려!"

"야, 야! 아, 좀 그만 때려 봐! 아, 아프다고!"

루카스 놈이 기막혀했지만 그동안의 분통함이 치밀어 올라서 도무지 손이 멈춰지지 않았다. 그래서 나는 부글거리던 속이 그나마 좀 잠잠해질 때까지 놈을 향한 손길을 멈추지 않았다.

"날 때린 건 네가 처음이야."

허허. 이거 어디서 많이 듣던 대사인데. 막장 드라마나 인터넷 소설 속 단골 대사인 것도 맞지만 예전에 다른 루카스한테도 들어 본 적 있는 말이잖아?

"어떻게 날 때릴 수가 있지? 그것도 한 대도 아니고 이렇게 여러 대를?"

나는 믿을 수 없다는 듯이 중얼거리는 루카스를 짜게 식은 눈으로 바라보았다. 별이 총총 떠 있는 밤하늘 아래에서 루카스는 상당히 큰 정신적 충격을 받은 것처럼 보였다.

"너, 지금까지 내가 너한테 무슨 짓을 했는지 잊었어?"

"잊었으면 내가 지금 널 때렸겠어?"

"그런데 내가 안 무서워?"

그는 도저히 나를 이해할 수 없다는 듯이 재차 물었다.

"안 무서워. 내가 왜 널 무서워해야 돼?"

그래 봤자 어차피 알맹이는 루카스면서. 물론 이런 생각을 하다가 진짜 공격 마법에도 당해 보고, 피도 토하고 그랬지만 그래도 나는 기본적으로 이놈을 믿고 있는 모양이다. 내가 지금 녀석을 때릴 수 있었던 이유도 그래서였다. 그리고 실제로도 루카스는 내 행동에 황당해할지언정 진심으로 화를 내며 나를 죽이려 들지는 않았다. 그런데 내 말을 듣고 돌연 무슨 생각을 했는지 놈이 표정을 차게 식혔다.

"너 지금 내가 너한테 마법을 못 쓴다고 우습게 보는 모양인데, 너 같은 거 하나쯤 마법 없이도 한 손에……."

"시끄럽고, 빨리 다시 날 안아."

아, 그렇지 않아도 시간 없다니까 쓸데없는 말이나 하기는? 내가 통금 시간 있다고 말했냐, 안 했냐? 해 뜨기 전까지 돌아가야 하는데 아까부터 능장이나 부리고 말이야! 이대로 가만히 놔두면 계속 미적거릴 것 같아서, 이번에는 내가 먼저 루카스에게 성큼 다가가 놈의 팔을 붙잡았다. 그러고는 가까이에 있는 놈의 얼굴을 올려다보며 말했다.

그런데 지척에서 눈이 마주치는 순간, 루카스가 굳었다.

"뭐 해? 어서 안으라니까."

나는 망부석처럼 가만히 서 있는 루카스가 답답해서 약간 짜증스럽게 다시 재촉했다. 이제 와서 내외하는 것도 아니고 왜 이런담? 그러자 어째서인지 바싹 얼어붙어 있던 놈이 마침내 입을 열었다. 그런데 그의 입에서 약간 더듬거리며 흘러나온 말은 조금 어처구니없는 것이었다.

"너, 내가, 그런 식으로 미인계를 쓴다고, 거기에 홀랑 넘어갈 줄 알았다면 오산……."

뭐……? 얘가 지금 뭐라는 거죠? 미, 미인계요? 누가, 내가? 누구한테, 루카스한테?

"뭔 소리야? 그게 아니라 아까처럼 날 안아 들라고."

아니, 자기가 먼저 나한테 얼굴을 들이밀 때는 언제고 이제 와서 나한테 이런 반응이야? 그리고 미인계는 내가 아니라 네가 썼지!

"그 여자애, 여기에 없다면서? 나중에 다시 와서 네가 원하는 대로 탑 구경 실컷 해줄 테니까 일단은 네가 납치한 여자애가 있는 데로 가자는 말이야."

그제야 내 말뜻을 제대로 알아들었는지 루카스의 얼굴에 어려 있던 당혹감이 사라졌다. 하지만 그 대신 이제 그는 의미를 알 수 없는 오묘한 표정을 짓고 있었다.

"빨리, 나 시간 없어."

또 한 번 닦달을 당한 루카스가 얼결에 나를 안아 들었다. 안정감 있는 승차(?)를 위해 내가 그의 목에 팔을 두르자 맞닿은 몸이 크게 움찔거렸다. 결국 루카스는 매우 찜찜한 얼굴을 한 채로 나를 안고 다시 밤하늘로 날아올랐다.

"너 이름이 뭐야?"

그러다 그가 갑자기 생각났다는 듯 얼굴을 구기며 나한테 물었다.

"뭐야, 너 내 이름도 몰라?"

"네가 말을 안 해주는데 내가 어떻게 알아? 아타나시아는 너랑 똑같이 생긴 그 공주 이름이고, 네 이름은 뭔데?"

내 이름도 아타나시아인데. 하지만 지금 놈에게 나한테 일어난 이런저런 일들을 설명하자니 복잡했다. 그래서 나는 일단 그냥 건성으로 대답했다.

"그냥 아티라고 불러."

"뭐야, 그 짓다 만 것 같은 이름은."

울컥!

이 자식이 지금 내 애칭을 비웃었어? 크윽, 그래도 참자. 루카스 놈이 또 핵 돌아서 아타나시아가 있는 데로 안 데려가 준다고 하면 말짱 도루묵이니까. 하지만 얼마간의 시간이 더 흐른 뒤 나는 등줄기를 스쳐 지나가는 기묘한 느낌에 눈을 가늘게 뜨고 말았다. 어라, 그런데 기분 탓인가? 왠지 이 녀석이 지금 가고 있는 곳이…….

"루카스야, 혹시 내 눈이 잘못되지 않았다면 저거 황궁 아니니?"

"눈 제대로 달려 있는 거 맞네."

내 물음에 루카스가 콧방귀를 뀌며 대답했다. 지금 내 발밑에서 휘황찬란하게 반짝이고 있는 것은 분명 황궁이었다! 클로드가 있고, 릴리가 있고, 제니트가 있는 바로 그 황궁! 심지어 루카스와 내가 내려선 곳은 다름 아닌 토파즈궁의 어느 테라스였다.

나는 그 안쪽으로 보이는 침대 위에 고이 잠들어 있는 소녀를 시야에 담고 완전히 말문이 막혀 버렸다.

"자, 데려다줬지? 난 분명히 약속 지켰어. 그러니까 너도 나중에 딴소리 하지 마."

와, 와아. 등잔 밑이 어둡다더니. 내가 한동안 릴리 때문에 책을 찾으러 못 와 본 동안 아타나시아 공주가 여기에 있었단 말이야?

"루카스, 너 이……."

몹시 기가 막히고 짜증이 나서 루카스한테 뭐라고 해주고 싶었지만 일단은 아타나시아 공주의 일부터 해결하는 게 먼저였다. 그래서 나는 침대로 다가가 잠들어 있는 그녀의 몸을 조심스럽게 흔들었다.

"저, 저기요?"

눈을 뜨세요, 용자여!

"저기요, 아타나시아?"

그런데 어째서인지 아타나시아 공주는 눈을 뜨지 않았다. 아무래도 자연적인 현상은 아닌 것 같아서 나는 슬쩍 루카스를 돌아보았다.

"너 이 사람한테 무슨 짓 했어?"

그러자 루카스 놈이 귀를 후비며 대수롭지 않다는 듯이 말했다.

"그냥 잠 좀 푹 자게 해둔 것뿐이야. 영영 깨어나기 싫을 정도로 엄청 좋은 꿈까지 꾸게 해줬으니까 이 정도면 완전 양심적인 납치범 아냐?"

양심적인 납치범이 다 죽었냐! 그래도 내가 노려보자 루카스가 어쩐 일로 쉽게 물러났다.

"아, 알았어. 지금 깨워 줄 테니까 그런 눈으로 보지 마."

왜인지 아까 나한테 얻어맞고 나서부터 말을 좀 잘 듣는 것 같기도 하고. 앗, 역시 이놈에게는 매가 약이었나? 아무튼 루카스가 얼굴을 찡그리더니 침대에 누워 있는 아타나시아 공주를 향해 손을 뻗었다.

"으음."

효과는 엄청났다! 내가 아무리 흔들어도 일어날 생각을 하지 않던 사람이 루카스의 손짓 한 번에 깨어날 낌새를 보이기 시작했다. 작은 신음이 귓가에 울린 직후 미동 없던 그녀의 몸이 꿈틀거렸다. 굳게 닫혀 있던 눈꺼풀도 금방이라도 들어 올려질 것처럼 파르르 떨리고 있었다. 조금의 시간이 더 지나고, 마침내 어둠 속에서도 선명한 빛을 발하는 보석안이 모습을 드러냈다.

"아, 안녕하세요?"

눈이 마주친 순간, 나는 다소 어색하게 그녀를 향해 인사했다. 아타나시아 공주는 몽롱한 얼굴을 하고 있었다. 초점 없는 그녀의 눈동자가 멍하니 나를 바라보았다.

"어······?"

곧 그녀의 얼굴에 의아함이 떠올랐다.

"거울?"

크흡, 아직 잠이 덜 깨셨군요. 전 거울이 아닙니다. 하지만 아타나시아 공주는 영문을 모르겠다는 얼굴로 나를 향해 손을 뻗었다. 나는 내얼굴에 닿은 그녀의 손에 이러지도 저러지도 못하고 그저 등 뒤로 식은땀만 흘렸다. 으, 으앗! 그렇게 얼굴을 구석구석 만지작거리면 좀······.

철썩!

"손 치워."

오, 오해하지 말기를 바란다. 지금 말한 건 내가 아니야! 내 얼굴을만지작거리는 손을 가차 없이 쳐 낸 것도 내가 아니고!

"네가 뭔데 허락도 없이 얘를 그렇게 막 주물럭거려?"

불쾌한 듯이 싸늘하게 읊조리고 있는 사람은 바로 루카스였다. 아니, 그런데 내 얼굴이지 네 얼굴 아니잖아. 왜 네가 그렇게 짜증을 내는 거야? 누가 보면 아타나시아 공주가 네 얼굴을 허락 없이 만져서 화난 줄 알겠네.

"아니, 난 괜찮으니까 좀 가만히 있어."

"네가 괜찮으면 뭘 해, 내가 안 괜찮은데."

쿨럭, 얘가 지금 뭐라는 거야? 그런데 바로 그때, 앞에서 '헉!' 하고급하게 숨을 들이마시는 소리가 들렸다.

"당신, 당신들, 도대체 누구예요?"

완전히 잠이 깬 듯한 아타나시아 공주가 창백한 얼굴을 한 채로 주춤거리며 뒤로 물러났다. 그녀는 아직 혼란스러워 보였다. 당연한 일이었다.

"진정해요, 아타나시아 공주. 아니, 물론 지금 상황에서 진정하기 힘들겠지만……."

으, 으앙! 나도 지금 이 상황이 굉장히 난감해서 어디론가 도망가고 싶다! 하지만 나보다는 아타나시아 공주가 몇 배는 더 혼란스러울 테니 어떻게든 그녀를 안정시켜 주어야 했다. 게다가 나는 지금 이 자리에 있게 된 그녀를 책임져야 할 필요가 있었다.

"일단 놀라게 해서 정말 미안해요. 당신이 여기에 있게 된 건 전적으로 나 때문이에요. 본의는 아니었다고 해도 일이 이렇게 된 것에 대해 진심으로 사과할게요. 지금 여기는 황성 내에 있는 궁전이니까 너무 무서워하지 말아요. 바로 루비궁으로 돌려보내 줄 테니까요."

해치지 않아요, 잡아먹지 않아요. 우리는 모두 친구!

나는 최대한 나와 루카스의 무해함을 알려 주기 위해 노력했다. 물론 이런 짓을 저질러 놓고 이제 와서 그러는 것도 웃겼지만, 으흑. 다행스럽게도 아타나시아 공주는 내가 말하는 동안 서서히 마음을 진정한 것 같았다. 하지만 그것은 다른 곳에 관심이 쏠렸기 때문인 것 같기도 했다. 그녀의 보석안은 홀린 듯이 내 얼굴에 못 박혀 있었다.

나는 그런 그녀를 보고 끄응─ 신음한 뒤 조심스럽게 말했다.

"그러니까 잠깐만 이야기를 들어줬으면 좋겠어요."

루비궁에서 아타나시아 공주를 처음 만났을 때는 그럴 마음이 없었지만 지금은 그녀에게 대략적인 사정을 설명해야겠다 싶었다. 어쨌거나 이런 일에 말려들게 된 것도 나 때문인 데다가, 그녀에게 거짓말까지 하고 싶지는 않았기 때문이다. 그래서 나는 아타나시아 공주에게 이번 일의 경위를 설명할 생각으로 입을 열었다.

"헤벌쭉한 얼굴 하고는. 좋아 죽네, 죽어."

루카스는 창틀 위에 걸터앉아 앞에 있는 남자를 향해 이죽거렸다. 새벽빛이 스러지던 탑 위에서 재가 되어 사라진 남자는 어느덧 다시 살아나 갓난아기를 품에 안고 있었다. 아니, 다시 살아났다고 하면 틀린 말이었다. 단지 그가 죽은 시점에서 시간이 거꾸로 흐른 것뿐이었으니까.

사실 남자는 빈정거리듯 뇌까린 루카스의 말처럼 헤벌쭉한 얼굴을 하고 있지는 않았다. 하지만 세속을 초탈한 듯 언제나 무미건조한 얼굴을 하고 있던 남자의 눈빛이 지금은 낯선 온화함에 젖어 있었다.

"루카스, 왜 그런 눈으로 보는 게냐?"

바로 저 아이 때문에.

"그래, 너도 한번 안아 보고 싶은 모양이구나."

"지랄."

루카스는 자신의 소리가 그에게 들리지 않는다는 사실을 알면서도 반사적으로 읊조렸다. 남자는 루카스가 앉아 있는 창가 쪽이 아닌 문쪽을 바라보며 말하고 있었다. 지금은 그 모습이 보이지 않았지만 아마도 과거에는 저곳에 루카스가 서 있었을 것이다.

잠시 후, 남자가 약간 아쉬운 눈을 하고 앞으로 내민 팔을 내렸다. 과거의 루카스가 아이를 안아 보라는 남자의 청을 거절했기 때문에. 당연했다. 루카스는 저 아이가 끔찍하게 싫었으니까. 그리고 그와 동시에 루카스는 저 아이를……

"어머, 손님이 왔네요?"

그때, 어떤 여자가 부엌에서 모습을 드러냈다. 그녀 역시 아무도 없는 문 쪽을 향해 웃는 낯으로 말했다.

"마침 저녁 식사 준비를 하던 참이에요. 루카스도 괜찮으면 들어와

320 어느 날 공주가 되어버렸다 3

서 같이 식사해요."

"그래, 네가 이렇게 온 것도 오랜만이니 좀 더 머물다 가려무나."

하지만 미치지 않고서야 그가 저 풍경 속으로 스스로 걸어 들어갈 리가 있겠는가. 그저 바라보는 것만으로도 따뜻한 온기가 전해져 오는 세 사람의 모습에 루카스는 입술을 굳게 다물었다. 여자는 곧 남자의 품에 있던 아이를 안고 자리를 떠났다.

"루카스."

그 후 남자가 다시 입을 열었다.

"전에도 말했지만 넌 내 아들이나 마찬가지다. 그러니 앞으로도 언제든 마음 내킬 때 오거라."

석양에 물든 루카스의 입에서 버석거리는 웃음이 새어 나왔다. 지금 그의 눈 앞에 펼쳐진 기억은, 루카스에게 지금보다 좀 더 인간적인 감정이 있던 때의 일이었다. 그렇다면 그가 지나온 수백 년의 세월만큼이나 이날의 기억이나 감정도 마모되어야 마땅했다.

"이봐, 그럼 어디 한번 말해보시지."

그런데도 오래전의 기억을 엿보고 있는 지금, 여전히 속이 찼다. 루카스는 창가에 걸터앉아 있던 몸을 일으켰다. 그리고 과거의 루카스가 떠난 자리를 가만히 서서 바라보고 있는 남자를 향해 다가갔다.

"날 아들처럼 생각했다면서 왜 내 앞에서 그렇게 보란 듯이 뒈져 버렸는지."

조금 전 자신의 품에 안긴 아이를 따스한 눈으로 바라보던 남자는 온데간데없었다. 그는 또다시 세월에 침잠된 것만 같은 마모된 눈빛으로 텅 빈 자리를 조용히 응시하고 있었다. 그것이 차라리 루카스가 알고 있는 남자다웠다. 루카스보다 몇 배나 더 긴 세월을 살아온 선대 검은 탑의 마법사는, 인생의 희로애락을 모두 잃어버린 것 같은 이런 얼굴을 하고 있을 때가 차라리 그다웠다.

"만약 그 자리에 있던 게 내가 아니라 당신이 그토록 애지중지하던 진짜 아들이었다면, 당신은 그런 식으로 죽어 자빠지지는 못했을 거야. 그런데 어차피 그렇게 뒈져 버릴 거, 쓸데없는 위선은 왜 떨었을까, 응?"

할 수만 있다면 그를 되살려 내 따져 묻고 싶은 심정이었다. 그러나 그것도 옛일이다. 원래대로라면 루카스는 이런 분노를 느껴서는 안 되었다.

그런 마법이었으니까.

사랑하는 가족이 죽은 후 선대 탑의 마법사가 사용한 그 마법은, 그리고 그가 눈앞에서 재로 사라진 뒤 루카스가 사용한 그 마법은, 이 모든 끔찍한 감정을 깨끗이 지울 수 있는 유일한 방법이었으니까. 그러니 지금 루카스가 이런 기분을 느끼고 있다는 것은, 지금 그가 서 있는 곳이 현실이 아니라는 증거였다.

"X발."

루카스는 손을 들어 거칠게 얼굴을 문질렀다.

"어머, 루카스는요? 설마 간 거예요?"

"음, 녀석이 의외로 수줍음을 많이 타서."

뭐, 이 X발?

루카스는 다시 고개를 들어 황당한 얼굴로 눈앞에 있는 두 사람을 바라보았다.

"호호, 그런 것 같기는 했어요. 루카스도 알고 보면 귀여운 면이 있는 것 같아요."

"아닌 척해도 어릴 때부터 그런 구석이 있었지."

이게 뭔 X 같은 소리……. 아니, 그런데 뭐야. 이거 내 기억에 있는 일만 보여 주는 거 아니었어? 난 이런 거지 같은 기억 없는데? 하지만 루카스가 어이없어하는 사이 또다시 시야가 이지러지기 시작했다. 이번에는 비가 추적추적 내리고 있는 풍경이 펼쳐졌다.

"그래. 부모님께 마지막 인사는 드리고 온 것이냐?"

시간이 좀 더 과거로 거슬러 올라갔다.

"으어, 10년은 늙은 기분이다."

나는 기운이 쏙 빠진 것을 느끼며 푹신한 침대에 벌렁 나자빠졌다. 긴 이야기를 마친 후 지금 막 아타나시아 공주를 루비궁으로 돌려보내 주고 온 참이었다. 밤 동안 많은 일이 있어서 그런지 몹시 피곤했다. 그러다 문득 옆에서 진득한 시선이 느껴져서 나는 침대에 여전히 엎어진 채로 살짝 고개만 돌렸다.

"왜 그런 눈으로 봐?"

"그동안 이상했던 게 이제 이해가 돼서."

루카스는 눈을 가늘게 좁힌 채로 나를 관찰하듯이 내려다보고 있었다. 그는 조금 전 이곳에서 내가 아타나시아 공주에게 설명한 내용을 함께 들었다.

"그러니까 네 말대로라면, 넌 다른 세계의 나를 알고 있었던 거네?"

반은 의심스럽고 또 반은 황당하다는 어투였다. 그래도 생각보다 쉽게 내 말을 믿는 것이 신기했다.

"그렇게 되는 거지."

더 자세한 설명을 요구하는 눈빛이었지만 나는 이미 지쳐 있었다. 그래서 대강 그렇게 대꾸한 뒤 꾸물거리며 이불 속으로 파고들었다. 토파즈궁의 침구는 몹시 푹신푹신하고 아늑했다. 크으, 이대로 잠들어버리고 싶어라. 서서히 졸음이 밀려와서 무거운 눈꺼풀을 느리게 깜빡거리는데, 문득 조금 전보다 나직한 속삭임이 귓가에 흘러들었다.

"그럼 너, 그 이상한 책을 찾으면 다시 원래 네가 있던 데로 돌아가는 거야?"

"으응. 일단 그 방법이 제일 간단할 것 같긴 한데……."

"그래?"

앗?

그런데 그때, 내 무시무시한 촉이 발동했다. 나는 확 잠이 깨는 것을 느끼며 자리에서 벌떡 몸을 일으켰다.

"잠깐! 너 또 무슨 짓을 하려는 거야?"

기분 탓인가? 지금 바로 코앞에서 마력이 움직이는 느낌이 들었는데? 내 생각이 맞다는 사실을 입증이라도 하듯, 루카스가 고개를 까딱 옆으로 기울이며 나를 향해 비릿하게 웃었다.

"별거 아닌데. 그냥 황궁 폭파?"

이 또라이가!

"난데없이 멀쩡한 궁을 왜 폭파해?!"

"그러게. 그냥 왠지 좀 그러고 싶은 기분이네."

이제는 놀랍지도 않았다. 이놈은 도대체 나한테 무슨 원수를 져서 몇 번이나 이렇게 기함하게 만드는 거야?! 아무래도 루카스 놈이 사고를 치기 전에 여기서 데리고 나가야겠다.

"루, 루카스? 우리 여기서 이러지 말고 탑에나 다시 가자. 일 끝나면 다시 가기로 했잖아?"

어흑, 사실은 그냥 이대로 자고 싶었는데. 하지만 이놈의 기분이 어째서인지 또 오락가락하는 것을 보니, 지금 황궁에 있는 건 위험할 것 같았다.

나는 침대에서 일어나 루카스에게 냉큼 다가갔다. 다행히도 놈은 내 말에 반응을 보였다.

"지금 탑에 가자고?"

"응! 탑 완전 최고야! 봐도 봐도 안 질려! 늘 새로워! 짜릿해!"

사, 사실 탑과 나는 오늘이 초면이었지만. 그래서 지금 말한 것처럼 질릴 정도로 보고 또 본 적도 없었으면서 나는 입에 침도 안 바르고 마구 찬양을 해댔다. 내 노력이 빛을 발했는지, 루카스의 손 쪽으로 은근히 뭉쳐 있던 마력이 서서히 흩어지는 것이 느껴졌다.

"자, 가자! 빨리, 빨리!"

나는 기회를 놓치지 않고 놀이공원에 가자고 엄마를 졸라 대는 어린애처럼 루카스를 마구 재촉했다. 내 노력은 헛되지 않아서 잠시 후 우리는 탑에 도착했다.

아이고, 그런데 진짜 죽겠다. 솔직히 지금 머리만 대면 기절하듯이 잘 수 있을 것 같아. 그래서 루카스한테 안겨 오는 동안에도 본의 아니게 꾸벅꾸벅 졸았던 것 같다. 으, 으음. 그래도 침은 안 흘렸을 거야. 아, 아마도.

"저기, 루카스. 내가 지금 진짜 기절할 것처럼 졸려서 그러는데, 자세한 구경은 내일 하면 안 될까?"

계단을 내려가는 동안 나는 뻑뻑한 눈을 비비면서 루카스에게 말했다. 며칠 전부터 나를 탑에 데려오고 싶어 안달이 났던 녀석인데 혹시 내 말에 기분 상하는 건 아니려나 몰라.

"그래, 이제 거의 동이 틀 때니까 피곤할 만도 하네. 사람이 졸리면 자야지."

그런데 뜻밖에도 그는 흔쾌히 말했다. 심지어 계단을 다 내려가 막 도착한 넓은 공간에 침구를 소환해 주기까지 했다.

나는 홀린 듯이 거기에 기어들어 갈 뻔하다가 퍼뜩 정신을 차리고 루카스를 향해 고개를 돌렸다. 그는 어서 눕지 않고 뭘 하냐는 듯이 나를 쳐다보고 있었다. 그 눈빛이 은근히 나를 독촉하는 것처럼 느껴지기까지 했다. 나는 그런 놈에게서 수상함을 느끼고 얼굴을 구겼다.

"너, 내가 자면 황궁 부수러 갈 거지?"

"뭔 소리야."

루카스가 코웃음을 쳤다. 하지만 이제는 안 속아!

"안 돼, 아무 데도 못 가! 너도 이리 와서 누워!"

나는 녀석의 팔을 세게 잡아당겼다. 내 손이 닿은 순간 루카스가 크게 움찔했다.

"손 풀지 마! 너도 그냥 지금 나랑 같이 자. 여기 꼼짝 말고 있어."

나는 루카스가 방심한 사이, 그를 강제로 자리에 눕혔다. 그리고 이번에는 그의 손을 단단히 붙잡았다. 루카스가 흠칫하며 나한테 잡힌 손을 빼내려고 해서 손아귀에 더 단단하게 힘을 주었다.

"야, 너…… 계집애가 겁대가리 없이…….”

"나 잠귀 밝거든? 네가 손 놓으면 나도 바로 일어날 거야. 그러니까 날 재우고 황궁에 갈 생각은 꿈에도 하지 마, 알았어?"

루카스는 말이 없었다. 가까이에서 그의 시선이 느껴졌지만 서서히 시야가 가물가물해져서 그가 어떤 얼굴을 하고 있는지는 확인할 수가 없었다.

"알았냐고 묻잖…… 대답을…….”

머리만 대면 잠이 들 것 같다는 내 생각은 정답이었다. 어쩌면 루카스가 소환한 침구가 너무 푹신해서 이렇게 빨리 눈이 감기는 것인지도 몰랐다. 나는 루카스의 대답을 들을 새도 없이 빠른 속도로 잠이 들어 버렸다. 여전히 그와는 손을 꼭 맞잡은 채였다.

"루카스!"

다음 날 눈을 떴더니 옆자리가 텅 비어 있었다. 눈을 비비며 창밖을 보자 어느새 해가 중천이었다. 그래도 푹 잤더니 몸이 개운하구나. 나는 긴단한 청결 마법을 사용해 몸을 깨끗이 한 뒤 자리에서 일어났다. 그 후 탑 안 곳곳을 뒤지며 루카스를 찾았지만 그는 온데간데없었다.

헉, 설마 황궁에 간 거 아니야?! 퍼뜩 그런 생각이 들어 나는 서둘러 순간 이동을 사용했다.

"아, 멀쩡하네. 다행……."

다행히 내 걱정과 달리 황궁은 본래의 휘황찬란한 모습을 유지하고 있었다. 간밤에 루카스 놈이 와서 깽판을 쳐 놓지 않았을까 걱정했는데! 크흑, 잠귀가 밝다고 한 것이 무색하게도 나는 녀석이 내 손을 놓고 자리를 떠나는 것도 눈치채지 못했다. 그나저나, 그럼 이놈은 도대체 어디에 있는 거야?

"앗."

그때, 내 눈앞에 익숙한 사람들이 모습을 드러냈다.

"오벨리아의 축복이 함께하시기를. 몸은 좀 괜찮으십니까, 아타나시아 공주님?"

나는 얼굴을 마주한 아타나시아 공주와 이제키엘을 보고 숨을 죽였다.

으앗, 저 두 사람이 이렇게 빨리 만나다니! 원래의 아타나시아 공주가 제자리로 돌아가고 나서 아직 하루밖에 안 지났는데. 나는 약간 조마조마한 심정으로 두 사람을 지켜보았다.

"네, 괜찮아요."

아타나시아 공주는 살짝 어색한 분위기를 흘리며 입술 끝을 올려 작게 미소를 지었다. 하기야 평소에는 이런 식으로 이제키엘과 따로 이야기를 나누는 일이 거의 없었던 모양이니까. 그래도 간밤에 나와 함께 기나긴 대화를 나눈 덕인지 아타나시아 공주는 제법 의연히 행동하고 있었다. 며칠간 그녀와 내가 바뀌었던 사실이 없던 일인 것처럼.

"본의 아니게 공자에게 폐를 끼치게 되어 미안해요."

그런데 그 순간, 이제키엘의 뜻 모를 시선이 그녀의 얼굴에 못 박혔다. 하지만 그것은 아주 찰나여서, 잠시 후에는 아타나시아 공주를 향해 가볍게 고개를 숙이는 이제키엘을 볼 수 있을 뿐이었다.

"그 자리에 있는 누구라도 그렇게 했을 터이니 마음 쓰실 필요 없습니다."

약간 이중적인 의미가 깃든 말이었다. 그 자리에서 아타나시아 공주를 발견한 것이 자신이 아닌 다른 사람이었어도 마땅히 그녀를 도왔을 것이라는 의미인지, 아니면 그 자리에서 이제키엘의 도움을 필요로 한 사람이 아타나시아 공주가 아닌 다른 사람이었어도 자신은 똑같이 행동했을 것이라는 의미인지. 어느 쪽이든, 이제키엘의 태도는 상대에게 거리를 두고 있는 것이었다.

"제니트 공주님의 다과회에 참석하시는 길이었는지요."

"네, 맞아요."

"제가 모셔다드리겠습니다."

"네? 아니, 괜찮……."

"어차피 저도 볼일이 있어 그쪽으로 가는 길이었습니다."

아타나시아 공주가 곤혹스러워하며 거절했지만 이제키엘은 완고했다. 그래서 결국 두 사람은 나란히 에메랄드궁을 향해 걸음을 옮기게 되었다.

으엌, 그런데 저 어색한 공기는…… 보고 있는 나까지 다 불편해지잖아? 하지만 애초에 저들은 서로 서먹한 관계였던 것 같으니까. 게다가 아타나시아 공주는 어쩐지 아까부터 다른 곳에 정신을 두고 있는 것 같았다. 묘하게 느린 걸음이나 바닥을 응시하고 있는 눈동자를 보니 다른 생각에 잠긴 것처럼 느껴지기도 했다.

이제키엘이 예의상 몇 번인가 먼저 그녀에게 말을 건넸다. 하지만 이상하게도 아타나시아 공주는 다소 건성으로 그의 말을 흘려 넘겼다. 그리디 보니 잠시 후에는 자연스럽게 이제키엘도 입을 다물게 되었다. 그의 시선이 아타나시아의 얼굴을 살폈으나 그녀는 그마저도 눈치채지 못한 것 같았다.

"앗, 아타나시아, 이제키엘."

두 사람은 침묵의 길을 걸어 에메랄드궁에 도착했다. 때마침 밖으로 나오는 중이던 제니트가 그런 두 사람을 발견하고 반갑게 다가왔다.

"어떻게 둘이 같이 와요?"

"도중에 아타나시아 공주님을 만나 모시고 왔습니다."

"고마워요. 그렇지 않아도 아타나시아의 몸 상태가 걱정되던 참이었는데."

음, 이곳의 제니트와 이제키엘이 정식으로 대화하는 모습은 처음 보는데. 여기에서는 제니트의 신분이 공주이기 때문인지, 아니면 옆에 다른 사람이 있기 때문인지, 이제키엘은 제니트에게 존칭을 썼다.

"아타나시아 공주님, 오벨리아의 축복이 함께하시기를."

그런데 저 사람은 누구지?

제니트와 함께 궁 밖으로 나오는 중이던 귀부인. 그녀가 먼저 인사하자 아타나시아도 그녀를 향해 입을 열었다.

"로자리아 백작 부인, 안녕하세요."

앗, 아앗! 로자리아 백작 부인이라고? 그럼 제니트의 이모잖아!

나는 깜짝 놀라 그녀의 얼굴을 살폈다. 아, 자세히 보니 예전에 클로드의 침실에서 본 적이 있던 초상화 속의 여자를 닮았구나. 하기야 자매 사이이니 닮은 게 당연한가. 갈색 머리카락과 녹색 눈동자를 가진 로자리아 백작 부인은 중년의 나이에도 불구하고 요염한 느낌을 풍기는 미인이었다. 내가 살던 곳에서는 제도로 올라오던 중 갑자기 사고로 죽어버려서 한 번도 직접 얼굴을 본 적이 없었는데. 그래, 저 여자가 원작의 아타나시아를 죽게 한 원흉이로구먼?

"얼마 전 큰일을 치르셨다 들었습니다만, 무척 강녕해 보이시는군요."

로자리아 백작 부인이 아타나시아를 위아래로 훑어보며 말했다. 나는 그녀의 눈빛을 보고 조금 발끈했다. 저 아줌마, 지금 아타나시아 공주가 멀쩡해 보이는 걸 매우 아쉽게 생각하는 것 같은데?

"호호. 이리 건강한 모습을 뵙게 되니 아타나시아 공주님께서 폐하의 관심을 끌기 위해 거짓 자해라도 한 것이 아니냐는 소문이 도는 이유를 알겠습니다."

말갛게 웃는 얼굴을 하고 있었지만 그 말에 담긴 의미가 너무나 노골적이었다. 그녀의 말을 듣고 제니트가 깜짝 놀란 표정을 지었다. 제니트는 설마 자신의 이모가 아타나시아에게 그런 말을 할 줄은 몰랐던 눈치였다.

곧 제니트가 얼굴을 굳히며 입을 열었다.

"이모님, 그게 무슨……."

"로자리아 백작 부인. 그런 말은 아타나시아 공주님께 큰 결례라고 생각합니다."

하지만 뜻밖에도 제니트보다 이제키엘의 목소리가 앞섰다. 그 자리에 있던 다른 세 사람의 눈길이 그에게 날아가 박혔다.

"어머나, 제가 실례를 저질렀다면 사과드리지요. 어디까지나 밖에서의 소문이 그렇다는 이야기일 뿐, 제 생각도 동일하다는 것은 아니랍니다."

로자리아 백작 부인은 자신의 발언이 문제가 될 줄은 몰랐다는 듯이 사과했지만 그야말로 눈 가리고 아웅 하는 꼴이었다. 아무래도 아타나시아를 만만히 여기고 이런 태도를 취하는 것 같은데…….

하기야 원작 속의 아타나시아는 여기저기 치이고 다니는 소심한 공주님이었지. 보아하니 로자리아 백작 부인이 아타나시아 공주에게 지금처럼 행동한 것도 이번이 처음은 아닌 듯했다.

"이다니시아, 이모님의 말은 마음에 담아 두지 말아요."

로자리아 백작 부인이 자리를 떠나고 난 뒤 이제키엘도 에메랄드궁을 나섰다. 역시 이쪽에 볼일이 있다는 말은 아타나시아가 부담을 느낄까 봐 그냥 한 말인 것 같았다. 두 사람이 떠난 뒤 제니트가 염려 섞인 목소리로 아타나시아를 향해 말했다.

"사람들이 잘 모르고 떠드는 말이에요. 아타나시아는 실제로 각혈까지 했는데……."

"괜찮아요. 다른 이들이 하는 말은 제게 그리 중요하지 않으니까요."

그런데 예상외로 아타나시아는 로자리아 백작 부인의 말에 별다른 타격을 받지 않은 듯했다. 그녀는 제니트의 걱정 어린 말에 담담히 대답한 뒤, 어스름하게 웃으며 다시 입을 열었다.

"아바마마께서 얼마 전 루비궁에 들르신 이유가 제니트의 부탁 때문이라고 들었어요. 여러 가지로 신경 써 줘서 고마워요."

그 순간 제니트가 멈칫했다.

"아바마마께서 루비궁에 들르셨나요?"

그녀는 두 눈을 약간 크게 뜬 채 아타나시아를 보다가 곧 밝게 미소지었다.

"저는 먼저 부탁드린 적이 없는걸요. 아바마마께서 아타나시아를 걱정해서 가신 걸 거예요."

그 말을 듣고 나는 조금 놀랐다.

뭐? 클로드는 그때 분명히 제니트의 부탁으로 잠깐 들른 거라고 했는데? 그런데 지금 제니트의 얼굴을 보니 아타나시아 공주를 위해 선의의 거짓말을 하는 건 아닌 것 같았다. 조금 전에도 정말 놀란 표정이었고.

"더 볼일이 없으니 이만 가 보도록 하지. 제니트의 앞에서 쓸데없이 입을 놀리지 말도록."

어, 뭐야. 그럼 그 말은 자신의 거짓말을 들키기 싫어서 그런 거였나? 지금처럼 아타나시아가 직접 제니트에게 그날의 일을 말하면 클로드가 자의로 루비궁에 갔다는 사실을 알게 될 테니까. 하지만 그런 생각을 하는 나와 달리 아타나시아 공주는 제니트의 말을 믿지 않았다.

"그렇게까지 배려해 줄 필요 없어요. 제니트는 마음씨가 참 곱네요."

"아니, 진짜예요. 저는 아바마마께 그런 부탁을 드린 적이……."

"정말 괜찮아요, 제니트. 이제는 새삼스러울 것도 없는 일이니까요."

제니트는 아타나시아의 반응에 당황한 것 같았다. 나도 흐리게 미소 짓는 아타나시아 공주의 얼굴을 보는 동안 눈에 습기가 차서 혼났다.

어흑, 이렇게까지 뿌리 깊은 불신이라니. 도대체 그동안 얼마나 아타나시아한테 무관심했던 거냐, 이 세계의 클로드!

나는 건물 안으로 향하는 두 사람을 멀리서 지켜보다가 이내 자리를 비켰다. 그나저나 루카스 놈은 도대체 어디에 있는 거지? 탑에도 분명 없었는데. 아닌가……? 그러고 보니 내가 탑을 샅샅이 뒤져 보지는 않았지. 갑자기 놈이 황궁을 폭파하러 간 게 아닌가 싶어져서. 그, 그럼 혹시 내가 또 말없이 튄 줄 알고 빡 돌아서 나타나는 것 아니야?

나는 그런 찜찜함을 안은 채 토파즈궁으로 이동했다. 이제 더 이상 루비궁에서 아타나시아 공주 흉내를 내지 않아도 되니 다시 책을 찾아볼 생각이었다.

"어, 뭐야! 너 여기에 있었어?"

그런데 그곳에는 나보다 먼저 온 손님이 있었다. 문을 등진 채 테이블 앞에 서 있는 사람은 분명 루카스였다. 내 목소리를 들은 그가 뒤돌아서며 툭툭 손을 털었다.

"넌 예상보다 늦게 왔네. 눈 뜨자마자 제일 먼저 달려올 줄 알았더니, 생각보다 집에 가는 게 그렇게 간절하지는 않나 봐?"

루카스의 손짓을 따라 주위에 먼지인지 재인지 헷갈리는 무언가가 잠깐 흩날리다가 사라졌다.

"여기서 혼자 뭐 하고 있었어?"

"네가 말한 책에 흥미가 생겨서 나도 한번 찾아보려고."

그 말을 듣고 나는 한순간 멈칫했다.

"흥미? 갑자기 왜?"

"뭘 그렇게 따져? 내가 같이 찾아주면 너한테는 좋은 일 아니야?"

아니, 그건 그렇지만. 그런데 왜지? 지금 막 내 촉이 이놈에게서 또 한 번 수상함을 감지했는데?

"그래서 뭘 좀 찾았어?"

"아니. 그런데 여기 왜 이렇게 먼지가 많아."

"그래? 매일 청소하는 것 같았는데."

"아침부터 쥐새끼 한 마리 얼씬도 안 했는데 청소는 뭔 놈의 청소."

루카스는 먼지 때문에 자신의 소중한 기관지가 피해를 입고 있다는 듯이 짜증스럽게 손을 휘휘 내저었다. 내가 봤을 때는 깨끗하기만 한데 괜한 트집은.

아무튼 루카스가 도와준다고 하니 일이 한결 쉬워졌다. 나는 그와 함께 토파즈궁을 뒤지기 시작했다. 하지만 몇 날 며칠 동안 내가 아무리 용을 써도 보이지 않았던 책이 이제 와서 쉽게 나타날 리 없었다.

"오늘은 이쯤 하고 가지?"

해가 질 무렵 루카스가 내 앞에 나타나 말했다.

끄응, 어차피 더 찾아도 안 나올 것 같은데 그럴까.

"난 잠깐 루비궁에 가 볼게."

"그 공주가 신경 쓰여?"

정답이었다. 사실은 어젯밤부터 계속 그녀에게 마음이 쓰였다. 그래서 아까도 일부러 아타나시아 공주를 지켜봤던 것이고.

"지금 루비궁에 가 봤자 없어. 황제를 만나고 있는 모양인데."

그런데 잠깐 먼 곳을 응시하듯 창밖으로 시선을 두고 있던 루카스가 지나가듯 말했다. 그것을 듣고 나는 순간 멈칫했다.

"정 궁금하면 황제 거처에 가 보든가."

나는 잠깐 주저하다가 손가락을 튕겼다.

내가 도착한 곳은 또다시 가넷궁의 후원이었다.

"저, 꿈을 꿨어요."

쏴아아.

바람에 떠밀린 보라색 꽃송이가 가련하게 몸을 흔들었다. 귓가에 흘러드는 가느다란 음성은 아타나시아 공주의 것이었다. 루카스의 말처럼 그녀는 냉담한 얼굴을 한 클로드를 마주 보고 서 있었다.

"눈물겹게 행복해서 차라리 영원히 지속되었으면 싶은 그런 꿈이었어요."

그 말을 듣는 순간, 문득 어젯밤 루카스가 했던 말이 뇌리를 스쳐 지나갔다.

"그냥 잠 좀 푹 자게 해둔 것뿐이야. 영영 깨어나기 싫을 정도로 엄청 좋은 꿈까지 꾸게 해줬으니까 이 정도면 완전 양심적인 납치범 아냐?"

나는 지금 아타나시아 공주가 무슨 이야기를 하는지 알아차렸다. 눈물겹게 행복한 꿈. 과연 그녀는 꿈속에서 무엇을 보았을까?

"그런데 꿈에서 깨고 나니 이제야 확실히 알겠네요."

담담한 어투로 클로드를 향해 읊조리던 아타나시아 공주의 얼굴에 서글픈 미소가 떠오른 것은 다음 순간이었다.

"아바마마께서는 정말 이제껏 단 한 순간도 저를 딸로 생각하신 적이 없군요."

쏴아아.

옅은 꽃향기를 머금은 바람이 머리카락을 헝클어뜨리며 지나갔다. 나부끼는 머리카락으로 잠시 가려졌던 시야에 곧 다시 여린 소녀의 얼굴이 비쳤다.

"정말 단 한순간도 저를 사랑하지 않으셨어요."

물기 어린 보석안에 떠오른 감정은 슬픔, 절망, 고통, 서러움, 그리고 체념…….

클로드는 차갑게 굳은 얼굴로 그저 조용히 그런 그녀를 바라보고 있었다. 그는 부정도 긍정도 하지 않았지만 아타나시아 공주는 애초에 대답을 바라고 있지 않았던 듯했다.

"당신은 정말……."

이번에야말로 정말 모든 것을 포기한 듯이 오직 허망함을 담은 작은 음성만이 마침내 바람에 부스러졌다.

"제게 잔인할 정도로 늘 솔직하셨네요."

루비궁으로 돌아온 아타나시아는 그 후 자신의 방에 틀어박혔다. 침대에 조용히 앉아 있던 그녀가 이윽고 허공을 향해 말했다.

"당신, 거기에 있죠?"

나는 그녀가 부르는 사람이 나라는 사실을 알고 소리 없이 모습을 드러냈다.

"역시, 지켜보고 있을 거라고 생각했어요."

흐리게 미소 짓는 그녀의 얼굴을 보고 나는 입을 다물었다.

"이상해요. 당신과 나는 분명 같은 존재일 텐데, 이렇게 당신을 마주 보고 있어도 '또 다른 나'라고는 느껴지지 않아요."

아타나시아 공주의 말은 한편으로는 당연한 것이라고 생각되었다. 분명 그녀와 나는 각각의 세계에 존재하는 '아타나시아'였다. 하지만 본래의 나는 아타나시아 공주가 아닌 다른 세계의 이지혜가 아니었던가.

사실 나는 내가 이 몸에 빙의된 것인지 아니면 환생한 것인지 아직도 잘 알 수가 없었다. 그래도 어쨌든 나는 원래 책 속의 아타나시아 공주가 아니었으니까……. 그러니 지금 내 눈앞에 있는 그녀와 나는 엄연히 다른 영혼을 가진 사람이 아닌가? 우리가 각각 다른 세계의 존재라는 사실을 뒤로하고서라도.

"당신도 나와 같았나요?"

하지만 그 사실을 모르는 아타나시아 공주는 나를 향해 조용한 음성으로 물었다.

"당신도 나처럼 이런 절망감을 안고 살았나요?"

마주한 보석안에서 드러나 보이는 감정에 나는 무어라 말해야 할지 알 수가 없어졌다. 자신과 같은 절망감을 느끼고 자신과 같은 삶을 살아왔던 또 다른 누군가가 존재한다는 사실에 대한 일종의 안도와 동질감이 그녀의 눈동자 속에 깨진 유리 조각처럼 박혀 있었다.

나는 어젯밤 그녀에게 '내가 다른 세계에서 온 또 다른 아타나시아 공주'라는 사실을 밝혔다. 하지만 당연하게도 본래의 아타나시아 공주가 소설 속의 등장인물이라는 이야기는 하지 않았다. 그리고 만약 그녀가 책 속의 아타나시아 공주가 맞고, 또 그 내용대로 이야기가 흘러간다면 앞으로 몇 달 후에 그녀가 클로드의 손에 죽을지도 모른다는 사실도…….

"디시 꿈꾸게 해주세요."

지금에 와서는 더욱 말하기가 어려웠다. 침대에 걸터앉아 있던 아타나시아 공주가 몸을 움직인 것은 바로 다음 순간이었다. 나는 내 발치에 매달리는 그녀를 형언할 수 없는 기분으로 바라보았다.

"어제까지 꾸었던 꿈을, 다시 꾸게 해줘요."

"아타나시아…….."

"제발요. 당신은 할 수 있잖아요. 그렇죠?"

나를 올려다보는 눈물 젖은 눈동자에도, 호소하듯 속삭이는 목소리에도 가늠할 수 없는 절박함이 어려 있었다.

"할 수만 있다면, 차라리 그 꿈속에서 영원히 살고 싶어."

루카스가 보여 준 꿈이 그렇게 달콤했던 것일까? 영원히 깨어나고 싶지 않다는 생각을 할 정도로. 그리고 다시 깨어나 맞닥뜨린 현실에 이만큼이나 깊이 절망할 정도로. 또 거짓이란 사실을 알면서도 다시 그 속에서 살고 싶다고 생각할 정도로.

그렇다면 아마도 그녀는 그 꿈속에서 자신이 원하는 사람에게 아낌없이 사랑받고 있었을 것이다. 마주한 간절한 눈빛에 한순간 아연한 기분이 들었다. 하지만 나는 그녀의 바람을 이루어줄 수 있는 사람이 아니었다. 아니, 설령 내가 할 수 있는 일이라 해도 나는 그녀에게 다시한번 그 꿈을 보여 줘도 좋을지 알 수가 없었다.

아타나시아 공주는 단 한 번 꿈을 본 것만으로도 이렇게 내게 매달려 애원하고 있었다. 그러나 아무리 달콤하다 해도 꿈은 꿈일 뿐이다. 한데 그녀를 그런 거짓된 행복에 사로잡히도록 두어도 되는 걸까?

나는 입술을 한 번 꾹 깨문 뒤 아타나시아 공주를 향해 말했다.

"미안해요, 나는…….."

"아무래도 번지수를 잘못 찾은 것 같은데."

어스름한 방 안에 루카스가 나타난 것은 그때였다.

"그 소원을 들어줄 수 있는 사람은 이쪽이 아니야."

나와 아타나시아 공주는 동시에 그를 향해 고개를 돌렸다. 루카스의 붉은 눈동자가 어둠 속에서도 선명하게 빛나고 있었다.

"내가 소원을 이루어주면 넌 대가로 뭘 줄 거지?"

"루카스!"

나는 소리를 높여 루카스의 이름을 불렀다. 그는 갑자기 나타나 아타나시아 공주를 현혹하려 하고 있었다. 하지만 내가 그를 말리는 것보다 아타나시아 공주가 그의 물음에 대답하는 것이 더 빨랐다.

"뭐든지, 뭐든지 드릴게요. 내가 줄 수 있는 거라면."

간절한 목소리가 어둠 속을 가로질렀다. 섬뜩하게 시린 루카스의 붉은 눈동자에 이채가 스쳐 지나갔다. 다음 순간 그의 입술이 가느다란 호선을 그렸다.

"그 소원, 내가 이루어줄게."

매혹적인 음성이 귓전을 울리고, 뒤이어 루카스의 손이 아타나시아 공주의 얼굴을 향해 뻗어졌다. 그녀의 창백한 하얀 얼굴에서 투욱, 투명한 눈물이 한 방울 떨어져 내렸다. 그러고 나서 아타나시아 공주의 몸이 허물어졌다.

"아타나시아!"

나는 급히 쓰러지는 그녀의 몸을 붙잡았다. 하얀 얼굴 위로 번진 눈물 자국이 애처로웠다. 다행히 그녀는 그저 잠이 든 것뿐인 것 같았다. 아니, 이 경우에는 다행인 것이 아닐지도 모르지만.

나는 아타나시아를 품에 안은 채로 고개를 들었다. 루카스는 어딘가 조금 차가운 눈빛으로 나를 내려다보고 있었다. 조금 전 자신이 잠재운 사람은 안중에도 없는 것처럼 그의 눈동자는 오직 나만을 향해 있었다. 아마 지금 내 얼굴은 차갑게 굳어 있을 것이 분명했다. 나는 속에서 치미는 감정을 삭이며 루카스를 향해 애써 침착하게 입을 열었다.

"너 지금 이게 뭐 하는 거야?"

"이 여자랑 내 문제야. 네가 끼어들 곳은 어디에도 없어."

루카스의 태도는 냉정했다. 어쩌면 그의 말대로인지도 몰랐다. 아타나시아 공주는 루카스에게 자신의 바람을 이루어주기를 부탁했고, 루카스는 그녀의 청을 들어주었다. 그러니 그 사이에 내가 끼어들 이유는 어디에도 없었다. 하지만 아무리 그렇게 이성적으로 생각하려 노력해도 머리와 가슴이 따로 놀았다.

"그리고 네가 신경 쓸 만한 문제는 이쪽에만 있는 게 아닌데."

그때, 루카스가 나직한 음성으로 뜻 모를 말을 속삭였다.

"그 황제 오래 못 살 거야."

"뭐?"

나는 그의 말을 곧바로 알아듣지 못하고 반문했다. 지금 루카스가 말한 것이 무슨 의미인지 쉽게 이해할 수가 없었다.

"이쪽 세계의 네 아버지 말이야. 금방 죽을 거라고."

곧이어 덧붙여진 루카스의 목소리가 허공에서 맥없이 부스러졌다. 그가 내게 속삭인 말이 귓가에서 시끄럽게 웅성거리다가 순식간에 조용히 가라앉았다. 나는 찬물을 맞은 것 같은 기분으로 마주한 붉은 눈동자를 바라보았다.

'내가 졌다.'

클로드는 꿈을 꾸었다.

'원한다면 그대에게 애원이라도 하겠다.'

꿈속에서의 그는 누군가를 향해 믿을 수 없을 정도로 간절하게 속삭이고 있었다. 가슴이 저밀 정도로 미치도록 애끓는 마음이라, 눈앞에 있는 사람이 원한다면 기꺼이 무릎이라도 꿇을 수 있을 것 같았다. 그러나 우스운 일이었다. 그는 살아오는 동안 누군가를 향해 이런 가슴 절절한 감정을 품어 본 적이 없었기 때문에.

더 우스운 것은, 그럼에도 불구하고 마치 이것이 꿈이 아닌 현실인 것처럼 지금 그가 느끼고 있는 모든 것들이 지독히도 생생하다는 점이었다.

'나를 선택해라. 다른 건 아무것도 생각하지 마. 좀 더 이기적으로 그대만을 위한 결정을 내려.'

하지만 이상하게도 눈앞에 있는 사람의 얼굴만큼은 안개에 가려진 것처럼 흐릿했다. 손을 뻗으면 곧바로 닿을 만한 거리에 있으면서도 그 정체를 알 수가 없다니, 퍽 묘한 일이었다.

아, 하기야. 어차피 이것은 단순한 꿈일 뿐이니 이런 허무맹랑한 일도 얼마든지 있을 법했다. 그런데 어째서일까……? 알지도 못하는 사람을 상대로 이토록이나 그리운 마음이 드는 것은.

'지금 이 순간에도 그대의 목숨을 좀먹고 있는 아이가 아니라.'

바로 그 순간 눈앞을 가리고 있던 뿌연 안개가 서서히 걷히기 시작했다. 여린 턱과 붉은 입술이 모습을 드러낸 순간, 클로드는 무의식중에 손을 뻗었다. 하얀 뺨을 타고 흐르는 눈물에 참을 수 없을 정도로 가슴이 저렸다. 그 투명한 눈물방울에 막 손이 닿은 순간, 클로드는 잠에서 깨어났다.

"음."

눈을 뜨자마자 머리를 찌르는 듯한 끔찍한 통증이 밀려들었다. 클로드는 지끈거리는 이마를 짚으며 자리에서 일어났다. 시야가 어두운 것을 보니, 아직 밤인 모양이었다. 어째서인지 요즘 들어 이렇게 두통을 느끼는 일이 잦았다. 전에도 아타나시아를 볼 때면 이렇게 간혹 머리가 아픈 적이 있었지만 요즘은 특히 그 정도가 심했다.

클로드의 두통이 이 정도로 극심해진 것은 아타나시아가 화원에서 피를 토하며 쓰러진 모습을 본 뒤부터였다. 그 후로 그녀의 얼굴을 마주하거나 그녀를 생각할 때마다 그의 상태는 조금씩 더 심해졌다. 이상하게도 무언가가 자꾸만 기억날 듯 말 듯했다. 마치 아주 오랫동안 잊고 있던 무언가가 있는 것처럼 답답한 기분이었다.

그러다 문득 이마를 누르던 클로드의 손이 멈추었다. 그러고 보니 조금 전 무슨 꿈을 꾸지 않았던가? 그러나 기이하게도 아무것도 생각나지 않았다. 분명히 아주 그리운 꿈을 꾼 것 같은데……. 하지만 거기까지 생각했을 때, 클로드는 저도 모르게 실소하고 말았다. 그립다니, 그런 감정을 느낄 만한 것이 세상 어디에 있다고.

"개꿈이로군."

클로드는 나직하게 읊조리며 소파에서 몸을 일으켰다.

또 이런 곳에서 쪽잠을 잔 것을 알면 제니트가 한소리 하겠군.

그의 걸음이 달빛이 새어 드는 창가로 향했다.

"저, 꿈을 꿨어요. 눈물겹게 행복해서 차라리 영원히 지속되었으면 싶은 그런 꿈이었어요."

그때, 문득 아까 만났던 사람의 목소리가 귓가에 울렸다. 그 순간 클로드는 움찔 미간을 좁히고 말았다.

"그런데 꿈에서 깨고 나니 이제야 확실히 알겠네요."

아타나시아는 일전에 있던 경고를 무시하고 또다시 그를 찾아왔다. 그런데 기껏 늘어놓은 것이 이런 헛소리였다.

"아바마마께서는 정말 이제껏 단 한 순간도 저를 딸로 생각하신 적이 없군요."

하지만 체념을 담은 그 서글픈 미소를 보는 순간, 그의 가슴 한복판을 가로지른 따끔한 감각은 도대체 무엇이었는지 알 수가 없었다.

"정말 단 한 순간도 저를 사랑하지 않으셨어요."

그것은 분명 거짓 한 점 없는 진실이었는데도 정작 그녀의 입에서 새어 나온 그 말에 어째서인지 기분이 아주…… 아주 이상해졌다. 클로드는 아주 오랫동안 아타나시아의 말을 곱씹어 생각했다. 아까 보았던 그 눈물 젖은 얼굴이 계속해서 눈앞에 어른거렸다.

그렇게 동이 틀 때까지, 클로드의 발길은 창가 앞에서 떨어지지 않았다.

"오래 못 살 거라니, 그게 무슨 말이야?"

나는 루카스에게 반문했다. 그러자 그가 나를 보며 비스듬히 입꼬리를 끌어 올렸다. 아까보다 더 어두워진 실내에 은은한 달빛이 번져 들었다. 빛과 어둠의 경계에 몸을 걸치고 있는 루카스는 꼭 저승에서 온 사신처럼 보였다.

"이유가 궁금해?"

"말장난할 기분 아니야."

날 서 있는 내 반응에 루카스가 웃었다. 뜻밖에도 아주 재미있는 광경을 목격한 것처럼. 하지만 다음 순간 귀에 울린 그의 목소리에는 웃음기가 하나도 없었다.

"그게 왜 궁금해? 넌 이차피 여길 떠나면 그만이잖아."

눈을 한 번 깜빡인 정도의 짧은 순간이 지났을 때, 어느덧 그는 내 앞으로 불쑥 다가와 있었다. 그의 손이 어깨 위에 내려앉아 있던 내 머리카락을 잡아당겼다. 하지만 그 손길은 이제까지와는 그 강도가 조금 달랐다.

나는 포악한 힘에 강제로 붙들려 루카스 쪽으로 상체를 기울었다.

"이봐, 공주님. 착각하지 마. 여긴 너의 세계가 아니야."

그 어느 때보다 냉랭한 눈빛이 바로 코앞에서 나를 꿰뚫었다.

루카스는 어떤 이유에서인지 상당히 배알이 뒤틀린 상태인 것 같았다. 씹어뱉듯 읊조리는 그의 목소리가 거칠었다. 잠든 아타나시아 공주를 붙들고 있던 손에 나도 모르게 지그시 힘이 들어갔다.

"어차피 넌 원래 네가 있던 곳으로 돌아갈 거라고 했지. 그럼 이곳에 있는 사람들이 어떻게 되든 네가 알 바 아니잖아? 간섭할 권리도, 자격도 너한테는 없어."

내게 이런 식으로 뼈 있는 말을 내뱉는 루카스는 오랜만이었다. 이럴 때, 대체로 그는 내게 허튼소리를 하지 않는다. 이번에도 그의 말은 틀린 것이 아니었다. 어찌 보면 나는 이 세계의 외부인이나 마찬가지였다. 그러니 루카스의 말처럼 이곳에 있는 사람들이 어찌 되든 내가 알 바는 아니어야 했다.

"그런데도 신경 쓰여? 네가 지금 이 공주에게 오지랖을 부리고 있는 것처럼 그 왕에게까지 마음이 쓰여? 왜, 그 사람이 네 진짜 아버지처럼 느껴지기라도 해?"

하지만 그게 내 마음대로 되었다면 지금 내가 이러고 있을 리가 있겠는가? 아, 정말이지. 나는 루카스가 전부터 나한테 이런 식으로 입바른 말을 비수처럼 날려 댈 때마다 너무 화가 났다. 그런 내 마음을 아는지 모르는지, 다음 순간 루카스가 입매를 비틀어 미소를 지었다. 나는 아무 말도 하지 않았지만 그는 내 침묵 속에서 답을 읽어 낸 모양이었다.

"그럼 알려 줄게."

그런데 내 착각일까? 어째서인지 루카스는 내가 그들을 그냥 내버려 두지 못한다는 사실에 만족스러움을 느끼는 것 같았다.

"이유는 모르겠지만 이곳 황제가 말이야, 금지된 마법을 썼어."

이어서 나지막하게 속삭여지는 음성에 나는 훅 숨을 들이마셨다.

"금지된 마법이라고……?"

내가 알기로, 이 세상에 금지된 마법이라 칭해질 것은 딱 하나밖에 없었다. 바로 흑마법.

"보아하니 여기에 새까맣게 구멍이 나 있더라고."

내 반응을 본 루카스가 나른히 미소 지으며 손가락으로 자신의 머리를 가리켰다.

"예전에 스스로 기억을 봉인했나 본데, 그게 꽤 과격한 방식이었던 모양이야."

나는 그가 무슨 말을 하는 것인지 알 수가 없었다. 클로드가 스스로 기억을 봉인했다니…… 어째서 그런 일을 한단 말이야? 예전에 클로드가 나 때문에 기억을 잃었을 때의 일로, 나도 정신계 마법에 대해 따로 공부해 본 적이 있었다. 그러나 사람의 정신을 건드리는 마법은 고도로 위험한 것이었기 때문에 일반 마법 중에는 그런 내용을 찾아볼 수 없었다.

"그런데 자기 머리에 걸어 둔 금제가 지금에 와서 깨지고 있는 것 같았단 말이지. 그 여파로 뇌에 문제가 생긴 거고."

그러니 루카스의 말처럼 기억을 봉인하는 마법이라면 그것은 흑마법이 맞을 터였다.

"아마 최근에 마법이 깨질 만큼 큰 충격이라도 받았나 본데. 자세한 내막끼지야 내 알 비 아니지만."

하지만 여전히 그의 말을 받아들이기가 어려웠다. 클로드가 스스로에게 그런 마법을 사용했다는 것도, 그리고 그 마법의 부작용으로 지금 위험한 상태라는 것도, 모두 믿기지가 않았다.

"왜 그런 표정이야?"

내가 어떤 얼굴을 하고 있었던 걸까? 루카스가 이번에는 나를 달래듯이 조금 부드러운 음성으로 속삭였다. 그때까지도 머리카락을 아프게 움켜쥐고 있던 손이 느리게 떨어져 나갔다. 그의 손에서 흘러내린 백금색 머리칼이 소리 없이 내 어깨 위로 내려앉았다. 루카스는 자연스럽게 움직여진 손으로 이번에는 내 턱을 들어 올린 뒤 나긋이 속삭였다.

"어차피 흑마법을 사용한 사람치고 끝이 좋은 인간은 하나도 없어. 저주받은 힘은 스스로 불행을 불러들이게 되어 있거든. 너도 마법사라면 그 정도는 알 텐데."

가까이에서 마주한 그의 눈동자가 어둠 속에서도 두드러지게 붉었다.

"그러니까 그냥 모른 척해."

루카스의 얼굴에 어스름한 미소가 떠올랐다. 하지만 아까와 마찬가지로, 그것은 유쾌한 기분으로 지어 보인 미소가 아니었다.

"이 세계의 사람도 아닌 네가 무슨 자격으로 간섭해?"

깨진 유리 조각을 박아 넣은 것처럼 날카로운 눈빛이 내 얼굴에 내리꽂혔다. 내 턱을 붙잡은 그의 손에 서서히 힘이 들어가는 것이 느껴졌다.

"네까짓 게 뭔데 갑자기 끼어들어서 남의 삶을 어그러뜨리느냐, 이 말이야."

고막을 긁으며 파고드는 낮은 음성에도 가시가 박힌 것 같았다. 루카스는 나한테 화가 난 것 같았다. 나는 루카스의 붉은 눈동자를 보며 잠시 입술을 깨물었다. 그러다 루카스가 움켜쥐고 있는 턱에 슬슬 아린 감각이 들어서 그의 손을 뿌리치려 했다.

하지만 나보다 루카스가 먼저 움직였다. 조금 전까지의 거친 손길이 거짓말인 것처럼 더없이 부드러운 감촉이 내 뺨에 닿았다.

"그래도 정 그렇게까지 뭔가를 바꾸고 싶다면."

그 후 이어지는 그의 말을 나는 곧바로 이해하지 못했다.

"네가 이 여자가 되든가."

"뭐?"

"네가 진짜 이 세계의 아타나시아 공주가 되라고."

그렇게 말하며 루카스는 나를 향해 고아하게 웃어 보였다. 갑자기 내 품에 안긴 체온이 싸늘하게 느껴졌다. 나는 잠들어 있는 아타나시아 공주의 몸을 무의식중에 좀 더 힘주어 끌어안았다.

"그럼 내가 네 바람을 이루어줄게."

마치 영혼을 빼앗기 위해 달콤한 목소리로 유혹하는 악마의 속삭임 같았다. 조금 전 아타나시아 공주에게 그랬듯, 루카스가 이번에는 나를 향해 달짝지근한 음성을 흘려 보냈다.

귓바퀴를 뭉근히 매만지는 손길에 일순간 어깨가 움츠러들었다. 그 것을 티 내지 않기 위해 목을 빳빳이 세웠으나 루카스는 이미 내 동요를 눈치챈 듯이 입가에 느른한 미소를 띠고 있었다.

"내 바람이 뭔데?"

"이 세계의 네 아버지를 살리고 싶지 않아?"

"진짜 아타나시아 공주는 어쩌고 나더러 그녀가 되라는 거야?"

"이 여자가 바라던 대로 죽을 때까지 행복한 꿈속에서 살게 해주면 되지."

한 치의 망설임도 없이 뒤따른 그의 대답에 얼핏 헛웃음이 새어 나왔다.

"그리고 넌 진짜가 되는 거야."

　루카스의 손이 내 목덜미로 미끄러졌다. 두근두근 뛰고 있는 맥 위로 따뜻한 체온이 스몄다.

"네 세계가 아닌 이곳에서."

　루카스는 그렇게 달콤하게 속삭이며 내게 고개를 숙였다. 입술 위로 겹쳐진 온기에 나는 움찔 몸을 떨었다. 하지만 그는 내가 그러거나 말거나 상관없다는 듯이, 손으로 내 목덜미를 받치며 더욱 깊숙이 입술을 포갰다.

　고개가 뒤로 젖혀지는 것과 동시에 나를 한입에 집어삼킬 것 같은 강렬한 붉은 눈동자와 아주 가까이에서 시선이 마주쳤다.

　그 후 급작스럽게 밀어닥치는 태풍처럼 거친 입맞춤이 이어졌다. 당황스러울 정도로 그의 행동에는 주저함이 없었다. 하지만 오래지 않아 루카스는 내게서 떨어져 나갔다.

　내가 내뱉는 불규칙적인 숨소리가 잠깐 우리 둘 사이에 내려앉았다. 그는 내게 닿아 있던 손을 천천히 움직여 조금 전 내가 깨문 자신의 입술에 가져다 댔다. 달빛에 물든 그의 손가락에 어렴풋이 배어 묻은 피가 보였다. 그 피만큼이나 붉은 눈동자가 한차례 자신의 손에 묻은 흔적을 스쳐 지나갔다.

"말도 안 되는 소리 하지 마."

　나는 가까스로 입 밖으로 소리 내 말했다. 밖으로 흘러나온 내 목소리는 언뜻 침착하게 들렸으나 속까지 그렇지는 못했다. 지금의 상황이 굉장히 혼란스러웠다. 조금 전 그에게서 들은 말도 그렇고, 또 그가 지금 내게 한 행동도 모두 내 머리를 복잡하게 만들고 있었다.

"왜 말이 안 돼?"

루카스의 담담한 음성이 지척에서 흘러들었다.

"애초에 진짜와 가짜를 구분 짓는 기분이 뭔데?"

"그건……."

"엄밀히 따지면 너도 진짜고, 이 여자도 진짜잖아."

이어지는 그의 말에 나는 몇 번인가 입술을 달싹이다가 결국은 아무 소리 없이 그냥 다물었다.

"그런데 왜 네가 이 여자 대신 이곳의 아타나시아 공주가 되는 게 말이 안 돼?"

어쩐지 나를 비웃는 듯한 어투였다. 루카스는 언제 내게 열띤 키스를 퍼부었냐는 듯 조금 전과는 달리 지독히도 싸늘한 눈빛을 하고 있었다.

"왜 그렇게까지 해서 나를 이곳에 잡아 두려는 거야?"

나는 그런 그를 보며 조용히 물었다.

"네가 원래 세계로 돌아가 행복해지는 꼴을 보기 싫어서."

"왜 그렇게 화가 났는데?"

"네가 거슬려. 미치도록."

내 물음에 루카스가 기다렸다는 듯 망설임 없이 대답했다. 나는 이놈이 이렇게 삐딱하게 나오는 이유를 어쩐지 알 것 같았다. 하지만 지금 그 말을 굳이 입 밖에 꺼내 그렇지 않아도 불난 집에 부채질하는 짓까지는 하지 않기로 했다.

루카스는 나를 시린 눈으로 내려다보다가 곧 저주처럼 읊조렸다.

"넌 마음대로 이 세계에 발을 들인 대가를 치러야 할 거야."

아니, 그런데 억울하네. 나도 여기에 오고 싶어서 온 거 아니라고!

"공주님? 왜 바닥에 앉아 계세요?"

아, 앗?! 그 순간 갑자기 뒤에서 들려오는 목소리에 나는 소스라쳤다. 얼마나 놀랐으면 헛숨까지 들이마시며 경기하듯이 몸을 들썩이고 말았을 정도였다. 가, 갑자기 뭐야?! 문을 여는 소리도, 뒤에서 다가오는 기척도 못 느꼈는데?! 급히 고개를 돌리자 눈을 동그랗게 뜨고 나를 내려다보고 있는 릴리의 얼굴이 보였다.

"리, 릴리?"

"노크해도 대답이 없으시기에 주무시는 줄 알고 숙면에 좋은 향초를 놔드리려고 들어왔는데……."

하지만 그녀의 말을 다 듣기도 전에 나는 또 한 번 화들짝 놀라 고개를 내렸다. 으악, 잠깐! 나 지금 아타나시아 공주를 안고 있잖아?! 그러나 조금 전까지만 해도 내 품에 안겨 있던 사람은 이미 감쪽같이 사라진 뒤였다. 아니, 도대체 언제 없어진 거지? 난 아무것도 느끼지 못했는데? 그리고 불현듯 드는 생각에 다시 고개를 들자 열린 테라스 문 앞에 서 있는 루카스가 시야에 들어왔다. 그는 축 늘어져 있는 아타나시아 공주를 어깨에 둘러메고 있었다.

하지만 내 시선을 따라 고개를 돌렸던 릴리가 그저 의아한 얼굴을 하고 있는 것을 보면, 루카스 놈이 지금 투명화 마법을 쓰고 있는 것이 분명했다. 잠깐, 그러고 보니까 지금 나 또 이곳의 아타나시아 공주로 오해받았잖아? 방 안에 들어오는 릴리의 기척도 루카스, 저 자식이 지웠구나! 만약 알았다면 내가 몸을 감출 게 분명하니까! 게다가 저놈은 나한테 직접적으로 마법을 사용할 수 없으니까 대신 다른 사람에게 마법을 사용한 것이 분명했다.

내 생각이 맞다고 말하듯, 루카스가 나를 보며 입꼬리를 들어 올렸다. 달빛 아래에서 그의 미소가 더없이 첨예해 보였다. 그 후 루카스가 순식간에 내 눈앞에서 사라졌다.

"공주님?"

나는 형언할 수 없는 기분으로 달빛만이 고인 빈자리를 바라보았다. 릴리가 걱정스러운 목소리로 나를 불렀지만 미안하게도 그녀에게 신경 쓸 여유가 없었다.

루카스 저 자식…… 죽일 거야. 다음에 만나면 진짜 죽일 거야!

그렇게 나는 소리 없는 아우성을 치며 내 눈앞에서 사라진 루카스 놈을 향해 이를 갈았다. 얄궂게도, 그러는 동안에도 밤은 점점 깊어지고 있었다.

◦⋅✣⋅◦

다음 날 이레인 후작가에서 성대한 무도회가 열렸다. 제니트와 이제키엘은 그 무도회에 파트너로 참석할 예정이었다. 그러니 둘이 같은 마차를 타고 이동하는 것은 당연했다.

"그래서 플로렌스 양이 그 목걸이를 보고 고양이에게……."

여느 때처럼 마차 안에는 제니트가 꾀꼬리처럼 재잘거리는 음성이 울려 퍼졌다. 그러던 어느 순간, 제니트는 이제키엘이 자신의 말을 전혀 듣지 않고 다른 생각에 잠겨 있다는 사실을 깨달았다.

"무슨 생각을 해요, 이제키엘?"

앞에서 들려오는 청아한 목소리에 이제키엘이 고개를 돌렸다. 그 얼굴은 단 한 순간도 그녀에게 집중하지 않은 적이 없었다는 듯이 고요했지만 제니트는 속지 않았다. 곧 그의 입이 작게 벌어졌다.

"아타나시아 공주님이 원래 누군가의 도움을 받았을 때 고맙다고 인사하는 사람이었던가?"

제니트의 청으로 그는 사석에 있을 때는 그녀에게 말을 높이지 않았다. 그런데 그의 물음이 너무나 뜻밖이라 제니트는 의아하게 고개를 갸웃거리고 말았다.

"그렇지 않을까요? 누구나 도움을 받으면 감사의 인사를 하잖아요."

그녀의 말에 이제키엘의 눈동자가 무언가를 생각하듯 잠시 아래로 내리깔렸다. 그 후 그는 혼잣말 같은 나지막한 목소리를 흘려보내며 다시 창밖으로 고개를 돌렸다.

"그렇겠지."

제니트는 그런 그를 보며 여전히 풀리지 않는 의문을 느낄 수밖에 없었다.

조금 더 시간이 지난 후 두 사람은 이레인 후작가의 저택에 도착해 마차에서 내려섰다. 나란히 무도회장으로 입장하는 이제키엘과 제니트는 누가 보더라도 굉장히 잘 어울리는 한 쌍이었다. 마치 정해진 수순을 밟듯, 그들은 모두의 환대와 찬사를 받으며 무도회장의 한가운데에 도달했다. 연회의 주인공은 이레인 후작가의 남매였지만 제니트와 이제키엘에게서는 범접할 수 없는 아우라가 흘러나오고 있었다.

두 사람은 동화 속에 나오는 달콤한 과자 나라의 설탕 인형들처럼 완벽하게 아름다운 모습으로 홀 안에서 함께 춤을 추었다. 주위에는 감미로운 연주에 맞춰 춤을 추고 있는 다른 사람들도 있었지만 역시 두드러지게 눈에 띄는 것은 두 사람뿐이었다. 춤이 끝난 뒤 그들은 모두의 박수갈채를 받으며 다정한 눈인사를 나누었다.

"제니트 공주님, 부디 제게 두 번째 춤의 영광을 주시지 않겠습니까?"

그 후 제니트에게 다른 누군가가 다가왔다. 그는 얼마 전부터 제니트에게 꽤 노골적으로 구애 중인 이레인 후작가의 영식이었다. 영애들 사이에서 꽃 공자라고 불리며 그들의 마음을 설레게 한 소년답게 그는 무척 아름다운 외모를 가지고 있었다.

제니트는 그에게 곧바로 대답하지 않고 슬쩍 이제키엘의 얼굴을 올려다보았다. 언제나처럼 근사한 모습을 한 그는 오늘도 다른 영애들과 귀부인들의 시선을 한 몸에 받고 있었다. 이제키엘과 제니트는 누가 봐도 앞으로 함께하는 미래가 거의 확실시된 사람들이었다.

하지만 둘 사이에는 뜨거운 열정 같은 것이 없었다. 이제키엘은 제니트가 다른 남자의 손을 잡고 춤을 추어도 질투하지 않을 것이며, 제니트 역시 이제키엘이 다른 여자와 달콤한 미소를 주고받아도 아무렇지 않을 것이다.

물론 예전에 제니트는 혹시 이제키엘이 자신의 곁을 떠나지 않을까 하는 불안함을 느꼈던 적도 있었지만…… 지금은 놀라울 정도로 그런 마음이 말끔히 사라져 있었다. 그렇다면 이 마음은 굳건한 신뢰인 것일까? 하지만 그렇다고 하기에는…….

"이레인의 꽃 공자님의 청이라니 수락하지 않을 수 없네요."

제니트는 방긋 미소 지으며 자신의 앞으로 내민 그의 손을 붙잡았다. 그러면서 자연스럽게 이제키엘과 맞닿아 있던 손이 떨어졌다. 그러나 제니트와 이제키엘, 두 사람 다 거기에 아쉬움을 느끼지 않았다. 그것이 한편으로는 조금 이상하게 느껴지기도 했지만 제니트는 길게 생각하지 않고 댄스홀로 걸음을 옮겼다.

이제키엘도 제니트를 뒤로한 채 홀을 가로질렀다. 영애들은 혹시나 그가 자신에게 춤 신청을 하지 않을까 기대하며 눈을 빛냈다. 하지만 이제키엘은 두 번째 곡이 연주될 때까지 누구에게도 손을 내밀지 않았다.

"아타나시아 공주님은 오늘도 혼자 계시는군요."

그러다 문득 그는 익숙한 이름을 듣고 발길을 멈추었다. 아, 그러고 보니 아타나시아 공주도 오늘 무도회에 참석했던가? 그녀는 평소에도 벽에 장식된 꽃처럼 언제 어디서나 존재감 없이 있는 사람이었다. 그래서 오늘도 미처 그녀가 무도회에 참석한 사실을 알아차리지 못했다.

"그나저나 체통도 없이 이게 무슨 꼴이신가요? 역시 피는 어디로 가지 않나 봐요."

"그러게나 말이에요. 비록 천한 무희의 소생이시라 해도 그 절반은 고귀한 황가의 혈통이실 텐데, 어쩜 이렇게 제니트 공주님과 다르신지."

그런데 이어지는 음성이 꽤 무례했다. 지금 저런 말을 하는 영애들은 황족을 대하는 예우를 모르는 것이 분명했다. 이제키엘은 약간 서늘하게 굳은 얼굴로 소리기 들리는 방향을 향해 길음을 옮겼다. 무도회장의 구석진 자리에는 간이 휴게실 겸 두꺼운 커튼으로 분리된 공간이 있었다. 예상했듯이 그곳에는 아타나시아 공주와 다른 세 명의 영애가 함께 있었다.

그러나 다음 순간, 이제키엘은 시야에 들어온 광경에 두 눈을 의심할 수밖에 없었다.

나는 오늘 기분이 몹시 안 좋았다. 그 이유는 바로 첫째가 루카스, 둘째가 이 거지 같은 무도회 때문이었다. 아, 물론 오늘의 무도회를 연 이레인 후작가에는 별다른 불만이 없었다. 하지만 내가 입맛이 쓴 것은 아타나시아 공주 대신 이 무도회에 참석해야 했다는 사실 그 자체였다.

크윽, 이런 거지 같은 인생. 당최 내 뜻대로 쉽게 되는 일이 없어. 아타나시아 공주를 납치한 루카스 놈은 완전히 내 앞에서 종적을 감추었다. 나는 그녀를 찾아 황성 안의 모든 궁과 검은 탑을 뒤졌지만 어디에서도 그들의 머리카락 한 올 발견할 수 없었다. 그래서 나는 졸지에 또다시 이곳의 아타나시아 공주 노릇을 하고 있었다.

만약 이대로 나까지 그냥 모습을 감춘다면 아타나시아 공주의 실종 사실을 금세 모두가 알아차릴 터였다. 차라리 그렇게 하는 편이 그녀를 찾기에 더 좋지 않을까 하는 생각도 여러 번 했다. 하지만 문제는 과연 클로드가 사라진 아타나시아 공주를 직접 찾아줄 것인가, 하는 것이었다.

크흑, 왜인지 자신이 별로 없었다. '그동안 거슬렸는데 잘 없어졌다!' 하고 오히려 홀가분해하면 어떡하지? 그럼 릴리만 죽도록 걱정할 것 아니야. 게다가 왜인지 이곳의 아타나시아 공주의 삶이 괜히 나 때문에 엉망이 된 것 같아 마음이 무거웠다. 그래서 나는 적당히 그녀의 빈 자리를 채우며 사라진 두 사람을 찾기로 결정했다.

하지만 아무래도 오늘 무도회장에 온 것은 잘못된 선택이었던 듯했다. 아무리 황궁 내에서 존재감이 없는 공주라고는 하나 그래도 공주는 공주라, 일단 나도 어떤 영식의 에스코트를 받으며 무도회장에 입장했다. 그러나 바보가 아닌 이상 내가 이 무도회장에서 한마디로 개무시를 당하고 있다는 사실을 모르려야 모를 수가 없었다.

"세상에, 아타나시아 공주님. 거기에 계셨나요? 너무 수수하셔서 미처 못 알아뵀었네요. 아, 하긴. 루비궁의 사정이 별로 좋지 않다지요? 미리 귀엣말을 주셨다면 제가 안 쓰는 장신구나 드레스 정도는 기꺼이 빌려드렸을 텐데."

벌써 세 번째. 나는 은근히 내 속을 긁는 영애를 마주하며 속으로 참을 인을 되새기고 있었다. 그동안 이따위 말을 들으며 여기저기 치이고 살아왔을 아타나시아 공주를 생각하니 마음이 몹시 언짢았다.

그래도 나는 본분을 잊지 않고 이곳의 진짜 아타나시아 공주처럼 온순한 낯을 한 채 자리를 피했다. 그녀들이 무서워서 피한 게 아니라, 이대로 있으면 내가 못 참고 사고를 칠 것 같아서 피한 거다!

자꾸 속이 부글부글 끓어서 나는 무도회장에 마련된 음료를 들고 쭉쭉 들이켰다. 나 이제 세 번 다 참았어! 난 오늘 한 마리의 위험한 들짐승이야. 그러니까 이제 건드리지 마라.

나는 오늘 나를 에스코트한 영식을 자유로이 풀어준 뒤 혼자 구석에 서서 연거푸 음료만 들이마셨다. 음, 그런데 기분 탓인가? 왜인지 조금 알딸딸한 것 같기도 하고…… 어쨌든 기분은 아까보다 나아졌으니 다행이었다. 잔을 들고 테라스로 나갈까 했지만 이미 그곳에는 바퀴벌레 같은 커플들이 포진해 있었다. 에잇, 어디에서나 커플 지옥!

나는 투덜거리며 무도회장 구석에 마련된 휴식 공간으로 들어갔다. 그 한가운데에 있는 붉은 소파가 눈에 띄어서 나는 걸음을 옮겨 그곳에 털썩 주저앉았다. 앗, 푹신해! 그렇지 않아도 구두가 불편했는데 잘됐다. 여기서 좀 쉬었다 가야지.

나는 내친김에 소파 위에 다리까지 올리고 늘어졌다. 다른 때라면 밖에서 이렇게 무방비한 모습을 보일 리 없었지만 지금은 어쩐지 온몸이 노곤해서 다른 건 아무래도 상관없게 느껴졌다.

하, 내 인생. 왜 이렇게 스펙타클한 일이 끊이지 않는 것 같지? 사라진 루카스랑 아타나시아 공주는 또 어디서 찾아? 으어, 그리고 난 도대체 집에 어떻게 가냐고요.

"진짜와 가짜를 구분 짓는 기준이 뭔데?"

그러게. 그 기준이 뭘까?

[진실에 도달한 자만이 돌아와 성운(聖運)을 차지할 수 있을 것이다.]

이건 또 무슨 말장난이고. 완전 철학적인 심오한 얘기 같잖아.

"어머나, 아타나시아 공주님?"

그때, 휴식 공간의 입구 쪽에서 얄미운 목소리가 울렸다. 여전히 소파에 누운 채 슬쩍 고개를 들자 세 여자가 시야에 들어왔다.

"아타나시아 공주님은 오늘도 혼자 계시는군요."

아이고, 표정을 보아하니 이쪽도 평소에 아타나시아 공주를 좋아하던 쪽은 아니구먼.

"그나저나 체통도 없이 이게 무슨 꼴이신가요? 역시 피는 어디로 가지 않나 봐요."

"그러게나 말이에요. 비록 천한 무희의 소생이시라 해도 그 절반은 고귀한 황가의 혈통이실 텐데, 어쩜 이렇게 제니트 공주님과 다르신지."

역시나 그들은 아타나시아 공주의 출신을 두고 입들을 털기 시작했다.

"뭐, 출신조차 불명확한 여자의 태에서 나신 분이니 오죽하련만은. 그리고 보니 무희들은 원래 노예 출신인 경우가 많다지요? 듣자 하니 가무 대신 다른 것을 팔기도 한다던데……."

"어머, 망측해라. 그건 완전 사창가의 창기나 다를 바가 없잖아요."

이어지는 그녀들의 조롱에 나는 아까처럼 가만히 있을 수가 없어졌다.

"야, 인간적으로 그런 패드립까지 참으면 내가 보살 아니겠냐?"

"네?"

"아니, 보살이 아니라 호구 얼간이겠지."

나는 손에 들고 있던 빈 잔을 아무렇게나 팽개친 뒤 자리에서 일어났다.

"내가 오늘 기분이 좀 많이 안 좋아. 그래도 사고 치면 뒷감당하는 건 내가 아니니까 지금까지는 용케 참았는데 말이야, 너희가 욕한 그 사람은 내 어머니이기도 하거든."

"너, 너희라니요? 지금 저희에게 너무 말씀을 함부로 하시는……."

"시끄럽고, 너나 잘하세요."

나는 무어라 종알종알 떠들어 대는 영애들을 보며 손가락을 튕겼다. 그러자 주위에 있던 온갖 물건이 일제히 허공으로 떠올랐다. 그 모습을 보고 세 쌍의 눈동자가 휘둥그렇게 떠졌다. 그녀들은 주위의 광경에 눈을 의심하는 표정이었다.

"이, 이, 이게 도대체 무슨 일……!"

자, 이제부터 게임을 시작하지!

휘오오!

"꺄아 ！"

내가 손짓하자 허공에 떠올라 있던 물건들이 회오리처럼 거칠게 빙글빙글 돌며 영애들을 향해 일제히 달려들었다.

아, 마침 좋은 게 있네. 역시 이레인 후작가의 무도회답게 휴식 공간조차 사방이 꽃과 식물 천지였다. 나는 바닥과 테이블에 놓인 화병 속의 꽃으로도 모자라 벽을 온통 뒤덮다시피 장식하고 있는 꽃들까지 모조리 눈앞으로 불러왔다. 꽃으로도 때리지 말라고 했지만 난 그런 거 몰라! 그리고 내가 이제 세 번 다 참았다고 했지?

촤악……! 철썩, 철썩!

나는 마력으로 꽃을 움직여 영애들을 마구 두드려 패기 시작했다.

"꺅, 이게 뭐야!"

"엄마야!"

"나, 난 꽃가루 알레르기가……!"

온갖 종류의 꽃다발에 채찍질 당하듯 얻어맞는 기분이 어떠십니까? 짜릿하시나요? 얼마 안 가 주변은 사방으로 흩날리는 꽃잎들과 꽃가루로 자욱해졌다. 꽃의 폭격을 받은 영애들의 머리는 산발이 되어 있었다. 공들여 손질했던 것이 분명한 머리카락과 드레스에도 노란 꽃가루와 색색의 꽃잎들이 잔뜩 내려앉아 있는 상태였다.

영애들은 여전히 멈추지 않는 꽃들의 공격을 받으며 야단법석을 떨고 있었다. 지금 내가 사정을 봐주지 않고 꽤 세게 꽃을 휘두르고 있었으니 아마 맞은 부위가 제법 아프기도 할 것이다.

아이고, 저 모습을 보니까 그래도 조금 속이 후련하다. 그러니까 누가 남의 엄마를 그렇게 욕하랬나? 솔직히 싸울 때 남의 엄마, 아빠까지 소환하는 것만큼 치사하고 더러운 일이 없다고 했는데…… 응?

그런데 바로 그때, 나는 이 자리에 있어서는 안 되는 사람을 발견하고야 말았다. 그것은 바로 이제키엘이었다. 그는 휴게실의 입구 부분에 서서 놀란 표정으로 나를 바라보고 있었다. 정신 사납게 나부끼는 꽃잎들 사이에서도 이제키엘의 그 얼굴만큼은 너무나 확연히 눈에 띄었다.

당연하게도 나는 몹시 당황했다. 내가 마력을 거두자 주변에 어지럽게 날아다니던 꽃과 물건들이 서서히 내려앉기 시작했다.

후두둑!

꽃잎을 잃고 대머리 같은 모습이 된 녹색 줄기가 힘없이 바닥으로 떨어져 내렸다. 그 못지않게 비참한 몰골이 된 세 명의 영애가 눈물을 글썽이며 달아나듯 밖으로 뛰쳐나갔다. 아직도 주변에 가득한 노란 가루와 화려한 꽃잎들, 그리고 문가에 우두커니 서 있는 이제키엘만 아니면 지금 이곳에서 아무 일도 없었다고 해도 믿을 정도로 조용했다.

그 속에서 나는 홀로 급격히 동공을 흔들며 눈앞에 있는 사람을 바라보고 있었다. 갑자기 지금 그와 내가 속한 이 광경이 유치한 촌극의 한 장면처럼 느껴졌다. 이제키엘의 시선이 난장판이 된 휴식 공간을 한차례 훑다가 곧 이 무법천지에서 유일하게 멀쩡한 모습을 하고 있는 내게로 미끄러졌다. 허공에서 눈이 마주치는 순간, 나는 이마를 짚으며 휘청거렸다.

"아, 갑자기 머리가……."

혀, 현실 부정! 크흑, 그래도 바닥에 쓰러지는 건 좀 아플 것 같으니까 목적지는 소파다! 하지만 다음 순간 내 몸에 닿은 것은 푹신한 소파의 쿠션이 아닌 단단한 무언가였다. 놀라운 속도로 내게 다가온 이제키엘이 옆으로 넘어가는 내 몸을 받아 든 것이었다.

"꺅! 이게 도대체 무슨 일이에요?"

그 직후 문가에서 소란스러운 사람들의 목소리가 들렸다.

시, 식은땀이 난다. 으아악, 나 진짜 사고 쳤나 봐! 무슨 정신으로 남의 파티장에서 이런 소란을 피운 거지? 설마 그 영애들이 밖에 나가서 내가 한 짓이라고 더 꼰발렸니? 으윽. 이제키엘이 갑자기 등장하지만 않았어도 입막음까지 확실히 할 수 있었던 건데.

"아, 알피어스 공자. 휴게실에서 도대체 무슨 일이 있었던…… 앗, 그분은 설마 아타나시아 공주님?"

호들갑을 떠는 목소리 속에 내 이름이 섞여 나오는 순간, 나도 모르게 몸을 작게 움찔거리고 말았다. 마, 말할 거야? 이곳을 난장판으로 만든 게 나라고 말할 거야?

나는 기절한 척 눈을 꼭 감은 채 두근두근 불안감을 느꼈다. 으흑, 그래도 방금 기절한 척한 건 제법 자연스럽지 않았나? 얘, 뭐라고 말 좀 해봐. 얼굴에 시선은 느껴지는데 말이 없으니까 영 마음이 불편하구나. 그런 내 마음을 알았는지, 곧 머리 위에서 나직한 한숨과 함께 이제키엘의 목소리가 들려왔다.

"제가 공주님을 모시고 도착했을 때는 이미 이렇게 되어 있었습니다. 아타나시아 공주님께서 가뜩이나 미령하신 몸으로 충격을 받아 쓰러지셨으니, 제가 속히 모시고 가도록 하겠습니다."

앗, 이제키엘이 모르는 척해 주려나 보다. 나는 그의 말을 듣고 조금 안심했다. 이렇게 되면 그 영애들이 뭐라고 떠들어 대든 그녀들의 말보다 이제키엘의 말에 무게가 더 실리리란 사실을 알기 때문이었다. 게다가 평소 아타나시아 공주의 모습을 생각하면, 내가 마력을 써서 영애들을 꽃으로 후려 팼다는 이야기를 믿기 힘들 테니까.

이제키엘은 이곳을 발견한 사람들이 산만한 틈을 타서 나를 안고 자리를 빠져나왔다. 웅성거리는 소음과 잔잔한 음악 소리가 귀에 흘러들어 오는 것을 보니 무도회장의 홀을 가로지르는 중인 모양이었다. 그러는 동안 이제키엘의 걸음은 단 한 번도 늦춰지는 법 없이 이어져, 얼마 안 가 우리는 무사히 홀을 빠져나올 수 있었다.

잠시 후 뺨에 서늘한 바람이 느껴져서 나는 슬며시 눈을 떴다.

"공자, 그만 내려 주세요."

사방이 쥐 죽은 듯이 조용한 것을 보니 주변에는 사람이 없는 것 같았다.

"내가 기절 안 한 거 알고 있잖아요."

나는 쥐구멍에 숨고 싶은 기분을 느끼며 기어들어 가는 목소리로 말했다.

"아직 뒤쪽에 보는 눈들이 있습니다. 좀 더 의식을 잃은 척하고 계시는 편이 좋지 않겠습니까?"

역시 이제키엘은 내가 그냥 기절한 척했을 뿐이라는 사실을 짐작하고 있었던 듯, 차분한 목소리로 말했다.

아, 진짜 제 눈앞에 쥐구멍 좀요…….

나는 그의 조언을 받아들여 눈을 질끈 감고 조금 더 얌전히 안겨 있었다. 아니…… 사실은 창피해서 그를 볼 자신이 없었다고 하는 편이 맞았다. 으흑, 미안해요, 아타나시아 공주. 내가 당신의 이미지를 다 말아 먹었어. 나, 난 정말 그러려고 했던 게 아닌데……! 만약 내가 기억 조작 마법을 사용할 수 있었다면 이 순간 망설이지 않았을 것이 분명했다.

그렇게 내가 속으로 마구 땅을 파고 있을 때, 머리 위에서 나직한 목소리가 들려왔다.

"아타나시아 공주님께서 생각보다 몸도 마음도 그리 연약하시지는 않은 것 같아 안심했습니다."

응……? 그런데 이게 무슨 말이야? 뭔가 뉘앙스가 미묘한데요?

나는 미간을 찌푸린 채 실눈을 떴다. 그리고 이제키엘의 얼굴을 확인한 뒤 조금 당황해서 할 말을 잃어버렸다. 뭐, 뭐야. 당신, 지금 웃고 있는 거야?

그런데 지금 막 그가 말한 것처럼 내 심신이 생각보다 건강하다는 사실에 안심해 웃고 있는 건 아닌 것 같았다. 그것보다는 꼭 코미디 프로를 보고 피식 웃는 것에 기깝다고 해야 할지……. 쿠, 쿨럭. 그림 설미지금 내가 웃겨서 웃은 건가? 하기야 살면서 앞으로 언제 또 이런 화려하고 화끈한 꽃다발 채찍 쇼를 볼 수 있겠느냐만.

나는 그의 얼굴을 올려다보며 어색하게 호호 웃었다.

"공자의 말이 무슨 의미인지 잘 모르겠어요."

"말 그대로의 의미이니 복잡하게 생각하실 필요 없습니다."

그러니까 그게 무슨 의미냐고! 으아아!

"곧바로 황성으로 돌아가시겠습니까?"

마차가 서 있는 곳에 거의 도착했는지 이제키엘이 내게 물었다.

"그러고 보니 무도회장까지 공주님을 에스코트했던 블랑셀 공자는 어디에 있는지요?"

"아마도 무도회장 안에……."

"자신의 본분을 모르는 자로군요."

이제키엘은 여전히 차분한 어투로 나를 에스코트했던 영식을 비난했다. 그 음성이 서늘해서 나는 기분이 약간 알쏭달쏭해졌다.

"괜찮으시다면 이대로 제가 황성까지 모시겠습니다."

어쩌다 보니 나는 아직도 이제키엘의 품에 안겨 있는 상태였다. 그런데 뭔가 타이밍이 애매해서 지금 내려 달라고 하기도 좀 그렇고. 역시 아까 안면몰수하고 그냥 내려섰어야 하는 건데. 그런데 여기까지 날데리고 나와 준 거로도 모자라서 이대로 황성까지 에스코트해 주겠다니. 이제키엘의 신사도는 차원을 구분하지 않는구나.

"배려는 고맙지만 공자는 제니트와 함께 무도회장에 남아 있어야지요."

하지만 애초에 그는 제니트와 파트너가 아니던가? 여기까지 나를 신경 써 준 것만으로도 충분했다. 크흑, 그래도 고마워라. 이 무도회장에서 나를 공주 취급해 준 사람은 당신뿐이야.

멈칫.

그런데 어째서인지 별안간 이제키엘이 자리에 걸음을 멈추었다. 곧 그의 황금색 눈동자가 내 얼굴 위로 떨어져 내렸다. 나는 그의 눈을 마주하며 의아함을 느꼈다.

저 표정은 또 뭐지?

이제키엘은 마치 조금 전의 내 말을 듣고 그동안 잊고 있던 무언가를 떠올린 것 같은 표정을 짓고 있었다. 아니, 꼭 제니트의 존재를 잊고 있던 사람처럼 왜 이래? 하지만 그럴 리는 없었다. 조금 전에도 나를 에스코트하지 않고 팽개친 영식을 비난했던 이제키엘이니까.

"그럼, 공자. 이제는 정말 내려 주세요."

나는 가까이에 있는 마차를 보며 그에게 말했다. 이번에는 이제키엘도 다른 말 없이 나를 바닥에 내려 주었다.

"음, 제가 몸 상태가 별로 좋지 않아 이만 실례하겠어요. 제니트에게도 저 대신 그렇게 전해 주세요."

"그렇게 하겠습니다."

그렇게 나는 이제키엘과 작별했다. 그는 내가 마차에 오르는 순간까지도 의미를 알 수 없는 고요한 눈동자로 나를 바라보았다. 그런 그의 금색 눈이 꼭 비밀을 품고 반짝이는 별 같았다.

"아, 진짜 내가 돌았지……."

다음 날, 나는 머리를 싸매고 격렬한 자아 성찰의 시간을 갖고 있었다.

어제는 정말 내가 미쳤나 보다! 할 짓이 없어서 그 난리를 치다니? 정말 미친 거야? 돈 거야? 지금 여기가 원래의 내 세계라면 또 몰라,

만약 지금 내가 무슨 일을 저지르면 고스란히 그 뒷감당을 해야 하는 건 이곳의 이디니시이 공주인데. 게다가 남의 피디깅에서 그 쨍뗸이리니? 더군다나 아무래도 난 어제 그 무도회장에서 술을 마신 듯하다. 답답한 속에 연거푸 들이켰던 게 알코올이 들어간 음료였을 줄이야. 그래서 그렇게 알딸딸한 기분이 들었던 거였다니!

그럼 난 어제 주사를 부린 거였던가. 어쩐지 속에서 용기가 샘솟고 막 나가고 싶어지고 그러더니만. 그리고 결정적으로 이제키엘이 휴게실에 나타났을 때 한순간 술이 깬 듯한 느낌이 들던 게 그냥 기분 탓이 아니었어!

짹짹.

그렇게 내가 머리를 감싸고 어제의 일을 수백 번 곱씹으며 괴로워하는 동안에도 하늘은 맑고 새들은 즐겁게 지저귀고 있었다. 지금은 상쾌한 오전. 나는 정원에 나와 바람을 쐬고 있는 중이었다.

부, 부끄럽게도 지금의 나는 숙취를 느끼고 있었다. 어젯밤까지만 해도 나는 내가 술에 취했다고는 조금도 생각하지 않았는데, 아무래도 어제 술을 과다 섭취하기는 했던 것 같다. 이렇게 속이 쓰리고 울렁거리는 것을 보면 말이야. 그래도 아까 릴리가 꿀을 탄 차를 가져다줘서 아침에 막 눈을 떴을 때보다는 속이 조금 나았다.

그러다 문득 릴리의 걱정 어린 눈빛이 생각나 마음이 조금 불편해졌다. 지금 그녀의 걱정을 받아야 하는 사람은 내가 아니었으니까.

"내가 무슨 뻐꾸기 새끼도 아니고……."

"뻐꾸기요?"

그 순간 등 뒤에서 들려온 청아한 목소리에 나는 흠칫 놀라 고개를 돌렸다. 내 화원에 갑자기 나타난 것은 다름 아닌 제니트였다. 그녀는 내 혼잣말을 듣고 의아한 듯이 고개를 갸웃거리고 있었다.

"제니트…… 갑자기 여긴 어쩐 일로……."

나는 약간 당황한 채로 엉거주춤 자리에서 일어났다. 내가 루비궁에 방문한 이유를 묻자 제니트가 예쁘게 웃으며 대답했다.

"당연히 아타나시아가 보고 싶어서 왔지요."

으억, 어젯밤의 일로 상처받은 마음이 그래도 좀 치유될 정도로 천사 같은 미소였다. 그런데 여기 진짜 보안이 엄청 취약하구먼. 궁에 손님이 왔는데 나한테 알려 주러 오는 사람도 아무도 없고, 또 이 궁의 주인인 내가 허락하지도 않았는데 마음대로 화원에 제니트를 들여보내고 말이야.

그래도 릴리가 있다면 상황이 좀 달랐을 텐데, 다른 궁인들은 대부분 다 군기가 빠져 있다고나 할지. 하기야 아타나시아 공주가 원래 아랫사람들을 잡는 스타일은 아니니까. 게다가 아무리 그녀가 이 루비궁의 주인이라 한들, 황실의 실질적인 권력자는 제니트였다.

그 무시무시한 클로드조차 제니트의 말에는 껌뻑 죽는 형국이 아니던가. 그러니 모두가 그녀에게 한 수 접어주는 분위기가 꽤 오래전부터 형성되어 있다 해도 놀라울 일은 아니었다. 뭐, 어느 세계에서나 그런 권력 피라미드는 있는 법이었으므로 그렇게 새삼스럽지도 않았다.

"어제 아타나시아가 무도회장에서 쓰러졌다고 들어 걱정이 되기도 했고요."

그 말처럼 제니트는 염려 가득한 얼굴로 나를 보고 있었다. 나는 잠깐 망설이다가 그런 그녀를 향해 입을 열었다.

"음, 그럼 자리를 옮길까요?"

일부러 나를 만나러 온 제니트를 그냥 보낼 수도 없는 노릇이었다. 하지만 지금 이곳에서 이야기를 나누기에는 왠지 좀 그랬다. 왜냐하면 어릴 때 내가 살던 루비궁은 원래 대대로 황제들의 하렘이었기 때문에 곳곳에 다소 민망한 장식품들이 있었기 때문이다. 지금 이 화원에 있는 조각상도 죄다 요염하게 헐벗은 언니들이었고, 개중에는 다소 낯부끄러운 자세를 취하고 있는 것들도 있었다.

"아니에요, 아직 몸도 편치 않을 텐데 굳이 그럴 것 없어요. 저도 이
화원이 좋답니다."

하지만 제니트는 말갛게 웃으며 내 권유를 거절했다. 곧 그녀가 내
맞은편 자리에 와서 앉았다.

"언제 봐도 루비궁의 구조물들은 참 섬세하고 아름답네요."

쿨럭.

제니트가 주변에 포진한 요망한 조각상들을 보고 하는 말에 나는 딱
히 할 말이 없어 그저 웃었다.

"아타나시아. 요즘 기력이 많이 약해진 것 같은데, 궁의를 불러 다시
한번 진찰을 받아 봐야 하는 게 아닐까요?"

"생각보다 그렇게 걱정할 정도는 아니니 괜찮아요. 오늘도 푹 쉬었
더니 상태가 많이 좋아졌는걸요."

그나저나 오늘도 제니트의 마력은 열심히 일하는 중이구나. 나는 제
니트의 주변에서 몽실 솟아나는 마력을 느끼며 잠깐 심란함을 느꼈다.
그녀의 마력이 상대방의 호감을 이끌어 내는 작용을 하는 것은 이미 예
전부터 알고 있었다. 물론 나한테는 그것이 통하지 않고 있었으니 내
앞에서 저러는 것은 상관이 없었다.

하지만 다른 사람들한테는 저 마력의 효과가 꽤 크다는 사실을 아는
만큼 한 번쯤 정화 마법을 쓰는 것이 좋지 않을까 하는 고민이 들었다.
지난번에도 보니까 특히 클로드의 앞에서 제니트의 마력이 활발히 움
직이고 있던데…… 그렇게 장기간 영향을 받으면 좋지 않을 것 같기도
하고. 하지만 무의식에 이끌려 작용하는 것이니만큼 제니트 스스로 조
절하는 건 불가능할 테니까…….

"이봐, 공주님. 착각하지 마. 여긴 너의 세계가 아니야."

"이 세계의 사람도 아닌 네가 무슨 자격으로 간섭해?"

그 순간 일전에 들었던 루카스의 말이 머릿속에 스쳐 지나갔다. 그래…… 그의 말처럼 나는 이미 이곳의 일에 너무 많이 개입했다. 그런데 여기에서 무언가를 또 하는 것은 루카스의 말처럼 너무 주제넘은 간섭이 아닐까? 하지만 이대로 가만히 있어도 괜찮은가, 하고 스스로에게 묻는다면 명확히 대답할 수가 없었다.

차라리 꿈속에서 살고 싶다며 울던 아타나시아 공주의 모습과 이대로라면 클로드가 오래 살지 못할 것이라고 했던 루카스의 말이 머릿속에 어지럽게 떠다녔다. 도대체 클로드는 어떤 이유로 금지된 마법을 사용한 것일까? 혹시 원래 내가 있던 세계의 클로드도 그랬을까? 그럼 지금 위험한 것은 어디의 클로드이든 마찬가지인 건가? 하지만 그곳의 루카스는 별말이 없었는데…….

"아타나시아?"

그렇게 잠깐 다른 생각에 잠겨 있을 때, 불현듯 앞에서 나를 부르는 목소리가 들렸다. 퍼뜩 정신을 차리고 고개를 들자 의아하게 나를 쳐다보고 있는 제니트의 얼굴이 보였다.

"아, 그러고 보니 손님을 맞이하는 게 부족했네요. 금방 다과상을 내오라고 할게요."

"아니에요, 제가 기별도 없이 온 것이니 신경 쓰지 말아요."

하지만 제니트의 말처럼 정말 가만히 있을 수는 없어서 나는 곧 화원 앞을 지나가던 궁인을 불러 다과상을 차릴 것을 지시했다.

뻐꾸기는 다른 새의 둥지에 알을 낳는 탁란성 새다. 이 경우 뻐꾸기는 둥지의 어미 새가 이상함을 눈치채지 못하도록 원래 그곳에 있던 알 하나를 버린 뒤 그 빈자리에 알을 낳고 떠난다. 어미 새는 자신의 둥지에 뻐꾸기의 알이 있다는 사실을 모르고 부화할 때까지 그것을 품는데, 그렇게 태어난 새끼 뻐꾸기는 먹이를 독차지하기 위해 다른 알과 새끼들을 둥지 밖으로 모조리 밀어 떨어뜨린다. 그것이 뻐꾸기의 생존 본능이다.

제니트는 창가에 앉아 책을 읽다 말고 문득 아까 루비궁의 화원에서 들었던 아타나시아의 말을 떠올렸다.

"뻐꾸기라……."

이윽고 제니트의 얼굴에 그녀와는 어울리지 않는 어스름한 미소가 어렸다.

"뻐꾸기 새끼는 오히려 내가 아닌가."

"네?"

"아니, 아무것도 아니에요, 마사."

옆에서 화병의 물을 갈던 하녀가 의문을 표했으나 제니트는 언제 혼잣말을 했냐는 듯이 그저 작게 웃어 보일 뿐이었다. 곧 그녀는 다시 고개를 돌려 눈앞에 있는 책을 팔락이며 넘겼다. 그런 제니트의 얼굴은 조금 전 어둑한 미소를 지은 것이 아예 없던 일인 것처럼 여느 때처럼 해사하기만 했다.

"어때, 이곳 공주 생활은 좀 할 만하신가?"

이 자식은 뭘 또 아무렇지 않게 등장하고 있어? 이 쇠고랑 철컹철컹해야 할 놈 같으니라고! 익숙지 않은 숙취로 고통받던 나는 결국 해독 마법을 사용한 뒤에야 편안해졌다. 그래도 오늘은 다른 일을 할 의욕이 도무지 생기지 않아서 그냥 방에서 쉬기로 했다.

릴리가 그런 나를 보고 하루 사이에 얼굴이 까칠해졌다며 걱정했다. 크흡, 하지만 내 몰골이 평소와 다르다면 아마도 그건 숙취 때문이 아니라 극심한 스트레스 때문일 것이라고 생각한다.

어쨌든 릴리가 나를 신경 써 줘서 지금 내 얼굴에는 꿀과 우유, 그리고 각종 피부 보습과 영양에 좋은 것들을 갈아서 만든 걸쭉한 액체가 덕지덕지 붙어 있었다. 나는 거듭 괜찮다고 했지만 릴리가 단호해서 어쩔 수 없었다. 그런 와중에 루카스 놈이 내 앞에 다시 나타난 것이다.

나는 뻔뻔스럽게 얼굴을 들이민 그를 노려보았다.

"아타나시아 어디에 있어?"

"내가 그걸 알려 줄 것 같아?"

그런데 이놈도 참 이놈이다. 자기 말처럼 내가 '이제 여기 일은 알 바 아니야!' 하고 아타나시아가 납치되었든 말든 그냥 신경 안 쓰고 가 버리면 어쩌려고.

"굳이 말하자면 꿈속에 있다고 할 수 있겠지."

지난번에 보았던 것처럼 서늘한 미소를 입가에 띤 채로 루카스가 덧붙였다. 그렇다면 아직 아타나시아 공주는 깊이 잠들어 있다는 의미였다. 진짜 아타나시아 공주는 지금도 신기루를 좇아 꿈속을 헤매고 있는데 나는 이렇게 한가롭게 팩이나 하고 있다니. 갑자기 속이 답답해져서 나는 마법을 이용해 얼굴을 덮고 있던 것들을 깨끗이 닦아 냈다.

이곳에 온 지 얼마 되지 않아 루카스를 처음 만났을 때만 해도 원래 내가 살던 곳으로 돌아갈 방법이 없겠느냐고 그에게 물어볼 생각이었는데 말이지. 하지만 설령 그런 방법이 있다고 한들 지금에 와서 이놈이 날 보내 주지는 않을 것 같았다.

나는 입을 꾹 다물고 루카스를 쳐다보다가 잠시 후 다시 그에게 말했다.

"너 내가 그렇게 좋아?"

그 순간 루카스의 얼굴이 뭐라 형언할 수 없는 표정을 그리며 종잇장처럼 구겨졌다.

"무슨 헛소리야, 약 먹었어?"

역시 예상했던 반응이었다.

"뭐, 원래 내가 있던 곳의 루카스도 날 좋아하니까 네가 그렇다고 해도 이상한 일은 아니야."

만난 지 얼마 되지도 않은 사이에 이런 말을 하는 것이 황당하게 느껴질 수도 있지만 이미 지금의 상황 자체가 난센스 아니던가? 게다가 나를 대하는 이놈의 태도를 보면 느껴지는 게 좀 있고. 내 차분한 태도에 루카스가 기가 막히다는 듯이 헛웃음을 터뜨렸다.

"그 새끼가 자기 입으로 그래? 널 좋아한다고?"

아니, 그런데 아무리 황당해도 그렇지, 다른 세계의 자기 자신한테 그 새끼라니…….

"응, 내가 죽을 만큼 좋다고 그러던데? 나한테 자기 마음을 제발 좀 받아 달라고 매일 얼마나 귀찮게 매달리던지, 정말 피곤할 정도였다니까? 걔가 나한테 선물해 준다고 용도 잡아 왔었던 거 알아?"

나는 원래 세계의 루카스가 듣는다면 어이없어할 이야기를 천연덕스럽게 꺼냈다. 크큭, 내가 거짓말을 섞어 말해도 이 세계의 루카스는 모르겠지! 하지만 그놈이 나한테 주려고 용을 잡아 왔다는 건 거짓말이 아니다.

아, 뭐야. 그러고 보니까 지금 내가 한 말 중에 제일 지어낸 것 같은 부분이 유일한 진실이잖아? 뭐 이런 어처구니없는 일이 다 있담. 내 말을 듣는 동안 루카스의 얼굴이 점점 더 구겨졌다. 그는 다른 세계의 자신이 한 짓들을 믿을 수 없어 하는 것 같았다. 그러다 문득 그의 얼굴이 싸늘히 굳었다.

"그러고 보니까 너, 내가 탑에 가자고 하니까 그 전에 누구한테 허락을 받아야 한다고 했지? 그게 그 새끼야?"

그 직후 루카스가 소파에 앉아 있던 나한테 성큼 다가왔다.

"너, 그 자식이랑 무슨 관계야?"

불쑥 다가온 루카스를 보고 나는 본능적으로 뒤로 물러났다. 소파 등받이에 내 몸이 깊숙이 파묻히자마자 그의 팔이 내 얼굴 옆으로 뻗어졌다. 그래서 나는 완전히 소파와 루카스 사이에 갇힌 모양새가 되고 말았다.

"생각해 보면 넌 처음 만났을 때도 이상하게 날 반가워했어."

가까이에서 마주한 그의 붉은 눈동자에는 원인을 알 수 없는 한기가 어려 있었다. 나는 갑작스러운 상황에 잠깐 굳어 있다가 이어지는 그의 말에 황당함을 느꼈다.

"그 후에도 나한테 경계심 없이 덥석덥석 안기지를 않나."

뭐…… 지난번에 탑을 오가면서 이동할 때 안겨서 간 걸 말하는 건가?

"그건 네가 멋대로 안은 거잖아!"

이 자식이, 입은 삐뚤어져도 말은 똑바로 해야지! 물론 나중에 다시 아타나시아 공주를 찾으러 갈 때는 내가 먼저 요구하기도 했지만, 그건 그냥 다른 방법보다 편하니까 그런 거고! 나는 억울함을 느끼며 항변했다. 하지만 루카스 놈은 내 말을 귓등으로도 듣지 않고 자기 할 말만 계속할 뿐이었다.

"무방비한 것에도 정도가 있지, 탑에서도 겁대가리 없이 날 침대로 끌어들이지를 않나."

그 순간 나는 말문이 막히는 것을 느끼며 굳어버렸다.

네, 네……? 침대로 끌어들여요? 그거 굉장히 오해의 소지가 있는 발언 아닙니까? 아, 아니…… 그날 내가 루카스 놈의 손을 잡고 같이 이불에 누운 건 맞지만…… 그래도 우리 순수하게 누워서 잠만 잤잖아요? 그런데 막상 이놈의 입에서 저런 말을 들으니 내가 무척 대범한 짓을 저지른 것처럼 들렸다.

"그, 그때는 그냥, 내가 자는 사이에 네가 사고 칠까 봐……."

나는 얼굴에 서서히 열이 오르는 것을 느끼며 더듬더듬 변명했다. 그런 나를 향해 루카스가 으르렁거리는 듯한 낮은 음성으로 뇌까렸다.

"지금도 날 보면서 다른 놈을 떠올리고 있어?"

뭐, 뭐지? 지금 왜 내가 지금 추궁받는 분위기인 거지?

"너, 그 자식을 좋아해?"

아니, 그런데 너는 지금 네가 말하는 사람이 다른 세계의 너라는 건 자각하고 있냐? 루카스는 여전히 날카롭게 싸늘한 표정을 지은 채로 나를 보고 있었다. 적반하장도 유분수지! 네가 그러면 누가 쫄 줄 알고?

"좋아하는 건 내가 아니라 걔였다니까! 그리고 너랑 내가 무슨 사이라고, 지금 이런 식으로 바람난 부인 잡듯이 나한테 따져 묻는 거…… 예요?"

하지만 쫄았다. 이렇게 진심으로 기분이 더러워 보이는 루카스의 표정은 또 처음이라 개쫄았다. 으, 으앙! 그렇지만 이놈이 원래 내가 알던 루카스도 아니고, 그 루카스보다 똘끼도 더 충만한 놈이니만큼 무슨 짓을 저지를지 모르니까 어쩔 수 없잖아?

내 말을 듣고 이놈이 입을 꾹 다문 채 말없이 나를 내려다보기만 해서 더 진땀이 났다. 잠시 후, 루카스가 느리게 입술을 뗐다.

"그래, 너랑 난 아무 사이도 아니지."

그건 나에게 하는 말인 것 같기도 했고, 혹은 그 스스로에게 하는 말인 것 같기도 했다. 그 후로 다른 이야기가 더 이어질 줄 알았는데 루카스는 또다시 입을 다물고 나를 조용히 내려다보다가 별안간 내 눈앞에서 갑자기 사라져 버렸다.

나는 놈이 떠난 곳에 혼자 남아 잠시 심호흡을 했다. 이, 이상한 놈. 아니, 저 자식은 무슨 다른 세계의 자기 자신한테도 질투를 한대? 아무래도 하는 행동이나 말을 보면 질투하는 게 맞는 것 같은데, 거참 누가 루카스 놈 아니랄까 봐 질투 한번 살벌하게 하기도 했다.

으아, 그나저나 또 저놈에게 말려들어서 아타나시아에 대한 것도, 클로드에 대한 것도 더 물어보지 못했잖아? 나는 혹시 이것이 루카스의 계산된 수작질이 아닐까 하는 생각을 하며 짜증스럽게 소파에 엎어졌다.

"폐하, 곧 어전 회의가 있는데 어디로 가시는 겁니까?"

"종알종알 시끄럽구나. 짐이 알아서 할 터이니 그만 떠들고 꺼져라."

클로드는 요즘 들어 늘 그렇듯이 기분이 그다지 좋지 않은 상태였다. 그가 저기압인 채로 낮게 읊조리자 필릭스가 걱정스러운 시선을 보냈다. 하지만 관료들과 함께 매주 정기적으로 갖는 어전 회의가 목전이었다. 그래서 필릭스는 계속 클로드를 뒤따라가며 조심스러운 목소리로 이제 그만 회의장에 들어설 것을 권했다. 그러나 클로드는 귀찮다는 듯이 그를 쫓아내 버렸다.

"폐하께서 이 아이를 사랑해 주셨으면 좋겠어요."

홀로 걷는 동안 또다시 누군가의 목소리가 그의 귓가에 어른거렸다. 클로드는 지끈거리는 머리를 짚으며 얼굴을 구겼다.

"아마도 제가 당신께 드릴 수 있는 마지막 선물이 되겠지요."

정체를 알 수 없는 여자의 목소리가 거슬려 미칠 것 같았다. 그가 의미 불명의 꿈을 꾸기 시작한 지도 어느덧 시일이 꽤 지나 있었다. 누구인지 모를 여자는 요즘 들어 지겨울 정도로 그의 꿈속에 반복해서 나타나 저런 영문 모를 소리를 지껄여 댔다.

그러나 더 이해할 수 없는 것은 자신의 반응이었다. 어째서 알지도 못하는 사람을 상대로 이토록이나 가슴이 미어질 것 같은 고통을 느끼는지. 또 어째서 꿈을 꾸고 나면 이렇게나 애간장이 녹을 정도로 애처롭고 그리운 느낌이 드는 것인지.

꿈속의 여자를 붙잡으려 하다가 허무하게 허공을 휘저으며 깨어난 적도 여러 번이었다. 그런데 아무리 기억해 내려 노력해도 여자의 얼굴만큼은 도무지 떠오르지 않으니 그야말로 귀신이 곡할 노릇이었다.

클로드는 극심한 두통을 느끼며 정처 없이 길을 걸었다. 지금 자신이 어디로 가고 있는 것인지 아무런 자각도 없었다. 그렇게 그저 발길이 닿는 대로 무작정 걸음을 옮기다가…….

부스럭.

마침내 누군가를 만났다. 그의 인기척을 듣고 하얀 꽃밭 한가운데에 서 있던 사람이 고개를 돌렸다.

쏴아아.

때마침 낮게 불어온 바람에 사방에 가득 찬 싱그러운 초목이 역동하며 흔들렸다. 눈부신 백금색 머리카락이 하얀 꽃과 함께 바람에 나부꼈다. 처음에는 꿈속의 여자가 눈앞에 나타난 줄 알았다. 클로드는 귀신이라도 본 것 같은 기분으로 자리에 우뚝 멈추어 섰다. 정말로 이해할 수 없게도, 기억조차 나지 않는 꿈속의 여자와 지금 그의 눈앞에 서 있는 사람이 지독히도 닮아 있다고 생각했다.

"아, 저어, 여기는 어쩐 일로…….."

하지만 망연히 서 있는 그를 비웃기라도 하듯 당혹감을 담은 목소리가 곧이어 귓가를 가로질렀다. 그 순간 한낮의 짧은 꿈에서 깬 것 같은 기분이 들었다. 그제야 클로드는 지금 그를 마주 보고 서 있는 사람이 누구인지를 깨달았다. 그리고 지금 그가 서 있는 곳이 어디인지도. 지금 이곳은 루비궁의 옆에 있는 드넓은 꽃밭이었다. 클로드는 어째서 자신이 여기로 걸음 한 것인지 이해할 수가 없었다.

"네가 왜 여기에 있지?"

당황스러운 마음을 감추기 위해 그는 일부러 냉담한 목소리를 흘려보냈다. 그러자 아타나시아가 무어라 대답해야 할지 모르겠다는 듯이 그를 쳐다보다가 이윽고 작게 대답했다.

"그저 옛 생각을 하다 문득 그리운 마음이 들어 와 보았을 뿐이랍니다."

그 말을 듣는 순간 그는 또다시 지끈 머리가 아팠다.

"요즘 용태는 좀 괜찮으신지요."

뒤이어 아타나시아가 눈살을 찌푸리고 있는 그를 향해 조심스럽게 물었다.

"느닷없이 나타나서 무슨 헛소리를 지껄이는 것이냐?"

클로드는 실소하며 반문했다. 언제부터 두 사람이 서로의 안부를 물을 관계였단 말인가. 생각해 보면 지금 그의 눈앞에 있는 사람은 지겨울 정도로 꿋꿋한 구석이 있었다. 언제나 변함없는 그의 차가운 말과 행동에 눈물을 보이면서도, 뒤돌아서면 또다시 애써 미소 지으며 다가와 그를 괴롭게 했다.

그러다 문득 클로드는 멈칫했다.

괴로워? 이 아이를 볼 때마다 자신이 괴로웠던가? 그렇다면 어째서 괴로운 마음이 들었던 것이지?

"그저 안색이 좋지 않으셔서 물은 것일 뿐, 다른 깊은 의미는 없습니다."

지금도 그의 물음에 난처한 듯이 말끝을 흐리면서도 아타나시아는 자리를 비키지 않고 계속해서 말을 이었다.

"혹시 요즘 들이 급격히 긴깅이 인 좋이지셨디기니 하지 않으신가요?"

도대체 이 계집은 지금 무슨 소리를 하는 것일까? 지난번에도 그렇게 눈물 바람을 하고 두 번 다시는 그의 얼굴을 보지 않을 것처럼 굳은 결의가 서린 눈빛으로 돌아섰던 주제에……

"음, 아니면 갑자기 그동안 잊고 있던 기억이 떠오르는 것 같다거나……."

그때, 또 한 번 작은 속삭임이 그의 귀를 스쳐 지나갔다.

"저를 사랑해 주셨듯이, 부디 제가 남기고 갈 이 아이도 그 품에 소중히 보듬어 아껴 주세요."

"그것만이 저의 유일한 바람입니다."

그 순간 보이지 않는 손이 심장을 거세게 옥죄는 것 같았다.

"갑자기 마력이 생겼다 하더니 네가 내게 사술을 부린 것이냐?"

클로드는 끔찍한 통증을 느끼며 얼굴을 일그러뜨렸다.

"어쩐지 꿈속에 나타나는 여자가 기이할 정도로 너와 닮은 것 같더니만."

"꿈속의 여자요?"

아타나시아가 두서없이 꺼낸 그의 말에 반응했다. 그리고 이어진 음성에 클로드의 얼굴이 굳었다.

"그 사람이 저와 많이 닮았나요? 그렇다면 어머니를 말씀하시는 것인지요?"

쿠웅.

어째서일까. 그녀의 말을 듣는 순간 머리를 세게 얻어맞은 것 같은 얼얼한 감각이 클로드를 뒤덮었다. 마치 그의 육신이 순식간에 산산이 조각나 허공에 부유하는 것 같은 기분이었다. 자리에 못 박혀 있던 그의 발이 잠시 후 한 발짝 뒷걸음질 쳐졌다. 그것을 보고 아타나시아가 약간 놀란 듯이 두 눈을 크게 뜨며 입을 벌렸다.

"아바마마……."

"다가오지 마라."

하지만 클로드는 얼음장 같은 목소리를 흘려보내 눈앞에 굳건한 벽을 세웠다.

"그 이상 다가온다면……."

어쩌면 본능적인 방어기제였다. 이 이상 지금 앞에 있는 사람을 더 마주한다면 이번에야말로 자신 안의 어느 부분이 손쓸 틈 없이 완전히 부서져 버리리라는 사실을 어렴풋이 깨달았기 때문이었다.

"이번에는 정말 죽이겠다."

다행히도 아타나시아는 뒤돌아 떠나는 그를 쫓아오지 않았다.

"아바마마, 이 시간에 어쩐 일이세요?"

기별도 없이 갑자기 방문한 클로드 때문에 에메랄드궁은 금세 부산스러워졌다. 제니트는 그의 방문에 기쁘면서도 의아한 기색이었다. 하지만 그녀는 곧 가까이에서 클로드의 얼굴을 올려다본 뒤 멈칫하며 물었다.

"그런데 무슨 일 있으셨어요? 안색이……."

"조금 피곤해서 그런 것이다."

클로드는 평소의 그답지 않게 딱 잘라 말했다. 제니트의 시선이 잠시 그런 그의 얼굴에 머물렀다. 곧 제니트가 방긋 웃는 얼굴로 클로드의 팔을 잡아끌었다.

"제대로 휴식을 취할 새도 없이 매일 국정을 돌보고 계시니 피곤하실 만도 하지요. 이리 오셔서 잠시라도 쉬세요."

클로드는 그 손길에 이끌려 얌전히 길음을 옮겼다. 사실은 머리가 깨질 듯한 두통에 제대로 된 사고를 할 수가 없었다.

"자, 제가 곁을 지켜드릴 테니 이제 푹 쉬실 수 있을 거예요."

제니트는 클로드를 소파에 눕힌 뒤 그에게 어디에선가 가져온 담요까지 덮어주었다. 어깨를 다독이는 손길이 부드러웠다. 제니트의 몸에서 검은 마력이 다시금 피어오르기 시작했으나 클로드는 그 사실을 알지 못했다. 이상하게도 서서히 마음이 편안해졌다. 제니트와 함께 있을 때면 언제나 그랬다. 그는 머리를 파고들던 날카로운 통증이 조금씩 옅어지는 것을 느끼며 천천히 눈을 감았다.

"괜찮아요. 다 잘될 거예요."

귓가에 조곤조곤하게 속삭여지는 음성이 마치 자장가 같았다.

"지금은 아무 생각 말고 쉬세요."

문가에 서 있던 궁인이 다정한 두 사람의 모습에 포근한 미소를 지으며 문을 닫고 밖으로 나갔다.

그 후 방 안에는 아늑한 고요함이 가득 들어찼다.

제니트는 아까보다 편안해 보이는 클로드를 향해 실바람보다 부드럽게 미소 지으며 자그마하게 속삭였다.

"아바마마. 앞으로도 늘 이렇게 제 곁에 있어주세요."

사실은 당신이 내 진짜 아버지가 아니라는 사실을 알아요. 그리고 당신이 내 아버지와 어머니를 죽게 했다는 사실도.

"지금처럼 변함없이, 계속."

그러니 당신만큼은 내 옆에 있어줘야죠. 당신이 내게서 빼앗아 간 사람들 대신 언제까지나. 그게 공평하니까.

"저는 그거면 돼요."

제니트는 자신의 손길이 닿는 곳에서 잠든 사람을 보며 웃었다. 지금 이 순간, 그녀는 충분히 행복했다.

❧

나는 클로드가 떠난 자리를 보며 얼굴을 굳혔다. 아무래도 조금 전에 보았던 그의 반응이 심상치 않았다. 갑자기 루비궁의 옆에 있는 꽃밭에 나타난 것도 그렇고, 또 내가 묻는 말에 이상한 소리를 하던 것도 그렇고.

사실은 오늘 내가 이곳에 온 것은 충동적인 기분에서였다. 반강제적인 이유로 한동안 루비궁에 머물다 보니 예전에 취미 삼아 꽃을 따러 다니던 꽃밭이 문득 떠올랐던 것이다. 그러고 보면 나는 에메랄드궁에서 살게 된 이후 루비궁에 걸음 한 적이 극히 드물었다. 기껏해야 지난번처럼 루카스와 나 잡아 봐라 놀이를 할 때뿐이랄까. 쿨럭.

아무튼, 그래서 내 원래 세계에 대한 그리움과 어린 시절의 향수까지 겹쳐 나는 지금 내가 서 있는 이 꽃밭에 오게 된 것이었다. 어릴 때 릴리와 클로드에게 화관을 만들어주기도 하며 놀던 그곳은 내 기억과 변함이 없었다. 그러고 보니 여기는 클로드가 머무는 가넷궁과 연결된 곳에 위치해 있었다. 내가 맨 처음 그를 만나게 된 이유도 릴리에게 줄 꽃을 따다가 길을 잘못 들어서였으니까.

크흑, 그때는 거기가 가넷궁인 줄도 모르고 내 예쁜이들을 숨겨 놓을 아지트로 낙점했었는데. 그러다 나중에 클로드를 맞닥뜨리고는 피눈물을 흘렸던 기억이 나서 잠깐 아련해졌다. 그렇게 시시껄렁한 생각을 하며 추억에 잠겨 있는데, 호랑이도 제 말 하면 온다더니 정말로 클로드가 내 눈앞에 나타났다.

그런데 어째 그의 안색이 영 좋지 않아 보였다. 루카스의 말대로 오지랖도 이만하면 병인데, 어쩔 수 없이 나는 이 세계의 그에게도 계속 신경이 쓰였다. 그래서 그냥 넘기지 못하고 그의 상태를 묻고 말았다.

클로드는 역시나 변함없이 나한데 쌀쌀맞았다. 하지만 이제끼지 그가 보였던 태도가 서늘한 무관심에 가까웠다면, 오늘 내게 보인 그의 반응은 어딘가 바짝 날이 서 있었다. 게다가 이어진 클로드의 말은…….

"갑자기 마력이 생겼다 하더니 네가 내게 사술을 부린 것이냐?"
"어쩐지 꿈속에 나타나는 여자가 기이할 정도로 너와 닮은 것 같더니만."

나는 그 순간 이상한 위화감을 느꼈다. 그의 꿈속에 나타났다는 나와 닮은 여자. 원래 세계의 클로드가 가끔씩 꿈을 통해 내게 보여 주었던 다이아나의 모습이 눈앞을 스쳐 지나간 것은 분명 우연이 아니었다. 그런데 어째서인지 지금의 그는 다이아나를 기억하지 못하는 것 같은 반응을 보이지 않았던가?

더군다나 잇따른 내 말에 지어 보이던 클로드의 표정은 나로서는 생전 처음 보는 것이었다. 그는 혼자서만 시간이 멈춘 것처럼 핏기가 빠져나간 얼굴로 잠시 우두커니 서서 나를 바라보다가, 이윽고 무언가를 외면하듯 뒤돌아섰다.

나는 차마 그런 그를 쫓아갈 수 없었다. 불현듯 어쩌면, 하는 생각이 들었다. 어쩌면…… 클로드가 스스로 지웠다는 기억이 다이아나에 관한 것은 아닐까 하고. 혹시 그래서 원작에서도 아타나시아를 루비궁에 방치하고 애정 한 톨 주지 않았던 것이라면…….

설마 하는 생각을 갖기 시작하자 그것은 곧 눈덩이처럼 불어났다. 나는 잠깐 하얀 꽃들이 흐드러지게 핀 꽃밭의 한가운데에 서서 복잡한 머릿속으로 이런저런 고민과 갈등을 하다가 결국은 클로드가 사라진 곳을 향해 걸음을 옮겼다.

지금 내가 가서 무엇을 할 수 있을지는 모르겠으나 그래도 역시 그를 이대로 내버려 둘 수는 없었다. 하지만 그는 가넷궁에 없는 것 같았다. 내가 어릴 때부터 그랬듯 클로드가 머무는 가넷궁은 쥐 죽은 듯이 조용했다. 나는 그를 찾아 후원과 침소, 집무실 등에 가 봤지만 클로드의 머리카락 한 올 발견할 수 없었다.

"앗, 아타나시아 공주님."

그 대신 나는 필릭스를 만날 수 있었다.

"로베인 경."

음, 원래 이곳의 아타나시아와 필릭스의 거리감이 어느 정도 되는지 잘 모르겠네. 하지만 분명 데면데면한 관계일 게 뻔하니까 이름보다는 성을 부르는 게 맞겠지. 내 기억상 아타나시아 공주와 필릭스가 직접 대화를 나누는 모습은 한 번도 본 적이 없는 것 같아서 다소 애매했다.

"오벨리아의 축복이 함께하시기를."

다행히 내 예상이 맞았는지 필릭스는 내게 별다른 위화감을 느끼지 못한 것처럼 인사해 왔다.

"혹시 폐하를 만나 뵈러 오신 것인지요."

"네, 아바마마께서는 어디에 계신가요?"

내 물음에 그가 잠깐 머뭇거렸다. 그 직후 필릭스에게서 흘러나온 말을 듣고 나는 멈칫했다.

"저도 조금 전에 소식을 전해 들었는데 지금 에메랄드궁에 계시다고 합니다."

뭐야? 나한테 가까이 다가오면 죽일 거라고 협박하더니, 그 후에 곧장 제니트를 만나러 갔어? 그래도 곧장 자기 침소에 가서 뻗은 게 아니라 거기까지 먼 길을 간 걸 보면 상태가 생각보다 괜찮았던 모양이다. 뒤돌아서기 직전 보았던 그의 얼굴이 많이 안 좋아 보여서 걱정했는데. 으으, 그래도 이런 와중에 제니트를 보러 가다니. 여기까지 찾아온 내가 바보 같잖아. 말로는 정확히 설명할 수 없는 감정으로 마음속이 소란스러웠다.

~~하지만 그래도~~ 지금 이곳이 ~~클로드는~~ 내 아빠인 ~~클로드가~~ 아니라는 자각이 있었기 때문에 복잡한 마음을 금방 가다듬을 수 있었다. 필릭스가 어쩐지 면목이 없다는 듯한 얼굴로 나를 보고 있어서 나는 괜찮다는 의미로 웃어 보였다. 그런데 내 미소가 어떻게 비쳤는지, 그의 얼굴은 더욱 어두워졌다. 그래도 필릭스는 클로드에게 냉대받는 아타나시아 공주를 안타깝게 여기는 것 같았다. 그러다 문득 저 멀리 몇몇 관료의 모습이 보여서 나는 다시 입을 열었다.

"한데 저분들은……."

"어전 회의가 조금 전에 취소된지라……."

으, 으악. 클로드, 이 사람이? 설마 지금 어전 회의까지 취소하고 제니트를 보러 간 거야? 황제라는 사람이 그래도 돼? 하긴 클로드니까 그래도 되는 걸지도 몰라…….

"그럼 저는 이만 돌아가 볼게요."

"예, 폐하께서 오시면 아타나시아 공주님께서 방문하셨노라고 전해 드리겠습니다."

나는 굳이 그러지 않아도 된다고 말할까 하다가 그냥 아무 말 없이 뒤돌아섰다. 그렇게 이룬 바 없이 가넷궁을 빠져나가는 동안 어쩐지 슬슬 심통이 나기 시작했다. 왜인지 얼마 전 이레인 후작가에서 열렸던 파티 때 나를 살살 긁던 영애들에게 느꼈던 감정과 조금 비슷했다. 물론 지금 나는 술에 취한 상태가 아니었지만, 어쩐지 좀 막 나가고 싶은 기분이라고나 할까.

에잇, 내가 왜 지금 저 클로드까지 이렇게 신경 써야 해? 내 코가 석 자고 내 앞길이 구만리인데! 물론 아무도 나한테 이곳에 있는 클로드와 아타나시아 공주에게 신경 쓰라고 시키지 않았으니, 어찌 보면 나는 지금 사서 고생을 하고 있는 것이었다. 나도 지금 내가 처한 상황이 답답했다. 그런데 지금으로서는 그냥 이대로 내가 살던 곳으로 돌아간다 해도 속이 시원해질 것 같지 않았다.

나는 갑갑한 마음에 눈앞에 있는 돌멩이를 화풀이 삼아 확 걸어찼다.

퍼억!

"윽!"

어, 어라?

그런데 별안간 저 앞에서 단말마의 신음이 들려 나는 깜짝 놀라고 말았다. 생각에 잠겨 미처 몰랐는데 아무래도 내 앞쪽에 다른 사람이 있었던 모양이다.

나는 당황해서 고개를 들었다. 그리고 곧 시야에 비친 사람이 누구인지를 확인하고 두 눈을 크게 떴다.

"흰둥……!"

뒷머리를 감싸 쥐며 돌아선 사람은 다름 아닌 로저 알피어스였다!

나는 실로 오랜만에 만나는 알피어스 공작의 모습에 때아닌 놀라움을 느꼈다. 아니, 흰둥이 아저씨! 여기에서는 처음 만나네요! 얼굴 때깔이 좋은 걸 보니 이 세계에서는 그동안 잘 먹고 잘 사셨던 모양인데? 하긴 제니트와 함께 승승장구하셨을 테니 당연하다면 당연한가.

"이런, 아타나시아 공주님이 아니십니까?"

나를 발견한 알피어스 공작이 짐짓 미간을 찌푸리며 입을 열었다. 그 직후 그가 나를 향해 발길을 움직였다. 그의 옆에는 이제키엘도 같이 있었다.

"아타나시아 공주님, 오벨리아의 축복이 함께하시기를."

"오벨리아의 축복이 함께하시기를."

나는 내게 인사하는 그들에게 마주 화답한 뒤 내 앞에 있는 알피어스 공작의 얼굴을 힐끔 쳐다보았다. 저쪽 세계에서는 이제키엘과 함께 그의 얼굴을 본 지도 오래되었기 때문에 지금 이 순간 한편으로는 반가운 마음이 들었다. 하지만 그런 내 마음은 알피어스 공작이 입을 여는 순간 빠르게 식어버렸다.

"아타나시아 공주님께서 직접 가넷궁에 찾아오시다니 드문 일이로군요. 한데 폐하께서는 제니트 공주님을 만나러 에메랄드궁에 걸음 하신 참이니, 이것 참 아쉬움이 크시겠습니다."

아저씨, 그렇게 말하면서 지금 너무 노골적으로 웃고 있는 거 아닙니까? 아니, 물론 이쪽 세계에서 알피어스 공작은 당연히 제니트 라인의 선두 주자겠지만 말이지. 그래도 이렇게 대놓고 약 올리는 말을 하면 내 입이 간지럽잖아요? 으흑, 하지만 참아야 한다.

"그것보다, 조금 전 돌멩이를 차서 제 머리에 맞춘 분이 아타나시아 공주님이십니까? 오벨리아의 공주마마께서 체통 없이 그런 일을 하시다니…… 오벨리아의 미래를 염려하는 마음으로 드리는 말씀입니다만, 제니트 공주님의 우아함을 조금이라도 본받으시는 편이 좋지 않을는지요."

참아야 하는데…….

"듣자 하니 얼마 전부터 아타나시아 공주님의 행동거지가 놀라울 정도로 방만하고 품위가 없어져 혀를 내두를 정도라 하던데, 일국의 제1공주로서 좀 더 모범을 보이셔야 하지 않겠습니까?"

"아버지."

참나, 참긴 뭘 참……! 나와 알피어스 공작의 대화에 끼는 것은 예의가 아니라 잠자코 서 있던 이제키엘이 별안간 자신의 아버지를 만류하듯 나직한 음성을 흘려보냈다.

나도 그때에서야 조용히 입을 열었다.

"알피어스 공작님의 말뜻은 잘 알겠습니다. 그러니 지금 공께서는 제가 예의라고는 하나도 모르는 데다 체통은커녕 품위도 우아함도 없어, 공주의 자격이라고는 눈곱만큼도 가지고 있지 않은 자라고 이야기하는 것이군요.”

“예?”

“그리고 그런 주제에 제1공주의 자리에 있는 저를 오벨리아에서 가장 후안무치한 자라고 하시기까지…….”

“예?”

내 말에 알피어스 공작이 바보처럼 반문했다. 그는 내가 한 말을 곧바로 알아듣지 못한 듯이 약간 멍청한 표정을 짓고 있었다. 그럴 만도 했다. 비록 저 비슷한 내용이기는 했어도 로저 알피어스는 이렇게까지 나를 매도해 말한 적은 없었으니까.

“지금 이게 무슨 황망한 소리입니까?”

타이밍 좋게 옆에서 필릭스의 목소리가 들려왔다.

“알피어스 공, 정말 아타나시아 공주님께 그런 말을 하셨습니까?”

필릭스는 믿을 수 없다는 듯이 알피어스 공작을 바라보았다. 알피어스 공작은 설마 이런 시점에서 필릭스가 나타날 줄은 몰랐던 듯 당황했다. 흥, 하지만 나는 이미 그가 다가오는 걸 알고 있었지! 조금 전에 나랑 인사를 나누고 헤어졌던 필릭스가 왜 다시 이쪽으로 오고 있었는지는 모르지만 말이야.

“그, 그럴 리가 있겠나? 아타나시아 공주님께서 오해를 하셔서…….”

로저 알피어스는 내가 그의 말에 동의하기를 바라는 듯한 눈빛을 보냈지만 나는 시치미를 뚝 떼고 눈물을 훔치는 척하며 고개를 돌렸다.

“알피어스 공에게 그런 말을 들으니 상심한 마음을 이루 말할 수 없네요. 하지만 공의 말대로 이 역시 모두 제 부덕함 때문이겠지요…….”

“그, 그런 의미로 말씀드린 것이 아닙니다.”

내가 상처받은 듯이 하는 말에 알피어스 공작이 당황해 변명했다. 사실은 ‘네가 나를 이렇게 대하는데 황실의 기강이 바로 서겠냐!’라는 말을 해주고 싶었지만 지금 내가 저런 소리를 하면 오히려 역효과만 날 것이 분명했다. 그동안 쭈그리고 있던 공주가 갑자기 호통을 쳐 봤자 알피어스 공작의 입장에서는 별로 기럽지도 않을 테고. '쟤 왜 지래?' 하고 코웃음 치면서 비웃지나 않으면 다행이지.

"알피어스 공, 어떻게 아타나시아 공주님께 그런 무례한 말씀을······ 이 일은 가벼이 넘길 수 없습니다."

게다가 필릭스가 하필 타이밍 좋게 지금 온 것도 요행이었다. 어차피 나도 지금 내가 흰둥이 아저씨에게 이런 짓을 하는 게 진짜 해결책이 되지 않는다는 사실을 알았다.

필릭스가 이 일을 그냥 넘기지 않고 클로드한테 전한다고 해도, 아마 그는 눈 하나 깜빡하지 않을 것이다. 큭, 너무 당연한 일이라 새삼스럽게 충격적이지도 않구먼. 하지만 로저 알피어스의 입장에서는 찜찜하기는 할 터. 앞으로 그가 아타나시아 공주의 앞에서 지금보다 말을 조심할 계기 정도는 되겠지.

"죄송합니다, 아타나시아 공주님. 오벨리아의 안녕을 기원하는 마음이 앞서 오해의 소지가 있는 말로 공주님의 심기를 어지럽히고 말았습니다. 공주님께 심려를 끼쳐 드린 죄, 달게 받을 터이니 어떤 벌이라도 내려 주십시오."

"저 또한 사죄드리겠습니다."

흰둥이 아저씨는 과연 약삭빠른 사람답게 금세 태세를 전환했다. 옆에 있던 이제키엘도 내게 함께 사과했다. 앗, 이제키엘까지 나한테 고개 숙이게 하고 싶었던 건 아닌데 말이지.

"아닙니다, 알피어스 공. 공께서 오벨리아를 위하는 마음을 어찌 모를까요. 그대의 충정을 마음 깊이 새겨 이제부터는 저도 이 자리에 더욱 걸맞은 이가 되도록 노력하겠습니다."

나는 끝까지 눈물을 훔치는 척 마른 눈가를 손으로 훑으며 말했다. 그러자 흰둥이 아저씨가 입꼬리를 파들거리며 식은땀을 흘렸다.

"아타나시아 공주님, 무슨 말씀이십니까. 공주님께서는 이미 충분히 그 위치에 걸맞은 모습을 보여 주고 계십니다."

필릭스가 그런 나를 향해 안타까움을 담은 목소리로 말했다. 나는 그렇게 말해줘서 고맙다는 듯이 필릭스를 보며 아련히 웃어 보였다.

"괜찮으시면 에메랄드궁에 함께 가 보시지 않겠냐고 여쭈어보러 왔던 것인데……."

하지만 곧 그가 우물쭈물하며 내뱉은 말을 듣고 나는 빠직했다. 필릭스는 이 세계에서도 여전히 눈치가 없었다. 어쩐지 조금 전에 헤어져 놓고 왜 또 날 찾아왔나 했더니, 에메랄드궁에 같이 가자는 권유를 하려고 했던 거구먼. 하지만 내가 지금 제니트랑 희희낙락하고 있을 클로드를 보고 싶겠냐? 게다가 왜 지금도 미련을 못 버린 눈으로 날 쳐다보는 거야? 설마 지금이라도 같이 에메랄드궁에 갔으면 하는 거야? 허허, 꿈 깨세요, 아저씨.

그때, 잠깐 내 얼굴에 시선을 두던 이제키엘이 입을 열었다.

"아타나시아 공주님의 안색이 좋지 않으십니다. 지금 바로 루비궁으로 돌아가 쉬시는 편이 좋지 않을지요."

응? 내 안색은 멀쩡할 텐데? 간만에 흰둥이 아저씨도 골려 줬더니 얹힌 체증이 그나마 조금 내려간 것처럼 속까지 시원한데 무슨 소리지? 혹시 내가 에메랄드궁에 가기 싫어하는 걸 알고 도와주려는 건가?

"제가 아타나시아 공주님을 루비궁까지 모셔다드리고 오겠습니다."

음, 아무래도 그 생각이 맞는 것 같다. 필릭스는 몸이 안 좋냐고 걱정스럽게 물으며 아쉬운 목소리로 다음을 기약했고, 흰둥이 아저씨는 어떻게든 나를 빨리 보내 버리고 싶은 얼굴을 한 채로 이제키엘에게 그러라고 했다. 그래서 나는 루비궁까지 가는 길을 그와 함께 걷게 되었다.

이제키엘은 자신의 옆에서 걷고 있는 사람에게 한차례 시선을 내렸다. 그러자 정면을 응시하고 있는 아타나시아 공주의 얼굴이 시야에 들어왔다. 그의 앞에서 두 차례나 피를 토한 지 얼마 되지 않아 염려하는 마음이 있었는데 그녀는 다행히 빠른 속도로 건강을 되찾은 모양이었다.

오히려 일련의 사건이 있기 전의 창백했던 낯빛에 비하면 지금의 혈색이 더 좋은 편이어서 저도 모르게 고개를 갸웃할 정도였다. 게다가 아타나시아 공주는 지금 묘하게 속이 시원해 보이는 얼굴을 하고 있었다. 이제키엘은 조금 전에 있던 일을 떠올리며 한순간 묘한 표정을 짓고 말았다.

그의 아버지인 알피어스 공작이 아타나시아 공주의 앞에서 그렇게 쩔쩔맨 것은 이번이 처음 있는 일이었다. 이제키엘의 생각으로는, 아무리 봐도 아타나시아 공주가 그의 아버지의 말에 정말 상처를 받거나 상심한 것 같지는 않았다. 조금 전에도 일부러 그의 아버지를 골탕 먹이려고 그런 것 같다고 하면 지나친 생각일까?

"알피어스 공자."

물론 그렇다 해도 이번 일의 발단은 그의 아버지의 지나친 언사였으니 딱히 유감일 것은 없었다.

"루비궁까지 굳이 함께 갈 필요는 없을 것 같은데 이쯤에서 헤어지는 게 어떨까요?"

그때, 아타나시아가 이제키엘을 올려다보며 말했다. 다소 조심스러운 권유에 이제키엘이 앞으로 향하고 있던 시선을 옆으로 돌렸다. 아타나시아 공주는 그와 함께 있는 것이 썩 편하지는 않은 것 같았다. 그것만큼은 예나 지금이나 변함이 없었다.

"공주님을 혼자 보내기에는 제 마음이 편치 않습니다. 부디 루비궁까지 동행하게 해주십시오."

이제키엘의 말에 아타나시아는 잠깐 무어라 다른 말을 할 것처럼 입술을 달싹였다. 하지만 곧 이제키엘이 물러나지 않을 것이란 사실을 알았는지, 더 이상 그를 설득하려 하지 않고 입을 다물었다. 그렇게 조금 더 길을 걷다가, 이윽고 아타나시아가 그를 향해 말했다.

"지난번 일도 그렇고, 번거로울 텐데 신경 써 줘서 고마워요."

그 순간 이제키엘은 일전에 느꼈던 것과 같은 기묘한 느낌을 또 한차례 받고 말았다.

"고마워요, 공자."

"본의 아니게 공자에게 폐를 끼치게 되어 미안해요."

이상한 일이었다. 분명 이제껏 그가 만나 왔던 아타나시아 공주는 똑같은 사람일 텐데…… 어째서 이런 위화감이 느껴지는 것일까? 그의 도움을 받고 '고맙다'는 인사를 표했던 아타나시아와 '미안하다'고 사과했던 아타나시아 사이의 괴리감을 무어라 표현해야 할지 알 수가 없었다. 게다가 지난 이레인 후작가에서의 일도, 원래 그가 알고 있던 아타나시아 공주라면 저지르지 않았을 일이었다.

이제키엘의 눈동자에 일순간 날카로운 빛이 스쳐 지나갔다. 아타나시아 공주는 그를 물끄러미 올려다보고 있었다. 옅은 햇빛에 반짝이며 흩날리는 머리카락과 싱그러운 녹음의 색을 머금은 보석안이 그의 시야에 들어왔다. 한순간 그녀의 눈동자 안에 고인 낯선 빛에 눈길을 사로잡힌 것은 어째서인지 몰랐다.

이제키엘은 잠시 자리에 멈추어 서서 아타나시아 공주를 바라보다가 이내 시선을 돌렸다. 곧 그의 입술에서 나직한 음성이 흘러나왔다.

"미안하다는 말씀보다는 듣기 좋은 것 같습니다."

무심코 말해놓고 그는 멈칫했다. 무의식중에 새어 나온 말이니만큼 그것은 가식이나 거짓 한 점 없는 그의 진심이었고, 이제키엘은 타인의 앞에서 거의 처음으로 아무것도 재지 않고 내뱉은 말에 조금은 당황했다. 물론 어떤 의미로 지금 이제키엘이 한 말은 사소하다면 사소했지만, 기실 그는 아주 어릴 때부터 단 한 번도 계산 없이 움직였던 적이 없기 때문에. 아타나시아 공주가 그나마 그의 동요를 눈치채지 못한 것이 다행이었다.

"네, 저도 그렇게 생각해요."

그를 향해 지어 보인 아타나시아 공주의 옅은 미소가 유독 선명하게 가슴을 파고들었다. 조금 전의 이제키엘이 그랬듯 그녀 역시 무심코 내보인 미소인 듯 곧 다시 얼굴을 딱딱하게 굳혔지만 그 잔상은 시야에 남아 오래도록 사라질 줄을 몰랐다.

이제키엘은 다시 아타나시아 공주와 함께 우거진 초목과 향기로운 꽃 덤불이 양옆으로 늘어선 길을 걸었다. 어째서인지 조금 전보다 그 길이 화사하게 느껴졌다.

루비궁으로 돌아온 나는 팔짱을 끼고 고민했다. 몇 번이나 생각해 봤지만 역시 아타나시아 공주와 클로드를 이대로 놔둘 수는 없었다. 물론 이 세계가 정말 내가 알고 있는 소설 속의 내용대로 흘러갈지는 확신할 수 없었고, 그렇다면 앞으로 몇 달 뒤에 클로드가 그녀를 죽이는 사건도 일어나지 않을지도 몰랐다.

하지만 지금 이곳에서 내가 보게 된 아타나시아 공주의 불행은 모두 가감 없는 진실이었다. 루카스는 내게 무슨 자격으로 이 세계의 사람들에게 간섭하려고 하느냐 했지만……. 그리고 솔직히 말하자면 나도 한편으로는 나한테 이 세계에 필요 이상으로 개입할 권한이 있을지 모르겠다는 생각을 하긴 했지만, 지금은 사실 이 모두가 이상한 소리라고 생각했다.

애초에 그 자격을 부여하는 게 도대체 누구란 말인가. 이런 말을 하면 신성 모독일지도 모르지만, 이곳에 있을지도 모르는 신? 하지만 어차피 아무리 고민해도 답이 나오지 않을 문제라면, 그냥 내 멋대로 행동해도 되는 것이 아닐까? 그래서 나는 그냥 내가 이 세계로 온 이유가 있을 것이라고 속 편하게 생각해 버리기로 했다.

그래, 나도 안다. 결국은 나 좋을 대로 합리화하는 것뿐이라는걸. 그래도 나는 이곳의 클로드와 아타나시아를 모르는 척할 수가 없었고, 이대로 그들을 외면하고 다시 집으로 돌아가게 된다면 계속 그들이 마음에 남아 앞으로 10년은 끙끙거리며 밤잠을 설치게 될지도 몰랐다.

어쩌겠는가, 이런 게 나인데. 아마 원래 세계의 루카스가 이런 나를 본다면 바보라고 혀를 찰지도 모른다는 생각이 들었다. 나는 내가 유일하게 자유롭게 행동할 수 있는 밤의 시간을 틈타 움직이기로 결정했다. 일단은 이 세계의 루카스를 만나야만 했다.

루카스는 아주 짜증이 난 상태였다. 얼마 전부터 그의 기분은 수도 없이 오락가락하며 크게 널을 뛰었다. 어느 특정 인물을 생각할 때면 늘 그랬다.

"너랑 내가 무슨 사이라고, 지금 이런 식으로 바람난 부인 잡듯이 나한테 따져 물…… 어요?"

파스슥.

그 누군가의 목소리가 또 한 번 귓가에 반복해 울리는 순간, 비릿까지 처박힌 그의 기분을 대변하듯 주위에서 흔들리던 풀들이 가루가 되어 흩어졌다. 루카스의 이마에 깊은 굴곡을 파이게 한 사람은 바로 다른 세계의 아타나시아였다.

루카스는 그녀를 아주 건방진 계집애라고 생각했다. 감히 누구의 앞이라고 그렇게 겁도 없이 구는지 알 수가 없었다. 처음 만났을 때부터 그녀는 루카스의 앞에서 말하고 행동하는 데 거침이 없었다.

처음에는 그게 퍽 신기하고 재미있었던 것 같다. 과거의 그는 항상 사람들에게 있어 두려움의 대상이었기 때문에, 공포와 경외심 외의 감정으로 자신을 대하는 아타나시아가 특이하게 느껴졌다.

누군가를 옆에 두고 지켜보고 싶다는 생각을 한 것도 거의 몇백 년 만에 처음이었다. 반응 하나하나가 꽤 유쾌하고 재미있어서 그냥 가만히 옆에서 보기만 해도 지루하지 않을 것 같았다.

사실 루카스는 한동안 무료함에 젖어 깊은 권태를 느끼던 참이었다. 이미 꽤 오래전부터 그는 무엇을 해도 흥미가 동하지 않았고, 그 무엇을 보아도 도무지 관심이 생기지 않았다. 아에테르니타스의 거지 같은 마법에 의해 수백 년은 되는 기나긴 잠을 자기 전부터도 그랬다. 그런 상태는 다시 깨어나고 나서도 변함없이 지속되었다. 그래서 하릴없이 십여 년의 세월을 탑에서만 칩거했다.

그러다 실로 오랜만에 상당히 재미있는 인간을 만나 흥미로웠다. 그러나 그런 기분도 오래 유지되지 않았다. 루카스는 어느 순간부터 아타나시아 때문에 짜증이 나기 시작했다. 그 이유가 정확히 무엇 때문인지는 알지 못했다. 처음에는 그녀가 당연하다는 듯이, 어차피 자신은 다른 세계의 사람이니 다시 그곳으로 돌아갈 것이라고 말하는 게 마음에 들지 않았다.

그녀는 루카스가 발견한 재미있는 장난감이었다. 그러니 제멋대로 눈앞에서 사라져 버리는 건 곤란했다. 하지만 단순히 그런 이유 때문이라면 그녀의 입에서 '다른 세계의 루카스'에 대한 이야기가 나올 때마다 속에서 열이 치솟는 것은 어떻게 설명해야 할지 몰랐다.

또 그녀가 그를 보면서 다른 사람을 생각하는 것에 짜증이 나는 이유도. 처음 봤을 때부터 그에게 살갑게 굴며 서슴없이 굴었던 이유도 전부 자신을 그쪽 세계의 루카스로 생각해서 그랬겠구나 생각하면 서늘한 살의가 밀려들었다. 그래, 그렇다면 이건 자신의 장난감을 다른 그 누구에게도 빼앗기고 싶지 않은 소유욕일 것이다. 설령 그 상대가 다른 세계의 그라고 해도…… 아니, 오히려 다른 세계의 그이기 때문에 더욱이 빼앗기는 걸 용납할 수 없는.

쏴아아.

문득 저 멀리서 그리 낯설지 않은 마력의 파장이 느껴졌다. 루카스는 불어오는 바람 사이로 희미하게 제 존재감을 주장하는 마력의 잔상을 눈으로 더듬었다. 시각뿐만이 아니라 오감을 다 곤두세우자 얕게 밀려드는 마력의 기운이 더욱 면밀히 느껴졌다.

제 주인을 닮은 화려하고 향기로운 마력이었다. 같은 신수를 흡수했기에 분명 루카스의 것과는 그 원천이 같을진대, 희한하게도 둘의 마력은 느낌이 완전히 달랐다. 물론 현재 루카스의 마력은 기존에 그가 가지고 있던 고유의 마력과 뒤섞여 있었지만 단순히 그런 이유 때문만은 아니었다.

루카스는 커다란 아름드리나무 위에 기대 앉아 산들거리는 바람과 함께 느껴지는 아타나시아의 마력을 음미했다. 이유는 모르겠으나 그녀가 그를 부르고 있었다. 그것도 꽤 집요하고도 절절하게. 아니, 사실이유는 이미 알고 있었다. 얼마 전 아타나시아에게 밑밥을 던진 것은 루카스였으니까.

하지만 마지막으로 보았을 때 그녀가 그에게 했던 말이 아무래도 괘
씸해서 순순히 부름에 응해 주고 싶지가 않았다. 그럼에도 불구하고 그
를 저렇게까지 불러 대는 게 썩 나쁘지는 않아서 루카스의 기분은 조
금 전보다 좋아졌다.

흐응, 저렇게까지 날 보고 싶어 하니 한번 가 줄까?

잠시 후 루카스는 별이 총총히 떠 있는 밤하늘을 올려다보며 생각했
다. 그러고는 하는 수 없다는 듯이 마력이 퍼져 나오는 곳을 향해 이동
했다.

"왜 이렇게 늦게 와?"

그가 나타나자마자 아타나시아가 힐난했다. 여전히 변함없이 건방
진 말투였다. 그런데도 화가 나지 않는 걸 보면, 그녀가 정말 마음에
들긴 한 모양이다. 루카스는 짜증과 만족감을 동시에 느끼며 아타나시
아를 내려다보았다.

"내가 엄청 보고 싶었나 보네? 이렇게 간절하게 불러 댄 걸 보면."

지금 그들이 서 있는 곳은 두 사람이 처음 만났던 갈대숲이었다. 그
한가운데에 서서 아타나시아는 아까부터 계속 방출하고 있던 마력을
거두어들였다. 그러다 혹시 루카스가 오지 않았더라면 마력 고갈로 위
험할 수도 있는 일이었는데, 그녀는 그런 경우의 수는 애초에 생각하
지 않았던 듯했다. 루카스는 그 얄팍한 믿음을 비웃어야 할지 말아야
할지, 약간 묘한 감정을 느꼈다.

"네 말처럼 이 세계의 우리 아빠가 어딘가 아픈 게 맞는 것 같아. 그
런데 지금 고칠 수 있는 방법을 아는 건 너뿐인 것 같거든. 게다가 공
주도 네가 데려가 버렸고."

"그래서?"

"도와줘. 부탁할게."

뜻밖의 소리가 귀에 울렸다. 그 순간 루카스는 움찔했다. 그는 무어라 대꾸해야 할지 일순간 결정하지 못한 채로 마주한 보석안을 들여다보았다. 그 안에 서린 빛이 조금 전까지 그에게 언제 건방진 소리를 했느냐는 듯이 솔직하고 온순해서 기분이 이상해졌다. 아타나시아는 루카스와의 소모전을 끝내기로 결정한 것 같았다.

"내가 도와주면 넌 내 뜻대로 할 거고?"

하지만 그녀는 대답하지 않았다. 한순간 얼굴에 갈등이 어렸으나 결국 그녀는 고집스럽게 아무 말도 하지 않는 것을 선택했다. 이건 바보인가? 빈말로나마 그러겠다는 소리를 하면 임시방편쯤은 될 텐데. 거짓말을 못 하는 건지, 아니면 거짓말을 하기 싫은 건지 알 수가 없었다.

"그럼 그런 짓을 해서 내가 얻는 게 뭐야?"

"음, 내 고마움?"

"집어치워."

루카스는 가차 없이 말했다. 재고의 여지조차 없었다. 고작해야 얻는 게 고마움이라니, 같잖기도 하지. 루카스가 그녀에게 바라는 건 그딴 것이 아니었다. 아타나시아는 그런 루카스를 보고 미간을 좁혔다. 그녀는 그와의 거래가 성립할 것 같지 않자 약간 골이 난 것 같기도 했고, 마음이 조급해진 것 같기도 했다. 이러는 동안에도 시간은 착실히 지나고 있었으니 그럴 만도 했다. 그러다 그녀가 마침내 결단을 내린 듯한 눈빛으로 그를 보며 하는 소리에, 루카스는 그만 헛웃음을 내뱉고 말았다.

"그럼 나도 이제부터 널 협박할 거야."

지금 그가 제대로 들은 것일까? 협박? 감히 그를? 도대체 무엇으로?

"네가 먼저 날 협박했으니까 나도 지금부터 너를 협박할 거야!"

아타나시아는 위풍당당하게도 선언했다.

"이, 그래? 날 뭐로 협박힐 긴데? 이디 힌번 해뵈. 듣고 즘 久이 보게."

루카스의 입장에서는 당연히 기도 차지 않는 소리였다. 그는 대놓고 입가에 비웃음을 그리며 말했다.

"네가 자꾸 그런 식으로 나오면…….”

하지만 곧 아타나시아의 입에서 흘러나온 소리에 루카스는 멈칫했다.

"난 널 잊을 거야."

"뭐?"

"지금 이 자리에서 바로 널 깨끗이 잊어줄 거라고."

우스운 일이었다. 그딴 게 협박이 될 것이라고 생각하다니. 하지만 기이하게도 루카스는 조금쯤 마음이 초조해지는 것을 느꼈다. 그래도 그는 그런 속내를 티 내지 않고 참으로 황당한 소리를 들은 것처럼 이죽거리며 입을 열었다.

"그깟 시시한 게 무슨 협박이야? 그리고 잊어? 네가 무슨 수로? 지금 기억 소거 흑마법이라도 쓰겠다는…….”

"흑마법 말고도 있잖아. 기억에서 지우는 방법. 아, 정확히는 기억이 아니라 감정을 지우는 거라고 했나?"

그 순간 루카스의 얼굴에서 미소가 완전히 씻겨 내려갔다. 지금까지 입가에 걸고 있던 비웃음은 물론이고, 표정마저 깨끗이 지워진 루카스의 얼굴은 바다 깊숙한 곳에 있는 빙하처럼 차게 얼어붙어 있었다. 하지만 다른 한편으로 그의 얼굴은 사막을 구르는 모래알처럼 지독히도 건조했다.

지금 아타나시아가 말한 마법이 무엇인지 루카스는 너무나도 잘 알고 있었다. 긴 세월을 살아오면서 정말 그런 짓이라도 하지 않으면 죽을 것 같았을 때, 아주 비참하고도 참혹한 마음으로 사용한 최후의 방법이 바로 그것이었으니까.

"그쪽 세계의 내가, 너한테 그런 걸 알려 줬나?"

루카스의 입에서 표정만큼이나 메마른 목소리가 새어 나왔다. 과연 그쪽 세계의 자신과 그런 이야기조차 공유할 만한 관계였던 것일까. 죽을 때까지 그런 얘기를 타인과 나눌 일은 없을 것이라 생각했는데. 그 때문인지 지금 아타나시아의 공격은 꽤 정곡을 찔렀다.

"아, 잠깐만."

그런데 그 순간 그녀의 얼굴이 변했다.

"이, 이건 좀 아닌 것 같다. 미안해, 미안."

어째서인지 그의 얼굴을 보고 퍼뜩 놀란 듯이 입술을 깨물며 잠깐 주춤거리던 아타나시아가 곧 당혹감 어린 사과의 말을 급히 내뱉었다. 루카스는 어쩔 줄 몰라 하는 아타나시아의 모습을 말없이 바라보았다.

"내가 지금 하면 안 될 말을 한 것 같아. 취, 취소할게. 물론 이미 말해놓고 이런 소리 하는 것도 웃기겠지만……."

정작 그는 별다른 반응을 보이지도 않았는데 이렇게 몸 둘 바를 몰라 하는 것이 우스웠다. 애초에 협박하겠다고 마음먹었던 주제에, 곧바로 이런 약한 모습을 보이다니. 이거야 원, 칼을 뽑기만 하고 무도 썰지 못할 사람이 아닌가? 게다가 더럽고 치사하게 협박질을 한 것은 루카스가 먼저였다. 그런데도 저렇게 미안해서 어쩔 줄 몰라 하는 게 웃겼다.

"그래 봤자 네가 지금 상처 주는 걸 두려워하는 건 내가 아니라 그 새끼겠지."

물론 그는 고작 이까짓 일로 상처받지는 않았다. 하지만 루카스는 놀랍게도 지금 아타나시아의 말에 그래도 자신이 어느 정도는 흠집을 입은 상태라는 것을 깨달았다. 그 순간 그는 그만 어처구니가 없어 실소를 흘리고 말았다. 루카스의 가시 박힌 소리에 아타나시아가 곤혹스러워하며 말했다.

"나, 너랑 그쪽 세계의 루카스를 동일 인물로 생각하지는 않아 너도 나랑 이 세계의 공주를 똑같은 사람이라고 생각하지 않잖아. 그러니까 지금 내가 미안한 건 그 루카스가 아니라 너야."

그녀는 다시 한번 깊게 신음한 뒤 말을 이었다.

"으윽, 사과할게. 이건 내가 치사했어. 그런데 너도 나한테 치사했잖아! 남의 아빠 목숨 가지고 흥정하는 게 어디 있어? 아니, 물론 지금은 내가 나빴어. 그건 부정하지 않을게. 하지만 너도 만만찮게 나빴단 말이야! 그, 그래도 미안."

아무래도 그녀의 오지랖은 이곳에 있는 루카스에게도 발동되는 모양이었다. 어차피 다른 세계로 다시 돌아갈 것이라면 이곳에 남을 사람들쯤은 그냥 무시해도 될 터인데, 그녀는 그러지 못했다.

루카스는 그 사실을 비웃어주고 싶었다. 하지만 자신의 앞에서 죄책감 어린 표정을 짓는 아타나시아를 보는 동안 어쩐지 마음 한편이 이상해져서 입을 굳게 다물고 있었다.

"너 진짜 바보네."

이윽고 내뱉은 루카스의 말에 아타나시아가 눈썹을 꿈틀거렸다. 루카스는 그 모습을 보며 그래도 조금 전보다 기분이 나아진 것을 느꼈다. 그는 걸음을 옮겨 눈앞에 있는 사람에게 좀 더 가까이 다가갔다. 그러고는 손을 뻗어 마주한 몸을 뒤로 밀쳤다.

"으악?!"

설마 루카스가 난데없이 이런 짓을 할 줄은 몰랐는지, 아타나시아는 단말마의 소리를 내지르며 뒤로 넘어졌다.

"야, 너 이게 무슨……."

항변하는 그녀의 몸 위를 루카스가 덮쳤다. 그들의 몸보다 높이 치솟은 갈대가 달빛을 받아 하얗게 흔들렸다. 줄기가 바람에 몸을 맞부

딪히며 사부작거리는 소리가 귓가에 잔잔히 고였다. 루카스는 자신의 밑에 깔린 채 굳은 아타나시아를 내려다보며 입꼬리를 끌어 올렸다.

"내가 만약 그 세계에 있었다면 널 새장 속에 가둬 놨을 텐데. 왜 그 놈은 그러지 않았지?"

이 세계의 루카스로서는 도무지 이해가 되지 않았다.

"너한테 족쇄를 채워도 꽤 잘 어울릴 것 같고."

만약 그였다면 지금 눈앞에 있는 사람을 어디에도 가지 못하게 꽁꽁 묶어 가둬 놨을 것이 분명했다. 이 가느다란 손목과 발목에 사슬을 채워 어디에도 도망가지 못하게. 이렇게 자유로이 행동하도록 놔두었다가 언제 자신의 앞에서 사라질 줄 알고.

설마 그 세계의 자신은 그런 불안감을 느끼지 않았단 말인가? 혹시 이런 걸 가진 자의 여유라고 해야 하나 싶어져 어쩐지 기분이 또 불쾌해졌다.

아타나시아는 자신의 손목을 그러쥔 루카스의 손을 뿌리치며 미간을 좁혔다. 그의 말을 마음에 들어 하지 않는 기색이 얼굴에 완연했다. 하지만 곧 그녀는 어딘가 체념한 어투로 읊조렸다.

"뭐, 이 세계 전체가 자기 손바닥 안이라 상관없다고 하던데."

그 말을 듣는 순간 큭, 시린 웃음이 입술을 비집고 나왔다. 과연 이해되는 발상이었다. 하지만 아마도 그 세계의 루카스조차 그녀가 이처럼 자신의 손길이 닿지 않는 다른 세계에서 방황하게 되리라고는 예상하지 못했을 터였다. 그러니 빼앗겨 버려도 달리 할 말은 없을 터.

루카스는 다소 냉소적으로 그런 생각을 했다.

"그래서, 진짜 안 도와줄 거야?"

그때, 뜻밖의 보드라운 온기가 그의 뺨을 감쌌다. 잠시 다른 상념에 잠겨 있던 루카스가 다시금 자신의 밑에 있는 사람에게 시선을 내렸다.

"내가 이렇게 부탁해도?"

달빛을 받아 은은하게 반짝이는 눈동자가 그를 말끄러미 올려다보고 있었다. 그 모습에는 어딘가 여린 구석이 있어 쉽게 거부의 말을 내뱉기가 어쩐지 어려웠다. 지금 그의 얼굴을 감싸고 있는 손도 떨쳐 내버려야 마땅한데…… 이상하게도 꼼짝도 할 수가 없었다.

"그런 말이 나한테 통할 거라고 생각해?"

여전히 서늘한 그의 목소리에도 아타나시아는 조금도 주눅 들지 않은 모양새로 말했다.

"응, 넌 날 좋아하잖아."

웃기지 마, 라고 대답해야 하는데 이상하게 말이 나오지 않았다. 그것은 자신감에 찬 목소리도, 거들먹거리는 목소리도 아니었다. 그저 단순한 사실을 읊듯이 한없이 담담하고 차분한 음성이 그의 귀를 스쳤다. 그래서 루카스는 아타나시아를 비웃어주지 못했다.

실제로 만난 지 얼마 되지도 않았는데 그는 지금 눈앞에 있는 사람을 갖고 싶어 거의 미칠 것 같았다. 이런 이야기는 스스로 생각하기에도 다소 기가 찼지만, 마치 그녀를 만나기로 아주 오래전부터 결정되어 있었던 것 같은 그런 기이한 느낌마저 들었다.

게다가 아타나시아에게는 이상하게도 독점욕을 부추기는 구석이 있었다. 어쩌면 그것은 그녀가 다른 세계의 사람이라는 데서 기인하는 것일지도 몰랐다. 이제껏 원하는 것은 그 무엇 하나 손에 넣지 못한 적이 없는 루카스가 생애 처음으로 자의가 아닌 타의로 놓칠지도 모르는 사람이라는 점에서.

루카스는 다소 분한 기분으로 입을 열었다.

"그거 알아? 너도 나만큼이나 만만치 않게 제멋대로인 거."

우습게도 그를 가만히 올려다보고 있는 눈동자를 마주하자 속에 그득히 쌓여 있는 심술궂은 말이 입 밖으로 나오지를 않았다.

"응, 알아."

아타나시아는 어찌 보면 항복 선언을 한 것이나 마찬가지인 그를 보며 웃었다. 그 미소 띤 얼굴을 보니 가시 돋쳐 있던 기분이 그래도 약간은 가라앉았다. 고작 이까짓 일로 좌지우지되는 얄팍한 마음이라니.

루카스는 스스로의 멍청함을 비웃었다. 그러니까, 한심하게도 결국은 미인계에 넘어간 셈이었다.

"그래서 조만간 이모님이 직접 인사를 드리러 오신대요."

막 점심나절이 지난 오후, 클로드는 제니트와 함께 가넷궁의 후원에서 다과를 들고 있었다. 파릇한 신록이 자라난 후원에는 향긋한 꽃들이 만개해 있었다. 부드러운 바람이 어루만지고 간 자리에는 차향이 뒤섞인 은은한 향취가 남았다.

오늘도 청아한 목소리로 재잘거리는 것은 제니트였고, 클로드는 그것을 묵묵히 들어주고 있었다. 그는 요즘 들어 드물게도 제법 편안한 얼굴을 하고 있었다. 제니트와 함께 있는 동안은 기이하게도 두통이 사라졌기 때문에 예전보다 그녀를 찾는 시간이 많아졌다.

그러다 문득 제니트가 클로드의 앞에 있는 찻잔을 내려다보며 엷게 웃었다.

"아바마마는 오늘도 리페차시네요."

클로드의 시선도 제니트를 따라 자신의 앞에 있는 찻잔으로 내려갔다. 금으로 세공된 동그란 찻잔 안에 고인 말간 액체에서 그윽한 향기가 피어오르고 있었다.

"전부터 궁금했어요. 어쩌다 리페차를 좋아하게 되신 거예요? 오벨리아에서는 선호도가 그리 높지 않잖아요. 수입도 잘 안 되는 것으로 알고 있는데."

그녀의 말처럼 리페차는 시중에서 잘 선호되는 기호품이 아니었다. 하지만 클로드가 항상 즐겨 찾는 것이었기 때문에 황궁에는 늘 리페차가 준비되어 있었다.

"특별한 계기는 없다."

클로드는 테이블 위의 찻잔을 들어 올리며 말했다. 그러자 제니트가 납득할 수 없다는 듯이 아랫입술을 살짝 앞으로 내밀며 고개를 갸웃거렸다. 하지만 그의 기억으로는 딱히 이 차를 즐겨 마시게 된 이유 같은 건 없었다. 그저 어느 순간 뒤돌아보니 자연스럽게 그렇게 되어 있었을 뿐……

"아마 폐하께서도 좋아하실 거예요."

그런데 바로 그 순간, 귓가에 또다시 환청이 들려왔다. 찻잔을 기울이던 클로드의 손이 멈칫했다.

"꼭 입안에 꽃이 피는 것 같은 느낌이거든요."

한순간 착각처럼 눈앞에 어떤 여자의 형상이 어른거렸다.

"봄이 온 기분이에요."

마치 봄바람처럼 부드러운 미소가 시야에 번졌다. 햇살에 당장에라도 조각조각 깨질 것처럼 연약하게 반짝이는 백금발. 다정한 빛을 머금은 채 그를 바라보는 자색 눈동자. 신비로운 비밀을 품은 것 같은 붉은 입술이 작게 벌어져 그를 불렀다.

"아바마마?"

하지만 귓가에 들려온 것은 환상 속 여자의 목소리가 아닌 제니트의 음성이었다. 그 순간 한낮의 꿈과 같은 눈앞의 환영이 연기처럼 바스러졌다.

클로드는 허무하게 사라지는 여인의 자취를 망연히 바라보았다.

"아바마마, 왜 그러세요?"

그런 그를 향해 제니트가 또 한 번 의아하다는 듯이 물었다. 하지만 클로드는 차마 아무런 말도 입 밖으로 내뱉지 못했다. 그리고 뒤늦게, 시야에서 완전히 사라진 여인의 흔적을 좇아 자리에서 몸을 일으켰다. 그것이 부질없는 환영이라는 사실을 알면서도 지금 당장 그 아스라한 잔상이라도 좇아 손을 뻗지 않으면 안 될 것만 같았다.

덜컹, 챙그랑!

그러나 자리에서 일어나자마자 극심한 통증이 클로드를 덮쳤다.

"으윽……."

그는 곧바로 이마를 짚으며 휘청거렸다. 그의 손에 차인 테이블의 다기들이 파릇한 잔디 위로 떨어져 산산이 조각났다.

"아바마마!"

한달음에 달려온 제니트가 그를 부축하며 무어라 말하는 소리가 어렴풋이 들렸다. 하지만 무엇 하나 그의 귀에는 닿지 않았다.

"폐하!"

나중에는 후원의 입구 쪽에 서 있던 필릭스도 안쪽에서의 소란을 듣고 달려왔다. 하지만 클로드의 시선은 환영이 사라진 곳에 줄곧 못 박혀 있었다. 머리가 쪼개질 듯한 고통에 얼굴이 절로 일그러졌다. 가물가물하게 흐린 시야로 다시금 여인의 모습이 나타났다. 그녀는 클로드를 물끄러미 바라보다가 이내 아무 말 없이 돌아섰다. 미칠 듯이 심장이 쿵쿵 뛰었다.

안 돼, 가지 마.

그는 죽을 것처럼 애타는 심정이 되어 멀어지는 환영에 손을 뻗었다.
"다...... 이야나......."

아......

마침내 떠올려 냈다. 그가 이제껏 잊고 있던 사람. 잃고 난 후, 마치 심장이 억지로 후벼 파인 것처럼 끔찍하게 아파서, 도저히 더 이상은 견딜 수가 없어 스스로 기억에서 지워 버렸던 그의......

"아바마마!"

"폐하!"

그러나 가까스로 그 얼굴을 기억해 내자, 다시금 폭풍처럼 밀어닥치는 상실감을 어찌할 수가 없었다. 단 한 번만 그 얼굴을 다시 볼 수 있다면 이대로 죽어도 좋을 텐데. 그렇게 생각하며 클로드는 비로소 겨우 붙들고 있던 의식의 끈을 놓아버렸다. 급속도로 밀려드는 어둠이 차라리 반가웠다.

"그런데 이 세계의 너희 아빠를 고치려면 재료가 필요해."

나는 그래도 기분이 좀 풀린 것 같은 루카스를 보며 내심 안도했다. 솔직히 아까는 어찌나 심장이 철렁 내려앉는 기분이었는지 모른다. 사실은 루카스의 앞에서 다소 허세를 부린 거였다. 원래 세계의 루카스에게 기억 대신 감정을 지우는 마법이 있다는 이야기를 듣기는 했지만 그렇다 해서 내가 그걸 쓸 줄 아는 것은 아니었으니까.

하지만 루카스 놈이 지난번부터 남의 아빠 목숨을 저당 잡고 하도 약을 올리며 치사하게 나오기에 나도 비슷한 수법으로 나가 주려고 한 것인데...... 아, 놈의 표정을 보는 순간 이건 아니구나 싶었다. 그때 루카스의 얼굴을 보고도 아무렇지 않은 사람이 있다면, 아마도 그건 피도 눈물도 없는 냉혈한일 터였다. 윽, 그래도 내 진심 어린 호소가 먹혔는지 지금은 나름대로 루카스의 기분이 괜찮아 보여 다행이었다.

"재료? 그게 뭔데?"

게다가 이번에는 진짜 도와줄 마음이 들었나 보다! 올레! 루카스와 나는 해가 중천에 뜬 갈대밭 사이에 퍼져 앉아 있었다. 어흑, 그러고 보니까 날을 꼴딱 샜잖아?

잠시 후 루카스가 삐딱하게 입꼬리를 올리며 읊조리는 말에 나는 '아앗!' 하고 소리 내고 말았다.

"세계수 열매."

세계수 열매라면 원래 세계의 루카스 놈이 마력 보충한다고 먹으러 갔던 거잖아?

"잠깐. 세계수 엄청 멀리 있잖아?!"

"호오, 알고 있어?"

내가 질겁해서 외치는 말에 루카스가 그것도 그 세계의 자신이 알려 줬냐며 입매를 비틀었다.

"혹시 해서 묻는 건데, 너 지금 세계수 열매 가지고 있는 거 있니?"

"거기 안 간 지 몇백 년은 됐는데? 공주의 신수를 안 먹었으면 마력 얻으러 갔겠지만."

에라이, 그럴 줄 알았어!

"왜, 네 아빠를 위해서 그 정도 시간은 할애할 수 있잖아?"

아무래도 이 자식의 꼼수인 것 같다. 세계수 나무에 다녀올 시간 동안 또 날 여기에 붙잡아 두고 있으려는 것 같은데.

"진짜 꼭 세계수 열매의 마력이어야 해?"

"흑마법을 정화하는 거라 보통의 마력으로는 안 되거든."

루카스가 헛된 희망을 버리라는 듯이 나를 향해 얄밉게 웃으며 말했다.

"내가 세계수 열매를 먹은 게 최근이라면 또 모르지만 너무 오래 지나서 지금 내 마력은 별 모음이 한 필킬."

그때, 갑자기 생각나는 게 있어서 나는 루카스를 향해 지나가듯이 이야기를 꺼냈다.

"꼭 세계수 열매를 직접 흡수시켜야 하는 게 아니라, 그걸 먹은 사람이 마법을 써서 치료해도 되는 거야? 그럼 내가 전에 어쩌다가 세계수 가지를 흡수한 적이 있어서 체내에 그 마력이 아직 있을 텐데, 네가 가르쳐 주면 내가 정화 마법을 쓴다거나……."

"뭐? 뭘 흡수해?"

그 순간 루카스가 귀를 의심하는 목소리로 반문했다. 잠깐 얼굴을 구긴 채로 나를 보던 루카스가 급기야 내 몸 전체를 훑어보더니, 갑자기 홱 내 손목을 잡아당겨 손이며 얼굴을 더듬거리기 시작했다.

"앗, 왜, 왜 이래?"

당연히 나는 당황해서 루카스의 손을 뿌리쳤다. 하지만 이미 확인 작업을 다 끝냈는지, 루카스가 엄청나게 황당한 표정을 지으며 입을 벌렸다.

"허, 뭐야. 너 진짜 세계수 가지를 먹었어? 그거 완전히 세계수를 잡아먹은 거나 마찬가지잖아. 나보고 신수 하나 잡아먹었다고 그 난리를 치더니, 대박 신박하네. 어떻게 열매도 아니고 세계수 가지를 먹을 생각을 하지? 미쳤네, 미쳤어. 너야말로 제정신 아닌 거 아니야? 생각하는 게 보통 상식을 가진 일반인의 범주가 아닌데?"

아니, 루카스야…… 나한테 세계수 가지 준 건 바로 너란다?

나는 자기 얼굴에 침을 뱉는 줄도 모르고 실컷 황당해하는 루카스를 아련한 눈빛으로 바라보았다. 어쨌든, 클로드를 구하기 위해서는 꼭 세계수 열매가 필요한 건 아닌 듯했다. 나는 루카스에게 마법을 전수받았는데, 역시나 이놈은 가르치는 데 재능이 없었다.

"그게 아니라 좀 더 훅! 하는 느낌으로 하라고."

그래도 나는 개떡 같은 가르침을 찰떡같이 알아듣는 재주가 있어서 몇 시간 후에는 놈이 전수해 준 마법을 그럭저럭 사용할 수 있게 되었다.

"자, 그럼 황궁으로 가자!"

그런데 전부터 생각한 건데…… 루카스는 좀 뭐라고 해야 할까. 약간 내 부적 같은 느낌 아닌가? 뭔가 예전부터 나한테 심각한 문제가 일어날 때마다 어김없이 나타나서 중요한 도움을 주는 것 같은데. 무슨 액받이 무녀도 아니고, 쿨럭. 물론 이 세계의 루카스는 아타나시아 공주의 까망이를 훔쳐 먹어서 대마법사의 혈통을 끊어버렸지만! 그런데 지금은 나한테 도움을 주고 있으니 뭔가 아이러니하다, 크흑.

쇠뿔도 단김에 빼라고, 나는 아예 지금 당장 클로드에게 치료 마법을 써 주기 위해 가넷궁으로 향했다. 그런데 황성에 돌아와 보니 왜인지 분위기가 다소 어수선했다. 나는 궁인들이 수군거리는 소리를 듣고 그 원인을 알게 되었다.

클로드가 쓰러지다니!

나는 크게 놀라서 당장 클로드의 침소로 순간 이동을 했다.

"뭐야, 기껏 살려 줄 마음을 먹었더니만."

옆에서 투덜거리는 루카스 놈도 함께였다.

"아바마마…… 흐윽."

클로드의 침소에는 제니트와 필릭스, 그리고 이제키엘이 먼저 와 있었다. 투명화 마법을 쓰고 있었기 때문에 그들은 나를 발견하지 못했다.

필릭스는 필릭스대로 아주 침통한 표정이었고, 제니트는 이제키엘에게 안겨 울고 있었다.

"공주님, 울지 마십시오. 폐하께서는 금방 깨어나실 겁니다."

"하지만, 하지만…… 궁의도 원인을 알 수가 없다고 했잖아요."

필릭스가 제니트를 위로했지만 그녀에게는 통하지 않았다.

나는 그들을 뒤로한 채로 침대에 누워 있는 클로드를 향해 다가갔다.

"제니트, 괜찮아. 의원들이 힌 밀은 아직 원인을 밝히지 못했다는 것이지, 이대로 폐하께서 깨어나시지 못할 거란 의미가 아니잖아."

평소 다른 사람들이 곁에 있을 때는 제니트에게 말을 높였던 이제키엘이지만, 지금은 일단 그녀를 달래야겠다고 생각한 모양이다. 하지만 조곤조곤하게 속삭여지는 음성에 더욱 눈물샘을 자극받았는지, 제니트는 조금 전보다 한결 더 서럽게 울기 시작했다.

이제키엘이 나직한 한숨을 내쉬며 그런 제니트의 등을 다독였다.

"아직 안 늦었겠지? 지금 바로 마법을 써야겠어."

나는 클로드를 내려다보며 루카스에게 말했다. 고요한 표정을 짓고 있는 클로드의 얼굴이 꼭 시체 같아서 마음이 다소 급해졌다.

"잠깐 있어 봐. 내가 먼저 좀 보게."

루카스가 혀를 차며 그런 나를 뒤로 밀쳐 냈다.

"그런데 저 키메라는 뭐야?"

앗, 그러고 보니까 이곳의 루카스가 제니트를 본 건 처음이던가? 크윽, 그런데 여기에서도 어김없이 키메라 타령이라니, 묘하게 일관성이 있잖아.

화아악!

그때, 갑자기 제니트의 몸에서 검은 마력이 일렁이며 뿜어져 나왔다. 나는 그것이 클로드 쪽으로 이동하는 것을 보고 흠칫했다.

"저거 혹시 나쁜 거 아니야?"

나는 제니트의 검은 마력이 행여나 클로드에게 나쁜 영향을 끼치는 것은 아닐까 하는 걱정에 그것을 차단하려고 했다. 하지만 루카스는 찌푸린 얼굴로 잠시 제니트의 마력을 관찰하더니 곧 고개를 저었다.

"아니, 오히려 평소에 도움이 좀 됐겠는데? 저 키메라 마력이 좀 오묘해서 아무래도 무의식이 바라는 대로 움직이는 것 같은데, 일단 이 황제한테 악의가 있는 건 아니야."

엄밀히 따지면 제니트의 마력은 오히려 이곳의 클로드한테 좋은 영향을 끼치고 있다고 했다. 왜냐하면 제니트가 클로드의 평안을 바라고 있기 때문에. 나는 그 말을 듣고 또다시 기이한 기분에 젖어야만 했다. 지금도 제니트의 검은 마력이 클로드의 고통을 조금이라도 덜도록 도와주고 있다는 소리에 나는 그것을 막지 않았다. 그러는 동안 필릭스와 이제키엘이 자리를 떠나고 제니트만 클로드의 곁에 남았다.

"방해꾼도 한 명으로 줄었겠다, 할 거면 지금 해."

루카스가 심드렁한 어투로 말했다. 나는 제니트가 눈물 젖은 얼굴로 애처롭게 클로드를 내려다보는 모습을 응시하다가 손을 움직였다.

내가 사용한 수면 마법에 곧 제니트의 몸이 클로드가 누운 침대 위로 풀썩 쓰러졌다. 그 후 나는 클로드의 얼굴에 손을 대고 루카스가 가르쳐 준 마법을 사용했다.

환한 빛이 침실 안에 가득 퍼져 나갔다.

"제대로 된 것 같아?"

"한 번 더 해."

의외로 루카스는 더 이상 나를 방해하거나 빈정거리듯 말하는 법 없이 순순히 내가 클로드를 치료하는 것을 도와주었다.

그렇게 몇 번인가 같은 마법을 더 쓰는 동안 나는 급속도로 기력이 빠져나가는 것을 느꼈다. 와, 마법을 쓰면서 이런 느낌을 받는 건 처음인데 확실히 이게 보통 마법이 아니긴 한 모양이다. 막 피가 실시간으로 쭉쭉 빨려 나가는 것 같아.

그러나 내 노고가 무색하게도 클로드는 여전히 미동조차 없었다.

"저기요……? 이제 그만 일어나실 때가 되지 않았나요?"

루카스가 가르쳐 준 대로 마법도 성공적으로 먹힌 것 같고, 이제 얼추 치료가 끝난 것 같은데 왜 이렇게 꼼짝도 안 하는 거지?

그때, 나와 클로드를 한차례 번갈아 훑어본 루카스가 지나가듯 말했다.

"이 황제, 깨어날 마음이 없나 본데."

뭐?! 나는 예상치 못했던 루카스의 말에 당황했다. 지금, 본인이 깨어날 의사가 없다고?

"그럼 어떻게 해?!"

"내가 알 바 아니지."

내가 질겁해 외쳤지만 루카스 놈은 냉소적으로 코웃음 칠 뿐이었다.

"난 네가 원하는 대로 도와줬어. 하지만 본인이 깨어나기 싫다잖아? 여기서 나더러 뭘 더 어떻게 하라는 거야?"

이, 이 자식. 물론 네 말이 맞지만…….

"치료가 잘된 건 맞아?"

"지금 이 탑의 마법사님을 의심해?"

짜증스럽게 뇌까리는 걸 보니 그 부분에 대해서는 거짓이 없는 모양이다. 아, 일단 급한 불은 꺼서 다행이긴 한데…….

"아타나시아 공주님."

앗, 이제키엘!

아무래도 조금 전에 내가 마력 소모를 너무 많이 해서 저절로 투명화 마법이 풀린 것 같았다. 다시 침소로 돌아온 이제키엘이 클로드의 머리맡에 있는 나를 보고 멈칫했다.

으, 으악. 당신 완전히 돌아간 거 아니었나요?

"공주님께서도 폐하의 소식을 듣고 오신 모양이군요."

"아, 네에……."

"괜찮으십니까?"

뜻밖에도 그의 목소리에는 옅은 걱정이 배어 있었다. 나를 응시하는 그의 눈동자 역시 마찬가지였다. 금색 눈동자 안에 어린 희미한 염려에 나는 움찔했다. 이곳의 이제키엘이 저런 식으로 나를 걱정하는 것이 조금은 의외라 여겨졌기 때문이다. 한편으로 그는 조금 전까지 제니트가 흐느끼던 걸 봐서 그런지, 그녀와 비슷한 입장에 있는 나를 걱정하는 것 같기도 했다.

"괜찮아요."

나는 약간 어색한 기분으로 대답한 뒤 뻑뻑한 눈을 비볐다. 아무래도 갑자기 마력을 대거 소모한 탓인지 빠른 피로가 몰려들고 있었다. 앗, 이건 왠지 기절 각인 것 같은데. 빨리 이 자리를 뜨는 게 좋겠어. 그러고 나서 인사를 하려고 이제키엘을 쳐다보니 어째서인지 그는 조금 전보다 약간 굳은 얼굴로 나를 보고 있었다. 아, 혹시 지금 내가 눈물을 훔친 걸로 착각했나? 하지만 그의 오해를 정정해 줄 여유가 없었다.

"그럼 저는 이만 가 볼게요. 공자는 제니트의 곁을 지켜 주세요."

그렇게 말하고 나는 곧바로 걸음을 옮겼다.

"아타나시아 공주님."

으헉, 날 부르지 마! 난 지금 왠지 기절할 것 같단 말이야! 빨리 여기를 떠나야 할 것 같다고! 지금 순간 이동 쓸 마력도 없어! 하지만 이제키엘은 나를 향해 아까 제니트에게 그랬던 것처럼 위로의 말을 건네기 시작했다.

"폐하께서는 금방 자리를 털고 일어나실 겁니다. 궁의들도 백방으로 방법을 찾고 있으니, 너무 걱정하지 마십시오. 평소 미령하신 분께서 그러다 존체라도 상하시면 폐하께서도 마음이 편치 못하실 겁니다."

"네, 고마워요……."

"그리고…… 지금처럼 홀로 마음 삭이지 마시고, 부족한 몸이지만 저라도 괜찮으시다면 언제든……."

그래요, 전 그냥 지금 기절하겠습니다.

나는 이제키엘의 말을 듣는 동안 겨우겨우 붙잡고 있던 의식의 끈이 어느 순간 툭 끊어지는 것을 느꼈다.

"이디니시이 공주님!"

비틀거리는 나를 이제키엘이 붙잡았다. 아무래도 이곳에서 난 병약한 공주로 낙인찍힐 수밖에 없는 운명인가 보다. 이제키엘은 성실하니 아마 날 잘 옮겨 주겠지. 나는 그렇게 기절했다.

"이제 일어나?"

눈을 뜬 나를 가장 처음 맞아준 것은 루카스였다.

"오래도 퍼 자네. 네가 무슨 잠자는 숲속의 공주인 줄 알아?"

야이, 내가 그냥 잤냐? 마력 고갈로 잠든 걸 가지고.

"내가 얼마나 잤는데?"

"한나절."

"그럼 그렇게 오래 잔 것도 아니구먼."

루카스는 못마땅한 얼굴로 나를 쳐다보고 있었다. 어스름한 달빛이 그의 얼굴에 신비로운 음영을 그렸다.

나는 침대에서 부스스 일어나다 말고 소스라쳤다.

"악, 깜짝이야!"

으억, 갑자기 바로 옆에 나랑 똑같이 생긴 여자가 잠들어 있는 게 보여서 깜짝 놀랐다. 진짜 경기할 뻔했네!

"아타나시아 공주?!"

나랑 같이 침대에 누워 있는 여자는 바로 아타나시아 공주였다. 아니, 루카스 이놈이 무슨 바람이 불어서 그동안 꽁꽁 감춰 놨던 공주를 내 앞에 데려다 놓은 거지? 의아한 내 마음을 알았는지, 루카스가 싸늘한 목소리로 나한테 말했다.

"네가 이 공주 행세를 하는 거 이제 짜증 나. 그냥 집어치우고 넌 나랑 같이 탑으로 가."

이건 또 뭔 놈의 변덕……. 하지만 나는 곧 루카스가 이러는 이유를 깨닫고 어이가 없어졌다. 너 지금 이제키엘 때문에 이러니? 아무래도 여기까지 날 옮겨 준 게 이제키엘인 것 같은데. 원래 세계에서도 질투 한번 살벌하게 하더니만.

어쨌든, 이놈이 내 앞에 아타나시아를 데려다 놓은 것은 잘된 일이었다. 나는 창백한 얼굴을 하고 있는 그녀를 말없이 내려다보았다. 클로드도, 아타나시아 공주도 지금은 다들 깊은 잠을 자고 있었다. 도대체 무슨 좋은 꿈들을 꾸고 있기에.

"일어나요, 아타나시아."

문득 가슴이 조금 먹먹해져서 나는 눈앞에 있는 사람을 향해 속삭였다.

"당신의 소중한 사람을 이대로 영영 놔 버려도 괜찮아요?"

물론 내 목소리가 닿을 것이란 생각은 하지 않았다. 하지만 놀랍게도 다음 순간, 아타나시아 공주의 금색 속눈썹이 작게 흔들렸다.

"아타나시아?!"

헉, 설마 지금 깨어나려는 건가? 내 간절함이 공주에게 닿은 거야? 그런 거야?! 우어, 역시 지성이면 감천이라더니!

"오버하고 있네. 그냥 내가 마법을 거둬서 깨어나는 건데."

루카스 놈이 옆에서 비웃었지만 나는 아랑곳하지 않았다. 침대에 누운 아타나시아 공주의 눈꺼풀이 천천히 들어 올려졌다. 별빛 조각처럼 반짝이는 보석안이 달빛 아래 모습을 드러냈다. 마치 실제처럼 정교하게 만들어진 인형에 생명이 갓 깃든 것 같은 모습이었다.

"아타나시아."

으억, 예전부터 느낀 거지만 뭔가 내 이름이랑 똑같은 이름을 입 밖으로 소리 내서 부르려니까 기분이 묘하다. 꼭 내가 나를 3인칭으로 지칭하는 것 같잖아. 눈이 마주친 순간, 아타나시아 공주가 하순간 몸을 움찔 떨었다. 초점 없는 그녀의 눈동자에 서서히 또렷한 빛이 어렸다.

"당신⋯⋯."

정신을 차리자마자 다시 잠들게 해달라고 하지는 않을까 조금 걱정했는데, 다행히도 그녀는 그러지 않았다.

"그래요, 다시 현실이군요."

아타나시아 공주가 묘하게 침착한 어투로 혼잣말처럼 읊조렸다.

"원한다면 다시 자게 해줄 수도 있는데."

"루카스."

루카스 놈이 옆에서 또다시 헛소리를 하기에 나는 녀석을 찌릿 째려봐 줬다.

"아타나시아, 잘 왔어요."

나는 막 잠에서 깨어난 아타나시아 공주를 향해 말했다. 그녀의 시선이 자신을 반기는 나를 향해 다시 미끄러졌다. 나는 달빛을 머금은 보석안이 얕게 미동하는 것을 보며 진심을 담아 그녀에게 속삭여 주었다.

"당신이 다시 깨어나서 기뻐요."

클로드는 침소에 혼자 있었다. 조금 전까지 가넷궁을 바쁘게 오가던 궁의와 마법사들도 지금은 모습이 보이지 않았다. 오직 필릭스만이 아직까지도 침소의 문밖을 지키고 있을 뿐이었다. 클로드의 곁에 머물던 제니트도 지금은 쉬러 간 것 같았다.

나는 아타나시아 공주가 숨을 죽인 채 클로드에게 다가가는 모습을 바라보았다. 그녀는 평온한 얼굴로 잠든 클로드를 한참이나 가만히 내려다보다가 이윽고 천천히 입술을 열었다.

"이대로 영영 깨어나지 못할 수도 있는 건가요?"

나는 쉽게 대답해 줄 수 없었다. 클로드가 이렇게 된 것은 애초에 흑마법의 부작용 때문이라고 했고, 비록 치료에 성공했다고는 하지만 어떤 후유증이 남을지는 몰랐으니까. 게다가 루카스의 말로는, 클로드에게 깨어날 의사가 없다고 했으니…….

"아바마마."

아타나시아 공주가 조용히 클로드를 불렀다. 당연하게도 돌아오는 대답은 없었다. 곧 그녀의 손이 클로드의 팔 위에 조심스럽게 내려앉았다.

잠시 후, 아타나시아 공주가 나를 돌아보며 어딘가 울 것 같은 얼굴로 미소를 지었다.

"내가 불러도 화내지 않고, 이렇게 손을 대도 뿌리치지 않네요."

당연하게도 나는 그런 그녀에게 아무 말도 해줄 수 없었다. 아타나시아 공주도 애초에 내게 대답을 바라고 한 말은 아닌 듯, 다시금 클로드를 향해 시선을 움직였다.

"깨어나기 직전에 꿈속에서 어떤 여자를 봤어요."

이어지는 그녀의 말에 나는 작게 입을 벌렸다.

"이상하죠? 단 한 번도 직접 얼굴을 본 적이 없었는데, 그 사람이 어머니라는 사실을 한눈에 알 수 있었어요."

아마도 아타나시아 공주는 꿈에서 다이아나를 본 듯했다.

"아버지는 어머니를 사랑하셨나요?"

나는 그녀의 물음에 뭐라고 답할까 이번에도 고민하다가 결국은 질문을 되돌렸다.

"당신이 봤을 때는 어떤 것 같았어요?"

아타나시아 공주의 손이 클로드에게서 떨어졌다. 곧 그녀가 고요한 목소리로 말했다.

"저 때문에 어머니가 돌아가신 거죠?"

나 역시 예전에 꿈에서 봤기에 이미 알고 있던 일이었다.

"그래서 저를 그렇게 미워하신 거라면 차라리 이해가 돼요."

아무래도 클로드가 지금껏 흑마법으로 다이아나에 관한 기억을 지우고 있었던 것 같다고 아타나시아 공주에게 말해주어야 할까? 하지만 어디까지나 내 추측일 뿐인 데다, 설령 그것이 진실이라 해도 그녀에게 이런 사실을 알려야 할지 알 수가 없었다.

하지만 아타나시아 공주는 이미 혼자서 해답을 내린 듯, 나를 향해 아스라하게 웃어 보일 뿐이었다.

"어머니의 유해가 있는 곳이 어디인지 궁금해요. 그동안 아바마마의 화를 살까 두려워 단 한 번도 묻지 못했어요."

마침내 그녀의 입에서 흘러나온 공허한 음성에 나는 잠깐 말없이 마주한 얼굴을 바라보다가 이윽고 앞으로 손을 내밀었다.

"데려가 줄게요."

손끝에 닿은 체온이 침대 위에 누운 클로드 못지않게 서늘하게 시렸다.

"여기는……."

아타나시아 공주와 온 곳은 사방에서 바람이 불어오는 깎아지른 듯한 절벽 위였다. 나부끼는 머리카락 사이로 비치는 넓게 펼쳐진 자연의 경관이 꼭 신선들이 산다는 지상낙원 같았다.

"여기에서 어머니를 보내드렸대요."

그러나 그 압도적인 광경은 한편으로 공허함을 불러일으키기도 했다.

"바람 따라 어디든 자유롭게 가시라고, 그렇게."

본래 황족들은 황실의 묘에 따로 안치되는 것이 관례지만 다이아나는 클로드의 정식 비가 아니었다. 물론 클로드는 그런 것을 신경 쓰는 사람이 아니었기 때문에 원한다면 얼마든지 그녀의 유해를 황궁의 법도대로 할 수 있었을 것이다.

하지만 그는 그런 방법이 다이아나에게 어울리지 않는다고 생각했단다. 아마도 클로드의 뜻처럼 다이아나는 이곳에서 세계 각지의 공기가 되었을 것이다. 머리카락을 흐트러뜨리는 바람 속에서 아타나시아 공주도, 나도 한동안 말없이 눈앞의 장엄한 광경에 시선을 두고 있었다.

마침내 아타나시아 공주가 흐린 미소를 입가에 그리며 작게 속삭였다.

"그래요. 그럼 어머니께서는 언제나 저와 함께 계셨던 거네요."

기실 실제로 변한 것은 아무것도 없었지만, 아타나시아 공주는 어쩐지 어제와 조금 달라진 것 같았다. 그녀와 나는 다이아나가 잠든 곳에서 조금 더 머물다가 다시 황성으로 돌아갔다.

"아타나시아!"

이번에는 제니트가 클로드의 침소에 와 있었다. 그녀는 아타나시아 공주의 모습을 보자마자 울먹이며 다가갔다.

"아바마마께서 아직도 눈을 뜨시지 않아요."

그녀와 함께 있던 이제키엘도 아타나시아를 향해 간단히 묵례해 인사했다.

"공의는 뭐라고 하던가요?"

"어제와 다를 게 없어요."

제니트는 누가 봐도 초췌해진 얼굴을 하고 있었다. 클로드가 쓰러진 지 그리 긴 시일이 지나지 않았는데도 그 변화는 확연했다.

그때, 알피어스 공작이 안으로 들어섰다.

"제니트 공주님. 잠시 시간을 내주실 수 있겠습니까? 관료들이 뵙기를 청하고 있습니다."

곧이어 모습을 드러낸 관료들이 한 말은 한편으로는 이미 예상하고 있던 것이었다.

"폐하께서 아직 의식이 없으시니, 공주님께서 공무를 대신 처리해 주셔야 합니다."

"왜 저한테 그런 말씀을 하시는 거죠? 오벨리아의 제1공주는 제가 아니에요."

아타나시아가 바로 옆에 있는데도 그들은 제니트에게 클로드의 빈 자리를 대신해 줄 것을 요청했다. 나는 관료들의 가장 선두에 서 있는 알피어스 공작을 보고 혀를 쯧쯧 찼다. 분명 저 양반이 바람을 불어넣었을 게 뻔하지.

"제니트 공주님. 하나 공주님께서는 언제든 폐하의 빈자리를 대신할 수 있도록 지금껏 교육받으셨으니 마땅히……."

"아타나시아 공주 역시 데뷔탕트를 치른 14살 때부터 저와 같은 교육을 받았지요. 그러니 제가 아닌 그녀에게 권한을 일임하는 게 이치에 맞다고 생각합니다, 공."

하지만 뜻밖에도 제니트는 완강했다. 그녀의 말에 알피어스 공작은 한순간 말문이 막힌 듯이 입을 다물었다. 제니트의 말은 정론이었으니 거기에 반박할 말이 있을 리 만무했다. 그러나 그는 제니트가 설마 이런 반응을 보이리라 예상치 못했던 것 같았다.

곧 로저 알피어스가 제니트에게 다가가 소리 낮춘 음성으로 일갈했다.

"제니트 공주님, 왜 이러십니까?"

"제가 원하는 게 아니니까요. 전 그런 건 필요 없어요. 예전부터 말했잖아요."

알피어스 공작이 무어라 더 말하려는 듯 입을 벌렸으나 제니트는 더이상 듣지 않겠다는 듯이 고개를 돌렸다.

"저는 아바마마의 곁에 있겠어요."

관료들 역시 그런 제니트의 태도에 당황한 눈치였다.

아타나시아 공주는 의미를 알 수 없는 눈빛으로 제니트를 조용히 바라보고 있었다. 그러나 결국 누군가는 클로드 대신 국정을 돌봐야만 했고, 제니트가 그 일을 거부하는 이상 다음으로 권리를 갖는 것은 아타나시아 공주일 수밖에 없었다.

곧 그녀는 관료들과 함께 자리를 떠났다. 알피어스 공작은 할 말이 무척 많은 얼굴로 제니트를 보았지만 그녀는 클로드의 머리맡에 자리를 지키고 앉은 채 옆으로 시선 한 번 돌리지 않았다. 그래서 결국 알피어스 공작도 어쩔 수 없이 다른 관료들을 따라 발길을 돌리고 말았다. 이제키엘도 그런 제니트를 잠깐 말없이 지켜보다가 조용히 자리를 비켰다.

며칠간 아타나시아 공주는 굉장히 바쁜 일상을 보냈다. 다행이라고 해야 할지, 그녀는 클로드의 빈자리를 꽤 착실히 채워 나가고 있는 모양이었다. 물론 아직은 부족한 면도 있었지만 그래도 이 정도면 안심이라고 관료들도 수군거렸다.

제니트는 하루 종일 클로드의 침소를 지키고 있었다. 소매볼멍 클로드가 깨어나기만을 기다리며 머리맡을 떠나지 않는 그녀의 모습에 궁인들과 필릭스는 이만저만 근심이 큰 게 아닌 듯했다. 알피어스 공작과 로자리아 백작 부인은 계속 제니트를 찾아와 설득도 하고 회유도 하고 또 몇 번은 언성을 높이며 화도 냈지만, 결국은 뜻을 이루지 못한 채 번번이 허탕을 치고 돌아서야만 했다.

그러던 어느 날 밤, 아타나시아 공주가 클로드의 침소를 찾았다. 때마침 제니트는 필릭스와 궁인들의 간곡한 부탁으로 잠시 휴식을 취하러 간 참이었다.

"아바마마."

달빛이 머문 클로드의 얼굴은 평소보다 더욱 창백해 보였다. 그런 그의 얼굴을 물끄러미 내려다보던 아타나시아 공주가 잠시 후 듣는 이 없는 말을 작게 속삭였다.

"당신은 이제껏 단 한 번도 제 아버지였던 적이 없지요. 지금은 처음으로 그것이 다행이란 생각이 들어요."

희미한 목소리가 어둠 속에 천천히 녹아들었다.

"오히려 전보다 지금이 더 당신과 가깝게 느껴지는 이유는 무엇일까요?"

느린 손짓이 클로드의 얼굴을 스쳤다. 아타나시아 공주는 잠들어 있는 클로드의 얼굴을 조심스러운 손길로 매만지며 조용한 목소리로 속삭였다.

"차라리 계속 지금처럼 잠들어 계셨으면 좋겠어요, 아바마마."

그 공허한 속삭임을 듣는 동안 나는 형언할 수 없는 기분을 느껴야만 했다. 어쩐지 목구멍에 돌멩이가 굴러와 걸린 것 같은 느낌이었다.

"예상했던 전개가 아니라서 실망했어?"

옆에 있던 루카스가 내 얼굴을 힐끔 쳐다보더니 말했다. 루카스의 말처럼 동화 같은 아름다운 결말까지 기대하고 있었던 건 아니지만, 지금은 너무 뒷맛이 썼다.

클로드는 여전히 의식불명인 데다, 아타나시아는 차라리 클로드가 잠든 지금의 상태가 더 낫다고 여기고 있다니. 게다가 이런 말을 하는 아타나시아 공주도 별로 행복해 보이지 않았다. 지금 그녀가 한 말도 진심으로 클로드의 상태를 반겨서 그런 것은 아니었다. 자신을 번번이 거부했던 예전의 클로드보다 차라리 아무 반응이 없는 지금의 그가 더 낫다는 의미였으니까. 아마 이 두 사람 사이의 골과 상처는 내 생각보다 더 크게 자리 잡고 있는 것이 분명했다.

"어쩔 수 없잖아? 흑마법을 사용한 인간들 끝이 원래 다 그렇지, 뭐."

그때, 루카스가 지나가듯 읊조렸다. 흑마법의 부작용을 치료하는 데에는 성공했지만 그런 것과는 상관이 없는 모양이었다. 하긴, 흑마법은 영혼에 각인되는 마법이라고 했던가. 루카스의 말을 듣는 순간, 몇 년 전 아틀란타에서 만난 적이 있던 고서점의 주인 할아버지가 떠올랐다.

"아가씨, 웬만하면 흑마법에 손을 댈 생각은 하지 않는 게 좋을 거야. 흑마법은 말이야. 어떤 형태로든 누군가는 반드시 그 대가를 치러야 하게 되어 있어. 그래서 흑마법을 남발한 놈이나 그 주위에 있는 사람치고 끝이 좋았던 놈은 하나도 보지 못했단 말이지."

"흑마법 그놈은 꽤 영악해서 시전자가 소중히 여기는 것들을 본인도 모르는 사이 하나씩 야금야금 빼어 간단 말이야."

그 전직 흑마법사 할아버지에게 들었던 말이 귓가에 어른거렸다. 그래서 지금 클로드는 과거에 흑마법을 사용한 대가를 받고 있다는 건가?

"넌 할 만큼 했어. 당장 죽어 엎어질 뻔한 사람을 살려 놨으니 이만 하면 된 거 아닌가?"

내 표정이 썩 좋지 않아 보였는지, 루카스가 위로하듯이 말했다. 음, 좋게 말해주니 고맙기는 한데 어쩐지 좀 찜찜한 건 왜일까?

"웬일로 그렇게 착하게 말해?"

"그래야 네가 이쪽에 그만 신경을 끌 것 아니야."

윽, 그럼 그렇지. 그런데 기분 탓인가? 루카스 이놈, 전보다 묘하게 여유로운 것 같은데. 나한테 진짜 이곳의 아타나시아 공주가 되라느니, 네가 무슨 자격으로 이 세계의 일에 끼어드냐느니, 저쪽 세계의 루카스와 무슨 사이냐느니 하면서 살벌하게 굴 때가 엊그제인 것 같은데 말이지.

지금은 다소 독기가 빠졌다고 해야 할까. 아니면 좀 더 유해졌다고 해야 할까. 내가 원한다고 해서 다시 저쪽 세계로 바로 돌아갈 수 있는 게 아니라는 걸 이제야 깨달은 건가?

"다른 이상이 있어서 못 일어나고 있는 건 아니라고 했지? 그럼 본인이 깨어날 의사가 생기면 언제든 눈을 뜰 수 있는 거야?"

"자기가 깨어나고 싶어지면 그렇겠지."

"그래."

나는 클로드와 아타나시아 공주의 모습을 지켜보며 나직하게 대꾸했다.

"이렇게 편안한 얼굴을 하고 계시는 건 처음 봐요. 무슨 꿈을 꾸고 계신가요?"

아타나시아 공주는 여전히 클로드에게 말을 건네고 있었다. 잠들어 있는 그가 대답해 줄 리는 없었지만, 그녀도 그런 것을 바라고 묻는 것은 아닌 듯했다.

"제가 꾸었던 것처럼 차라리 영원히 깨어나고 싶지 않을 정도로 행복한 꿈인가요?"

나직한 속삭임이 어둑한 방 안에 번져 들었다. 내가 목격한 것은 몇 번 되지 않지만, 이 두 사람이 같은 공간에 있을 때면 언제나 날 선 긴장감이 주변에 감돌고 있었다. 하지만 지금은 아주 고요하고도 차분한 분위기만이 두 사람을 에워싸고 있었다.

클로드와 아타나시아 공주의 표정 역시 지금까지와 달리 편안해 보였다. 나는 그것이 낯설어서 기분이 다소 이상해졌다. 그러나 그들의 고요한 침묵은 오래가지 않았다. 잠시 후, 침소 안으로 제니트가 들어섰기 때문이다.

"아타나시아."

그녀는 클로드의 머리맡을 지키고 있는 아타나시아 공주를 보고 잠깐 놀란 듯이 두 눈을 크게 떴다. 그러나 곧 그녀는 아타나시아 공주가 이곳에 있는 이유를 깨달은 듯 표정을 흐리며 입을 열었다.

"아타나시아도 아바마마가 걱정되어서 왔군요."

분명 쉬러 간 지 얼마 되지도 않은 것 같은데, 제니트는 또 클로드를 살피러 온 모양이었다.

"제니트. 좀 더 쉬는 게 좋지 않겠어요?"

한동안 제대로 잠을 이루지 못한 제니트의 얼굴은 창백했다. 아타나시아 공주 역시 제니트의 상태를 보고 입을 열었다. 하지만 제니트는 오히려 아타나시아 공주를 염려하듯이 물었다.

"요즘 아바마마 대신 공무를 보느라 바쁘죠?"

"제니트야말로 아바마마의 곁을 지키느라 힘들지 않아요?"

"전 괜찮아요."

아타나시아의 물음에 제니트가 고개를 저었다. 곧 그녀의 시선이 잠들어 있는 클로드의 얼굴에 닿았다.

"금방 깨어나시겠죠?"

소리 죽인 그 음성에는 미처 감추지 못한 불안감이 녹아 있었다.

"그럴 기에요."

그런 그녀를 향해 아타나시아 공주가 조용한 목소리로 말했다. 뜻 모를 확신이 어린 그 음성에 제니트가 다시 고개를 돌렸다. 아타나시아 공주는 그런 제니트의 눈을 잠시 응시하다가, 이윽고 침대 위의 잠든 사람에게 시선을 돌리며 작게 속삭였다.

"아무리 행복한 꿈이라 해도 결국은 허망할 뿐인 환상이란 걸, 아바마마께서도 깨달으실 수밖에 없을 테니까요."

⌘

건국제가 다가올수록 황궁은 더욱 소란스러워졌다. 더군다나 이번에는 클로드 없이 건국제를 치러야 했기 때문에 다들 비상이 걸린 눈치였다. 일단은 클로드가 의식 불명이라는 사실 자체도 쉬쉬하며 숨기고 있는 형국이었으니 그럴 만도 했다.

아마 이번에도 대역을 쓰지 않으려나? 물론 알피어스 공작은 이번 기회에 어떻게든 제니트를 앞세우고 싶어서 성화인 것 같았지만. 그러나 제니트는 조금도 그의 뜻대로 움직여 주고 있지 않았으니, 아마 이번에도 별 소용이 없지 않을까 싶었다.

제니트와 아타나시아, 두 공주는 각자의 영역에서 서로를 침범하지 않은 채 균형을 이루고 있었다. 뜻밖에도 아타나시아 공주는 클로드의 역할을 아주 잘 소화해 내고 있었다. 제니트가 황성에 들어온 14살 때부터 둘이 함께 이런저런 공부를 했다고 하는데, 예상외로 이런 일이 적성에 맞는 모양이었다. 관료들도 그런 그녀를 달리 본 것 같았다. 나도 지금까지 그녀를 개복치 같은 소심하고 연약한 공주님이라고만 생각했었는데 이번 기회로 판단을 달리하게 되었다.

반면 제니트는 자신을 키워 준 알피어스 공작과는 달리 정치적인 욕심이 하나도 없는 듯, 공식적인 일에는 나서지 않고 클로드를 살피는 데에만 전념했다. 그러니 흰둥이 아저씨나 로자리아 백작 부인의 입장에서는 속이 탈 수밖에 없었다. 물론 이대로 클로드가 깨어나 준다면야 문제 될 것이 없겠지만 지금으로서는 요원해 보이는 일이었으니 말이다.

하지만 나는 클로드가 머지않아 눈을 뜰 것이라는 예감이 들었다. 물론 아무런 근거도 없는 느낌일 뿐이라 어디에 가서 말할 수는 없었지만, 그저 그런 생각이 들었다.

"네 짓이지?"

그러던 어느 날, 나는 루카스 놈을 향해 따졌다.

"내가 뭘?"

내가 도끼눈을 하고 째려보든 말든, 그는 태평하게 반문했다.

"토파즈궁 전소시키려고 한 거 너지?"

바로 어젯밤의 일이었다. 원인을 알 수 없는 불길이 토파즈궁을 휩쓸어 황성이 홀랑 다 타 버릴 뻔한 것이다. 다행히 불길이 거세지기 전에 잠재워 인명 피해는 없었고 또 다른 궁은 다 멀쩡하다고 하는데, 토파즈궁만큼은 대부분이 까만 재가 되어버렸다. 이 소식을 처음 듣자마자 내가 가장 먼저 떠올린 것은 당연히 루카스였다.

"아닌데? 나라는 증거 있어?"

그런데 내 합당한 의심에 루카스가 코웃음을 치며 부정했다. 이 자식이! 너 말고 또 그럴 사람이 누가 있어?! 지난번에도 네가 토파즈궁을 폭파한다느니 뭐니 했었잖아?

"어쩐지 네가 너무 조용히 있다 했어."

그렇지 않아도 한동안 이놈이 너무 얌전해서 수상하게 생각하기는 했다. 하지만 아무리 그래도 그렇지, 궁에 불을 지르다니! 애초에 이놈이 토파즈궁을 노린 목적도 나를 돌아가지 못하게 하려고 그런 게 분명했다. 와, 그런데 내가 집으로 돌아갈 구멍을 그런 식으로 죄다 막아 버리려고 하다니, 이놈 심보가 참…….

"그런데 어쩌지? 내가 이미 이걸 찾아버렸거든."

아무래도 루카스 놈이 좀 얄미워서 약을 올려 주고 싶어졌다. 나는 얼마 전에 찾은 것을 마법으로 소환했다. 한가롭게 누워 노닥거리던 루카스가 내 손에 들린 책을 보고 한순간이지만 멈칫했다. 그러나 곧 그는 다시금 여유로운 태도로 나를 비웃었다.

"그딴 가짜로 날 속이려고?"

"왜 가짜라고 생각해?"

"수상한 책은 죄다 내가 찾아서 없앴으니까."

문득 얼마 전에 토파즈궁에서 루카스를 만났을 때의 일이 떠올랐다. 그때 분명 이놈이 손을 털면서 웬 가루로 보이는 것들을 흩날리고 있었지. 그러면서 궁전 청소도 안 하는지 먼지가 많다고 투덜거렸어. 그 후로도 종종 나랑 같이 거기에 갔었고.

이, 이 자식. 그게 토파즈궁에 있던 책들을 없애는 작업이었다니. 어쩐지 이 녀석 태도가 전에 비해 묘하게 여유로워졌더라니.

"네가 없앤 게 진짜가 아니라는 생각은 안 하나 봐? 넌 이걸 직접 본 적도 없는데 말이지."

역시 내가 이 책을 찾은 사실을 지금까지 루카스 놈에게 숨기기를 잘한 것 같았다. 게다가 여기에 보호 마법도 엄청 많이 걸어서 아무리 이놈이라 해도 쉽게 파손할 수는 없을 것이다. 여기에서 이놈과 내 마력은 서로 거부 반응까지 일으키는 모양이니까. 사실 내가 이 책을 찾은 건 며칠 전이었는데, 루카스가 그새 토파즈궁을 전소시킨 것을 생각하면 참으로 다행인 일이었다.

"그게 진짜라면 네가 지금 여기에 있을 리가 없잖아."

"내 의지로 남은 거야. 아직은 좀 더 여기에서 일어나는 일들을 지켜보고 싶어서."

내 당당한 말에 루카스 놈도 혹시 하는 생각이 든 모양이다. 이제는 자리에서 완전히 몸을 일으킨 루카스가 내 손에 있는 책을 날카로운 눈으로 훑어보았다.

크흡, 사실 이 책을 찾자마자 펼쳐 봤지만 아무런 반응도 없었다는 건 비밀이다. 그래도 일단은 나를 이곳으로 보낸 책과 똑같은 것이었으니 좀 더 보관하고 있어 볼 생각이었다.

"그거 당장 이리 내놔."

루카스 놈이 금세 짜증 난 얼굴로 나를 협박했다.

흥, 하지만 내가 미쳤냐? 이걸 너한테 주게.

"갖고 싶으면 뺏어 가든가?"

나는 루카스 놈이 번번이 내 속을 뒤집어 놓았던 약 올리기를 시도했다! 효과는 매우 좋았다! 녀석이 당장에라도 내 손에 들린 것을 가루로 만들어버리고 싶다는 얼굴을 한 채 나를 쫓아왔다. 나는 마법을 이용해 장거리 순간 이동을 했다. 물론 루카스는 나를 금방 쫓아왔지만 우리 두 사람에게는 치명적인 약점이 있지 않던가? 바로 서로에게 마법을 사용할 수 없다는 것.

때마침 오늘은 오벨리아의 건국제가 시작되는 날이었다. 건물마다 걸린 색색의 깃발과 허공에 나부끼는 반짝이는 종이와 꽃잎들 사이에서 루카스와 나의 추격전이 펼쳐졌다.

"바보, 네가 그렇게 용을 쓴다고 날 잡을 수 있을 것 같아?"

내 도발에 루카스가 얼굴을 왕창 구겼다. 나는 그 모습을 보고 킥킥 웃었다. 처음에는 그냥 약 좀 올려 줄 생각이었는데 이거 의외로 재미있는 것 같기도 하고. 그런데 아무래도 이 책은 다시 집어넣는 게 좋을 것 같았다. 한참 건국제 행사로 사람들도 바글거리는데 여기서 이걸 떨어뜨리면 대략 낭패였다.

나는 루카스 눈을 피해 또 한 번 순간 이동을 해서 새 시장이 열린 곳으로 움직였다. 가장 큰 새장 위에 살며시 내려앉자 그 안에 있던 새들이 짹짹 울었다. 주변에는 크고 작은 새장이 수십, 수백 개는 널려 있었다.

화아악!

내 손에 있던 책에서 갑자기 환한 빛이 새어 나오기 시작한 것은 바로 그때였다. 어, 어라? 이게 갑자기 왜 이래? 지금까지는 내가 무슨 수를 써도 꼼짝도 안 하더니? 하지만 내가 더 놀랄 만한 일은 바로 다음 순간 일어났다.

"여긴 또 어디야? 이번엔 맞게 온 건가?"

환한 빛이 걷히고, 책이 있던 자리에서 나타난 것은 바로 또 다른 루카스였던 것이다!

"루카스?"

혹시 내가 알던 루카스인가? 아니면 제3세계의 루카스? 처음에는 긴가민가했으나 눈이 마주치는 순간, 지금 내 눈앞에 있는 사람이 원래 내가 알던 루카스라는 사실을 알 수 있었다.

"아, 드디어 찾았네."

그 역시도 마찬가지인 듯했다. 루카스의 붉은 눈동자가 그 안에 나를 담아낸 순간 이채를 띠었다.

"가짜만 줄줄이 보는 것도 이젠 지겨워서 이번에도 아니면 다 때려 부수려고 했는데."

나는 예상치도 못한 사람을 만나게 되어 약간 어안이 벙벙한 상태였다.

"너 차원 이동도 할 줄 알아?"

"시험 삼아 해보니까 되더라고."

내 바보 같은 질문에 루카스가 대수롭지 않다는 듯이 대꾸했다. 쿠, 쿨럭. 시험 삼아 해보니까 됐다니, 차원 이동이 그렇게 쉬워?!

"뭐야, 이건 또?"

그때, 옆에서 무척 띠꺼운 목소리가 들려왔다. 앗, 잠깐 잊고 있었는데 조금 전까지 나와 함께 추격전을 벌이던 이 세계의 루카스였다. 그는 내 앞에 있는 또 한 명의 루카스를 보고 얼굴을 왕창 구기고 있었다.

똑같이 생긴 두 사람이 서로를 마주 보았다. 그 순간 내 앞에 우르릉 쾅쾅! 천둥 번개가 치는 것 같은 환영이 어른거렸다. 헉, 이거 뭔가 그림이 미묘한데? 이, 이것은 그야말로 좌청룡, 우백호 같은 모습이 아닌가? 원래 세계의 루카스도 이 세계의 루카스를 보고 눈을 가늘게 떴다.

"이 새끼는 또 뭐야?"

둘 다 다른 세계의 존재를 알고 있는 데다 자신과 똑같이 생긴 사람이 바로 눈앞에 있으니 그 정체를 모르려야 모를 수가 없을 텐데도 이 따위 소리를 내뱉었다.

크읍, 그나저나 이 새끼라니. 이 루카스나 저 루카스나, 다른 세계의 자기 자신한테 너무 야박한 호칭인 것 아닙니까? 이런 걸 보면 둘 다 루카스는 루카스인데 말이지. 내가 그런 생각을 하고 있을 때 루카스가 흐응, 하고 소리 내더니 나를 향해 툭 내뱉는 듯한 어투로 물었다.

"너, 나 없는 사이에 바람피웠어?"

"뭔 소리야!"

바람을 피우긴 누가? 아, 아니, 그리고 일단 너랑 나랑 정식으로 사귀는 것도 아닌데 바람이라니? 하지만 곧 뇌리를 스쳐 지나가는 기억에 나는 멈칫하고 말았다. 엇, 그러고 보니까 나 이곳의 루카스랑 키, 키스하지 않았나.

"아무래도 공주님이랑 나중에 긴한 얘기를 좀 해야겠네."

윽, 내 표정에서 수상함을 감지했나 보다. 나는 어쩐지 내 앞날이 다소 귀찮아질 것 같다는 생각을 했다.

그때, 이 세계의 루카스가 냉소적으로 일갈했다.

"개소리 그만하시지? 이 공주님은 너랑 긴히 나눌 이야기 따위 없거든? 죽여 버리기 전에 지금 당장 네 세계로 꺼져."

"네가 제발 가지 말아 달라고 빌어도 갈 거야. 우리 둘이 사이좋게, 우리 세계로. 그리고 네놈이 죽기 전까지 두 번 다시 만날 일은 없을 테니 걱정 붙들어 매시지?"

"아까부터 개소리가 심한데? 이 공주가 네 세계로 돌아갈 일은 없을 테니까 헛물켜지 말고, 좋은 말로 할 때 너 혼자 곱게 꺼져."

"하. 꼴에 보는 눈은 있어서 이 새끼가 내 걸 탐내고 앉았네."

우르릉 쾅쾅!

또다시 내 눈앞에 천둥 번개가 치는 환영이 보였다.

이것이 바로 좌청룡 우백호!

나는 살벌한 기운을 내뿜는 두 사람을 보며 두 눈을 흔들었다. 으, 으헉. 두 루카스가 맞붙으니 박력이 장난이 아니구나. 얘네들, 왠지 이대로 두면 사고 칠 것 같은 느낌…….

"아무래도 곱게 말해서는 안 되겠는데."

"그래, 거슬리는 건 눈앞에서 치워 버리는 게 상책이지."

정답이었다!

두 루카스가 내 눈앞에서 전광석화처럼 움직여 서로 맞붙은 것은 순식간에 벌어진 일이었다.

콰콰쾅! 쿵쾅! 콰아아앙!

나는 시야 가득 현란하게 번쩍이는 마력과 귀청을 울리는 과격한 폭발음 사이에서 잠깐 넋을 잃어버렸다.

와, 와아…… 이게 도대체 무슨 일이래요? 쟤네, 지금 나 때문에 싸우는 거야? 무, 물론 서로를 보는 눈동자에 동족 혐오 같은 느낌이 배어 있긴 했었지만.

쿠콰콰쾅! 콰쾅!

"꺄아악! 이게 무슨 일이야?"

"으악, 사람 살려!"

아니, 그런데 이놈들아! 지금 저 밑에 있는 사람들을 다 죽일 셈이냐? 가뜩이나 오늘은 건국제 행사로 여기에 모인 인구수도 많은데!

"야, 너희들 적당히 좀 해!"

나는 두 루카스의 마법 난사로 아래에 있는 사람들이 다치지 않게 서둘러 마력을 불러내 그들을 보호했다. 주변의 소동으로 놀란 새들이 새장 속에서 푸드덕 날갯짓하며 지저귀는 소리가 요란했다. 그래도 생각보다 승패가 금방 난 것이 다행이었다.

"별것도 아닌 게 깝치기는."

광장의 한가운데 있는 시계탑의 꼭대기에서, 루카스가 자신의 발밑에 쓰러져 신음하는 또 다른 자신을 내려다보며 싸늘한 비웃음을 입가에 그렸다.

파스슥.

벽에 처박혀 있던 이 세계의 루카스가 몸을 들썩이자 부서진 벽의 파편이 밑으로 굴러떨어졌다. 그는 자신의 패배를 인정하지 못하겠다는 얼굴을 하고 있었다.

"너, 이…… 너도 세계수 처먹었지? 그렇지 않고서야 이럴 리가 없어."

"그딴 거 먹든 안 먹든 내가 너보다 더 세."

루카스가 이 세계의 루카스의 가슴팍을 발로 지그시 짓밟으며 오만하게 웃었다. 그 짧은 시간 동안 뭘 어떻게 한 건지, 바닥에 쓰러진 루카스의 모습은 처참했다.

"아무래도 넌 머리가 나쁜 모양인데 이참에 똑똑히 새겨 둬. 쟨 내거야."

와…… 성격 진짜 나쁘네. 루카스 놈은 참 여전했다. 다른 세계에 와서도 지랄 소리를 지껄이는 걸 보니. 보나 마나 여기서 '내가 왜 네 거야?'라고 또 따져 봤자 소용없을 게 뻔해서 나도 그냥 고개를 절레절레 젓고 말았다.

"그러니까 아무한테도 안 줘. 네 건 네가 알아서 찾아."

루카스의 말에 바닥에 쓰러져 있던 사람이 분한 듯이 이를 악물었다. 그의 눈동자가 당장에라도 눈앞에 있는 루카스를 찢어 죽이고 싶다는 듯이 이글거리고 있었다.

"야, 이제 그만해."

그래도 이곳에 있는 동안 정이 들어서 그런지, 이 세계의 루카스가 저렇게 쓰러져서 원래 세계의 루카스한테 밟히고 있는 걸 보니 마음이 별로 좋지 못했다. 다행히 내 말을 듣고 루카스는 뒤로 물러났다. 이미 한차례 밟아주고 난 상대라 관심이 식은 것 같기도 했다.

우와아아!

그때, 저 밑에서 환호성이 울려서 나는 시계탑 밑을 내려다보았다. 건국제를 맞아 황족들이 국민에게 인사를 하는 퍼레이드가 시작되고 있었다. 클로드는 없었고, 대신 아타나시아 공주와 제니트의 모습이 보였다.

아, 결국 두 사람이 같이 나왔구나. 그래도 두 사람이 생각보다 원만히 잘 지내는 것 같아서 다행이었다. 물론 흰둥이 아저씨는 달갑지 않겠지만.

"나도 갈 거야. 너희들이 있는 세계에."

이 세계의 루카스가 으르렁거리는 음성으로 선언하듯이 읊조린 것은 바로 그 순간이었다. 막 나를 향해 발길을 뗐던 루카스가 그 말을 듣고 멈추어 섰다. 그러고는 서늘히 뒤돌아보며 이죽거렸다.

"네가 무슨 재주로?"

"너도 한 걸 내가 못 할 리는 없을 것 같은데?"

아, 아앗! 조금 전에 그렇게 깨지고도 아직 도발할 힘이 남았다니? 두 사람은 서로를 마주한 채 무섭도록 닮은 미소를 입가에 띠었다.

"그래? 그럼 그냥 아예 지금 죽여 버려야겠네."

삐용삐용! 내 머릿속에 강렬한 경고음이 울렸다. 이건 진짜다! 이번에는 진짜로 죽일 생각인 거다!

"루카스!"

아무래도 내가 나서야 할 것 같아서 나는 다시금 바닥에 쓰러진 사람을 향해 다가가기 시작한 루카스를 붙잡았다. 아무리 그래도 그렇지, 다른 세계의 너를 네 손으로 죽이는 건 너무 심하지 않냐? 하지만 이런 말을 해봤자 통할 놈이 아니었기 때문에 그냥 다른 말을 꺼냈다.

"우리 그만 돌아가자. 여기까지 나 데리러 온 거잖아? 벌써 여기 머문 지 시간도 꽤 지났고, 빨리 돌아가는 게 나을 것 같아."

"잠깐만, 저놈 좀 족치고."

"그, 그냥 빨리 가자니까!"

사실은 아직 이 세계에서 더 지켜보고 싶은 사람들도 있었고, 또 이곳의 루카스도 이렇게 두고 가는 마음에 걸렸지만 그래도 지금이 돌아갈 시점인 것 같았다. 내가 재차 독촉하자 루카스도 결국은 어쩔 수 없다는 듯이 내 쪽으로 다가왔다.

"꽉 잡아. 차원 경계에 빠지면 찾는 데 애먹으니까."

루카스가 그렇게 말하며 나를 공주님 안기로 들어 올렸다. 그러면서 하는 말에 나는 얌전히 그의 목에 팔을 감았다. 그러다 그때까지도 바닥에 쓰러져 있던 이 세계의 루카스와 눈이 마주쳤다.

"저기, 그동안 고마웠어."

아무래도 이대로 말없이 그냥 가는 건 도리가 아닌 것 같아서 나는 입을 열었다. 그런데 막상 이렇게 헤어지려니 뭐라고 말해야 할지 잘 모르겠다. 좀 갑작스러운 이별이기도 하고.

처음에야 나를 좀 협박하기는 했지만 결국은 내 부탁으로 클로드를 그냥 도와주기도 한 데다, 또 이 낯선 세계에 있는 동안 이곳의 루카스 때문에 많이 안심이 되었던 것도 사실이었다. 물론 마지막에 토파즈궁 을 전소시킨 건 좀 섬뜩했지만…… 으음. 그래도 고마운 건 고마운 거 니까.

하지만 마주한 얼굴을 보는 순간, 나는 더 이상 아무 말도 못 하고 입을 다물 수밖에 없었다. 이 세계의 루카스는 무어라 형언할 수 없는 표정으로 나를 보고 있었다. 그 얼굴을 보니 왜인지 내가 그를 버리고 떠나는 것 같은 기분이 들어서 알 수 없는 죄책감이 밀려들었다.

"기다려."

한차례 이를 악문 그가 곧 나를 향해 입을 열었다.

"내가 꼭 다시……."

화아악!

하지만 그의 말이 다 끝나기도 전에 매정한 루카스가 마법을 발현시 켜 버렸다. 눈앞에 황금색 빛의 물결이 가득 차올랐다. 그러다 곧 여러 갈래로 흩어진 물살이 오색 찬연한 빛깔로 물들었다.

그 압도적인 광경에 눈이 멀 듯해, 나는 나도 모르게 질끈 눈을 감고 루카스의 목을 감싼 팔에 힘을 주었다. 주변이 빛의 소음으로 가득해 귀가 먹먹해질 정도였다.

그렇게 얼마간의 시간이 지났을까.

"이제 눈 떠도 돼."

머리 위에서 나직한 음성이 속삭여졌다. 나는 그 소리에 몸을 작게 떨다가 천천히 눈을 떴다.

"돌아온 거야?"

잠시 주변을 둘러보자 어딘가 익숙한 광경이 나를 반겼다. 맨 처음

이상한 책을 발견했던 토파즈궁이었다. 이곳은 분명 다른 루카스가 홀랑 태워 버렸는데 이렇게 멀쩡한 모습을 하고 있는 것을 보면, 확실히 지금까지 내가 있던 그 세계는 아닌 듯했다. 하지만 영 실감이 나지 않아서 그런지 어안이 벙벙한 느낌이었다.

"계속 이러고 있으려고? 못 보던 새 공주님이 꽤 적극적으로 변하셨는데?"

"으헉!"

그러다 문득 아직까지도 내가 루카스에게 안겨서 그의 목을 꽉 끌어안고 있는 걸 깨달았다. 나는 파드득 경기하며 재빨리 밑으로 내려섰다.

툭!

때마침 발치에 무언가가 떨어져서 보니 나를 저쪽 세계로 이동시켰던 책이었다. 펼쳐진 페이지에는 또다시 웬 글씨가 적혀 있었다.

[1차 확인 결과─ 오류로 인한 유보.]

뭐? 1차 확인? 게다가 오류로 인한 유보라고? 뭐라는 거야, 이 종이 쪼가리가?

화르륵!

헉, 갑자기 내 눈앞에 있던 책에 푸른 불꽃이 일어서 깜짝 놀랐다. 물론 마력에 의한 불길이니만큼 뜨겁지는 않았지만.

"태우는 거야?!"

"이딴 걸 그냥 둬서 뭐 해?"

경악 어린 내 물음에 루카스가 스산하게 웃으며 대답했다.

아, 아니! 아무리 그래도 이게 알고 보면 국보일 수도 있는데! 그래도 또다시 이번 같은 일이 생길 수도 있으니 차라리 없애는 게 나을 것 같기도 하고. 그것보다 지금은 더 중요한 게 있었다.

"내가 없어지고 시간이 얼마나 지난 거지?"

"나도 몰라."

창밖을 보니 아직 해가 쨍하게 뜬 게 보였다. 나는 곧바로 클로드가 있는 가넷궁으로 이동했다.

"아빠!"

그는 집무실에 있었다. 느닷없이 눈앞에 나타난 나를 보고 클로드가 미간을 움찔 찌푸렸다.

"갑자기 웬 소란이지?"

"아빠, 우리 아빠 맞아요?!"

"또 개꿈이라도 꾸었나? 웬 헛소리냐."

헉, 우리 아빠 맞잖아! 우와, 우와!

"아빠, 보고 싶었어요!"

나는 격한 반가움을 느끼며 클로드에게 달려가 그를 꽉 끌어안았다. 그러자 의자에 앉은 채로 나한테 덥석 안기게 된 그가 의문을 표했다.

"오전 다과 시간에 얼굴을 보고 불과 서너 시간 정도밖에 지나지 않았는데 오늘따라 이상하군."

엥? 그 말을 듣고 나는 흠칫할 수밖에 없었다. 아니, 다과 시간 이후로 서너 시간이라면, 내가 토파즈궁에 갔던 때인데. 그 이후로 시간이 하나도 안 지났다고요?

놀랍게도 내가 저쪽 세계에 가 있는 동안, 이곳에서는 시간이 조금도 흐르지 않았던 것 같다. 내가 저쪽 세계에서 시간을 보낸 게 하루 이틀 일도 아닌데 이곳에서는 단 하루의 시간도 지나지 않았다고 하니 어쩐지 기분이 묘했다.

에메랄드궁의 풍경도 괜히 낯선 느낌이었다. 저쪽 세계에서는 제니트가 에메랄드궁을 이용하고 있어서 나는 아타나시아 공주 대신 황궁에 머물 때 루비궁에 있어야 하지 않았던가?

"릴리!"

"어멋, 공주님."

크흑, 우리 릴리도 오랜만이야! 클로드처럼 나한테 갑작스러운 포옹 어택을 당한 릴리가 깜짝 놀라서 움찔했다. 하지만 곧 그녀는 부드러운 손길로 나를 다독이며 작게 웃었다.

"웬일로 어리광이세요?"

"릴리랑 엄청 오랜만에 보는 것 같아서."

으흐흑, 역시 우리 릴리가 짱이다. 그쪽 세계의 릴리는 그쪽에 있는 아타나시아 공주의 릴리였으니까. 게다가 어쩔 수 없이 아타나시아 공주의 행세를 하는 동안 나를 살뜰히 보살펴 주는 릴리를 볼 때면 양심이 어찌나 찔리던지.

"오늘도 공주님과 릴리안 님은 오붓하시네요."

그런 우리의 모습을 보고 필릭스가 훈훈한 광경을 목격한 듯이 덩달아 흐뭇한 미소를 지으며 말했다.

"공주님, 오늘 온 편지들을 정리해 뒀어요."

"앗, 잠깐, 녹스 님!"

"왈왈!"

그때, 방 안으로 세스와 한나가 들어왔다. 까만 털을 휘날리는 녹스도 함께였다. 다들 무척 오랜만에 보는 것 같아서 반가웠다. 하지만 다른 한편으로는 기분이 다소 묘하기도 했는데, 내가 저쪽 세계에서 보냈던 시간이 마치 한낮의 꿈인 것처럼 여겨지기도 했기 때문이다.

"그래서 내가 없는 동안 넌 그놈이랑 뭘 하고 노닥거린 건데?"

하지만 이렇게 날 취조하는 루카스를 보니 그쪽 세계에서 있었던 일이 진짜인 건 맞는 모양이었다.

"노닥거리다니? 그리고 내가 그 루카스랑 하긴 뭘 해?"

나는 내 방에 들이닥친 루카스를 보며 내심 안도했다. 만약 그곳에서 있었던 일들이 수상한 책이 보여 준 환영 같은 것이었다고 한다면 기분이 무척 이상해질 것 같았다.

"루카스라니, 너 지금 그놈을 나랑 똑같은 이름으로 부르는 거야?"

앗, 그런데 루카스가 이상한 데서 딴죽을 걸었다.

"아니, 그쪽 이름도 루카스는 루카스니까…… 그럼 뭐라고 불러?"

"그 새끼라고 해, 그냥."

쿨럭. 아무리 그래도 그 새끼가 뭐니?

"그 호칭은 좀 심하지 않아?"

그러자 루카스가 눈을 가늘게 뜨고 매우 못마땅한 눈빛으로 나를 쳐다보았다.

"그 자식이 꽤 마음에 들었나 봐? 이렇게 두둔하는 걸 보면."

"너야말로 왜 이렇게 그 루카스를 싫어해?"

"넌 그럼 내가 그쪽 세계의 너한테 관심 두면 기분 좋겠어?"

앗, 그렇게 물으니 어쩐지 말문이 막혔다. 뭐, 뭔가 좀 싫은 기분인데. 이게 바로 역지사지라는 건가? 하지만 그런 말을 입 밖으로 내뱉으면 왠지 내가 지는 기분이었다. 물론 루카스는 내가 대답하기도 전에 내 표정을 보고 정답을 읽어 낸 듯이 만족스러운 얼굴을 하고 있었지만.

"그러고 보니까 너, 날 어떻게 찾아온 거야?"

그러다 문득 의문이 들어서 나는 루카스에게 물었다.

"돌아와 보니까 이곳 시간은 하나도 안 지났던데, 내가 그 세계에 가 있는 걸 어떻게 알았어?"

"저 개 같은 책에 나도 빨려 들어갔으니까."

루카스의 말에 나는 깜짝 놀랐다. 그는 생각만 해도 아주 엿 같다는 표정을 짓고 있었다. 들어 보니 루카스는 나를 만나기 위해 여느 때처럼 내 마력의 잔해를 쫓아왔다고 한다. 그러다 도착한 곳이 토파즈궁이었고, 거기에서 수상한 책을 발견해 안의 글귀를 읽은 직후 곧바로 마력의 흐름에 휩쓸렸다고.

"그럼 너도 다른 세계에 갔었어?"

"아무래도 사람마다 다른 것 같은데, 난 다른 세계라기보다는……."

어째서인지 루카스는 말을 하다가 멈추었다.

"아무튼 개X 같은 경험이었어."

그, 그렇구나. 그의 얼굴이 워낙 흉흉해서 나는 그냥 더 이상 묻지 않기로 했다. 아, 그나저나 그곳 사람들은 어떻게 되었을지 모르겠네. 솔직히 똥을 싸다가 도중에 끊고 나온 것처럼 찝찝한 기분이었다. 그쪽의 클로드도 아직 그런 식으로 의식을 잃고 있는 데다, 아타나시아 공주와의 문제도 아직 해결된 게 없었으니까.

또 제니트와 이제키엘, 그리고 흰둥이 아저씨와 로자리아 백작 부인도 앞으로 어떻게 될지 모르겠고. 클로드를 그냥 죽게 둘 수는 없으니 일단 치료는 했지만 내가 할 수 있는 건 거기까지일 뿐, 그 후의 일은 아직 풀리지 않은 수수께끼나 마찬가지였다. 그리고 그 수수께끼를 풀 수 있는 사람은 분명 내가 아니겠지.

"우리 아빠도 혹시 흑마법을 쓴 적이 있는 건 아니겠지?"

"쓴 적 있는데, 몰랐어?"

혹시 이 세계의 클로드도 저쪽 세계에서처럼 흑마법을 쓴 적은 없을까 싶어서 무심코 중얼거렸더니 루카스가 너무 상큼하게 수긍해서 나는 경악했다.

"뭐?! 쓴 적이 있다고?"

"꽤 오래전에 쓴 것 같던데. 이유는 모르고, 솔직히 관심도 없지만."

"그럼 부작용 같은 거 있는 거 아니야? 저쪽 세계에서도 그것 때문에 쓰러지고 막 그랬는데?"

"내가 전에 네 아빠한테도 세계수 가지 줬잖아. 검사검사 그때 다 치료됐을걸."

그러고 보니 그 세계수 가지가 정말 보통 영약이 아닌 것 같던데. 저쪽 세계의 루카스도 클로드를 치료하려면 세계수 열매가 필요하다고 대번에 그랬고. 그런데 세계수 가지가 열매보다 훨씬 좋은 거라고 하니까…….

"흑마법을 쓰면 정말로 불행해져?"

"정도에 차이는 있지만 그렇지. 괜히 악마의 힘이니 뭐니 하면서 떠드는 게 아니니까. 뭐, 예전에 네 아빠가 사고를 당했던 것도 흑마법의 반작용 때문일 수 있다는 게 내 생각인데."

예전에 있었던 사고라면 혹시 내 마력 폭주에 휩쓸려서 위험했던 걸 말하는 건가? 그래서 기억 상실까지 걸리고. 그럼 〈사랑스러운 공주님〉에서 클로드가 자기 손으로 친딸인 아타나시아를 죽인 것도 혹시 흑마법의 저주 탓인 건가? 갑자기 그런 섬뜩한 의문이 들었다.

"어쨌든 내가 말끔히 치료해 줬으니까 이제 걱정할 거 없는데?"

내 표정이 심각했는지, 루카스가 괜한 고민할 필요 없다는 듯이 말했다. 루카스 이 녀석, 생각할수록 진짜 내 액운 막이 부적 같네. 쓰읍, 앞으로 더 잘해 줘야겠다. 아니, 물론 원래대로라면 이놈은 우리 까망이를 먹어서 내 앞길이 깜깜해지는 데 한몫 보태는 역할을 했을 테지만 나한테는 안 그랬으니까.

"그보다 나 없을 때 그놈이랑 뭐 했냐니까, 왜 대답을 안 해?"

앗, 루카스는 끈질겼다. 나는 등 뒤로 식은땀이 삐질 흐르는 것을 느끼며 잡아뗐다.

"아무것도 안 했어."

"아무것도 안 한 표정이 아니었는데?"

쓰, 쓸데없이 눈치만 빠른 놈. 문득 마지막으로 보았던 그 세계의 루카스가 떠올랐다. 마지막 순간, 그가 스스로에게 다짐하듯이 내게 속삭였던 말도.

"기다려. 내가 꼭 다시 너를 찾아갈 테니까."

생각해 보면 그쪽 세계의 루카스와는 함께한 시간이 그리 길지 않았는데도, 짧지만 강렬한 만남이었다는 생각이 들었다. 그는 내가 있는 세계로 찾아오겠다고 했지만 그게 가능할지는 모르겠다. 이곳으로 돌아오자마자 루카스가 그곳과의 통로나 마찬가지인 책을 태워 버렸으니까.

음, 물론 책에 적혀 있던 '1차 확인'이라는 말이 찜찜하긴 한데. 그 말대로라면 2차, 3차 확인까지 있다는 거야, 뭐야? 게다가 결과를 보류한다는 말은 또 뭐고. 오류라고 하는 건 아무래도 책에 적힌 방법 외에 다른 방식으로 귀환해서 그런 것 같은데……. 그럼 진짜 그 책이 수장 할아버지가 말해준 대로 차기 황제감을 가려내는 마법 용품이라도 된다는 건가?

"아까부터 날 앞에 두고 다른 생각을 너무 많이 하는데?"

그렇게 내가 끙끙거리며 고민하고 있을 때, 루카스가 손을 뻗어 내 고개를 들어 올렸다. 그래서 나는 졸지에 그의 얼굴을 정면으로 마주하게 되고 말았다.

"오랜만에 보는 건데 계속 다른 사람 얘기나 하고 말이야."

아, 그러고 보니 확실히 이 루카스를 보는 건 오랜만이었다. 하지만 그쪽 세계의 루카스와 내내 같이 있었던 탓인지 그다지 오랜만이라는 생각이 들지 않았다. 물론 두 사람은 같은 사람이 아니었고, 그 사실은 나도 잘 알고 있었지만.

"잠깐, 그러는 너야말로 한동안 감감무소식이었잖아?"

그러다 문득 그 이상한 책을 찾기 전에 루카스 놈이 도통 눈앞에 나타나지를 않아서 내가 심술이 난 상태였다는 것을 깨달았다.

"내가 안 보여서 아쉬웠어?"

그런데 내 말에 루카스가 어쩐지 반색을 하고 묻는 것이었다.

"아니, 하나도 안 아쉬웠어."

"넌 꼭 반대로 말하더라."

뭐? 아니거든? 내가 기막혀하거나 말거나, 루카스는 다시 배부른 표정을 지으며 말했다.

"그래서 만나러 갔잖아, 다른 세계까지. 너, 내가 너 하나 찾겠다고 차원을 몇 개나 넘었는지 알아?"

그런데 내 얼굴은 또 왜 이렇게 만지작거려? 하지만 그 손을 뿌리치지 못하는 나도 이상했다.

"역시 진짜가 좋네."

루카스에게 밀려서 서서히 뒤로 기울어지던 몸이 어느새 소파 위에 완전히 눕혀졌다. 그런 내 위에서 루카스가 붉은 눈동자를 휘며 느른히 웃었다.

"너랑 똑같이 생긴 다른 세계의 너도 많이 만났는데, 역시 네가 아니면 다 필요 없어."

애는 참 고백을 독특한 방법으로 한다. 문제는 나도 그게 별로 싫지 않다는 거였다. 아니, 단순히 싫지 않은 정도가 아니라……

"빨개졌네, 네 얼굴."

으으……

루카스가 쿡 웃으며 속삭이는 말에 나는 녀석을 째려보았다.

"그냥 좀 모른 척하면 안 돼?"

"예쁜데 왜 모른 척해야 돼?"

물론 그는 눈 하나 꿈쩍 안 하고 더 부끄러운 말을 잘만 내뱉었지만 말이다. 결국 이번에도 말문이 막힌 것은 나였고, 분한 기분을 느끼는 것도 나였다. 나는 심술이 나서 루카스의 어깨를 주먹 쥔 손으로 한 대 때렸지만 그는 가볍게 내 손을 막으며 웃을 뿐이었다. 그래도 나를 내려다보는 루카스의 눈빛이 안 어울리게 다정해서 기분이 조금 풀렸다.

나도 언젠가 이 녀석을 똑같이 동요하게 만들어주겠어. 그렇게 다짐하며 나는 루카스 때문에 뺨을 붉히고 있는 것도 없는 일인 것처럼 흥 새침하게 콧방귀를 뀌어주었다.

그 후 시간은 유수처럼 흘러갔다.

"뭘 그렇게 뚫어지게 쳐다보는 거지?"

내 집요한 시선을 느낀 클로드가 결국 참다못해 묻는다는 듯 입을 열었다.

"그냥요."

나는 아무것도 아닌 양 눈앞에 있는 케이크로 눈길을 내렸다. 그런 내 모습이 퍽 자연스러웠다고 생각했는데 클로드의 눈에는 아니었던 모양이다. 다시 슬쩍 고개를 들어 보니 나를 보는 그의 눈이 얼핏 가늘게 떠진 게 시야에 들어왔다. 앗, 정면에서 눈이 마주쳤다. 어쩔 수 없이 나는 그를 향해 천진난만한 얼굴로 에헤헤 웃어 보였다.

아니, 내가 내 아빠 얼굴 좀 보겠다는데! 씁, 하지만 사실은 요즘따라 자꾸만 클로드한테 저절로 눈이 가서 나도 조금 곤란하던 참이었다. 저로서도 불가항력이라고요, 흐흑.

"그냥 우리 아빠가 너무너무너무 멋있어서 쳐다본 거예요."

"내 얼굴은 늘 그대로인데 네 행동은 어째 주기적으로 수상해지니 묻는 말이다."

잇, 수상하다니? 네가 필!

"제가 언제 수상한 행동을 했어요?"

"한 달 전에도 느닷없이 달려와 10년 만에 상봉하는 사람처럼 야단을 부렸지 않나."

어억, 그건 내가 토파즈궁의 이상한 책 속에 들어갔을 때의 일이었다. 아니, 그때도 난 이유가 있었다고! 물론 말할 수는 없지만. 크흑. 아무튼 클로드가 그때의 일을 꼬집어 말하니 갑자기 할 말이 없어졌다. 으음, 그의 입장에서는 황당하기는 했겠지. 그나저나 벌써 그때로부터 한 달이나 시간이 지나갔다니.

"원래 제가 좀 주기적으로 아빠에 대한 애정이 솟구쳐서……."

"사람은 한결같은 구석이 있어야 하는 법이거늘."

"저한테 한결같은 애정을 받고 싶으시군요, 아바마마?"

"너의 잔망스러움만큼은 정말 한결같구나."

에헷, 칭찬 감사…… 가 아니라. 토끼 같은 딸에게 잔망이라니! 좀 더 귀엽고 깜찍한 표현도 찾아보면 많을 텐데! 내가 봤을 때 한결같기로는 클로드도 만만치 않았다. 그래, 우리 함께 손에 손을 잡고 사이좋게 정다운 '한결 부녀'가 되어 보아요.

그렇게 클로드와 함께 여느 때와 같은 오순도순한 티타임을 가진 후 나는 가넷궁을 빠져나왔다. 조금 전에 본 클로드의 얼굴과 함께 문득 어젯밤 내가 꿈에서 보았던 다이아나가 떠올랐다. 사실 내가 요즘 들어 클로드를 빤히 쳐다보는 경우가 늘어난 이유는 바로 그 꿈 때문이었다.

어릴 때부터 나는 종종 엄마인 다이아나의 꿈을 꾸곤 했다. 그것은 주로 내가 클로드에게 '엄마가 보고 싶다'고 말할 때였지만, 가끔은 그렇지 않더라도 다른 이유 없이 다이아나를 꿈에서 볼 때가 있었다. 아마도 클로드가 다이아나를 강렬히 그리워할 때가 아닐까, 하고 나는 혼자서 짐작하고 있었다.

클로드는 내게 그녀에 대한 이야기를 잘 해주지 않아서 나는 대신 주위 사람들에게 물어보곤 했다. 그럴 때마다 그들은 다이아나가 아름답고 다정하고 자유로운 사람이었다고 말해주었다.

"필릭스, 우리 엄마 정말 예뻤지?"

"예, 공주님처럼 아름다운 분이셨습니다."

"우리 아빠랑 선남선녀처럼 엄청 잘 어울렸을 것 같아."

"선남선녀…… 가 뭔지는 잘 모르겠지만 두 분이 잘 어울리셨던 건 맞지요."

내 뒤에서 걷던 필릭스에게 묻자 그는 갑작스러운 내 질문에도 착실히 대답해 주었다.

나는 그의 말을 듣고 설핏 웃었다. 사실은 어쩐지 마음이 조금 이상했다. 내가 클로드에게 평소보다 더한 관심을 두었던 이유는 앞서 말했듯 꿈 때문이었다. 하지만 더 정확히 풀어서 말하자면 꿈에 나오는 다이아나의 모습이 예전에 비해 흐릿했기 때문이다.

클로드가 내게 꿈을 보여 주기 위해 사용한 마법은 그가 가지고 있는 이미지를 전달하는 것이었다. 그러니 시간이 흐를수록 그의 안에 있는 누군가의 모습이 흐릿해지는 것도 어쩔 수 없는 일이었다. 사람의 기억이란 것이 늘 한결같을 수는 없는 법이었으니까.

다이아나의 죽음 이후에도 상당히 오랫동안 그녀에게 사로잡혀 있던 클로드가 이제야 서서히 그녀를 잊어 가고 있다는 사실에 나는 씁쓸함과 반가움을 동시에 느꼈다. 하지만 시간이 약이라는 말이 괜히 있는 것도 아니고, 오히려 이런 게 당연하다면 당연한 일이겠지.

그리고 내 생각에는 이제 그만 다이아나가 클로드를 놓아줄 때도 되지 않았을까 싶었다. 다소 이기적인 소리일 수도 있으나 어쨌거나 나한테는 내 아빠인 클로드가 나랑 같이 행복하게 잘 먹고 잘 사는 게 중요했다. 그래도 여전히 꿈에서 본 다이아나는 아름다웠고, 아마 클로드가 그녀를 생각하는 마음은 앞으로도 변하지 않을 테니까.

그러니까 엄마도 조금만 이해해 주세요.

그렇게 나는 다이아나를 향해 속으로 작게 속삭이며 에메랄드궁으로 향했다.

"공주님, 기다리시던 편지가 도착했어요. 방으로 가 보세요."

궁에 들어서자마자 릴리가 웃는 얼굴로 내게 말했다.

앗, 내일쯤 올 거라고 생각했는데 오늘 도착했구나. 나는 반가움을 느끼며 곧장 방으로 걸음을 옮겼다.

"공주님, 차를 내올까요?"

"아니야, 방금 마시고 왔어."

내 말에 막 청소를 끝마친 듯한 세스가 알겠다고 답하며 문을 나섰다. 한나는 모습이 보이지 않는 걸 보니 녹스를 돌보고 있는 것 같았다. 나는 테이블 위에 올려진 봉투를 집어 들었다. 그것은 제니트와 이제키엘에게서 온 편지였다. 그들과 나는 여전히 서신을 주고받으며 서로의 안부를 묻고 있었다.

사실은 책에 들어가서 다른 세계의 그들을 본 이후로 두 사람 생각이 더 자주 났다. 물론 그쪽에 남은 사람들이 지금쯤 어떻게 지내고 있을지도 궁금했고. 하지만 다른 세계 사람들의 안부를 내가 알 수 있는 방도는 없지 않은가. 그러니 내가 지금 내 현실에 있는 사람들에게 더욱 관심을 기울이게 된 것도 한편으로는 당연했다.

그래서 드디어 나는 다음 주에 제니트와 이제키엘을 만나러 갈 생각이었다. 당연히 클로드는 마뜩잖아했지만 그래도 나를 못 가게 막지는 않았다. 어쩌면 내 고집이 만만치 않다는 사실을 알고 어쩔 수 없이 허락해 준 것일지도 몰랐다.

큽, 사실은 클로드가 계속 말리면 몰래 찾아가 볼까 생각 중이었는데. 어쨌든, 그래서 나는 떳떳하게 그들을 보러 갈 수 있게 되었다. 뭐, 모로 가도 서울로만 가면 된다고. 나로서는 잘된 일이었다. 앗, 그런 걸 보면 우리 아빠도 '자식 이기는 부모가 없다'는 사실을 몸소 실천해서 보여 주는 것 같기도 하고. 크흡, 새삼스럽게 감동이…… 저도 아빠 속 안 썩이고 효도하겠습니다!

"키메라 만나러 가려고?"

내가 그렇게 기특하고 갸륵한 다짐을 하고 있을 때 내 정수리에 갑자기 묵직한 무게감이 실렸다. 머리 위에서 누군가의 나직한 목소리가 들려온 것은 그 직후였다.

내 방에 갑자기 나타난 것은 당연히 루카스였다.

와아, 나 이번에는 안 놀랐어! 역시 사람은 적응의 동물인 것!

"근데 너 지금 내 머리에 뭘 올리고 있는 거야?"

"내 턱."

내가 불만스럽게 고개를 들자 이번에는 루카스가 내 어깨에 팔을 둘렀다. 그 순간 나는 흠칫했다. 처음에는 그냥 머리가 무거워서 불편한 느낌이었는데 이놈이 팔까지 써서 나를 옴짝달싹 못 하게 만들자 퍼뜩 어떤 깨달음이 내 머리를 스쳐 지나간 것이다.

앗? 아얏? 아아앗? 잠깐! 설마 이건 백허그입니까?! 지금 그림이 뭔가, 내가 상상하기로 루카스 이놈이 날 뒤에서 끌어안고 있는 것 같은데?

"거기에 흰둥이 아들도 있지?"

갑자기 상황을 인식하고 나자 등 뒤가 꽤 의식되기 시작했다.

"그렇지……?"

"흐음, 그 키메라랑 흰둥이 아들이랑 눈은 안 맞았대?"

"그걸 내가 어떻게 알아?"

"그것들은 허구한 날 붙어 있으면서 그동안 뭘 했대? 눈이 맞아도 벌써 백번은 맞았겠구먼."

루카스는 이제키엘과 제니트가 아직까지도 솔로인 것에 상당한 유감이 있는 것 같았다. 얍! 나는 기회를 틈타 루카스의 팔에서 벗어나는 데 성공했다. 하지만 그는 원래도 나를 놔줄 생각이었다는 것처럼 내가 뒤돌아서자마자 자연스럽게 나한테 얼굴을 숙였다.

쪽.

앗! 쪽? 쪽?! 쪽이라니?! 나는 졸지에 루카스에게 또다시 기습 뽀뽀를 당하고 뒤로 한 발짝 주춤 물러났다.

"너……! 그렇게 막! 내가 허락도 안 했는데 막! 막 나한테 계속 이런 짓 하고!"

"내 거에 내가 도장 찍겠다는데 뭐 어때서."

내가 분개해 외치자 루카스가 콧방귀를 뀌며 말했다. 놈은 변함없이 뻔뻔했다. 아빠, 여기도 한결같은 놈이 또 있어요!

"그래, 말이 나왔으니까 이참에 짚고 가겠는데!"

아까도 느꼈지만 역시 사람은 적응의 동물! 나는 예전처럼 당황해 어버버거리는 대신 내 앞에 있는 루카스에게 척 삿대질을 하며 외쳤다.

"내가 네 거인 게 아니라, 네가 내 거인 거야! 알았어?"

그렇지 않아도 전부터 내가 자기 소유물인 것처럼 구는 게 마음에 들지 않았어! 내 위풍당당한 선언에 루카스의 표정이 오묘해졌다.

"내가 네 거라고?"

"그래!"

나는 흥 콧방귀를 뀌며 다시금 호기롭게 외쳤다.

어떠냐, 너도 좀 당황스럽냐?

"나쁘지 않네."

그래, 나쁘지 않…… 으응?

나는 두 귀에 들려온 뜻밖의 소리에 한순간 주춤했다. 내 말을 듣고 최소한 황당해할 줄 알았던 루카스는 의외로 웃고 있었다. 녀석이 나른히 미소를 지으며 내 손을 그러쥐었다. 아까 방심하고 있다가 루카스에게 백허그를 당했던 것처럼, 이번에도 나는 졸지에 그에게 손을 붙잡힌 채 당황스럽게 두 눈을 깜빡였다. 루카스가 그런 내 손을 당겨 손등에 입술을 묻으며 나를 향해 눈웃음쳤다.

"그럼 네 거면 네 거답게, 앞으로 날 좀 더 아끼고 예뻐해 주도록 해봐."

어라, 이게 아닌데…….

"응? 공주님."

뭔가 내가 생각한 것과 전개가 다르잖아요? 뭐라고 반발해야 할 것 같기는 한데, 머릿속의 생각과 달리 나는 이미 루카스의 눈웃음에 홀리는 느낌을 받고 있었다. 분하지만 나는 녀석의 미인계에 여전히 약했다.

어흑, 아무래도 내가 루카스를 이기기 위해서는 조금의 시간이 더 필요한 모양이었다.

⚜

며칠 후, 나는 제니트와 이제키엘을 만나기 위해 마차에 올랐다. 물론 내가 마법을 사용하는 게 훨씬 간편했지만 이번에는 반공식적인 방문이었기 때문에 눈물을 머금고 마차를 이용하기로 했다. 그나마 내가 우기고 우겨서 수행원을 최소한으로 줄인 게 다행이었다.

자, 그럼 이제부터 쾌적한 마차 여행을 위해 난 마법을 쓰겠어! 마차를 타고 이동할 때면 늘 그래 왔듯이 마차에 온갖 마법을 다 때려 넣자 내가 있는 곳은 무릉도원이 되었다.

크오, 승차감이 참 끝내주는구먼. 그러고 보니 술식을 이용해서 마차에 직접 이런저런 마법을 거는 게 더 좋을 것 같은데? 아예 반영구적으로 말이야. 중첩된 술식은 금방 파훼되니까, 그 부분만 좀 어떻게 연구하면 될 것 같은데.

나는 다음에 검은 탑에 갈 때 한번 수장 할아버지와 다른 마법사들과 함께 의논해 봐야겠다고 생각하며 혼자서 이런저런 방법을 고민해 보았다 그러다 문득 창밖을 바라보자 오늘따라 새파란 하늘이 눈에 들어왔다. 날씨가 참 좋구나. 역시 외출은 이럴 때 하는 게 제맛이지.

잠시 후 만나게 될 제니트와 이제키엘을 생각하니 어린애처럼 마음이 약간 들떴다. 물론 오랜만의 만남이니만큼 다소의 우려가 들기도 했지만. 참, 예전에 이제키엘이 선물해 주었던 청조 파랑이는 요즘 전령새 훈련을 시작했다. 사실 훈련이라기에는 아직 무리가 있었고, 그냥 밖에다 풀어줘도 다시 나한테 돌아오게끔 연습을 하기 시작한 것이다.

전에는 혹시 몰라 방 안에서만 새장 밖으로 꺼내 줬었는데 말이지. 파랑이도 요즘 바깥바람을 쐬어서 기분이 좋은 것 같았다. 역시 새는 넓은 하늘 아래에서 마음껏 날아다니는 게 제일인 듯하다. 나는 그렇게 의식의 흐름에 따라 이런저런 생각을 하며 시간을 보냈다. 창밖의 다채로운 풍경을 구경하는 것만으로도 지루하지 않았다.

그렇게 얼마간의 시간이 더 흘렀을까. 마침내 마차가 부드럽게 멈추어 섰다.

아, 드디어 도착한 모양이었다. 그럼 이제 밖으로 나가 볼까? 나는 한번 작게 숨을 내쉰 뒤 약간의 두근거림을 안고 옷매무새를 정리했다.

잠시 후, 마차의 문이 열렸다. 아마 저 밖에는 내가 오늘 만나고자 한 사람들이 있을 것이었다. 나는 눈앞의 빛 속으로 힘차게 걸음을 내디뎠다.

외전 3
루카스

이제는 정확한 시점조차 생각나지 않는 까마득한 오래전의 일이다. 루카스는 꽤 유망하고 다복한 집안에서 태어났다. 위로는 2살 터울의 형이 있었고, 그는 차남이었다. 처음 루카스의 마법적 힘이 발현된 것은 역시 잘 기억나지 않지만 대충 걸음마를 배울 때쯤이라고 들었던 것 같다. 계기는 그가 가지고 놀던 장난감을 형에게 빼앗긴 일이었다.

루카스는 화가 났고, 그 분노가 그의 안에서 어떤 변화를 일으켰다. 스스로조차 무슨 일이 벌어졌는지 알지 못했다. 다만 나중에 방으로 들어온 사람들이 피투성이가 되어 바닥에 쓰러진 형을 발견하고 소란을 피우는 것을 어렴풋이 느꼈을 뿐이다.

그 후 루카스의 부모님은 무엇이든지 그가 하고 싶은 대로 하게 내버려 두었다. 그러나 그의 거처는 가족들이 다 함께 지내는 본관에서 다른 곳으로 옮겨졌다.

"왜 나만 별관에서 따로 지내는 거야?"

그러다 일곱 살인가 여덟 살이 되었을 때, 루카스는 그와 함께 별관으로 차출된 유모에게 물었다.

"루카스 님이 특별하시기 때문이시죠."

언제나처럼 판에 박힌 대답이 돌아왔다.

"흐응."

루카스는 매번 듣는 그 말이 참 재미없다고 생각했다. 그는 눈앞의 빈 식기를 치우는 중인 여인을 물끄러미 바라보다가 그녀가 좀 더 가까이 다가왔을 때 앞으로 손을 뻗었다. 루카스에게 붙들린 유모의 손이 한순간 크게 흠칫했다. 그러나 그녀는 곧 언제 그랬냐는 듯이 차분한 목소리로 물었다.

"왜 그러세요? 필요한 게 있으신가요?"

늘 그래 왔듯 형식적으로 묻는 목소리를 들으며 루카스는 무미건조한 눈빛으로 유모를 올려다보았다.

"아니."

곧 그는 짤막하게 대꾸하며 손을 놓았다. 루카스가 흥미를 잃은 듯 창밖으로 시선을 옮기자 유모는 다시 테이블 위의 식기를 치우기 시작했다. 조금 전보다 확연히 빨라진 소리가 귓가에 울렸다.

"그럼 쉬세요."

루카스는 유모가 방을 빠져나가는 모습도 보지 않고 계속 창밖에 시선을 두었다. 그곳에는 그의 형과 어머니가 있었다. 두 사람은 함께 손을 붙잡고 정원을 걷는 중이었다. 가끔 얼굴을 마주할 때마다 그의 형은 공포와 질시가 뒤섞인 눈으로 루카스를 보았다. 다른 사람들의 시선도 별반 다르지는 않았다. 거기에서 질시만 빼만 되었으니까. 심지어 루카스와 함께 별관에서 지내고 있는 유모조차 그가 숨만 크게 쉬어도 동요를 감추지 못했다.

루카스의 부모님이 무엇이든 그의 마음대로 하게 내버려 두는 것도 결국은 같은 이유였다. 그리고 그러면서도 루카스가 본관에서 생활하는 것만큼은 결코 허락하지 않고 있는 것 또한.

"재미없어."

루카스는 창밖의 광경을 바라보며 중얼거렸다.

잠시 후, 루카스의 고사리 같은 작은 손이 허공에서 한 번 작게 까딱거렸다.

"으악!"

"꺄악, 이게 뭐야!"

곧 창밖에서 어린 남자아이와 여인의 비명이 울렸다. 정원사가 모양 좋게 다듬어 놓았던 덤불이 어느덧 하늘 높이 자라나 두 사람을 가두고 있었다. 우아한 아름다움을 자랑하던 정원은 어느새 울창해진 풀들로 밀림 같은 모습을 형성하고 있었다.

자연의 미로 속에 갇힌 사람들이 도움을 청하는 소리가 들렸다. 그 소리에 저택에 있던 사람들이 우르르 몰려나와 함께 우왕좌왕하는 모습을 보였다. 곧 그들은 이런 장난을 칠 만한 사람이 저택 내에 한 명밖에 없다는 사실을 깨닫고 별관 쪽으로 고개를 돌렸다.

하지만 루카스는 그런 시선을 모르는 척 태연히 창문을 닫았다. 혹시 도움을 요청하러 온다면 도와줄 마음도 있었다. 그러나 결국은 그만큼 용감한 사람이 이 저택 내에 없다는 사실을 그는 너무나도 잘 알고 있었다.

❦

루카스는 언제 터질지 모르는 폭탄 취급을 받고 있었다. 그는 기억조차 나지 않는 어릴 때의 일 때문이라고 했다. 그 후로 단 한 번도 다른 사람을 다치게 한 적이 없는데도 그랬다. 하지만 아예 이해하지 못할 것도 없었다. 그는 마법으로 온갖 일을 다 할 수 있었으니까. 마치

숨을 쉬듯이 자연스러운 일이었기 때문에 루카스에게는 모든 일이 쉬웠다.

그래도 마법사가 드문 시대는 아니라 루카스는 돌연변이 취급받지 않을 수 있었다. 그럼에도 그가 반쯤 격리당한 이유는 그 힘이 비정상적으로 크기 때문이라고 했다. 몇 번인가 유명한 마법사들이 와서 루카스를 살폈지만 그들은 한결같이 재앙이라도 본 듯한 얼굴로 저택을 떠났다.

루카스의 부모님은 그가 마법적으로 특출한 능력이 있다는 사실을 드러내길 바라지 않았다. 그리고 루카스가 별관 밖으로 나가는 것 또한 원하지 않았다. 그러나 애초에 고삐 없는 짐승이나 마찬가지인 루카스를 한 군데에 가둬 둘 수 있을 리 만무했다. 그럼에도 그가 얌전히 별관에만 있었던 이유는 밖에서 다른 흥밋거리를 찾지 못해서였다.

"네가 그렇게 짱 세다는 게 사실이야?"

그러던 어느 날, 루카스가 있는 별관에 일을 하러 새로 들어온 소년 하나가 겁도 없이 그에게 물었다.

"넌 또 뭐야?"

"네 유모 조카."

흠? 이건 조금 흥미가 당겼다. 루카스의 손이 닿는 것조차 꺼리던 유모와 달리 소년은 호기심과 기대가 담긴 눈동자를 반짝이며 그를 보고 있었다.

"이런 답답한 저택에만 처박혀 있으면 심심하지 않아? 나랑 같이 나갈래?"

그것이 루카스의 첫 번째 외출이자 일탈이었다.

"야, 내가 데려왔어!"

"헐, 진짜 그 마귀가 산다는 집 애야?"

"새꺄, 말조심해. 얘가 마귀면 넌 벌써 죽었어."

"하긴 생긴 건 멀쩡해 보이네. 몇 살이야? 너랑 비슷해 보이니까 열둘? 열셋?"

유모의 조카라는 소년이 루카스를 데리고 간 곳은 흙먼지가 폴폴 날리는 어느 더러운 뒷골목이었다. 소년은 분명 루카스의 별관에 들어온 지 얼마 되지 않았는데도 저택 곳곳의 숨겨진 출입구에 대해 잘 알고 있었다. 그래서 그들은 다른 사람들에게 들켜 귀찮아지는 일 없이 밖으로 조용히 빠져나올 수 있었다.

"그런데 네가 진짜 그렇게 엄청난 마법사야?"

"그럼 마법 한 번만 써 봐."

"맞아, 옆 마을 제이미 새끼 옆에 마법 쓰는 애 하나 있다고 했는데. 너도 걔처럼 막 손에서 불꽃도 쏠 수 있고 그래?"

이렇게 와자지껄 시끄러운 사람들 틈에 있는 것은 처음이라 다소 정신이 없었다.

"불꽃?"

게다가 그들은 루카스를 대하는 데 놀라울 정도로 거리낌이 없었다.

"나도 궁금한데. 한번 보여 줘 봐."

그를 밖으로 데리고 나온 소년도 기대감 어린 눈으로 루카스를 보았다. 루카스는 그런 소년들의 모습을 보다가 특별히 그의 마법을 보여 주기로 했다.

휘오오! 콰쾅!

하지만 그가 불러온 것은 작은 불꽃 같은 것이 아니었다. 루카스의 손짓을 따라 허공에 생겨난 수십 개의 불덩이가 소년들이 모인 골목으로 일제히 떨어져 내렸다.

"으아악!"

소년들은 혼비백산하여 그 불덩이를 피하다가 이내 그것이 아무런 온도도 가지고 있지 않다는 사실을 깨닫고 도망치는 것을 멈추었다.

"난 약한 마법은 못 써서."

불길이 완전히 사그라졌을 때, 루카스는 바닥에 주저앉아 망연히 그를 바라보는 소년들을 향해 무덤덤하게 말했다. 그를 이곳으로 데려온 소년도 어안이 벙벙한 눈치였다. 하지만 그들이 루카스를 대하는 태도는 저택의 사람들처럼 변하지 않았다.

"와, X발, 개쩌네!"

"X나 대박! 나 마법 직접 보는 거 처음이야!"

"이 정도면 제이미 새끼네는 그냥 한입에 발리겠네!"

"야, 너 진짜 최고다! 이런 죽이는 걸 갖고 있으면서 왜 지금까지 그 집구석에만 처박혀 있던 거야?"

그 후 루카스는 얼떨결에 그 소년들의 무리에 속하게 되었다. 무엇보다 그들은 다들 겁이 없어서 루카스의 힘을 무서워하지 않고 그저 멋지고 대단하다고 추켜세워 주었다.

"요즘 네가 저택 밖으로 나가는 일이 잦다고 들었다. 좀 자제하는 편이 좋지 않겠니?"

처음에야 몰래 저택을 빠져나갔지만 시간이 지날수록 루카스도 대범해져서 이제는 대놓고 저택의 정문을 통해 외출하곤 했다. 그러니 그의 가족들도 그 사실을 당연히 알게 될 수밖에 없었다.

어느 날 자신을 불러 말하는 부모님의 앞에서 루카스는 코웃음을 치며 말했다.

"지금까지 내가 별관에 혼자 처박혀서 뭘 하든 X도 신경 안 쓰더니 이제 와서 무슨 상관이래요? 뒤늦게 꼰대짓 하려고 들지 말고 그냥 지금까지처럼 서로 개무시하고 사는 게 피차 편할 것 같은데. 원래 하던 대로 없는 사람인 셈 치면 되니까 오지게 쉽네."

생전 처음 듣는 저렴하고 저급한 말투에 루카스의 부모님은 입을 쩍 벌렸다. 루카스의 행동거지나 말투는 그동안 밖에서 만난 소년들에게 꽤 많이 물들어 있었다. 부모님이 뒷목을 잡거나 말거나 루카스는 귀를 후비적거리며 그 자리를 빠져나왔다. 그때만큼은 그래도 아주 조금 속이 후련했던 것 같다.

하지만 그런 자유로운 생활도 그리 오래가지 않았다. 옆 마을의 제이미라고 하는 소년들의 무리와 싸움이 붙은 것이 전환점이 되었다. 루카스는 자신에게 덤비는 소년을 향해 무심코 마법을 난사했고, 그에게 공격당한 소년은 피를 흘리며 자리에서 쓰러졌다.

"X발, 어, 어떡해? 죽은 거 아니야?"

"그러니까 내가 적당히 하랬잖아!"

"나, 난 그만두라고 했는데 루카스가……!"

소년들의 시선이 일제히 루카스에게 향했다. 루카스는 저 눈빛을 잘 알고 있었다. 그를 두려움의 대상으로 보는 사람의 눈빛이었으니까. 다행히 소년은 죽지 않았지만 그 후 루카스가 다시 그들에게 가는 일은 없었다.

"X발, 사는 거 진짜 재미없네."

조용한 방 안에 높낮이 없는 메마른 음성이 울려 퍼졌다. 열다섯 살이 된 루카스는 하릴없이 소파 위에 늘어져 혼잣말을 중얼거리고 있었다.

"루카스, 손님이 오셨다."

그때, 어쩐 일로 그의 부모님이 직접 별관으로 찾아왔다. 그들의 뒤에는 웬 처음 보는 남자도 함께였다. 그러나 루카스는 그들에게 일말의 관심도 없었기 때문에 여전히 소파에 누운 채로 꼼짝도 하지 않고 시큰둥하게 말했다.

"나한테 손님은 뭔 놈의 손님? 그게 누군데?"

잇따른 대답은 뜻밖이었다.

"검은 탑의 마법사님이시란다. 어서 일어나 예의를 차리거라."

검은 탑의 마법사. 아마 젖먹이조차 그 이름을 들어 본 적이 있을 것이었다. 현존하는 마법사 중 가장 강력한 힘을 가지고 있다고 수백 년 전부터 명성이 자자했으니까. 그런데 그런 사람이 이곳에 찾아왔다고?

루카스는 모처럼 흥미를 느끼며 눈동자를 굴렸다. 눈에 들어온 남자는 꽤 장신인 남자였다. 눈처럼 새하얀 머리카락이 가장 먼저 시야에 비쳤다. 눈동자는 머리카락의 색과 대비되는 검은색이었다. 그런데 외모는 이십 대의 청년 같다가도 삼사십 대의 관록이 엿보이고, 그런가 하면 또 무수한 세월을 살아온 초로의 노인처럼 보이기도 했다. 하기야 애초에 지금껏 몇백 년 동안이나 세상을 살아왔다고 하니 실제 나이와 외모는 전혀 상관이 없기도 하겠지만.

게다가 검은 탑의 마법사라는 소리를 듣고 봐서 그런지 어딘가 주변에 감도는 분위기가 묘했다. 마치 무리에서 떨어져 나와 홀로 고요하게 서 있는 백조 같다고 루카스는 생각했다.

"이 아이가 소문의 그 아이입니까?"

"예, 마법사님."

"생각보다 어리군요."

"이제 열다섯 살이니 그리 어린 것도 아닙니다."

"그 정도면 제 눈에는 이제 막 탯줄을 끊은 갓난아기라 해도 되겠습니다만."

마찬가지로 잠깐 루카스를 관찰하던 남자가 그의 부모님을 향해 얇은 한숨을 내쉬며 말했다. 그런데 듣자 하니, 그는 자신을 어린애 취급하는 것 같은 말투가 다소 거슬렸다.

뭐야, 저 노땅은. 지금 누구를 감히 갓난아기 취급하는 거야? 오랜만에 자신을 자극하는 상대를 만난 기념으로 루카스는 눈앞에 있는 사람에게 본때를 보여 주기로 했다. 그가 마력을 불러일으키는 순간, 남자의 눈동자가 루카스를 향해 미끄러졌다.

화아악! 채앵!

하지만 다음 순간 통증을 호소하며 거꾸러진 것은 남자가 아닌 루카스였다.

"커헉……!"

귓가에 무언가가 깨지는 듯한 엄청난 굉음이 울린 직후의 일이었다. 정신을 차려 보니 루카스는 어느덧 소파 밑으로 굴러떨어져 바닥을 나뒹굴고 있었다. 배 속이 마치 불로 지지는 것처럼 아팠다. 맹세컨대, 그의 생에 이토록이나 눈물을 쏙 빼놓을 정도로 큰 고통을 느낀 것은 이번이 처음이었다.

루카스는 지금 이것이 무슨 상황인지도 미처 깨닫지 못한 채 가슴을 부여잡고 바닥에 엎어져 신음했다. 목을 타고 무언가가 울컥 치미는 느낌이 들더니, 곧이어 검붉은 피가 카펫 위로 후두둑 쏟아져 내렸다.

X발? 도대체 이게 뭐야?

그렇게 루카스가 황당함과 당혹감을 동시에 느끼고 있을 때, 문득 머리 위에서 난감함을 담은 목소리가 울렸다.

"이런, 다치게 할 생각은 없었는데 미안하구나. 몸에 새긴 보호 마법은 내 의지대로 작동하는 게 아니라서 말이다. 설마 이런 식으로 갑자기 무모하게 마법을 쓸 줄은 몰라서 미리 경고하지 못했다."

그 말을 듣고 루카스는 속에서 피 말고 다른 것이 울컥 치밀어 오르는 것을 느껴야만 했다. 지금 저딴 소리를 말이라고 하는 건가? 고의가 아니라고 하면 전부 해결돼?! 그럴 거면 경비대가 왜 있어?! 마치 루카스가 이렇게 다치게 된 것은 전부 다 그의 무모함 때문이라고 말하는 것 같아서 성질이 났다.

"흠, 그나저나 이 정도의 보호 마법이 발동될 만한 마력이라니."

탑의 마법사는 조금 전과는 약간 다른 눈빛으로 루카스를 내려다보았다. 그의 시선이 잠깐 옆에 있는 남녀를 훑고 지나갔다. 루카스의 부모는 자신의 아들이 고통스럽게 피를 토하며 바닥을 나뒹굴고 있는데도 놀라고 당황한 기색을 보일 뿐, 다가가 부축하거나 괜찮냐고 묻지도 않았다.

그는 잠깐 무언가를 생각하다가 이윽고 루카스를 향해 다가갔다. 그의 손이 루카스의 어깨에 닿은 순간, 내장이 뒤엉킨 듯하던 끔찍한 고통이 놀랍게도 단숨에 수그러들었다.

"그럼 이 아이는 아까 말했듯이 제가 데려가겠습니다."

"예, 예에."

검은 탑의 마법사의 말에 루카스의 부모는 얼결에 대답했다. 하지만 애초에 그렇게 이야기를 끝마치고 이 별관에 함께 방문한 것이었기 때문에 그들로서는 거절할 이유가 없었다. 물론 루카스에게는 받아들일수 없는 일이었지만.

"뭔 개소리야? 내가 언제 따라간대?"

하지만 그는 야멸차게 외치면서도 조금 전의 일로 몸을 사리게 되었기 때문인지, 또 마법을 난사하지는 않았다.

"이곳에는 더 이상 널 감당할 이가 없다고 하는구나, 아이야."

"감당은 무슨, X발, 난 지금까지도 혼자 잘 살아왔거든?"

"이미 그렇게 결정되었으니 지금의 너에게는 선택권이 없단다."

"뭐? 누구 마음대로?"

"그럼 가족들과 마지막 인사를."

"X까, 이 쭈그렁 영감탱이야!"

"인사는 필요 없는 모양이구나. 아마 네 부모님도 마찬가지인 듯하니, 그럼 지금 바로 떠나는 게 낫겠다."

이 미친 노인네가 약이라도 잘못 먹었는지, 도무지 말이 통하지 않았다. 루카스는 그에게 욕을 한 바가지 퍼부어주기 위해 입을 열었다. 하지만 다음 순간 루카스가 서 있는 곳은 별관의 방이 아니었다.

"여기 어디야!"

순식간에 바뀐 풍경에 루카스가 고래고래 소리를 질렀다. 그가 지내고 있던 별관도 썩 아늑한 공간은 아니었지만 지금 이곳은 더욱 살풍경했다. 그리고 무엇보다도 지금 그들이 서 있는 공간은 루카스에게 낯설었다.

"저런, 한눈에 알아차릴 거라고 생각했는데 관찰력이 다소 부족하구나. 내가 살고 있는 탑이란다."

"누가 그딴 게 궁금하대?! 이 납치범아!"

"앞으로 네가 지낼 곳이기도 하니 사용할 방은 마음에 드는 대로 고르려무나. 마침 남아도는 게 빈방이니 말이다."

와, X발. 말이 통하지 않으니 이길 자신이 없다…….

루카스는 생전 처음 보는 유형의 인간에 황당함을 느끼며 어버버거리다가 곧 정신을 차리고 바드득 이를 갈았다.

"이딴 침침한 데 1초도 더 안 있을 거야. 난 지금 당장 돌아가 볼 테니까 탑인지 뭔지 댁 혼자 사시든가."

지금껏 의지대로 마법이 발현되지 않은 적은 없었으니 이번에도 바라기만 하면 될 터였다. 지금 당장 이 망할 탑에서 벗어나고 말 테다. 하지만 1초 후에도, 1분 후에도 루카스는 여전히 탑에 있었다.

"참, 말하는 걸 깜빡했는데 조금 전에 네 마력을 묶어 두었단다. 아무래도 체계적인 공부를 하기 전에 마법을 사용하는 건 다소 위험할 듯하더구나."

"뭐? 그런 건 진작 말하든가! 아니, 중요한 건 그게 아니라! 누구 마음대로 내 마력을 묶어?!"

"이제부터는 나를 스승님이라고 부르도록 하여라. 공부는 내일부터 시작할 것이니 오늘 하루는 심신을 다스리며 쉬는 것이 좋겠다."

루카스는 오늘 자신에게 갑작스럽게 일어난 이 모든 일에 어안이 벙벙해졌다. 뭔가 굉장히 개 같고 엿 같은 기분인데 차마 그 감정을 말로 표현할 수가 없었다. 그런 루카스를 아는지 모르는지, 검은 탑의 마법사는 그를 자리에 둔 채 홀연히 걸음을 옮길 뿐이었다. 혼자 남은 루카스는 온갖 마법을 다 사용해 봤지만 조금 전 탑의 마법사가 한 말이 사실인지, 아무런 일도 벌어지지 않았다. 그 후 그가 혼자서 발광하며 몸부림을 친 것은 당연한 일이었다.

"아마 두 발로 걸어 내려가려면 하루로는 턱없이 부족할 거다."

아오, 진짜 이 개 같은…….

다음 날 아침, 몇 층인지를 모를 탑의 계단에 널브러져 있던 루카스를 탑의 마법사가 찾아왔다. 루카스는 하룻밤 새 확연히 초췌해진 모습이었다.

"이 탑이 지상에서부터 구름 위까지 뻗어 있다는 사실은 알고 있는 게냐? 그리고 어제 내가 널 데려다 놓은 곳은 이 탑의 가장 꼭대기 층이었단다."

"그딴 건 진작 말하라고, 이 미친 인간아!"

억울함 가득한 음성이 탑 안에 쩌렁쩌렁하게 울렸다. 그것도 모르고 어제부터 오늘 동이 틀 때까지 내내 탑을 벗어나겠다는 일념으로 계단만 내려가고 있던 루카스로서는 피눈물이 날 만했다. 탑의 마법사는 계단 위에 뻗어 있는 루카스를 데리고 장소를 이동했다. 또다시 피눈물이 나게도, 그들이 돌아온 곳은 어제 있던 탑의 꼭대기 층이었다.

"이걸 똑같이 옮겨 쓰거라."

녹초가 되어 있는 루카스를 보면서도 탑의 마법사는 자비 없이 그에게 책 하나와 종이 다발을 건네주었다.

"안 해, 배 째."

당연히 루카스는 거부했다.

"상관없지만, 이걸 옮겨 쓰기 전까지 밥은 없단다."

그렇게 말한 뒤 탑의 마법사는 사라졌다. 혼자 남은 루카스는 어쩌다가 자신이 이런 신세가 되었는지 고민했다. 분명 어제 점심때까지만 해도 그는 팔자 좋게 자신의 방에 드러누워 있었는데. 그리고 보니 루카스의 부모님은 일언반구의 말도 해주지 않고 그를 탑의 마법사에게 보내 버렸다.

"아, 진짜 기분 거지 같네……."

잠시 후 루카스는 자리에서 일어나서 눈앞에 있는 책을 노려보았다. 푹신한 침대와 소파에서만 지내다가 바닥에 드러누워 있으려니 영 몸이 결렸다. 그래서 일어난 김에 탑의 마법사가 주고 간 책이 무엇인지 한번 펼쳐 보기나 할 생각이었다. 하지만 책을 열어 보자마자 루카스는 기가 막혀서 입을 벌리고 말았다.

"뭐야, 이게? 인격 수양? 인성 교육?"

책의 내용을 확인할수록 루카스는 깊이 빠져 갔다. 지금 나한테 이딴 걸 종이에 옮겨 쓰라고 한 거야? 어이가 없게도 탑의 마법사가 그에게 주고 간 것은 세상의 온갖 도덕과 윤리에 대한 내용을 담은 책이었다.

루카스는 씩씩거리며 책을 벽에 내던졌다. 얼마간의 시간이 지난 후 탑의 마법사가 다시 루카스가 있는 곳으로 돌아왔다.

"다 옮겨 썼느냐?"

"집어치워, 이딴 걸 내가 왜 해?"

탑의 마법사의 눈길이 벽 앞에 내동댕이쳐진 책에 가 닿았다. 그는 루카스에게 화도 내기 않고 마력을 이용해 묵묵히 그 책을 소환했다.

"큰 힘을 가진 자는 모름지기 그에 걸맞은 인격을 가져야 하는 법이란다."

루카스의 눈앞에 다시 문제의 책이 들이밀어졌다.

"내가 보았을 때, 너는 나이에 맞는 기본적인 소양조차 아직 부족한 듯하구나."

루카스는 기가 차서 헛웃음을 흘려보냈다. 이 인간이 지금 뭐라는 거야?

"지금 나보고 무식하다는 거야?"

"어떻게 생각해도 상관없지만, 아까 말했다시피 네가 이 책을 다 옮겨 쓰기 전에는 밥을 주지 않을 거란다."

이번에도 루카스는 탑의 마법사가 보는 앞에서 책을 창밖으로 내던져 버렸다.

그래도 설마 하는 마음이 있었다. 설마 진짜로 그를 굶기기야 하겠느냐고. 하지만 이 악덕한 탑의 마법사는 루카스에게 진짜로 아무것도 주지 않았다. 하루가 지나고, 이틀이 지나도 그의 눈앞에 내밀어지는 것은 거지 같은 책뿐이었다. 이렇게 굶어 본 것은 처음이라 날이 갈수록 깊어지는 허기를 어찌 달래야 할지 알 수가 없었다. 이대로 탑의 마법사가 바라는 대로 하자니 자존심이 무척 상해서 루카스는 차라리 다시 탈출을 감행했다.

하지만 역시 실패였다. 결국 배고픔 앞에는 장사가 없어서, 루카스는 울며 겨자 먹는 기분으로 빽빽이를 시작했다.

"X발, 이 X 같은 탑 내가 날려 버리고 말 거야."

"할 수 있다면 해보거라."

"이 노망 든 할아범, 당신 뼛가루도 같이 파묻어버리고 말 거야!"

루카스가 악에 받쳐 저주의 말을 날리든 말든, 눈앞에 있는 남자는 태연한 낯으로 그를 지켜보고 있을 뿐이었다. 그날 점심, 루카스는 실로 오랜만에 따뜻한 식사를 할 수 있었다. 그는 게 눈 감추듯이 허겁지겁 눈앞에 있는 요리들을 먹어 치웠다.

"헐, 미친. 이거 X나 맛있어. 여기 약 탔어? 미쳤나 봐, 개맛있네."

"입에 맞는다니 다행이구나. 그걸 다 먹고 나면 조금 쉬었다가 이번에는 이 책을 베껴 쓰거라."

그러던 중에 탑의 마법사가 태연히 읊조린 말을 듣고 루카스는 잘 먹던 밥을 입 밖으로 뿜을 뻔했다.

"그걸 또 쓰라고?!"

"그럼 고작 한 번으로 끝날 줄 알더냐? 녀석, 순진하기도 하지."

이번에도 역시, 루카스가 아무리 지랄발광을 해도 바뀌는 것은 없었다. 그래도 이미 한 번 해봤기 때문인지 루카스는 처음보다 금방 포기했다. 하지만 여전히 그는 이를 갈면서 손을 움직였다.

"X발, 손 아파! 이딴 거 마법 한 방이면 1초 만에 천 장도 갈겨 쓸 수 있는데 뭐 하러 이딴 개고생을 해야 돼?"

그러는 동안 며칠인지 모를 날들이 또 지나갔다.

"내가 욕을 하든 말든! 내가 내 입으로 지껄이겠다는데 댁이 무슨 상관이야? 댁이 내 부모라도 돼? 정작 내 부모는 그런 거에 신경 하나도 안 썼거든? 내가 계속 욕질을 하면 뭐 어쩔 건데. 날 두드려 패기라도 할 거야? X까, 한번 해봐!"

책을 한 권 종이에 베껴 쓰고, 그다음 밥을 먹고, 밤이 되면 잠을 자고…… 한동안 그런 똑같은 일상의 반복이었다.

"아, 잠깐만. 인간적으로 이렇게 쫄쫄 굶기는 건 너무한 거 아니야? 나 진짜 죽을 거 같다고! 그깟 욕 좀 쓴 게 뭐 어때서! 그리고 당신 이 거 납치 감금인 거 알지? 이거 진짜 사이코 아냐?"

물론 탑의 마법사가 루카스의 언사를 문제 삼으며 또다시 밥을 주지 않기 시작한 후로 그 짧은 평화는 깨져 버렸지만 말이다.

"X발, 밥 달라고, 밥! X발! X나 사람을 굶겨 죽이려고! 알아서 자급 자족하게 마력이나 풀어주든가! 내 말 안 들려?! 이 인간 말종아!"

하지만 이번에도 역시 패배한 사람은 루카스였다.

"아, 알았어! 알았어, 욕 안 하면 되잖아! 아, X나 개 같아, X발……악, 아냐! 방금 거 취소! 취소라고, 취소!"

그는 자신의 신세를 한탄하며 눈물에 젖은 밥을 먹었다.

"내가 마법만 다시 쓸 수 있게 되면 댁 같은 거 진짜 죽여 버릴 거 야……."

"지금 네가 하는 것을 보면 다시 마법을 쓸 수 있게 되는 건 적어도 300년 후쯤이 될 것 같구나."

농담인 듯 진담인 듯 헷갈리는 탑의 마법사의 말에 루카스는 끔찍한 소리를 들은 것처럼 대번에 질린 표정을 지었다.

그래도 탑의 마법사가 늘 이렇게 책의 내용을 옮겨 쓰는 것만 시키 는 것은 아니었다. 그는 가끔 루카스에게 제대로 된 마법 수업도 해주 었다. 그의 아래에서 루카스는 처음으로 체계적인 마법 공부를 하게 되 었다. 사실 그동안은 저택에 있는 모두가 루카스의 힘에 대해 쉬쉬했 기 때문에, 그는 단 한 번도 마법 서적을 읽었던 적이 없었다. 그들은 그렇지 않아도 위험 분자인 루카스가 여기에서 더 강해지는 것을 두려 워했다.

하지만 검은 탑의 마법사는 오히려 어중간한 것이 더 위험하다며, 루 카스 정도의 마법사일수록 제대로 배워 둬야 후에 뒤탈이 없다고 말했다. 루카스는 태어나서 그런 말을 처음 들어 보았기 때문에 기분이 이상해지는 것을 느껴야만 했다.

"뭐? 벌써 나이가 800살이 넘었다고? 심지어 말년에는 제대로 안 세서 그것보다 더 많을 수도 있어? 와, 미친, 화석이네, 화석이야. 그럼 진짜 할아범이란 말로도 모자라겠네."

"그래, 그래서 내 눈에는 네가 아직도 배냇머리가 송송 난 핏덩으로 보이는구나."

"배냇머……! 아씨, 자꾸 헛소리할래?"

루카스는 어느덧 탑의 생활에 적응하기 시작했다. 마법을 사용할 수 없다는 것이 불편하기는 했지만 그것을 제외하고는 의외로 놀랍도록 편안한 생활이었다.

어느새 루카스는 필사의 달인이 되어 책 한 권쯤은 시간을 오래 들이지 않아도 술술 적어 내릴 수 있게 되었다. 탑의 마법사가 간간이 들려주는 옛이야기나 마법에 대한 이야기도 생각보다 흥미진진했다. 그렇게 얼마 동안의 시간이 더 흘렀을까. 또다시 어디론가 홀연히 사라졌다가 돌아온 탑의 마법사가 느닷없이 루카스에게 말했다.

"오늘은 외출을 해야겠으니 준비하도록 해라."

그 말을 듣는 순간 이 인간에게 갑자기 무슨 바람이 불었나 하는 생각이 제일 먼저 들었다. 애초에 루카스는 달리 준비할 것도 없었기 때문에 외출은 금방 이루어졌다. 루카스가 어리둥절한 사이 도착한 곳은 어디서 많이 본 대저택이었다.

"뭐야? 지금 나보고 다시 집으로 가라고?"

"들어가 보거라."

설마 이대로 탑에서 나가 집으로 돌아가라는 의미인가 싶었지만 그건 아닌 것 같았다. 탑의 마법사는 다른 말없이 루카스를 독촉하는 눈빛으로 쳐다보았다. 그래서 루카스는 얼굴을 구긴 채로 저택 안으로 들어섰다.

"루, 루카스. 어서 오렴."

이해할 수 없게도 루카스의 가족들은 마치 그를 기다리기라도 했던 것처럼 반겨 주었다. 그런데 그들 사이에는 생전 처음 보는 아기가 껴 있었다. 루카스의 시선이 어머니의 품에 안긴 아이에게 못 박혔다.

"얼마 전에 태어난 동생이란다. 한번 안아 보겠니……?"

루카스는 도대체 이건 또 무슨 촌극일까 잠시 생각했다. 하지만 가족들이 기껏 처음으로 그에게 권유한 것을 거절하기도 좀 그랬다. 결국 루카스는 묘한 얼굴로 손을 내밀었다.

잠시 후, 어정쩡한 그의 품 안에 갓난아기가 안겼다. 탑의 마법사가 루카스를 볼 때면 했던 말처럼 아기는 아직 배냇머리조차 자르지 않은 핏덩이였다. 아이는 손가락을 빨며 잠들어 있었는데, 루카스가 안아 드는 순간 잠깐 보채듯 칭얼거리는 소리를 내다가 다시 조용해졌다.

이게 내 동생이라고? 문득 아기의 성별이 궁금해져서 루카스는 아이의 얼굴에서 시선을 떼고 고개를 들었다. 그리고 다음 순간 보게 된 가족들의 얼굴에 루카스는 그냥 입을 다물었다. 다들 그가 동생을 어떻게 할까 봐 두렵기라도 한 듯, 긴장감 어린 얼굴을 하고 있었던 것이다.

"여기, 다시 데려가세요."

루카스는 김이 새서 품에 안았던 아기를 다시 돌려주고 뒤돌아섰다. 그의 가족들은 그런 루카스를 붙잡지도 않았다. 그들에게 있어 이미 루카스는 가족이 아니었다. 아니, 단 한 번이라도 그가 저 안에 속해 있던 적이 있기는 했던가? 이럴 거면 도대체 그를 왜 부른 거지?

"인사는 잘 나누었느냐?"

그렇게 저택에서 나오자마자 아까와 똑같은 모습으로 서 있는 남자가 눈에 들어왔다. 그때 루카스는 깨달았다. 오늘의 자리를 만든 것은 이 사람이라는 사실을.

쓸데없는 짓을.

"그럭저럭. 웬 애가 하나 생겼던데? 두 분도 참, 연세가 있는데 기운 한번 좋으셔."

이곳에 올 때와 마찬가지로 순간 이동을 하면 간단할 텐데, 두 사람은 그러지 않고 저택 밖으로 난 길을 나란히 걸었다. 눈앞에 긴 나무 그림자가 비쳤다. 그러다 문득 루카스는 자신이 너무나 자연스럽게 옆에 있는 사람과 함께 탑으로 돌아가고 있다는 사실을 깨달았다. 마치 그곳이 그의 집이라도 되는 것처럼. 그곳에서 지낸 세월은 고작 1년밖에 되지 않았는데도. 그건 무척 이상한 기분이었다.

⋇

시간이 더 흘러 루카스는 마력 봉인 상태에서 벗어났다. 이제 그는 탑에만 틀어박혀 있을 필요가 없게 되었다. 탑의 마법사 역시 전처럼 루카스를 한곳에 가둬 두려고 하지 않았다. 이제는 책을 베껴 쓰는 일도 더는 하지 않아도 되었다.

그 무렵 탑 밖에는 소문 하나가 무성히 퍼져 있었다. 바로 오랫동안 은둔하고 있던 검은 탑의 마법사가 마침내 그의 후계로 삼을 제자를 들였다는 소문이었다.

"지랄 똥 싸는 소리 하네."

루카스는 그 말을 듣고 콧방귀를 뀌었다.

"제자는 무슨 얼어 죽을 제자. 누가 이런 퀴퀴한 늙은 마법사 뒤치다꺼리나 할 줄 알고?"

"루카스. 말을 좀 곱게 쓰라고 내가 누누이 말하지 않았더냐?"

"이 정도면 충분히 곱구먼, 여기서 뭘 더 어쩌라는 건지."

탑의 마법사가 여느 때처럼 하는 말에 루카스는 귀를 후비적거리기만 했다. 이제 루카스는 청년이 되어 성장이 멈춘 상태였다. 원래 마법사들은 수명이 길기에 신체 노화 속도도 더뎠다. 특히 루카스는 타고난 마력 양이 방대해 앞으로 수백 년은 거뜬히 살 것이라고 했다.

사실 그 말을 듣고도 루카스는 별로 큰 감흥이 들지 않았다. 앞으로 수백 년은 더 살 것이라고 해봤자 크게 실감이 나지도 않았고. 다만 눈앞에 있는 탑의 마법사는 벌써 800년이 넘는 세월을 살았다고 하니 자신도 비슷한 경우이겠거니 하고 생각할 뿐이었다.

더 이상 탑에 묶여 있을 필요가 없게 되었는데도 루카스의 거처는 여전히 이곳이었다. 루카스는 처음 이곳에 왔을 때처럼 여전히 탑의 마법사에게 시시때때로 시비를 걸곤 했지만 그는 루카스의 건방진 태도를 책잡지 않았다. 물론 루카스의 거친 말투에 대해서는 가끔 한마디씩 잔소리를 하곤 했지만.

루카스는 종종 탑에서 벗어나 밖을 쏘다니기도 했는데, 원래 그가 살던 저택만큼은 단 한 번도 찾지 않았다. 하지만 세월이 좀 더 흘러 그의 부모님이 죽었다는 소식을 듣게 되었을 때는 그곳에 방문하지 않을 수 없었다.

"왔구나. 오랜만이다, 루카스."

그런 루카스를 형이 맞아주었다. 갓난아기일 때 단 한 번 본 적이 있는 동생도 어느덧 청년이 되어 있었다. 시간이 이토록 흘렀지만 여전히 그들과는 데면데면했다. 울어서 눈이 부어 있는 형제들과 다르게 루카스는 부모님의 죽음 앞에서도 너무나 아무렇지 않았다. 그래서 그는 장례식장을 금방 떠나왔다.

"오늘이 네 부모님의 장례식 날이었다지?"

탑에만 틀어박혀 있는 주제에 도대체 어디서 그런 소식을 듣는 건지, 탑의 마법사가 돌아온 루카스를 향해 말했다.

"그래. 부모님께 마지막 인사는 드리고 온 것이냐?"

어느덧 밖에는 비가 추적추적 내리고 있었다. 잔잔한 빗소리 사이로 담담한 음성이 스며들었다.

"앞으로 살아가는 동안 너는 셀 수조차 없이 수많은 죽음을 보게 되겠지. 원하든 원하지 않든 그런 일들에 서서히 무뎌질 수밖에 없을 테고. 그러니 지금만큼은 마음껏 내키는 대로 슬퍼해도 괜찮다."

설마 이건 위로하는 건가? 하지만 사실 루카스는 그런 것이 필요하지 않았다. 조금 전 보고 온 그의 부모님의 관 앞에서도 눈물 한 방울 비집고 나오지 않아 조금은 당황스러울 정도였으니까. 그런데도 루카스는 뒤이어 그를 안아주는 메마른 손길을 뿌리치지 못했다.

어째서였을까? 생각해 보면 누군가가 그를 이렇게 안아주는 건 실로 오랜만이었다. 루카스는 아주 어릴 때부터 가족들과 격리되어 살았고, 그와 가장 가까이에 있던 유모조차도 그를 안아주지는 않았으니까. 낯선 포옹에 절로 몸이 굳었다. 어떤 다정함도 느껴지지 않는 실로 건조한 태도, 건조한 손길이었는데도 그것은 놀라울 정도로 따스한 느낌이었다. 그래서 루카스는 그 손길을 뿌리치지 못했다. 정말 그 자신이 위로가 필요한 어린애라도 된 것처럼, 바보같이도.

✦

그 후 동생이 딱 한 번 루카스를 찾아온 적이 있었다. 그는 자신의 딸이 죽어 간다고, 제발 살려 달라고 그에게 애원했다. 마지막으로 지푸라기라도 잡는 심정으로 그를 찾아왔노라고 말하며 중년의 사내는 여전히 청년의 모습을 한 형의 앞에서 목 놓아 울었다.

그 모습을 보고 루카스는 그저 변덕이 생겨 그의 딸을 치료해 주었다. 못 보던 사이 동생은 나이가 많이 들어 있었다. 그의 딸과 루카스가 비슷한 나이로 보일 정도였으니 더 말할 것도 없었다. 루카스가 묻지 않았는데도 동생은 형과 그의 가족들에 대해 이야기하며 한번 만나러 가지 않겠느냐고 물었다. 자신의 딸을 구해 준 루카스에게 고마운 마음과 미안한 마음을 동시에 느끼는 것 같은 모양새였다.

물론 루카스는 그 권유를 거절했다. 본능적으로 이것이 마지막 만남이란 것을 직감했지만 그런 말을 굳이 입 밖으로 꺼내지는 않았다. 루카스는 세기에 한 번 나올까 말까 한 대마법사였고, 그런 이의 시간이 보통 사람들과 똑같이 흐를 수는 없었다.

"뭐? 결혼?"

그렇기 때문에 루카스는 탑의 마법사가 어느 날 갑자기 그에게 꺼낸 말에 충격을 받을 수밖에 없었다. 지금 그가 제대로 들은 것이 맞는지 귀가 의심스러웠다.

결혼? 결혼이라고? 지금 결혼을 할 거라고?

"노망났어?"

"음."

루카스는 진지하게 물었다. 탑의 마법사는 루카스의 심각한 물음에도 여느 때처럼 덤덤하게 반응할 뿐이었다. 하지만 다음 순간 그의 얼굴에 어렴풋이 떠오른 감정을 보고 루카스는 완전히 할 말을 잃고 말았다. 놀랍게도 탑의 마법사는 지금 쑥스러워하고 있는 것 같았다. 물론 그런 티는 거의 나지 않았지만, 두 사람이 함께 보낸 세월이 얼마인데 설마 그 정도도 알아보지 못하겠는가?

루카스는 여기서 어떤 반응을 내보여야 할지 도무지 알 수가 없었다. 그래서 그저 바보같이 어버버거리다가 더듬거리며 말했다.

"아니, 늙어서 웬 추태람? 창피하지도 않아? 부인이랑 나이 차이가 몇인데."

상대는 근처 마을에 있는 약재상 집 딸이라고 했다. 루카스도 마을에 들를 때 몇 번인가 얼굴을 본 적이 있는 사람이었다. 두 사람이 어쩌다 눈이 맞은 것인지 그 사연까지는 알 수가 없었고 알고 싶지도 않았으나, 그들이 가정을 꾸릴 예정이라는 말은 사실인 듯했다.

"나도 이런 감정은 몇백 년 만에 처음이라 뭐라고 말해야 할지 잘 모르겠구나."

얼마 후 탑의 마법사는 그 여자를 데려다가 루카스에게 소개해 주었다. 어딘가 선하고 다정한 인상을 가진 그녀는 다소 수줍어하며 '남편 될 사람의 하나뿐인 제자이니 루카스와도 잘 지내고 싶다'는 소리를 건넸다. 루카스는 그 말을 듣고 꼴같잖다고 다소 냉소적으로 생각했다.

"루카스, 너도 언제든 함께하고 싶은 사람이 생기거든 놓치지 말고 붙잡도록 하려무나."

그날 밤, 떨떠름한 얼굴을 한 루카스를 향해 탑의 마법사는 언제나처럼 고요한 음성으로 말했다.

"긴 세월을 혼자서 살아가는 것은 생각보다 녹록지 않으니 말이다. 너를 내 아들이나 마찬가지라고 생각하니 하는 말이란다."

루카스는 드디어 탑의 마법사가 노망이 들었나 보다 하고 생각했다.

⬥

그 후 탑의 마법사는 검은 탑을 떠나 살게 되었다. 다른 사람들이 그렇듯이 평범하게 가정을 꾸리고 살고 싶어 그러기로 결정했다는 것이었다. 그 말을 듣고 루카스는 탑의 마법사가 어울리지도 않는 짓을 한다고 생각했다.

그 무렵에는 루카스도 탑에서 생활하는 시간보다 탑을 떠나 있는 시간이 더 많아지게 되었다. 탑의 마법사와 그의 부인이 된 여자는 루카스에게 언제든 자신들의 집에 와도 된다고 했지만 루카스는 진저리를 치며 거부했다. 언젠가부터 그는 십 대 초중반의 모습으로 지내고 있었는데, 그래서인지 여자는 루카스를 자신의 남동생처럼 생각하기라도 하는 것 같았다. 물론 루카스에게는 지극히 짜증 나는 일이었다.

루카스의 진짜 가족들은 이미 하나도 빠짐없이 죽은 지 오래였고, 루카스는 그 후손들이 어떻게 사는지 관심조차 없었다. 그런데 이제 와서 가족 놀음이라니. 기가 막혀서 헛웃음을 지을 만한 일이었다.

루카스는 탑의 마법사가 새살림을 차린 곳에는 얼씬도 하지 않았다. 함께 있는 두 사람을 보면 기분이 묘해졌기 때문에 더욱 기피하게 된 것도 있었다. 그러나 그런 루카스도 탑의 마법사의 아이가 태어났다는 소식에는 걸음을 돌리지 않을 수 없었다.

와, 이 영감이 결혼한 것도 놀라운데 심지어 애까지 낳았어? 루카스는 그 우스운 꼴을 이 두 눈으로 직접 목격하겠다는 일념하에 탑의 마법사를 찾아갔다.

"어서 오거라."

탑의 마법사는 근 5년 만에 보는 루카스를 바로 어제 만났다 헤어진 것처럼 여상히 맞아주었다.

"그 애야?"

"그래. 소식을 듣고 왔나 보구나."

소문은 사실이었다. 탑의 마법사의 품에 안긴 아이를 보고 루카스는 한순간 말문이 막히고 말았다. 하지만 그를 더욱 침묵하게 만든 것은 바로 아이를 바라보고 있는 남자의 얼굴이었다. 루카스는 탑의 마법사가 저렇게 평화로운 얼굴을 하고 있는 것을 처음 보았다. 게다가 저런 낯설 정도로 자상한, 온기 어린 눈빛이라니…….

"루카스, 왜 그런 눈으로 보는 게냐?"

루카스의 시선을 느낀 듯이 고개를 든 탑의 마법사 이윽고 알겠다는 듯이 입을 열었다.

"그래, 너도 한번 안아 보고 싶은 모양이구나."

"그럴 생각 없으니까 치워."

루카스의 입에서 생각 이상으로 쌀쌀맞은 목소리가 내뱉어졌다.

"어머, 손님이 왔네요?"

그때, 부엌에서 여자가 모습을 드러냈다. 그녀는 근 5년 만에 보는 루카스를 향해 반가운 기색을 감추지 못했다.

"마침 저녁 식사 준비를 하던 참이에요. 루카스도 괜찮으면 들어와서 같이 식사해요."

"그래, 네가 이렇게 온 것도 오랜만이니 좀 더 머물다 가려무나."

탑의 마법사도 함께 권유했다. 하지만 루카스는 입을 굳게 다물고 아무 말도 하지 않았다. 그것을 어떻게 받아들였는지, 여자는 밝게 웃으며 아이를 안고 자리를 떠났다. 탑의 마법사는 그런 부인의 뒷모습을 조용히 지켜보고 있었고, 루카스는 그런 그를 바라보고 있었다.

"루카스."

잠시 후, 그가 루카스를 향해 말했다.

"전에도 말했지만 넌 내 아들이나 마찬가지다."

여전히 메마른 목소리. 모든 감정이 전부 마모된 것처럼 건조하고, 당장에라도 허공에 부스러져 스러질 듯한……

"그러니 앞으로도 언제든 마음 내킬 때 오거라."

그러나 이전에는 없던 온정이 그의 얼굴에 배어 있었다. 그제야 루카스는 자신이 이곳에 오기 싫었던 이유를 깨달았다. 지금 그가 본 사람들은 완연한 가족의 모습을 하고 있었고, 루카스는 이곳의 손님일 뿐이었다. 아마도 그는 그 사실을 인정하고 싶지 않았던 것 같다.

"헛소리 마."

아들이나 마찬가지라고?

"당신도 늙긴 늙었나 보네."

누가 그딴 소리를 듣고 싶다고 했나? 루카스는 결국 그 긴료 자리를 떠나왔다. 그가 다시 탑의 마법사를 찾은 것은 그날로부터 수십 년의 시간이 더 흐른 뒤였다. 탑의 마법사의 아내는 이미 죽은 지 오래였고, 그의 아들은 몰라볼 정도로 늙어 있었다. 그런 와중에 오직 탑의 마법사만이 여전한 젊음을 간직하고 있을 뿐이었다.

"이제는 누가 아버지고 누가 아들인지 모르겠는데?"

루카스는 병석에 누운 노인을 보며 이죽거렸다. 그는 바로 지난번에 보았을 때만 해도 갓난아기였던 탑의 마법사의 아들이었다.

"오랜만이구나, 루카스."

여전히 차분한 남자의 얼굴을 본 순간, 루카스는 속이 뒤틀리는 것을 느꼈다.

"이럴 줄 알았어. 그러게 쓸데없이 결혼은 왜 하고 애는 왜 만들어서는."

이유는 알 수 없었지만, 그는 어떻게든 눈앞에 있는 남자를 비웃어 주고 싶어 견딜 수가 없었다.

"그렇게 옆에 끼고 살고 싶어서 견딜 수가 없으면 차라리 불사신으로 만들지 그랬어? 천하의 검은 탑의 마법사라면 불가능한 일도 아니잖아."

탑의 마법사는 빈정거리는 루카스를 앞에 두고도 눈살 한 번 찌푸리지 않았다. 여전히 표정 없는 얼굴을 한 그가 마침내 나직하게 읊조렸다.

"그런 순리에 어긋난 일을 해서는 안 된다고 내 누누이 말하지 않았더냐."

마치 철없는 아이를 꾸짖는 듯한 어투였다. 비록 그 음성이 지독히도 무미건조하기는 했지만.

"이제껏 살아온 날이 얼마인데 아직도 그딴 고리타분한 생각에서 못 벗어났어?"

루카스는 그런 탑의 마법사를 이해할 수가 없었다. 그까짓 순리, 그 따위 윤리 의식 따위가 무엇이라고 무엇이든 할 수 있는 힘을 가지고도 왜 이리 바보 천치처럼 살고 있는지.

"그럼 다음에는 아들 장례식 때나 보겠네."

루카스는 다 늙은 아들 곁에 고요히 앉은 탑의 마법사를 마지막까지 비웃으며 그곳을 떠났다.

하나뿐인 아들이 죽은 후 탑의 마법사가 다시 검은 탑에 칩거하기 시작했다는 소식이 루카스의 귀에 닿았다. 지난번의 만남 이후 채 몇 달도 지나지 않은 시점의 일이었다. 그 소식을 듣자마자 루카스는 한동안 걸음조차 하지 않던 검은 탑에 모처럼 들러 봐야겠다고 생각했다.

어째서인지 지난 수십 년간 돌덩이라도 얹힌 것처럼 갑갑하던 속이 뻥 뚫린 것처럼 시원해졌다. 그 사람, 아들이 죽어서 상심했으려나? 만약 그렇다면 위로 정도는 해줄 수도 있었다.

"왔구나, 루카스."

하지만 탑의 마법사는 언제나처럼 여상한 모습으로 루카스를 마주했다.

"어쩐지 올 때가 되었다고 생각했는데 너도 양반은 아니로구나."

루카스는 붉은 노을 아래에서 여느 때와 같이 우두커니 서 있는 남자를 보며 움찔 미간을 찌푸렸다.

"아들이 죽었다며?"

"그래."

"그런데 왜 그래?"

애씅과 딜리 팁의 마법사가 너무 아무렇지도 않은 태도를 보여서 기이한 느낌마저 들 정도였다. 원래 이 정도 세월을 산 사람은 사랑했던 가족의 죽음 앞에서도 이토록 초연할 수 있는 걸까? 하지만 그렇게 생각하기에, 루카스가 지난번에 보았던 그의 슬픔과 절망, 그리고 고통은 너무나 또렷했다. 그리고 뒤이어 끝없는 어둠으로 가득 찬 검은 눈동자와 시선이 마주쳤을 때.

"당신 지금 몇 번째야?"

루카스는 탑의 마법사가 지금 이토록 무감정한 얼굴을 하고 있는 이유를 깨달을 수 있었다.

"그 빌어먹을 마법 쓴 게 몇 번째냐고."

루카스가 이곳에서 지냈던 동안 지금 눈앞에 있는 사람에게 들은 적이 있는 마법이 한순간 떠오른 것은 분명 우연이 아닐 것이었다.

"당신, 죽고 싶어서 환장했어?"

그는 루카스의 말을 부정하지도 않았다. 자신을 물끄러미 바라보는 그 무표정한 얼굴에 루카스는 화가 났다.

"다른 사람이 죽는 걸 못 견딜 것 같으면 차라리 아무도 안 만나면 되잖아."

루카스는 이해할 수가 없었다. 그는 지금까지 단 한 번도 그의 인생에 다른 사람이 필요하다고 생각한 적이 없었다.

"그럴 거면 결혼은 왜 해? 자식은 왜 낳아? 남한테는 못 쓰는 금지된 마법을 왜 본인한테 쓰고 자빠졌어? X발, 그럴 깜냥이 있으면 제 부인이랑 자식이나 자기처럼 죽지 않는 몸으로 만들 것이지."

지금 이대로, 이 고립된 탑에 단둘이 있어도, 그것만으로도 충분하다고 생각했다.

"그래, 네가 나를 이해하리라 여기지 않았다."

단 한 번도 자신의 입으로 그런 말을 한 적은 없었지만, 루카스는 언젠가부터 탑의 마법사를 자신의 아버지로 여기고 있었고 그 역시도 루카스를 아들처럼 생각한다고 했으니까…….

"루카스, 너는 정말……."

그리고 마침내 굳게 다물려 있던 남자의 입술이 열리는 순간, 루카스는 저도 모르게 흠칫하고 말았다.

"불쌍한 아이로구나."

"뭐……?"

"너는 내가 한심할지 모르지만 나는 네가 가엾다."

첨탑 위에서 불어오는 바람에 머리카락이 허공에서 흩날렸다. 나직한 속삭임이 그 사이에서 함께 부유했다.

"너에게는 아직 그만큼 행복한 일이 없었다는 거잖니."

그 순간 머리를 한 대 세게 얻어맞기라도 한 것처럼 덜컥 말문이 막힌 것은 어째서인지 몰랐다.

"소중한 사람도, 소중한 기억도, 소중한 일도 그 무엇 하나 없어서…… 그래서 사라지고 나면 도저히 견딜 수 없는 것이 네게는 하나도 없었다는 것이 불쌍하다."

하얀 머리카락을 흩날리며 그를 돌아보는 남자의 얼굴이 지독히도 무심했다.

"너는 네가 온 세상을 다 가졌다고 생각하겠지만 기실 너는 가진 것이 하나도 없구나."

어째서인지 그 이유는 알 수가 없었다.

"이토록 아름다운 것이 많은 세상에 너 혼자만 빈손으로 태어나 빈손으로 살아가다가, 결국은 빈손으로 죽을 테니 이 얼마나 가여운지."

다만 그의 말은 루카스를 진심으로 분노하게 했다. 루카스는 이를 악문 채 탑의 마법사를 더없이 싸늘한 눈빛으로 노려보다가 그곳을 떠났다. 그때까지만 해도 그는 이대로 두 번 다시는 검은 탑을 찾지 않을 생각이었다. 물론 어느 정도의 시간이 흐르고 나면 이 뜨거운 분노도 희석되어 마음이 바뀔 수도 있었지만, 그때 당시에는 진심으로 그렇게 생각했다.

그러나 루카스는 불과 하루가 지나기도 전에 다시 그가 떠나온 곳을 찾게 되었다.

휘오오.

차가운 새벽빛이 번지는 하늘 아래에 탑의 마법사가 서 있었다.

"당신, 지금 뭐 하는 거야?"

루카스가 다시 이곳으로 걸음을 돌린 이유는 탑에서 비정상적인 마력의 흐름이 느껴졌기 때문이다. 마치 폭풍 전야처럼 비정상적으로 고요히 가라앉은 공기가 루카스를 맞았다. 탑의 마법사는 바람에 하얀 머리채를 휘날리며 막 떠오르는 해를 바라보고 있었다.

"우리 같은 사람들에게 유일하게 위안이 되는 것이 뭔지 아느냐?"

새벽빛만큼이나 조용한 목소리가 루카스의 귓가를 스쳐 지나갔다.

"시작은 아니지만 끝만큼은 스스로 결정할 수 있다는 것이지."

그는 꼭 루카스를 기다리고 있기라도 했던 것 같은 모습이었다.

"이제껏 죽을 이유를 찾지 못해 천 년이 넘는 세월을 그저 흘려보냈다."

그리고 이어지는 그의 말에 루카스는 형언할 수 없는 기분으로 입술을 달싹였다.

"하지만 이제야 겨우 죽고 싶다는 생각이 드는구나."

희게 번지는 하늘을 등진 채 그 어느 때보다 흐릿한 존재감을 입은 남자가 루카스를 돌아보았다.

"그래, 마침내 이제야."

루카스는 가까스로 목소리를 토해 냈다.

"그래서 지금 죽겠다는 거야?"

지금 탑의 마법사가 혼잣말처럼 읊조린 말이 무슨 의미인지 알 수가 없었다. 아니, 사실은 그 의미가 너무도 명백하여 그것을 받아들일 수가 없었다고 하는 편이 맞았다.

혹시 죽은 아들 때문인가?

루카스는 서서히 치미는 분노를 느끼며 이를 악물었다.

도대체 그깟 놈이 뭐라고…… 그놈보다 자신이 훨씬 더 그와 긴 시간을 함께 보냈을 텐데.

"고작 사람 하나 죽은 일로 저승길을 따라가겠다고?"

"그렇게 말하지 말거라. 너는 혼자 남겨지는 두려움을 모르지 않니."

루카스가 분을 감추지 못하고 비꼬자 탑의 마법사가 나지막하게 말했다. 그런 그의 태도가 전에 없이 단호해서 루카스는 저도 모르게 멈칫하고 말았다. 비정상적으로 고여 있던 마력이 또다시 요동치기 시작한 것은 그때였다. 이유를 알 수 없게도, 한순간 섬뜩한 느낌이 루카스의 등줄기를 스쳐 지나갔다.

"하지 마. 지금 하려는 게 뭐든, 하지 말라고."

"루카스."

루카스는 까닭 모를 초조함에 사로잡혀 한 발짝 앞으로 내디뎠다. 그러나 짤막한 부름이 그의 걸음을 막았다.

"언젠가 너도 나를 이해하리라 믿는다."

눈앞에 시야를 마비시킬 듯한 새하얀 빛이 번진 것은 그때였다. 그와 동시에 날카로운 바람을 뚫고 날아든 잔잔한 음성이 고막을 파고들었다.

화아악!

루카스는 반사적으로 눈을 질끈 감으며 가까이에서 폭발하는 마력을 막아 냈다.

"하지만 다른 한편으로는, 죽을 때까지 네가 이해하지 못했으면 싶기도 하구나."

사방에서 몰아치는 바람이 당장에라도 그를 압사시킬 것처럼 거칠었다. 온몸을 할퀴는 마력의 소용돌이 속에서 루카스는 가까스로 눈꺼풀을 들어 올렸다. 다음 순간 시야에 들어온 광경에 그는 숨을 멈추며 입을 벌렸다. 하지만 입 밖으로 아무런 소리도 새어 나오지 않았다.

탑의 마법사는 허공에 하얀 먼지가 되어 흩어지고 있었다. 마치 무에서 태어난 생명체가 다시금 무로 돌아가듯이, 손끝과 발끝에서부터 마모되어 서서히 스러져 가고 있었다. 루카스는 차마 그에게 더 이상 가까이 다가가지도 못하고 그저 자리에 망연히 서서 빠르게 형체를 잃어 가는 남자를 바라보았다.

"그런 눈으로 보지 마라."

눈부신 여명 속에서 부스러질 듯한 음성이 마지막으로 귓가에 울렸다.

"부모가 자식보다 먼저 죽는 것은 당연한 일이 아니냐."

그는 마지막 작별 인사라 할 수조차 없는 말을 남긴 채 시야에서 완전히 사라져 버렸다. 위대한 마법사의 최후라기에는 너무도 허무하여 초라하게까지 느껴지는 죽음이었다.

루카스는 조금 전 눈앞에서 벌어진 일을 도저히 믿을 수가 없어 한참이나 그 자리에 우두커니 서 있었다. 창백한 그의 얼굴에 첨예한 새벽빛이 번졌다. 여전히 거칠게 불어오는 바람이 귓가에 어지럽게 울렸다. 이제껏 단 한 번도 그런 생각을 한 적이 없었는데도, 마치 자신이 망망대해에서 혼자 길을 잃은 어린애라도 된 것 같았다.

루카스는 딱딱하게 굳은 입술을 겨우 움직였지만 목이 졸린 것 같은 쇳소리만 겨우 뱉어 냈을 뿐이었다. 경직된 손끝에 차가운 바람이 스쳐 지나갔다. 바닥에 얇게 깔려 있던 먼지 섞인 하얀 가루가 부스스 흩

날리기 시작했다. 그때에서야 마침내 루카스는 자신이 완전히 버림받
았다는 사실을 깨달았다.

*"그런 눈으로 보지 마라. 부모가 자식보다 먼저 죽는 것은 당연한 일이 아
니냐."*

마지막으로 귓가에 울렸던 그 목소리가 떠오르는 순간, 루카스의 입
에서 메마른 웃음소리가 터져 나왔다.

부모라니. 도대체 누가 부모야? 자식 앞에서 보란 듯이 자살하는 게,
무슨 부모야?

속에서 무언가가 울컥 치밀어 올랐지만 루카스는 그것을 강제로 꾹
꾹 억눌렀다. 꽉 깨문 입술에서 비릿한 피 맛이 느껴졌다. 피가 몰린
눈두덩이가 더없이 뜨거웠다. 하지만 그토록 갖은 노력을 기울였음에
도 결국은 참아 내는 데 실패하고 말았다. 루카스의 몸이 제자리에서
허물어졌다.

투둑…….

바닥을 짚은 손 위로 뜨거운 액체가 떨어져 내렸다.

"웃기지 마……."

날 아들처럼 생각했다고? 웃기지 마. 결국 당신은 입으로만 실컷 떠
들어 댔지, 한 번도 날 진짜 아들로 생각한 적은 없는 거야. 혼자 남겨
져 두려웠다면서. 죽고 싶었다면서. 그런데 왜 당신은 여기에 나를 혼
자 남겨 두고 가는 거야?

루카스는 하얀 재로 남은 아버지의 유해 앞에서 오랫동안 먹지도 자
지도 않고 울었다. 피를 나눈 가족들이 죽었을 때도 슬픔 한 조각 느끼
지 않았던 그였지만 이번만큼은 견딜 수가 없었다.

그 후 얼마간의 시간이 지났는지조차 알 수 없을 정도의 수많은 낮

과 밤이 흘렀다. 그렇게 한참을 울고 또 울다가 비로소 루카스는 탑의 마법서를 온전히 이해했다. 마침내 눈물조차 모조리 말라 없어졌을 때, 그는 손끝에 마력을 불러들였다.

그 직후 거짓말처럼 깨끗이 슬픔이 사라졌기 때문에 루카스는 곧바로 자리를 털고 일어날 수 있었다. 그는 바닥에 남은 하얀 재를 모조리 탑 밖으로 날려 보냈다. 그리고 한동안 비어 있는 자리를 보다가 탑을 떠났다.

❧

그 후 루카스는 이곳저곳을 떠돌았다. 그의 발길이 닿는 곳마다 재앙, 혹은 기적과 같은 거대한 일이 벌어졌고, 모두가 그의 앞에서 두려움과 경외심을 느끼며 몸을 떨었다. 그때쯤, 루카스는 검은 탑의 마법사라 불리고 있었다.

"청이 하나 있습니다. 루카스 님께 제 아들을 부탁드리고 싶습니다만."

그러다 잠시 걸음을 멈추게 된 곳이 바로 오벨리아였다. 그 당시 꽤 강력한 마법사 황제였던 카일룸은 루카스를 나름대로 편하게 대하는 거의 유일한 사람이었다. 그것이 마음에 들어서 한동안은 오벨리아의 황실에 머물렀다.

"누구, 그 코찔찔이 후계자? 이름이 뭐였더라."

"아에테르니타스입니다. 정확히 9번째 물어보시는군요."

"너희 황족들 이름이 하나같이 긴 데다가 다 비슷해서 그래. 어쨌든, 내가 왜 그래야 하는데?"

"워낙 부족한 것이 많은 아들인지라, 거기에 검은 탑의 마법사님의 위명이라도 얹어야 남들 보기에 그럭저럭해질 것 같아서요."

그 뻔뻔한 말에 루카스는 얼굴을 구겼다. 역사에 길이 남을 위대한 황제라 칭송받는 카일룸은 루카스를 상대로도 곧잘 이런 건방진 말을 내뱉고는 했다.

"싫어, 귀찮아."

하지만 쓸데없는 일에 끼어드는 것은 사절이라 루카스는 그의 청을 거절했다. 아에테르니타스라면 카일룸의 후계자인 황자였다. 하지만 그는 카일룸과 달라도 너무 달랐다. 그 우중충한 외양 하며, 음습한 성격 하며. 그런데 소년은 유일하게 루카스를 볼 때면 아이답게 눈을 빛내곤 했다. 아마 그래서 카일룸도 루카스에게 자신의 아들을 맡아줄 수 없겠느냐고 부탁한 것 같았다.

하지만 루카스는 예전부터 아이들이 싫었다. 특히 남자애는 더욱. 루카스가 단호하게 거절하자 카일룸은 아쉬운 기색을 내비치면서도 더 이상 부탁하지 못했다. 그리고 얼마 후 루카스는 이따금 그랬던 것처럼 오벨리아를 떠나 오랜만에 검은 탑에 들렀고, 그 후 뜻하지 않게 수백 년간의 긴 잠을 자게 되었다.

"뭐야, 내 마력이 왜 이렇게 쥐똥만 해졌어?"

잠에서 깨어난 직후 루카스는 자신의 마력이 심각하게 고갈된 상태라는 것을 깨달았다. 그때의 그는 자신이 아주 오랫동안이나 잠들어 있었다는 사실을 아직 깨닫지 못하고 있었다. 그동안은 마력에 부족함을 느낀 적이 없어서 한 번도 직접 흡수해 본 적은 없었지만 자고로 마력 보충에는 신수만 한 것이 없다고 했다.

어디 보자, 오벨리아 황궁에 지금 신수가 몇 마리 있더라? 어차피 후계자 놈 것만 안 건드리면 나머지는 하나쯤 먹어도 문제없겠지.

루카스는 그런 생각으로 오벨리아의 황궁으로 이동했다.

"너 누구야?"

그리고 그곳에서 그는 만나게 되었다.

"그러는 오빠 누구야? 여긴 아무나 들어오면 안 되는데."

어쩌면 그가 기나긴 세월 동안 기다려 왔을지도 모르는 사람을.

"루카스, 너도 언제든 함께하고 싶은 사람이 생기거든 놓치지 말고 붙잡도록 해라."

그의 아버지나 마찬가지였던 전대 탑의 마법사는 루카스에게 말했다.

"사라지고 나면 도저히 견딜 수 없는 것이 네게는 하나도 없었다는 것이 불쌍하다."

그로부터 한참의 시간이 더 흘러, 이제 루카스에게는 그의 말처럼 잃고 싶지 않은 사람이 생기게 되었다.

"언젠가 너도 나를 이해하리라 믿는다."

사실은 이미 그가 죽던 날, 루카스는 그의 말을 뼛속 깊이 이해하게 되었지만. 그래도 전대 탑의 마법사와 마찬가지로 죽을 이유가 없어 살아가던 루카스의 삶은 그날의 만남을 기점으로 크게 변하게 되었다. 다만 루카스는 전대 탑의 마법사처럼 멍청하게 소중한 것을 세월의 흐름 앞에 맥없이 놓쳐 버릴 생각이 없었다.

"너나 네 아빠나 앞으로 남은 수명이 몇백 년은 될 텐데."

"뭐……? 몇백 년?!"

"내가 전에 네 생일 선물로 줬던 게 뭔지 잊었어? 너랑 네 아빠랑 나란히 세계수 가지 먹었잖아."

음, 하지만 이걸로는 뭔가 부족해. 아끼는 주변 사람들이 모조리 일찍 죽어버리면 전대 탑의 마법사처럼 더 이상 살고 싶지 않아질 수도 있으니까.

"요즘 들어 전보다 몸에서 기운이 솟는 것 같은데, 폐하께서 하사해 주신 용봉탕의 효능이 아닐까요? 릴리안 님도 한번 복용해 보시는 게 어떻겠습니까?"

"음, 전 괜찮아요. 기분 탓인지 예전보다 피로도 덜하고, 어쩐지 건강해진 느낌이에요. 아, 혹시 공주님의 정화 마법 덕분이 아닐까요?"

"앗, 맞아요. 한나와 저도 요즘 몸이 가뿐해진 것 같아요."

"그 정화 마법이 정말 효력이 있나 봐요!"

모든 것이 루카스의 수작이라는 것도 모르고 그들은 있지도 않은 정화 마력의 효능에 대해 토로했다.

"나중에 원망받더라도, 난 당신처럼은 살지 않을 거야."

루카스는 이상한 책에 빨려 들어가 보게 된 과거의 환영을 향해 말했다. 그래, 그때 당신이 했던 말처럼 나는 이제 당신을 이해해. 지금은 진심으로 갖고 싶고, 또 잃으면 끔찍한 기분이 들 것 같은 사람도 생겼어. 그러니 나는 결코 당신처럼은 죽지 않을 거야.

"그러니까 망령이면 망령답게, 기억 저편으로 꺼져."

이런 제멋대로인 행동에 혹시 나중에 그녀에게 원망받을 수도 있지 않을까, 하는 생각도 한편으로는 들었다. 하지만 그건 그때 가서 생각해 보기로 했다. 원래도 그는 이기적이고 제멋대로였으니까.

"너랑 똑같이 생긴 다른 세계의 너도 많이 만났는데, 역시 네가 아니면 다 필요 없어."

그래, 그의 유일한 한 사람을 온전히 얻기 위해서라면.

루카스는 자신의 앞에서 뺨을 붉게 물들인 소녀를 내려다보며 웃었다. 이렇게 시선을 맞대기만 해도 절로 배가 부른 것 같은 충만한 감정에 취해서. 놀랍게도 그것은 세상 사람들이 '행복'이라고 부르는 감정

과 닮아 있었다. 물론 루카스는 그 사실을 알지 못했지만. 하지만 아마
도 그는 그리 오래지 않아 깨닫게 될 것이었다. 그리고 그 시일은 생각
보다 가까울 것이라는 예감이 들었다.

〈외전 완결〉

작가 후기

안녕하세요, 플루토스입니다.

여기까지 긴 이야기를 함께해 주신 분들께 감사드립니다.

〈어느 날 공주가 되어버렸다〉는 예상보다 많은 성원과 사랑을 받아 무척 놀랍기도 하고 또 감사하기도 했던 소설이에요. 미숙한 점이 많은 글이었는데도 어여삐 봐주셔서 정말 고맙습니다.

전에 블로그에서 말씀드린 적이 있었는데 사실 이 작품의 초반 구상 때 장르는 피폐물이었어요. 그러나 많은 분이 평화로운 치유물을 외쳐 주셔서 결국 동화 같은 이야기로 마무리가 되었네요.

어딘가 결핍된 부분이 있는 인물들이 만나 서로 부족한 부분을 채워가는 이야기도, 겉보기엔 밝고 경쾌하지만 그 속에 가슴 아릿한 슬픔과 어둠이 숨겨져 있는 이야기도 좋아해요. 이번에 마음껏 쓸 수 있어서 즐거웠습니다.

끝으로 이 소설이 출간되기까지 많은 도움을 주신 분들과 소중한 독자님들께 감사의 말씀을 드리며. 기회가 된다면 다음 이야기에서도 만나 뵐 수 있기를 기원합니다.